Yashor

Der Hirte aus Harkin

Für
meine erste Leserin

Historische Vorbemerkung

Wenn wir Heutigen auf die Geschichte unserer Völker zurückblicken, so sehen wir, dass zwei besondere historische Ereignisse die blühende Entwicklung der Königreiche von Harkin, Pangir, Avalanna und den umliegenden Ländern begründet haben.

Zum einen war es der Sieg, den die Boier, die Vorfahren des Volkes der Galtach von Pangir, vor neunhundert Jahren über Burebistas, den König der Daker, davontrugen. Damit hatten sie sich erfolgreich gegen das erste jener östlichen Völker behauptet, die – vom Sonnenaufgang herkommend – die Länder unserer Ahnen in Besitz nehmen wollten. Spätere Ostvölker wie die Abarer, die sich selbst die Baratum nennen, wagten es nicht mehr, über die slantanischen Gebirge, über das Bergland von Bantan und die Ebenen von Banon hinweg weiter nach Westen vorzudringen. Stattdessen erkannten sie die Grundsätze gegenseitiger Achtung und Gleichberechtigung an, ja, sie knüpften sogar freundschaftliche Bande zu unseren Königen.

Die zweite Siegestat, die unsere Länder auf Dauer sicherte, war die vernichtende Niederlage, die das Heer der Gallier unter Führung von Verkin Getor, dem Fürsten des Stammes der Averner, den Römern unter ihrem Feldherrn Yulios Kaisar bei Alesia bereitete. Die Vernichtung der Streitmacht dieses skrupellosen Räubers und Ausbeuters, der in jener Schlacht Sieg, Ehre und Leben verlor, war so vollständig, dass die Römer es seitdem nie mehr wagten, das Reich ihrer Res publica weiter nach Norden auszudehnen. Bald darauf standen die Gallier als wichtigste westliche Verbündete dem Reich der Priesterkönigin von Harkin bei, als von Mitternacht her die Nordbarbaren, die wir als Shakaren bezeichnen, anstürmten und versuchten, die Waldgebirge von Harkin zu überrennen, um Stagira und andere schöne Länder der Galtach zu erobern und womöglich sogar über den Fluss Daidun nach Süden vorzustoßen.

Suchen wir in der Geschichte der darauf folgenden Jahrhunderte nach bedeutenden Gestalten unter den Fürsten unserer Völker, so richtet sich der forschende Blick zunächst auf die drei Throne, welche die Geschicke der Länder der Galtach seit langem lenken: Da ist zuerst das Haus der Priesterköniginnen von Harkin, deren sanfte, aber zugleich unbeirrbare und beherzte Regierung die Eintracht unter den vielen harkinischen Ländern sicherte. Dann muss man die Könige und Königinnen von Avalanna erwähnen, die auch über das Bergland von Bantan herrschen und durch die Ehe von Konnar I. mit der Fürstin der Niridun die Hoheit über die Ebenen von Bantan gewannen. Schließlich bleibt noch das Geschlecht der Könige von Pangir in Gordan, das Takrav Artan I. begründete, der deshalb auch »Der Erbauer« genannt wird. Seine Nachkommen, vor allem Takrav Artan IV., genannt »Der Erneuerer«, und Takrav Artan V., genannt »Der Weise«, schufen ein festes Bollwerk zur dauerhaften Sicherung unseres Friedens und Wohlstands.

Bei der Betrachtung der Geschichte jener Jahre wird jedoch unser Auge unwillkürlich von einer eigentümlichen Gestalt angezogen, die in unseren Ländern nie eine Königskrone getragen hat und doch vor allen anderen als Urvater unseres Friedens und unserer Eintracht angesehen werden kann. Wir meinen damit jenen Mann, den wir heute »Yashor den Hirten« nennen, weil er scheinbar nichts weiter als ein einfacher Hirte aus Harkin gewesen war, bevor er an den Höfen der Mächtigen erschien. Doch wir Heutigen, wir Spätergeborenen, wissen, dass wir ihn mit Recht und Fug auch »Yashor den Hüter und Heiler der Länder« nennen dürfen, denn wie kein Zweiter unter den Großen unserer Völker hat er das Hirtenamt des Hütens, Heilens und Umfriedens geübt. Und wem das künftige Schicksal unserer Reiche am Herzen liegt, der kann nicht anders, als sich an diesem Manne ein Beispiel zu nehmen und sein Leben und seine Taten einer eingehenden Betrachtung zu unterziehen. (…)

Aus:
Yachdrin an Riginach Harkin, Pangir ag Avalanna
(»Chronik der Könige von Herkynien, Pangir und Avalanna«)
Ins Deutsche übersetzt von Dr. Zephyrius Windbaum

Kapitel I

»Solchen Trotz und Widerworte werde ich von diesem Starrkopf von Mädchen nicht mehr dulden!«, brüllte Yugur-Katun, der Chagan der Baratum.

Seine Stimme schnappte fast über, sein Gesicht war gerötet wie ein Flusskrebs in kochendem Wasser, auf der Stirn war ihm die Zornesader geschwollen. Breitbeinig, die Arme in die Hüften gestemmt, das Kinn kämpferisch gereckt, stand er auf dem dicken purpurfarbenen Teppich in der Mitte der Frauenjurte seiner Sippe und schrie sich Wut und Enttäuschung über Widersetzlichkeit und Eigenwillen seiner älteren Tochter aus dem Leib.

»Das Mädchen Miram wird dem Großhäuptling der Shunnu zur Frau gegeben, wie ich, der Großfürst der Pferdesöhne, der Herrscher über das Weite Grasland, der Gebieter der Unbesiegbaren Heerscharen, es mit meinem Eid geschworen habe. In dieser Sache werden meine Ohren für weiteres Weibergeschwätz verschlossen sein, so wahr ich hier stehe. Ich habe gesprochen und mein Wille wird geschehen.«

Er holte tief Luft und hielt inne. Bedurfte es noch weiterer Worte, um dem Weibervolk seiner Sippe die Unumstößlichkeit seiner Entscheidung in die beschränkten Köpfe zu hämmern? Oder lief er nicht sogar Gefahr, Zweifel an seiner Entschlossenheit hervorzurufen, wenn er nach Weiberart zankte und zeterte? Er stieß prustend den Atem aus, ballte die Hände zu Fäusten und drosch sich damit auf die Oberschenkel – eine Geste, mit der die Baratum widerspenstigen Pferden Respekt einjagten. Doch ob das gegen die Verstocktheit junger Weiberherzen half?

Ohne eine Antwort oder sonst eine Regung der auf der Nordseite der Jurte aufgereiht sitzenden Frauen und Mädchen abzuwarten, drehte sich der Chagan auf der Ferse um, kehrte ihnen den

Rücken zu und stapfte so grußlos aus dem Zelt, wie er gekommen war.

Dass sein Zorn gewaltig sein musste, hatten die auf dem purpurnen Teppich Versammelten schon gespürt, als er anfangs hereingestürmt war, denn er hatte seine hohen Reitstiefel nicht gegen Zeltpantoffel getauscht, die zottige Pelzmütze nicht vom Kopf genommen und sich nicht zum Gruß am Zelteingang niedergekniet und mit offenen Händen die Geste der Fürsorge vollzogen, mit der ein Fürst der Pferdesöhne, ob Chagan, Tarkan oder Tudun, seinen Frauen zu verstehen gab, dass ihr Herr und Gebieter immer wohlwollend für sie sorgen werde.

Selbst Tirdal, die alte Schwiegermutter des Chagans, Großmutter seiner Töchter Miram und Minam und des noch kleinen Sohnes Tishak, hatte den Herrscher über das Grasland noch nie alle guten Sitten so sehr missachten sehen wie eben, und dabei lebte sie schon über fünf Dutzend Sommer in den Zelten der Pferdesöhne, der Unbesiegbaren Heerscharen.

Doch war seine Empörung nicht verständlich? Seit Menschengedenken, seit Hunderten von Sommern und Wintern – vielleicht sogar seit jener Zeit, als die Pferdesöhne, von Osten auf ihren Rössern heranstürmend, unter Führung von Bayan dem Großen das Weite Grasland in Besitz genommen hatten – war es nie vorgekommen, dass die Tochter eines Chagans es gewagt hätte, gegen ihre Verheiratung mit einem Fürsten des eigenen Volkes oder dem Häuptling eines verbündeten oder freundlich gesinnten Stammes Einspruch zu erheben, wie es Miram am Morgen vor dem Rat der Frauen getan hatte.

Jeder Mann, jede Frau der Baratum wusste, dass die Töchter eines Chagans dazu geboren waren, durch Ehebande die Macht des Großfürsten und die Dauerhaftigkeit der von ihm geschlossenen Bündnisse zu sichern. Und gerade jetzt, wo die Shunnu, die Sturmreiter, auf ihren struppigen, unansehnlichen, aber unglaublich ausdauernden Pferden ihrerseits aus dem Osten heranrückten und begehrlich auf das üppige Grasland der Pferdesöhne blickten, war es für die Baratum von überragender Bedeutung, dass eine Ehe zwischen der Tochter ihres Großfürsten und dem Großhäuptling der Shunnu, wenn schon nicht Freundschaft, so doch wenigstens Waffenfrieden zwischen den beiden Völkern stiftete. So viel Vernunft, um das zu verstehen, musste doch selbst im Kopf eines Mädchens von sechzehn Sommern vorhanden sein!

Doch nein, Miram hatte es an diesem Morgen gewagt, dem Nika-Aragil, dem Heiratsvermittler, eine abschlägige Antwort zu geben, als dieser – eigentlich nur der Form halber – ihr vor dem versammelten Rat der Frauen offiziell den Antrag des Großhäuptlings der Shunnu übermittelt hatte. Was eigentlich nur eine bloße Zeremonie hätte sein sollen, mit der den guten alten Sitten Genüge getan wurde, hatte sich zu einem unerhörten Eklat entwickelt. Und dem armen Nika-Aragil war zu seiner tiefen Bestürzung nichts anderes übrig geblieben, als auf den Knien rutschend vor dem Goldenen Thron des Chagans zu erscheinen und dem zunächst verdutzten, dann zutiefst erzürnten Gebieter die Weigerung seiner Tochter mitzuteilen. Es hätte nicht viel gefehlt und der Chagan hätte den Nika-Aragil auspeitschen lassen. Doch einer der engsten Berater des Chagans, der Chapkan der Berittenen Bogenschützen, hatte den Herrscher darauf hingewiesen, der Heiratsvermittler habe ja nur die Worte der jungfräulichen Tochter des hochmögenden Gebieters wiedergegeben und seinen Herrn nicht anlügen dürfen, indem er eine Zustimmung vortäuschte, die die jungfräuliche Tochter nicht ausgesprochen hatte.

Noch etliche Atemzüge, nachdem ihr Gebieter durch die Zelttür hinausgestürmt war, blieben die Frauen und Mädchen ruhig auf den Fersen sitzen, die sittsam niedergeschlagenen Augen auf die verschlungenen goldenen und silbernen Muster des prächtigen Teppichs gerichtet. Die eine oder andere atmete hastig ein, weil sie während des Ausbruchs des Chagans vor Schreck die Luft angehalten hatte, und einige der jüngeren waren so aufgeregt, dass sie nervös am Stoff ihrer Röcke zu zupfen begannen.

Von draußen drang ein kurzer Schrei des Chagans herein. Er rief seinem obersten Pferdeknecht zu, er solle den Schimmelhengst Kamri herbringen, den schnellsten Renner aus seiner Reitkoppel.

Der Befehl des Fürsten verriet den lauschenden Frauen und Mädchen, dass der Herrscher über das Weite Grasland nunmehr, wie es seine Gewohnheit war, seinen Zorn in einem rasenden Ritt über die Steppe austoben würde; vor der Abendmahlzeit würde er nicht zurück sein in der Zeltstadt, welche die Baratum in diesem Frühjahr am Ufer des Stromes Tiras-Negir errichtet hatten.

Sie hörten, wie draußen Knechte und Krieger mit dem Ruf »Brauset dahin wie der Wind, stürmet einher wie der Falke!« ihren Herrn und seine Begleiter verabschiedeten und sich dann wieder zu einem Schwatz vor der großen Gastjurte niederließen, wo die Abordnung der Shunnu untergebracht war, welche die Tochter des Chagans zum Lager ihres Großhäuptlings weit östlich der Drachenrückenberge bringen sollte.

Tirdal, Mirams Großmutter, richtete sich auf, bedeutete den Versammelten durch ein leises Schnauben, dass sie sich jetzt regen dürften, schaute die links und rechts von ihr Sitzenden der Reihe nach an und sagte mit einer Stimme, die keinerlei Ängstlichkeit oder Aufregung verriet: »Der Sturmwind ist abgezogen, die Sonne fällt nicht vom Himmel. Also dann, ihr Schwestern der Stuten, wieder hinaus an die Arbeit und denkt daran: Versteckt die Zornesworte des Herrschers in eurem Busen und äußert euch nicht vor Männerohren darüber. Und verbergt Mirams Antwort in eurem Herzen und lasst sie vor keinem Pferdesohn noch einmal über eure Lippen kommen.«

Mit Geraschel und Getuschel erhoben sich Frauen und Mädchen und strebten der Zelttür zu.

»Doch Miram und Minam bleiben hier bei mir«, fuhr Tirdal fort und wandte sich dann an eine dralle rotbäckige Frau mittleren Alters, die am linken Ende der Reihe im Zeltwinkel gekniet war und jetzt wartend in der Mitte der Jurte verharrte, »und auch du, hilfreiche Ummu.«

Die Angesprochene setzte sich schräg gegenüber der Alten wieder auf dem Teppich nieder, lächelte wie in geheimem Einverständnis und ließ ihre lebhaft funkelnden dunkelbraunen Augen unaufgeregt zwischen der Großmutter und ihrer älteren Enkelin hin- und herwandern. Zwar gehörte Ummu nicht dem Blute nach zur Sippe des Chagans und war somit eigentlich eine Fremde in der Frauenjurte, aber da sie als Amme und später als Kinderfrau der beiden Töchter treu gedient hatte, lebte sie in der Familie des Herrschers als mütterliche Freundin des Schwesternpaares. Die Gemahlin des Herrschers und Mutter seiner Kinder war vor elf Sommern bei der Geburt des einzigen Sohnes ins Jenseits gegangen. Ummus Mann war vor Jahren bei einem Jagdunfall ums Leben gekommen, ihr Sohn lebte bei entfernten Verwandten seines Vaters in einer anderen Horde der Baratum fern im Norden des Weiten Graslandes.

Als nach und nach alles Weibervolk sich ins Freie gedrängt hatte, wies Tirdal die schlanke, knabenhaft wirkende Minam an, sie solle sich am Zelteingang postieren und ein Zeichen geben, sobald sich ungebetener Besuch der Jurte näherte oder unerwünschte Lauscher sich an der Zeltwand herumdrückten. Dann winkte sie Miram und Ummu zu sich, bedeutete ihnen, sie sollten in den bequemeren Schneidersitz überwechseln – es war ja kein Mann mehr zugegen, der diese Sitzweise als für Weiber unschicklich hätte verdammen können –, und begann mit leiser Stimme zu sprechen.

»Ich frage dich noch einmal, Miram, Tochter des Chagans: Ist es wirklich dein fester Wille, das Vorhaben deines Vaters und das Ansinnen des Shunnu-Häuptlings abzulehnen? Hast du es dir reiflich überlegt? Bist du dir sicher, dass du in deinem Entschluss nicht mehr wankend wirst?«

Miram, die während des Zornesausbruchs ihres Vaters der Schicklichkeit gehorchend den Blick auf einen Schnörkel des Teppichmusters etwa eine Handbreit vor ihren Knien geheftet gehabt hatte, schaute jetzt ihrer *Ninni,* wie die Töchter der Baratum ihre Großmutter liebevoll nannten, unverwandt in die Augen.

»Ich habe darüber nachgedacht, seit ich zum ersten Mal von diesem schrecklichen Plan hörte«, sagte sie mit ihrer sanften und doch so festen Stimme, »und an meiner Ablehnung hat sich nichts geändert. Ich werde es nicht ertragen, dass man mich wie eine Zuchtstute, die an einen fremden Herdenbesitzer verkauft wird, an den Häuptling der Shunnu verhökert, nein, um keinen Preis der Welt!

Dabei ist es nicht so sehr die Abscheu vor der barbarischen Lebensweise der Shunnu, was mich zu meiner Weigerung bewegt – obwohl auch das schon Grund genug wäre. Nein, ich widersetze mich schlicht der Sitte, dass die Tochter eines Fürsten nicht über sich selbst bestimmen und den Mann ihres Lebensbundes selber wählen darf. Wäre ich als Kind eines einfachen Reiters oder Bauern oder Pferdeknechts geboren, dann würde mein Vater mich um meine Meinung und Einwilligung fragen, bevor er mich einem Mann zum Weibe gäbe. Ich kann mich nicht damit abfinden, dass ich als Kind des Gebieters über die Unbesiegbaren Heerscharen weniger Recht auf meinen eigenen Willen haben soll. Ach, wäre ich doch bei den Niridun zur Welt gekommen, wo alle Frauen die gleichen Rechte besitzen wie die Männer und sogar Kriegerinnen werden dürfen!«

Die Niridun, jenes halb amazonische Volk auf den Ebenen von Banon, hatte sich vor vielleicht zweihundert Jahren noch in den Steppen zwischen dem Varkanischen Meer und der Dunkelsee auf Betreiben tatkräftiger Weiber von den Baratum abgespalten und war dann statt ins Weite Grasland in die Gebiete südlich des Tarpan-Gebirges gewandert.

Bei der Erwähnung der »Pferdeschwestern« (dies bedeutete der Name *Niridun*) wandte Minam, die Wächterin am Zelteingang, das Gesicht ihrer Schwester zu. Ihre Augen funkelten sehnsüchtig. Schon immer träumte sie davon, selbst Kriegerin zu werden und wie die Männer hoch zu Ross in die Schlacht zu ziehen. Heimlich hatte sie auf einem Kleinpferd den Kampf mit dem Langspeer geübt, was ihr bei Schwester, Großmutter und Amme den Spitznamen *Nagarki*, »Langspeerchen«, eintrug. Von Anfang an hatte sie ihre ältere Schwester in deren Ablehnung der väterlichen Heiratspläne unterstützt und auch sie wünschte sich oft, sie wäre bei den Niridun geboren anstatt bei den Pferdesöhnen.

Die Großmutter antwortete nicht sofort auf Mirams Erklärung, sondern schwieg eine Weile und musterte nachdenklich das runde und so weich wirkende Gesicht der willensstarken Enkeltochter. Noch einmal schien sie das Für und Wider des Entschlusses ihrer Enkelin in ihrem Herzen abzuwägen. Stirn, Wangen und Kinn des

Mädchens verrieten nichts von der unnachgiebigen Seele, die in diesem Leib zu Hause war. Doch in den schwarzbraunen Augen zeigte sich eine Unbeugsamkeit, die der Härte eines schwarzen Saphirs gleichkam. Schließlich tat Tirdal einen langen, tiefen Atemzug und begann zu sprechen.

»Nun höre denn, Enkeltochter, und auch du, treue Amme und Vertraute, welchen Plan gütige Schutzwesen letzte Nacht im Traum diesem alten Kopf eingegeben haben.«

Zwei Tage später wurde in der Jurte des Goldenen Throns ausgelassen und lärmend gefeiert. War doch am frühen Abend nach dem Zornesausbruch des Chagans der Nika-Aragil noch einmal auf den Knien vor seinem Gebieter erschienen und hatte ihm eröffnet, die jungfräuliche Tochter des hochmögenden Herrschers sei in sich gegangen, habe ihren Starrsinn abgelegt und sich in den Willen des fürstlichen Vaters ergeben. Man möge mit den Zeremonien wie vorgesehen fortfahren, und am Morgen nach der Abschiedsfeier werde sie wie befohlen mit der Abordnung der Shunnu in das Land jenseits der Drachenrückenberge aufbrechen.

So ließ also der Chagan die Mastochsen schlachten und am Spieß braten. Die Frauen kochten Berge von Reis und richteten dazu fässerweise *Piri-Piri* an, eine scharfe Soße, die unter anderem mit Koriander, Kreuzkümmel, schwarzem Pfeffer, Senfkörnern, Dost, Kardamom, Karrieblättern und Zitronengras gewürzt war. Die alten Weiber bereiteten Bottiche voll *Keshkesh*, ein Gericht aus gedünstetem Hirsegrieß, Hammel- und Hühnerfleisch sowie scharfem Paprika, und die Mädchen buken Stapel von Fladenbroten aus Kümmelteig. Alle Vorräte des Chagans an *Sharap*, Wein, *Arap*, Gerstenbier, und *Ishki*, Gerstenschnaps, waren wohl bewacht hinter der Thronjurte gestapelt worden, um den Durst der Gäste und der Berater des Herrschers zu stillen.

Die Frauen feierten natürlich nicht in der Goldenen Jurte mit, denn das Thronzelt war nur den wichtigsten Männern vorbehalten. Die Weiber der Sippe des Chagans konnten – soweit sie nicht mit der Bedienung der Gäste beschäftigt waren – sich in der Frauenjurte

Speis und Trank schmecken lassen, sofern sie dies überhaupt wollten und es nicht vorzogen, sich schon zeitig zwischen die Schlafdecken zu begeben, damit sie am nächsten Tag, wenn das Lager voll verkaterter Männer war, gut ausgeschlafen die mehr oder weniger appetitlichen Spuren und Überbleibsel des Gelages beiseite schaffen konnten.

Hätte sich an diesem Abend ein Mann dazu herabgelassen, einen Blick in die Frauenjurte der Chagan-Sippe zu werfen, so hätte er zu seiner Verwunderung festgestellt, dass die dort Versammelten keineswegs daran dachten zu feiern. Zwar hatten sie sich auch, um kein Misstrauen zu wecken, ihren Anteil an Ochsenfleisch, Reis mit Piri-Piri, Keshkesh, Sharap und Arap geholt – nicht jedoch an Ishki, denn der Gerstenschnaps war ausschließlich den Männern vorbehalten.

Tirdal und die anderen Weiber aus der Herrschersippe – sofern zugegen – trugen zwar Festkleidung, nahmen aber nur wenige Happen von den Gerichten und nippten kaum an den Getränken.

Miram, die eigentlich den geheimen Mittelpunkt der ganzen Feierlichkeit darstellte, hatte statt der Brautgewänder die Lederkleider angelegt, die bei den Frauen der Baratum Sitte waren, wenn sie eine lange, beschwerliche Reise auf sich nahmen, wie zum Beispiel beim alljährlichen Ritte vom Winter- zum Sommerlager und zurück. Auch Ummu, die Kinderfrau, schien sich für eine Reise gekleidet zu haben. Und Minam, die Jüngere, trug gar Männerkleidung und hatte sich ihr bislang bis zu den Ellbogen reichendes Haar bis auf Schulterlänge schneiden lassen, sodass sie mehr einem Jüngling als einer Jungfrau der Baratum glich.

Alle saßen in einem engen Kreis um die Großmutter, die mit einem Kohlestift geheimnisvolle Zeichen auf eine gegerbte Kuhhaut malte.

»Seht her, das hier ist die Dunkelsee.« Sie zeichnete einen Umriss, der an ein riesiges liegendes Ei erinnerte. »Und von Nordwesten kommt der Strom Tiras-Negir, der in sie einmündet.« Sie malte links oberhalb des Eis einen Haken, der dann zu einem geraden Strich wurde und von links auf das Oval traf. »Es ist am einfachsten, wenn ihr dem Lauf des Tiras-Negir bis zu seiner Quelle folgt, denn dann müsst ihr keine Flüsse überqueren und stoßt auch nicht zu früh auf die Tarpan-Berge.« Nun strichelte sie ein Stück unterhalb der Flusslinie etwas hin, was wie eine große gebogene Gurke aussah und die lange Bergkette der Tarpan-Berge darstellen sollte. »Dort wäre nicht nur das Gebirge eurem Ritt hinderlich, sondern auch dessen Bewohner, die Filzhüte – wie man die Leute jener wilden Gegend nennt –, zeigen wenig Gastfreundschaft gegenüber Fremden auf Pferden.«

»Was man ihnen nach ihren Erfahrungen mit Baratum und Niridun ja auch nicht verdenken kann«, warf Minam trocken ein.

»Ts, ts.« Die Großmutter lächelte und nickte zustimmend. »Aber nun merkt auf: Wenn ihr hier von der Quelle des Tiras-Negir aus ein kleines Stück nach Süden reitet, dann gelangt ihr zum Pass von Ushgur. Ihn könnt ihr nicht verfehlen, verläuft doch über ihn der wichtigste Handelsweg zwischen dem Weiten Grasland und den Ebenen von Banon. Ihr dürft euch dort nur nicht als Töchter des Chagans zu erkennen geben, sonst erfährt der Gebieter in kurzer Zeit, wohin ihr geflohen seid.«

Beide Mädchen schüttelten energisch den Kopf. Nein, so töricht würden sie nicht sein, kurz vor dem Ziel ihr Unternehmen noch zu gefährden. Sie würden sich als Bruder und Schwester ausgeben, unterwegs zum Vater, der als Händler bei den Niridun Langhornrinder einzukaufen beabsichtigte.

»Die Stadt Ushgur auf der Südseite des Passes ist euer Tor nach Banon, aber sie gehört schon zum Land Bantan, über das die Königin von Avalanna herrscht. Wie ihr ja wisst, ist sie die Tochter der früheren Herrscherin der Niridun und gebietet somit auch über die Ebenen von Banon. Dort bringt man Reiterinnen – auch fremden – nicht sonderlich viel Misstrauen entgegen.«

»Woher weißt du das alles, Großmutter?«, fragte Minam und blickte von der Kartenskizze auf.

Tirdal lachte leise. »Nun, wie euch ja bekannt ist, wurde ich nicht in den Zelten der Baratum geboren, sondern stamme aus jenem Land Bantan, genauer gesagt aus dem Landstrich Ilemoia, der nur um weniges westlich von Ushgur liegt. Und in Ushgur bin ich als junges Mädchen zum ersten Mal jenem Pferdesohn begegnet, der mich später zur Frau haben wollte. Ich bin nicht ungern sein Weib geworden, wie ich anfügen muss.« Sie kicherte. »Die Baratum hatten klugerweise unter der Führung eures Urgroßvaters auf der Vaterseite, des Chagans Tarkal-Katun, nach dem Ersten Shakarenkrieg ein Bündnis mit den Königen von Pangir und Avalanna geschlossen. Schließlich hatten die Shakaren ja gegen jene Reiche ebenso gekämpft wie gegen die Pferdesöhne. So war es nicht ungewöhnlich, dass sich da und dort freundschaftliche und sogar auch verwandtschaftliche Bande zwischen den Menschen aus Bantan und denen aus dem Weiten Grasland entwickelten. Ein Neffe von mir trat zum Beispiel sogar als Heiler bei den Berittenen Bogenschützen in die Dienste des Chagans …«

Versonnen schaute die Großmutter vor sich hin. Dann schüttelte sie den Kopf und seufzte wehmütig. »Ach, wie alle alten Leute verliere ich mich in Betrachtungen lang vergangener Dinge.« Sie tat einen tiefen Atemzug und richtete ihren Blick wieder auf die Kuhhaut.

»Hier«, sie zog unterhalb des Hakenendes, das für die Quelle des Tiras-Negir stand, einen kleinen dicken Strich, »das ist der Pass von Ushgur. Und gleich südlich davon«, sie malte einen dicken Punkt, »liegt die Stadt selbst, mitten am Fluss Ush, von dem sie ihren Namen hat. Dieser fließt zu einem anderen Fluss namens Borog und der wiederum mündet in den Strom Tiish. Und irgendwo weiter südlich am Ufer des Tiish muss sich das Lager der Tarkani der Niridun befinden, die als Stellvertreterin der Königin von Avalanna die Pferdeschwestern anführt. Wenn ihr dort seid und der Tarkani erzählt, weshalb ihr aus den Zelten der Baratum geflohen seid, so wird sie volles Verständnis für euch haben. Bei ihr seid ihr sicher.«

Miram und Minam seufzten und atmeten auf. Ach, wenn sie doch schon den ungewissen Weg hinter sich hätten und statt in der Frauenjurte des Chagans im Gästezelt der Tarkani säßen!

Eine Dienerin, die das Vertrauen der Großmutter genoss, kam

herein, kniete sich neben Tirdal nieder und flüsterte ihr zu: »Jetzt fangen sie an den schweren Wein zu trinken.«

Auf dem Gesicht der Alten erschien ein listiges Lächeln. »Dann wird es nur noch eine knappe Stunde dauern und alle Trinker schlafen so tief und fühllos wie tote Holzklötze.«

Alle Versammelten kicherten – wenn auch die eine oder andere ein etwas ungutes Gefühl dabei hatte. Denn dem ersten Teil des Plans folgend, der nach Aussage der Großmutter ihr von einem Schutzwesen eingegeben worden war, hatten sie dem so genannten schweren Wein, der bei dem Gelage als Höhepunkt der festlichen Trinkerei kredenzt wurde, heimlich *Uyuk-Hashbash* beigemischt, ein starkes, aus den Früchten des Mohns gewonnenes Schlafmittel. Die Menge, die Tirdal sorgfältig nach den Trinkgewohnheiten der Pferdesöhne und der nicht minder zechfreudigen Sturmreiter abgemessen hatte, würde ausreichen, um die Männer mindestens bis zur Mitte des folgenden Tages in den Schlaf zu bannen. Und wenn sie dann erwachten, würde es noch einige Stunden, vielleicht sogar bis zum Sonnenuntergang dauern, bis sie wieder ganz klar im Kopf und imstande wären, Entschlüsse zu fassen und zu deren Ausführung zu schreiten. Doch bis dahin hätten die beiden Mädchen schon viele Langmeilen zurückgelegt und keiner der Pferdesöhne würde wissen, in welche Richtung sie wirklich unterwegs waren.

»Nun«, sagte die Großmutter und bedeutete mit einer Geste den Schwestern, sie sollten sich ans Werk machen, »nun habt ihr eine Stunde Zeit, um eure Sachen zu packen. Und denkt daran, nicht zu viel mitzunehmen, denn ihr werdet ja auf Shunnu-Pferden reiten, nicht auf Rossen der Baratum!« Die Mädchen erhoben sich, nickten und begaben sich in den hinteren Teil der Frauenjurte, wo ihre Habseligkeiten schon bereitlagen.

»Ihr anderen geht zur Goldenen Jurte und schließt euch den Sängerinnen an und habt ein Auge darauf, dass die Männer wirklich ausreichend von dem schweren Wein trinken. Und sobald sie wie satte Säuglinge in den Schlaf gefallen sind und schnarchen, dann kommt zurück und meldet es mir.«

Die Frauen standen auf, kicherten und wackelten mit den Hüften – eine Geste des Spotts auf die Schwächen des männlichen Geschlechts. Sie fanden den Streich, der den Männern – Pferdesöhnen wie Sturmreitern gleichermaßen – gespielt werden sollte, köstlich. Stimmte nicht doch, was die alten Weiber immer sagten? Männer werden nur dem Leib nach erwachsen, aber in ihrer Denkweise bleiben sie selbstgefällig-einfältige Knaben, die keiner Frauenlist gewachsen sind.

Mitternacht war schon vorüber, als die Frauen sich anschickten, den zweiten Teil von Tirdals Plan in die Tat umzusetzen. Dabei machten sie sich eine alte Sitte der Baratum zunutze: Nach dem Ende eines Gelages im Zelte des Fürsten kamen stets die Weiber und trugen, unterstützt von weiblichen Verwandten und Dienerinnen, ihre Männer ins heimische Zelt zurück, als handelte es sich bei ihnen um kleine Kinder, die zur Unzeit draußen eingeschlafen waren und nun in die gewohnte Wiege zurückgebracht wurden. Es war für jeden Pferdesohn die größte Selbstverständlichkeit, dass er dank dem Bemühen der gering geschätzten Weiber seinen Rausch zwischen den eigenen Decken ausschlafen konnte, nachdem man ihn vorher auch noch der nach Wein, Bier, Schnaps und Ochsenfett stinkenden Obergewänder entledigt hatte.

So hatte es also durchaus seine Ordnung, dass im Dunkel der Nacht flüsternde Frauen sturzbetrunkene und schlafohnmächtige Männer zwischen den Jurten forttrugen. Aber nicht in Ordnung war, was mit den sieben Abgesandten des Großhäuptlings der Shunnu geschah. Zwar wurden auch sie in das richtige Zelt, die Gastjurte, zurückgebracht. Doch statt sie dort der Obergewänder zu entkleiden und dann zwischen die Schlafdecken zu schieben, taten die Frauen aus der Sippe des Chagans etwas, was den Sitten der Pferdesöhne ganz und gar widersprach: Sie wickelten die Gesandten in die kostbaren Teppiche, die der Chagan seiner Tochter als Geschenk für ihren zukünftigen Gemahl hatte mitgeben wollen, und trugen sie dann zum Ufer des Tiras-Negir. Dort verfrachteten sie die gebündelten Shunnu einen nach dem anderen auf einen alten Flussprahm, der früher einmal dem Sommerlager des Chagans als Fähre gedient hatte. Während dies geschah, schnarchte der Chagan übrigens schon, von einem purpurnen Vorhang verborgen, in seinem güldenen Prunkbett hinter dem Goldenen Thron.

Als alle sieben selig schlummernden Sturmkrieger auf dem Boden des Bootes aufgereiht lagen, stakte eine von Tirdals kräftigsten Dienerinnen den Prahm in die Mitte des Flusses, und als sie sicher war, dass die Strömung das Fahrzeug erfasst hatte und nicht mehr hergeben würde, sprang sie ins Wasser und schwamm ans Ufer zurück.

»Lebt wohl, ihr Boten der Sturmreiter«, murmelte Tirdal spöttisch, und die beiden Mädchen folgten im Sternenlicht mit ihren Blicken dem davondriftenden Boot, bis es hinter der Biegung des Flusses verschwand.

Wahrscheinlich würden die Abgesandten des Shunnu-Häuptlings erst aus ihrem Rausch erwachen, wenn der Prahm an der Nehrung anlangte, welche die Mündung des Tiras-Negir von der Dunkelsee abschnürte. Und sicher würden sie dann irgendwo auf hilfsbereite Fischer stoßen, die ihnen aus den Teppichen halfen und die Richtung zeigten, die sie einschlagen mussten, wenn sie das Lager ihrer Horde erreichen wollten – zu Fuß, was bei der Entfernung von ungefähr zweitausend Langmeilen einige Zeit dauern dürfte. Ihre Wut würden die Sturmreiter an den Fischern nicht auslassen können, denn ihre Waffen waren auf Tirdals Anweisung hin schon vor Beladung des Prahms im Fluss versenkt worden.

Die Ausführung des dritten Teils des Plans, welcher der wackeren Ummu oblag, begann noch vor der Morgendämmerung, als gut drei Stunden vor dem Sonnenaufgang der abnehmende Mond im Osten erschien und sein fahles Licht auf das Weite Grasland warf.

Von dem Dutzend Pferde, mit dem die Abgesandten der Shunnu gekommen waren, übernahm die Kinderfrau die acht, welche die beiden Mädchen nicht gebrauchen konnten. Ummu würde mit den Pferden nach Osten reiten, auf den Nordrand der Dunkelsee zu, und dann den Strom Dinjapur überqueren. Es sollte so aussehen, als hätten die Shunnu die Braut und aus Versehen auch noch die Schwester sowie die Kinderfrau mitgenommen und sich auf die Heimreise gemacht, ohne sich gebührend vom zukünftigen Schwiegervater ihres Großhäuptlings zu verabschieden. Jenseits des Dinjapurs würde Ummu sieben der Pferde ihrem Schicksal überlassen und dann nach Norden schwenken. Wenn sie stromaufwärts dem Dinjapur bis zu seinem Oberlauf folgte, war es nicht mehr weit bis zu der Horde, bei der ihr Sohn lebte. Bei ihm würde sie bleiben, möglichst unauffällig, bis eines Tages Gras über die Sache gewachsen war.

Ummu umarmte Miram und Minam zum Abschied. »Ich weiß nicht, ob wir uns in diesem Leben noch einmal wieder sehen«, sagte sie unter Tränen, »aber mein Herz wird euch nie vergessen und immer mit euch sein, und der Herr des Himmels wird uns sicher im nächsten Leben erneut zusammenführen.«

»Die Herrin des Himmels«, murmelte Minam, und trotz des Ernstes der Stunde mussten die anderen lachen. Denn mit ihrem Einwurf gab die jüngere der Schwestern zu verstehen, dass sie sich schon dem Glauben der Niridun zugewandt hatte, die aus dem männlichen Himmelsgott einfach eine Göttin gemacht hatten, als sie die gemeinsamen Weidegründe verließen.

»Herr oder Herrin, 's ist einerlei«, erwiderte Ummu. »Mögen die Himmlischen euch beschützen!«

Sie wischte sich die Tränen aus den Augen, stieg auf eine Shunnu-Stute und nahm aus Tirdals Händen die Leine einer zweiten entgegen, die ihr unterwegs als Packpferd dienen würde. Mit einem Druck der Unterschenkel gab sie ihrem Pferd zu verstehen, dass es sich in Bewegung setzen sollte. Im ungewissen Mondschein, dem nach und nach das graue Licht der Frühe zu Hilfe kommen würde, ritt Ummu nach Osten. Das Packpferd trottete hinterher.

Eine Dienerin öffnete die Koppel, in der sich die restlichen freien Shunnu-Pferde ungesattelt und ohne Zaumzeug vom langen Ritt von den Drachenrückenbergen bis zum Tiras-Negir ausgeruht hatten. Die Tiere schnoberten verwirrt, dann traten sie vorsichtig, eines nach dem anderen, durch das offene Gatter und schlossen sich ganz selbstverständlich der Davonreitenden an. Es dauerte nur eine kleine Weile, und schon war die ganze Kavalkade im Zwielicht des Vormorgens verschwunden.

Tirdal atmete tief auf. »Bis jetzt ist alles gut gegangen, und mithilfe der Himmelsherrin, die man in meiner Heimat als Mutter Ipona verehrt, werdet auch ihr heil und ohne Harm an eurem Ziel ankommen.« Jetzt war es an der Großmutter, sich verstohlen Tränen aus den Augen zu wischen. »Und schließlich ist da auch noch eure eigene Mutter, die von der Anderen Welt aus sicher ein Auge auf euch hat und nicht zulassen wird, dass euch etwas Widriges zustößt.«

Auch sie umarmte nun beide Mädchen ausgiebig, doch bevor sie die von ihnen ausgewählten Reittiere besteigen konnten, hielt die Großmutter Miram am Arm fest und sagte: »Zum Abschied möchte ich dir noch etwas schenken, was ich von meinem Vater bekam, als ich als Braut meine Heimat Ilemoia verließ. Wenn eure liebe Mutter mich überlebt hätte, dann hätte sie es geerbt und zum rechten Zeitpunkt ebenfalls an dich, ihre Erstgeborene, weitergegeben.«

Sie griff in den Nackenausschnitt ihres Gewandes und holte eine schwarze Kordel hervor, an der ein rundes goldenes Medaillon hing, das vielleicht halb so groß sein mochte wie ihr Handteller. Darauf schob sie ihr zu einem dicken Zopf geflochtenes weißes Haar mit der einen Hand durch die schwarze Schleife, zog mit der anderen die Kordel samt Anhänger über den Kopf und reichte das Schmuckstück ihrer Enkelin.

Trotz der Wehmut des Abschieds erwachte Mirams Neugier und sie betrachtete das Medaillon in ihren Händen. Die eine Seite zeigte einen Adler, der vor dem Hintergrund der aufgehenden Sonne mit einem Lorbeerzweig im Schnabel flügelschlagend auf einer Bergspitze landete. Um das Bild lief ein Schriftband, dessen Zeichen nicht zur Schrift der Baratum gehörten und für Miram somit unlesbar waren. Sie drehte die Medaille um und sah eine Fürstenkrone nach Art der Westvölker, in der sich – mit den Spitzen nach unten – ein Schwert und ein Pfeil kreuzten. Die beiden Waffen wiesen allerdings eine merkwürdige Besonderheit auf: Statt des Heftes trug das Schwert eine Blütentraube, statt der Befiederung wuchsen aus dem

Pfeilende üppige Blätter. Auch hier war das Schriftband in den fremden Zeichen gehalten.

»Was steht hier geschrieben, Ninni?«, fragte Miram.

»Ich kann nicht alles lesen, das hier oben ist fjanorische Schrift, die heute nur noch die Tiefwissenden benutzen, doch die untere Hälfte ist Harkinak, wie es in meiner Heimat und in anderen Westländern gesprochen wird.« Sie räusperte sich leise und las mit fast feierlich klingender Stimme: »*Aun Donant Din – Aun Medon Aidche Silshi – ag Laadir Ditu Dochis*.«

Es hatte fast wie ein Zauberspruch geklungen, und die Mädchen schwiegen einige Atemzüge ehrfürchtig, doch dann wollte Minam wissen: »Und was heißt das?«

»*Im Sturme Schutz – in tiefster Nacht ein Licht – ein fester Hort der Hoffnung*«, übersetzte die Großmutter. »Sind das nicht gute Wünsche für eure Reise ...?«, fügte sie hinzu – und hätte fast noch gesagt: »... ins Ungewisse.«

Als Miram sich das Medaillon umhängte und dann unter Jacke und Hemd schob, leuchtete in ihren Augen eine mit Entschlossenheit gepaarte Zuversicht auf. Mochte sie sich auch in Widerspruch zu den alten Sitten dem Willen des Vaters entziehen, so hatte sie doch jetzt etwas bei sich, das sie als Zustimmung der verstorbenen Mutter zu ihrem eigenwilligen Vorhaben verstand. Niemals würde sie in der Fremde ohne Verbindung zur Seele ihrer Mutter sein. Und sie würde auch auf die jüngere Schwester aufpassen, während Minam ihrerseits felsenfest davon überzeugt war, sie sei als Jungkrieger Nagarki verkleidet Beschützerin oder Beschützer der Älteren.

Die Pferde der Shunnu waren allgemein kleiner und struppiger als die der Baratum, doch die beiden Schwestern hatten sich unter den Tieren der Abgesandten des Großhäuptlings diejenigen ausgewählt, die von der äußeren Erscheinung her den Reitpferden ihres Volkes am meisten ähnelten. Miram hatte sich für eine Apfelschimmelstute entschieden, die beinahe so groß war wie eine Stute der Baratum, Minam für einen etwas kleineren, aber kräftigen Rotfuchswallach. Die Schwestern hatten ihnen neue Namen gegeben und sich dabei der Sternbilder bedient, deren hellste Sterne zum Sommerdreieck am nächtlichen Firmament gehörten: Die Stute hieß jetzt *Hayat*, also »Schwan«, und der Wallach *Kartal*, »Adler«. Die beiden etwas weniger ansehnlichen Packpferde waren den Farben ihrer Felle entsprechend in *Kirdan*, »Graufalk«, und *Kargan*, »Rabe«, umbenannt worden.

Der Mond stand schon hoch am Himmel, im Osten zeigte sich ein erster blasser Lichtstreif über dem Horizont. Es stand nicht dafür, den unvermeidlichen Abschied noch länger hinauszuzögern. Die Mädchen hatten schon am Abend den beiden Pferden statt der Reitdecken der Shunnu typische Baratum-Holzsättel mit vorne und hinten hohem Zwiesel und mit Steigbügeln auflegen lassen, was die Tiere erstaunlich ruhig aufgenommen hatten. Jetzt stiegen die beiden Schwestern auf ihre Reittiere, ließen sich die Leinen der schon beladenen Packpferde reichen, banden sie an den Sattelknöpfen fest und setzten sich langsam in Bewegung.

»Dort, wo das Ufer flach ist, solltet ihr so lange wie möglich im seichten Wasser reiten, damit ihr keine Spur hinterlasst«, gab ihnen die Großmutter noch als letzten Rat mit auf die Reise. »Und möge der Schutz der Himmelsherrin nie von euch weichen!«

Miram winkte noch einmal, zwang sich dann aber, nicht mehr zurückzuschauen. Sie wollte nicht, dass man die Tränen in ihren Augenwinkeln glitzern sah. Sie dachte daran, dass sie sich nicht von ihrem Bruder Tishak hatten verabschieden können, denn der hätte sofort alles dem Vater gepetzt und so das Vorhaben vereitelt. Ob sie Tishak jemals wieder sehen würde?

Minam hingegen trat kein Wasser in die Augen; ihr Herz schlug freudig erregt. Endlich begann ihr jahrelanger Traum Wirklichkeit zu werden. Bald würde sie eine Kriegerin der Niridun sein!

Niemand im Lager schien ihren Aufbruch bemerkt zu haben. Die Großmutter und die Dienerinnen verschwanden still wieder zwischen den Jurten. Schon nach einer Viertelstunde war das Sommerlager des Chagans im Zwielicht zurückgeblieben.

Zur Linken kam ihnen der Fluss ruhig entgegengegurgelt, zur Rechten erstreckte sich das sanft gewellte Grasland bis zum Horizont. Der östliche Himmel hatte unmerklich eine leicht rosafarbene Tönung angenommen.

Mit warnendem »Tritritritrieh« flog eine aufgeschreckte Haubenlerche vor ihnen hoch. Vom Grasland her war der Gesang einiger Feldschwirle zu hören, der wie das Zirpen von Grillen klang, und von den niedrigen Büschen, die da und dort das Ufer säumten, ertönte das gedämpfte »Wädwädwäd« von Dorngrasmücken. Für die Geschöpfe des Graslandes war die Nacht schon längst vorbei, und ohne sich allzu sehr um die dahinziehenden Pferde zu kümmern, begrüßten sie die Neugeburt des Lichts und kündeten von ihrer Lebensfreude.

Über die Tage des langen Ritts der beiden Mädchen vom Lager des Vaters am Unterlauf des Tiras-Negir bis zu dessen Quelle gibt es nichts zu berichten, was Eingang in die Erzähllieder eines Sängers der Baratum oder in die Geschichten eines Barden der Galtach gefunden hätte. Sie kamen zügig voran, ohne ihre Pferde über Gebühr anzustrengen, und da im Bereich der Herrschaft des Chagans Friede und Gesetzlichkeit herrschten, erlebten sie keinerlei Bedrohung. Begegneten sie Angehörigen des eigenen Volkes, so stellten sie sich wie verabredet als Geschwisterpaar dar, das unterwegs war, um den Vater zu besuchen. Minam gab sich so überzeugend als junger Krieger Nagarki, dass niemand hinter der Verkleidung ein Mädchen vermutet hätte.

Da es bei den Baratum als unschicklich galt, ohne triftigen Grund nach dem Namen einer fremden Frau zu fragen, brauchte Miram keinen Tarnnamen anzunehmen. Die meisten über das Grasland verstreut lebenden Pferdesöhne wussten zwar, dass ihr Chagan Töchter hatte, kannten sie jedoch nicht aus eigener Anschauung. Und wenn Miram befürchten musste, jemand könnte sie erkennen, verhüllte sie sittsam die untere Partie des Gesichts, was bei den Baratum als besonders schicklich galt.

Stießen sie auf Leute aus dem Volk der Andanen, das im Einvernehmen mit den Baratum diesen Landstrich bevölkerte, die Oberhoheit des Chagans anerkannte und sich im Gegensatz zu den Pferdesöhnen dem Ackerbau widmete, so brachte man ihnen Achtung und Gastfreundlichkeit entgegen. Kein Andane hätte es übrigens gewagt, sich an Baratum zu vergreifen.

Hier muss noch angefügt werden, dass der Chagan Yugur-Katun und seine Berater, am Nachmittag nach dem Gelage endlich aus ihrem Rauschschlaf erwacht, tatsächlich zu der Auffassung gelangten, die Abordnung der Sturmreiter sei mit der Braut, deren Schwester und der Kinderfrau ohne Abschied übereilt losgezogen. Nun ja, so hieß es, von diesen hinterwäldlerischen Shunnu, die hinter den Drachenrückenbergen in ihrem eigenen Saft schmorten, konnte man eben kein so gutes Benehmen erwarten wie von den Pferdesöhnen, den Unbesiegbaren Heerscharen!

Spät an jenem Tag – als die Braut schon weit in Richtung Norden unterwegs war – gerieten die sieben Sturmreiter, die in ihren Teppichrollen die Hitze des Tages schon ausgiebig verflucht hatten, mit ihrem Prahm in die Untiefen vor der Mündung des Tiras-Negir und wurden schließlich von Fischern gefunden und befreit. Sie beschlossen einhellig, gar nicht erst den Heimweg zu Fuß in das Land hinter den Drachenrückenbergen anzutreten, da sie den Zorn ihres Großhäuptlings zu sehr fürchteten, um mit leeren Händen, ihrer Pferde und Waffen beraubt und gründlich gedemütigt vor seinem Angesicht zu erscheinen. Statt nach Nordosten zu gehen schlugen sie die Richtung nach Südwesten ein und folgten dem Ufer der Dunkelsee, bis sie zu dem breiten und verzweigten Delta des Daidun gelangten. Dort schlossen sie sich dem Völkchen Ausgestoßener und Gesetzloser an, die in diesem sumpfigen, schilfreichen Gebiet auf vielen kleinen Inseln ihr Leben fristeten, ohne von den Reitern des Chagans behelligt zu werden.

Etwa zwei Wochen nach ihrem Aufbruch erreichten Miram und Minam nahe der Quelle des Tiras-Negir den Pass von Ushgur. Da zwischen den Baratum und dem Lande Bantan, zu dem die Stadt Ushgur gehörte, Frieden herrschte und ihre Fürsten, der Chagan und die Königin von Avalanna, ein Bündnis miteinander unterhielten, waren die beiderseitigen Pass- und Grenzwachen nur mit wenigen Leuten besetzt. Die Wächter des Chagans, die in einigen Jurten neben der Straße hausten, waren gerade mit Übungen im Bogenschießen beschäftigt und achteten mehr auf ihre Pfeile mit den dreiflügeligen Eisenspitzen als auf die zwei jungen Leute, die mit den Packpferden an der Leine der Passhöhe zustrebten.

Beiden Mädchen schlug das Herz bis in den Hals, als sie an den Kriegern ihres Vaters vorüberzogen. Doch da sie nicht hielten und keine Bitten um Auskunft an die Wächter richteten, schienen diese sich nicht bemüßigt zu fühlen die Reisenden nach dem Woher und Wohin zu fragen. Sie winkten ihnen nur zu, sofern sie nicht gerade den Bogen gespannt hatten und zielten; Miram und Minam winkten zurück – und keine hundert Hufschläge später hatten sie den Herrschaftsbereich ihres Vaters verlassen.

Auf der Passhöhe hielten sie ihre Pferde an, denn trotz aller Entschlossenheit, ihrem bisherigen Leben den Rücken zu kehren, wollten sie noch einmal einen Blick zurück ins Weite Grasland werfen. Es war fast Mittag, am Himmel stand kaum eine Wolke und das grüne Land dehnte sich unter dem Dunstgeflimmer der frühsommerlichen Hitze. Würden sie jemals wieder zusammen mit anderen aus dem Volke ihres Vaters über die unermesslichen Flächen dahinreiten?

»Die Ebenen von Banon sind bestimmt genauso schön«, sagte Minam laut und mit Nachdruck, als bestünde Gefahr, die Schwester könnte im allerletzten Augenblick noch schwankend werden und das Unternehmen abbrechen. Doch sie wusste, dass es dafür zu spät war. Der Chagan würde nie verzeihen, wie man die Abgesandten des Häuptlings der Shunnu behandelt hatte.

»Ja, auf zu den Ebenen von Banon!«, erwiderte Miram mit fester Stimme und richtete den Blick wieder nach vorn.

Ein Schenkeldruck und Hayat setzte sich in Bewegung. Graufalk trottete brav hinterher.

»Los, mein Adler, los, mein Rabe«, redete Minam ihren Pferden zu und folgte der Schwester.

Auf der Südseite des Passes begann zu beiden Seiten der Straße ein schütterer Bergwald. Die Grenzwache des Landes Bantan bestand aus einem Blockhaus, vor dem zwei Krieger an einem klobigen Tisch saßen, Bier tranken und in ein Würfelspiel vertieft waren. Als das Hufgeklapper sie aus dieser Beschäftigung riss, blickten sie auf und bedeuteten den Reitern winkend, sie sollten zu ihnen herankommen. Miram und Nagarki folgten der Aufforderung und hielten neben dem Blockhaus an, doch die Wächter verlangten nicht, dass sie absäßen.

»Ihr seid Untertanen des Chagans?«, fragte einer der beiden und zwirbelte seinen Schnurrbart.

»Ja«, erwiderte Minam, »ich bin der Jungkrieger Nagarki und dies ist meine Schwester. Wir besuchen unseren Vater, der in Banon Handel treibt.«

»Möge dann euer Ritt angenehm sein und mögen eure Pferde nie ermüden!«, rief ihnen der Wächter zu, während der andere schon wieder nach dem Würfelbecher griff.

Die kleine Kavalkade setzte sich wieder in Bewegung.

»Ich hätte nie gedacht, dass unser Übertritt ins andere Land so beiläufig vonstatten gehen würde«, bemerkte Miram und lächelte erleichtert.

Minam seufzte und ihre Schwester wusste nicht, ob die Jüngere aufatmete oder es bedauerte, dass während des bisherigen Weges nicht ein einziges Mal kriegerischer Mut oder Kampfesgeschick erfordert gewesen war.

Nach einem Ritt von vielleicht zwei Stunden – die Straße ging immerzu in sanften Bögen bergab – gelangten sie zu einem Weiler, der aus zwei, drei kleinen Bauernhöfen bestand und etwas zurückgesetzt zwischen schmalen Feldern und Gärten lag. Neben dem Weg stand ein schmales, niedriges Steingebäude, das zu klein war, als dass jemand darin hätte wohnen können. Zur Straße hin öffnete sich ein überwölbter Eingang, und als die Reiterinnen daran angelangt waren, hörten sie aus dem Gemäuer das Gluckern einer Quelle. Da beide durstig waren – sie hatten am Morgen zum letzten Mal getrunken –, saßen sie ab, banden ihre Pferde an einer Eberesche fest, die neben dem Brunnenhaus stand, und traten ein.

Drinnen war es kühl und dämmerig. Die Stirnseite des Häuschens nahm ein Steinbildnis ein, das eine Frau darstellte, die im Weibersitz auf dem Rücken eines Pferdes saß und einen großen Korb mit Früchten im Schoß hielt. Aus einem Loch im Sockel des Reliefs, vielleicht zwei Ellen über dem Boden, sprudelte Quellwasser in ein kleines rechteckiges Steinbecken, das seinen Überfluss unaufhörlich aus einer schnabelartigen Kerbe in eine steinerne Rinne ergoss, die das Wasser durch ein Rohr nach draußen fließen ließ.

Zu beiden Seiten des Bildnisses standen an den Schmalseiten des Häuschens niedrige Steinbänke. Auf der einen saß eine alte Frau mit schlohweißem Haar, die vom Hals bis zu den Knöcheln in ein Gewand aus ungefärbter Wolle gekleidet war. Sie schien geschlummert zu haben, doch als die beiden Mädchen das Quellhaus betraten, schlug sie die Augen auf und schaute sie mit funkelnden Amselaugen an. Sie sagte etwas in einer Sprache, die Miram und Minam fremd war, doch als sie merkte, dass die beiden sie nicht verstanden, fragte sie in der Sprache der Baratum: »Kommt ihr aus dem Weiten Grasland?«

Die Schwestern nickten. Minam zeigte auf das Steinbildnis und fragte: »Wer ist das?«

Die Alte blickte auf die steinerne Frau mit dem Früchtekorb auf dem Schoß, als sähe sie sie zum ersten Mal, und erwiderte: »Das ist die Große Mutter Ipona.«

»Ist sie eine Gottheit?«, fragte Minam weiter.

»Ja«, erwiderte die Frau, »die machtvollste unter den Göttern und Göttinnen.«

»Ist sie die Himmelsherrin?«, wollte Miram wissen.

Die Alte legte den Kopf schief, als müsste sie überlegen. »Ja«, sagte sie schließlich, »so kann man sie auch heißen. Wir nennen sie auch die Immerwährend Helfende. Sie lässt die, welche sich an sie wenden, nie im Stich.«

»Dann werden wir sie um ihren Schutz anrufen«, erklärte Miram.

»Dazu solltet ihr euch zuerst die Hände im Wasserbecken waschen und dann dreimal von der Quelle trinken.«

»Ist das die Sitte?«, fragte Minam.

Die Alte nickte.

Die Mädchen taten wie geheißen, wuschen sich, hielten die hohlen Hände zusammen und ließen sie von der Quelle füllen, um dann mit kräftigen Zügen zu trinken. Danach verharrten sie in Schweigen, und jede brachte stumm der fremden Gottheit die eigenen Wünsche für den Fortgang der Reise vor.

Als sie ihr Gebet beendet hatten und das kleine Heiligtum wieder verlassen wollten, rief die Alte sie zurück. »Halt, wartet, setzt euch. Ich habe euch noch etwas zu sagen.« Sie zeigte auf die gegenüberliegende Steinbank.

Miram und Minam ließen sich zögernd darauf nieder.

»Ich bin hier die Priesterin der Mutter Ipona«, erklärte die Frau, »und ich bin auch ihre Stimme. Seit sie vor zwei Tagen im Traum zu mir sprach, warte ich auf ihr Geheiß hin hier auf zwei Mädchen aus dem Weiten Grasland, und nun seid ihr gekommen.« Sie richtete ihren durchdringenden Blick auf Minam. »Du gibst dir zwar den Anschein ein Jüngling zu sein, aber in Wirklichkeit bist du kein Mann, sondern ihre jüngere Schwester, nicht wahr?«, sagte sie und wies mit dem Kinn in Mirams Richtung.

Das Mädchen nickte verwundert.

»Und ihr seid Töchter eines Fürsten der Pferdesöhne und wollt aus eigenem Willen zu den Niridun fliehen?«

Die Schwestern blickten sich erschrocken an. Sollte dies schon das Ende der Reise sein? Würde die Priesterin dafür sorgen, dass man sie ins Lager des Chagans zurückschickte? Sie schauten unsicher die Priesterin an und nickten zögernd.

»Macht euch keine Sorgen, ich werde eure Reise nicht hemmen, denn die Immerwährend Helfende Mutter hält ihre schützende Hand über euch.«

Die Mädchen seufzten erleichtert.

»Doch soll ich euch folgende Botschaft kundgeben: ›Reitet in dieser Zeit nicht weiter in das Land der Pferdeschwestern, denn dort sind Spione der Shakaren unterwegs, denen ihr in die Hände fallen könntet. Begebt euch stattdessen in die Stadt Avalanna und stellt euch dort unter den Schutz der Königin Marjam, die nicht nur über Avalanna und das Land Bantan, sondern auch über die Ebenen von Banon gebietet.‹«

Die Mädchen nickten, um zu zeigen, dass sie die Botschaft vernommen hatten.

»Für dich, die Kriegerin werden möchte, gibt es noch eine weitere Botschaft: ›Sorge dich nicht ob des Umwegs, denn dein Wunsch wird in Erfüllung gehen. Die Pferdeschwestern werden dich als die Ihre aufnehmen und zur Kriegerin machen.‹«

Minam schnaubte gerührt und grinste wie ein Kind.

Die alte Priesterin wandte sich nun an Miram und sagte: »Für dich, die Ältere, die sich keinen Gemahl aufzwingen lassen will, habe ich ebenfalls eine weitere Botschaft, doch deren Bedeutung ist mir verschlossen. Ich vertraue darauf, dass du die Worte der Großen Mutter verstehst.«

Miram beugte sich erwartungsvoll vor, als wollte sie der Alten die Worte von den Lippen ablesen.

»›Auch du, Tochter, wirst nicht auf Dauer in Avalanna bleiben, doch Banon wird dir nicht zur neuen Heimat werden. Aber in der Stadt der Königin wirst du einem Hirten aus Harkin begegnen, und der wird dir einen Weg in ein freies Leben weisen.‹«

Verdutzt starrte Miram die Priesterin an.

Die zuckte mit den Schultern und breitete wie entschuldigend die Hände aus. »Mehr habe ich euch nicht von Mutter Ipona zu sagen, und was die Botschaften euch bedeuten, müsst ihr im eigenen Herzen finden.« Sie schnaufte tief und schloss wieder die Augen, als wollte sie den Schlummer fortsetzen, aus dem die Ankunft der beiden Reiterinnen sie geweckt hatte.

Miram und Minam warteten eine Weile, doch die alte Frau schien wirklich wieder zu schlafen. Sie rührte sich nicht, sagte kein Wort, und wenn sich nicht ihre Brust leicht im Rhythmus des Atems gehoben und gesenkt hätte, dann hätte man sie fast auch für eine Statue halten können.

Die Mädchen standen auf, verneigten sich stumm vor dem Steinbildnis der Ipona und traten ins Freie. Als hätten sie es verabredet –

oder als erwartete es die Göttin von ihnen –, behielten sie ihr Schweigen bei, saßen auf und setzten ihren Weg fort, ohne auch nur ein Wort zu wechseln.

›Und ich werde also wirklich eine Kriegerin der Niridun‹, dachte Minam, als sie Kartal wieder auf die Straße zurücklenkte.

›Ein Hirt aus Harkin … Was soll das nur heißen?‹, grübelte Miram, während sie Hayat nachdenklich in der Mähne kraulte.

Kapitel II

Kishik hielt ihr Pferd an und blickte sich um. Am Himmel hing keine einzige Wolke. Das strahlende Blau des frühen Morgens, kurz nach Sonnenaufgang, wölbte sich über die ganze Steppe. Ein Rotfalke rüttelte mit gefächertem Schwanz hoch in der Luft und suchte den Boden nach Mäusen ab. Es wehte kaum ein Wind. Die große Stille wurde nur von den Lauten der Vögel durchbrochen. Da und dort strichen Schwärme von Grauammern und Schafstelzen in wellenförmigem Flug über das üppige Gras und riefen einander »Tick-tick« und »Tswiip-tswiip« zu. Ein Rebhuhnpaar schwirrte auf und schnarrte durchdringend sein »Ker-ek, ker-ek«. Ein Fasan, der sich wohl dadurch gestört fühlte, protestierte mit einem lauten »Gögögög«, worauf ihm ein anderer, der ihn wohl als Rivalen bei der Balz ansah, mit einem rauen »Ää-gäcks« antwortete.

Rebhühner und Fasane jedoch waren Kishik jetzt gleichgültig. Davon hatte sie gestern schon genug erbeutet und vorgebraten. Sie hielt Ausschau nach einem *Taralkan*, einem Großtrappenhahn.

Den würde sie jedoch nicht so sehr wegen seines Fleisches jagen, obwohl davon an dem Vogel, der bis zu dreißig Pfund schwer werden konnte, genug daran war. Nein, sie hatte es auf die Schwanzfedern des Taralkans abgesehen, um sich aus ihnen einen Kopfschmuck zu verfertigen, der sie als vollwertige Jägerin der Niridun ausweisen würde. Alle Künste der Kriegerinnen hatte sie schon erlernt: Reiten, Schwertfechten – auch hoch zu Ross –, Lanzenkampf, Bogenschießen, und in Letzterem war sie so gut, dass man sie, seit sie ihren Kindernamen abgelegt hatte, *Kishik*, »Schneller Pfeil«, rief . Und da sie, die bald ihren neunzehnten Sommer vollenden würde, auch schon zusammen mit anderen ihrer Sippe in der Gruppe gejagt hatte, war es jetzt an ihr, sich auch als fähige Einzeljägerin zu beweisen.

Von allen jagdbaren Tieren, denen die hauptsächlich von der Viehzucht lebenden Niridun in den Ebenen von Banon nachstellten, hatte sie schon je mindestens eines erlegt, bis hin zu Fasanen, Rebhühnern und Wachteln. Zum Abschluss der zwei Wochen der Prüfung und Läuterung in der Steppe musste sie noch einen Taralkan erbeuten, dann konnte sie zum Lager ihrer Mutter, der Tarkani der Niridun, zurückkehren.

Sie reckte sich im Sattel und suchte den Horizont ab. Dort drüben zur Linken, vielleicht dreihundert oder vierhundert Schritte in westlicher Richtung, schien sich der Boden zu einer flachen Mulde zu senken, und es sah so aus, als hüpfte da ein großer hühnerartiger Vogel immer wieder aus dem Gras empor.

Mit einem leichten Druck des linken Unterschenkels gab Kishik ihrer gelbfalben Stute *Aranlan*, »Goldmädchen«, zu verstehen, sie solle sich sacht nach links in Bewegung setzen. Langsam näherten sich Pferd und Reiterin jener Stelle, in der die Jägerin einen Balzplatz der Großtrappen vermutete.

Als sie auf vielleicht hundert Schritte herangekommen waren, sah Kishik, dass ihre Vermutung stimmte. Drei, vier Hennen liefen wie unschlüssig um einen Hahn herum, der zum Zwecke der Balz sein Aussehen völlig verändert hatte: Kropf und Hals waren großartig aufgeblasen, der Bart gesträubt und das Gefieder so umgekrempelt, dass die weiße Unterseite zum Vorschein kam. In dieser für Trappen wohl eindrucksvollen Aufmachung näherte sich der Hahn immer wieder gravitätisch den Hennen. Die aber wollten offenbar seinem Werben noch nicht nachgeben und wichen ihm deshalb mit schnellen Sprüngen und Flügelschlägen aus.

Die Jägerin ritt langsam näher heran – der Hahn schien so in seine Darbietung vertieft zu sein, dass er die herannahende Gefahr nicht wahrnahm. Als nur noch etwa fünfzig Schritte die Reiterin von ihrer erwählten Beute trennten, flogen zwei der Hennen langsam mit kraftvollem Flügelschlag und ausgestrecktem Hals auf und davon, doch die anderen blieben weiterhin in der Nähe des tanzenden Taralkans, für den es im Augenblick außer sich selbst und den Hennen nichts auf der Welt zu geben schien.

Kishik holte ihren Bogen aus der linken Satteltasche, zog einen Pfeil mit dreiflügeliger Eisenspitze aus dem Köcher auf ihrem Rücken und legte ihn an die Sehne. Sie zielte mit ruhiger Hand, hielt unaufgeregt den Atem an und ließ schließlich die Sehne los. Der Pfeil schwirrte davon und schlug im nächsten Augenblick in den Kropf des Hahns, die Spitze durchdrang die Brust und kam hinten am Hals wieder heraus. Die beiden Hennen flogen aufgeschreckt auf und davon. Der Hahn drehte sich grotesk torkelnd um die eigene Achse, flatterte wirr mit den Flügeln, fiel zur Seite und regte sich nicht mehr.

Als Kishik vom Pferde gestiegen und zu dem toten Taralkan getreten war, vollführte sie zuerst die rituelle Bitte an die Hennen um Verzeihung dafür, dass sie ihnen einen Hahn geraubt hatte. Da es allerdings bei den Großtrappen im Gegensatz zu manch anderen Vögeln keine festen Paarbindungen gab, empfand die Jägerin keine Gewissensbisse, zumal sie ja keine weibliche Großtrappe gejagt hatte, was bei den Niridun verpönt war. Keine der Hennen war durch sie zur Witwe geworden. »Bedient euch jetzt eines anderen Hahns«, rief sie in die Steppe und rupfte dem toten Vogel drei Federn aus, die sie – zur Erinnerung an seine einstige Pracht unter seinesgleichen – neben ihm in den Boden steckte. Dann lud sie das Tier in die rechte Satteltasche, sprang aufs Pferd und machte sich auf den Rückweg zu ihrem Lagerplatz an einem schmalen und von niedrigem Buschwerk gesäumten Bach, der sich durch die Steppe schlängelte.

Es war gegen Mittag, als Kishik den Taralkan gerupft, ausgenommen und zerlegt hatte. Diejenigen Eingeweide, die sie nicht verwendete, trug sie ein Stück weit in die Steppe hinaus und legte sie dort als Geschenk für die wilden Tiere des Graslandes ab. Dann machte sie mit trockenen Zweigen ein Feuer, röstete und aß zuerst Herz und Leber. Damit waren nach dem uralten Glauben des Pferdevolkes, den ihre Ahnen aus dem Weiten Osten mitgebracht hatten, die Kraft und der Mut des Hahns in sie übergegangen. Brust und Rücken schnitt sie in kleinere Stücke und spießte sie auf zugespitzte Stöckchen, die um das Feuer herum in den Boden gesteckt wurden. Keulen und Flügel staken an kräftigeren Zweigen, die sie nach Art der Fleischspieße der heimischen Kochfeuer auf kräftigere Stöcke mit Astgabeln quer über das Feuer gelegt hatte. In fettiggrauen Schwaden stieg der Rauch in die Höhe.

Die Betreuung des Feuers erforderte ihre ganze Aufmerksamkeit, es sollte ja nichts anbrennen oder verkohlen. Die Beute gut vorgebraten nach Hause zu bringen gehörte bei dieser Prüfung zu den Aufgaben der Jägerin. Erst als sie den dumpfen Aufschlag von Hufen auf dem Steppenboden spürte und dann hörte, merkte sie, dass sich Fremde ihrem Lagerplatz näherten. Sie blickte auf.

Zwei Reiter auf dunkelbraunen Pferden kamen in einem leichten Kanter heran. Es schienen Baratum zu sein – ja, sie trugen die mit Pelz gesäumte lederne Reisekleidung der Pferdesöhne: mit breiten Gürteln zusammengehaltene Mäntel, dazu die hohen Reitstiefel mit den nach oben gebogenen Spitzen und die zottigen Pelzmützen. Kishik erhob sich, um die Männer aus dem verwandten Volk gebührend zu begrüßen. Ja, es konnten nur Männer sein, denn die Baratum hätten Frauen ihres Stammes nie gestattet sich ohne männliche Begleitung so weit von ihren Lagern zu entfernen.

Jetzt konnte sie schon die Gesichter erkennen. Der größere und offensichtlich ältere der beiden trug einen kräftigen blondbraunen Schnurrbart, dessen Enden zu beiden Seiten seines Kinns lang herunterhingen. Der jüngere, der noch keine zwanzig Sommer zählen mochte, hatte nur einen blassen Flaum am Kinn.

Als die Fremden bei Kishik angelangt waren, stiegen sie ab und verneigten sich zum Gruß, wie es die gute Sitte beider Völker verlangte – wenn es auch Pferdesöhne hart ankommen musste, sich vor einer Frau zu verbeugen. Doch hier befanden sie sich im Lande der Niridun und da galt eine Frau genauso viel wie ein Mann. Das mussten die Fremden wohl oder übel hinnehmen.

Kishik erwiderte den Gruß. »Seid willkommen, Pferdesöhne, an den Feuern der Niridun«, sagte sie, wie es der Anstand gebot. Sie war insgeheim froh, dass die Fremden erst jetzt auftauchten. Nachdem nun schon fast alle Fleischstücke gar waren, konnte man ihre

Läuterungs- und Prüfungszeit auch als abgeschlossen betrachten und das Auftauchen von Männern würde den Ritus nicht mehr stören. Denn es gehörte zu den Regeln der zwei einsamen Wochen, dass sie sich in dieser Zeit jedes Kontakts mit Männern enthielt.

»Es ist uns Freude und Wohltat, zu den Feuern der Pferdeschwestern eingeladen zu werden«, erwiderte der Ältere. Er sprach *Tumdul*, die gemeinsame Sprache der Baratum und Niridun, allerdings mit einem etwas eigenartigen Akzent, den Kishik noch nie gehört hatte.

»Es ist mir eine Freude, Gäste zu haben, mit denen ich meine Speisen teilen kann«, antwortete sie und lud die Männer mit einer Geste ein sich ans Feuer zu setzen.

Die beiden fesselten ihren Pferden die Vorderfüße – eine Maßnahme, die man bei den Niridun nur selten traf – und ließen sich nieder. Sie warfen begehrliche Blicke auf die gebratenen Fleischstücke.

»Von wo kommt ihr, Pferdesöhne? Etwa aus den Jurten des Chagans?«, fragte Kishik höflich.

»Nein, wir kommen von einer Horde weit im Norden des Weiten Graslandes, von den Küsten des Mittleren Nordmeers, wie du aus unserer Mundart schon erkannt haben wirst.«

Ihr fiel auf, dass nur der Ältere sprach. Die beiden waren offensichtlich nicht von gleichem Rang. Nach der Begrüßung und der Frage nach dem Woher durfte sie jetzt die Männer nach deren Namen fragen.

Der Ältere erklärte, er heiße *Forok*, »Wolf«, und sein Begleiter *Kartal*, »Adler«. Allerdings unterließ er es, die Sippe und den Zweig der Baratum zu nennen, zu denen sie gehörten. Und so nannte auch Kishik nur ihren Namen und verschwieg, dass es sich bei ihr um die Tochter der Tarkani der Niridun handelte.

Wie es den guten Sitten der Gastfreundschaft entsprach, lud Kishik die beiden Ankömmlinge ein, sich an dem gebratenen Fleisch gütlich zu tun. Die Männer ließen sich dies nicht zweimal sagen und aßen mit solchem Appetit, als hätten sie schon zwei Tage lang nichts mehr zu essen bekommen. Kishik beteiligte sich an dem Mahl mehr aus Höflichkeit als aus Hunger. Als die Männer endlich satt schienen, war mehr als ein Drittel des Taralkans verspeist. Zwar wäre es schöner gewesen, sie hätte ihre Beute ganz nach Hause gebracht – ihren ersten großen Erfolg bei der Großtrappenjagd –, aber sie hatte ja nicht gejagt, um ihre Sippe zu ernähren, sondern um sich als Jägerin zu bestätigen, und so würde niemand im Lager der Tarkani wegen des Appetits der beiden Baratum hungern müssen.

Die beiden Männer wischten sich befriedigt das Fett aus den Mundwinkeln und rülpsten laut und vernehmlich. Es hatte ihnen also geschmeckt.

»Und was führt euch in die Ebenen von Banon?«, nahm Kishik das Gespräch wieder auf.

Der Mann, der sich Forok nannte, erzählte, sie seien Händler und wollten bei den Niridun Schmuck aus »Meerestränen«, aus Bernstein, verkaufen. Er stand auf und holte aus seiner Satteltasche einen Beutel, dem er eine Halskette aus Bernsteinperlen entnahm. Dann trat er zu Kishik und reichte ihr das Schmuckstück.

»Sicher wünschen sich Niridun solche Zierde. Denn selbst wenn sie Kriegerinnen sind, sind sie doch auch Weiber, nicht wahr?«, sagte er mit einem schiefen Grinsen.

Kishik nahm die Kette in die Hände, zog die Perlen langsam durch die Finger und betrachtete die Meerestränen eingehend. Solcher Schmuck war rar im Lande Banon, das von den nördlichen Meeren zu weit entfernt lag. Die honiggelben bis goldbraunen Perlen waren von unterschiedlicher Größe, jede sah anders aus, und in zwei oder drei schienen kleine Insekten eingeschlossen zu sein. Nun, eine solche Kette zu tragen wäre schon reizvoll, auch für eine Jägerin oder Kriegerin.

Sie wollte Forok die Kette zurückgeben, nachdem sie sie ausgiebig beschaut hatte, doch der wehrte ab.

»Nein, diese Kette sei unser Dank für die Gastfreundschaft an deinem Feuer«, erklärte er, »und überdies haben wir noch eine Bitte an dich: Kannst du uns den Weg zu den Jurten eurer Tarkani zeigen, damit wir dort unseren Handel betreiben können?«

Kishik betrachtete unschlüssig den Halsschmuck. Natürlich

hätte sie die Tränen des Meeres gerne getragen, bei festlichen Gelegenheiten etwa, doch andrerseits erschienen sie ihr viel zu kostbar als Geschenk eines Mannes, den sie zu Beginn dieses Tages noch gar nicht gekannt hatte. Zögernd schob sie die Kette in den Beutel am Gürtel ihres Reitmantels.

»Ich sage dir meinen Dank für ein so großzügiges Geschenk, wo meine Gastfreundschaft doch so gering war«, sagte sie langsam. »Ich werde am Nachmittag den Rückweg zum Lager der Tarkani antreten, und dann könnt ihr mich begleiten, damit ihr euch in der Steppe nicht verirrt.«

Kishik nahm die übrig gebliebenen Fleischstücke und legte sie zum Abkühlen auf ein Stück Leinentuch, das sie zu diesem Zweck mitgenommen hatte. Dann löschte sie das heruntergebrannte Feuer mit einem Becher Wasser aus dem kleinen Bach. Nach dem Verzehr des Taralkan-Fleisches verspürte sie Durst, doch aus dem Bach wollte sie nicht trinken, er floss nur sehr langsam und hatte von der Quelle her gewiss schon einen zu langen Weg zurückgelegt. Sie füllte sich den Becher aus dem Schlauch, der hinter dem Sattel auf Aranlans Rücken lag und den sie erst am Vortag mit frischem Quellwasser gefüllt hatte. Den beiden Baratum bot sie keinen Trunk an, denn als Pferdesöhne mussten sie sich schon für den Ritt versorgt haben, und der Inhalt von Kishiks Wasserschlauch war nur für eine Person bestimmt.

Und die beiden schienen auch keinen Mangel an Getränk zu leiden, hatten sie doch aus ihren Satteltaschen Kupferflaschen hervorgeholt und sich zum Trinken wieder neben die erloschene Feuerstelle gesetzt. Sie tranken ohne Becher aus den Gefäßen, und nach dem Behagen auf ihren Gesichtern und dem Schmatzen nach jedem Zug zu schließen, tranken sie nicht Wasser, sondern vielleicht *Dunsut*, vergorene Stutenmilch, oder sogar Wein oder Bier.

Nachdem sie ihren Durst gestillt hatte, verspürte Kishik den Drang ihre Blase zu entleeren.

»Ein Bedürfnis meines Leibes zwingt mich euch eine Weile allein zu lassen«, sagte sie höflich. Die beiden nahmen es mit einem Nicken zur Kenntnis und tranken weiter.

Kishik sprang über den schmalen Bach und kauerte sich hinter das niedrige Gebüsch. Als sie ihre Notdurft verrichtet hatte und gerade wieder aufstehen wollte, bemerkte sie, dass sie von ihrer Stelle aus die beiden Baratum überraschend gut hören konnte, denn ein leichter Wind war aufgekommen und wehte die Worte der Fremden zu ihr herüber. Neugierig spitzte sie die Ohren. Vielleicht unterhielten sie sich über sie, die Jägerin? Doch wie sehr sie sich auch anstrengte, sie konnte nicht verstehen, was die beiden redeten. Obwohl sie die Stimmen klar und deutlich vernahm, blieb das Gesprochene ihr völlig unverständlich. Dies war auf keinen Fall eine Mundart der Pferdesöhne, sondern eine ganz und gar fremde Sprache.

Um bei den beiden nicht den Verdacht aufkommen zu lassen, sie könne gelauscht haben, ging sie geduckt die Buschzeile in entgegengesetzter Richtung bis zu deren Ende entlang und überquerte erst den Bach, bevor sie sich aufrichtete und dann langsam zum Lagerplatz zurückkehrte. Ihr entging dabei nicht, dass der Ältere seinen Gefährten mit dem Ellbogen in die Seite stieß und mit einem leichten Ruck seines Kinns in ihre Richtung wies. Gewiss sollte dies bedeuten: »Sieh dich vor, sie kommt zurück, reden wir wieder auf Tumdul.«

Kishik tat so, als hätte sie nichts davon bemerkt, und verbarg geschickt ihre leichte Verunsicherung.

»Jetzt ist es für mich an der Zeit, meine Heimkehr anzutreten«, sagte sie und machte ihre Satteltaschen zurecht. »Wenn ihr wollt, könnt ihr euch mir anschließen.«

Die beiden Pferdesöhne nickten eifrig, packten ihre Kupferflaschen weg und rüsteten sich ebenfalls zum Ritt.

Dann saßen alle drei auf und ritten unter Kishiks Führung nach Osten, die Sonne im Rücken.

Erst als die Sonne untergegangen war, hielt Kishik an, wieder an einem von Büschen gesäumten, nun etwas breiteren und schlammigen Bach. Hier hatte sie sich, wie es bei den Jägerinnen Brauch war, einen Stützpunkt eingerichtet und ein Versteck angelegt, das einen zweiten Bogen mit Pfeilen, einen Dolch, einen Schlauch mit Wasser und einen kleinen Vorrat an Trockenfleisch bereithielt.

Kishik entzündete ein Feuer, lud die beiden ein mit ihr zu essen und bot wieder von dem Taralkan an; diesmal trugen die beiden zum Mahl bei, indem sie trockenes Fladenbrot aus ihren Taschen hervorholten und es mit ihr teilten. Sie boten ihr auch aus den Kupferflaschen zu trinken an, doch sie lehnte ab: Die Wochen der Läuterung – während der sie sich aller berauschenden Getränke zu enthalten hatte – waren noch nicht zu Ende.

Nachdem die drei gegessen hatten, entspann sich zwischen ihnen ein etwas zähes Gespräch, an dem sich Kartal so gut wie gar nicht beteiligte. Kishik erzählte von den Tagen der Jagd in der Steppe, und als sie Forok aufforderte, er solle von sich und seinem Gefährten berichten, schilderte der, wie sie über den Pass von Ushgur in die Ebenen von Banon gekommen waren und was sie unterwegs erlebt hatten. Was das Weite Grasland und sein eigenes Volk anging, blieb Forok merkwürdig zugeknöpft. Seine blauen Augen funkelten im Feuerschein.

Noch bevor der abnehmende Mond aufging, legten sich alle zur Ruhe nieder. Kishik blickte zum Sternengewimmel am Himmel empor und dachte an die Zeremonie, mit der sie bald zur vollgültigen Jägerin ihres Volkes erklärt werden würde. Und was kam dann? War es nicht bald an der Zeit, sich einen festen Mann zu suchen? Bevor sie noch zu einem Schluss kam, war sie schon eingeschlafen.

Sie erwachte früh, noch vor Sonnenaufgang, aber nicht als Erste. Sie hörte, wie die beiden Fremden sich unterhielten. Einer plötzlichen Eingebung folgend stellte sie sich auch weiterhin schlafend und spitzte die Ohren.

Die Worte, mit denen Forok auf den Jüngeren einredete, vernahm sie klar und deutlich, doch sie begriff kein einziges. Diese Sprache war keinesfalls Tumdul. Offenbar redete Forok seinen Begleiter mit »Aar« an, und dieser wiederum nannte ihn »Ulf«. Sie erinnerte sich daran, wie Foroks Augen im Schein des Feuers gefunkelt hatten. Blaue Augen! Sie hatte noch nie von Baratum mit blauen Augen gehört.

Sie streckte sich wohlig und stöhnte vernehmlich, als käme sie soeben aus dem Schlaf hoch. Sofort verstummte der Jüngere. Forok ließ sich unverfänglich auf Tumdul über die Morgenfrische aus.

Kishik setzte sich auf und schälte sich aus ihrer Decke. Die Männer blickten sie erwartungsvoll an … Oder argwöhnisch? Was für Leute mochten das sein? Welchen Grund hatten sie sich als Händler der Baratum zu verkleiden? Kaufleute aus Avalanna oder Bantan mussten nicht zu solchen Maßnahmen greifen, denn deren Königin war ja auch die Oberherrin über die Niridun, und die Tarkani war ihre Base. Oder kamen sie von weiter her, aus Harkin oder Pangir? Doch zwischen diesen Reichen und dem Volk der Niridun herrschte Frieden – wiederum gewährleistet von Königin Marjam von Avalanna. Demnach gab es keinen Grund für irgendeine Verkleidung oder Tarnung. Von der Überquerung der Tarpan-Berge über den Pass von Ushgur hatten sie glaubhaft erzählt; ihre Sättel und Satteldecken, Steigbügel und Zaumzeuge stammten zweifellos von den Baratum, aber einiges an ihrem Verhalten erschien seltsam. Ihre Höflichkeit wirkte eingeübt, nicht von Kindesbeinen an gelernt wie bei Menschen, die schon als Pferdesöhne zur Welt gekommen waren.

Wenn sie von Norden kamen und keine Baratum waren – dann konnte es sich bei ihnen nur um Shakaren handeln, und die waren die Erzfeinde der Unbesiegbaren Heerscharen. Damals, als die Baratum von Osten her, von ihrem seinerzeitigen Kernland zwischen der Dunkelsee und dem Varkanischen Meer, ins Weite Grasland eingedrungen waren, hatten die Shakaren gerade versucht, dasselbe Gebiet von Westen und Norden, den Küsten der Nordmeere her, in Besitz zu nehmen. Die Baratum hatten die Shakaren bis zum Strom Dodra zurückgeworfen, der von Slantan an der Ostgrenze des Reiches von Pangir aus ins Mittlere Nordmeer floss. Und da es nun den Shakaren nicht gelungen war, die Baratum zu zurückzudrängen, hatten sie in zwei Kriegen versucht, die südlich von ihnen liegenden Reiche zu erobern: Pangir, Harkin, Avalanna …

Sollten die Männer shakarische Spione sein, die sich heimlich durch das Gebiet der Pferdesöhne geschlichen hatten, um die Reiche von Pangir und Harkin zu umgehen, dann bedeutete dies nichts Gutes – auch nicht für die Niridun. Um eine Gesandtschaft eines Heeresfürsten der Shakaren an die Tarkani konnte es sich bei diesen beiden nicht gut handeln. Überdies hätten sich Gesandte zuerst an die Königin in Avalanna wenden müssen, bevor sie in Begleitung von königlichen Amtsleuten zur Tarkani der Pferdeschwestern hätten weiterziehen können.

Während die beiden sie aufmerksam beobachteten, überlegte Kishik, was sie nun anfangen sollte. So tun, als durchschaute sie den Schwindel nicht, und die Männer in gespielter Arglosigkeit auf dem Weg zum Lager mitnehmen – das hätte ihr sicher Tadel eingebracht und sie hätte sich vorhalten lassen müssen, ihnen leichtfertig den Standort des Lagers der Tarkani verraten zu haben. Sie in die Irre führen und dann allein zurücklassen – dann hätte niemand gewusst, wo in Banon die beiden sich herumtrieben. Die Spione zur Rede stellen und ihnen Angst einjagen, dass sie schnurstracks kehrtmachten und das Land wieder verließen?

Kishik bedauerte es zutiefst, dass sie keine Taube als Botenvogel dabeihatte. Damit hätte sie die Ihren warnen und zu Hilfe rufen können.

»Weshalb bist du heute so nachdenklich?«, meldete sich Forok, ohne ihr – wie bei den Baratum üblich – einen guten Morgen und sanften Wind über dem Gras zu wünschen.

»Ich hatte einen Traum, der mich nicht loslässt«, erwiderte Kishik. »Ich träumte, ich sei zwei Kundschaftern der Shakaren begegnet.«

Kartal, der Jüngere – oder hieß er in Wirklichkeit Aar? –, zuckte merklich zusammen, obwohl er vielleicht nur »Kundschafter der Shakaren« verstanden hatte.

Forok jedoch lachte auf, aber es klang gezwungen. »Ein seltsamer Traum! Wo solltest du im Lande der Niridun ausgerechnet zwei Shakaren begegnen?« Er blickte sie aus seinen blauen Augen scharf an.

»Eigentlich sind *sie* mir begegnet. Gestern, als ich gerade den

Taralkan briet«, fuhr Kishik fort. Mit einem Mal hatte Tollkühnheit sie gepackt, sie vergaß alle Vorsicht und wollte den beiden deutlich zu verstehen geben, dass sie sie durchschaut hatte. »Und das Seltsame war, dass diese Shakaren sich als Pferdesöhne verkleidet hatten und nicht zu erkennen gaben, zu welchem Volk sie wirklich gehörten. Da dachte ich mir im Traum: ›Warum tun sie das? Warum geben sie sich für andere aus, wenn sie nichts Böses im Schilde führen?‹«

Das Grinsen auf Foroks Gesicht erstarrte. »Redest du immer noch von einem Traum? Oder meinst du mit deiner Geschichte uns, deine Gastfreunde?«

Kishik verzog spöttisch den Mund und zuckte mit den Schultern.

»Nicht wahr, du hältst uns für Kundschafter der Shakaren!«, brüllte Forok plötzlich und sprang auf. »So dankst du es uns, dass wir dich geachtet und dir nichts angetan haben!«

Dass Männer einer Frau, der sie auf den Ebenen von Banon begegneten, nichts antäten, sei wohl das Selbstverständlichste von der Welt, wollte Kishik erwidern, da stürmte Forok auf sie zu, bevor sie noch aufstehen konnte, warf sich auf sie und packte mit beiden Händen ihren Hals.

»Dann werde ich dir mal zeigen, was man mit einer Frau wie dir machen muss«, schrie er mit wutrotem Gesicht und schüttelte sie, dass sie kaum noch Luft bekam.

Kishik fuchtelte wild mit den Händen, bekam den Mann aber nicht zu fassen, da er jetzt mit seinen Ellbogen und Unterarmen so auf ihre Oberarme drückte, als hätte er sie an den Boden genagelt. Sie schloss die Augen, denn sie wollte das triumphierend grinsende Gesicht des Mannes, der plötzlich vom Gastfreund zum Feind geworden war, nicht mehr sehen. Wenn er sie umbringen sollte, dann wollte sie nicht mit seinem Anblick im Geist sterben. Stattdessen erinnerte sie sich an jenen Augenblick, als sie auf den Taralkan gezielt hatte. Da war ihre Welt noch heil gewesen und sie hatte sich als vollgültige Jägerin erwiesen, auch wenn die Gefährtinnen zu Hause in den Jurten es vielleicht nicht mehr erfahren würden.

Der Druck auf ihren Hals ließ etwas nach, nur die linke Hand des Shakaren setzte noch den Würgegriff fort. Jetzt erst bemerkte Kishik, dass der Mann, als er sich auf sie gestürzt hatte, mit seinen Knien zugleich ihre Beine auseinander gedrängt hatte. Und nun begann seine rechte Hand zu suchen, ihren ledernen Reitmantel hochzuschieben, den knielangen Lederrock zu heben, den leinenen Leibrock beiseite zu zerren. Ach, aus einem Feind verwandelte er sich jetzt in einen brünstigen Hengst, nein, in einen rammelwütigen Ziegenbock. Fiel den Shakaren wirklich nichts Besseres ein?

Am liebsten hätte sie ihm ihre Knie in die Weichteile gerammt, aber das ging nicht, da er ja ihre Beine gespreizt hatte. Sie versuchte ihn mit den Fersen in die Gesäßbacken zu stoßen, doch da sie ihre Stiefel noch nicht angezogen hatte, war dies nicht sehr wirkungsvoll. Und ihre Gegenwehr schien ihn nur wilder und ungestümer zu machen.

Als er gefunden hatte, wonach er suchte, nestelte dieselbe Hand an seinen Beinkleidern herum und holte jene den Männern eigene Waffe heraus, mit der er sich an der vorlauten Niridun rächen wollte, und tat ihr Gewalt an.

Nachdem er seine Gier gestillt hatte, stand er grinsend auf und knöpfte aufreizend langsam seinen Hosenlatz zu, dann sprach er den anderen, der verwirrt sitzen geblieben war, in der fremden Sprache an und zeigte auf die liegende Jägerin. Offensichtlich lud er ihn ein, es ihm gleichzutun. Doch Kartal schüttelte nur den Kopf und wandte sich ab. Forok lachte hämisch.

»Er sagt, so früh am Morgen hat er noch keinen Appetit«, sagte er spöttisch. »Sicher wird er sich später bedienen. Also, jetzt weißt du, dass du mir gehorchen musst. Und nun wirst du uns schön brav den Weg zum Lager der Tarkani zeigen.« Dann wandte er sich ab und begann das Pferd für den Ritt herzurichten. Der Jüngere stand auf und machte sich ebenfalls an seinem Tier zu schaffen.

Stumm vor Zorn setzte sich Kishik wieder auf. Jetzt wusste sie, was ihr bevorstand. Sobald sie den beiden den Weg zum Lager so weit gezeigt hätte, dass sie auch allein hinfinden könnten, würde Forok sie sicher umbringen. Wenn er schon die Sprache des Pferdevolkes beherrschte, dann wusste er sicher auch so viel über dessen Sitten, dass er nie am Leben bleiben würde, wenn er im Lager der Tarkani anlangte und diese erführe, dass er eine der Ihren vergewaltigt hatte. Dass es sich bei dem Opfer ausgerechnet um die Tochter der Fürstin handelte, war ihm dabei noch gar nicht bewusst.

Jetzt rächte es sich, dass sie Aranlan für die Nacht neben den Rössern der Fremden angebunden und die Satteltaschen aus Gewohnheit bei ihrem Reittier gelassen hatte: Die Shakaren befanden sich nun zwischen ihr und ihrem Pferd mit den Waffen. Das kleine Jagdmesser, das sie im Gürtel ihres Reitmantels trug, reichte nicht aus, um mit zwei Männern fertig zu werden. Doch da gab es noch eine andere Möglichkeit …

Langsam erhob sie sich, strich umständlich die Kleidung zurecht und passte einen Augenblick ab, wo beide Männer den Pferden zugekehrt standen, um ihre Sättel aufzulegen. Da rannte sie los, brach an einer Stelle, die sie kannte, durch das Gebüsch und sprang in den schlammigen Bach. Zwanzig Schritte bachaufwärts gab es oberhalb des Ufers eine sandige Höhlung zwischen dem Wurzelgewirr der Büsche – Kishiks Versteck für Waffen und Verpflegung. Hastig riss sie die trockenen Zweige und welken Blätter weg, mit denen sie den verlassenen Fuchsbau getarnt hatte. Sie holte Bogen und Köcher hervor. Der Bogen war in bestem Zustand. Noch bis zur Hüfte im schlammigen Wasser stehend, hängte sie die Sehne ein, wobei sie den Bogen gegen eine dicke Wurzel stemmte. Sie warf sich den Köcher über und zog einen Pfeil heraus. »Mögest du heute dein Ziel treffen, genauso wie mein gestriger Pfeil den Taralkan durchbohrte!«, flüsterte Kishik ihm beschwörend zu. Dann ging sie noch einige weitere Schritte bachaufwärts, bis sie wieder eine Stelle gefunden hatte, wo das Gebüsch schütter war und ein leichtes Durchkommen ermöglichte.

Inzwischen hatten die beiden Shakaren ihre Flucht bemerkt. Forok schrie dem anderen etwas zu, vermutlich trieb er ihn an, nach der Verschwundenen zu suchen.

Als Kishik zwischen den Büschen hervortrat und den Pfeil auf den Bogen legte, sah sie die beiden weiter unten in der Nähe des

Rastplatzes am Gebüsch stehen und mit ihren Lanzen im Gestrüpp herumstochern. Forok, der näher zu ihr stand, kehrte ihr seine linke Seite zu, hatte den Kopf aber nach rechts gedreht.

Kishik zielte. Dies war also der zweite Taralkan, den sie während ihrer Prüfung zur Jägerin erlegen musste. Doch bei diesem Hahn wollte sie, dass er wusste, wer ihn erlegte – und warum.

Einen Atemzug später drehte Forok den Kopf herum und sah sie. Er brüllte etwas und riss den linken Arm hoch, um in ihre Richtung zu deuten.

›Du könntest es mir nicht leichter machen‹, dachte Kishik und ließ Sehne und Pfeil los. Mit dem nächsten Herzschlag bohrte sich die dreiflügelige Eisenspitze unter Foroks erhobenem Arm in die Seite und drang ihm zwischen zwei Rippen in Herz und Lunge. Der Mann riss Augen und Mund weit auf, brachte aber nur noch ein Röcheln aus der Kehle, bevor ein Schwall Blut hervorquoll, ließ den linken Arm fallen, sank in die Knie und fiel vornüber ins Gras.

Kartal hatte, durch den ersten Schrei seines Gefährten aufmerksam gemacht, das Ganze mitbekommen, doch anstatt ihn zu lähmen schien der Schreck ihn zu beflügeln. Noch während Kishik den zweiten Pfeil aus dem Köcher holte, rannte er schon zu den Pferden, und als sie mit dem Schuss zögerte, um nicht ihr eigenes Tier zu gefährden, sprang er mit einem Satz, der jedem echten Baratum alle Ehre gemacht hätte, in den Sattel seines Braunen und galoppierte davon, ohne auch nur einen Blick zurückzuwerfen.

Obwohl ihr nicht froh zumute war, musste Kishik laut lachen – mit so wenig Mut war dieser Mann gewiss kein Krieger. Nicht einen Augenblick lang hatte er daran gedacht, seinen Gefährten zu rächen oder sich selbst mit einer Waffe gegen das Weib zu verteidigen.

Das Pferd des getöteten Shakaren lief unschlüssig eine kleine Strecke hinter dem Davonreitenden her, dann kam es zurück und gesellte sich zu Aranlan. Die gelbfalbe Stute war das Pferd einer Kriegerin und deshalb dazu erzogen, beim Geruch von Blut ruhig zu bleiben, und diese Ruhe schien sich auf Foroks Braunen zu übertragen.

Erst als Kishik bei dem Toten ankam, spürte sie die Schmerzen, die er ihr zugefügt hatte. Sollte sie hinter dem anderen herreiten und ihm ebenfalls einen Pfeil in den Leib schicken? Nun, er hatte es abgelehnt, sie zu missbrauchen, vielleicht sollte sie ihn entkommen lassen. Er würde eben die anderen seines Volkes warnen, dass mit den Niridun kein leichtes oder übles Spiel zu treiben war. Und bevor sie einen anstrengenden Verfolgungsritt durch die Steppe auf sich nehmen konnte, musste sie sich erst etwas von den Verletzungen erholen.

Sie stieß den mit dem Gesicht zu Boden Gesunkenen mit der Fußspitze an und drehte ihn auf den Rücken. Es war kein Leben mehr in ihm, Kinn und Schnurrbart waren mit Blut besudelt, auch die linke Brustseite seines Reitmantels rötete sich mehr und mehr. Die Augen waren weit aufgerissen, doch gebrochen.

»Hätte deine Mutter dich nach der Geburt lieber erwürgt«, fuhr Kishik den Toten laut an, »dann hätte dein Leben ein weniger schmähliches Ende genommen. Wo immer in der Jenseitigen Welt deine schändliche Seele jetzt herumirren mag, mögen dort alle Weiber vor dir ausspeien und dir ihr Hinterteil zuwenden.« Es war wohltuend, sich mit der Beschimpfung des Getöteten die Empörung und den Zorn vom Herzen zu schreien. »Und solltest du dort, wo du zu Hause bist, ein Weib haben, so möge es bei der Nachricht von deinem Tod nicht trauern, sondern jubeln und sich freuen, dass sie jetzt nach einem besseren Mann für ihre Schlafstatt Ausschau halten kann.«

Kishik hielt inne und versuchte sich zu erinnern, was ältere Frauen darüber erzählt hatten, wie man einen Vergewaltiger noch nach dem Tod entehrte. Ihm die Nase, die Ohren oder die Zunge abschneiden? Oder gar sein Mannesglied? Nein, sie wollte ihn nicht mehr anfassen. Ihr genügte es, dass er tot war und dass seine Seele ihren Schmähungen nicht widersprechen konnte.

»Jetzt werde ich dich wie einen erlegten Steppenbüffel heimschleifen. Und wenn meine Schwestern dich gesehen haben, werden wir dich den Geiern zum Fraß vorwerfen. Mutter Erde werden wir mit deinem schändlichen Kadaver nicht verunreinigen, doch Schakale und Würmer dürfen ihren Hunger an dir stillen«, verkündete sie erbittert den starren Augen, die blicklos in den Himmel schauten.

Als sie sich gewaschen und ausgeruht hatte und die Schmerzen etwas nachließen, nahm sie die Schlafdecke des Toten aus seiner Satteltasche und wickelte ihn darin ein, indem sie ihn zuerst mit Fußstößen – jetzt hatte sie die Reitstiefel an – auf die ausgebreitete Decke rollte und diese dann zusammenschlug. Dann holte sie ihre lange Fangleine, knüpfte eine feste Schleife um das Bündel und band das Leinenende am Hinterzwiesel des Sattels des Shakarenpferds fest. Nun sattelte sie Aranlan, zog eine zweite Leine durch das Halfter des Braunen und befestigte sie an ihrem Sattel. Schließlich stieg sie auf und machte sich endgültig auf den Heimweg, das braune Pferd im Gefolge, das seinerseits den früheren Herrn hinter sich herschleifte.

Als sie noch vor Sonnenuntergang im Lager der Tarkani eintraf, das im Blütenmonat dieses Jahres am Flusse Tiish aufgeschlagen war, wurde sie von ausschwärmenden Mädchen und Jungen mit großem Hallo empfangen, das sich in lautmündige Verwunderung wandelte, als man das zweite Pferd und das von ihm hinterdreingeschleifte Bündel wahrnahm. Von allen Seiten flogen Fragen auf die junge Kriegerin zu, doch sie weigerte sich kopfschüttelnd irgendetwas über das Geschehen draußen in der Steppe zu verraten.

Kishik ritt bis zur Jurte der Tarkani, wo sich schon der Rat des Stammes versammelt hatte, um die neue Jägerin zu begrüßen. Sie stieg langsam vom Sattel, holte die Federn des Taralkans hervor und hob die Zeltklappe. Ihre Mutter Kishdun, die Tarkani, saß gegenüber dem Eingang, links und rechts flankiert von den weisesten Frauen und Männern der Niridun, die prüfen sollten, ob die junge Frau ihre Aufgabe erfüllt hatte. Als sie sahen, dass die Kleidung der Kriegerin bis über die Hüften mit Schlamm verkrustet war, hob die eine oder der andere fragend die Augenbrauen, denn der Taralkan war ja kein Wasservogel, der in Bächen oder schlammigen Rinnsalen gejagt wurde.

Wie es die Sitte vorschrieb, schlüpfte Kishik aus ihren Reitstiefeln und stellte sie neben den Eingang, dann ließ sie sich auf die Knie nieder und schlug dreimal mit der Stirn auf den Zeltboden, der mit einem saphirblau gemusterten Teppich ausgelegt war. Schließlich setzte sie sich auf die Fersen, schaute ihre Mutter an und sagte: »Weise Tarkani der Niridun, ich, die Kriegerin Kishik, bin von der Jagd nach dem Taralkan zurück. Hier bringe ich die Federn des Hahns, den ich erlegt habe.« Sie fächerte die Trophäen ihrer Jagd vor sich auf dem Teppich auf. »Und damit habe ich bewiesen, dass ich als Jägerin das Meine zur Ernährung unseres Stammes beitragen kann.«

Dies waren die Worte, mit denen sich seit Bestehen des Volkes der Niridun jede Jägerin von ihrer Prüfung zurückgemeldet hatte. Doch dann fügte Kishik Worte an, die nicht von Brauch und Sitte vorgeschrieben waren.

»Und ich habe noch einen Hahn erlegt, der keine Federn trägt.«

Auf allen Gesichtern waren jetzt Überraschung und Neugier zu lesen.

»Ich habe einen Spion der Shakaren getötet, der als Pferdesohn verkleidet in unserem Land herumstreifte und mir Leib und Leben bedrohte.«

Sie drehte sich zum Zelteingang um und zog die Klappe beiseite, sodass die Tarkani und ihre Beraterinnen das Bündel sehen konnten, welches das dunkelbraune Pferd mitten in die Zeltstadt geschleift hatte. Eine dicht gedrängte Menge von Frauen, Männern und Kindern stand ringsherum und erörterte lebhaft, was es mit dieser Beute wohl auf sich haben mochte.

Die Tarkani erhob sich und ging, gefolgt von den Frauen und Männern des Rates, hinaus, um mit eigenen Augen den toten Shakaren zu betrachten.

Als der erlegte Spion in Augenschein genommen war und der Rat sich wieder in der Jurte der Tarkani versammelt hatte, berichtete Kishik in allen Einzelheiten von ihrer Begegnung mit den beiden Shakaren – nur die Vergewaltigung erwähnte sie nicht. Und als man den Vorfall ausgiebig erörtert hatte und zu dem Schluss gekommen war, man müsse unverzüglich die Königin in Avalanna von dem

Geschehen in Kenntnis setzen – es wurden noch in derselben Stunde zwei Kurierreiterinnen in die Hauptstadt abgeschickt –, klatschte Kishik einmal in die Hände, um kundzutun, dass sie etwas sagen wollte, und richtete das Wort an die Tarkani: »Weise Tarkani, da wir nun im Hinblick auf diese fremden Schnüffler getan haben, was zu tun war, muss ich mit dir unter vier Augen sprechen, nicht von Kriegerin zu Tarkani, sondern als Tochter mit der Mutter.«

Kishdun nickte verstehend und gab den Mitgliedern des Rates ein Zeichen, sie sollten sie jetzt mit ihrer Tochter allein lassen. Die Frauen und Männer verneigten sich vor ihrer Anführerin, schlüpften am Zelteingang in die Stiefel und verließen die Jurte.

Als Mutter und Tochter allein waren, blickte Kishik der Tarkani fest in die Augen und sagte langsam: »Mutter, dieser Mann hat mir Gewalt angetan, als ich herausgefunden hatte, dass er kein Baratum ist.« Sie seufzte und holte tief Luft. »Er hat getan, was kein Mann tun darf – er hat mich gegen meinen Willen genommen und seine Lust an mir gestillt, ohne mir Wonne zu bereiten. Deshalb habe ich ihn getötet.«

Kishdun strich sich langsam über das lange schwarze Haar, in das sich da und dort schon Silberfäden mischten. »Mein Herz empört sich mit dir. Und du hast recht gehandelt. Ich bin froh, dass du dein Leben retten konntest. Was hat der andere Fremde getan?«

»Er hat es abgelehnt, sich meiner zu bedienen, und als ich seinen Gefährten erschoss, ist er geflohen, ohne sich zu verteidigen.«

»Beides ein seltsames Verhalten für einen Shakaren«, bemerkte die Tarkani nachdenklich. »Aber vielleicht handelte es sich bei ihm um einen Leibeigenen, dem gar nicht unlieb war, dass du ihn von seinem Herrn befreit hast.«

»Ich weiß es nicht.« Kishik zuckte mit den Schultern. »Aber er ist Zeuge meiner Entehrung geworden. Deshalb hätte er eigentlich ebenfalls den Tod verdient.«

Die Mutter nickte.

»Ich habe einen Wunsch«, fuhr Kishik fort, »nämlich: dass niemand im Lager davon erfährt, was dieser Schändliche mir angetan hat. Ich möchte weder Mitleid noch leisen Spott auf mich ziehen.«

Wieder nickte die Tarkani. »Und wie ist es damit, besteht die Gefahr, dass er …«

»Nein, er kann mich nicht geschwängert haben«, fiel ihr Kishik ins Wort. »Ich hatte meinen Mondfluss wenige Tage zuvor noch in der Steppe. Der Samen des Nordbarbaren bleibt unfruchtbar. Du brauchst dir keine Sorgen zu machen.«

»Du solltest aber trotzdem mit mir zur Zauberfrau gehen wegen der Reinigung«, riet Kishdun. »Sie kann dir auch in Trance sagen, wohin der andere Fremde geflohen ist.«

Diesmal war es an Kishik zu nicken.

Das Zelt von Buyuk-Udun, der Zauberfrau, lag am Rande des Lagers, nahe am Fluss. In seiner Mitte brannte immerzu ein kleines Feuer, und es war stets von einem süßlich-würzigen Duft erfüllt.

Hier war auch die Tarkani nur eine gewöhnliche Ratsuchende, denn in der Welt der Geister, in der sich die alte Zauberfrau bewegte, galten die Rangordnungen der Menschenwelt nichts.

Mutter und Tochter knieten im Fersensitz am Platz der Besucher. Auf der anderen Seite des Feuers hockte mit überkreuzten Beinen Buyuk-Udun in ihrem Gewand, das aus unzähligen Flicken verschiedenster Stoffe zusammengenäht zu sein schien. Auch was die Schönheit weiblicher Kleidung anging, herrschten im Geisterreich andere Anschauungen als unter den Menschen. Buyuk-Udun war uralt. Schon zu Lebzeiten der Großmutter der Tarkani, die zugleich auch die Großmutter der Königin von Avalanna gewesen war, hatte sie, schon damals Zauberfrau des Hauptlagers, alt ausgesehen. Buyuk-Udun pflegte zu sagen, sie werde erst dann sterben, wenn die Geister eine ihrer Schülerinnen als neue Zauberfrau auserkoren hätten, und das sei vorerst noch nicht der Fall.

Nicht nur an dem ledrig braunen, von vielen tiefen Runzeln durchzogenen Gesicht der Zauberfrau konnte man ihr Alter erkennen, sondern auch daran, dass es ihr Mühe machte, sich von ihrem Platz wegzubewegen. Deshalb übertrug sie es ihrer Helferin, einer unauffälligen, mit der Tarkani etwa gleichaltrigen Frau, nach ihren Anweisungen das Reinigungsritual an Kishik zu vollziehen.

Zuerst wurde die junge Jägerin mit Geisterwasser besprenkelt. Dann holte die Helferin mit einer Greifzange ein Stück Holzkohle aus dem Feuer, legte es in eine kleine Messingschale und tat Weihrauchkörner hinzu. Diesen Geisterrauch blies die Gehilfin auf Kishiks kauernde Gestalt, vom Scheitel bis zu den Sohlen. Darauf musste die Kriegerin eine streng und bitter schmeckende Geisternuss gründlich zerkauen und dann schlucken, und zum Schluss bekam sie noch aus einem Kesselchen, dessen Inhalt ständig über dem kleinen Feuer köchelte, einen Silberbecher voll zu trinken – einen würzigen, adstringierenden Sud, der warm durch die Brust in den Unterleib sank und dort seinerseits ein reinigendes Feuer zu entzünden schien.

Während all dieser Handlungen leierte Buyuk-Udun einen halblauten unverständlichen Singsang vor sich hin – in der Geistersprache, wie sie eingangs erklärt hatte – und vollführte mit einem Wedel aus schwarzem Rosshaar allerlei Bewegungen in der Luft, die für Menschen sinnlos erscheinen mochten, aber offenbar Signale an die Geisterwelt darstellten.

Als alles so vollzogen war, wie nach Auffassung der Zauberfrau notwendig, legte diese ihren Rosshaarwedel beiseite, richtete ihre alten Falkenaugen auf Kishik und fragte: »Nun sage mir, Kind, was möchtest du nach dieser Untat jetzt tun? In der Unsichtbaren Welt haben wir alle unheilvollen Wirkungen ausgelöscht, und deinem Leib wird kein Leid geschehen, aber noch gilt es, in der Welt der Menschen Genugtuung zu suchen und die Ordnung wiederherzustellen.«

»Ich möchte, dass du herausfindest, wo sich der zweite Sharkar aufhält, und dass du ihn an diesen Ort bannst, damit ich kommen und ihm das Leben nehmen kann. Denn wenn er mir auch nichts angetan hat, so ist er doch Zeuge meiner Demütigung geworden. Ich will nicht, dass ein Mann auf der Erde lebt, der von meiner Erniedrigung weiß.« Kishik tat einen tiefen, als Seufzer vernehmlichen Atemzug. »Und zur Wiederherstellung will ich mir keinen Mann aus den Lagern der Niridun nehmen. Er könnte nämlich Überlegungen anstellen und herausfinden, dass ich gedemütigt wurde.«

Wenn einer Frau durch einen Mann Gewalt angetan worden war – was auf den Ebenen von Banon sehr selten vorkam, denn jeder wusste, dass ein Vergewaltiger mit seiner Untat sofort sein Leben verwirkt hatte –, so war es nach dem Glauben der Niridun notwendig, nach dem reinigenden Ritual durch die Zauberfrau diese Demütigung wieder aufzuheben, indem die betroffene Frau mit einem Mann schlief, der sie nicht benutzen, sondern beglücken wollte.

»Sage mir«, fuhr Kishik fort, »wo ich den Mann finde, der mir Wiederherstellung bringt, ohne von meiner Demütigung zu erfahren.«

Buyuk-Udun nickte bedächtig und erklärte dann, sie werde sich jetzt mit ihrer Seele in die Geisterwelt versetzen, um die Geister um Rat zu fragen und eine Antwort für Kishik zu erbitten.

Die Helferin bereitete in einer weiteren Messingschale ein anderes Räucherwerk mit einem schweren, harzigen Duft und hielt es dann ihrer Meisterin unter die Nase. Die Zauberfrau sog den Rauch tief ein und schloss die Augen. Dann fing sie an sich im Sitzen langsam hin und her zu wiegen. Die Helferin stellte die Schale vor ihr auf den Boden.

Jetzt hatte Buyuk-Udun nicht den Rosshaarwedel, sondern eine Rassel in der Hand, deren trocken-scharfes Geräusch ihre Bewegungen begleitete. Plötzlich hielt sie inne, das Geräusch verstummte, die Zauberfrau straffte den Oberkörper und riss die Augen weit auf. Der Blick, mit dem sie Kishik dann ansah, war nicht mehr der einer alten Frau, sondern einer fremden, übermenschlichen Wesenheit, starr und durchdringend. Und auch die Stimme, mit der sie zu sprechen begann, klang fremdartig und geisterhaft. Es war mehr wie das Rascheln von Gras, wie das Pfeifen des Windes über der Steppe, wie das Gemurmel des Flusses.

»Der Fremde, der deine Schmach gesehen hat, strebt zu der Stadt Avalanna, und dort wird er gebannt sein und sie nicht verlassen können, bevor du ihn gefunden hast. Ein Hirte aus Harkin wird dir bei der Vergeltung helfen.«

Nach diesen Worten klappte die Zauberfrau den Mund zu und

die Augenlider herunter, als entledigte sich das Wesen, das sich ihres Leibes bedient hatte, nach getaner Arbeit seines Werkzeugs. Buyuk-Udun nahm wieder ihre wiegenden Bewegungen auf, diesmal ohne Gebrauch der Rassel. Und schließlich erwachte sie aus der Trance und klatschte in die Hände, um zu zeigen, dass sie alles getan hatte, was sie für die beiden Bittstellerinnen unternehmen konnte. Sie sei jetzt erschöpft und bedürfe der Ruhe, sagte sie.

Die Tarkani übergab der Helferin ein Dankgeschenk – außer einer Goldmünze mit dem Zeichen der Königin von Avalanna auch ein beträchtliches Stück von dem Fleisch, das Kishik mitgebracht hatte –, dann verabschiedeten sich Mutter und Tochter mit einer tiefen Verneigung, zogen die Stiefel über und verließen Buyuk-Uduns Zelt.

»Also in Avalanna«, sagte Kishik leise zu ihrer Mutter Kishdun auf dem Rückweg zur Jurte der Tarkani. »In Avalanna werde ich meine Rache vollenden, und dort finde ich sicher einen Mann, der mir für die Wiederherstellung genehm ist. Doch was soll das heißen: Ein Hirte aus Harkin wird mir bei der Vergeltung helfen?«

Die Tarkani zuckte mit den Schultern. »Ich weiß es nicht. Aber schon morgen reitest du nach Avalanna! Ich gebe dir ein halbes Dutzend Kriegerinnen als Begleitschutz mit. Und wenn du deine Tante, die Königin, darum bittest, wird sie dich sicher bei der Suche unterstützen.«

»Ich kenne doch keinen Hirten aus Harkin«, murmelte Kishik und schüttelte den Kopf.

Kapitel III

Yashor saß am Frühlingsstein auf dem Sonnenbühl und hütete die Schafe. Es war im Blütenmond. Am Himmel hing keine einzige Wolke, das strahlende Blau spannte sich über das ganze Land. Die Sonne hatte den Weg zum Mittagspunkt erst zur Hälfte zurückgelegt, die Luft war angenehm warm, von der Bachsenke wehte eine leichte, milde Brise herauf.

Die Schafe weideten am Osthang, der zum Dunkelbach hin abfiel. Dorch, der zottige schwarze Hirtenhund, patrouillierte den Bachlauf entlang und achtete darauf, dass keines der Tiere dem gefährlichen Gewässer zu nahe kam – keine schwere Aufgabe für den vierfüßigen Gehilfen des Hirten, denn die meisten der Schwarzköpfigen schienen schon zu wissen, was unten, am Fuße der Bachböschung, auf sie lauerte. Sie hielten sich von ihr fern und richteten all ihre schäfische Aufmerksamkeit auf die köstlichen Frühlingskräuter am Hang des Sonnenbühls.

Anscheinend war Yeshem mit Fjonn, der grauweißen kleineren Hündin, noch einmal nach Liss Ivonai, »Iponas Hof«, zurückgegangen. Warum? Das war Yashor im Augenblick entfallen, aber es würde schon seinen Grund haben. Er lehnte den Rücken gegen den noch kühlen Stein und blickte in das bannende Blau der Himmelstiefen empor.

›Weshalb befindet sich für uns eigentlich das Firmament »oben«?‹, sann er. ›Könnte es nicht auch andersherum sein – dass wir nach »unten« schauen, wenn wir in den Himmel blicken? Doch wie käme es dann, dass wir nicht von der Erde hinunterfallen und in diesem unendlichen Blau versinken?‹

Der Sog, der von dem himmlischen Abgrund ausging, zog ihm alle Gedanken aus dem Hirn. Er schloss die Augen und wollte sich fallen lassen, sich der Grenzenlosigkeit anheim geben …

Da riss ihn der Instinkt des Hirten aus dem Bann, aus der Träumerei. Ihm wurde bewusst, dass etwas nicht stimmte. Alles war still, und doch drohte Gefahr. Er schlug die Augen auf und sprang hoch.

Die Stille – das war's. Nicht eine einzige Vogelstimme war zu hören. Keine Lerche über den Feldern, kein Kuckuck aus dem Wald, nicht das »Tschäck-tschäck« der Dornendreher aus dem Gebüsch jenseits des Baches, nicht das »Jif-jif-jif-jif-jif-trü« der Ortolane aus dem Gehölz auf der Nordseite des Sonnenbühls. Und auch sonst verkündete kein einziger Vogel seine Gegenwart – kein Eichelhäher, kein Rabe, kein Spatz. Über dem Land lag eine unheimliche – nein, eigentlich keine Stille, sondern eine Lautlosigkeit. Es schien in der ganzen Welt keine Geräusche mehr zu geben.

Und die Schafe bewegten sich nicht mehr, jedes war wie an seinen Platz gebannt. Dorch war den Hang ein Stück heraufgelaufen, er stand jetzt regungslos zwischen der Herde und dem Hirten, hatte den Kopf gereckt und äugte nach Osten, zu dem langen Streifen verwilderter Wiesen jenseits des Bachgebüsches.

Dort im Osten, beim Waldrand am Ende der Wiesen, rührte sich etwas, bewegten sich schwarze Punkte, zwei, drei, vier, dann waren es fünf, die aus den Schatten zwischen den Bäumen hervorkrochen. Ja, *krochen*, es mussten Tiere sein, ihre Gangart war nicht die aufrecht gehender Menschen, und doch haftete ihren Bewegungen etwas Seltsames an. Schafe, Ziegen oder Kälber konnten es nicht sein: Dazu rückten sie zu geradlinig, zu zielstrebig vor.

Yashor bückte sich, hob den Hirtenstock auf, den er neben dem Frühlingsstein abgelegt hatte, und fasste ihn fest mit beiden Händen. Noch drohte seinen Schafen keine Gefahr, aber er hatte früh gelernt, dass ein Hirte sich gegen alles Unvorhergesehene, Unerwartete, Unerklärliche rechtzeitig zu wappnen hatte.

Aus den schwarzen Punkten waren inzwischen schwarze Flecken geworden, die – jetzt zu einem Keil formiert – langsam in gerader Linie durch die Brachwiesen auf das jenseitige Bachufer zustrebten. Yashor eilte mit den Augen ihrem vermutlichen Weg voraus, zu der Stelle hin, wo sie das Wasser erreichen und vielleicht überqueren würden. Und genau dort stand etwas, stand jemand, den er bis jetzt noch nicht gesehen hatte: eine aufrechte menschliche Gestalt, ein Mädchen, eine junge Frau, die auf das dunkle Bachwasser zu ihren Füßen schaute, sich dann angstvoll nach den auf sie zukriechenden schwarzen Flecken umblickte und schließlich wieder ebenso angstvoll auf das Gewässer starrte. Kein Zweifel – sie sah in den seltsamen Lebewesen eine Bedrohung, und gleichzeitig fehlte ihr der Mut, über den breiten Bach zu springen.

Yashor schaute wieder auf den Keil der fünf dunklen Flecken, und während er noch überlegte, warum die Unbekannte am Bach sich vor ihnen fürchten mochte, erkannte er an den Umrissen, was die Schwarzen waren – Wölfe, kein Zweifel. Gleichzeitig schoss ihm durch den Kopf: ›Nein, noch nie sind Wölfe so nah an den Sonnenbühl gekommen, schon gar nicht im Frühling! Und überhaupt – die Wesen bewegen sich gar nicht wie Wölfe, wenn auch ihre Köpfe und Felle und Schwänze die von Wölfen sein mögen.‹ Und gleich darauf durchzuckte ihn die Erkenntnis: Das mussten Menschen in Wolfspelzen sein, Männer, die sich als Wölfe verkleidet an die Frau am Bach heranmachen wollten. Und während er noch überlegte, dass eine solche Tarnung keinem guten Zweck dienen konnte, erhoben sich plötzlich die Kriechenden, wurden jetzt zu Menschengestalten mit Wolfsköpfen und Wolfsfellen und schritten – schneller, als sie gekrochen waren – auf die geängstigte Frau am Wasser zu.

Die Frau hatte wieder hinter sich geschaut, sah die Wolfsmänner rascher auf sich zu kommen, drehte sich erneut zum Bach und hob jetzt zum ersten Mal den Blick zum gegenüberliegenden Hang. Ihre Augen mussten Yashor entdeckt haben – für sie war er wohl nur eine Silhouette neben dem hochragenden Frühlingsstein –, denn sie begann erregt mit den Armen zu winken, als wollte sie ihn zu Hilfe rufen. Und als er seinen Hirtenstock hob und schwenkte, zum Zeichen, dass er ihr Signal verstanden habe, da riss sie den Mund weit auf und stieß einen hohen schrillen Schrei aus – einen Laut, der die gespenstische Stille durchbrach und dem Hirten einen kalten Schauder über den Rücken jagte.

Im selben Augenblick schrie Yashor seinerseits: »Dorch, Dorch, los, fass!«, und rannte los, den Hang hinab, auf das Bachufer zu, immer schneller werdend, um Schwung zu sammeln für den Sprung über das breite Wasser. Aus den Augenwinkeln sah er, wie der Rüde, ein schwarzer Pfeil, auf die Stelle am Bach zuschoss, wo sie sich treffen mussten, um der Unbekannten gegen die Wolfsmenschen beizustehen.

Als er nur noch zwei Dutzend Schritte vom Ufer entfernt war, konnte er plötzlich die Worte verstehen, die die junge Frau voller Angst hervorstieß: »Yashor, hilf mir, Yashor, schütze mich, Yashor, hilf mir!«

Die Nennung seines Namens traf ihn wie ein Blitz und weckte in ihm ungeahnte Kräfte. Er packte seinen Hirtenstock mit aller Macht zum Stabsprung über den Bach, bot alle Kraft auf, die seinen Schenkeln innewohnte, hob ab …

Und erwachte.

Yashor lag auf seiner Schlafstatt in der Kammer im Obergeschoss des großelterlichen Hauses. Durch die Ritzen im Gebälk drang bleiches Frühlicht. Die Sonne war sicher noch nicht aufgegangen. Er schüttelte die grobe Wolldecke ab und setzte sich auf. Im Haus war es noch still. Von draußen kam das süße Morgengeflöte der Amseln. In seinen Ohren gellte noch der Schrei der unbekannten Frau: »Yashor, hilf mir, Yashor, schütze mich.«

Ein sonderbarer Traum. Seltsam die unheimliche Lautlosigkeit, seltsam die Männer, die sich als Wölfe verkleideten, seltsam, dass eine unbekannte Frau seinen Namen kannte und ihn zu Hilfe rief. Was hätte er schon gegen fünf Männer ausrichten können? Oder hatte sie gewollt, dass er umkehrte und im Ort Hilfe holte? Aber bis dahin hätten die Wolfsleute sie ja längst erreicht gehabt! Oder hatte Yeshem schon etwas von der Gefahr gespürt und war geeilt Hilfe zu holen, während er, Yashor, noch in den Himmel plierte? Was hatten die geheimnisvollen Wolfsmenschen überhaupt mit ihr vorgehabt? Das würde er nun nie erfahren. Und auch nicht, woher die Frau seinen Namen kannte und wer sie überhaupt war.

Ein Traum voller Geheimnisse! Handelte es sich vielleicht um einen Warntraum, um das Vorzeichen einer Gefahr für ihn und die

Seinen? Oder war es ein Ruftraum, mit dem die Unbekannte ihn aus der Ferne um Hilfe rief? Aber in welcher Gefahr befand sie sich wirklich, und – wer war sie überhaupt? Wo lebte sie? Wieso kannte sie ihn? Und weshalb wandte sie sich ausgerechnet an ihn, Yashor, einen Hirten von noch nicht einmal achtzehn Sommern, wo es doch im Ort Liss Ivonai genug erwachsene Krieger und sogar einige Ritter gab?

Ratlos schüttelte er den Kopf und stand auf. Es gab nur einen, der ihm auf solche Fragen vielleicht eine Antwort geben konnte: Talik, der Tiefwissende von Liss Ivonai, der schon vor einiger Zeit begonnen hatte ihn die Kunst der Traumdeutung zu lehren. Dabei hatte Talik ihm auch erklärt – so fiel Yashor jetzt ein –, wie wichtig es sei, den Traum nach dem Erwachen festzuhalten, damit er nicht wieder ins Ungewisse der Zwischenwelt verflog. Yashor schloss die Augen, stellte sich entspannt hin, und während er bewusst langsam und ruhig atmete, ließ er den Traum noch einmal vor seinem inneren Auge vorüberziehen, um sich jede Einzelheit einzuprägen, damit er sie dem Tiefwissenden erzählen konnte.

Als er erneut bei dem Schrei »Yashor, hilf mir, Yashor, schütze mich!« angelangt war, holte er tief Atem und stieß die Luft schnaubend wieder aus, dann öffnete er die Augen, rieb sich den Schlaf unter den Lidern hervor und zog schließlich seine Hose und den Hirtenkittel an. Langsam öffnete er die Kammertür und trat leise auf den Gang des Obergeschosses. Aus den anderen Kammern war kein Geräusch zu vernehmen, es musste also noch arg früh sein und alle schliefen noch.

Lautlos tappte er die Stiege ins Erdgeschoss hinunter. Hinten in der Küche kramte doch schon jemand herum. Er spähte durch die Tür, die einen Spalt offen stand. Natürlich, es war die Großmutter, die Frühaufsteherin des Hauses, sie werkelte am Ofen herum, um das Feuer für das Morgenmahl in Gang zu bringen.

Sollte er warten, bis er mit der Mutter und den Großeltern gegessen hatte, und erst dann zu Talik gehen und ihn nach der Botschaft des Traumes fragen? Nein, wenn es sich um einen Warntraum handelte, war solcher Aufschub nicht statthaft. Wer weiß, wie nahe die

Gefahr schon war, vor der er die anderen warnen sollte. Und auch bei einem Ruftraum war es nicht angebracht, die Deutung auf die lange Bank zu schieben, denn wer wusste, in welch dringender Notlage sich die Rufende befand?

Sanft, damit sie möglichst wenig knarrte, schob er die Vordertür auf und trat auf die Straße. Das Haus seiner Großeltern, das des Gutsverwalters des Herzogs von Stagira, lag nicht an einem gewöhnlichen Weg aus festgestampftem Lehm oder festgetretenem Kies wie die meisten Häuser in Liss Ivonai, sondern an einer regelrechten Fahrstraße, die aus großen Steinplatten gefügt war. Schließlich handelte es sich um die Hauptstraße des Ortes, auf der nicht nur Pferde- und Ochsenfuhrwerke, sondern auch Reisekarren fremder Händler und Streitwagen harkinischer Ritter bei jedem Wetter schnell und zügig dahinfahren konnten. Und überdies ging diese Straße weit über den Ort Liss Ivonai hinaus: Nach Süden zu stieß sie auf die »Straße der Wächterin«, den großen Handelsweg, der sich von Westen nach Osten durch Stagira und Harkin zog, von Magunt, der großen Stadt an der Mündung des Flusses Moinis in den Strom Renu, bis nach Radisbun, der ebenfalls großen Stadt an der Biegung des Stromes Daidun, nicht weit entfernt von den Waldbergen, die die westliche Grenze des Reiches von Gordan bildeten. Nach Norden hin zog sich die Herzogsstraße – so nannte man sie, weil sie vor vielen Jahren ein früherer Herzog von Stagira hatte anlegen lassen – bis zum Schwanenberg, jenem langen Bergrücken, auf dem die zwar nicht so große, aber doch überaus schöne Stadt Bergion lag. Hier wohnte die Impalaris, die Priesterkönigin, die über ganz Harkin herrschte, über jenes große Reich zwischen dem Renu und den Waldbergen, von dessen vielen Herzogtümern Stagira nur eines war – wenn auch nach Yashors Meinung das schönste.

Yashor folgte der Herzogsstraße nach Norden. Das Haus seiner Großeltern lag am Südrand des Ortes. Liss Ivonai, den Hauptort des Herzogtums Stagira, konnte man leider keine Stadt nennen, denn so groß war die Siedlung noch nicht, und allen städtischen Glanz zog ja das nahe Bergion, die Residenz der Impalaris, auf sich. Der Tiefwissende wohnte in einer Klause im Norden, die außerhalb des

Ortskerns, etwas von der Straße abgesetzt, an die Kräutergärten der hiesigen Heilerin und Kräuterfrau grenzte.

Zwischen den Häusern herrschte noch morgendliche Stille. Der Himmel war von einem zarten Hellblau – nicht so tiefblau wie in Yashors Traum –, hinter dem Kalbsberg aber schon rosig golden überhaucht von der nahenden Sonne. Nur aus wenigen der Häuser zu beiden Seiten der Straße stiegen schon dünne Rauchfäden von Herdfeuern auf. Die meisten Bewohner des Ortes schliefen noch. Doch Yashor wusste, Talik würde schon auf sein. Denn mehr als einmal hatte der Tiefwissende ihm erzählt, wie nützlich die Stunden der Dämmerung vor dem Aufgang der Sonne für seine Arbeit seien.

Der junge Hirte ging an der kleinen Mauer entlang, mit der die Kräutergärten der Heilerin umfriedet waren, und sog das würzige Gemisch aus den Blütendüften der Pflanzen tief in seine Lungen. Wie freundlich und friedlich hier alles war, keine Spur einer Bedrohung, ganz anders als in seinem Traum.

Als er an Taliks Klause angelangt war, klopfte er das Erkennungszeichen an die Tür: einmal laut und kräftig, dann zweimal sacht und schnell, schließlich noch einmal laut und kräftig. Kaum hatte er seine Fingerknöchel von der Tür gehoben, da öffnete sie sich sofort, als hätte Talik dahinter nur auf ihn gewartet.

Wie meistens, wenn Yashor ihn in seiner Behausung besuchte, trug der Tiefwissende nicht das blaue Alltagsgewand seines Standes, sondern einen grauen Kittel, der sich kaum von der Kleidung des Hirten unterschied. Das sonst bis zu den Ellbogen reichende eisgraue Haar hatte er im Nacken zusammengebunden, der ebenfalls eisgraue Vollbart sah nicht aus, als hätte ihn sein Besitzer an diesem Morgen schon gebürstet. Das Auge eines Unkundigen hätte in Talik wahrscheinlich nicht den Tiefwissenden erkannt; er wirkte fast wie ein gewöhnlicher alter Mann – wenn da nicht die überaus lebendig funkelnden Augen gewesen wären, jung und lebensfreudig wie die einer Amsel und zugleich scharf und durchdringend wie die eines Falken.

»Yashor, sei mir gegrüßt!«, redete ihn der Alte an, bevor der

Hirte noch den Grund seines unerwartet frühen Besuchs nennen konnte. »Was führt dich zu so ungewohnter Stunde zu mir? Ich hoffe, du hattest einen guten Schlaf diese Nacht. Aber wenn ich dich so anschaue, dann kommen mir Zweifel, ob dein Traum schön und dein Erwachen fröhlich war.«

›Sieht man mir das so leicht an, wie einem Kind?‹, dachte Yashor, während er den Gruß auf die übliche Weise erwiderte und Frieden dem Haus und Wohlergehen dem Hausherrn wünschte.

»Komm herein, setz dich und lass mich hören, was du auf dem Herzen hast!«, war die Antwort des Alten.

Yashor trat ein und folgte Talik durch einen schmalen Gang in den hintersten Raum der Klause. Der war ein geräumiges Gemach, so breit wie das ganze Haus, mit zwei Besonderheiten, die ihn von allen anderen Räumen in Liss Ivonai unterschieden: Zum einen gab es hier keine Stühle oder Tische oder sonstige Raum fordernde Möbel. Der Boden war stattdessen mit dicken Schilfmatten ausgelegt, die beiden Schmalseiten trugen von oben bis unten Borde, auf denen allerlei Steine, Wurzeln, getrocknete Pflanzen und Werkzeuge seltsamer Machart lagen. Die andere Eigentümlichkeit des Raumes bestand darin, dass die vierte Wand fehlte und das Gemach somit ohne Abtrennung in den rückwärtigen Garten überging. Yashor wusste, dass im Winter hier Schiebewände aus Holz den Raum abschlossen, die der alte Mann jedoch noch vor Anbruch des Frühlings entfernte, sobald mit Frost nicht mehr zu rechnen war. Wärme bot in dem Gemach, das Talik seine »Gartenwerkstatt« nannte, ja immer eine gemauerte Feuerstelle links von der Tür in der Wand. Dort züngelte schon ein kleines Feuer unter einem Eisenkesselchen, in dem ein kräftig duftender Kräutersud köchelte.

Nachdem sich beide mit gekreuzten Beinen auf den Schilfmatten niedergelassen hatten, schloss Yashor einige Herzschläge lang die Augen und sammelte sich, um den Traum so lebhaft und farbig zurückzuholen, wie er ihn noch vor weniger als einer Stunde erlebt hatte. Als er die Lider wieder hob, sah er Taliks forschenden, durchdringenden Blick auf sich ruhen, und es war ihm, als bräuchte er eigentlich gar nichts mehr zu berichten und als hätte der Tiefwissende ihm den Traum unmittelbar aus dem beunruhigten Herzen gelesen.

Trotzdem begann er zu sprechen, stockend zunächst, dann immer flüssiger, berichtete sein Traumgesicht und drückte seine Besorgnis aus, dass der Traum eine Warnung oder einen Ruf enthielte, denen er Folge leisten sollte, aber er wisse ja nicht, wie und warum, wo und wann.

»Als du die Wolfsmänner als schwarze Punkte aus dem Wald kommen sahst, hast du da Furcht empfunden?«, fragte Talik, als Yashor geendet hatte.

»Nein«, erwiderte Yashor, »ich war nur allgemein beunruhigt wegen der unheimlichen Stille. Die schwarzen Punkte kamen mir zuerst nur seltsam vor.«

»Und als du meintest, sie seien Wölfe?«

»Auch da fürchtete ich mich nicht; ich war nur verwundert, denn ich hatte noch nie gehört, dass Wölfe im Frühling so nah an den Sonnenbühl herankämen.«

»Kam dir nicht der Gedanke«, forschte der Alte weiter, »die Wölfe könnten es auf deine Schafe abgesehen haben?«

»Nein, daran habe ich nicht gedacht. Ich habe mich nur über ihre seltsam kriechende Art der Fortbewegung gewundert, die so gar nicht der Gangart von Wölfen ähnelte.«

»Und als du erkannt hattest, es müssten Menschen in Wolfspelzen sein, wirkten sie da auf dich bedrohlich?«

»Nein, immer noch nicht. Ich dachte mir, eine solche Verkleidung könne keinem guten Zweck dienen. Wer tarnt sich schon im freien Weidegelände als Wolf? Schafdiebe würden sich doch eher in Schafspelze hüllen!«

»Hattest du überhaupt das Gefühl, diese Wolfsmänner könnten es auf deine Schafe abgesehen haben?«, bohrte Talik weiter.

»Eigentlich nicht. Um die Schafe hätte ich erst gefürchtet, wenn die Männer den Bach überquert hätten. Und überdies hat Dorch nicht angeschlagen. Er schien sie nur mit Neugier, nicht mit Argwohn zu beobachten.«

»Du warst also der Meinung, die Wolfsleute hätten es auf die junge Frau am Bach abgesehen?«

»Ja, durchaus. Erst als sie voller Angst aufschrie, hat auch mich die Furcht gepackt. Und es war mehr Furcht um sie als um mich selbst oder die Schafe.«

»Weißt du, woher sie kam?«

»Nein. Als die schwarzen Punkte aus dem Wald krochen, hatte ich die Frau noch nicht bemerkt. Ich weiß nicht, ob sie von Anfang an schon am Bach stand oder erst später erschien.«

»Was glaubst du, weshalb sie den Bach nicht übersprungen hat, um vor ihnen zu fliehen?«

Er wisse es nicht, wollte Yashor spontan antworten, doch dann kam ihm ein merkwürdiger Gedanke. »Vielleicht sah der Bach von ihrer Seite viel breiter aus, als er wirklich ist, sodass sie den Sprung nicht wagte. Oder es gab für sie in dem Wasser einen Zauber, der ihre Flucht hemmte.«

Yashors Antwort erntete ein federleichtes Lächeln von Taliks Lippen. Der alte Tiefwissende tat einige Atemzüge, bevor er meinte: »So ganz fremd kann sie dir doch nicht sein, wenn du schon eine erste Einfühlung in ihre Wahrnehmung hast, meinst du nicht? Konntest du ihr Gesicht sehen, als du losranntest, um ihr zu Hilfe zu kommen?«

Der Hirte musste überlegen. »Ja«, sagte er dann. »Es war halt das Gesicht einer jungen Frau, schön und ebenmäßig, aber gekannt habe ich sie nicht. Obwohl … Wenn ich es mir recht überlege, so war mir, als müsste ich von ihr wissen oder als würde ich sie bald kennen lernen – außerhalb des Traums.«

Talik stellte noch einige weitere Fragen über – wie es Yashor schien – nebensächliche Einzelheiten der Traumbilder, dann schloss er die Augen und begann über den Traum nachzusinnen. Yashor hielt den Blick auf das von vielen feinen Linien durchfurchte Gesicht des Alten geheftet, als könnte er an den Zügen des Tiefwissenden ablesen, was sich dort hinter der hohen runzeligen Stirn tat. Und während er noch gespannt darauf wartete, was sein greiser Berater zu dem Traum sagen würde, gingen ihm einige Dinge auf, die er bei seinem Nachgrübeln bisher übersehen hatte.

Die Tatsache, dass Yeshem, sein Mithirte und bester Freund, nicht dabei gewesen war, zeigte, dass sich der Traum ausschließlich an ihn, an Yashor, richtete. Und es handelte sich nicht um eine Gefahr für die Schafe am Sonnenbühl (oder für das herzogliche Gut oder den Ort Liss Ivonai), sonst wären die Tiere ja geflohen oder Dorch hätte warnend-wütend gebellt ... Nein, er war aus der Ferne Zeuge der Bedrohung einer jungen, ihm noch unbekannten Frau geworden.

Jetzt erst ging ihm auf, dass es auf der anderen Seite des Dunkelbachs gar keinen so langen Streifen Brachland gab, der Wald ging dort fast bis ans jenseitige Bachufer; der Waldschatten war ja ein Grund, dass das dort fließende Wasser immer so dunkel war. Nein, die Brachweiden bedeuteten ein Land, das von Liss Ivonai entfernt lag. Und das war auch der Grund, weshalb es die junge Frau nicht gewagt hatte zu springen ... Der Sonnenbühl und der Ort, an dem sich die Unbekannte aufhielt, lagen zu weit auseinander. Ein Sprung hätte den Abstand niemals überwinden können. Doch eine Traumbotschaft war dazu in der Lage!

Yashor seufzte betroffen. Diese Deutung drängte sich ihm schier auf, aber dadurch wurde die Sache nur noch verwirrender. Ein anderes Land als Stagira – noch nie war er in einem anderen Land gewesen, seit er als Dreijähriger mit den Großeltern und der Mutter auf der Flucht aus dem von den Shakaren verwüsteten Slantan hierher nach Liss Ivonai gekommen war. Vierzehn Jahre lang hatte er inzwischen hier gelebt, und längst war Stagira für ihn zur Heimat geworden. Doch einen Grund, in ein anderes Land zu reisen, gab es für ihn nicht, für einen Hirten des herzoglichen Gutes, dessen Verwalter sein Großvater Paval o Moravánion war: Yashor war kein Händler, kein Krieger, kein Ritter, kein Amtmann des Herzogs, kein Gesandter der Priesterkönigin – und nichts davon würde er jemals werden. Warum sollte sich eine Unbekannte aus der Fremde mit einer Hilfe heischenden Traumbotschaft ausgerechnet an ihn wenden?

»Es war ein Ruftraum«, riss ihn die Stimme des Tiefwissenden aus seinen Überlegungen. Talik hatte die Augen wieder geöffnet und blickte Yashor direkt ins Gesicht, halb amüsierte Amsel, halb forschender Falke. »Aber der Ruf ist nicht von solcher Stärke, dass du jetzt von dir aus etwas unternehmen musst. Er wird dich noch auf anderem Weg erreichen, und dann kommt es darauf an, dass du ihn erkennst und richtig handelst. Doch ist in dem Ruf auch eine kleine Warnung enthalten: Die Bedrohung zielt nicht nur auf die Frau, sondern könnte auch, wenn ihr nicht geholfen wird, auf deinen Bereich übergreifen – dafür steht der Sonnenbühl. Wärst du an einem Ort gewesen, den du nicht eindeutig hättest bestimmen können, hätte die Gefahr dir ganz persönlich gegolten. So richtet sie sich gegen den Umkreis, in dem du lebst. Aber ich bin sicher«, schloss Talik mit einem ermutigenden Schmunzeln, »du wirst sie abwenden, da du im Traum so beherzt losgesprungen und außerhalb des Traums gleich so entschlossen losgerannt bist. Da es dir so wichtig war, die Botschaft zu entschlüsseln, wirst du ihr auch Folge leisten. Und was die Frau angeht, so kann es sich bei ihr um eine einzelne Person handeln. Aber da du dir keine Einzelheiten ihrer Kleidung gemerkt hast, könnte es auch sein, dass sie für eine Gruppe von Menschen steht, für ein Volk, für eine Stadt, vielleicht für ein ganzes Land – sofern Volk, Stadt oder Land von einer Frau regiert werden.«

Yashors Augen weiteten sich in stummem Staunen über diese Eröffnung. Eine derartige Traumbotschaft ihm, einem einfachen Hirten! »Warum mir?«, wollte er fragen, doch da setzte der Tiefwissende, die Augen wieder halb geschlossen, zu einem zunächst unverständlichen Singsang an, aus dem sich dann aber zwei Zeilen abhoben, die der Alte dreimal wiederholte, als wollte er sie dem Ratsuchenden tief einprägen.

»Von jenseits der Grenzen ein Ruf um Hilfe an Yashor, den Hirten.
Er folgt ihm beherzt und wendet somit Gefahr auch vom eigenen Land.«

Als wollte er nun keine Beklemmung aufkommen lassen wegen des Omens, das hier in seiner Gartenwerkstatt entschlüsselt worden war, lachte der Tiefwissende herzhaft, bis Yashor befreit in das Lachen einstimmte. Dann erhob sich Talik mit einer für sein Alter ungewohnten Behändigkeit, nahm von einem der Borde an der Seitenwand zwei Messingbecher und einen Schöpflöffel und trat an die Feuerstelle heran.

»Jetzt haben wir uns aber einen Morgentrunk redlich verdient, wir beide«, bemerkte er glucksend und füllte beide Becher bis über die Hälfte mit dem Sud aus dem Eisenkesselchen. Dann ließ er sich wieder Yashor gegenüber auf den Schilfmatten nieder und reichte ihm einen Becher mit der Aufforderung: »Trink und schöpfe Mut für alles, was dir bevorstehen mag.«

Yashor nippte vorsichtig an dem heißen Getränk. Er konnte sich nicht erinnern schon jemals von Talik zu solch einem Trunk eingeladen worden zu sein. Handelte es sich um eine Auszeichnung? Oder um einen Trost nach der Besorgnis um den Traum?

Der Sud war heiß und würzig, und es kam Yashor vor, als sollte das Gebräu gar nicht schnell und in großen Schlucken getrunken werden. Schon im Mund, auf der Zunge, entwickelte es einen scharfen belebenden Geschmack, und als es seine Kehle hinabrann, kam es ihm wie ein sanftes Feuer vor, das den Weg in seine Eingeweide suchte. Es musste sich um einen Kräftigungstrunk handeln, denn mit einem Mal war jeder Rest von nächtlicher Müdigkeit aus seinen Gliedern verschwunden, er fühlte sich ausgeruht, voller Kraft, fast tatendurstig. Wenn man sich ein solches Getränk einverleibt hatte, konnte man da noch ruhig sitzen und plaudern? Musste man nicht aufspringen und zu Taten schreiten?

»Was ist das für ein Trank, tief wissender Talik?«, fragte er keck, doch bevor der Alte ihm noch eine Antwort geben konnte, ertönte ein Klopfen an der Tür. Drei kräftige Schläge – das Zeichen dafür, dass ein Amtmann des Herzogs Einlass begehrte. Und das um diese Tageszeit?

Talik erhob sich geschmeidig und ging die Tür öffnen. Yashor folgte ihm neugierig in den Gang. Vor der Klause stand, stämmig und gedrungen, das rötliche Haar zerzaust und das Kinn von einem Stoppelbart verdunkelt, Kolgo, ein Amtmann des Herzogs, den Yashor von seinen häufigen Besuchen auf dem Gut her kannte. Und die hagere weißhaarige Gestalt mit dem grauen struppigen Schnurrbart, die hinter Kolgos Schulter ragte, war niemand anderer als Yashors eigener Großvater, Paval o Moravánion, Gutsverwalter des Herzogs von Stagira und Sprecher der Schwarzwasserleute von Harkin. Enkel wie Großvater blickten einander gleichermaßen überrascht an, als hätten sie sich gegenseitig fragen wollen: »Was, du so früh schon am Tag bei Talik?« Doch hier führte der Amtmann das Wort. Es sei etwas Schwerwiegendes vorgefallen, das man dem Tiefwissenden mitteilen müsse. Vielleicht könne Talik in dieser Angelegenheit einen nützlichen Rat geben.

Talik bat die überraschenden Gäste einzutreten, aber er geleitete sie nicht in die Gartenwerkstatt, sondern in eine Stube an der Vorderseite seiner Klause, die er scherzhaft »meine Ratskammer« nannte. Es handelte sich dabei um einen quadratischen, bis zur Decke mit Holz getäfelten Raum, der an drei Seiten mit einer breiten, an den Wänden entlanglaufenden Bank ausgestattet war. An der Stirnseite, der vierten Wand, stand ein großer klobiger Tisch aus Eichenholz, auf dem einige Papyrusrollen und Bücher aus Pergament lagen. Davor war ein Sessel mit einer hohen geschnitzten Rückenlehne und breiten Armstützen aufgestellt – Taliks Sitz, wenn er seines Amtes als Berater der maßgeblichen Leute von Liss Ivonai waltete.

Während der Tiefwissende seinen Platz einnahm – nicht ohne vorher noch sein blaues Amtsgewand überzuwerfen –, setzten sich der Amtmann und der Gutsverwalter auf die Bank ihm gegenüber. Mit einem Wink forderte Talik Yashor auf die Tür der Stube zu schließen und sich auf der türseitigen Bank niederzulassen, dann lud er Kolgo ein: »Berichte mir, Amtmann unseres Herzogs, was vorgefallen ist, und sage mir, in welcher Angelegenheit du Rat von mir erwartest.«

Der stämmige Mann mit dem roten Wirrschopf blickte ein wenig verlegen auf seinen Begleiter, als wäre es ihm lieber, der Gutsverwalter brächte das Unangenehme vor. Aber da Paval ihm ermutigend zunickte, räusperte sich Kolgo umständlich und begann zu sprechen.

»Wie du weißt, Talik, sollte ich morgen zusammen mit dem Zweiten Großschäfer des Guts und einem Krieger aus der herzoglichen Wache nach Avalanna aufbrechen, um Königin Marjam ein Geschenk unserer Impalaris und unseres Herzogs zu überbringen, nämlich eine kleine Herde von Zuchtschafen der Schwarzkopfrasse, deren Ruf bis nach Avalanna gedrungen ist und von der sich die Königin einige Tiere wünschte, als sie im vorigen Jahr bei ihrer Schwester im Amt zu Besuch weilte.«

Der Amtmann machte eine Pause, um Atem zu schöpfen, und Talik nickte zustimmend, denn von diesem Vorhaben wusste jedermann in Liss Ivonai. Alle waren stolz darauf, dass man im fernen Reich von Avalanna weit unten am Daidun die Absicht hegte mit Zuchttieren der berühmten stagirischen Rasse die Schafherden des Berglandes von Bantan zu veredeln.

Kolgo stieß einen schweren Seufzer aus und schnaubte. »Doch heute Nacht hat sich etwas ereignet, was diese Reise infrage stellt. Und wir wissen nicht, was dahinter steckt.«

Der Amtmann warf Talik, der ihn neugierig anschaute, einen gequälten Blick zu, als erhoffte er sich schon jetzt ein erlösendes Wort von dem Tiefwissenden. Der zog die Augenbrauen hoch und gab Kolgo mit einem fast unmerklichen Nicken zu verstehen, er solle weiterberichten.

»Der Zweite Großschäfer und Armon, der Krieger, waren gestern nach Bergion hinaufgegangen, um dort mit Freunden vor der Reise Abschied zu feiern. Es muss dabei sehr feuchtfröhlich zugegangen sein – du kennst ja die beiden …«

Alle vier mussten schmunzeln bei dem Gedanken an die Trinkfreudigkeit der besagten Männer.

»Bald nach Mondaufgang ging Armon nach draußen, um sein Wasser abzuschlagen. Da sprach ihn ein Mann an, den er nicht kannte, der aber von sich sagte, er sei ein Bote des Herzogs und müsse ihm auftragen sofort nach Liss Ivonai zurückzukehren. Etwas

Wichtiges sei vorgefallen und der Herzog wünsche ihrer beider Anwesenheit. Er, der Bote, müsse noch eine Nachricht im Palast der Impalaris abgeben; sie sollten ruhig vorausgehen, er werde sie schon einholen. So gingen also die beiden, vom Trunk schon umnebelt, beim Schein des Mondes los, um zum herzoglichen Hof zurückzukehren. Ihre Freunde in Bergion becherten auch ohne sie weiter, bis gegen Mitternacht ein Türhüter des Palastes zu ihnen stieß, um noch seinen Anteil an Bier und Met zu erhalten. Als er nach dem Verbleib der Abschiednehmenden fragte, hörte er von dem vermeintlichen Boten. Der Türhüter aber wusste, dass an diesem Abend kein herzoglicher Bote mehr am Palast angeklopft hatte; sein Kopf war vom Trunk noch wenig verwirrt, und so kam die Sache ihm seltsam vor. Er lieh sich von einem der Zecher, der zum Reiten nicht mehr in der Lage war, dessen Pferd, holte sich einen dienstfreien Kameraden von der Palastwache, und zu zweit machten sie sich auf den Weg, um die beiden einzuholen. ›Wenn an der Sache nichts sonderbar ist‹, sagte er sich, ›dann haben wir wenigstens noch Gelegenheit, uns von ihnen zu verabschieden.‹« Kolgo hielt inne und wischte sich über die Stirn, als geriete er ins Schwitzen ob des Unerhörten, das zu berichten er sich hier gezwungen sah.

Yashor wartete voller Spannung darauf, endlich zu erfahren, was vorgefallen war, aber er wagte es nicht, den Älteren gegenüber seine Ungeduld kundzutun.

»Nun«, ächzte der Amtmann, »der Türhüter und sein Kamerad fanden die beiden am Fuße des Schwanenbergs, dort, wo die Herzogsstraße den Wald verlässt und in die Felder führt. Armon und der Schäfer lagen übel zugerichtet am Straßenrand. Sie waren verprügelt worden – mit Knüppeln, ja, Arm- und Beinknochen hatte man ihnen gebrochen …« Wieder machte er eine Pause, als sähe er das Bild vor sich, wie die beiden, seine Freunde, als Opfer eines unerklärlichen heimtückischen Anschlags am Rand der nächtlichen Straße lagen. »Der Türhüter ritt zurück und holte einen Pferdekarren, um sie wieder nach Bergion hinaufzubringen, wo sie jetzt im Spital der Impalaris liegen und gepflegt werden. Krieger der Palastwache wurden ausgeschickt, um nach den unbekannten Übeltätern zu suchen … Bis zur Stunde ohne Erfolg, wie der Mann von der Palastwache berichtete, der vorhin am herzoglichen Hof eintraf und uns von dem Geschehen in Kenntnis setzte.«

Von dem Geschehen in Kenntnis setzte … Yashor musste innerlich lächeln. Es war eben doch ein Amtmann, der hier erzählte. Wie ganz anders hätte Mirdan o Dun Kaprikorn die Geschichte vorgetragen, der Barde des Herzogs! Der würde gewiss bald dieses Ereignis aufgreifen und in seine »Seltsamen Geschehnisse im Herzogtum Stagira« aufnehmen, die er an langen Winterabenden am herzoglichen Hof, aber auch in den Schänken von Liss Ivonai zum Besten gab.

»Ich danke dir für deinen schnellen Bericht über diesen unerhörten Vorfall, Kolgo«, sagte Talik. »Doch nun offenbare mir, welchen Rat du dir in dieser Sache von mir erhoffst.«

Der Amtmann blickte erneut Hilfe suchend zu Paval, dem Gutsverwalter, und jetzt war es an diesem, sich zu räuspern und das Wort an den Tiefwissenden zu richten. Mit seiner angenehmen Stimme, deren leichter slantanischer Akzent die Herkunft des Sprechers verriet, schilderte Paval das Dilemma, vor dem die Leute des Herzogs nun standen.

Da der Zweite Großschäfer verletzt im Spital von Bergion liege und der Erste Großschäfer unabkömmlich sei – man könne ja die Schafherden des Herzogs nicht wochenlang ohne Großschäfer lassen – und da man kaum einen gewöhnlichen Schäfer an den Hof von Avalanna schicken könne, müsse man wohl die Reise verschieben und befürchte deshalb eine Verstimmung des Hofes von Avalanna, wenn das zugesagte Geschenk nicht zum vereinbarten Zeitpunkt dort anlange. Ob Talik wohl mit seinem *Plantir,* seinem »Weitschau-Stein«, Verbindung mit dem Tiefwissenden der Königin von Avalanna aufnehmen könne, um zu erfahren, wie man dort über die ganze Angelegenheit denke?

Als Paval geendet hatte, lachte Talik leise. »Und ich hatte gedacht, ich sollte für euch mit dem Plantir nach den Missetätern der Nacht suchen. Aber das wird man wohl den Landwächtern überlassen. Was aber ist mit dem Krieger? Wenn Armon nun verletzt darniederliegt, fehlt damit nicht auch der Schutzbegleiter für die Reise?«

»Daran hängt es nicht«, erwiderte Kolgo, »der Herzog hat schon den einen oder anderen Krieger, den er an Armons Stelle schicken könnte. Am fähigen Großschäfer mangelt es!«

»So, wirklich?« Der Tiefwissende warf Yashor einen durchdringenden Blick zu, der dem jungen Hirten unwillkürlich einen heißen Schauder über den Rücken jagte, dann schaute er den Gutsverwalter wieder an und sagte: »Ich glaube, die Lösung eures Problems ist einfacher, als ihr meint. Ist der Erste Großschäfer unabkömmlich und liegt der Zweite in Wunden, dann soll der herzogliche Gutsverwalter doch einfach einen Dritten Großschäfer ernennen und mit der Aufgabe betrauen die Schafe nach Avalanna zu bringen.«

Paval blickte Talik erst überrascht, dann fragend an. »Und wer von meinen Leuten würde sich deiner Meinung nach für diese Aufgabe eignen?«

»Ich meine, er sitzt neben dir.« Der Gutsverwalter blickte verdutzt auf den Amtmann, runzelte die Stirn und schüttelte den Kopf. Einen Augenblick lang zeigte er die Miene eines Mannes, mit dem man einen nicht sonderlich geistreichen Scherz getrieben hat, schließlich blitzte etwas in seinen Augen auf und er schaute Yashor an. »Du meinst doch nicht etwa meinen Enkel?«, murmelte er und zog die Augenbrauen hoch.

Diesmal lachte Talik laut auf. »Dein Fehler, Paval, ist, dass du in diesem jungen Mann immer nur den kleinen Enkel siehst. Ich dagegen erkenne in ihm einen erfahrenen Hirten ohne Fehl und Tadel, der sogar in seinen Träumen um Wohl und Sicherheit seiner Schafe besorgt ist, wie ich erst eben erfahren habe.«

Der Gutsverwalter warf Talik einen Blick zu, als wollte er prüfen, ob es dem Tiefwissenden ernst sei mit seinem Vorschlag, dann schaute er seinen Enkel an, als sähe er ihn zum ersten Mal. »Du hast ja Recht, Talik, aber er ist noch so jung, noch keine achtzehn Sommer alt.«

»Noch so jung? Paval, Paval, erinnere dich: Mit achtzehn Jahren war Takrav Artan der Erneuerer schon König von Pangir. Und das war doch wohl gewiss ein Amt, das einen Mann weit mehr forderte als der Dienst eines Großschäfers beim Herzog von Stagira!«

Yashor schoss das Blut ins Gesicht, nicht nur, weil er plötzlich zum Mittelpunkt des Gesprächs und zum Kandidaten für das Amt eines Dritten Großschäfers geworden war, sondern auch, weil der Tiefwissende ihn in eine Reihe mit jenem großen König von Pangir stellte, der schon in jungen Jahren sein Reich gegen den verheerenden Angriff der Shakaren verteidigt und die aus dem Norden gekommenen Barbaren besiegt hatte.

Nicht einmal im Traum wäre es Yashor eingefallen, sich mit einem solchen Mann zu vergleichen – auch wenn er jetzt im selben Alter war, in dem Takrav Artan den Thron von Pangir bestiegen hatte.

›Die Herde Zuchtschafe nach Avalanna zu bringen würde mich schon reizen‹, dachte er, ›auch wenn das eine viel harmlosere Aufgabe ist als das, was mir mein Traum verkündet hat.‹

Paval blickte ihn weiter an, musternd, abschätzend, als prüfte er in Gedanken die Eignung seines Enkels für diese Aufgabe, die sich einerseits im Rahmen der üblichen Schäferarbeit hielt, andererseits doch auch eine heikle Mission darstellen konnte. Der Hirte aus Harkin sollte am Hof von Avalanna unbedingt einen für das Herzogtum, ja für ganz Harkin günstigen, weil erfahrenen Eindruck machen. Dann schnaufte er tief und richtete die Augen wieder auf Talik.

»Ich hege den Verdacht, dass ich in meinem Enkel immer noch zuerst das Kind sehe, das in meinem Haus lebt, während du, Tiefwissender, den Mann erkennst, der in ihm heranwächst. Ich muss eingestehen, mit seiner Arbeit als Hirte und Schäfer bin ich immer zufrieden gewesen, und wenn er nicht so jung wäre, könnte man ihn schon zum Großschäfer ernennen. Ob er den weltläufigen Leuten am Hof von Avalanna ein überzeugendes Bild von den Qualitäten der stagirischen Schäferei vermittelt, kannst du wahrscheinlich leichter einschätzen als ich. Was meinst du, Kolgo? Du würdest ja die Reiseschar anführen. Wärst du damit einverstanden, dass Yashor die Schafe betreut?«

Auf dem runden Gesicht des Amtmanns zeichnete sich Erleichterung ab. »Wenn du, Paval, der gleichen Meinung bist wie der Tiefwissende, dann schließe ich mich euch an. Ich wäre froh, wenn wir wie vorgesehen morgen abreisen könnten und ich dem Herzog keinen Aufschub anraten müsste.«

›Eigentlich solltet ihr mich doch fragen, ob ich überhaupt will‹, dachte Yashor. Doch als er von seinem Großvater zu dem Tiefwissenden blickte, schien dieser seinen Gedanken schon gelesen zu haben.

»Wir reden hier über dich, ob du schon Manns genug bist, diese Aufgabe zu übernehmen, und dennoch behandeln wir dich wie ein Kind und sprechen über deinen Kopf hinweg, als könnten wir das entscheiden, ohne dich einzubeziehen. So frage ich dich also, Yashor: Bist du bereit, als außerordentlicher Großschäfer des Herzogs dessen Geschenk nach Avalanna zu bringen?«

Jetzt war es an Yashor, sich zu räuspern. Einen Herzschlag lang fühlte er etwas wie einen Hirsekloß im Hals stecken, dann sagte er leise: »Ja.«

Die drei Männer blickten ihn an, als hätten sie seine Antwort nicht verstanden.

›Ich bin wirklich noch zaghaft wie ein kleiner Junge‹, dachte Yashor und räusperte sich erneut. »Ja«, sagte er lauter und mit Nachdruck, »ich bin bereit das Geschenk des Herzogs zur Königin von Avalanna zu bringen.« Er hatte das Gefühl, sein Kopf sei immer noch gerötet, doch dann atmete er tief ein, straffte seinen Oberkörper und stützte zum Zeichen seiner Entschlossenheit die Hände in der Oberschenkelbeuge auf – wie ein Mann, der gleich zu einer schwierigen Tat schreiten wird.

Die drei anderen nickten zustimmend, und der Amtmann stand auf. »Da dies nun geklärt ist«, sagte er, »werde ich gleich zum Herzog gehen, ihm berichten und unseren Vorschlag unterbreiten. Ich bin sicher, er wird mit dieser Lösung einverstanden sein.« Dann wandte er sich an Yashor. »Alles Weitere kann dir dein Großvater ja im Laufe des Tages sagen. Wir sehen uns morgen früh, wenn es losgeht.«

Auch der Gutsverwalter und der Tiefwissende erhoben sich nun. Talik geleitete seine Gäste zur Tür. Yashor blieb wie benommen auf der Bank sitzen und dachte darüber nach, wie schnell das Unerwartete in sein Leben getreten war.

Talik kam zurück, blieb vor dem Sitzenden stehen und sagte in leichtem Ton: »Ja, so geht es im Leben. Man hat einen Ruftraum und schon kommt am Morgen ein Ruf aus der wirklichen Welt.«

»Hat diese Reise nach Avalanna etwas mit meinem Traum zu tun?«, fragte Yashor nachdenklich und stand auf.

»Das wird sich weisen«, erwiderte Talik lächelnd. »Doch nun wollen wir der veränderten Lage entsprechen und einmal schauen, was dich auf dieser Reise erwartet. Komm mit in die Orakelkammer.«

»Orakelkammer« nannte der Tiefwissende den kleinen Raum zwischen der Ratsstube und der Gartenwerkstatt. Hier gab es einen großen leeren Tisch in der Mitte und ein paar einfache Holzschemel. An den Wänden hingen große Pergamentbögen, die mit allerlei für Yashor unverständlichen Zeichen und Zeichnungen bedeckt waren. Ein einziges kleines Fenster befand sich hoch oben in der Wand gegenüber der Tür, und so holte Talik zuerst ein paar Kerzen aus einer Truhe unter dem Fenster, entzündete sie und stellte sie in die Mitte des Tisches.

Dann bedeutete er dem Hirten mit einer Geste, er solle sich auf den zwischen Tür und Fenster stehenden Schemel setzen, langte noch einmal in die Truhe und nahm einen kleinen Beutel aus rotbraunem Hirschleder heraus. Den legte er auf den Tisch und setzte sich selbst auf den Schemel, der zwischen Tisch und Truhe stand.

»Jetzt fragen wir einmal meine Rauna-Steinchen, was sie zu deiner morgigen Reise nach Avalanna zu sagen haben.«

Er knüpfte die Zugschnur des Beutels auf und schüttete einige der Steine auf den Tisch. Es handelte sich um flache viereckige Plättchen aus Speckstein, etwa doppelt so groß wie der Daumennagel eines großen Mannes. Die eine Seite jedes Steins war glatt poliert, in die andere jeweils ein Zeichen einer Schrift graviert, die Yashor nicht kannte. Weder Goidelisch, mit dem Harkinak geschrieben wurde, das von Bergion bis Pangir und Avalanna die Sprache der Könige und Herzöge war, noch Stagirisch, das die Dichter und Sänger für die Mundart von Stagira gebrauchten, die sich für Gedichte und Lieder besser eignete als die Sprache der Fürsten. Die Vertiefungen der Schriftzeichen in den Steinplättchen waren mit einer blauen Farbe ausgefüllt, deren Farbton dem des Gewandes des Tiefwissenden nahe kam.

»Das ist Rauna, die Schrift der Seher der Vorzeit. Hier bezeichnet ein einzelnes Zeichen nicht nur einen einzigen Laut, wie es beim Goidelischen oder Stagirischen der Fall ist, sondern bedeutet ein ganzes Wort, einen Begriff, eine Erscheinung, ein Begebnis, eine Verknüpfung von Wirkströmungen in der Welt«, erklärte Talik und schüttete die auf dem Tisch liegenden Steine wieder zurück in den Beutel. »Jedes Mal, wenn ich es dir sage, wirst du jetzt hier hineingreifen – und zwar mit der linken Hand –, einen Stein herausnehmen und mit der Schriftseite nach unten auf den Tisch legen. Sind alle fünf Steine ausgewählt, drehen wir sie um und lesen die Zeichen.«

Yashor nickte stumm. Es war das erste Mal, dass Talik die Rauna-Steine um seinetwillen befragte. Bisher war der Hirte nur Zeuge gewesen, wenn der Tiefwissende das Orakel für einen anderen stellte – für seinen Großvater etwa oder für einen viel versprechenden Jährling aus der Pferdezucht des Gutes. Ihm war feierlich zumute. Was für ein Morgen! Erst der Traum mit seiner geheimnisvollen Botschaft, dann der überraschende Auftrag zur Reise nach Avalanna und jetzt das erste Rauna-Orakel seines Lebens!

»Der erste Stein, den du nimmst, sagt: ›Das ist es!‹«

Yashor tauchte die linke Hand in den rotbraunen Beutel und ließ seine Finger nach dem richtigen Stein suchen. Etliche glitten zwischen den Fingerspitzen von Daumen, Zeige- und Mittelfinger hindurch, bis er endlich bei einem ein ungewohntes Prickeln zu verspüren glaubte. Er nahm den Stein heraus und legte ihn mit der blanken Seite nach oben auf den Tisch.

»Der zweite Stein sagt: ›Das ist es, was du willst.‹«

Yashor griff wieder hinein und legte das zweite Specksteinplättchen verdeckt neben das erste.

»Der dritte Stein sagt: ›Das ereignet sich unterwegs.‹«

Jetzt befanden sich drei Steine nebeneinander.

»Der vierte Stein sagt: ›Deshalb ist dies zu tun.‹«

Die vier Plättchen auf dem Tisch erschienen Yashor fast wie Gnome, die ihn mit ausdruckslosen Gesichtern anstarrten und ihr Geheimnis noch nicht offenbaren wollten.

»Der fünfte Stein sagt: ›Das kommt am Ende heraus.‹«

Als Yashor das fünfte Plättchen vor sich hin legte, wurde ihm bewusst, dass er während des gesamten Vorgangs der Auswahl vor Spannung den Atem angehalten hatte. Jetzt stieß er einen Schnaufer der Erleichterung aus.

»Nun darfst du die Steine umdrehen und damit die Zeichen aufdecken.«

Yashors linke Hand fühlte sich plötzlich schwer an, als wäre alle Kraft aus ihr geflossen. Deshalb benutzte er die rechte, um die Orakelsteinchen zu wenden.

Da lagen nun die fünf Specksteinplättchen nebeneinander, und die fünf Symbole wirkten auf Yashor nicht wie die Zeichen einer Schrift, sondern wie einfache, auf das Wesentlichste verdichtete Bilder.

»Was siehst du in dem ersten Stein?«, fragte Talik.

»Da ist ein Mann mit einem großen Gesicht und macht einen großen Schritt nach rechts«, antwortete Yashor langsam.

»Dieses Zeichen heißt ›Die Reise‹«, erklärte Talik schmunzelnd. »Eigentlich zu offensichtlich als Antwort auf die erste Frage. Nun, der Schritt, den dieses Strichmännchen tut, versinnbildlicht das Reisen, die Fortbewegung. Das große Gesicht dagegen besagt, dass er die Augen offen hält auf seinem Weg und viel Neues sieht und kennen lernt. Und auch, dass er sich unterwegs mit anderen austauscht, neue Freunde gewinnt. Und dann steht dieses Zeichen noch für eine innere Reise …«

»Eine innere Reise? Was soll das heißen?«, unterbrach Yashor den Tiefwissenden.

»Eine Reise von dem jungen Hirten, der du jetzt bist, zu dem Mann, als der du von Avalanna zurückkommen wirst.«

»Aber das sind doch nur wenige Wochen. Da werde ich nicht viel anders sein als heute«, wagte der Hirte zu widersprechen.

»Wer weiß? Wir werden sehen.« Talik zuckte mit den Schultern. »Das zweite Zeichen sagt, was du willst, was du von dieser Reise erwartest. Das ist dein Geheimnis. Du kannst das Zeichen anschauen und lauschen, was es dir sagen will, aber dann für dich behalten. Es gehört dir allein.«

Yashor blickte stumm auf das zweite Steinchen. Was stellte das Zeichen dar? Zwei Streitäxte, die mit den Klingen aufeinander trafen? Zwei dreieckige Wimpel, die sich an den Zipfeln berührten? Nein, zwei Menschen, die mit ausgestreckten Armen einander die Hände umfassten. Oder zwei Menschen, die sich im Stehen küssten? Ein Mann und eine Frau … ›Etwa ich und diese Frau aus dem Traum?‹, dachte Yashor verwirrt. ›Wie soll ich wissen, was ich will, wenn ich nicht einmal weiß, was dieses Zeichen aussagt? Es ist zu vieldeutig, geheimnisvoll …‹ Plötzlich kam ihm eine Eingebung.

»Ist dieses Zeichen vielleicht deshalb mein Geheimnis, weil es mir jetzt selbst noch ein Geheimnis ist?«, fragte er und schaute den Tiefwissenden an. »Steht es für das, was ich auf dieser Reise herausbekommen soll?«

»So kann man es auch sehen«, erwiderte Talik und nickte. »Und was ist mit dem dritten Zeichen?«

»Was sollte das noch mal sagen?«, wollte Yashor wissen.

»Das, was sich unterwegs ereignet.«

Yashor starrte auf das Steinchen. »Ein Mann sitzt auf dem Boden und hebt bittend die Hände. Ein Zugmesser, wie es die Zimmerleute zum Schälen der Baumstämme verwenden. Eine Eisenkrampe, mit der sie Balken verbinden. Oder der Eingang zu einer Höhle. Nein, der aufgerissene Rachen eines wilden Tieres mit langen Fangzähnen.« Yashor blickte Talik fragend an.

»Das Zeichen bedeutet ›Verborgene Gefahr‹ – das entspräche vielleicht deinem Raubtierrachen. Manche nennen es aber auch ›Eingang zum Geheimen‹ – das könnte die Höhle sein.«

»Und was heißt das jetzt für meine Reise?«, bohrte Yashor nach.

»Du wirst einer verborgenen Gefahr begegnen, die dir aber gleichzeitig den Zugang zu etwas eröffnet, das bisher noch geheim ist.«

»Ist damit mein Geheimnis gemeint?«

»Nein, das eines anderen. Vielleicht das Geheimnis dessen, von dem die verborgene Gefahr droht«, erklärte Talik.

»Dieser Stein hier sagt doch, was deshalb zu tun ist, nicht wahr?«, fragte Yashor und betrachtete das vierte Zeichen. »Das ist ein Eibenbogen mit einem Pfeil auf der nicht gespannten Sehne.«

Talik nickte zustimmend. »Und es bedeutet ›Abwehr, Verteidigung‹. Doch nicht erst den dafür notwendigen Kampf – die Sehne ist ja nicht gespannt –, sondern die Bereitschaft zur Abwehr. Dieses Zeichen fordert Ausdauer und Voraussicht, die Fähigkeit, die Folgen von Taten – und deren Unterlassung – vorauszuschauen.« Er hielt einen Augenblick nachsinnend inne. »Wenn eine *Verborgene Gefahr* vorliegt, dann ist ja *Verteidigung* durch Vorausschau das Angemessene. Aber das brauche ich dir ja nicht erst zu erklären. Voraussicht ist doch eine alte Hirtentugend, nicht wahr?«

Er lachte leise und Yashor fühlte sich ermutigt nach dem Anflug von Beklemmung, den die »Verborgene Gefahr« in ihm ausgelöst hatte.

»Ja, und was kommt am Ende heraus?«, ermunterte Talik den Hirten zum Lesen des letzten Zeichens.

Yashor versuchte auch dem fünften Symbol ein Bild zu entlocken, doch es war, als seien seine Gedanken blockiert. »Ich weiß es nicht«, sagte er schließlich kleinlaut. »Ich sehe nur zwei Linien, die sich kreuzen, dann oben umknicken und einander wie die Balken eines Dachfirsts berühren. Aber was das sein soll, kann ich nicht erkennen.«

»Hm, dieses Zeichen ist auch wirklich schwierig zu deuten, denn es hat dreierlei Sinn«, erklärte Talik. »Es kann ›Erbe‹ heißen, ›Heilung‹, aber auch ›Vereinigung‹. Und die Heilung muss nicht einmal die deine sein, es kann ein anderer Mensch durch die Begegnung mit dir geheilt werden. Doch das wird die Zeit weisen, und im Laufe der Reise wird dir der Sinn des fünften Zeichens sicher aufgehen. Doch jetzt werden wir die fünf Bilder erst einmal festhalten.«

Talik drehte sich um und kramte einige Zeit in der Truhe, dann stellte er ein Tintenfässchen auf den Tisch, legte ein handtellergroßes Stück Pergament daneben und begann mit einer Gänsekielfeder die Symbole der fünf Orakelsteine abzuzeichnen.

Während Yashor ihm dabei zuschaute, blitzte ihm ein Gedanke auf. »Kann ›Erbe‹ vielleicht auch bedeuten, dass ich am Ende dieser Reise in Avalanna etwas über das Schicksal meines Vaters erfahre?«, fragte er leise.

Der Tiefwissende blickte auf und schaute dem jungen Hirten mitfühlend in die Augen. Yashors Vater Tamtarvach, ein Heiler aus dem Bergland Bantan, das dem Königtum von Avalanna untertan war, hatte im Zweiten Shakarenkrieg als Feldscher im Heere des Chagans der Baratum gedient und war seit dem zweiten Geburtstag des Sohnes, seines einzigen Kindes, verschollen. Yashors Mutter war mit dem Kind und ihren Eltern nach Stagira geflohen, als die Shakaren ihre Heimat Slantan überfielen, und seitdem hatte sie kein Lebenszeichen mehr von ihrem Gatten erhalten. Für die meisten Einwohner von Liss Ivonai galt Yashors Vater als im Krieg gefallen. Doch die Leute des jungen Hirten glaubten auch noch nach fünfzehn Jahren, dass Tamtarvach am Leben sei, und nährten behutsam im Sohn und Enkel die Hoffnung, er werde eines Tages seinen Vater wieder sehen. *Wieder sehen* deshalb, weil er ihn schon einmal gesehen hatte, damals, als zum Jahresfest des Sohnes Tamtarvach Urlaub vom Heer genommen hatte. Natürlich erinnerte sich Yashor nicht mehr an diese Begegnung, zumindest nicht bewusst; das Bild seines Vaters war ihm ganz aus den Erzählungen der Mutter und der Großeltern erstanden. Da er, seit er sprechen konnte, ohne Vater gewesen war und ihm die Fürsorge des Großvaters die Abwesenheit des Vaters teilweise wettgemacht hatte, empfand er dessen Fehlen nicht so, wie wenn ihm der Vater erst vor kurzem und nach langer Zeit des Zusammenseins aus seinem Leben genommen worden wäre.

Dennoch kreisten Yashors Gedanken oft um den Abwesenden, Verschollenen, Vermissten, und gipfelten dann immer wieder in der einen bohrenden Frage: *Wie kann ich wissen, wer ich bin, wenn ich nicht weiß, wie mein Vater ist?*

Talik wusste um dieses Anliegen seines Ratsuchenden, denn viele Gespräche der beiden hatten sich mit dem Aussehen und dem mutmaßlichen Schicksal des Vaters befasst. Doch jetzt wollte er diesen Faden nicht aufnehmen. Er zog nur die Augenbrauen hoch, als wollte er sagen: »Wer weiß? Lassen wir uns überraschen!«

Er kopierte das letzte Zeichen, hauchte mehrmals auf das Pergamentstückchen, um die Tinte zu trocknen, und schob es über den Tisch dem Jüngeren zu. Während er dann seine Orakelsteine einsammelte und wieder in den Lederbeutel zu ihren Genossen schickte, schaute Yashor erneut auf die Zeichen, die diesmal der kräftigen Handschrift des Tiefwissenden entschlüpft waren.

»›Reise‹, ›mein Geheimnis‹, ›Verborgene Gefahr‹, ›Abwehr‹ und ›Erbe‹ – oder ›Heilung‹, ›Vereinigung‹«, wiederholte er murmelnd die Bedeutung der Symbole und prägte sie sich ein. Dann schob er das Pergament in die Tasche seines Kittels.

Talik hatte inzwischen den Beutel mit den Orakelsteinen wieder in seiner Truhe deponiert und stattdessen eine kleine Silberschale voller Edel- und Halbedelsteine und einen anderen, diesmal leeren Beutel aus Lammleder hervorgeholt.

»Wenn du auf deiner Reise einer *Verborgenen Gefahr* begegnest, dann ist es gut, wenn du *verborgene* Begleiter dabeihast.«

Er stocherte suchend unter den bunten Steinen in der Silberschale herum, nahm den einen oder anderen in die Hand, betrachtete ihn prüfend und legte ihn dann wieder zurück. Schließlich hielt er einen halb durchsichtigen, violett getönten Stein von der Größe eines gewöhnlichen Bachkiesels hoch und reichte ihn Yashor mit den Worten: »Der hier heißt Améthystos und fördert Mut, Geistesklarheit und vorausschauende Überlegung.«

Danach folgte ein apfelgrüner Stein von der Form eines kleinen Käsewürfels.

»Dessen Name ist Chrysóprasos, er ist der Stein der Beredsamkeit und der schönen Worte – die du vielleicht brauchen wirst bei den Menschen, denen du auf dieser Reise begegnest.«

Taliks Finger tauchten tief in das Gewurl der Steine und förderten zuletzt einen farblosen, durchsichtigen, wasserklaren Quarz von der Größe und Form eines Amseleis zutage.

»Der hier wird Krýstallos genannt und ist ein Herzkristall. Du kannst ihn benutzen, wenn du mir von unterwegs Botschaften schicken möchtest. Hältst du ihn fest in der rechten Hand, dann sendet er mir, was du mir mitteilen möchtest, umfasst du ihn dagegen mit der linken, dann empfängt er das, was ich dir zukommen lassen will. Doch denke daran, die Botschaften, die dieser Stein übertragen kann, sind nicht in Worte gekleidet wie die Nachrichten eines Kuriers, sondern er übermittelt Gefühle, Empfindungen, Herzensschwingungen. Sendest du mir zum Beispiel dein Gefühl der Furcht, dann werde ich antworten, indem ich dir Ermutigung schicke, auf Verwirrung erwidere ich mit Klärung des Geistes, und auf Freude kommt als Echo Mitfreude. – Und hier hast du noch einen Beutel, um die drei darin aufzubewahren. Jetzt nimm sie in die Hände, damit sie ihren neuen Besitzer kennen lernen, und dann gib sie in den Beutel und häng ihn dir an dieser Lederschnur um den Hals, damit deine Steine die Schwingungen deines Herzens aufnehmen und ihm ihre Schwingungen des Mutes, der Ausdruckskraft und der Feinfühligkeit mitteilen.«

Der junge Hirte tat, wie geheißen, dann sprang er, einer jähen Eingebung folgend, auf und verneigte sich tief vor dem Alten zum Zeichen seiner Dankbarkeit.

»Lass nur, lass nur«, wehrte Talik ab. »Dazu bin ich ja da, dazu ernährt ja Liss Ivonai seinen Tiefwissenden, damit ich in solcher Lage behilflich bin. Das ist mein Handwerk, wenn du so willst, so wie das deine die Obsorge herzoglicher Schafe ist. Doch jetzt genug für diesen Morgen.« Auch er erhob sich. »Es ist an der Zeit, dass du zum Morgenmahl heimkehrst und mit deiner Mutter und den Großeltern dein Vorhaben besprichst. Wir werden uns morgen früh noch einmal sehen, bevor ihr abreist. Da werde ich euch Lebewohl wünschen.«

Talik geleitete seinen Gast zur Tür, und mit einem Mal fand sich Yashor auf der Herzogsstraße wieder. Inzwischen stiegen aus den meisten Kaminen die Rauchfäden der Morgenfeuer in den Himmel, die Sonne war aufgegangen und übergoss Dächer und Straßenpflaster mit jungem Licht, und die Morgenstille war den vielfältigen Geräuschen morgendlicher Geschäftigkeit gewichen, mit der sich die Bewohner von Liss Ivonai auf ihr Tagewerk vorbereiteten.

Als Yashor die Tür zum großelterlichen Haus öffnete, wehte ihm der herrliche Duft frisch gebackenen Fladenbrotes entgegen.

Kapitel IV

»Und du wirst wirklich an Stelle des Zweiten Großschäfers die Herde nach Avalanna bringen?«, fragte Yeshem und schaute den Freund mit staunend geweiteten Augen an.

Yashor nickte, als sei dies das Selbstverständlichste von der Welt. Es war erst eine Stunde nach dem Morgenmahl, und schon erschien ihm die neue Entwicklung der Dinge, als hätte es gar nicht anders kommen können. Jetzt hüteten sie wirklich am Sonnenbühl, doch diesmal hatten sie nur auf die kleine Zahl der ausgewählten Schafe zu achten, die in das ferne Land gebracht werden sollten.

»Damit ihr euch schon einmal aneinander gewöhnt, du und die Schafe«, hatte der Großvater gesagt. Die Tiere – ein Altwidder, ein Jungwidder, drei Schäfinnen, die schon gelammt, und weitere fünf, die noch nicht gelammt hatten – grasten friedlich am Hang und wussten noch nichts von dem langen Weg, der ihnen bevorstand. Inmitten der kleinen Herde weidete auch eine alte dunkelbraune Ziege, als gehörte sie ganz selbstverständlich zu den Schwarzköpfen.

»Sie ist mit diesen Schafen befreundet«, hatte der Großvater erklärt. »Wenn sie bei ihnen ist, sind sie noch handsamer als sonst. Sie wird mit nach Avalanna gehen. Ich hoffe, die dortigen Schäfer haben Verständnis für ihren Eigensinn.« Während dieser Worte hatte die Ziege Yashor mit schief gelegtem Kopf beäugt, als verstünde sie jedes Wort. »Ich werde dich ›Weißstern‹ rufen«, hatte er zu ihr gesagt, denn sie trug auf der Stirn ein weißes Mal, das aussah wie ein kleiner siebenzackiger Stern.

»Ach, du hast es gut«, murmelte Yeshem in einem Ton, in dem sich Bewunderung und Bedauern mischten. Yashor glaubte, sogar ein klein wenig Neid herauszuhören. »Den weiten Weg bis Avalanna reisen, andere Länder sehen, auf dem Strom Daidun fahren …« Der

Jüngere verstummte und blickte mit geschürzten Lippen auf seinen über die Knie gelegten Hirtenstock.

Sie saßen nebeneinander mit den Rücken an den Frühlingsstein gelehnt. Ein oberflächlicher Beobachter hätte Yeshem für Yashors jüngeren Bruder halten können, so ähnlich waren sich die beiden. Yeshem, knapp zwei Jahre jünger als sein Freund und Mithirte, war etwa zwei Fingerbreit kleiner, doch von gleicher Statur und Haltung. Beider Gesichter waren oval, die Haut von der Sonne gebräunt, dunkelbraun auch beider Haar. Nur in der Augenfarbe unterschieden sie sich deutlich: Yeshems für gewöhnlich tatendurstig funkelnde Augen waren haselnussbraun, Yashors oft träumerisch-sinnend blickende Augen dagegen von einem Graublau, in das sich mitunter ein smaragdgrüner Schimmer mischte.

»Du hast keinen Grund traurig zu sein«, sagte Yashor leise und legte begütigend dem Freund eine Hand auf den Arm. »Ich habe nämlich eine Überraschung für dich.«

»So?« Yeshems Blick richtete sich erwartungsvoll auf den Älteren. »Welche denn?«

»Ich habe zu meinem Großvater gesagt, ich wäre nicht gern der einzige Schäfer, der diese Herde nach Avalanna begleitet. Denn so erfahren wie ein Großschäfer bin ich nun ja wirklich noch nicht.« Er hielt inne und seine Lippen kräuselten sich zu einem verschmitzten Schmunzeln. »Großvater hat das eingesehen und so habe ich ihn einfach gefragt, ob ich dich mitnehmen dürfe.« Noch einmal machte er eine Pause, um die Spannung zu erhöhen. »Und er hat Ja gesagt. Du wirst mit nach Avalanna gehen!«

Yeshem starrte seinen Freund einen Herzschlag lang ungläubig an, dann warf er mit einem Ruck seinen Hirtenstock in die Luft und sprang auf. »Hurra, hurra, ich reise auch nach Avalanna«, schrie er und vollführte einen wilden Freudentanz um den Frühlingsstein herum.

Die in der Nähe grasenden Schafe blickten träge auf, ob vielleicht der Ruf des jüngeren Hirten ihnen gelte. Dorch und Fjonn, die Hunde, kamen gelaufen und wedelten freudig-neugierig mit den Schwänzen.

»Jetzt beruhige dich erst einmal und hör mir zu«, befahl Yashor und packte den Freund am Kittel. »Ganz so einfach ist das nicht. Talik hat mir ein Rauna-Orakel gestellt und davon muss ich dir erzählen.«

Yeshem ließ sich wieder neben dem Älteren nieder und lauschte dessen Bericht. Yashor begann mit dem Traum – Yeshem war ihm so vertraut, dass er keine Scheu hatte dem Freund Einblick in sein Traumleben zu gewähren, allerdings war Yeshem ein wenig enttäuscht, dass er selbst in diesem Traum nur durch Abwesenheit glänzte –, dann erzählte er von der Botschaft der Specksteinplättchen und holte schließlich den Beutel mit den drei Quarzsteinen hervor, die Yeshem gebührend bewunderte. Als er schließlich noch einmal auf die mehrdeutige Aussage des fünften Orakelsteins zu sprechen kam, lachte Yeshem pfiffig auf.

»Vielleicht kann ich dir da helfen«, sagte er und holte aus seiner Kitteltasche ebenfalls einen kleinen Beutel hervor, der aus einem kräftigen dunkelblauen Tuch gefertigt war. »Ich habe mir nämlich eigene Rauna-Steine gemacht und dem Tiefwissenden etwas von seiner Kunst abgeschaut.« Er holte ein paar seiner Orakelsteinchen heraus. Sie waren aus gebranntem Lehm gefertigt, und die Zeichen waren mit zinnoberroter Farbe aufgemalt. »Mein Vater geht oft zu Talik und lässt sich mit dem Orakel beraten, und ich darf immer dabei sein.«

Yeshem war der sechste Sohn und das siebte Kind des Tuchhändlers Yoan aus Liss Ivonai, der Lieblingsspross seines Vaters, obwohl er für den Beruf eines Tuchhändlers viel zu sprunghaft und ungeduldig war, weshalb ihn sein Vater auch in die Zehntschäferei des herzoglichen Guts zur Lehre gegeben. Yeshem war nicht ungern Hirte, aber noch viel lieber wäre er Krieger oder gar Ritter geworden und hegte die geheime, nur manchmal Yashor gegenüber angedeutete Hoffnung, dass ihm das Schicksal noch einmal den Sprung in den Kriegerstand erlauben würde. Vielleicht bot diese Reise ins ferne Avalanna eine günstige Gelegenheit dazu?

Er schüttete die Steinchen wieder in den Beutel und hielt ihn

Yashor geöffnet hin. »Greif mit der linken Hand hinein und hol den Stein heraus, der dir sagen wird, was für dich am Ende dieser Reise steht.«

Yashor folgte der Aufforderung, langte hinein, tastete sich mit dem Fingern zu einem Steinchen, von dem er zu spüren glaubte, dass es ans Sonnenlicht gelangen wollte, und schloss die Hand darum. Dann zog er die Faust heraus und öffnete sie langsam. Auf seiner Handfläche lag ein Stück gebrannter Lehm, auf dem mit roter Farbe ein ganz einfaches Zeichen gemalt war: ein großer senkrechter Stab mit einer angedeuteten Speerspitze am oberen Ende. Eine Lanze.

»Das ist der ›Krieger‹!«, jubelte Yeshem. »Du wirst von der Reise als Krieger zurückkehren. Vielleicht sogar als Ritter!«

Yashor schüttelte ungläubig den Kopf. »Das kann auch bedeuten, dass ich einem Krieger begegne, und das wäre ja in einer Königsstadt wie Avalanna nichts Ungewöhnliches.«

»Also gut, dann versuch es eben noch einmal«, drängte ihn Yeshem.

Das Steinchen, das Yashor diesmal herausfischte, trug das Zeichen »Pferd«.

»Ja, ein Ritter, genau, wie ich gesagt habe!«, frohlockte der Jüngere.

»Nein, du hast das Orakel mit deinen Wünschen beeinflusst«, widersprach Yashor. »Krieger oder Ritter zu werden ist doch dein Traum, nicht der meine.« Er nahm mit einem ungewohnt resoluten Griff seinem Freund den Beutel ab, hielt ihn selbst mit der rechten Hand und holte mit der linken das dritte Steinchen heraus. Es zeigte das X zweier überkreuzter Stäbe. »Und was bedeutet nun das?«, fragte er Yeshem und runzelte die Stirn.

»Das ist die ›Gemeinschaft‹, vier Kräfte, die sich in einem Punkt vereinen«, erklärte der. »Siehst du, dass es stimmt? Es heißt doch im Sprichwort: ›Wenn drei dasselbe sagen, muss es die Wahrheit sein.‹«

»Wieso dasselbe?«, fragte Yashor verwirrt.

»Nun, du weißt doch, ein Ritter ist ein *Krieger* auf einem *Pferd*, den die *Gemeinschaft* eines Gefolges begleitet. Alle drei Steine sind nur Teile desselben Bildes.«

Er nahm dem Älteren Orakelstein und Beutel ab und ließ sein Rauna wieder in der Tasche des Hirtenkittels verschwinden.

»Und da ich jetzt sicher weiß, dass du als Ritter aus Avalanna wiederkehren wirst, bitte ich dich darum, als Erster in deine Gefolgschaft aufgenommen zu werden. Yashor aus Liss Ivonai, nimm mich, Yeshem aus Liss Ivonai, als deinen Gefolgsmann an!« Noch während er diese Worte in einem ernsthaft-feierlichen Ton sprach, kniete er nieder und hielt Yashor die gefalteten Hände entgegen, wie es Krieger und Ritter taten, wenn sie ihrem Herzog oder ihrer Königin die Lehenstreue schworen.

Einige Herzschläge lang stand Yashor regungslos da und starrte seinen knienden Freund verdutzt an. Doch als er sah, dass es Yeshem mit seinem Ansinnen ernst war, trat er zu ihm und umfasste die gefalteten Hände fest mit den seinen.

»Yeshem aus Liss Ivonai, ich, Yashor aus Liss Ivonai, nehme dich als Gefolgsmann an«, sagte er langsam und feierlich. Bevor er dann die Hände des anderen wieder freigab, fügte er etwas schneller, doch nicht weniger ernst hinzu: »Aber nur unter einer Bedingung: Du darfst keiner Menschenseele von dieser deiner Orakelbotschaft und der Geschichte mit Krieger, Ritter und Gefolgschaft erzählen.«

Yeshem nickte eifrig.

»Zumindest, bis wir aus Avalanna zurück sind«, fügte der Ältere noch an. »Dann werden wir ja wissen, ob an deinem Orakel so viel dran ist wie an dem des Tiefwissenden.«

Yashor schlug Yeshem kräftig auf die Schulter und zog ihn an den ausgestreckten Händen hoch. Und als er sich umschaute, sah er, dass Dorch und Fjonn, die Hunde, herangekommen waren und das seltsame Gebaren ihrer Herren neugierig verfolgten.

»Ich glaube, jetzt sollten wir unsere Gedanken wieder auf die Schafe hier richten. Denn wenn einem von ihnen noch etwas zustößt, dann wird aus der Reise nach Avalanna vielleicht doch nichts, zumindest für uns.«

Er gab den Hunden ein Zeichen, sie sollten sich wieder um die Schafe kümmern, dann ließen sich beide Hirten wieder nebeneinander, mit dem Gesicht zum Weidehang, am Frühlingsstein nieder.

Aber gleich im nächsten Augenblick schoss Yashor wie von einer Wespe gestochen hoch. »Jetzt hätte ich beinahe vergessen, dass ich am Vormittag noch zur Kräuterfrau gehen wollte. Ich muss doch noch Heilkräuter für die Schafe holen, für unterwegs, für alle Fälle.«

Er packte seinen Hirtenstab und schickte sich an zu gehen.

»Übernimm du die Herde, ich bin nach dem Mittagsmahl wieder zurück.«

Yeshem erhob sich nun ebenfalls und stützte sich auf seinen Stock, damit die Hunde wussten, dass sie ab jetzt von ihm die Befehle erhalten würden. Die beiden Hirten tauschten noch einen beiläufigen Gruß aus, dann trabte Yashor los, zurück in den Ort, wo er zum zweiten Mal an diesem Tag auf den Kräutergarten der Heilerin zustrebte.

»So, in diesem Säcklein ist alles an Heilkräutern, was ihr für Menschen und Tiere auf einem so langen Weg brauchen werdet«, sagte Lubgort, die Kräuterfrau und Heilerin von Liss Ivonai, und schob Yashor einen kleinen Sack aus grauem Barchent mit einer langen Trageschlaufe über den Tisch.

Sie saßen in der Besucherstube, die Tür zum Lagerraum stand offen und ließ die würzigen Gerüche getrockneter Pflanzen hereinströmen, und durch das weit geöffnete Fenster kamen die Blütendüfte aus den Kräutergärten.

»Dein Großvater und die Großschäfer werden dir ja schon alles beigebracht haben, was es über die Arzneien für die Schafe zu wissen gibt, da brauche ich nicht mehr viel zu sagen, und was die Kräuter für die Menschen anbelangt, kannst du zur Not Kolgo um Rat fragen. Er hat von mir viel gelernt zu jener Zeit, als er noch Heiler werden wollte. Nun ja, der Herzog hatte ihn lieber als Amtmann, und so sind für ihn die Kräuter mehr eine Liebhaberei, aber er kennt sich ziemlich gut mit ihnen aus.«

Yashor nahm den Kräutersack an sich, doch machte er noch keine Anstalten zu gehen. Er blickte schüchtern in das braune, runzelige, von schlohweißen langen Haaren umrahmte Gesicht der Kräuterfrau, die in ein knöchellanges eibengrünes Gewand mit einem vogelbeerroten Stoffgürtel gekleidet war.

In Liss Ivonai munkelte man, Lubgort sei Taliks Bettgenossin, da die Behausungen der Heilerin und des Tiefwissenden Mauer an Mauer aneinander stießen, was sonst bei Häusern der Galtach ungewöhnlich war, denn jede Sippe besaß ihren eigenen Hof, durch Grasstreifen und Gärten getrennt von den Nachbarn. Wie man erzählte, waren die beiden vor zwei mal zwanzig Sommern gleichzeitig nach Liss Ivonai gekommen und hatten vom Großvater des heutigen Herzogs diese sich aneinander lehnenden Einsiedeleien als Wohnungen zugesprochen bekommen, doch sah man sie nie zusammen, zu zweit, gehen, weder im Ort noch außerhalb. Das nachbarliche Leben der beiden beschäftigte die Phantasie insbesondere mancher zur Klatschsucht neigenden Weiber von Liss Ivonai, aber niemand – auch Yashor nicht – hatte es bisher gewagt, einen der beiden nach der Natur ihrer Beziehung zu fragen.

Manchmal kam es Yashor vor, als wüssten die beiden sehr wohl, welche Gedanken ihre Mitmenschen beschäftigten, und als hätten sie ein schelmisches Vergnügen daran, nicht zur Aufklärung gewisser Ungewissheiten beizutragen. So lebendig und lebensfroh, wie Yashor die beiden kannte, konnte er sich gut vorstellen, dass sie noch miteinander der leiblichen Liebe frönten, obwohl er sich wiederum nicht so gut vorstellen konnte, wie diese leibliche Liebe vonstatten ging. Denn obwohl er schon fast achtzehn Sommer zählte, hatte er sich bisher noch keinem Mädchen, keiner jungen Frau in Liebesverlangen genähert. Vielleicht lag dies daran, dass er alle weiblichen Wesen an seiner Mutter maß, vielleicht aber auch an seiner tiefen Anhänglichkeit an Kilin-rinnag …

Der Gedanke an das Elbenmädchen gab ihm den Mut sein eigentliches Anliegen vorzubringen, das ihm im Augenblick wichtiger schien als die Auswahl von Heilkräutern für die Reise ins ferne Avalanna.

Er räusperte sich und sagte – eine unerwünschte Röte stieg ihm dabei ins Gesicht -: »Lubgort, ich habe noch eine Bitte: Könntest du mir einen Zweig Elbenzwang mit auf die Reise geben?« Er verstummte und blickte sie fast flehend an. Sie wusste ja, was sich hinter seiner Frage verbarg.

»Elbenzwang, Elbenzwang«, wiederholte die Alte und wackelte schmunzelnd mit dem Kopf. »Will doch mal sehen, ob ich noch ein Zweiglein hab. Es wird ja selten verlangt in diesen Zeiten, aber vielleicht ist noch etwas übrig aus alten Tagen.«

Sie erhob sich behände und huschte in den Lagerraum, wo sie eine Weile murmelnd herumkramte, als erfordere Yashors Bitte eine besonders langwierige Suche.

Der junge Hirte wusste, dass dies nur ein Spiel der alten Heilerin war, denn vor nicht allzu langer Zeit hatte sie ihm ja ein Zweiglein dieser zauberhaften Pflanze gezeigt, von der es hieß, ein Mensch, der Elbenzwang an seinem Herzen trage, könne Elben seinen Willen aufzwingen, damit sie tun, was immer er sich wünscht. Die meisten Einwohner von Liss Ivonai kannten die Pflanze nur noch aus Märchen und Sagen, denn in den letzten Jahrhunderten waren die Elben scheu geworden, so hieß es, je mehr die Menschen sich ausbreiteten und Wälder rodeten und in Weideflächen oder Kornfelder verwandelten. Es kam sehr selten vor, dass sich die Elben noch zeigten; es hieß, sie trauten nur noch solchen Menschen, die in einer Vollmondnacht geboren waren, wenn die Sonne in einem Feuerzeichen stand. Auf Yashor traf dies zu, wie er wusste, und er hatte vor Jahren, in der Anfangszeit seiner Hirtenlehre, ein Elbenmädchen kennen gelernt, als er …

»Hier hab ich es«, weckte ihn Lubgorts Stimme aus seinen Träumereien. Die Alte stand vor ihm und reichte ihm auf der flachen Hand ein Tüchlein aus dunkelblauem Samt, auf dem ein vielleicht handspannenlanges Zweiglein mit kleinen herzförmigen Blättern und etlichen winzigen glockenförmigen weißen und blauen Blüten lag. Yashor betrachtete ehrfürchtig die begehrte Pflanze. Elbenzwang war ein an sich unscheinbarer Kleinstrauch, der aber Blüten in zwei verschiedenen Farben trug. Es hieß, die weißen seien weiblich, die blauen männlich, und ein Reis Elbenzwang habe nur dann Zauberwirkung auf die Elben, wenn es Blüten beider Farben trage.

Behutsam nahm er das Samttüchlein entgegen, schlug es über dem Zweig zusammen und wickelte das Ganze in ein kleines Leinentuch, das er sich extra zu diesem Zweck von seiner Mutter erbeten hatte, ohne ihr zu verraten, wofür er es brauchte. Das kleine Bündel wiederum steckte er vorsichtig in seine Kitteltasche. Später würde er den Elbenzwang in dem Beutel mit Taliks Steinen bergen, den er schon unter dem Kittel auf der Brust trug.

»Ich weiß wohl, wozu du dieses Zaubermittel brauchst«, bemerkte die Heilerin lächelnd und ließ sich wieder auf ihrem Schemel auf der anderen Seite des Tisches nieder. »Du möchtest wohl deine heimliche Elbenfreundin dazu bringen, dass sie dich auf der Reise begleitet, nicht wahr?«

Yashor nickte stumm.

»Ach, Yashor, warum suchst du dir nicht endlich ein Menschenmädchen wie die anderen Burschen deines Alters?«, fragte die Kräuterfrau nachsichtig. Sie wusste ja, wie tief der Zauber elbischer Schönheit und Anmut ein junges Menschenherz in seinen Bann schlagen konnte; viele Sagen und Lieder berichteten davon.

Aber es war auch allgemein bekannt, dass es zwischen Elben und Menschen keine dauerhaften Verbindungen geben konnte. Und wann immer ein solches Paar versucht hatte ein Leben lang wie Mann und Frau miteinander zu leben, da war es fast jedes Mal zu einer letztendlichen schmerzlichen Trennung gekommen, die zwar einen schönen Stoff für die Gesänge von Barden abgab, aber dem menschlichen Partner einer solchen Beziehung oft schier den Verstand raubte. Und in allen anderen Fällen war der Mensch – meist ein Mann, denn Menschenfrauen waren klüger und vorausschauender als ihre Brüder – aus seiner Welt verschwunden und wohl in die der Elben eingegangen, was natürlich wiederum Vorlage für unzählige Lieder und Langgedichte lieferte. Doch Yashor lebte noch in der Wirklichkeit, nicht im Reich der Sagen.

»Es ist, weil ich … ich habe keine Ahnung, wer ich in der Welt der Menschen eigentlich bin«, erwiderte Yashor stockend. »Ich habe meinen Vater nicht kennen lernen können und weiß noch nicht, was ich als erwachsener Mann sein könnte. Krieger will ich ja nicht werden, aber kann ich immer Hirte bleiben? Oder soll ich wie mein Vater Heiler und Feldscher werden?«

Er verstummte ratlos.

Lubgort wusste wie Talik nur allzu gut, was Yashor in seinem Herzen bewegte, denn oft hatte der Junge einmal mit der einen, dann mit dem anderen schüchtern über seine Zweifel an seiner Bestimmung gesprochen. Fast jeder der Altersgenossen in Liss Ivonai wusste schon sehr genau, was sein Beruf im Mannesalter sein würde: Hirte, Krieger, Tuchhändler, Weber, Schmied. Und viele würden natürlich Bauern werden …

»Erst wenn ich weiß, was und wer ich bin, werde ich mich mit einem Menschenweib einlassen.«

»Dann pass aber auch auf, dass du uns nicht eines Tages auch in die Elbenwelt verschwindest wie Fjarkall im Lied von Agilauns Reisen!«, ermahnte sie ihn halb ernst, halb scherzhaft. »Ach, wenn du wüsstest, wie viele Mädchen in Liss Ivonai in ihren Träumen nach dir schmachten«, fügte sie leise lachend hinzu.

»So? Wirklich? Woher weißt du das?«, fragte Yashor und spürte, wie ihm die Röte im Gesicht brannte.

»Eine Heilerin hört so manches, wenn sie wunde Mädchenherzen heilt«, versetzte Lubgort mit schalkhaftem Augenzwinkern.

»In meinem Traum diese Nacht hat mich ein junges Weib um Hilfe gerufen«, brachte Yashor halb verlegen, halb stolz vor.

»Ich weiß, ich weiß«, erwiderte die Kräuterfrau.

»Woher denn?«, fragte der junge Hirte erstaunt.

»Tja, eine Kräuterfrau hört so manches, wenn sie sich am frühen Morgen um ihre Pflanzen kümmert«, gestand Lugbort und lachte leise. »Nein, jetzt genug davon«, setzte sie hinzu, als er erneut eine Frage vorbringen wollte, »du musst jetzt nach Hause und dich auf die Reise vorbereiten. Jetzt gilt es, nach vorn zu schauen, nach Avalanna, und nicht in Träumen zu verharren.«

Als Yashor wieder draußen auf der Herzogsstraße unterwegs war, dachte er darüber nach, was die Heilerin alles von ihm wusste. ›Und bestimmt weiß sie auch, dass ich jetzt weder nach Hause noch zu Yeshem auf die Weide gehe …‹ Nein, jetzt musste er erst Kilin-rinnag seinen Besuch abstatten. Deshalb hatte er sich ja von der Kräuterfrau Elbenzwang erbeten!

Yashor ging langsam am Dunkelbach entlang. Nicht am Ufer der Sonnenbühlseite, wo Yeshem ihn gesehen hätte, sondern im dichten Gestrüpp der jungen Erlen auf der anderen Seite des Baches.

Hier hatten in seinem Traum Brachwiesen gelegen, hier war die rufende junge Frau gestanden.

In der Wirklichkeit zog sich ein Uferwald längs des Gewässers hin, in die Erlen mischten sich weiter drinnen Birken, Haselnusssträucher und Faulbäume, junge Eichen und Weißdornbüsche.

Ein Stück bachaufwärts, nicht allzu weit entfernt von der Quelle des Dunkelbachs am Hang des Kugelkopfberges, staute sich der junge Wasserlauf zu einem kleinen Teich, der auf der Sonnenbühlseite durch hohes Weidengewirr gegen Einblicke vom Frühlingsstein her geschützt war, jedoch am anderen Ufer an eine kleine, mit Farnkraut, Hahnenfuß und Sumpfdotterblumen überwachsene Lichtung angrenzte.

Vor neun Sommern, als sein Großvater ihn zum ersten Mal mit den Schafhirten zum Sonnenbühl hatte gehen lassen, um zu erproben, ob er am Hirtenberuf Freude haben würde, war er einmal in der Mittagshitze auf Erkundung gegangen, während die Schafe träge dösend auf der Weide ruhten und die beiden Hirten sich oben am Frühlingsstein die Zeit mit dem Bohnenspiel vertrieben. Er war zum Bach hinabgestromert und dann neugierig laufaufwärts dem Fließen entgegengestapft, hatte sich zwischen den damals noch jüngeren Weiden hindurchgezwängt und den kleinen Teich im Wald entdeckt.

Das Wasser war klar, man sah den steinigen Grund mit seinen gefleckten und gestreiften Kieseln, und die flinken, unruhigen Elritzen und Grundeln, Schmerlen und Bitterlinge, die darüber hin und her flitzten, doch es war nicht allzu tief, man musste nicht schwimmen, wenn man den Teich durchqueren wollte. Yashor konnte nicht schwimmen, denn bislang hatte er noch keinen Grund gehabt es zu erlernen.

Doch damals in der Mittagswärme hatte ihn der Weiher zum Bad verlockt, er hatte den Kittel über den Kopf gezogen, die Hose abgestreift und beides zusammen mit seinem kleinen Hirtenstöcklein am Wurzelgewirr einer Weide abgelegt. Dann war er splitternackt langsam ins Wasser gestiegen, das angenehm frisch war, gerade so, dass es einen nicht frösteln, aber doch die Tageshitze vergessen ließ.

Bis zu den Brustwarzen war ihm damals das Wasser gegangen – heute reichte es ihm nur noch bis zum Nabel. Er war in der Mitte des Teiches stehen geblieben und hatte mit geschlossenen Augen dem Geplausche des Wasser gelauscht. Das sachte Fließen hatte seine Haut wie mit sanften, zärtlichen Fingern umspült. Nachdem er diese Empfindung lange Zeit still genossen hatte, öffnete er schließlich die Augen und blickte suchend zum anderen Ufer, das er noch erkunden wollte, bevor er zu den älteren Hirten am Frühlingsstein zurückkehrte.

Und welche Überraschung! Dort lag ein schwarzgrauer, rund geschliffener Felsblock von der Größe eines ruhenden Kalbes und darauf ruhte, mit seitwärts aneinander gelegten Beinen, ein Mädchen, vielleicht siebzehn Sommer alt, und beobachtete ihn neugierig aus smaragdgrün funkelnden Augen. Ihr rotgoldenes Haar floss in dicken Flechten bis zu den Hüften herab. Während den Unterleib ein grünlich glitzerndes, halb durchsichtiges Tuch zu umhüllen schien, war der Oberkörper nackt, und zwischen den kupfrigen Strähnen, die sich von den Schultern bis zum Nabel schlängelten, lugten zwei kecke Brustspitzen hervor.

Da die Frauen in Liss Ivonai bei der Kornernte oder beim Brotbacken oft wegen der Hitze ihre Hemden ablegten, war der Anblick weiblicher Brüste für den Neunjährigen nichts Ungewohntes, doch von diesen rosa bläulich schimmernden Zwillingshügeln zwischen den herabwallenden Haarfluten ging ein Zauber aus, der fast der Wirkung der smaragdgrünen Waldmädchenaugen gleichkam.

»Menschenknabe«, glaubte er eine glockenhelle Stimme zu hören, »warum kommst du hierher zu meinem Teich?«

Yashor, der sich seiner Blöße nicht schämte, kletterte – wie vorwitzig war er damals gewesen! – aus dem Teich und setzte sich auf einen zweiten, etwas kleineren Findling, der – grauweiß, mit vielen schwarzen Flecken übersprenkelt – nur zwei, drei Schritte weiter lichtungeinwärts lag.

»Ich bin heute bei den Hirten am Frühlingsstein«, erklärte er der Grünäugigen, »und weil mir so heiß war, bin ich zum Bach hinuntergegangen und habe seine Quelle gesucht und so diesen Teich gefunden.«

»*Du* hast diesen Teich gefunden?«

Die glockenhelle Stimme lachte, es klang wie, wie … – wie das Geklimper zarter Silberketten mit Perlen aus Glasschmelz, hatte Yashor damals gedacht und sich zugleich gewundert, woher ihm ein solcher Vergleich kam, denn Silberketten mit Perlen aus Glasschmelz hatte er im großelterlichen Haus noch nie gesehen, geschweige denn klimpern hören.

»Das ist ja köstlich! *Ich* habe mir diesen Teich geschaffen, und bisher ist es noch keinem Menschen gelungen, meinen Schutzzauber zu durchdringen. Bist du etwa in einer Vollmondnacht geboren?«

Yashor nickte, obwohl er nicht wusste, was dieser Umstand seiner Geburt – den Mutter und Großmutter in ihren Erzählungen immer wieder betont hatten – mit der Entdeckung des Weihers zu tun haben sollte.

»Und wo stand die Sonne am Tag deiner Geburt?«, forschte das Mädchen auf dem schwarzgrauen Stein weiter.

»In Palast des Löwen.«

»Ah, das erklärt alles«, bemerkte die Unbekannte und gab einen Laut von sich, der sowohl ein Seufzer wie auch ein Kichern sein konnte. »Du hast also von deiner Geburt her die Anlage zum Elbenfreund. An eine Fernhaltung von Elbenfreunden hatte ich allerdings nicht gedacht, damals, vor fast fünfhundert Sommern, als ich diesen Schutzzauber aufrichtete. Sei's drum. So sei willkommen, kleiner

Elbenfreund, und wenn du keinem deiner Mitmenschen etwas von meinem Teich verrätst, gestatte ich dir auch in Zukunft mich hier zu besuchen.«

Yashor bekam große Augen, als er so schnell vom Hilfshirten zum Elbenfreund befördert wurde.

»Mein Name ist …«, fuhr das Mädchen fort und nannte ein langes Wort, das für Yashor eher wie das Geflöte einer Amsel klang und dessen Laute er weder in der goidelischen noch in der stagirischen Schrift hätte festhalten können, die er schon seit einiger Zeit von der Mutter lernte. »Aber wenn dir das zu lang ist, so magst du mich kurz auch Kilin-rinnag nennen.«

»Kilin-rinnag, Kilin-rinnag, Kilin-rinnag«, murmelte Yashor ehrfürchtig, als handelte es sich um ein Zauberwort, das ihm hier offenbart worden war. Dann meldete sich wieder seine Wissbegier. »Und was heißt das?«

»Kilin-rinnag bedeutet ›Sternenmädchen‹, denn ich liebe es, nachts unter den Sternen zu tanzen«, erklärte seine neue Freundin. »Und du, Elbenfreund und Teichbesucher, wie heißt du?«

So hatte vor neun Sommern seine Freundschaft mit dem Elbenmädchen begonnen. In den seither verflossenen Jahren war Yashor zu einem angehenden Mann herangewachsen, doch Kilin-rinnag war in dieser Zeit nicht um einen Tag gealtert; sie sah immer noch aus wie an jenem ersten Tag, und vielleicht sogar so wie vor fünfhundert Sommern, damals, als sie sich zu ihrem persönlichen Ergötzen den kleinen Waldteich schuf.

Und so saß sie auch jetzt wie eine Siebzehnjährige auf ihrem geliebten Schwarzstein, das rotgoldene Haar war genauso lang wie in all den Jahren zuvor, und um den Unterleib hatte sie wie immer das grünlich glitzernde halb durchsichtige Tuch geschlungen, das sie umhüllte und doch die Schönheit ihrer Schenkel, ihres Nabels und ihres rotgoldenen Gärtleins ahnen ließ.

»Warum trägst du heute die Pflanze bei dir, die ihr Menschen Elbenzwang nennt?«, fragte ihn Kilin-rinnag rundheraus, als er sich auf seinem grauweißen Stein niedergelassen hatte.

Yashor blickte sie überrascht an. »Wieso weißt du das?«

Das Elbenmädchen antwortete mit einem leisen Lachen. »Es handelt sich doch dabei um eine Elbenpflanze. Wie sollte ich sie da nicht spüren?«

Yashor kam es vor, als seien seine Wangen jetzt gerade so gerötet wie vorhin bei der Kräuterfrau. »Ich dachte, mit Elbenzwang könnte ich dich dazu bringen, mich auf einer langen Reise zu begleiten, die ich morgen antrete. Denn ich werde dich lange Zeit nicht mehr hier am Teich besuchen können.« Und er erzählte seiner Freundin alles, vom Traum, von dem Besuch bei Talik und dem überraschenden Auftauchen des Amtmanns mit dem Großvater und von der Hilfe, die er sich von der Kräuterfrau erbeten hatte. »Und ich fände es schön«, schloss er, »wenn ich dich auf der Reise dabeihätte. Man sagt, mit Elbenzwang könne man Elben dazu bewegen, dem menschlichen Willen zu folgen.«

Erneut lachte das Elbenmädchen, diesmal aber nicht glockenhell, sondern eher mit Lauten, die dem spöttischen Gekecker einer Elster oder eines Eichelhähers ähnelten. »Ach, Yashor, da bist du einem Irrglauben der Menschen zum Opfer gefallen. Es gibt nichts, womit ihr Menschen uns Elben euren Willen aufzwingen könntet. Von solchen Dingen erzählen nur eure Märchen und Sagen. In Wirklichkeit verhält es sich ganz anders. Mit dieser Pflanze, die bei euch Elbenzwang heißt und die wir mit viel mehr Recht ›Menschenfang‹ nennen könnten, haben wir früher, vor Hunderten von Sommern, Menschen angelockt. Ihre Blüten senden einen fast unmerklichen, aber sehr mächtigen Duft aus, der solche Menschen neugierig macht, die sich zu Elbenfreunden eignen. Und wenn die sich an einem Sträuchlein ›Elbenzwang‹ niederließen und sich wünschten Elben herbeizuzwingen, dann kam auch sicher bald ein Elb vorbei, um zu schauen, welcher Mensch da unserer Verlockung erlegen war. So entstand bei den Menschen der Glaube, sie hätten die Macht uns mithilfe der Elbenzwangblüten ihnen gefügig zu machen.«

Sie hielt inne und musterte ihn mit einem schelmischen Lächeln, in das sich ein Hauch von Wehmut mischte.

»Aber ich freue mich, dass dir so viel an mir liegt und du nicht ohne mich auf eine solche Reise gehen möchtest. Nun wisse, ich werde dich nicht allein lassen, doch außerhalb der Wälder von Stagira kann ich mich dir nicht in dieser menschenähnlichen Gestalt offenbaren.«

Schon bald nach Beginn ihrer heimlichen Freundschaft hatte die Elbin Yashor erklärt, dass sie nur ihm zuliebe als Mädchen erscheine. Ihre wahre Elbengestalt zeige sie nur ihresgleichen. Denn wenn ein Mensch eine Elbin auch nur einmal so schaue, wie sie ihrer wahren Natur gemäß aussehe, dann sei er für immer für die Menschenwelt verloren und werde keine menschliche Frau mehr reizvoll finden. Und da Yashor vom Menschenweibe noch nichts wisse, sei es nicht statthaft für eine Elbin, ihn schon in ihren Bann zu schlagen.

»Wenn ich dir unterwegs begegnen soll, dann muss es nach Sonnenuntergang sein, an einem Ort, wo Wald und Wasser sich begegnen, und ich muss dazu eine nichtmenschliche Gestalt annehmen. Damit du erkennen kannst, dass ich es bin, sag mir jetzt, als was ich dir erscheinen soll.«

Yashor überlegte einige Atemzüge lang und streichelte dabei mit seinen Blicken ihr rotgoldenes Haar. »Als eine Luchsin«, sagte er schließlich, da ihm kein anderes Tier eingefallen war, dessen Art und Verhalten dem seiner heimlichen Freundin näher kam.

»Gut denn, eine Luchsin«, erwiderte Kilin-rinnag und ließ ein Glucksen vernehmen, das mit einem Mal in ein Schnurren überging.

Ein halb Dutzend Herzschläge lang saß dann ein mächtiger Luchs auf dem schwarzen Stein und blickte Yashor aus grüngoldenen Augen unverwandt an. Die rotbraunen Flecken auf dem goldgelben Pelz zitterten leicht, als wären sie Schatten schwankender Baumblätter. Die große Katze lag völlig regungslos da, nur die in Haarbüschel auslaufenden Ohren zuckten, als wollten sie sich keinen der Laute entgehen lassen, die in die Waldlichtung drangen – ob Vogelgezwitscher oder Wassergemurmel, Blättergeraschel oder Spitzmausgehusche.

Dann war der zauberische Augenblick wieder vorbei. Kilin-rinnag zeigte sich erneut in der Gestalt, die auf der ganzen Welt nur

Yashor aus Liss Ivonai kannte. Und sie sprachen miteinander, wie sie es in all den Jahren getan hatten, in denen der Hirte dem neugierigen Elbenmädchen alles über die Welt der Menschen erzählte, was sie wissen wollte und er in Erfahrung bringen konnte, und Kilin-rinnag ihm viele Geheimnisse der Wälder und Gewässer, des Brachlandes und der Tierwelt erschloss, durch deren Kenntnis er – ohne es zu wissen – zu einem der besten Hirten von ganz Harkin geworden war.

Als Yashor empfand, es sei an der Zeit, zu Yeshem und der Herde zurückzukehren, und sich anschickte, Abschied von Kilin-rinnag zu nehmen, winkte das Elbenmädchen ihn heran.

»Komm her zu mir, ich möchte dir etwas mitgeben auf die Reise«, sagte sie und bedeutete ihm, er solle so nah an ihren Sitz herantreten – den sie während all ihrer langen Gespräche nie verlassen hatte –, dass sie ihn mit ihrer Hand erreichen konnte.

Zu Yashors nicht geringer Verwunderung griff sie ihm dann in den Halsausschnitt seines Kittels: Kühle sanfte Finger, die ihn zum ersten Mal seit Beginn ihrer Freundschaft berührten, tasteten sich an Taliks Beutel mit den Schutzsteinen und dem Zweiglein Elbenzwang vorbei zur Mitte seiner Brust, wo sie kurz verharrten und dann plötzlich kräftig auf Haut und Brustbein drückten, was bei Yashor die Empfindung eines Stiches auslöste, als hätte ihn dort die Spitze eines Dolchs geritzt.

Als sie ihre Hand wieder aus dem Kittel hervorholte, lächelte sie und sagte: »Nun trägst du auf deiner Brust ein Elbenzeichen. Wer nicht weiß, dass es da ist, der sieht es kaum. Solange es – und wenn auch nur schwach – zu erkennen ist, weißt du, dass ich dich nicht vergessen habe. Wird dir an dieser Stelle besonders warm und nimmt das Zeichen kupferrote Farbe an, dann steht dir etwas Freudiges, Glückbringendes bevor. Spürst du aber eine plötzliche Kälte und wechselt die Farbe ins Blauviolette, so droht dir unmittelbare Gefahr. Dann sei auf der Hut und sieh dich vor – mit allen deinen Sinnen!«

Neugierig nestelte Yashor an seinem Kittel und zog den Ausschnitt auf, um die eigene Brust zu betrachten. Dort war zwischen dem ersten Flaum männlicher Brustbehaarung ein kleiner, schwach goldfarbener Fleck zu sehen, den ein Unkundiger leicht für ein Muttermal hätte halten können. Er starrte eine Weile auf das Elbenzeichen, doch es veränderte sich nicht. Also stand ihm im Augenblick, Kilin-rinnags Worten zufolge, weder eine besondere Freude noch eine unmittelbare Gefahr bevor. Schließlich zog er seinen Kittel wieder zurecht und dankte dem Elbenmädchen mit einer Verneigung und Händeklatschen, wie es bei den Galtach üblich war.

»Und zum guten Schluss sage ich dir jetzt noch einen Spruch in meiner Sprache, mit dem du mich rufen kannst. Und wenn es mir danach ist und es sich fügt, werde ich deinem Ruf auch Folge leisten.«

Sie belehrte ihn, dass er die Worte aus der Elbensprache, die sie ihm daraufhin vorsagte, dreimal laut aussprechen und dabei mit der linken Hand das Mal auf seiner Brust berühren müsse, damit der Ruf wirke. Und wie immer war sie unvermittelt von ihrem Stein verschwunden, als ihrer Meinung nach das Treffen zu Ende sein sollte. »Wir Elben lieben kein Abschiednehmen«, so hatte sie schon vor langer Zeit erklärt, »es macht uns so traurig – und traurig sind wir nicht gern.«

»*Tróvadan bóhil domíshe innóssai, Kilin-rinnag*«, wiederholte Yashor unablässig in Gedanken, während er sich durch das Weidengestrüpp auf der anderen Seite des Teiches zu den Hangwiesen des Sonnenbühls hindurchzwängte.

Die Großeltern waren wie immer zeitig zu Bett gegangen. Ainan, Yashors Mutter, werkelte noch in der Küche herum. Yashor selbst saß auf einem Schemel vor dem herabgebrannten Kaminfeuer in der Großen Stube und starrte versonnen in die Glut. Gestern um diese Zeit hatte es noch so ausgesehen, als ginge sein Leben immer so unwandelbar und gleichmäßig weiter, bestimmt von der Sorge um die Schafherden des Herzogs, begleitet von seiner Freundschaft mit Yeshem und gewürzt durch die heimlichen Besuche bei Kilin-rinnag. Doch mit einem Mal war alles anders geworden. Konnte er nach dieser Reise, wenn er die große, berühmte und prächtige Stadt Avalanna gesehen hatte, weiter hier im kleinen Liss Ivonai zufrieden als Hirt des herzoglichen Guts leben? Er wünschte sich jetzt, sein Vater wäre hier, damit er ihm von der Reise und seinen Hoffnungen und Ängsten erzählen konnte. Was der Vater wohl über diese Aufgabe denken würde?

Die Mutter kam herein und stellte zwei brennende Talglichter auf den Tisch, dann setzte sie sich ebenfalls auf einen Schemel und betrachtete schweigend ihren Sohn, der gedankenverloren auf die nur noch schwach züngelnden Flammen starrte. In Ainans lange braune Haare, die sie im Nacken mit einem blauen Leinenband zusammengebunden hatte, mischten sich schon silbergraue Strähnen. Die Ähnlichkeit von Mutter und Sohn war unverkennbar; das Gesicht der fast Vierzigjährigen war noch bemerkenswert glatt, nur um die Augen und die Mundwinkel zeigten sich winzige Falten, die von einem verborgenen Schmerz erzählten.

Nach einer langen Zeitspanne gemeinsamen Schweigens legte sie ihm die Hand auf die Schulter. »Yashor, willst du nicht endlich auch zu Bett gehen, wo du doch heute schon so früh auf warst und auch morgen in aller Frühe aufstehen musst?«

Yashor wandte der Mutter den Oberkörper zu und musterte sie nachdenklich. In seinem ganzen Leben war er bisher noch nicht einen Tag von seiner Mutter getrennt gewesen. Seit er im Alter von drei Jahren mit ihr nach Liss Ivonai gekommen war, hatte er noch keine einzige Nacht außerhalb des großelterlichen Hauses verbracht. Wie viele Wochen würde er sie jetzt nicht mehr sehen? Die Reise werde hin und zurück wohl zwei Monde dauern, hatte der Großvater gesagt, als sie am späten Nachmittag das Unternehmen noch einmal besprachen. Zwei Monde ohne die Mutter – im Augenblick war das für ihn noch fast unvorstellbar, aber es sollte halt so sein.

Als könnte sie seine Gedanken lesen, sagte Ainan leise: »Weißt du, mein Sohn, dass du in deinem ganzen Leben bisher noch nicht einen einzigen Tag von mir getrennt warst?« Yashor nickte stumm. »In den zwei Monden, die du weg sein wirst, werde ich mich daran gewöhnen müssen, dass du jetzt ein Mann wirst. Das ist nicht einfach für eine Mutter, denn sie sieht in ihrem Sohn zuerst doch immer nur das Kind, das sie aus ihrem Schoß geboren hat. Und du bist das einzige Kind, das mir in diesem Leben vergönnt war. Deshalb werde ich jeden Tag zur Großen Mutter Ipona beten, dass sie dich beschützt und heil zurückkehren lässt. So wie ich jeden Tag darum bete, dass auch dein Vater eines Tages den Weg heim zu uns findet.« Sie verstummte und wischte sich eine Träne aus dem Augenwinkel.

»Meinst du, ich kann in Avalanna etwas über Vaters Schicksal in Erfahrung bringen?«, brachte Yashor leise vor, in der Hoffnung damit seine Mutter ein wenig zu trösten. Wie sehr musste diese Frau an dem Mann hängen, dessen Sohn sie geboren und ohne väterliche Unterstützung großgezogen hatte.

Die meisten Frauen in Liss Ivonai, die Ainans Altersgenossinnen waren, vertraten schon seit vielen Jahren die Meinung, Yashors Mutter solle endlich die Tatsache anerkennen, dass Tamtarvach im Krieg gefallen sei. Dann hätte sie guten Gewissens sich einen neuen Gemahl suchen und noch eine Schar weiterer Kinder zur Welt bringen können, die ihr dann Stab und Schutz im Alter wären. Doch mit einem unverständlichen, wenn auch bewundernswerten Eigensinn hatte Ainan immer daran festgehalten, für sie sei ihr Mann noch am Leben, solange sie keine sichere Nachricht habe, wo sein Grab sich befinde. Und so hatte Yashor sich immer vorgestellt, der Vater schmachte an einem unbekannten Ort in Gefangenschaft oder irre in fremden Ländern umher und könne den Weg zu den Seinen nicht finden.

»Du musst in Avalanna Ärzte befragen, die ihn vielleicht noch von seiner Lehre bei den Heilern in den Bergen von Bantan her kennen. Und wenn du Leute triffst, die im Heer des Chagans der Abarer, der Baratum, gedient haben, dann nenne ihnen seinen Namen und frage, ob sie etwas von ihm wissen. Oder wenn du auf Männer triffst, die der Gefangenschaft der Shakaren entronnen sind, dann erkundige dich bei ihnen, ob in irgendeinem Kerker der Nordbarbaren ein Heiler und Feldscher festgehalten wird.«

»Ja, das werde ich tun«, versicherte Yashor der Mutter und versuchte so viel männliche Entschlossenheit in seine Stimme zu legen, wie er nur konnte. »Gewiss finde ich etwas heraus. Sicher lebt Vater noch und findet eines Tages den Weg heim zu uns.«

»Am Nachmittag hast du mir stolz gezeigt, was Talik dir zum Schutz und zur Hilfe auf den Weg mitgab«, fuhr die Mutter fort. »Auch ich möchte dir etwas mitgeben, was dich schützen und begleiten soll.« Sie fuhr mit beiden Händen unter den Kragensaum ihres Gewandes und holte eine schwarze Kordel hervor, an der ein rundes goldenes Medaillon hing, vielleicht halb groß wie ihr Handteller. Sie schob mit der einen Hand ihr langes Haar durch die Schleife und zog mit der anderen die Kordel samt Anhänger über den Kopf und reichte das Schmuckstück ihrem Sohn.

Yashor nahm das Medaillon neugierig in die Hände. Die oben liegende Seite zeigte einen Adler, der vor der aufgehenden Sonne mit einem Lorbeerzweig im Schnabel flügelschlagend auf einer Bergspitze landete. Am Rand lief kreisförmig ein Schriftband entlang, das teils in fjanorischer – und damit für Yashor unlesbarer –, teils in goidelischer Schrift abgefasst war. Die goidelischen Zeichen reihten sich zu Worten in Harkinak. »Das Licht des Friedens grüße und verkünde ich«, lautete der Spruch. Auf der anderen Seite sah Yashor eine Fürstenkrone, in der sich – mit den Spitzen nach unten – ein Schwert und ein Pfeil kreuzten. Die beiden Waffen wiesen allerdings eine merkwürdige Besonderheit auf: Statt des Heftes trug das Schwert eine Blütentraube, statt der Befiederung wuchsen aus dem Pfeilende üppige Blätter. Auch hier war das Band in beiden Schriften gehalten; im goidelisch geschriebenen Teil konnte Yashor folgende Worte entziffern: »Im Sturme Schutz – in tiefer Nacht ein Licht – ein fester Hort der Hoffnung.«

Fragend schaute er die Mutter an. »Woher hast du das?«

»Dein Vater hat es mir geschenkt«, antwortete Ainan, »an jenem Tag, als wir in Nissa uns den Ehebund versprachen.«

Sinnend blickte die Mutter auf das Geschenk des Bräutigams, das jetzt in der Hand ihres einzigen Kindes lag. Ainan hatte Yashor die Geschichte oft erzählt: Wie sie Tamtarvach bei einem Besuch in Nissa kennen gelernt hatte, der Hauptstadt des Herzogtums Slantan, weit östlich von Stagira, jenseits von Gordan, wo sie mit ihren

Eltern damals lebte. Ainan war nach Nissa gereist, um eine Schwägerin zu besuchen, die wegen einer schweren Entbindung im Haus der Heilung von Nissa betreut wurde. Dort war sie dem Feldscher aus dem Heer des Chagans begegnet, Tamtarvach. Er war auf Urlaub und besuchte seinerseits einen Freund, der im Haus der Heilung als Arzt tätig war. Die beiden hatten einander schon beim ersten Anblick lieb gewonnen, sich ein zweites Mal heimlich in den Gärten des Herzogs von Slantan getroffen und sich während ihrer dritten Begegnung im Haus von Ainans Verwandten als Brautleute vorgestellt.

»Er sagte mir, dies sei ein Erbstück seines Großvaters; es werde mich immer an ihn erinnern und vor allem Unheil bewahren. Seit unserer Verlobung habe ich es jeden Tag getragen.« Sie verstummte und strich wehmütig mit den Fingern über die Krone mit den sprießenden Waffen. »Vielleicht wäre es besser gewesen, er hätte es selbst behalten und es hätte *ihn* geschützt in jenem unseligen Krieg mit den Shakaren.« Sie seufzte und tat einen tiefen Atemzug. »Als wir das letzte Mal beisammen waren, damals, als er kam, um dich zu sehen, da sagte er, wenn du volljährig wärest – in seiner Heimat gilt ein Mann mit neunzehn Sommern als erwachsen –, werde er dir von der Geschichte dieses Schmuckstücks erzählen und die Bedeutung der Zeichen und Sprüche erklären. Mir hat er sie nie erläutert, weil er meinte, Frauen sollten sich mit solchen Dingen nicht belasten.« Sie lachte bitter. »Ach, Tamtarvach, es gibt viel schlimmere Lasten, die Frauen tragen müssen, als nur ein wenig überflüssiges Wissen …«

Dann schüttelte sie beherzt die Wehmut ab, die von ihr Besitz ergriffen hatte. Sie nahm Yashor das Medaillon wieder aus der Hand und stand auf, streifte ihm mit beiden Händen die Kordel über den Kopf und schob dann das Schmuckstück durch seinen Halsausschnitt, bis es neben Taliks Beutel auf dem Elbenzeichen zu liegen kam, das Kilin-rinnag ihm in die Haut gebannt hatte.

Drei, schoss es Yashor durch den Kopf. Jetzt habe ich *dreifachen* Schutz.

»Sei deines Vaters und auch deiner Mutter eingedenk, mein

Kind«, begann Ainan erneut zu sprechen. »Mein Kind … zum letzten Mal nenne ich dich so. Wenn du zurück bist, werde ich nur noch *mein Großer* zu dir sagen können.« Sie lachte und es klang bei aller Wehmut auch ein wenig froh und stolz.

›Dreifacher Schutz‹, wiederholten Yashors Gedanken. Ihm fiel ein Spruch ein, den Talik einmal als wichtige Grundregel der Tiefwissenden vorgestellt hatte: AUN TRINAD ISH LAADIR – *in der Dreiheit liegt die Stärke*.

Er stand auf, straffte sich und trat nahe an die Mutter heran. »Bestimmt komme ich heil zurück«, sagte er und umarmte sie fest.

Ainan duldete zwei, drei Herzschläge lang diese ungewohnte Geste kindlicher Zärtlichkeit, dann löste sie sich aus seinen Armen, stellte sich ein wenig auf die Zehenspitzen und küsste Yashor auf die Stirn. »Komm heil zurück, mein Sohn«, sagte sie und streichelte ihm mit beiden Händen die Wangen. »Möge die Große Mutter Ipona deine Wege beschützen.« In ihren Augen glitzerten Tränen auf, die sie diesmal nicht wegwischte, stattdessen reichte sie Yashor eines der Talglichter und meinte: »Aber jetzt musst du unbedingt ins Bett, mein Sohn.« Sie schob ihn zur Tür. »Geh nur hinauf in deine Kammer. Ich muss hier noch das Feuer zudecken.«

Während seine Mutter sich vor den Kamin kniete und mit dem Feuereisen zu hantieren begann, stieg Yashor leise die Stiege hinauf.

Kapitel V

»Könntest du uns nicht einen Packesel mitgeben, Großvater, damit wir unsere Reisebündel nicht ständig auf dem Rücken tragen müssen?«

»Das wird nicht nötig sein, denn eurem Zug wird sich noch ein Reisewagen anschließen, auf dem ihr dann eure Sachen ablegen könnt.«

»Ein Reisewagen? Wieso denn das?«

Sie standen zu sechst – mit der Mutter, der Großmutter, Yeshem und dessen Vater, dem Tuchhändler Yoan – an einem kleinen behelfsmäßigen Pferch, den man noch am Vortag am südlichen Ortsausgang an der Herzogsstraße errichtet hatte. Darin grasten die Schafe und die Ziege, als spürten sie nichts von ihrem bevorstehenden Umzug in ein fernes Land. Hinter dem Kalbsberg rötete sich schon der Himmel, aber die Sonne war noch nicht aufgegangen. Liss Ivonai lag noch halb im Schlaf da. Vogelgesang und Hähnegekräh verstärkten noch die Empfindung der Morgenstille. Die Luft war angenehm frisch, am Himmel schwammen nur winzige, weit verstreute Wolkenfetzen.

»Es wird noch jemand mit euch mitfahren und so ausnutzen, dass Leute von Liss Ivonai nach Avalanna unterwegs sind«, beschied der Großvater knapp.

Yashor wusste, dass weiteres Fragen zwecklos war. Er blickte zu Yeshem hinüber, der sich vor Ungeduld kaum bezähmen konnte. Die beiden Hunde Dorch und Fjonn liefen ruhelos hin und her und blickten immer wieder wie fragend zu den Hirten empor. Sie hatten schon gemerkt, dass etwas Aufregendes im Gange war, das den Alltagstrott der Hütehunde ablösen würde.

Mutter und Großmutter standen ein wenig abseits von den Männern und flüsterten miteinander. Yashor vermied es, zu oft zu ihnen hinüberzublicken; er fürchtete, der Abschied für die Mutter würde dann noch schwerer werden. Denn erst allmählich dämmerte es ihm, was es für sie bedeuten musste, ihn nicht mehr bei sich zu haben, nicht mehr für ihn sorgen zu können. Doch wenn er ein Mann werden sollte, dann blieb beiden keine andere Wahl.

Menschliche Stimmen, Geklapper von Hufen auf Pflaster und das Knarren von Wagenrädern ertönten nun ein Stück straßaufwärts zwischen den Häusern. Ein zweispänniger Reisewagen ratterte zwischen den letzten Gebäuden am Ortsrand hervor, begleitet von einigen Männern und gefolgt von drei Reitern.

Von denen, die zu Fuß gingen, kannte Yashor Kolgo, den Amtmann des Herzogs, der das Geschenk seines Herrn und der Impalaris in aller Form der Königin von Avalanna würde überreichen müssen, und Talik, den Tiefwissenden, der heute blau gekleidet war. Ihnen folgte ein Schreiber des Herzogs im grauen Gewand seines Standes und ein junger Mann mit dunkelblondem Haar, der ein Schwert umgegürtet trug – offensichtlich der Krieger, der zu ihrem Schutz abgeordnet war. Dieses Geleit stellte wohl mehr eine symbolische Geste dar, denn in ganz Harkin würde es niemand wagen, einen Zug des Herzogs von Stagira zu belästigen. Und im Herrschaftsbereich der Königin von Avalanna ebenso wenig. Aber mit der Begleitung durch einen Krieger machte das Unternehmen gewiss einen würdevolleren Eindruck, und überdies böte ein weiterer Gefährte etwas mehr Ansprache auf der langen Reise.

Auf dem Kutschbock des heranrollenden Wagens hielt ein älterer Mann die Zügel der beiden Pferde in Händen; zwischen ihm und einer Frau in Großmutters Alter saß ein Junge von vielleicht zehn oder elf Jahren. Sollte der Kleine etwa auch mit auf die große Reise gehen?

Als der Wagen nicht mehr weit von dem Pferch entfernt war, überholten ihn die drei Reiter. Zwei erkannte Yashor auf Anhieb: Auf dem Rappen saß Herzog Michail von Stagira in seiner goldbestickten purpurroten Amtsrobe. Und der Mann im safrangelben Gewand auf dem Rotfuchs war der Barde des Herzogs, Mirdan o Dun Kaprikorn, der Ritter von Burg Steinbock. War er nur als höfischer Begleiter des Herzogs mitgekommen oder hatte er vor, später irgendwann ein Lied über den Aufbruch der Schafe nach Avalanna zu dichten? Und würde so der Hirte Yashor Eingang in die Gesänge eines Barden finden? Bei dem Gedanken musste Yashor dann doch verstohlen grinsen.

Der dritte Reiter war ebenfalls ein Ritter, denn ein kleines Wappen zierte seine Satteldecke. Wenn Yashor es aus der Entfernung richtig erkannt hatte, dann musste es sich bei dem blondbärtigen Mann um Erek o Dun Rinn handeln, den Ritter von Burg Sternlein und Erbmundschenken der Herzöge von Stagira. War dann vielleicht der junge Krieger dessen Sohn Yorga, den Yashor nur vom Hörensagen kannte?

Als die ganze Kavalkade am Pferch angekommen war und die dort Wartenden den Herzog und sein Gefolge gebührend begrüßt hatten, trat der herzogliche Schreiber vor, zog eine Schriftrolle aus den Falten seines Gewandes und verlas mit geübter Stimme das Dokument.

Am siebten Tag des Blütenmonds im elften Jahr seiner Regierung geruht Herzog Michail von Stagira, treuer Lehensmann der Impalaris von Harkin auf Bergion, ein Geschenk an die hochmächtige Königin von Avalanna und Herrscherin über Bantan und Banon abzusenden: eine Herde von Zuchtschafen unserer berühmten Rasse der Schwarzköpfe …

Es folgte eine Aufzählung der Tiere, wobei Yashor auffiel, dass die Ziege mit keinem Wort Erwähnung fand. Dafür wurde aber zu seiner Überraschung jemand anderer in dem herzoglichen Schreiben erwähnt.

Die Leitung des Zuges obliegt dem herzoglichen Amtmanne Kolgo, der dies Geschenk heil und ohne Harm zum Hofe von Avalanna bringen wird. Ihm stehen zur Seite der Hirte Yashor als Großschäfer für die Reise und der Hirte Yeshem. Den Schutz des Zuges gewährleistet der Jungkrieger Yorga von Burg Sternlein.

Es kamen dann noch die entsprechenden Floskeln, die für ein derartiges Dokument unabdingbar waren – so wurden die beiden Ritter, der Tiefwissende und der Gutsverwalter als Zeugen des Aufbruchs namentlich aufgeführt –, und am Ende zeigte der Schreiber allen das herzogliche Siegel, das man der Urkunde offensichtlich schon im Hause des Herzogs aufgedrückt hatte. Etwas verwundert stellte Yashor allerdings fest, dass von dem Reisewagen und seinen Insassen mit keinem Wort die Rede war.

Als der Schreiber seines Amtes gewaltet hatte, sprangen die drei Reiter von ihren Pferden und gesellten sich zu den Übrigen.

Der Herzog trat zu Yashor, schlug ihm grüßend auf die Schulter und erklärte ihm, der Junge auf dem Kutschbock sei sein Neffe Morin – ein Name, den der Hirte noch nie gehört hatte –, man wolle ihn, die Gelegenheit des Zuges ergreifend, in Begleitung seiner Pflegegroßeltern Bjardu und Irigil nach Avalanna schicken. Dort solle er einige Jahre an der Palastschule der Königin Marjam lernen, um dann als gebildeter junger Mann nach Stagira zurückzukehren und hoffentlich in den Dienst der Impalaris zu treten.

Mit großen Augen und einem verlegenen Lächeln lauschte der Knabe vom Kutschbock aus den Worten des Herzogs.

»Als Schäfer weißt du ja, wie wichtig das Geschenk ist, das meine Herrin, die Impalaris, und ich der Herrscherin von Avalanna zukommen lassen, damit sie ihre Schafzucht verbessern kann, Yashor«, sagte der Herzog – und Yashor vermerkte nicht ohne Stolz, dass sich der Herr über Stagira seinen Namen, den eines einfachen Hirten, gemerkt hatte. »Aber ich lege dir und deinem Helfer und den anderen meinen Neffen nicht minder ans Herz. Gelobt ihr mir, alles zu tun, damit er heil und unversehrt am Hofe von Avalanna ankommt?«

»Das geloben wir«, murmelte Yashor.

Und Yeshem, der schräg hinter ihm stand, nickte heftig und fügte hinzu: »Ganz gewiss, bei unserer Ehre.«

Der Herzog lächelte befriedigt und wandte sich jetzt dem Gutsverwalter und dem Amtmann zu, um mit seinen beiden Dienstleuten noch letzte Einzelheiten zu besprechen.

Nun kam Talik und verabschiedete sich von den Hirten. Er klopfte ihnen aufmunternd auf die Schultern und versicherte, er könne sich niemanden vorstellen, bei dem das Geschenk des Herzogs in besseren Händen wäre. Das Rauna-Orakel und die Edelsteine erwähnte er mit keinem Wort, dafür schenkte er Yashor einen langen, eindringlichen Blick, der mehr sagte, als alle guten Abschiedsreden hätten ausdrücken können. Dann begab er sich zu der Gruppe um den Herzog.

Yashor machte Yeshem ein Zeichen, er solle den Pferch öffnen und die Schafe schon auf die Straße lassen, denn als verantwortlicher Großschäfer wollte er, dass die Herde das Tempo des Zuges bestimmte und nicht der Pferdewagen. Mit einer gewissen Verwunderung bemerkte er, dass Yorga es bis jetzt noch nicht für notwendig erachtet hatte, sich ihm und Yeshem vorzustellen. Er stand zwischen dem Amtmann und dem Gutsverwalter, als gehörte er ganz selbstverständlich zu ihnen.

›Aha, er will uns zeigen, dass er etwas Besseres ist‹, dachte Yashor, während er den Hunden bedeutete, wie sie die Schafe in Bewegung setzen sollten. ›Nun, mir soll es gleich sein …‹

Die Mutter und die Großmutter kamen noch einmal zu letzten Umarmungen heran; der Großvater versicherte ihm knapp, er habe ihm ja schon gestern alles Wissenswerte gesagt.

Als ihre Bündel unter der Plane des Reisewagens verstaut waren, die Schafe den Pferch verlassen hatten und unter Aufsicht von Yeshem und den Hunden auf der Straße warteten, trat der Herzog noch einmal zu Yashor heran und sagte zu ihm, als sei der Hirte verantwortlich für das Einhalten der richtigen Reiseroute: »Der Weg nach Avalanna ist ja ganz leicht. Ihr folgt einfach der Straße der Wächterin so lange nach Osten, bis ihr zur großen Stadt Radisbun am Strom Daidun gelangt. Dort besteigt ihr – mit einem Sendschreiben der Impalaris, das Kolgo bei sich trägt – einen harkinischen Prahm, der euch den Daidun abwärts zur großen Stadt Vindubun bringen wird. Dann gelangt ihr an die Grenze an der Morak. Und von dort ist es dann nicht mehr weit bis zur schönen und prächtigen Königsstadt Avalanna.«

»Ich weiß«, murmelte Yashor, als wäre er diesen Weg schon mehr als einmal gegangen.

»Nun denn, dann brecht auf und reist unter dem Schutz der Himmlischen!«, rief der Herzog laut und vernehmlich und alle klatschten kräftig in die Hände, was nach dem Glauben der Galtach Glück bringen und unheilvolle Einflüsse vertreiben sollte.

Wie sie es abgesprochen hatten, ging Yeshem mit Fjonn voraus, dann kam mit erwartungsvollem Geblöke die kleine Herde, gefolgt von Yashor und Dorch.

Ein Stück hinter ihnen trotteten die Pferde mit dem Wagen, der Krieger und der Amtmann bildeten den Schluss.

Die drei Reiter saßen auf und gaben dem kleinen Zug noch das Geleit bis zu der Stelle, wo zwischen den Feldern die Herzogsstraße in die Straße der Wächterin mündete. Hier riefen sie den Abreisenden einen letzten Abschiedsgruß zu und trabten dann querfeldein zum Hofe des Herzogs.

Yashor schaute zurück zum verlassenen Schafpferch. Der Großvater, Talik, der Tuchhändler und der Schreiber waren schon auf dem Heimweg in den Ort, nur die Mutter und die Großmutter standen da und blickten ihm nach.

Eine Viertelmeile nach der Einmündung begann Buschwerk die Straße der Wächterin zu säumen. Noch einmal warf Yashor einen Blick zurück, bevor die Sträucher ihm die Sicht nehmen würden. Immer noch stand die Mutter am Pferch, jetzt ganz allein, und schaute unverwandt in seine Richtung.

Die ersten Dörfer, durch die sie zogen, trugen Namen wie Birkenweiher, Rehberg, Fettfelden. Die Schafe bestimmten die Reisegeschwindigkeit, und da sie bis Avalanna nicht vom Fleisch fallen durften, mussten die Hirten für den richtigen Wechsel zwischen Marsch und Rast, Grasen und Weiterziehen sorgen.

Den ersten Nachthalt machten sie in einem Flecken namens Biberbach. Auf Ersuchen des Amtmanns hatten die Dorfbewohner bereitwillig einen kleinen Pferch hergerichtet, in dem die Herde über Nacht bleiben konnte. Yashor und Yeshem bereiteten sich ihr

Lager neben dem Pferch, die Insassen des Reisewagens hatten ihre Schlafstatt in dem Gefährt selbst, Yorga, der Krieger, schien neben dem Wagen schlafen zu wollen, und der Amtmann nächtigte beim Dorfältesten.

Am nächsten Morgen kam er in Begleitung des alten Mannes zurück und erklärte, er habe gehört, dass am Fluss Ish, der die Ostgrenze von Stagira bildete, das Frühjahrshochwasser noch nicht zurückgegangen sei, was eine Überquerung mit dem Reisewagen schwierig mache, denn der Steg stehe noch unter Wasser und die Fähre werde das Gewicht des Wagens wohl kaum tragen können. Deshalb schlage er vor, das Gefährt solle die Hochstraße nehmen, die von Biberbach schräg nach Südosten lief, bis nach Geißbergen am Oberlauf der Ish, wo es eine gute Brücke über den hier noch schwach strömenden Fluss gebe. Man werde dann am dritten Tag in Burn Or wieder zusammentreffen, wo die von Süden kommende Hochstraße in die Straße der Wächterin münde und wo eine Brücke über die Goldache führe. Da die Goldache schneller fließe als die Ish, sei dort das Frühlingshochwasser schon längst abgeklungen und die Überquerung dürfte keine Schwierigkeiten bereiten. Übrigens schlage er vor, dass der Krieger Yorga den Reisewagen begleite, denn …

Die Begründung für seinen Vorschlag ging in Hundegebell unter. Dorch und Fjonn schlugen an, denn zwei bärtige, in Leder gekleidete Männer kamen auf dunkelbraunen Pferden die Straße entlanggesprengt, galoppierten am Schafpferch vorüber, ohne ihre Tiere zu zügeln, und jagten dann wie die Windsbraut durch das Dorf.

Yashor war es gleich, ob der junge Krieger bei ihnen blieb oder mit dem Wagen zog, denn Yorga hatte während des ganzen gestrigen Tages und der Nacht kein einziges Wort mit den Hirten gewechselt. Da sie sich zudem noch im Gebiet des Herzogtums befanden und auch Rangawa, der Landstrich jenseits der Ish, der Herrschaft der Impalaris von Harkin unterstand, war es sowieso unwahrscheinlich, dass ein Eingreifen des Kriegers notwendig werden würde.

Am späten Nachmittag erreichten sie den Weiler Waldhof, der auf einem Hügelrücken westlich der Ish lag. Von hier aus lief die Straße auf einem langen Hang hinab ins Flusstal, durch das sich von Süden nach Norden das breite, silbrig glänzende Band der Ish zog. Dort, wo es von der schnurgeraden Straße gekreuzt wurde, drängten sich an beiden Ufern Ansammlungen von Häusern. Das Dorf auf der stagirischen Seite heiße Riedsteg, erklärte der Amtmann, und der Flecken Breitfurt am anderen Ufer sei einer der Hauptorte der Landschaft Rangawa. Nach Süden zu erstreckten sich bis zum angeschwollenen Wasserlauf gewellte Wiesen und Felder; im Norden stießen bewaldete Hügel bis nahe ans Hochwasserufer.

Eine knappe Stunde später hatten sie Riedsteg erreicht. Nahe der Stelle, wo die Straße der Wächterin im Hochwasser verschwand, wartete ein breiter Fährkahn auf die Reisenden. Yashor schätzte die Breite des über die Ufer getretenen Gewässers auf drei bis vier Dutzend Schritte; in der Mitte des Flusslaufs ragte das Geländer des Stegs, der diesem stagirischen Grenzdorf den Namen gegeben hatte, um eine Handspanne aus dem Wasser.

Während sie sich der Fähre näherten, erklärte Kolgo, die Überfahrt für sie alle zusammen werde einen Silberbatzen kosten, außerdem aber müsse man noch auf einen besonderen Glauben oder Aberglauben der Einheimischen Rücksicht nehmen. Die meisten der Bewohner von Breitfurt am anderen Ufer der Ish seien keine Galtach, sondern Shawa, gehörten also jenem alten Volk an, das hier schon gewohnt hatte, bevor noch die Vorfahren der Galtach aus den Sternenbergen eingewandert waren. Die Shawa siedelten mit Vorliebe an Flüssen und Seen und verehrten eine Wassergöttin, die sie Raan nannten. Die Priesterin dieser Gottheit, »Tochter der Raan« geheißen, sei das Oberhaupt der Shawa entlang des Laufes der Ish. Ihre Leute achteten sehr darauf, dass Reisende vor dem Übersetzen der Wassergöttin ein Opfer darbrachten und eine Münze in den Fluss warfen. Zwar hege er den Verdacht, dass die Shawa, von Kindheit an gute Schwimmer und Taucher, später die Gaben wieder aus dem Fluss heraufholten, um sie in die Schatulle ihrer Priesterin zu geben, aber wenn man die Leute nicht gegen sich aufbringen wolle, müsse man diesem Brauch folgen.

Er deutete aufs andere Ufer, wo neben der vermutlichen Anlegestelle der Fähre auf einem kleinen Podest im Schneidersitz eine verschleierte Gestalt saß, deren Gewand aus blauen, grünen, grauen und braunen Flecken zusammengenäht zu sein schien.

»Das da soll diese Priesterin sein, die unentwegt darauf achtet, dass jeder, der durch die Flussüberquerung die Wassergöttin belästigt, ihr auch seinen Tribut zollt. Manche sagen, es seien in Wirklichkeit verschiedene Frauen, die sich in dieser Wache ablösen, aber niemand würde es wagen, den Schleier der Priesterin zu lüften, denn dann wäre ihm der nie endende Zorn der Raan gewiss.«

Kolgo zuckte mit den Schultern. »Wenn man in Frieden mit ihnen leben will, dann bleibt nichts anderes übrig, als ihre Sitten zu achten. Hier ...« Er holte ein Goldstück mit der Münzprägung der Impalaris von Harkin aus einem Beutel, den er unter seinem Gewand auf der Brust trug, und reichte es Yashor. »Während ich mit dem Fährmann handelseinig zu werden versuche, tritt du so nahe ans Wasser heran, bis es deine Zehen umspült, und ruf dreimal laut: ›*Raan, Raan, baan, baan, um-kaan.*‹ Was so viel heißen soll wie: ›Raan, Göttin, hier unsere Gabe.‹ Und dann wirf die Münze. Macht die Priesterin am anderen Ufer eine Geste, so bedeutet dies, dass die Gottheit das Opfer angenommen hat und unserer sicheren Überfahrt nichts mehr im Wege steht.«

Während Yeshem mit den Hunden die Schafe am Fährkahn versammelte, trat Yashor an den Fluss heran. Hier, wo die Flut am Straßenpflaster leckte, war das Wasser gelb gefärbt vom Lehm, den es mitführte; weiter drinnen, in der Strömung, wirkte es eher schmutzig grünbraun.

Er spähte hinüber. Waren die Augen, die er durch einen Schlitz im Schleier der sitzenden Gestalt erkannte, wirklich auf ihn gerichtet? Er straffte sich zu seiner vollen Größe, atmete tief ein und brüllte dreimal aus Leibeskräften: »*Raan, Raan, baan, baan, um-kaan.*« Dann holte er weit aus und schleuderte die Münze auf den

Fluss hinaus. Das Goldstück schlug flach auf dem Wasser auf, vollführte noch einmal einen winzigen Sprung und versank in der trüben Flut. Yashor kniff die Augen zusammen und wartete, ob die Priesterin sein Opfer anerkennen würde.

Zunächst regte sie sich nicht und Yashor fragte sich schon, ob er den Opferspruch noch einmal – und zwar lauter – schreien sollte, aber da hob die verschleierte Gestalt die rechte Hand in Augenhöhe, winkte einige Male sacht mit den Fingern und ließ den Arm wieder sinken. Der Überquerung der Ish stand also nichts mehr entgegen.

Inzwischen hatte Kolgo die Fähre samt den beiden Fährleuten gemietet; Yeshem und die Hunde hatten schon begonnen die Schafe in den Kahn zu treiben. Während sich die Schwarzköpfigen geduldig blökend in der Mitte das Fahrzeuges zusammendrängten, schien der Ziege Weißstern das Unternehmen nicht ganz geheuer zu sein, sie meckerte aufgeregt und tänzelte am Bootsrand entlang. Die beiden Hunde beachteten sie nicht; sie sahen ihr Amt ausschließlich im Hüten von Schafen und fanden es unter ihrer Würde, sich mit den Launen einer alten Ziege abzugeben. Yashor stieg in die Fähre und stellte sich neben Kolgo, der dem Fährmann mit einem Zeichen bedeutete, er könne nun abstoßen.

Kaum hatte der Ferge zwei oder drei Stöße getan und das Fahrzeug sich knirschend vom Ufer gelöst, da sprang die Ziege mit lautem Gemecker über die Bordwand ins noch seichte Uferwasser und eilte dem Trockenen zu. Sobald sie das Straßenpflaster erreicht hatte, lief sie, ohne anzuhalten, weiter, zum Dorf hinaus, nach Westen und war schnell verschwunden.

Yashor blickte ihr einen Herzschlag lang verdutzt hinterher, dann sprang er auf und sagte zu dem Amtmann: »Fahrt nur weiter, ich komme später nach und treffe euch am vereinbarten Rastplatz bei der Herberge zum Schwan.« Sprach's, hüpfte ebenfalls über die Bordwand platschend ins Uferwasser und rannte hinter der flüchtigen Ziege her.

Am Ende des Dorfes angelangt, sah er etwa fünfzig Schritte vor sich die Ziege auf der Straße stehen und sich nach ihm umblicken.

»Warte, Weißstern, du dummes Tier«, rief er ihr zu, als müsste sie ihn verstehen. »Wir gehen nicht zurück nach Liss Ivonai, wir müssen über den Fluss!« Die Ziege antwortete mit einem kläglichen Gemecker, schüttelte den Kopf und rannte davon. Fünfzig Schritte weiter blieb sie erneut stehen und wartete, bis Yashor herangekommen war. Wieder meckerte sie zum Herzerbarmen, legte den Kopf schief und lief dann weiter, kaum dass Yashor sich in Bewegung gesetzt hatte.

Dieses törichte Spiel dauerte an, bis sie wieder oben auf dem Hügelrücken angelangt waren, kurz vor dem Weiler Waldhof. Hinter einem Zaun schlug ein Hund an. Lag es nun daran, dass die Ziege den unbekannten Beller fürchtete und sich auch nicht in das unbekannte Gebiet zu beiden Seiten der Straße wagte? Wie dem auch sei, jetzt blieb sie stehen und wartete, bis Yashor sie eingeholt hatte.

Der Hirte kramte in seiner Tasche und holte eine kräftige, aus Bast geflochtene Schnur hervor. Er knüpfte eine Schlaufe, legte sie Weißstern um den Hals und zog daran, zum Zeichen, dass es jetzt Zeit sei, zur Fähre zurückzukehren. Folgsam, als hätte sie nie etwas anderes vorgehabt, setzte sich die Ziege neben Yashor in Bewegung, als er zum Fluss losging.

Inzwischen war schon die Sonne untergegangen, von den Feldern und Wäldern her kroch die Dämmerung auf Straße und Dorf zu. Yashor fröstelte. Ihm war, als griffe die abendliche Kühle an seine Brust.

An der Anlegestelle wartete keine Fähre, man hatte sie am jenseitigen Ufer auf die Böschung hinaufgezogen. Und die Priesterin der Raan schien ihren Wachtposten verlassen zu haben. Während Yashor noch überlegte, ob er warten oder in einem der nahen Häuser von Riedsteg nach einer anderen Möglichkeit zur Überquerung des Flusses fragen sollte, kam von flussaufwärts her ein schmales Boot schräg über das Wasser geschossen und hielt geradewegs auf ihn zu.

Das Fahrzeug legte genau an der Stelle an, wo vielleicht anderthalb Stunden vorher die große Fähre auf die Reisenden gewartet hatte. Ein hagerer, bärtiger Mann mit einem breitkrempigen Hut aus geflochtenem Stroh stieg aus und stützte sich auf seine Bootsstange.

Yashor trat, die Ziege an der Leine, an ihn heran und fragte: »Bist du der Fährmann des Abends?«

Der Mann mit dem Hut nickte.

»Kannst du mich und diese Ziege hier zum anderen Ufer bringen?«

Wieder war die Antwort ein Nicken.

Yashor kramte in seiner Hirtentasche und suchte eine Münze. Die Gold- und Silberstücke hatte der Amtmann in Verwahrung; der Hirte trug nur Scheidegeld aus Kupfer bei sich. Er hielt dem Fährmann eine Kupfermünze hin. »Reicht das für die Überfahrt?«

Der Mann nickte zum dritten Mal und griff mit einer schnellen, zupackenden Bewegung das Kupferstück. Er steckte die Münze achtlos in einen Beutel an seinem Gürtel und forderte Yashor mit einer Armbewegung auf ins Boot zu steigen. Yashor kletterte über den Bordrand und zog Weißstern an der Schnur hinter sich her. Wie in der größeren Fähre gab es auch hier keine Sitzgelegenheiten, die Fahrgäste mussten stehen, bis das andere Ufer erreicht war.

Der Ferge stieß das Boot ab und ließ es langsam in die Strömung gleiten. Yashor blickte auf die Wasserfläche und bemerkte, dass sie ein Stück nördlich vom überfluteten Steg den Wasserlauf querten. Da fiel ihm die Wassergöttin ein. Hätte er ihr noch einmal ein Opfer darbringen müssen? Oder schloss das Goldstück von vorhin auch diese Überfahrt mit ein? Er wandte sich nach dem Fährmann um.

»Die Priesterin der Raan hält nicht mehr Wache«, begann er unsicher. »Heißt das …«

Der Rest des Satzes blieb ihm im Hals stecken. Der Mann mit dem Strohhut hatte seine Stange aus dem Wasser gezogen und schwang sie nun wie eine Sense auf ihn zu. Bevor er noch einen Schrei ausstoßen konnte, knallte ihm das Holz in die Kniekehlen, er sackte zusammen, schlug mit der Hüfte auf dem Bootsrand auf und kippte hintenüber ins Wasser. Selbst jetzt ließ er aber die Schnur der Ziege nicht los, das Tier – ob mitgerissen oder freiwillig springend – folgte ihm in die Flut.

Noch nie war Yashor in einem derartig tiefen Fluss gewesen, er konnte ja nicht einmal schwimmen, geschweige denn tauchen. Zappelnd sank er in die Tiefe.

Nach dem ersten Schreck versuchte er strampelnd wieder nach oben an die Luft zu kommen und um Hilfe zu schreien, doch dabei drang ihm nur schmutziges Flusswasser in den Mund. Er schluckte, spuckte und rang um Atem. Er ruderte mit den Armen herum. Sein Kittel saugte sich voll Wasser und wurde schwer. Die Ziege, die anscheinend über ihm schwamm, riss an der Schnur. Yashor glaubte, er würde gleich den Kopf wieder aus dem Wasser stecken, doch es war, als hätte die Strömung starke unbarmherzige Hände, die ihn wieder und wieder hinabdrückten. Der Schmerz in den Kniekehlen ließ seine Beine schnell erlahmen, die Kälte des Wassers griff ihm ans Herz, als wollte sie sein Lebensfeuer auslöschen.

›Raan, du bekommst noch ein zweites Goldstück von mir, wenn du mich loslässt‹, schoss es ihm durch den Kopf, dann wurde ihm schwarz vor Augen und es schwanden ihm die Sinne.

Aufgeregtes Stimmengewirr in einer unverständlichen Sprache umgab ihn. Dann fragte jemand auf Harkinak mit einem fremdartigen Akzent: »Hallo, hörst du mich?«

War er damit gemeint? Yashor schlug die Augen auf. Er lag in klitschnassen Kleidern auf trockenem Boden. Über ihn beugte sich eine fremde Frau in einem grünblauen Gewand. Lange rotbraune Haare hingen zu beiden Seiten des gebräunten Gesichts herab wie ein Schleier und streiften ihn an den Wangen.

»Wer bist du? Wo bin ich?«

»Ich bin Amya, die Tochter der Raan. Du bist an Land, am Ostufer der Ish. Wir haben dich aus dem Wasser gezogen.«

»Warum? Was ist geschehen?«

»Deine Ziege hier hat sich am Ufer aufgeführt wie verrückt. Da hat einer meiner Leute nachgeschaut und dich im Wasser treiben sehen. Du hattest noch ihre Schnur umklammert.«

»Meine Ziege?«

»Du bist doch der Hirte aus Liss Ivonai, dem die Ziege aus der

Fähre davonsprang und der hinter ihr herlief, um sie wieder einzufangen, nicht wahr?«

Er nickte. Jetzt fiel ihm wieder alles ein. »Wo ist der Mann mit dem Boot?«

»Welcher Mann? Um diese Zeit verkehrt die Fähre nicht mehr.«

Yashor setzte an zu erzählen, was geschehen war, doch da packte ihn ein seltsamer Schwindel und er schloss wieder die Augen.

Die Frau gab einen Befehl in der unbekannten Sprache, kräftige Hände packten ihn an Schultern und Schenkeln und hoben ihn auf eine Trage.

Als er wieder zu sich kam, lag er nackt, aber in eine dicke warme Decke gehüllt, auf einer Schlafstatt. Er tastete nach seiner Brust. Das Medaillon, das die Mutter ihm gegeben hatte, war weg, der Beutel mit Taliks Steinen ebenfalls. Er versuchte sich auf den Ellbogen gestützt etwas aufzurichten, doch in seinem Kopf drehte sich alles.

Bevor er wieder auf sein Lager sank, streifte sein Blick gerade noch ein niedriges Tischchen, das unweit vom Kopfende des Bettes stand. Darauf flackerte ein Talglicht und in seinem Schein schimmerten die drei Steine und das Medaillon. Der Lederbeutel lag geöffnet daneben. ›Vernünftig‹, dachte Yashor, ›er muss ja trocknen.‹

Der Raum, in dem er sich befand, war nicht viel größer als seine Kammer zu Hause. Die Wände jedoch bestanden hier nicht aus Balken, sondern aus einem Weidengeflecht, das vermutlich von außen mit Lehm beworfen war. Es gab auch ein Fenster mit einem hochklappbaren Laden, der ebenfalls aus Weidenruten geflochten war. Jetzt war er heruntergelassen, zum Schutz gegen die abendliche Kühle. Gedämpft drang von draußen das Plätschern des Flusses herein. Yashor duselte wieder ein.

Irgendwann wachte er auf, weil jemand ihm die Decke von der Brust zog. Die Frau, die sich Amya genannt hatte, beugte sich über ihn, schob ihm einen Arm unter Nacken und Schulter und hob ihn etwas hoch. Mit der anderen Hand führte sie einen Becher an seine Lippen und murmelte: »Trink!«

Er nippte von dem heißen Getränk: Ziegenmilch mit Kräutern

gewürzt. Plötzlich überkam ihn die Gier und er trank den Becher in hastigen Zügen leer. Er spürte, wie die Wärme durch die Brust in den Unterleib strömte, und fühlte erst jetzt, wie kalt seine Füße waren.

Als hätte sie seine Empfindung geteilt, ließ Amya seinen Kopf wieder auf das mit Heu und würzig duftenden getrockneten Kräutern gefüllte Kissen sinken, hob die Decke von den Füßen und legte etwas Wärmendes an seine Sohlen – einen heißen, in ein weiches Tuch gewickelten Stein von der Größe eines Brotlaibes. Sie zog die Decke wieder zurecht und legte noch eine zweite darüber.

»Du musst warm sein in dieser Nacht«, flüsterte sie ihm zu, »damit dein Lebensgeist wieder Kraft schöpft.«

Dann stimmte sie einen Singsang in ihrer Sprache an, den Yashor nicht verstand, der ihn aber an die Schlaflieder erinnerte, die seine Mutter ihm früher immer gesungen hatte. Mit einem wohligen Gefühl der Geborgenheit sank er in einen tiefen traumlosen Schlaf.

Mitten in der Nacht wachte er für einige Atemzüge auf und öffnete die Augen. Immer noch flackerte das Talglicht, immer noch saß Amya neben seinem Lager, sang leise vor sich hin und schaute unverwandt auf sein Gesicht. Er erwiderte ihren Blick. Ihre schwarzbraunen Augen funkelten im ungewissen Schimmer des Lichts, wie zwei tiefe Brunnen, in denen sich der Mondschein spiegelte.

Yashor fühlte sich in diese Brunnenschächte hineingezogen, von einer unbekannten Macht, der er bis jetzt noch nie in seinem Leben begegnet war. Er erinnerte sich an die smaragdgrünen Augen Kilinrinnags, die ihn so verlockt und doch immer auf Abstand gehalten hatten. Der Blick aus Amyas Augen schien ihn zu umarmen, zu sich zu holen, und das auf eine Weise, die beunruhigend und zugleich ungeheuer tröstlich war. Reglos und schläfrig gab er sich diesem Bann hin. Und als er unendlich tief in den unergründlichen Brunnen versunken war, hatte der Schlaf wieder Besitz von ihm ergriffen.

Stimmengemurmel weckte ihn. Er schlug die Augen auf. Der Fensterladen war hochgeklappt. Tageslicht floss herein.

An seinem Lager kniete Kolgo, neben ihm die Priesterin der Raan. Freude und Erleichterung waren dem Amtmann ins Gesicht geschrieben.

»Wie geht es dir, Yashor?«, fragte er und wartete gar nicht erst eine Antwort ab, sondern redete hastig weiter. »Was für ein Glück, dass dich die Shawa aus dem Fluss gezogen haben! Wie hast du das nur angestellt! Warum hast du nicht den Fährmann gerufen?«

»Es war doch einer da – der Fährmann des Abends, der mit dem kleineren Boot.«

»Es gibt keinen Fährmann des Abends«, erwiderte Kolgo verwundert und warf einen Seitenblick auf die Tochter der Raan. Amya nickte.

»Da kam ein Mann mit einem Boot herüber und nahm meine Münze und tat so, als wollte er mich übersetzen. Doch mitten im Fluss schlug er mich mit seiner Stange, und ich fiel ins Wasser. Mehr weiß ich nicht.«

»Hm, hm.« Kolgos Gesicht wurde ernst. »Von dem Boot wissen wir. Es wurde am gestrigen Abend einem Fischer hier in Breitfurt gestohlen, und heute früh fand man es ein Stück flussabwärts im Schilf. Hast du den Mann erkannt?«

Yashor schüttelte den Kopf. In der Dämmerung habe er nur gesehen, dass der Unbekannte einen Bart trug. Der breitkrempige Strohhut hatte den Blick auf sein Gesicht verwehrt. Und der angebliche Fährmann des Abends habe kein Wort gesprochen, nur genickt.

»Eine bedenkliche Sache«, murmelte Kolgo betroffen, dann gab er sich die Schuld an dem Vorfall, weil er nicht am anderen Ufer auf Yashors Rückkehr gewartet hatte. »Und ich hätte dir sagen sollen, dass es am letzten Riedsteger Haus vor der Fährstelle eine kleine Glocke gibt, mit der man den Fährmann rufen kann, auch am Abend noch.« Der Amtmann zog sein Gesicht in so schuldbewusste Falten, dass Yashor unwillkürlich lächeln musste.

»Nein, es ist meine Schuld, ich bin ja viel zu schnell aus der Fähre gesprungen. Du hattest keine Gelegenheit mir noch etwas zu sagen. Aber ich verstehe nicht, warum dieser Mann mich ins Wasser gestoßen hat! Was wollte er damit bezwecken?«

Kolgo runzelte die Stirn. »So wie du das Ganze erzählst, war es gewiss kein Unfall, denn dann hätte er dich ja selbst aus dem Wasser gezogen. Die Leute, die hier an der Ish leben, können alle schwimmen. Nein, das war ganz klar Absicht. Aber warum?« Er warf der Tochter der Raan einen fragenden Blick zu, als könnte sie eine Erklärung für den Vorfall liefern.

»Dieser Mann war nicht aus Breitfurt, und er war auch kein Shawa. Er hätte dich sonst nicht in sein Boot genommen, ohne auf einer Gabe für Raan zu bestehen«, sagte sie. »Es war ein Fremder. Ihr müsstet in den Herbergen nach ihm fragen.«

»Im Weißen Schwan ist er bestimmt nicht abgestiegen«, meinte Kolgo. »Dort habe ich heute genächtigt, und alle Gäste sind Leute aus Stagira, die ich kenne.« Er kratzte sich nachdenklich am Kopf. »Es geht mir nicht aus dem Sinn, dass dieser Anschlag etwas mit dem Überfall auf Armon und den Zweiten Großschäfer zu tun haben könnte. Nun, ich werde mit einem der Reisenden, die heim nach Liss Ivonai unterwegs sind, eine Botschaft an den Herzog schicken, und wir müssen eben in den kommenden Tagen die Augen offen halten. Und wenn wir dann in Fari sind, werden wir uns möglichst einem Viehtrieb oder einem Handelszug anschließen, denn auf der Strecke von Fari bis Radisbun führt die Straße der Wächterin durch wildere Gegenden, die weniger besiedelt sind als Stagira und Rangawa. – Tja, wie dem auch sei«, Kolgo erhob sich langsam, »du musst noch einen Tag und eine Nacht im Hause dieser Heilerin ruhen, damit du ganz erholt bist, wenn wir morgen weiterreisen. Und ich soll dir auch einen Gruß von Yeshem ausrichten. Ich glaube, er ist stolz darauf, dass er jetzt zeigen kann, wie er auch allein mit der ganzen Schäferarbeit fertig wird.«

Kolgo lachte leise. »Er meint, wenn er dich begleitet hätte, wäre dir nichts passiert. Aber als ich dann sagte, allein käme ich mit der Herde und den Hunden nicht zurecht, da fühlte er sich doch geschmeichelt.«

Es war beruhigend zu hören, dass trotz seines Missgeschicks für die Schafe gesorgt wurde. ›Tja‹, dachte Yashor, ›es war doch gut, dass ich Großvater darum gebeten habe, dass Yeshem mitkommen darf.‹

»Also, ruh dich aus und erhol dich«, ermahnte ihn der Amtmann, während die Tochter der Raan sich anschickte, ihn hinauszubegleiten. »Und morgen kurz nach Sonnenaufgang ziehen wir weiter. Nach Burn Or ist es nur eine Tagesreise, und dann haben wir ja auch unseren famosen Krieger wieder bei uns. Der wird schon dafür sorgen, dass dir nichts mehr zustößt.«

Nach einer Weile kam Amya zurück und brachte eine kleine Schüssel mit einer dampfend heißen Suppe, in der frische Kräuter, gekochte Hirsekörner und Fetzen von Hühnerfleisch schwammen. Sie schob das kleine Tischchen an sein Bett, stellte das Gefäß darauf und legte einen Holzlöffel daneben.

»Das musst du essen«, sagte die Priesterin der Flussgöttin.

Yashor setzte sich auf und zog sich die Decke über die Schulter. Er erblickte neben der Schüssel sein Medaillon und Taliks drei Steine. »Darf ich mir die wieder umhängen?«

Amya nickte.

Yashor streifte sich Beutel und Medaillon über den Kopf.

»Von wem hast du das?« Sie zeigte auf das Schmuckstück.

»Meine Mutter hat es mir mitgegeben. Mein Vater hat es ihr vor langer Zeit geschenkt.«

»Das Herz deiner Mutter sorgt sich um dich, nicht wahr?«

Yashor nickte stumm. Ihm schoss der Gedanke durch den Kopf, welchen Kummer es für seine Mutter bedeutet hätte, wenn er hier, nur zwei Tagereisen von Liss Ivonai entfernt, ertrunken wäre. Schweigend machte er sich daran, die Schüssel mit der wohlschmeckenden und kräftigenden Suppe auszulöffeln.

Amya verharrte an ihrem Platz und beobachtete ihn mit einem wohlwollenden Lächeln.

»Und auch das Herz eines Elbenmädchens sorgt sich um dich, nicht wahr?«, fragte sie, als er die Schüssel geleert und abgestellt hatte.

Yashor schoss das Blut in den Kopf. »Wieso weißt du das?«

Sie zeigte auf seine nackte Brust. »Du trägst ein Elbenmal. Meine Augen, die Augen der Tochter der Raan, können es sehen.« Sie lachte leise. »So einer wie du, den die Seele seiner Mutter und die sorgende Weitsicht einer Elbin begleiten, kann gar nicht untergehen, selbst wenn er kein Schwimmer ist.«

Sie rutschte auf den Knien heran und befühlte seine Stirn. »Du hast kein Fieber, aber du musst dich noch ausruhen. Leg dich hin!« Sie drückte ihn sanft mit beiden Händen auf sein Lager zurück.

An der Stelle, wo ihre Handflächen seine Brust berührten, spürte er ein merkwürdiges Kribbeln. Er legte seinen Kopf wieder auf das Kissen und blickte zu ihr auf. Mit einem Mal nahm er den zarten, herben Duft wahr, der von der Tochter der Raan ausging. Einen Duft, der Bilder von blühenden Büschen an einem Bachufer in ihm aufsteigen ließ. Er hörte das Murmeln des Baches, das Rascheln der Sträucher im Wind – und schlummerte erneut ein.

Er schlief den ganzen Tag, wachte allerdings zwischendurch immer wieder einmal auf und hörte schläfrig das Bachgemurmel und Windgeraschel, öffnete kurz die Augen und vermerkte, wie das durch das Fenster fallende Tageslicht wieder ein Stück weitergewandert war. Er lag allein in der Kammer und fühlte sich doch geborgen.

Als er endlich genug geschlafen hatte, war es schon wieder Abend. Das Talglicht auf dem kleinen Tischchen brannte erneut. Yashor setzte sich auf, dehnte und streckte sich und fühlte sich dabei erholt und ausgeruht wie schon lange nicht mehr. Seit langer Zeit war dies der erste Tag gewesen, an dem er sich nicht um Schafe hatte kümmern müssen.

Mit einem Mal verspürte er den Drang sein Wasser abzuschlagen. Er stand auf, hüllte sich in die Schlafdecke und tapste zur Tür. Sie öffnete sich auf einen dämmerigen Gang, der links eine Biegung machte, rechts aber geradeaus zu einer anderen, halb offenen Tür führte, hinter der vorbeifließendes Wasser zu sehen war. Yashor tappte auf sie zu und trat hinaus.

Drei, vier Holzstufen führten zum Flussufer. Ein Stück weiter rechts stieß schon der Wald mit Gestrüpp und Buschwerk bis an den Uferlehm. Yashor zwängte sich zwischen einigen Büschen hindurch bis zu einer Stelle, die vom Haus der Raan-Priesterin aus nicht einsehbar war.

Als er seine Notdurft verrichtet hatte und schon den Rückweg antreten wollte, bemerkte er einige Schritte weiter flussabwärts eine Bewegung im Gezweig der niedrigen Büsche. Da schob sich behutsam ein Luchs aus dem Gestrüpp auf den schmalen Uferstreifen und begann aus dem Fluss zu trinken. Yashor beobachtete das Tier gebannt, und dann durchzuckte ihn ein Gedanke. »Tróvadan bóhil domíshe inóssai, Kilin-rinnag«, flüsterte er.

Der Luchs hob den Kopf und äugte zu ihm herüber. Dann machte das Tier einen Buckel, dehnte sich und streckte seine Pfoten mit ausgefahrenen Krallen aus. Schließlich setzte es sich auf und begann in aller Ruhe sein Fell zu lecken. Die Anwesenheit eines Menschen schien es nicht zu stören.

Yashor zog die Decke fester um sich und trat einige Schritte auf den Luchs zu. Das Tier wich nicht zurück, hielt aber in seiner Pelzpflege inne und blickte ihm unverwandt in die Augen.

»Kilin-rinnag, bist du es?«, flüsterte Yashor.

Die Luchsin schien mit dem Kopf zu nicken. Und dann hörte Yashor die Stimme seiner Elbenfreundin, während das Maul des Tieres sich nicht bewegte. Es war fast, als spräche sie mit den Augen.

»Mein Freund, warum hast du meine Warnung missachtet?«

Wie ein Blitz kam Yashor die Erinnerung an die Kälte, die er gespürt hatte, bevor er in das Boot des Fremden gestiegen war. Beschämt schwieg er. Es war ihm, als hörte er ein leises Elbinnengelächter.

»Nun, wenn du meine Warnung beachtet hättest, dann wärest du nicht ins Haus der Tochter der Raan gelangt. So hat manch Schlimmes auch sein Gutes. Denn in die Obsorge der Priesterin der Wassergöttin zu gelangen ist schon ein besonderer Glücksfall für dich.«

Yashor seufzte erleichtert. Er spürte, wie er errötete.

»Vertrau dich ganz der Raan-Tochter an«, sprach der elbische Luchs weiter. »Tue alles, was sie von dir will. Verweigere dich ihr nicht.«

Mit einem Mal spürte Yashor, wie ihm an einer bestimmten Stelle nahe beim Herzen wärmer und wärmer wurde.

»Möge der Glücksstern nie über deinen Wegen untergehen!«, schloss die Elbin.

Während ihn die Luchsaugen immer noch anblickten, überlegte Yashor verwirrt, was er sagen oder fragen könnte. Als er schließlich ein leises »Danke!« murmelte, schloss das Tier die Augen, duckte sich zu einer Pelzkugel zusammen und war verschwunden.

Yashor blieb noch einige Herzschläge lang versonnen am Ufer stehen, dann suchte er sich durch das Gestrüpp den Rückweg zum Haus.

Als er im Gang gerade vor der Tür zu seiner Kammer angelangt war, kam Amya um die Ecke. Sie hatte ihre Haare zu zwei dicken Zöpfen geflochten, die sie über den Ohren aufgesteckt trug. Statt ihres grünblauen Gewandes trug sie nun ein hüftlanges weißes Leinenhemd über einem ebenfalls weißen knöchellangen Leinenrock.

»Du kommst gerade recht«, begrüßte sie ihn, »denn jetzt wirst du ein Bad nehmen, das alle Schwäche von dir abwäscht und deine Eingeweide wieder mit Lebenskraft füllt!«

Sie nahm ihn bei der Hand, als wäre er ein kleines Kind, und führte ihn um die Biegung des Ganges zum anderen Ende des Hauses. Dort öffnete sie eine schmale Tür aus Weidengeflecht und zog ihn in einen quadratischen Raum, der vielleicht fünf oder sechs Schritte im Geviert messen mochte und mit hellen Steinplatten ausgelegt war.

In der Mitte des Gemachs war ein ebenfalls quadratisches Becken von vielleicht drei Ellen Tiefe in den Fußboden eingelassen, das mit grünlich blauen Kacheln ausgelegt und fast bis an den Rand mit heißem Wasser gefüllt war. Ringsum lief an den Weidenwänden eine hölzerne Bank entlang, auf der einige zusammengefaltete Tücher lagen. Ein aromatischer Geruch, in dem sich Kiefer und Minze zu mischen schienen, erfüllte den Raum.

Mit einer Bewegung, als sei dies das Selbstverständlichste von der Welt, nahm ihm Amya die Decke ab, faltete sie zusammen und legte sie neben der Tür auf die Bank. Es folgten das Medaillon und Taliks Beutel. Yashor war so verdutzt, dass ihm nichts einfiel, als regungslos stehen zu bleiben.

Es war schon lange her, dass seine Mutter ihn, den Knaben, gebadet hatte. Seit damals hatte er sich vor keiner Menschenfrau mehr entblößt. Er wusste nicht, welches Verhalten von seiner Seite her nun schicklich gewesen wäre. Wie ein Mann sich in dieser Situation verhielt, hatte ihm niemand erzählt.

Amya holte inzwischen unter der Bank einen länglich schmalen Tonkrug hervor, zog den hölzernen Stöpsel heraus und goss sich eine dunkelgrüne ölige Flüssigkeit in die linke hohle Hand. Dann setzte sie den Krug auf dem Boden ab und begann den nackten Hirten an seinem ganzen Körper einzuölen, vom Hals bis zu den Zehen. Sie ließ keine Stelle seines Leibes aus und schien sich nicht darum zu kümmern, dass sich unter der zarten, aber dennoch mütterlich-herzhaften Berührung ihrer Hände etwas zu regen und aufzurichten begann.

Als ihr Werk vollendet war, nahm sie eine hölzerne Schüssel unter der Bank hervor, schöpfte damit Wasser aus dem Becken und schüttete es ihm über den Leib, wieder vom Kopf bis zu den Zehen. Und diese Prozedur wiederholte sie so lange, bis auch der letzte Rest des Öls abgewaschen war.

Yashors Haut prickelte und rötete sich. Ihm war, als öffnete sich jede Pore, als pulste das Blut mit neuer Wärme, als sei in seinem Leib eine ganz neue Art von Lebenskraft erwacht.

»Jetzt steig ins Bad!«, wies ihn die Tochter der Raan an.

Yashor trat an das Becken und streckte vorsichtig die Zehen des rechten Fußes ins Wasser. Es war heiß und schien doch auszuhalten zu sein. Darauf ließ er sich langsam in die Hocke nieder, setzte sich am Beckenrand hin und steckte die Beine bis zu den Knien ins Wasser. Ja, die ungewohnte Hitze erwies sich als erträglich, tat sogar gut. Er ließ sich langsam ins Becken gleiten. Das Wasser reichte ihm bis zu den Hüften.

»Setz dich hin und schließ die Augen!«, befahl Amya, die sich am Beckenrand niedergekniet hatte. Er gehorchte. Das Wasser ging ihm nun bis zum Hals. In seine Nase drang jetzt stärker als zuvor der würzige Geruch. Noch heißer als das Wasser aber erschien ihm eine bestimmte Stelle auf seiner Brust, nahe dem Herzen.

Die Tochter der Raan stimmte erneut einen halblauten Singsang in ihrer Sprache an.

Yashor durchfloss ein Wohlbehagen, das er in seinem ganzen Leben noch nicht empfunden hatte. Ihm war, als schwebte er schwerelos in wohliger Geborgenheit. Das Bewusstsein einen Körper zu haben, der von der übrigen Welt verschieden war, verschwand und wich dem Gefühl des Einsseins mit einem unendlichen Meer lustvollen Lebens. Er gab sich dieser Empfindung rückhaltlos hin und ließ sich eine Unendlichkeit lang darin treiben.

Eine Berührung am Scheitel weckte ihn aus der Verzückung. Er öffnete die Augen. Amya kniete vorgebeugt am Beckenrand und strich ihm mit der Hand über den Kopf.

»Jetzt ist es an der Zeit, dass du wieder herauskommst.«

Yashor stand auf, ließ sich einen Augenblick das Wasser von der Haut rinnen und ergriff dann ihre ausgestreckte Hand, um aus dem Becken zu steigen. Die Tochter der Raan nahm eines der flauschigen Tücher von der Bank und begann ihn mit mütterlicher Sorgfalt am ganzen Körper abzutrocknen. Und wieder schien sie sich nicht daran zu stören, dass sich unter ihren Berührungen seine Männlichkeit regte. Mit Verwunderung stellte Yashor fest, dass er sich dessen nicht mehr schämte … und dass die Hitze eines bestimmten Punktes mitten auf seiner Brust nicht nachließ.

Amya hängte ihm wieder die Decke um, in der er gekommen war, und ging ihm dann voran.

»Heute Nacht wirst du hier schlafen«, sagte sie und öffnete eine Tür in der Mitte des Ganges auf der flusswärtigen Seite.

Das Gemach war etwas größer als der Baderaum. Wie in dem ganzen Haus bestanden auch hier die Wände aus Weidengeflecht; die Läden der beiden Fenster waren heruntergeklappt. Den Boden bedeckten Matten aus Schilf, Vorhänge aus einem aprikosenfarbenen Schleierstoff grenzten einen Bereich in der rechten Hälfte des Raumes ab. Ihm gegenüber war in den Boden ein runder, steinerner Trog eingelassen; aus einer Öffnung auf seinem Grund sprudelte Wasser wie aus einer Quelle hervor. In einer tönernen Rinne plätscherte es dann durch die Wand nach draußen. Rings um das Wasser waren dicke, niedrige Wachskerzen aufgestellt, ein Dutzend vielleicht, und ihre Flammen flackerten sanft in einem kaum merklichen Luftzug. Ansonsten standen überall auf dem Boden tönerne Schalen und Töpfe mit allerlei üppig grünenden Gewächsen, die ihre Zweige und Blätter teilweise bis hin zur Decke reckten.

Amya führte Yashor zu dem Vorhang und zog diesen beiseite. Dahinter verbarg sich ein breites Bett, auf dem sich dicke rote Decken und prall gefüllte weiße Kissen häuften. »Mach es dir hier bequem und warte auf mich, bis ich vom Bad zurück bin«, sagte Amya.

Yashor blickte sie mit großen Augen stumm an.

»Du hast noch nie mit einer Frau die Schlafstatt geteilt, nicht wahr?«, fragte die Tochter der Raan leise. Auf einmal war alle Mütterlichkeit von ihr abgefallen, und ihre Stimme klang fast wie die eines Mädchens.

Yashor nickte und schwieg.

Flink eilte Amya davon und ließ ihn vor dem Bett stehend zurück.

Yashors Decke sank zu Boden. Ihm war warm, er brauchte sie nicht mehr. Er stieg in das Bett und ließ sich darauf nieder. Dann öffnete er den Vorhang zum Wasserspiel hin und betrachtete versonnen den zitternden Kerzenschein auf der sich kräuselnden Wasserfläche. Ihm war, als befände er sich in einem Traum, den er noch nie geträumt hatte.

Der Traum erfuhr noch eine Steigerung, als nach einer Weile Amya hereinkam, ebenfalls nach dem Bad in eine Decke gehüllt. Sie trat an das Bett, ließ die Decke von ihren Schultern gleiten und stand in all ihrer reifen Nacktheit vor dem Hirten. Ihre Haut schimmerte goldbraun im Kerzenlicht, ihre Augen funkelten und ihre Brüste waren wie große, reife Früchte.

Sie stieg ins Bett und zog den Vorhang hinter sich zu, doch auf der Seite zur Quelle ließ sie den Schleier offen.

Amya schlang die Arme um Yashor und zog ihn mit sich auf das Lager. Ihre Haut war warm und weich, und er vermeinte von Brust zu Brust den Schlag ihres Herzens zu spüren. Zaghaft schob er seine Hand hoch und tastete nach ihren vollen Brüsten. Zum ersten Mal, seit er als Kind an den Brüsten seiner Mutter getrunken hatte, berührte er die Brust einer Frau.

Amya zeigte ihm, mit welchen Liebkosungen sie einander Freude bereiten konnten. Dann entfachte sie mit der einen Hand das Feuer seiner Männlichkeit und führte mit der anderen die seine zum Geheimnis der Weiber. Und sie lehrte ihn, wie ein Mann und eine Frau einander beglücken und einander die Quellen der Wonne eröffnen. Und der Hirte lernte – zuerst vorsichtig und unbeholfen, dann immer beherzter und zupackender – unter der kundigen, sanften und unaufdringlichen Führung der Tochter der Raan.

Und sie liebten einander und er versank in ihr wie in einem Fluss voller Leben, und als er wieder auftauchte, war er zum Mann geworden.

Später, als sie eng umschlungen beieinander lagen, flüsterte sie ihm ins Ohr: »Du Hirt aus Liss Ivonai bist ein Mann, den die Frauen lieben werden!«

Yashor fiel die unbekannte Frau aus dem Traum ein. Würde er mit ihr eines Tages auch so zusammenliegen wie hier mit der Priesterin der Raan? Hatte sie ihn deshalb gerufen? Er seufzte vernehmlich, halb aus Befriedigung, halb aus Staunen über die geheime Welt, die sich ihm in dieser Nacht eröffnet hatte.

Amya lachte leise. »Du glaubst mir nicht? Ach, es ist gar nicht so schwer, die Liebe von Frauen zu gewinnen, wenn du die verborgenen Schlüssel zu ihren Herzen kennst.«

Und so verriet sie ihm leise und anschaulich manches Geheimnis vom Wesen der Frauen. Jedes ihrer Worte prägte sich Yashor tief ein – nie würde er Amyas Unterweisung vergessen.

Und dann liebten sie sich aufs Neue, und diesmal übernahm

Yashor die Führung, und Amya, die Tochter der Raan, überließ sich hingebungsvoll dem Tun seiner Hände und seines Leibes.

Und als sie an der Schwelle des Schlafes innehielten, sagte Amya leise: »Zur Erinnerung an diese Stunde, da wir eins geworden sind, gebe ich dir zwei Geschenke mit auf deine Reise und deinen weiteren Lebensweg. Da du dich mit der Tochter der Raan, der Wassergöttin, vereinigt hast, wird das Wasser für dich keine Gefahr mehr bedeuten. Von nun an kannst du schwimmen und tauchen und dich in den Fluten tummeln wie wir vom Volk der Shawa. Und außerdem«, sie stützte sich auf einen Ellbogen auf und griff in eine mit Muschelschalen verzierte Schatulle am Kopfende des Bettes, »damit du immer an mich denkst, schenke ich dir diesen Zauber.«

Sie hielt einen kleinen wulstigen Silberring auf der flachen Hand, der innen und außen mit Wellenlinien, Schnörkeln und Schneckenmustern verziert war.

»Das ist ein Regenring. Er ruft dir das Wasser des Himmels und der Erde zu Hilfe, wenn du ihn dreimal um deinen Finger drehst und dabei dreimal folgende Worte sprichst: ›*Vraasta senaa, braasta shenaa!*‹«

»*Vraasta senaa, braasta shenaa*!«, wiederholte Yashor schläfrig. »Was bedeutet dies?«

»Das sind Worte unserer Sprache, der Sprache der Shawa, und sie besagen: ›Himmelswasser, komm herab, Erdwasser, komm herauf!‹«, erklärte Amya und steckte ihm den Ring an den kleinen Finger der linken Hand.

»*Vraasta senaa, braasta shenaa!*«, murmelte Yashor noch einmal, doch dann versank er im Schlaf.

Als er beim frühesten Morgengrauen auf seiner Lagerstatt in der Kammer erwachte, wusste er nicht, wie er dorthin gekommen war. Neben dem Bett lagen seine Kleider, sauber und trocken, daneben das Medaillon, Taliks Beutel und der Hirtenstock, den er in der Fähre zurückgelassen hatte. Er zog sich leise an und trat auf den Gang hinaus.

In Amyas Haus herrschte noch nächtliche Stille. Von draußen

drang das Plätschern des Flusses und das Geschnatter und Gekilke des Wassergeflügels herein.

Ihm war, als wollte die Tochter der Raan den Zauber der vergangenen Nacht nicht durch einen wehmütigen Abschied entkräften. Leise trat er vor das Haus.

Eine Stockentenschar flog erschrocken schnatternd auf, als sich ein Luchs durch das Gebüsch am Ufer schob.

Der Hirte und das Tier blickten sich schweigend an.

Mit Worten, die er nur in seinem Herzen vernahm, sagte ihm die Elbin, sie freue sich für ihn, da er nun endlich erfahren habe, dass er zu den Menschenfrauen gehöre. »Doch du brauchst nicht bange zu sein, wir sind auch weiterhin einander Freund. Ich werde dir immer wohlgesinnt sein und das Meine tun, um dich zu schützen.«

Noch bevor er antworten konnte, war sie verschwunden.

Im Frühlicht suchte sich Yashor seinen Weg zur Herberge zum Weißen Schwan, wo Kolgo, Yeshem und die Schafe auf ihn warteten.

Der Ort, den die Galtach *Burn Or* und die Shawa *Ariviru* nennen – was beides dasselbe bedeutet, nämlich »Goldbach« –, lag im tiefen Einschnitt des Tals der Goldache. Die Straße der Wächterin lief in einem weiten Bogen an einem langen Abhang ins Tal hinab, traf sich dort mit der von Süden kommenden Hochstraße, die schon zwei Meilen vorher ins Flusstal hinabgestiegen war, überquerte den Fluss auf einer schmalen Brücke und schraubte sich auf der steileren Seite in einer Schlangenlinie wieder hinauf aufs höhere Land.

Am Beginn der Serpentine lag die Herberge zum Goldenen Hirsch, ein Gebäude, das an Größe und Stattlichkeit schon fast dem Hof des Herzogs von Stagira gleichkam. Die im Tal der Goldache lebenden Shawa verehrten neben der Wassergöttin Raan besonders den Hirschgott, was seinen Grund vielleicht darin hatte, dass die ausgedehnten dichten Wälder am Oberlauf des Flusses reich an Rotwild waren.

Die Schauseite der Herberge zierte zwischen dem Erdgeschoss und dem Oberstock das Abbild eines großen goldenen Hirsches, der an der Ecke des Gebäudes seinen Kopf mit dem stolzen Geweih als massive, mit Gold überzogene Skulptur in die Luft reckte. Und an der Seitenwand war ein weiterer goldener Hirsch angebracht, der sich mit dem ersten Kopf und Geweih teilte. Mit dem Goldüberzug dieses Bildwerks drückten die Shawa von Burn Or den Stolz über ihren Reichtum aus, den sie einem Gewerbe verdankten, das sie mit großem Fleiß in der Strömung ihres Flusses ausübten: der Goldwäscherei.

Mitten am Nachmittag waren Yashor und die Seinen aus Breitfurt in Burn Or angelangt, wo der herzogliche Reisewagen, vor kurzem eingetroffen, sie schon vor der Herberge erwartete. Yashor und Yeshem pferchten die Herde auf einer Wiese hinter den Wirtschaftsgebäuden des Goldenen Hirsches ein. Ein Pferdeknecht versorgte die beiden Zugtiere und brachte sie in den Stallungen unter. Die Insassen des Wagens und der Amtmann quartierten sich für die Nacht in der Herberge ein. Während Yeshem das Nachtlager der Hirten neben dem Pferch vorbereitete, nutzte Yashor die Zeit bis zum Spätmahl und schlenderte zur Brücke hinunter, um den Goldwäschern bei der Arbeit zuzusehen.

Bis auf die schmutzigen Lendentücher nackt standen zu beiden Seiten der Brücke etliche Dutzend junger Männer im Abstand von jeweils zehn bis zwanzig Schritten verteilt im Fluss, der ihnen hier bis etwa zur Mitte der Oberschenkel reichte. Sie tauchten große flache, henkellose Pfannen ins Wasser bis zum Grund, schöpften dort Sand und feines Geröll auf und schüttelten dann das Aufgenommene über der Wasserfläche, wobei sie mit scharfen Augen darauf achteten, ob nicht ein Körnlein Gold dazwischen sein mochte. Hatten sie ein Quäntlein des edlen Metalls entdeckt, hoben sie es vorsichtig aus dem Geschwemm und taten es in einen Beutel aus grobem Tuch, den sie um den Hals trugen.

Yashor stand die Ellbogen auf das Brückengeländer gestützt und beobachtete mit Staunen die Männer bei ihrer Arbeit. Keine der gebräunten Gestalten schien von ihm Notiz zu nehmen, ihre ganze Aufmerksamkeit war so sehr auf die Gewinnung des gelben Metalls gerichtet, dass sie auch die beginnende abendliche Kühle nicht zu spüren schienen, und die Kälte des Wassers machte ihnen offenbar ebenfalls nichts aus.

Besonders wurde Yashors Blick von einem kleinen Burschen mit wirrem rotem Haarschopf angezogen, der nur wenige Schritte flussaufwärts von der Brücke seinen Standort hatte. Behände wie ein gründelnder Wasservogel tauchte er seine Pfanne zum Flussbett hinab und schüttelte sie dann mit flinken Bewegungen, um schließlich das durchsuchte Material noch durch die Finger einer Hand rieseln zu lassen, damit ihm ja kein Körnlein Gold entginge. Nicht ein einziges Mal hielt er bei seiner Arbeit inne und während Yashor beim Blick auf das von seinem Leib tröpfelnde Wasser ein Frösteln über die Brust lief, schien den kleinen Goldwäscher, der kaum älter als vierzehn Sommer sein mochte, ein Feuereifer zu erwärmen, sodass ihm die Frische von Luft und Wasser offenbar gleichgültig war.

Hufgetrappel riss Yashor aus seiner Anteil nehmenden Versunkenheit. Er blickte auf.

Zwei in Leder gekleidete Männer kamen auf dunkelbraunen Pferden den Straßenbogen zum Westufer der Goldache herabgefegt und strebten, ohne ihre Rösser zu zügeln, geradewegs auf die Brücke zu. Der Hirte schaute ihnen überrascht entgegen.

Da sie nebeneinander ritten, würden sie die ganze Breite der Brücke einnehmen. Es hatte den Anschein, als wollten sie auf Yashor keine Rücksicht nehmen, sondern ihn glatt zu Boden reiten. Ohne lange zu überlegen, schlüpfte er geschwind unter dem Brückengeländer hindurch, hielt sich dabei an dessen Handbalken fest und stand schließlich – die Zehen noch auf den Bohlen, die Fersen schon in der Luft – mit dem Rücken zum Fluss ans Geländer gepresst.

Kurz bevor die Pferde die Brücke erreichten, zog der Reiter, der auf Yashors Seite daherkam, mit der rechten Hand eine armlange Keule aus seiner Satteltasche und hob sie über den Kopf. Der Hirte blickte ihm erschrocken ins bärtige Gesicht. Obwohl er wegen der Dämmerung nur undeutlich sehen konnte, durchzuckte ihn ein Blitz des Erkennens: Der Keulenschwinger war niemand anderer als der falsche Fährmann, der ihn vor zwei Tagen in die Fluten der Ish gestoßen hatte!

Mit dem nächsten Herzschlag begriff er, was der Reiter vorhatte, und ohne auch nur einen Moment zu zögern, stieß sich der Hirte vom Geländer ab und ließ sich ins Wasser fallen.

Die Pferde donnerten über die Brückenbohlen, fielen am anderen Ufer in Trab und verschwanden zwischen den Häusern des Ortes in Richtung der Herberge.

Unter Gespritz landete Yashor im Fluss – unmittelbar neben dem rotschopfigen Goldwäscher, der vor lauter Konzentration auf sein Tun anscheinend nicht auf die Reiter gemerkt hatte. Yashors Fersen gruben sich in den Schwemmsand, er ging in die Hocke und fiel dann auf sein Hinterteil. Er strampelte, traf mit dem rechten Fußballen auf einen kantigen Stein und schob ihn zur Seite. Als er sich aufrappelte und das Wasser abschüttelte, sah er sich dem kleinen Burschen mit dem roten Haar gegenüber, der gerade seine Pfanne aus der Goldache gehoben hatte und nun staunend auf seine Ausbeute starrte.

Mitten in dem grauschwarzen Sand auf der Pfanne lag ein stumpf golden schimmernder Stein von der Größe eines kleinen Hühnereis. Der Goldwäscher holte tief Luft und wollte gerade zu einem Freudenschrei ansetzen, da schlug er sich mit der freien Hand auf den Mund und gebot sich Schweigen – nach einem flüchtigen Rundblick auf seine in die Arbeit vertieften Kameraden weiter flussaufwärts. Dann schaute er Yashor mit großen Augen an.

»Wer bist du«, fragte er mit dem Akzent der Shawa, den auch Amya gebraucht hatte, »der du vom Himmel fällst und Goldbrocken aufwühlst?«

Yashor, dem trotz des kalten Wassers warm in der Brust wurde, musste lachen. »Ich bin nicht vom Himmel gefallen«, erwiderte er, »sondern nur von der Brücke. Mein Name ist Yashor. Ich bin einer der Hirten der Herde aus Liss Ivonai, die heute am Goldenen Hirsch Rast machen.«

»Und wohin seid ihr mit eurer Herde unterwegs?«, fragte der kleine Goldwäscher neugierig.

»Wir bringen sie nach Avalanna, als Geschenk unseres Herzogs an Königin Marjam.«

»Nach Avalanna?« Die Augen des Burschen wurden noch größer. »Ihr reist wirklich bis ins große und reiche Avalanna?«

»Gewiss doch«, versicherte Yashor, »aber nun sag mir auch, wer du bist.«

»Ich heiße Gishmi und arbeite für meinen ältesten Bruder, der der Zunft der Goldwäscher von Ariviru angehört«, erklärte der Junge. »Meine Eltern sind nämlich schon gestorben, und so führt mein Bruder das Regiment in unserem Haus.«

Nachdenklich nahm er den Brocken aus seiner Waschpfanne und betrachtete ihn von allen Seiten. »Du hast mir Glück gebracht. Dieses Stück da, das du aufgewühlt und mir in die Pfanne gespült hast, ist so viel wert wie alles Gold, was ich sonst vielleicht in einem halben Jahr herauswasche.«

Abschätzend wog er den Goldbrocken in der Hand und legte die Stirn in Falten, als gäbe es da ein Problem zu lösen. Plötzlich zeichnete sich Erleichterung auf seinen Zügen ab und er blickte Yashor in die Augen.

»In meiner Sprache werde ich dich *Arikartim* nennen, das bedeutet ›Goldspringer‹. Denn du bist von der Brücke gesprungen und hast mir Gold verschafft. Arikartim, kannst du mir einen großen Gefallen tun?«

Yashor nickte neugierig.

»Bitte, nimm diesen Brocken und heb ihn für mich auf. Wenn ich das Gold in meinen Beutel stecke, muss ich es am Abend bei meinem Bruder abliefern, und der gibt mir nicht viel davon ab. Mein Bruder ist nämlich sehr geizig, musst du wissen. Er lässt mich für sich arbeiten und stellt mir dafür Wohnung und Nahrung, aber den Überschuss steckt er ein und hält mich knapp. Aber dir vertraue ich, du wirst mich nicht prellen.«

»Und was soll ich damit machen?«, fragte Yashor verdutzt.

»Bewahre den Brocken über die Nacht für mich auf, ich werde morgen kommen und ihn holen«, bettelte Gishmi, als ginge es um sein Leben.

»Wir brechen aber schon kurz nach Sonnenaufgang auf. Wir reisen nämlich morgen nach Fari weiter«, wandte Yashor ein.

»Das macht nichts«, erwiderte Gishmi. »Keine Sorge, ich werde rechtzeitig da sein. Hier, nimm!« Er reichte Yashor das Gold.

Der Hirte drehte den Brocken neugierig in seinen Fingern. Zum ersten Mal in seinem Leben hielt er Gold in Händen. Er griff in den Ausschnitt seines Hirtenkittels, holte den Beutel mit Taliks Steinen hervor und gesellte das Stück zu dem Bergkristall, dem Amethyst und dem Chrysopras.

Als Gishmis Fund sicher verstaut war, sagte der Rotschopf: »Jetzt muss ich weiterarbeiten, damit mein Bruder nicht misstrauisch wird. Er steht dort ein Stück weiter oben.« Er zeigte auf einen Mann, der vielleicht fünfzig Schritte flussaufwärts gerade seine Pfanne aus dem Wasser hob.

»Dann also bis morgen«, verabschiedete sich Yashor und stapfte dem Ufer zu.

Die ganze Reisegesellschaft saß um einen großen Tisch in der Gaststube der Herberge und nahm das Spätmahl ein. Dorch und Fjonn wachten bei der Herde, der Reisewagen stand im Innenhof des Goldenen Hirsches.

Yashor hatte seinen zweiten Kittel aus dem Reisebündel angezogen und die nassen Kleider über einen Stuhl neben dem offenen Kaminfeuer zum Trocknen gelegt. Die Tatsache, dass er binnen dreier Tage zweimal in einen Fluss gefallen war, hatte bei den anderen unterschiedliche Bemerkungen ausgelöst. Yorga, der Krieger, hatte gefragt, ob er in Zukunft etwa nur noch auf den Hirten aufpassen solle, damit diesem kein weiteres Ungemach zustieße. Yashor hatte gequält gelächelt und gemeint, er sei ja beide Male glimpflich davongekommen. Von Gishmis Goldbrocken in seinem Brustbeutel hatte er nichts erwähnt.

Yeshem meinte, gewiss seien dies dieselben Reiter gewesen, die schon in Biberbach an ihnen vorübergesprengt waren. Er habe sie übrigens vorhin die Steige hinauf in Richtung Fari reiten sehen, zu diesem Zeitpunkt aber natürlich noch nichts von dem Anschlag auf der Brücke gewusst. »Sonst hätte ich sie schon aufgehalten, sie von den Pferden gerissen und die Hunde auf sie gehetzt«, schloss er großspurig.

»Der mit der Keule war bestimmt derselbe, der mich in die Ish gestoßen hat«, bemerkte Yashor nachdenklich.

»Mir gefällt das nicht«, murmelte Kolgo. »Warum hat er es ausgerechnet auf dich abgesehen? Ein Zufall kann das doch nicht gewesen sein. Ich frage mich, worauf das alles abzielt.« Er schaute Yashor einige Atemzüge lang nachdenklich an. »Tja, wie ich schon sagte, von Fari an werden wir uns einem größeren Zug anschließen. Und du solltest nicht mehr allein unterwegs sein, Yashor, nimm immer Yeshem oder Yorga mit, wenn du …«

»Pfft«, schnaubte der junge Krieger. Er hatte offensichtlich eine spöttische Bemerkung auf der Zunge, doch ein scharfer Blick des Amtmanns verschloss ihm den Mund.

Der kleine Morin verfolgte das Gespräch der Erwachsenen stumm und mit großen Augen. Er schaute Yashor an, als sähe er in ihm einen Helden, der binnen kurzer Zeit bereits zweimal tödlicher Gefahr getrotzt hatte. Sicher hätte er noch länger zugehört, doch als seine Schüssel mit Linsenmus geleert war, erklärte die Pflegegroßmutter, für ihn sei es jetzt an der Zeit zu schlafen, morgen werde man schon in aller Frühe aufbrechen.

Nachdem die alte Frau mit dem Kind gegangen war, kratzte sich Kolgo verlegen am Kopf und sagte: »Yashor, Yeshem, vielleicht ist es besser, ihr geht jetzt schon zu den Schafen, damit nicht …« Er brach ab, als seien seine Gedanken abgeschweift.

»Die wollen uns nicht dabeihaben, wenn sie etwas Wichtiges besprechen«, beschwerte sich Yeshem, als die beiden Hirten zwischen den Wirtschaftsgebäuden des Goldenen Hirsches auf den Pferch zuschritten. »Ich glaube, die verheimlichen uns etwas!«

»Und was sollte das denn sein?« Yashor lachte leise, doch es klang etwas gezwungen.

»Warum hat dieser Mann es ausgerechnet auf dich abgesehen?«, wiederholte Yeshem die Frage des Amtmanns.

»Bestimmt verwechselt er mich mit jemandem«, versuchte Yashor sich beruhigen. »Wer kennt mich denn schon? Ich bin nicht mehr als du, Yeshem, ein einfacher Hirte aus Liss Ivonai.«

Als sie dann in ihre Decken gehüllt neben dem Pferch lagen und Yeshem schon schlief, blickte Yashor zu den Sternen empor, die den Nachthimmel sprenkelten. ›Es stimmt nicht ganz‹, dachte er versonnen, ›ich bin schon mehr als Yeshem: Ich habe mit der Tochter der Raan das Bett geteilt und weiß jetzt, wie es ist, wenn ein Mann eine Frau liebt und sie ihn beglückt.‹ Er schaute auf den Silberring am kleinen Finger seiner linken Hand. Seltsam, dass dieses Schmuckstück keinem seiner Gefährten aufgefallen war. Nicht einmal Yeshem, der Neugierige, hatte danach gefragt. Dann strich er über das Medaillon, das seine Mutter ihm mitgegeben hatte, und fuhr mit dem Finger über das Elbenmal auf seiner Brust.

›Die Herzen dreier Frauen begleiten mich mit ihrer Sorge‹, dachte er in einer Mischung aus Vertrauen und Wehmut. ›Da wird mir kein wirkliches Unheil zustoßen.‹ Als seine Finger Taliks Beutel berührten, fielen ihm die Steine ein, die ihm der Tiefwissende mitgegeben und die er bisher noch nicht eingesetzt hatte. ›Vielleicht ist es an der Zeit, Talik eine Botschaft zu schicken, damit er weiß, wie es um mich steht.‹

Er nahm den Bergkristall heraus und schloss die rechte Hand darum. Doch während er nachsann, wie seine Botschaft lauten sollte, fiel er in tiefen Schlaf.

Als er vor dem ersten Hahnenschrei erwachte, bemerkte er, dass er den Bergkristall fest in der linken Hand hielt. An einen Traum konnte er sich nicht erinnern, doch als er sich von seinem Lager erhob, fühlte er sich von einer so tiefen Zuversicht erfüllt, als hätte er die ganze Nacht den ermutigenden Worten des Tiefwissenden gelauscht.

Yashor, Yeshem und die Herde warteten an der Stelle, wo die Straße der Wächterin nach den Serpentinen von Burn Or die Hochebene erreichte. Der Reisewagen kam auf dieser Strecke langsamer voran als die Schafe. Morin und die beiden Alten waren ausgestiegen und liefen neben den Pferden her, um die Zuglast zu verringern.

Gishmi war nicht aufgetaucht, um seinen Brocken zu holen. Yashor hatte auf ihn vor dem Goldenen Hirsch gewartet, aber der Goldwäscher hatte sich nicht blicken lassen. Da er nicht wusste, wo Gishmi wohnte, konnte er ihm auch sein Eigentum nicht nach Hause bringen; überdies hätte dabei ja die Gefahr bestanden, dass der habgierige Bruder von dem ungewöhnlichen Fund erfuhr und dessen Herausgabe erzwang.

Während sie die Steige von Burn Or zur Hochebene hinaufgezogen waren, hatte Yashor immer wieder zurückgeschaut, ob der Rotschopf vielleicht noch angerannt kam. Doch von Gishmi war nichts zu sehen.

Der Hirte seufzte und zuckte ratlos mit den Schultern.

»Was ist?« Yeshem sah ihn aufmerksam an.

Da er wusste, dass sein Freund Geheimnisse bewahren konnte, erzählte Yashor von dem Goldbrocken und dem Goldwäscher, dann holte er das gute Stück aus dem Beutel.

Yeshem betrachtete es staunend. »Wie viele Goldmünzen lassen sich wohl daraus schlagen?«, fragte er versonnen.

Yashor wusste keine Antwort, denn darüber, wie aus Rohgold Münzen mit dem Zeichen der Priesterkönigin wurden, hatte er sich noch nie Gedanken gemacht. Gishmi würde es bestimmt sagen können.

Bevor die anderen sie einholten, steckte er den Brocken wieder in seinen Brustbeutel und fragte sich, ob er wohl Gishmis Fund während der ganzen Reise bei sich tragen und erst auf dem Rückkehr bei ihm abliefern sollte.

Als der Reisewagen endlich oben angekommen war und die beiden Alten zusammen mit Morin wieder auf den Kutschbock stiegen, gab es plötzlich auf der rückwärtigen Seite des Gefährts Lärm und Gezeter.

»Wer bist du? Was willst du da?«, brüllte der Krieger Yorga.

Kolgo und Yashor eilten zum Schauplatz des Geschehens, Dorch, der schwarze Hirtenhund, begleitete sie.

Yorga hatte einen jungen Burschen mit rotem Haarschopf, der auf der Gepäckplattform des Reisewagens kniete, am Oberarm gepackt und schüttelte ihn höchst unsanft.

»Ein Dieb hat sich eingeschlichen! Ha, du Gauner, hab ich dich noch rechtzeitig erwischt!«

Der vermeintliche Gauner schnatterte aufgeregt unverständliches Zeug, vor Schrecken schien er vergessen zu haben, dass der stagirische Krieger die Sprache der Shawa nicht verstand.

»Halt, das ist kein Dieb«, rief Yashor. »Er ist, er ist ... ein Freund von mir!«

Verwundert ließ Yorga von dem Rotschopf ab und schaute Yashor fragend an.

»Das ist Gishmi aus Burn Or«, erklärte der Hirte, »er ist gekommen, um sich bei mir etwas abzuholen.«

Trotz Yashors Einspruch beäugte Yorga den Goldwäscher misstrauisch. »Wenn er zu dir will, muss er sich nicht auf dem Reisewagen vor uns verstecken.«

»Ich habe mich nicht vor euch versteckt«, stammelte Gishmi jetzt auf Harkinak, »sondern vor meinem Bruder. Der durfte doch nicht sehen, dass ich zu Yashor gehe.«

»Es ist alles in Ordnung, wir regeln das schon«, versicherte Yashor dem Krieger und dem Amtmann und zog Gishmi mit sich nach vorn, wo Yeshem mit der Herde wartete.

»Warum kommst du erst jetzt dein Gold zu holen?«, fragte der Hirte ihn halblaut.

»Ich bin nicht hier, um mein Gold zu holen«, erwiderte der kleine Goldwäscher, »sondern um mit euch mitzureisen.«

»Mit uns? Wieso denn das? Und wohin? Bis nach Fari, nicht wahr?«

»Nein, den ganzen Weg bis nach Avalanna.«

Yashor blickte den jungen Shawa verdutzt an. »Was willst du denn in Avalanna?«

Es war, als hätte er mit seiner Frage einen Wasserfall der Worte bei Gishmi ausgelöst. Der Goldwäscher erzählte, er träume schon seit langem davon, seinen kleinen Heimatort zu verlassen und in der weiten Welt Handel zu treiben. Immer wenn Kaufmannszüge durch Burn Or gekommen seien, habe er ihnen sehnsuchtsvoll nachgeblickt. Er wollte nicht das ganze Leben lang im Fluss stehen und Gold waschen – zumal sein geiziger Bruder ihm ja kaum Gewinn aus dieser Arbeit ließ. Und gestern habe der Himmel ihm ein doppeltes Geschenk geschickt: Yashor, den Weggefährten nach Avalanna, und den Goldbrocken, den er als Grundstein für sein Unternehmen einzusetzen gedenke.

Und dann begann er voller Schwung von seinen Plänen zu reden, bis er sich schon als Herrn eines Handelshauses sah, das die ganze lange Strecke von Bergion bis Avalanna und darüber hinaus mit seinen Waren bediente.

Yashor und Yeshem schmunzelten einander zu angesichts solch ungebremster Begeisterung, doch schließlich sah sich der ältere Hirte gezwungen ein wenig Wasser in das Feuer von Gishmis Inbrunst zu gießen.

»Wer sagt dir denn, dass wir dich überhaupt mitnehmen wollen auf unsere Reise?«, fragte er in gespielt strengem Ton.

Gishmi stutzte einen Augenblick, als hätte er diese Frage gar nicht bedacht, dann erwiderte er grinsend: »Zum Ersten ist es doch ein Omen des Himmels, dass wir zusammenwirken sollen. Warum sonst wärst du ausgerechnet neben mir in den Fluss gefallen – oder gesprungen, Arikartim, Goldspringer. Und zum anderen braucht ihr unbedingt auf dieser Reise jemanden, der etwas von Geld und Handel versteht. Zwei Hirten, ein Amtmann und ein Krieger – die machen doch das Kraut nicht fett. Da braucht es noch einen Kaufmann, der von Handel und Geld etwas versteht.«

»Und ausgerechnet du, der du dein Leben lang nicht aus diesem Kaff Burn Or herausgekommen bist, willst etwas von Geld und Handel verstehen?«, versetzte Yeshem mit leisem Spott.

Und löste damit bei Gishmi einen neuen Wasserfall der Worte aus. Der kleine Goldwäscher erzählte, was er alles mitgehört habe in den letzten Jahren, wenn die Goldaufkäufer der Priesterkönigin von Bergion und des Fürsten von Fari und anderer mächtiger Leute gekommen seien, um das edle Metall bei der Zunft der Goldwäscher gegen andere Waren einzutauschen. Und in seiner freien Zeit habe er sich oft im Goldenen Hirsch herumgetrieben und die Handelsherren belauscht, die dort Halt machten und beim Trunk ihre Erfahrungen und ihr Weltwissen austauschten. Aus dem Stegreif zählte er ihnen auf, welche Waren aus welchen Ländern zu welchen Preisen auf den Straßen unterwegs waren, und die beiden Hirten staunten über sein Wissen, denn an solche Dinge hatten sie noch nie einen Gedanken verschwendet.

Als Gishmi dann zwischendurch doch einmal Luft holen musste, versuchte Yashor zum letzten Mal ihm einen Tropfen Essig in den Wein der Selbstzufriedenheit zu schütten und fragte: »Aber was ist mit deinem Bruder? Wird der nicht nach dir suchen lassen und dich wieder zurückholen?«

»Nein, nein«, Gishmi schüttelte den Kopf. »Erstens habe ich heute meinen freien Tag und zweitens wird mein Bruder glauben, ich sei wieder einmal in den Hirschwald abgehauen, wie ich es schon so oft gemachte habe, wenn ich die Nase voll hatte von seinen Schikanen. Tauche ich bis zum morgigen Abend nicht auf, wird er übermorgen zunächst im Wald nach mir suchen, und dann bin ich doch längst mit euch in Fari, und vielleicht schon weiter. Nein, auf den Gedanken, dass ich nach Avalanna unterwegs bin, wird er nicht kommen.«

»Also gut, dann bleib bei uns«, beschied ihn Yashor, »aber ich gestatte es nur unter einer Bedingung: Du musst in allen Dingen mir gehorchen und dich nach mir richten. Nur dann lasse ich dich mit uns ziehen und überrede Kolgo und Yorga dazu, dass sie dich dulden.«

Gishmi nickte eifrig. »Ich werde dir in allem folgsam sein, Arikartim, mein Herr.«

Bei so viel Unterwürfigkeit musste Yashor leise lachen, doch Gishmis Antwort gab ihm einen Gedanken ein.

Und als der Zug gegen Mittag am Ufer eines schmalen Flusses anhielt, der Tanna hieß und auf einer schönen Brücke zu überqueren war, da nahm Yashor Gishmi und Yeshem beiseite, während die anderen sich im Schatten des Reisewagens ihr Mittagsmahl bereiteten. Außer Hör- und Sichtweite des Kriegers und des Amtmanns ließ Yashor Gishmi niederknien und den Gefolgschaftseid leisten, wie Yeshem es am Tag vor der Abreise am Frühlingsstein auf den Schafweiden von Liss Ivonai getan hatte. Mit ernstem Gesicht und begeistert funkelnden Augen erklärte sich Gishmi aus Burn Or zum Gefolgsmann von Yashor aus Liss Ivonai.

So kam es, dass Yashor der Hirte bereits am fünften Tag seiner Reise über zwei Gefolgsleute gebot, die ihm ihr Leben lang auf ihre Art treu dienen sollten.

Als er schließlich Gishmi den Goldbrocken aus seinem Brustbeutel zurückgeben wollte, wehrte sein neuer Gefolgsmann ab. »Nein, behalte du ihn, zum Ersten als Pfand meiner Treue und zum Zweiten, weil du unter dem Schutz der Überirdischen stehst. Was dir anvertraut ist, geht nicht verloren.«

So viel Zutrauen machte Yashor lächeln, doch Gishmis Worte – »Was dir anvertraut ist, geht nicht verloren!« – senkten sich in sein Herz. ›Ja‹, dachte er, ›was mir anvertraut wurde, darf nicht verloren gehen.‹ Versonnen tastete er nach dem Medaillon der Mutter unter dem Kittel.

Nachdem auch Yashor und seine beiden Gefolgsleute ihr Mittagsmahl eingenommen hatten, brach der Zug wieder auf. Noch vor Anbruch der Dämmerung wollte man Fari erreichen, die berühmte dreigeteilte Stadt am Zusammenfluss von Radanis und Paganis.

Kapitel VI

Die Stadt Fari, so hatte es Kolgo den Reisegefährten auf dem Weg von Burn Or her erklärt, lag an einem Ort, an dem sich drei große Straßen kreuzten: Von Westen her kam die »Straße der Wächterin«, die dann in südöstlicher Richtung an Dun Kernun und Alkimoinis vorbei nach Radisbun strebte. Entlang des Waldufers des Stroms Daidun lief sie von dort aus weiter bis nach Vindubun, der südlichsten Stadt der Waldmark. Von Südwesten her, den Ausläufern des Dunkelwaldes, zog sich die »Straße der Fülle« nach Osten hin, durchquerte den nördlichsten Teil der Waldmark und endete schließlich in der Goldenen Stadt Pangir, dem Sitz der Könige von Gordan. Weit im Norden, an der Grenze zwischen Harkin und der Tiefebene der Nordbarbaren, begann die »Straße der Sternenfrau«, an der nicht allzu weit nördlich von Fari zum Beispiel die wehrhaften Städte Moinisgad und Dun Aran lagen und die geradewegs nach Süden verlief, den Daidun überquerte, durch das Land der Boro führte, um dann über die Sternenberge hinweg die Südlande zu erreichen.

Ihren Ursprung verdankte die Stadt Fari den Furten durch die Flüsse, die sich hier vereinten: Von Südwesten her strömte die Radanis, von Osten die Paganis, beide vermählten sich zur Raganis und flossen nach Norden weiter, um dort in den Moinis zu münden

Die Siedlung war vor vielen Jahrhunderten – noch vor der Ankunft der Vorfahren der Galtach aus den Sternenbergen – von den Shawa gegründet worden, woran noch ihr Name erinnerte: *Fari* hieß in der Sprache der Shawa nichts anderes als »Die Furten«. Im Laufe der Jahrhunderte hatten sich allerdings die ursprünglichen Bewohner mit anderen Völkerschaften wie den Galtach, Illirim und Boro zu einem ganz eigenen Volk vermischt, das sich seiner Besonderheit sehr wohl bewusst war und eine für Ortsfremde nur schwer verständliche Mundart des Harkinak sprach.

Die Dreiteilung von Fari in West-, Nordost- und Südstadt hatte allerdings nichts mit der ursprünglichen stammesmäßigen Zusammensetzung ihrer Einwohner zu tun, sondern entsprach auf natürliche Weise der Gabelung der drei Flüsse.

Bedingt durch die Lage am Knotenpunkt dreier großer Verkehrswege hielten sich in Fari zu allen Zeiten viele Kaufleute, Händler und Reisende auf, für die es in den drei Stadtteilen drei große Herbergen gab: Im Weißen Schwan in der Weststadt stiegen vor allem die Reisenden aus Stagira und dem westlichen Harkin ab, im Roten Ross in der Südstadt diejenigen, die aus Avalanna, Bantan, dem Lande der Boro und den Sternenbergen kamen, im Goldenen Adler in der Nordoststadt logierten besonders die Gäste aus Pangir, der Waldmark, Slantan und anderen gordanischen Ländern.

Irgendwann schienen die geschäftstüchtigen Bewohner von Fari erkannt zu haben, dass sich nicht nur mit der Beherbergung von Kaufleuten und Händlern gutes Geld verdienen ließ, sondern auch mit der wohlfeilen Gastfreundschaft gegenüber Pilgern, die zu Heiligtümern mächtiger Gottheiten wallfahrten. In der Weststadt erhob sich aus den Uferwiesen nahe der Mündung der Flüsse ein Haus der Großen Mutter Ipona; auf dem Hügelsporn, mit dem sich die Südstadt in die Flussgabel schob, stand ein Tempel von Belen Tarnis, dem Himmelsgott, und in der Nordoststadt gab es einen Heiligen Teich und mitten darin eine Insel, auf der Skallu der Alte verehrt wurde.

Bei der Schilderung Faris, hatte Kolgo angefügt, dürfe man jedoch eines nicht verschweigen: Diese Dreifalt beschere der Stadt nicht nur eine aus Handel und Handwerk, Wallfahrt und Gastlichkeit erwachsende Blüte, sondern sei gleichzeitig auch Ursache mancher Rivalitäten zwischen den drei Stadtteilen, denn jeder von ihnen wolle die anderen beiden an Einkünften, Reichtümern und Vorrechten übertrumpfen.

Verschlimmert wurde diese innere Spannung der Stadt noch durch die Tatsache, dass ihr Fürst ein alter kranker Mann war, dem das Schicksal keinen leiblichen Erben vergönnt hatte. Die ungelöste Frage der Thronfolge beunruhigte die Einwohner von Fari nicht wenig, denn nicht zu Unrecht befürchteten sie, nach dem Ableben ihres Herrschers könnten die Machthaber der umliegenden Landschaften – der Herzog von Dun Aran im Norden, die Burgherren von Norimbjarg im Osten und der Landfürst von Geißbergen im Südwesten – die Stadt untereinander aufteilen und die Quellen des Wohlstands der geschäftstüchtigen Leute von Fari zugunsten der eigenen Schatzkammern anzapfen.

»Muss ich mir wirklich all diese Heiligtümer anschauen?«, fragte Gishmi und blickte Yashor und Yeshem unsicher an. Ihm fehlte ersichtlich jede Spur von Begeisterung für den Plan seines Anführers, den freien Tag für einen Besuch der Sehenswürdigkeiten von Fari zu nutzen. »Ich würde mich viel lieber umsehen und herausfinden, was hier an Handel getrieben wird und ob ich einen günstigen Preis für mein Gold erzielen kann.«

Sie standen zu dritt vor der Herberge zum Weißen Schwan. Am Vorabend hatte man dort den Ankömmlingen aus Liss Ivonai Kammern für den Amtmann und die Insassen des Reisewagens, einen Pferch für die Herde und eine kleine Hütte für Yashor und Yeshem angeboten, dazu noch die Dienste von Mietschäfern, falls die Hirten sich von der Reise in einer der vielen Schänken der Stadt zu erholen wünschten. Da Kolgo sich in Ruhe und gründlich nach einem geeigneten Handelszug oder Viehtrieb nach Radisbun erkundigen wollte, standen ihnen mindestens ein, zwei Rasttage bevor.

Yashor und Yeshem hatten ihre Herde der Obhut eines Mietschäfers anvertraut. Es war mitten am Vormittag, bis zum Spätmahl blieb ausreichend Gelegenheit, der eigenen Schaugier nachzugeben.

»Vielleicht gibt es in Fari etwas günstig zu erwerben, was wir in Avalanna mit Gewinn weiterverkaufen können. Und vielleicht erfahre ich auch von den Kaufleuten dieser Stadt, welche Waren aus Avalanna hier begehrt sind. Damit könnten wir dann auf dem Rückweg unseren Gewinn noch vermehren!« Gishmis Augen begannen zu leuchten.

Yashor musste schmunzeln. Wie viele Jahre hatte der Rotschopf beim Goldwaschen zugebracht und sich dabei vorgestellt, was man mit all dem Gold anstellen könnte, das er mühsam dem Flusssand abgerungen hatte …! Offenbar gehörte es zu seinem Wesen, in den Begriffen von Geld und Waren zu denken. Es würde nichts bringen, ihn wider diese seine Natur handeln zu lassen.

»Also gut, Gishmi, dann mach dich auf die Spur des Gewinns«, sagte er lächelnd und holte das Gold aus dem Brustbeutel.

Gishmi wickelte seinen Schatz in ein kleines Tuch und steckte ihn in die Goldwäschertasche, die er aus Burn Or mitgenommen hatte.

»Wir treffen uns dann zum Spätmahl in der Herberge!«

Gishmi nickte eifrig, winkte ihnen noch einmal zu und trabte los, auf die Brücke über die Radanis zu, die zum Markt in der Südstadt führte.

»Und ich möchte zuerst das Haus der Großen Mutter Ipona sehen«, sagte Yashor, an Yeshem gewandt. »Der Herbergswirt hat mir den Weg erklärt. Es befindet sich hier in der Weststadt, in einem heiligen Hain am Ufer der Radanis, nicht weit entfernt von der Stelle, wo sich die Flüsse vereinen.«

Ein Dammweg führte durch die Auwiesen zu einem runden, von einer hohen Thujahecke umfriedeten Werder. Die Kronen blühender Linden verbargen nur teilweise ein mit Ried gedecktes kegelförmiges Dach. Das hölzerne Tor in der Hecke war geschlossen. Yashor klopfte dreimal vernehmlich, wie er es vom Ipona-Heiligtum Bergions auf dem Schwanenberg her kannte.

Eine Priesterin in einem knöchellangen Gewand aus ungefärbter Wolle öffnete und stellte die rituelle Frage nach ihrem Begehr.

»Wir kommen aus Liss Ivonai und wollen unserer Großen Mutter einen Besuch abstatten«, antwortete Yashor, wie es sich geziemte.

»Tretet ein und lasst allen Unfrieden draußen«, sagte die Frau.

Sie tauchte die Finger der rechten Hand in eine Schale mit heiligem Wasser, die auf einem Dreifuß an der Innenseite des Tores stand, und besprenkelte die beiden damit. »Seid willkommen im Hag der Herrin Ipona und folgt achtsam ihrem Pfad!«

Sie wies auf einen schmalen Kiesweg, der links hinter dem Tor begann, zu beiden Seiten bis in Augenhöhe von Buchsbaumhecken gesäumt war und weit gezogen das riesige Rieddach umrundete.

Yashor und Yeshem meinten schon fast, der Pfad bringe sie wieder zu ihrem Ausgangspunkt zurück, als sie erkannten, dass er sich in einer Schneckenlinie dem Heiligtum näherte. So waren sie gezwungen Iponas Haus dreimal zu umschreiten, bevor sie den Eingang des Tempels erreichten.

Der von dem riedgedeckten Kegel gekrönte Rundbau aus Holz wirkte altertümlich. So ähnlich mochten die Häuser der Galtach vor fünfhundert oder tausend Jahren ausgesehen haben. Im Inneren herrschte ein dämmeriges Licht, es gab keine Fenster, nur durch eine kleine Öffnung in der Mitte des Dachkegels drang etwas Sonnenschein herein. Die spärlichen Strahlen fingen sich im Wasser einer Quelle, die aus dem Sockel einer überlebensgroßen Steinplastik hervorsprudelte. In einen Felsblock war ein Reliefbildnis der Großen Mutter gehauen: Sie saß, flankiert von zwei Dienerinnen, auf einem Thron und hielt einen mit Früchten gefüllten Korb in ihrem Schoß.

Von Iponas Haus in Bergion her wusste Yashor, dass sie sich zuerst Hände und Gesicht im Quellwasser waschen mussten, bevor sie sich mit Gebeten an die Große Mutter wenden durften. Als dies getan war, kreuzten sie die Hände bekräftigend über der Brust und sprachen mit lautlosen Lippenbewegungen ihre Bitten an die Immerwährend Helfende.

›Lass uns heil und unversehrt in Avalanna ankommen‹, bat Yashor stumm die himmlische Schenkerin der Gaben, ›tröste meine Mutter, wenn sie zu Hause sich Sorgen macht, lass mich gesund zu ihr zurückkehren und – lass mich in Avalanna etwas über das Schicksal meines Vaters erfahren.‹

Als die Hirten ihre Anliegen vorgebracht hatten, schöpften sie, wie es die Sitte gebot, mit den hohlen Händen Wasser aus der Quelle und tranken dreimal davon. Das kühle Nass stand stellvertretend für alles, was die Große Mutter den Menschen gewährte, die ihre Zuflucht zu ihr nahmen.

Als sie sich anschickten den Tempel zu verlassen, kam hinter dem Felsrelief mit dem Bild der Göttin eine andere Priesterin hervor und fragte, ob sie noch über das, was ihnen bevorstand, eine Frage an die Große Mutter richten wollten. Yeshem nickte eifrig. Yashor zögerte einen Augenblick, denn er war sich nicht sicher, ob allzu viel Vorauswissen des Zukünftigen hilfreich und beruhigend wäre. Hätte es ihm in Breitfurt wirklich geholfen, wenn er im Voraus von den Absichten des Unbekannten gewusst hätte?

Doch die Priesterin trat schon wieder hinter das Steinbild, Yeshem schickte sich an, ihr zu folgen, und zog Yashor am Ärmel mit.

Hinter dem Steinblock saß, den Rücken dem Bildnis zugekehrt und ebenfalls in die ungefärbte Wolle der Ipona-Priesterinnen gekleidet, eine grauhaarige Frau auf einem bequemen Sessel mit Armstützen und Lehne. Sie hielt die Augen geschlossen, als schlummerte sie.

Die jüngere Priesterin fragte Yashor als den größeren der beiden nach seinem Namen, den sie daraufhin der Alten ins Ohr flüsterte. Dann sagte sie: »Sprich deine Frage stumm dreimal in deinem Herzen, so wird die Stimme der Mutter dir antworten.«

Yashor überlegte krampfhaft, was er fragen sollte, doch in seiner Verwirrung fiel ihm nichts ein. Er konnte nicht gut fragen, ob Ipona ihm die Erfüllung seiner eben vorgetragenen Bitten gewähren würde, dies hätte ja Zweifel an der Immerwährenden Hilfe der Großen Mutter bedeutet. In seiner Verlegenheit verfiel er schließlich auf Folgendes: *Was wird sein, wenn ich das nächste Mal dieses Heiligtum besuche?*

Kaum hatte er diese Frage wie vorgeschrieben dreimal in seinem Geist wiederholt, da öffnete die Alte plötzlich die Augen und schaute ihn mit einem scharfen, durchdringenden Blick an. Sie hob die Hand und winkte ihn näher zu sich heran. Schließlich bedeutete sie ihm, er solle sein Ohr zu ihrem Mund neigen.

»Trotz allem, was dir widerfährt, wirst du heil wieder hierher kommen«, flüsterte eine raue, fast männlich tiefe Stimme. »Doch wenn du das nächste Mal in Iponas Heiligtum einkehrst, wird eine Frau an deiner Seite stehen.«

Die Alte verstummte, und als Yashor den Kopf ein wenig drehte, sah er, dass sie schon wieder die Augen geschlossen hatte. An seiner Schulter spürte er nun eine leichte Berührung. Die jüngere Priesterin gab ihm zu verstehen, er solle zurücktreten und dem anderen Hirten den Platz vor der Weissagenden überlassen.

Als Yeshem seinerseits eine Antwort erhalten hatten, trat er mit einem breiten Grinsen und freudig funkelnden Augen zu seinem Freund, und die Helferin der Alten geleitete sie wieder zur Vorderseite des Bildsteins, wo sich inzwischen drei, vier neue Besucher des Heiligtums eingefunden hatten.

Schweigend verließen die beiden Hirten den Rundbau und traten auf dem Pfad zwischen den Buchsbaumhecken den Rückweg an. Ohne dass sie von den Priesterinnen in irgendeiner Weise darauf hingewiesen worden waren, hatten sie doch die starke Empfindung, sie sollten mit niemandem, auch nicht mit dem Freund, über die empfangenen Antworten sprechen. Ihr Schweigen hielt auch dann noch an, als sie durch das Tor des heiligen Hains nach draußen gegangen waren und über den Dammweg den Werder verließen.

Erst auf der Straße, die zu der Brücke in die Südstadt führte, wagte Yashor wieder zu reden.

»Und jetzt besuchen wir Belen Tarnis«, sagte er und Yeshem nickte.

Am anderen Ufer der Radanis lag rechts von der Brücke, ein Stück landeinwärts hinter einer langen Mauer aus Sandstein, der Hof des Fürsten von Fari, dahinter stand die Versammlungshalle der Bürger der Stadt. An der Straße, die links vom Fürstenhof sanft zu der Anhöhe mit dem Heiligtum des Belen Tarnis emporstieg, reihten sich die Läden der Bäcker, Metzger und Bierbrauer. Und nach vielleicht zweihundert Schritten mündete der belebte Weg in einen breiten Platz mit dem Markt für Feld- und Gartenfrüchte.

Yashor und Yeshem schoben sich zwischen den zahlreichen feilschenden Menschen hindurch und gelangten am anderen Ende des Marktes zu einer Straße, in der sich die Werkstätten und Schauräume der Schuster, Gürtler und Riemer, Beutler und Säckler befanden.

»Ach, schau mal da!« Yeshem zupfte Yashor am Ärmel und zeigte auf die Auslage eines Gürtelmachers. Dort stand neben dem Meister Gishmi und hielt in der Hand einen breiten Ledergürtel, der mit Goldfäden verziert war. Der Goldwäscher prüfte das Stück im Tageslicht, als sei er ein Fachmann, der sein Leben lang bereits derartige Waren beurteilt und eingekauft hatte. In seinem Eifer bemerkte er die beiden Hirten nicht, die still an ihm vorbeigingen.

Von der Straße der Gürtler ging eine breite Gasse mit zahlreichen Schänken ab, die zu einem freien gepflasterten Platz hinter dem Häusergewirr führte. Sie waren bei ihrer zweiten Station angelangt.

Vor ihnen erhob sich ein dicker, runder, konischer Turm, der aus Sandsteinquadern gefügt war und vielleicht hundert bis hundertzwanzig Ellen hoch sein mochte. Von den Türmen, die sie in Bergion schon gesehen hatten, unterschied sich dieses Bauwerk nicht nur durch die Form des Kegelstumpfs, sondern auch durch den Aufgang, der in einer Spirale außen an der Außenmauer des Turms hinauflief. Es handelte sich dabei um eine Treppe mit einer Balustrade, auf der ständig Menschen hinauf- und hinabstiegen. Belen Tarnis, dem dieser Turm geweiht war, gebot über die Kräfte des Himmels, und wer sich ihm nähern wollte, musste über diese Stufen emporstreben, dem Himmel entgegen.

Am Fuß der Treppe saß vor einem kleinen Tischchen ein Turmwärter und heischte eine Gabe für den Unterhalt des Bauwerks. Yashor reichte ihm zwei Kupferstücke. Der alte Mann legte sie in einen kleinen Korb, den er vor sich auf dem Tischchen stehen hatte, und gestattete ihnen mit einer Geste den Aufstieg zu beginnen.

Stufe um Stufe kletterten sie empor. In die Mauer des Turms zu ihrer Rechten waren im Abstand von jeweils etwa zehn Schritten steinerne Bildtafeln eingelassen, in die Wesen und Erscheinungen aus dem Herrschaftsbereich des Belen Tarnis gemeißelt waren. Sie begannen mit den kleinen Vögel des Feldes und des Waldes, gingen über zu den hoch fliegenden Vögeln wie Adler, Falken, Wildgänse, Reiher und Kraniche, denen dann Regengüsse, Wolken, Hagelschauer, Blitze und schließlich Himmelskörper wie Sonne, Mond und Sterne folgten. Während Yashor die schön ausgeführten Reliefs nachdenklich betrachtete, hatte Yeshem mehr Auge für den Ausblick über die Stadt, deren von den Flüssen erzwungene Dreiteilung immer deutlicher erkennbar wurde, je höher sie kamen. Als der Aufstieg sich endlich zum dritten Mal um den Turmkern gewunden hatte, erreichten sie einen von einer hohen Brüstung umfriedeten Söller, in dessen Mitte auf einem runden Sockel ein metallisch schimmernder Gesteinsbrocken ruhte.

Einige Pilger standen davor und ein junger Mann im himmelblauen Gewand der Tarnis-Priester erklärte gerade, dieser Brocken aus Himmelseisen sei vor Jahrhunderten an der Stelle des heutigen Turms mit einem Feuerschweif vom Firmament gefallen, was die Bewohner von Fari als Zeichen des Himmelsgottes gedeutet hätten, ihm hier ein Heiligtum zu errichten.

Yashor und Yeshem traten zu der kleinen Gruppe und lauschten den Ausführungen des Priesters, der gerade darlegte, Belen Tarnis dürfe nicht mit den Blitzen, der Sonne oder den Sternen gleichgesetzt werden, sondern er sei der Gott, der *hinter* all diesen himmlischen Erscheinungen stehe. Er sei also unsichtbar, Sonne, Mond und Sterne, Wolken, Sturm und Blitze seien nur seine sichtbaren Zeichen, mit denen er auf die Erde einwirke.

Die Pilger lauschten andächtig. Yashor blickte zur Sonne empor, die schon ein gutes Stück am Himmel aufgestiegen war, und dachte daran, dass man ihm früher erzählt hatte, die Sonne sei Belens Schild oder Helmzier und nur wegen ihres hellen Lichts könne man den Gott nicht erkennen. Wenn der Himmelsgott unsichtbar *hinter* der Sonne weste, wie weit mochte er dann von der Erde entfernt sein und wie konnte er erfahren, was hier unten vor sich ging? Was die Große Mutter Ipona betraf, stellte er sich vor, sie sei immer dann unsichtbar zugegen, wenn man zu ihr betete – auf diese Weise konnte sie auch die Bitten der Menschen leicht hören. Aber so mächtig der Himmelsgott auch sein mochte – war er der Welt der Menschen nicht ein bisschen zu weit entrückt?

Als die Pilger den Rückweg nach unten angetreten hatten, umrundete Yeshem begeistert den Söller und blickte voller Neugier in alle Himmelsrichtungen. Yashor nutzte die Gelegenheit und befragte den Priester über etwas, was ihn immer wieder einmal beschäftigt hatte, wenn er über die Beziehungen der Götter untereinander nachdachte: In welchem Verhältnis standen denn die Große Mutter Ipona und Belen Tarnis zueinander? War sie seine Mutter? Oder er ihr Vater? Waren sie etwa Geschwister? Oder ein Paar?

Yashors Wissbegier ließ den jungen Priester lächeln. »Du bist nicht der Erste, der diese Fragen stellt. Die Priesterinnen der Ipona würden darauf wohl antworten, Ipona sei die Mutter aller übrigen Götter, also auch unseres Herrn Belen Tarnis. Als Priester des Himmelsgottes müsste ich eigentlich darauf bestehen, er sei der Bruder oder Gatte der Großen Mutter. Aber ich muss dir ehrlich sagen, die Götter haben uns noch nicht offenbart, in welchem Verwandtschaftsverhältnis sie zueinander stehen.« Er blickte Yashor prüfend an. »Fühlst du womöglich die Berufung, in die Priesterschaft einzutreten? Vielleicht bist du ja derjenige, dem sie eines Tages die Antwort auf diese Frage enthüllen.«

»Nein, nein«, wehrte Yashor erschrocken ab. »Ich will kein Priester werden. Ich bin nur ein Hirt, und uns Hirten steht die Große Mutter, die auf einem Pferd reitet und sich ums Vieh kümmert, näher als der Himmelsgott, dessen Blitze schon manches Tier auf der Weide erschlagen haben. Nein, nein, ich habe nur einmal nachgedacht …«

»Wenn du über solche Dinge nachsinnst, dann geht vielleicht an dir ein Tiefwissender verloren«, erwiderte der Priester in einem Ton, der keineswegs spöttisch klang. »Denn die Tiefwissenden sind es, die über alle Dinge nachgrübeln, die den übrigen Menschen noch verborgen sind.«

»Nein, nein«, sagte Yashor erneut, »ich will auch kein Tiefwissender werden. Ich bin ein Hirt und das genügt.«

Der Priester musterte Yashor mit ernstem Blick, als hätte er ihn bisher noch nicht richtig betrachtet. Dann sagte er leise: »Doch du bist mehr als nur ein Hirt, sonst würdest du solche Fragen nicht stellen. Warte, ich werde den Schutz des Himmelsgottes auf dich herabrufen, damit Blitze und Unwetter dich auf deinem weiteren Lebensweg verschonen.«

Der Priester trat an Yashor heran, legte ihm beide Hände auf den Kopf und stimmte einen Singsang an, den der Hirt zwar nicht verstand, der ihm jedoch etwas wie das Kribbeln dahineilender Ameisen über den Rücken laufen ließ. Als der Segensspruch zu Ende war, forderte der Priester den Hirten noch auf, er solle mit der Stirn dreimal den Meteorstein auf dem Sockel berühren, denn dadurch werde eine besondere Verbindung zu Belen Tarnis hergestellt. Yashor tat, wie ihm geheißen. Yeshem, der staunend dem letzten Teil des Ritus zugeschaut hatte, erbat sich ebenfalls den Segen und neigte gleichfalls seine Stirn zu dem Himmelsstein.

Auf dem spiraligen Weg nach unten schwiegen wieder beide Freunde einträchtig und nachdenklich. Und erst als sie in einer der vielen umliegenden Schänken ein einfaches Mittagsmahl einnahmen, wich die feierliche Stimmung wieder von ihnen, und sie stärkten sich für den letzten Besuch eines Heiligtums an diesem Tag.

Die dritte Wallfahrtsstätte, die Pilger nach Fari lockte, war die Insel Skallus des Alten. Sie befand sich in der Nordoststadt, etwa ebenso weit östlich vom Zusammenfluss, wie das Haus der Ipona westlich davon lag. Die Insel bildete den Mittelpunkt eines kleinen Sees; auf ihr wuchsen Erlen, Birken und Holunderbüsche, zwischen denen man kleine Hütten aus Ästen und Zweigen errichtet hatte. Wollte man auf die Heilige Insel gelangen, so musste man sich von Dienern der Gottheit in einem Boot hinüberrudern lassen. In einer Bude am Rande des Gewässers saß ein Priester des Skallu und überwachte den Pendelverkehr zwischen Ufer und Insel.

Als Yashor und Yeshem sich bei ihm zu einem Besuch auf der Insel anmelden wollten, brach der Skallu-Priester, ein stämmiger

Mann mit beginnender Glatze und einem üppigen rotblonden Vollbart, in schallendes Gelächter aus.

»Ihr scheint wohl nichts von den Besonderheiten unseres Gottes zu wissen, was?« Er musterte sie mit einem Grinsen. Lachfältchen kräuselten sich in seinen Augenwinkeln. »Wartet einmal eine Weile hier an der Seite, und wenn ich Luft habe, werde ich es euch erklären.«

Den Pilgern, die kamen, verkaufte der Priester jeweils ein Täfelchen – etwa so groß wie eine doppelte Männerhand –, auf dem der Gott als breitschultriger Mann mit wuscheligem Haupthaar und prächtig-buschigem Bart dargestellt war. Nackt bis auf einen Blätterkranz um die Lenden stützte er sich auf eine mächtige Keule. Zwei wohlgestalte Frauen, ein wenig kleiner als der Gott und nur mit ihren bis zu den Knien reichenden Haaren bekleidet, schmiegten sich beiderseits liebevoll-sinnlich an ihren Herrn, Gott und Gebieter.

Bezahlten die Pilger mit einem Goldstück, dann bekamen sie ein in Silber getriebenes Abbild Skallus; für eine Silbermünze gab es nur ein Täfelchen aus Messing. Die Leinensäckchen, in die man die Götterbilder steckte, um sie nach Hause zu nehmen, waren bei den Abbildern aus Messing schmucklos, doch mit Stickereien verziert, wenn sie ein Silbertäfelchen enthielten.

Wollte man von einem der Diener im Boot zur Insel hinübergerudert werden, so musste man das Täfelchen vorzeigen, zum Beweis, dass man zum Besuch der Insel berechtigt war.

Nachdem sie dem Treiben an der Bude und der Bootsanlegestelle eine Weile zugeschaut hatten, fiel Yashor auf, dass die Pilger stets paarweise kamen – immer ein Mann und eine Frau. Nie wurde ein einzelner Besucher hinübergerudert, nie zwei Männer oder zwei Frauen zur selben Zeit. Immer nur ein Paar … Ihm begann zu dämmern, warum ihre Bitte bei dem Priester ein solches Gelächter ausgelöst hatte.

Als der Zustrom der Pilger für eine Weile verebbte, wandte sich der Priester den Hirten zu und wies auf ein Silbertäfelchen in seiner Hand.

»Das ist unser Herr Skallu der Alte, und das hier sind seine beiden Frauen, Airakur und Nantosvelta. Ja, ein Gott von solcher Manneskraft braucht schon zwei Gefährtinnen, eine für den Tag und eine für die Nacht.« Er lachte leise. »Und der Herr Skallu empfängt auf seiner Insel nur Gäste, die wie er dem Liebesgenuss huldigen. Dazu sind die Hütten da.« Der Priester wies zur Insel hinüber. »Skallu der Alte wird nicht verehrt, indem man Gebete murmelt wie bei anderen Gottheiten, sondern indem man das Leben und die Liebe genießt. Ein Mann und eine Frau, die sich einmal dort auf der Insel des Gottes paaren, werden immer Erfolg und Zufriedenheit in ihrer Liebe haben, sie werden gesund bleiben und sich reicher Nachkommenschaft erfreuen.« Er betrachtete die beiden Hirten, die verwundert seinen Erklärungen lauschten. »Kommt wieder in ein paar Jahren, wenn ihr Weiber an eurer Seite habt, dann wird Skallu der Alte euch willkommen heißen.« Dann wies er auf eine zweite Bude, die ein Stück weiter hinten stand. »Damit ihr aber den Weg nicht umsonst gemacht habt, geht dort hinüber und lasst euch ein Bier einschenken oder einen Becher Wein, denn Skallu ehrt man auch dadurch, dass man dem von ihm geweihten Trunk zuspricht.«

Bevor sie sich jedoch zu der Schankbude begaben, musste Yashor noch seine Frage nach den Beziehungen der Götter zueinander anbringen, auf die er im Heiligtum des Belen Tarnis keine zufriedenstellende Antwort bekommen hatte.

Der Skallu-Priester schmunzelte und strich sich durch den rotblonden Bart. »Das ist doch ganz einfach. Skallu ist der Vater der anderen Götter: Mit Airakur hat er Belen Tarnis gezeugt, mit Nantosvelta die Ipona. Er ist der Gott des uranfänglichen Geheimnisses. Deshalb nennen wir ihn auch den Alten, denn er ist uralt und trotzdem unvergänglich kraftvoll, immer noch voll im Saft wie ein immergrüner Baum. Und so paart er sich an jedem Tag mit Airakur und jede Nacht mit Nantosvelta. Seines Lebens ist kein Ende.«

Doch ihrer Belehrung war ein Ende, denn neue Pilgerpaare hatten sich an der Bude eingefunden, und der Verkauf der Götterbildnisse schien dem Priester doch wichtiger zu sein als die Unterweisung zweier junger Hirten, denen der Besuch auf der Götterinsel noch verwehrt war.

Etwas verwirrt gingen Yashor und Yeshem zu der Schankbude hinüber. Sie erstanden jeder einen Krug Bier und ließen sich auf einer der einfachen Holzbänke an einem groben Holztisch nieder. So war schließlich ihr Besuch bei Skallu dem Alten doch nicht umsonst gewesen, schmeckte doch das Bier des Gottes außergewöhnlich gut und würzig, und die Hirten ließen es nicht bei dem einen Krug bewenden.

Als Yashor und Yeshem endlich von der Schänke Skallus des Alten Abschied nahmen, spürten sie schon die Wirkung des würzigen Biers in Schädeln und Schenkeln. Ihr einziger Wunsch war es jetzt, auf dem schnellsten Weg zu ihrer Herberge zurückzukehren und sich dort bis zum Spätmahl auszuruhen. Aber als sie an der Brücke angelangt waren, die über die Paganis in die Südstadt führte, sprach sie ein kecker Knirps an, der noch keine elf Sommer alt sein mochte.

»Seid ihr nicht die Hirten aus Liss Ivonai, die mit ihren Schafen bis nach Avalanna ziehen?«, fragte sie der kleine Kerl, den sie noch nie zuvor gesehen hatten.

»Ja«, murmelte Yashor.

»Ich soll euch etwas ausrichten von eurem, eurem …«

»Amtmann?«, warf Yeshem ein.

»Ja, von dem Amtmann«, wiederholte der Junge. »Er sagt, ihr sollt zum Haus des Fischers Drassul kommen. Es geht um wichtige Nachrichten wegen eurer Reise.«

»Das Haus des Fischers Drassul? Wo soll das sein?«, fragte Yashor.

»Kommt, ich zeige es euch!«, schlug der Bote vor und ging ihnen voran.

Er überquerte die Brücke, Yashor und Yeshem ihm auf den Fersen, bog am Südstadtufer nach links ab, ging an einer Mühle am Flussufer vorbei und trat schließlich in eine Gasse, die links und rechts mit einstöckigen Holzhäusern gesäumt war und parallel zum

Fluss verlief. Während die Gebäude auf der rechten Seite eng aneinander standen, klafften zwischen denen auf der Uferseite immer wieder Zwischenräume: breite Rasenstreifen, auf denen Boote lagen, die man zur Reparatur oder zum Bemalen an Land gezogen hatte.

Nach vielleicht zweihundert Schritten hielt der Junge an und zeigte auf ein Haus auf der Uferseite, das im Vergleich mit den Nachbargebäuden etwas heruntergekommen wirkte. Die Fensterläden zur Straße waren alle geschlossen.

Der Knirps zeigte auf die Doppeltür des Hauses, die breit genug war, um ein Boot hindurchzuziehen oder einen Ochsenkarren hindurchzufahren. »Das ist es, da geht hinein.«

Yashor bedankte sich für den Führerdienst und entlohnte den kleinen Burschen mit einer Scheidemünze. Der so Beschenkte betrachtete verdutzt das Kupferstück, als hätte er nicht damit gerechnet, von den Hirten noch einen Lohn zu bekommen, dann steckte er es in sein etwas schmuddeliges Gewand und entfernte sich langsam, wobei er immer wieder zu ihnen zurückschaute.

Ein kühler Wind wehte durch die Gasse. Yashor fröstelte. Ihm wurde kalt in der Brust.

»Dann also los«, sagte Yeshem entschlossen und zog einen Torflügel auf. Sie traten in einen breiten gepflasterten Gang, der offensichtlich als Durchfahrt zum dahinter liegenden Hof diente. Links und rechts gab es je ein Fenster; auch hier waren die Läden geschlossen. Die Hoftür war nur angelehnt. Sie schoben sie auf und traten in einen Hof, der auf allen vier Seiten umbaut war. Der quadratische freie Platz war mit Brettern und Bohlen ausgelegt und gerade groß genug zum Wenden eines Ochsenkarrens. Doch jetzt stand er leer. In den Seitenflügeln links und rechts befand sich je eine Tür. Auch bei den Fenstern, die auf den Hof blickten, waren die Läden zugeklappt. Aus dem Haus drang kein Laut, der auf die Anwesenheit von Menschen hätte schließen lassen.

»Kolgo, wir sind da!«, rief Yeshem laut.

Niemand antwortete.

Sie versuchten es erst bei der einen, dann bei der anderen Tür.

Beide waren verschlossen, und auf ihr Klopfen hin regte sich nichts. Gegenüber der Einfahrt, durch die sie gekommen waren, gab es ebenfalls ein Doppeltor – vielleicht ein Durchgang, der direkt zum Flussufer führte. Doch auch dessen Flügel ließen sich nicht öffnen. Sie rüttelten daran, aber das Tor schien von innen zugenagelt zu sein.

»Hast du das gehört?«, fragte Yeshem plötzlich.

»Was denn?«, wollte Yashor wissen.

»Da hat doch etwas an der Tür geklappert, durch die wir gekommen sind!«, rief Yeshem und lief zurück.

Das Tor, vorhin noch angelehnt, war jetzt geschlossen. Yeshem rüttelte daran – es ging nicht auf. Irgendjemand hatte es von der anderen Seite her verriegelt.

»Was soll das denn?«, schrie Yeshem und trommelte mit den Fäusten gegen den Torflügel. »Kolgo! Kolgo!«

Mit einem Mal war Yashor wieder hellwach, alle Benebelung durch das Bier gewichen. »Kolgo ist bestimmt nicht hier!«, sagte er langsam. »Was hätte der auch bei einem Fischer suchen sollen! Er wollte doch einen Viehtrieb oder einen Handelszug ausfindig machen. Hier hat uns irgendjemand einen Schabernack gespielt.« Da wurde er sich der Kälte in seiner Brust bewusst. »Nein, kein Schabernack, das ist eine Falle! Aber wozu?«

Mit dem nächsten Herzschlag wusste er es. Rauch begann aus den Fensterritzen zu quellen, dann züngelten da und dort Flammen hervor. Jemand hatte das alte Fischerhaus in Brand gesteckt – und sie saßen mittendrin fest.

»Feuer!«, brüllte Yeshem, der jetzt ebenfalls die Rauchfetzen und Flammenzungen entdeckt hatte. »Feuer!« Dann wandte er sich an den Freund: »Was sollen wir nur tun?«

Yashor blickte sich im Hof um. Das Haus hatte zwar keinen Oberstock, aber es gab auch keine Möglichkeit, aufs Dach zu klettern und von dort zu entkommen.

»Versuchen wir es mit dem Tor!«, rief er Yeshem zu.

Gemeinsam warfen sie sich erst gegen den einen, dann den anderen Flügel, doch keiner gab nach. Sie wiederholten ihre Attacken, bis ihnen die Schultern schmerzten, aber alle Bemühungen waren vergeblich.

Inzwischen stand schon das Dach des Hausgevierts in Flammen. Hatte der Brandstifter etwa mit Öl und Pech, Werg und trockenem Reisig nachgeholfen?

Erbittert dachte Yashor daran, dass ihr unbekannter Gegner seine Vorbereitungen getroffen haben musste, während sie beide sich in den Heiligtümern aufgehalten hatten. Hatten die Götter von dem Anschlag gewusst? Warum hatten sie dann die beiden Hirten nicht gewarnt? Ach ja, die Kälte in der Brust – Kilin-rinnags Elbenmal hatte gewarnt, aber er hatte es nicht verstanden.

Was konnten sie jetzt noch tun? Ihm fiel der Herzkristall ein. Ja, Talik eine Botschaft schicken! Vielleicht konnte der ihm rettend raten …

Während Yeshem ihn nervös und verwundert beobachtete, nestelte Yashor an seinem Brustbeutel herum und holte den klaren runden Quarz hervor. Er drückte ihn fest mit der rechten Hand und zwang seine Gedanken, dem Tiefwissenden ein Bild von der Falle in dem brennenden Haus zu schicken, dazu das Gefühl der Dringlichkeit, der Not, der Ausweglosigkeit.

Dann nahm er den Bergkristall in die linke Hand, um Taliks Antwort zu empfangen. Kaum hatte er die Faust um den Stein geschlossen, begann sein linker kleiner Finger zu kribbeln und zu prickeln, und binnen weniger Herzschläge wurde ein pulsierend-stechender Schmerz daraus. Verwirrt öffnete er die Faust, der Kristall lag auf der offenen Handfläche … und da sah er den Ring an seinem kleinen Finger. Den Regenring der Tochter der Raan! Er schlug sich mit der anderen Hand an die Stirn. Wie hatte er nur Amyas Geschenk vergessen können!

Behutsam drehte er mit den Fingern der Rechten dreimal den Ring und flüsterte dazu dreimal den Spruch, den die Tochter der Raan ihn gelehrt hatte: »Vraasta senaa, braasta shenaa!« Danach gab er schnell den Bergkristall in den Brustbeutel zurück und schaute erwartungsvoll zu dem Stück Himmel empor, das von dem flammenumzüngelten Hof aus noch zu sehen war.

Waren dort oben zuvor nur wenige Wolkenfetzen zu erkennen, so braute sich jetzt binnen weniger Augenblicke eine dunkle Wolke zusammen, von der niemand hätte sagen können, woher sie so schnell gekommen war. Und einen Atemzug später begann es zu regnen, nein, Wasser prasselte vom Himmel, als schütteten von oben Götter riesige Bottiche über das Haus. Und am Boden begann zwischen den Bohlen und Brettern des Hofes Wasser hervorzuquellen, als sei der Fluss über seine Ufer getreten und schon in das Fischerhaus eingedrungen.

So überraschend, wie das Feuer ausgebrochen war, erstarb es auch wieder. Yashor und Yeshem standen staunend und pudelnass im Hof.

Mit großen Augen starrte der Jüngere den Älteren an und fragte: »Wie hast du das gemacht?«

Yashor war selbst verwundert über die prompte Wirkung des Regenzaubers und schwieg verdutzt. Beide waren klitschnass.

»Du hast etwas getan, ich habe es gesehen«, beharrte Yeshem.

Doch bevor Yashor zu einer Erklärung ansetzen konnte, hörten sie von der Einfahrt her Gepolter und Gelärme. Dann begriffen sie: Von außen wurde ein Balken gegen das Tor gerammt.

Plötzlich sprangen die Torflügel auf, Männer drängten sich in den Hof. Fragen schwirrten durcheinander.

»Seid ihr verletzt?« – »Wie seid ihr hier hereingekommen?« – »Wer hat das Feuer angezündet?«

Bevor Yashor und Yeshem noch Atem geholt hatten, um die Wissbegier der Leute zu befriedigen, schob sich ein kräftiger, befehlsgewohnt wirkender Mann durch die Menge und baute sich vor den beiden Hirten auf.

»Ich bin der Hauptmann der Feuerwache der Südstadt«, erklärte er in einem Ton, der keinen Widerspruch zu dulden schien. »Man hat mir gemeldet, dass hier ein Feuer ausgebrochen ist. Was habt ihr damit zu tun?«

Yashor erzählte von dem Jungen, der sie an der Brücke abgefangen und mit einer irreführenden Botschaft hierher gelockt hatte.

»Aber der Fischer Drassul ist doch schon lange tot, seine Söhne sind nach Radisbun ausgewandert, das Haus stand leer. Habt ihr das nicht gewusst?«

Die beiden Hirten schüttelten die Köpfe.

Yashor berichtete weiter, wie sie den Hof des Hauses betreten und alles verrammelt vorgefunden hatten, wie dann auch das Tor, durch das sie gekommen waren, von außen verriegelt wurde und schließlich das Gebäude zu brennen begann.

»Dann habt also ihr das Haus nicht in Brand gesteckt?«

»Nein«, erwiderte Yeshem mit Nachdruck. »Warum hätten wir denn so etwas tun sollen, wo wir doch hier gefangen waren?«

Einer der Männer, die das Tor aufgestemmt hatten, bestätigte, das Gebäude sei verschlossen gewesen.

»Und wie habt ihr gewusst, dass sich jemand in dem brennenden Haus befand?«, forschte der Hauptmann der Feuerwache weiter und blickte den Mann streng an.

»Bei mir hat ein Straßenjunge an der Tür geklopft und gerufen: ›Das Haus des Fischers Drassul brennt, und es sind Fremde darin eingeschlossen‹«, berichtete ein anderer. Auch er hatte beim Aufbrechen des Tors geholfen.

Eine Fischersfrau, die am Flussufer Netze geflickt hatte, als das Feuer ausbrach, meldete sich und sagte: »Kurz bevor ich die anderen ›Feuer‹ schreien hörte, ist mir aufgefallen, dass ein Boot vom Haus Drassuls aus über den Fluss fuhr. ›Das ist aber seltsam‹, dachte ich mir, ›Drassuls Haus steht doch leer.‹ Zwei Männer saßen in dem Boot, und als sie drüben angekommen waren, zogen sie es an Land und bestiegen zwei Pferde, die dort angebunden waren. Dann ritten sie davon.«

»Wie habt ihr denn von dem Feuer erfahren?«, wagte nun Yashor seinerseits den Anführer der Feuerwache zu fragen.

»Der Priester des Belen Tarnis hat uns alarmiert«, erwiderte der Hauptmann und erklärte dann den beiden Hirten, dass es zu den Aufgaben der Priester des Himmelsgottes gehöre, hoch über der Stadt Ausschau nach Feuer und anderem Unheil zu halten. Dann kehrte er zu seinen amtlichen Belangen zurück und fragte: »Und wie wurde nun das Feuer so plötzlich gelöscht?«

Yashor hielt es für ratsam, Amyas Ring zu verschweigen, und er erklärte nur, es habe auf einmal heftig zu regnen begonnen.

Die Männer, welche die Tür eingerammt hatten, bestätigten seine Aussage: Ein überraschender Regenguss aus heiterem Himmel habe das Feuer erstickt, bevor sie noch Anstalten machen konnten es zu löschen. Sie hätten die Tür aufgebrochen, weil sie fürchteten, die im Haus Eingeschlossenen seien vielleicht zu Schaden gekommen. Auch die in den Hof geströmten Neugierigen und Gaffer bestätigten einhellig, ganz unvermutet sei eine Regenwolke am Himmel erschienen und habe sich ausgerechnet über das brennende Haus ergossen.

Der Hauptmann schüttelte verwundert den Kopf, und während die Versammelten begannen das Wundersame des Ereignisses zu erörtern, traf der junge Priester des Belen Tarnis ein. Er hatte ja nicht nur das Feuer entdeckt und gemeldet, sondern auch von seinem Turm aus die seltsame Regenwolke über dem Haus beobachtet. Da dieser Vorfall gewissermaßen in die Zuständigkeit des Himmelsgottes fiel, war er herbeigekommen, um Näheres zu erfahren.

Als er nun Yashor und Yeshem erblickte und man ihm die Geschichte erzählte, strahlte er über das ganze Gesicht.

»Ich kenne die beiden«, erklärte er dem Hauptmann der Feuerwache. »Sie waren heute vor Mittag bei mir oben auf dem Turm, und ich habe sie persönlich dem Schutz des Belen Tarnis unterstellt.« Wohlwollend schaute er die beiden Hirten an. »Ihr seht, der Schutz des Himmelsgottes hat sich zu eurem Heil ausgewirkt.« Dann blickte er in die Runde und verkündete etwas lauter: »Ihr seht, der Himmelsgott verlässt die nicht, die sich ihm anvertrauen.«

Mittenhinein in die aufkommende Stimmung frommer Ehrbauung rief eine Frau: »Jetzt lasst die beiden doch nach Hause gehen, seht ihr denn nicht, dass sie patschnass sind? Vielleicht erkälten sie sich noch bei so viel Männerpalaver und holen sich den Tod. Dann hilft ihnen der Himmelsgott auch nicht mehr.«

Der Einwurf wurde von den meisten mit Lachen quittiert, und selbst der Priester und der Hauptmann konnten ein Schmunzeln nicht unterdrücken.

Yashor und Yeshem nickten verlegen. Ja, erklärten sie, am besten sei es wohl, sie gingen jetzt in die Herberge zum Weißen Schwan, wo sicher die Ihren schon auf sie warteten.

So formierte sich ein Zug mit den beiden Hirten, dem Hauptmann der Feuerwache und dem Priester des Belen Tarnis an der Spitze, gefolgt von den beherzten Männern, die mit dem Balken das Tor aufgesprengt hatten, und allen Leuten, die irgendetwas gesehen oder gehört oder geahnt oder gemutmaßt hatten. Und während sich die kleine Prozession ihren Weg durch die Gassen der Fischer, der Schmiede, der Weber und anderer Handwerker bahnte, schlossen sich weitere Neugierige an. Das Vorgefallene wurde weitererzählt, ausgeschmückt, mit Ergänzungen versehen, und wie das mit Gerüchten eben ist, je näher der Zug der Herberge in der Weststadt kam, desto wunderbarer und erstaunlicher wurde die Geschichte.

Als man schließlich am Weißen Schwan angelangt war und der Hauptmann die beiden Hirten dem überraschten Amtmann übergab, lautete die jüngste Version des Ereignisses schon folgendermaßen: Als Boten des Himmelsgottes seien zwei Wundertäter namens Yashem und Yeshor vom Firmament zum Turm des Belen Tarnis herabgestiegen. Sie hätten nämlich vorhergesehen, dass unbekannte Übeltäter das Haus Drassuls des Fischers anstecken wollten, um die ganze Stadt Fari in Schutt und Asche zu legen. Die beiden himmlischen Boten, die sich in göttlicher Bescheidenheit als Hirten ausgaben, hätten jedoch die Brandstifter in die Flucht geschlagen und mit der Macht des Belen Tarnis das Feuer durch göttlichen Regen gelöscht.

Und das Ende dieser Übersteigerung war, dass noch am selben Abend ein wandernder Barde aus Dun Aran namens Allaun, der sich gerade in der Stadt aufhielt, aus dem Stegreif ein Lied über einen »Hirten aus Harkin« dichtete, dem Fari seine Rettung vor drohender Feuersbrunst verdankte. So war Yashor schon in die Sagen und Legenden von Fari eingegangen, bevor er noch die zweite Nacht in der dreigeteilten Stadt zugebracht hatte.

Kolgo konnte allerdings die Begeisterung der Menge nicht teilen, als er von dem Vorgefallenen hörte. Seine Stirn runzelte sich sorgenvoll, je länger er dem Bericht des Hauptmanns und des Priesters lauschte, den Yashor und Yeshem nur dann und wann mit eigenen Bemerkungen ergänzen durften.

Inzwischen war auch Gishmi eingetroffen, der schier platzte vor Stolz über das, was er als angehender Handelsmann herausgefunden hatte. Zunächst begriff er nicht, warum keiner ein Ohr für ihn hatte. Als er dann jedoch hörte, was den beiden Hirten zugestoßen war, stimmte er in die allgemeine Begeisterung ein und erklärte, er habe doch von Anfang an gewusst, dass Yashor ein Liebling der Götter sei, deshalb habe er sich ihm ja auch so vertauensvoll angeschlossen.

Schließlich kam der Herbergswirt und verkündete, das Spätmahl sei angerichtet. Kolgo nutzte diese Unterbrechung, um die Menge der Neugierigen zu verabschieden. Er schickte die Hirten und Gishmi ins Haus und drückte dem Hauptmann und dem Priester je einen Silberbatzen in die Hand, als Spende für die Feuerwache der Südstadt und den Tempel des Belen Tarnis. Die so Beschenkten zogen ab, die Volksmenge hinterher. Vielen der Leute fiel jetzt erst auf, wie trocken ihre Kehlen waren, und daher beschlossen sie das Vorkommnis bei einem kühlen Trunk in einer der vielen Schänken der Südstadt weiter zu erörtern.

Nach dem Spätmahl – Morin und die beiden alten Leute hatten sich schon in ihre Schlafkammer zurückgezogen – versammelten sich die anderen draußen bei der Hirtenhütte am Pferch und gingen die Begebenheit noch einmal durch. Auch bei dieser Gelegenheit erzählte Yashor nicht, wie er den wunderbaren Regen herbeigerufen hatte, doch dieser Punkt der Geschichte schien Kolgo auch nicht so sehr zu beschäftigen wie die Frage, wer hinter diesem Bubenstück steckte und was der oder die Unbekannten im Schilde führten. Denn selbst wenn man die Vorfälle von Breitfurt und Burn Or noch als Zufall, Versehen oder Missgeschick bezeichnen wollte, so war das Vorkommnis dieses Tages ohne Zweifel ein wohl geplanter Anschlag gewesen. Die Täter – fraglos die beiden Reiter von Biberbach und Burn Or – hatten das verlassene Haus ausgekundschaftet, dort offenbar leicht brennbare Stoffe deponiert, dann beobachtet, wie die Hirten zum Heiligtum Skallus des Alten gingen und dort tranken, und schließlich einen unschuldigen Straßenjungen für den Botendienst eingespannt. Aber warum hatten die Anschläge immer Yashor gegolten?

»Weil er sich von uns anderen getrennt hatte«, gab Yorga zu bedenken. »Die Übeltäter sind offensichtlich nur zu zweit. In den Herbergen oder in der Gegenwart eines Kriegers trauen sie sich nichts zu unternehmen und bei der Herde sind die Hunde …«

»Haben die etwas gegen Yashor?«, mischte sich Gishmi ein. »Ich war heute auch allein unterwegs, aber mich hat man in Ruhe gelassen.«

»Die haben wahrscheinlich noch gar nicht mitgekriegt, dass du zu uns gehörst«, versetzte Yorga etwas abschätzig, »und ich glaube, die folgen uns schon seit Liss Ivonai, weil sie herausbekommen haben …«

Er konnte den Satz nicht vollenden, denn Kolgo räusperte sich vernehmlich und blickte Yorga scharf an. Yashor schien es, als habe der Amtmann fast unmerklich den Kopf geschüttelt, um den jungen Krieger davon abzuhalten, etwas auszuplaudern, was die Übrigen nicht wissen sollten.

»Wie dem auch sei, weitere Anschläge dieser Art dürfte es nicht mehr geben«, verkündete Kolgo, »ich habe erfahren, dass übermorgen ein Zug Ochsenkarren aus Dun Aran von Fari nach Radisbun aufbricht, und der wird von einigen Kriegern des Herzogs von Dun Aran begleitet. Ich habe mit dem Geleitshauptmann vereinbart, dass wir uns ihnen anschließen, und wenn alle zusammenbleiben, kann nichts Widriges mehr geschehen. Morgen ruhen wir uns hier noch einmal gründlich aus und dann …«

»Aber morgen muss jemand mit mir einkaufen gehen«, drängte sich Gishmi vor, »ich weiß nämlich jetzt, mit welchen Waren man in Avalanna guten Handel machen kann.«

»Nun gut, du Goldklauber«, gab Kolgo mit einem Schmunzeln nach, »ich und Yorga werden dich begleiten, während die Hirten den ganzen Tag bei der Herde bleiben.« Er erhob sich, um in die Herberge zurückzukehren, und Yorga folgte ihm.

Als Yashor mit seinen beiden Gefolgsleuten allein war, schaute ihn Yeshem eindringlich an und sagte: »Aber jetzt musst du mir verraten, wie du es angestellt hast, dass schließlich der Regen uns rettete. Ich weiß, du hast irgendetwas gemacht. Also, erzähl schon.«

Auch Gishmi schien nun seinen Einkauf völlig vergessen zu haben und machte große neugierige Augen.

Yashor schluckte. Was konnte er seinen Freunden von der Begegnung mit der Tochter der Raan erzählen? Er überlegte kurz. Nein, dass sie ihn in die Liebe zwischen Mann und Frau eingeweiht hatte, das würde sein Geheimnis bleiben. Immer wieder dachte er wehmütig an jene Stunden zurück, doch dieses Erlebnis mochte er mit niemandem teilen. So zeigte er zuerst die drei Steine, die Talik ihm gegeben hatte, und berichtete von der Verwendung des Herzkristalls, dann wies er beiläufig auf den Regenring und erklärte, Amya habe ihm das Schmuckstück wohl aus ähnlichen Überlegungen geschenkt wie der Tiefwissende die Quarze.

Gishmi seufzte befriedigt, als er dies hörte. Er fühlte sich in seiner Überzeugung bestätigt, dass er richtig gehandelt hatte, sich diesem vom Glück begünstigten Lehensherrn anzuschließen. Zusammen mit Yashor würde auch er Glück haben – eine Menge Glück, das ihm nie zufallen würde, wenn er in dem Kaff Burn Or geblieben wäre …

Erst nach dem Morgenmahl des nächsten Tages war der Brandanschlag so weit verarbeitet, dass Gishmi von seinem Erkundungsgang erzählen konnte. Auf Handwerke, deren Erzeugnisse sich nicht leicht transportieren ließen, wie Büttner, Wagner, Schreiner, Steinmetze, hatte er von vornherein keine Zeit verschwendet. Seiler, Kürschner, Strumpfwirker, Weber und Schneider hatte er aufgesucht, aber keiner der Meister hatte ihm etwas zeigen können, was es in der Art in Avalanna nicht gab oder dort teurer war als in Fari, sodass sich ein Handel damit gelohnt hätte.

Durch geschicktes Befragen verschiedener Händler habe er übrigens herausgefunden, dass man zurzeit in Fari für Rohgold einen besseren Preis erzielen könne als in Avalanna. Was an der

Zunft der Goldschläger lag, die mit ihrer Kunst das gelbe Metall in hauchdünne Blätter verwandelten, so dünn wie Seide und noch dünner. Dieses Handwerk erlebe jetzt eine Blüte durch die neu aufgekommene Sitte wohlhabender Leute, sich Statuen der Götter schnitzen und dann mit dem blattdünnen Gold verzieren zu lassen.

Dann sei er auf die Metall verarbeitenden Handwerker gestoßen, auf Messer-, Ahlen-, Nagel- und Kesselschmiede, auf Gold-, Silber- und Kupferschmiede, auf Ringmacher und Schlosser. Und die, so habe er entdeckt, stellten so manches her, was in seiner Art noch neu und ungewohnt war. Die Nadler etwa fertigten Näh- und Stecknadeln aus einem neuartigen Stahl, den man hier in Fari erfunden habe und – da die Handwerker das Geheimnis der Herstellung für sich behielten – in Avalanna noch nicht erzeugen könne. Diese Nadeln würden nicht so schnell abbrechen oder stumpf werden wie die üblichen aus Eisen oder Kupfer, und sie seien jetzt allüberall bei den Hausfrauen beliebt. Ihr großer Vorteil bestehe darin, dass sie klein und damit leicht zu transportieren seien. Aber auch goldene Ziernadeln und Broschen, die an Schönheit ihresgleichen suchten, würden hier angefertigt.

Zudem seien hiesige Gürtler und Riemer dazu übergegangen, Prunkgürtel und Pferderiemen für die Wohlhabenden mit Stickereien aus Golddraht zu verzieren – eine Sitte, die in Avalanna vielleicht noch unbekannt sei. Und schließlich habe er noch bei einem Messerschmied besonders kleine, handliche Messer aus dem erwähnten neuen Stahl entdeckt, die nicht nur bei Hausfrauen und Köchinnen, sondern auch bei Barbieren, Feldscheren, Holzschnitzern und Schreinern Anklang finden könnten.

»Und vielleicht bei Hirten ebenso«, warf Yeshem ein, »die die Hufe ihrer Schafe nachschneiden müssen.«

Alle lachten.

Als das Morgenmahl abgeräumt war, brachen Gishmi, Kolgo und Yorga zum Einkaufsgang in die Stadt auf. Yashor und Yeshem begaben sich zu ihrer Herde und lösten den Mietschäfer ab.

Am späten Vormittag meldete der Herbergsknecht den Hirten, zwei Männer wollten sie sprechen. Yashor und Yeshem blickten sich unsicher an. Waren die Attentäter von gestern zurückgekommen und versuchten sie es jetzt sogar hier in der Herberge?

Sie baten den Knecht die Ankömmlinge zum Pferch zu geleiten und um der Sicherheit willen dann noch dabeizubleiben.

Doch statt der gefährlichen Reiter führte der Knecht zwei junge bartlose Männer zu der Hirtenhütte. Sie stellten sich vor als Allaun und Allad, Brüder aus Dun Aran, beide auf der Wanderschaft, um in ihren jeweiligen Berufen dazuzulernen.

»Und welche Berufe sind das?«, fragte Yashor und gab gleichzeitig dem Knecht einen Wink, er könne wieder gehen.

»Ich bin Barde«, sagte Allaun, der ältere der beiden – er zählte vielleicht achtzehn, höchstens neunzehn Sommer –, »und möchte in anderen Ländern neue Lieder und neue Geschichten hören und lernen.«

»Und ich bin Schüler der Tiefwissenden«, fügte Allad hinzu, der ein, zwei Jahre jünger sein mochte als sein Bruder. »Mein Lehrer in Dun Aran hat mich auf Wanderschaft geschickt, damit ich einige Jahre bei anderen Meistern studiere.«

»Wir haben gehört, wie ihr Fari vor der Feuerbrunst gerettet habt«, nahm Allaun den Faden wieder auf, »und dass ihr nach Avalanna unterwegs seid.«

»Fari vor der Feuersbrunst gerettet?«, fragte Yashor verdutzt, dann musste er grinsen. »Ist es schon so weit?«

»Tja, ich habe bereits ein Lied darüber gemacht«, erklärte der Barde eifrig. »Wenn ich meine Harfe nicht im Goldenen Adler gelassen hätte, könnte ich es gleich vorsingen.«

»Ah ja«, Yeshems Augen begannen zu funkeln. »Dieses Lied möchte ich hören!«

»Nein, lass nur«, wehrte Yashor ab, »ein andermal, vielleicht unterwegs auf der Reise. Nicht jetzt!« Dann fügte er hinzu: »Dass ihr aus Dun Aran seid, trifft sich gut. Morgen schließen wir uns nämlich einem Zug Ochsenkarren aus eurer Stadt an, der nach Radisbun unterwegs ist.«

»Ach, das sind gewiss Boukar und seine Leute, die kennen wir«, erwiderte Allaun, und Allad nickte.

Yashor lud die Brüder ein sich zu ihm zu setzen und musterte sie nachdenklich. Gewiss würden die beiden eine Bereicherung der Reisegesellschaft sein. Zum einen hörte er gern Geschichten – weder Kolgo noch Yorga waren sehr gesprächig –, zum anderen hoffte er, der Schüler der Tiefwissenden könnte ihm zumindest teilweise den fernen Talik ersetzen: ihm bei der Deutung seiner Träume helfen, ihm etwas mehr über den Umgang mit den Edelsteinen beibringen, vielleicht manche Frage bezüglich der Götter beantworten.

»Nun, ich habe nichts dagegen, wenn ihr euch uns anschließt – sofern unser Amtmann damit einverstanden ist«, sagte er langsam.

»Doch da gibt es noch etwas«, mischte sich Yeshem ein. »Ihr müsst wissen, dass unser Yashor hier eine Gefolgschaft anführt und dass ihr, wenn ihr mit uns ziehen wollt, euch dieser Gefolgschaft anschließen müsst.«

Yashor schüttelte unwillig den Kopf.

Die beiden Brüder schauten ihn nachdenklich-prüfend an, tauschten dann Blicke stummen Einverständnisses aus, und schließlich sagte Allaun: »Dass an dir etwas Besonderes ist, habe ich mir schon gedacht, als ich die Geschichte von dem brennenden Haus hörte.«

Und Allad fügte hinzu: »Ja, der Gefolgschaft eines solchen Schützlings der Götter schließen wir uns gern an.«

»Aber ich habe doch nur zwei Gefolgsleute«, wandte Yashor ein, »hier diesen Yeshem und dann noch Gishmi, einen früheren Goldwäscher.«

»Einen zukünftigen Handelsherrn«, warf Yeshem ein und grinste.

»Dann wird sich dein Gefolge heute eben verdoppeln«, sagte Allad mit heiterem Ernst. »Und wir werden unser ganzes Leben lang stolz und dankbar sein, dass wir zu den ersten Lehensleuten von Yashor dem Hirten gehören durften!«

So knieten die beiden Brüder aus Dun Aran neben dem Schafpferch der Herberge zum Weißen Schwan in Fari vor Yashor aus Liss Ivonai nieder und leisteten ihm ihren Lehenseid.

Und während Allad und Allaun zum Goldenen Adler zurückgingen, um ihre Sachen zu holen, sagte Yeshem lächelnd: »Siehst du, Yashor, aus dir wird wirklich noch ein großer Herr! Jetzt hast du schon einen Barden und einen Tiefwissenden in deinem Gefolge – wie unser Herr, der Herzog von Stagira!«

Kapitel VII

Am Abend saßen nach dem Spätmahl alle Reisegefährten, alte wie neue, in der Herberge beisammen. Zunächst hatte man Gishmis Einkäufe – Nadeln verschiedenster Art aus neuartigem Stahl, zierliche Gold- und Silberbroschen, mit Golddraht verzierte Prunkgürtel und allerhand nützliche kleine Stahlmesser – gebührend begutachtet und bewundert. Der angehende Fernhändler hatte vor Stolz gegrinst wie ein Honigkuchenpferd, wie man es zu Iponas Fest zu backen pflegte. Dann richteten sich alle Augen erwartungsvoll auf den Barden, denn mit Recht erwartete man, dass er die Gesellschaft mit Liedern und Geschichten unterhielt. Allerdings hatte sich Yashor mit Nachdruck verbeten, dass in seiner Gegenwart das Lied über die Verhütung der Feuersbrunst angestimmt würde. Übermäßig im Mittelpunkt der allgemeinen Aufmerksamkeit zu stehen bereitete ihm Unbehagen.

Doch Allaun beobachtete ihn mit einem eindringlichen Blick, als suchte er in Yashors Zügen nach der Antwort auf eine Frage, die ihn schon eine Weile beschäftigte.

»Verzeih meine Neugier, Yashor«, sagte er schließlich, »aber du weißt ja, Barden und Geschichtenerzähler müssen immer neugierig sein, um dem Besonderen und Erzählenswerten auf die Spur zu kommen. Dein Name reizt meine Wissbegier. Weißt du eigentlich, woher du ihn hast? Nach wem man dich benannt hat?«

Yashor schüttelte verwundert den Kopf. »Meine Mutter hat mir nur einmal gesagt, mein Name komme aus der Uralten Sprache und bedeute ›immerdar heil‹ oder ›stets gesund‹. Mehr weiß ich nicht darüber.«

»Und was hat dein Vater dir erzählt?«, bohrte Allad nach.

»Mein Vater …«, Yashor errötete, »mein Vater ist verschollen, seit ich zwei Jahre alt war.« Auf den fragenden Blick des Barden hin berichtete er von seiner Geburt in Slantan, von der Flucht vor den Shakaren nach Stagira, und dass sein Vater, damals Feldscher des Chagans der Baratum, seit dem Zweiten Shakarenkrieg vermisst sei – also schon seit fast siebzehn Jahren. »Aber meine Mutter ist überzeugt, dass er noch am Leben ist. Und ich hoffe, vielleicht in Avalanna etwas über sein Schicksal in Erfahrung bringen zu können.«

»Hm, hm«, erwiderte Allaun, »in Slantan geboren. Das ist seltsam!«

Jetzt war es an Yashor, fragend zu blicken. »Wieso?«

»Nun, es gibt da eine Geschichte, die ich vor einiger Zeit von einem wandernden Barden aus Gordan gehört habe. Darin kommt auch ein Yashor vor, der ebenfalls ein Hirte war und offensichtlich aus Slantan stammte. Was für ein merkwürdiger Zufall!«, erklärte der Barde.

Alle in der Runde schauten ihn gespannt an.

»Diese Geschichte musst du uns unbedingt erzählen!«, platzte der kleine Morin mit seiner piepsigen Stimme heraus.

Alle lachten.

Der Barde nickte mit einem leicht selbstzufriedenen Lächeln und begann zu erzählen:

Es war vor vielleicht dreihundert Jahren, da lebte ein König in Pangir, der hieß Torkil Artan, und schon er musste sein Reich gegen die Shakaren verteidigen. Im Laufe seiner vielen Kämpfe gegen diese Barbaren, die immerzu versuchten von Norden her über die Goldberge in die Lande von Pangir einzudringen, geriet er einmal in einen Hinterhalt und fiel durch einen Verrat in ihre Hände, über den ich hier nichts erzählen will, um dem Verräter keinen Nachruhm zu schenken. Die Shakaren verschleppten den König in ihr mächtigstes Bollwerk, die Schwarze Burg, die sie an der Küste des Nordmeeres errichtet hatten. Und um seine Flucht unmöglich zu machen, sperrten sie ihn in die höchste Kammer des höchsten Turmes ein. Dieser Turm war zehn Stockwerke hoch, und jedes Geschoss war mit einer eisernen Tür abgeschlossen. Alle Türen wiederum waren mit schweren Schlössern gesi-

chert, und die Schlüssel all dieser Schlösser wurden in einer eisenbeschlagenen Truhe verwahrt, auf der Tag und Nacht fünf shakarische Krieger saßen, die unablässig Wache hielten und kein Auge zutaten. Die Fenster in der Zelle des Königs waren mit Eisengittern versperrt. Es gab keine Möglichkeit für ihn zu entkommen.

Keine Möglichkeit?

Morin schaute den Barden mit großen Augen an. Dann schüttelte er den Kopf.

Du hast Recht. Es gab eine Möglichkeit. Denn als eines Tages die Wachen der Shakaren die zehn Stockwerke des Turms hinaufstiegen, um dem König Wasser und Brot zu bringen, da fanden sie die Zelle leer und von ihrem Gefangenen keine Spur. Sie konnten sich sein Entkommen nicht erklären und fürchteten sich sehr, meinten sie doch, die Götter hätten den König befreit und hinweggebracht. Und noch mehr fürchteten sie sich, als sie hörten, König Torkil Artan weile wieder bei seinen Rittern in den Goldbergen und bereite sich auf einen neuen Kampf mit den Shakaren vor. Da glaubten sie an Zauberei und verzichteten darauf, Pangir anzugreifen, solange Torkil Artan dort herrschte. Und weil der König sehr alt wurde, hatte Pangir damals lange Zeit Ruhe vor den Angriffen der Shakaren.

»Aber wie ist nun der König aus dem Turm entkommen?«, rief Morin und schlug mit der kleinen Faust auf den Tisch. Alle lachten.

Wie der König entkommen ist … Nun, dazu muss ich in meiner Geschichte an einen anderen Ort springen. Damals, als König Torkil Artan regierte, lebte im Lande Slantan an den östlichen Hängen der Graublauen Berge ein junger Hirte, und dieser Hirte hieß Yashor. Yashor war ein Freund der Tiere und der Vögel und der Elben. Und da er einmal einem Elbenkönig einen Dienst erwiesen hatte, über den ich hier nichts erzählen möchte, weil dies eine eigene lange Geschichte wäre, erklärte der Elbe, Yashor dürfe sich zum Dank etwas von ihm wünschen.

Der Hirte überlegte eine Weile, dann sagte er: »Am liebsten wäre mir, ich könnte die Sprache der Vögel verstehen.«

Der Elbenkönig freute sich über diesen Wunsch, denn für gewöhnlich wollten die Menschen von den Elben Gold zur Belohnung, ohne zu wissen, dass Elbengold den Menschen kein Glück bringt.

Der König sagte: »Ich werde deinen Wunsch erfüllen, und da du so bescheiden bist, will ich dir noch etwas geben.« Er holte aus seinem Gewand einen goldenen Ring hervor, steckte ihn Yashor an den Ringfinger der linken Hand und sagte: »Dieser Ring ist ein Vogelring. Immer, wenn du ihn an diesem Finger trägst, wirst du die Stimmen der Vögel verstehen. Wenn du ihn aber dreimal drehst und folgenden Vers sagst«, und hier verriet der Elbenkönig dem Hirten einen Zauberspruch, den ich leider nicht mit dieser Geschichte mitbekommen habe, »dann kannst du dich ganz in einen Vogel deiner Wahl verwandeln. Wiederholst du aber den Spruch, dann bist du wieder ein Mensch.«

»Kann ich mit diesem Ring auch einen anderen Menschen in einen Vogel verwandeln?«, fragte Yashor.

»Ja, durchaus«, erwiderte der Elbenkönig, »doch dazu bedarf es eines anderen Spruchs.«

Und auch den verriet er dem Hirten. Doch der Barde, von dem ich diese Geschichte habe, hat ihn mir leider ebenfalls nicht erzählt.

Nun bedankte sich Yashor artig bei dem Elbenkönig und ging seiner Wege. Und er erlebte mit diesem Vogelring viele Abenteuer, über die es viele Geschichten gibt. Aber ihr wollt ja sicher hören, was dieser Hirte und sein Ring mit der Befreiung des Königs Torkil Artan aus dem Turm der Sharkaren zu tun haben.

Morin blickte den Barden gebannt an und nickte. Auch die anderen Zuhörer stimmten Allaun zu.

Nun, eines Tages saß Yashor unter einem Baum und hütete seine Herde, und da hörte er, wie sich zwei Reiher auf den Ästen des Baums unterhielten.

»Wo kommst du denn her, Kamerad?«, fragte der eine Reiher.

»Geradewegs von den Küsten des Nordmeers«, erwiderte der andere.

Und sie redeten einige Zeit über die Neuigkeiten aus der Welt der Reiher, bis sie schließlich auf Ereignisse aus der Welt der Menschen zu sprechen kamen.

»Hast du schon davon gehört, dass die Shakaren den König von Pangir gefangen halten?«, begann der Reiher von der Küste des Nordmeers.

Und als Yashor dies hörte und von der Schwarzen Burg und dem hohen Turm und den zehn Eisentüren erfuhr, da beschloss er auf der Stelle den König zu befreien.

Er drehte dreimal seinen Ring, sagte seinen Spruch und verwandelte sich in einen Gipfelsegler, einen der schnellsten Flieger im Vogelreich. In dieser Gestalt flog er bis zur Schwarzen Burg an der Küste des Nordmeers, landete in einem Fenster im obersten Stockwerk des Turms, hüpfte zwischen den Gitterstäben hindurch und nahm vor dem König wieder menschliche Gestalt an.

Der König war natürlich sehr überrascht und verwundert, das könnt ihr euch vorstellen, begriff aber sofort, dass sich ihm hier die einzige Möglichkeit anbot lebend aus der Gefangenschaft der Shakaren zu entkommen. Yashor verwandelte also den Herrscher ebenfalls in einen Gipfelsegler. Der zum Vogel gewordene König flatterte auf den Fenstersims, hüpfte zwischen den Gitterstäben hindurch, und als auch Yashor wieder Vogelgestalt angenommen hatte, flogen beide auf und davon und hinterließen den Shakaren eine leere Kammer im Turm.

Morin klatschte begeistert in die Hände und rief: »Gut gemacht, gut gemacht!« Aber dann fragte er: »Und wie hat König Torkil Artan Yashor belohnt?«

Der König machte Yashor zu einem Ritter an seinem Hof und später zu seinem engsten Berater. Dank seinem Vogelring aber – von dem der König keinem anderen Menschen auch nur ein Sterbenswörtlein verriet – konnte Yashor überall ungesehen hingelangen und aus den

Erzählungen der Vögel Dinge erfahren, die kein Sterblicher vor ihm gewusst hatte.

Und so gibt es viele Geschichten über das, was dieser Yashor alles im Dienste des Königs Torkil Artan vollbracht hat. Doch am liebsten war es ihm, wenn er wieder als Hirte auf der Weide seine Schafe hüten konnte und sich nicht um die Wechselfälle des Königreichs kümmern musste.

»Und was ist aus ihm geworden? Wo ist der Vogelring geblieben?«, wollte Morin wissen.

Es heißt, am Ende seines Lebens sei Yashor in die Elbenwelt hinübergewechselt und habe seinen Ring mitgenommen. Und wenn er in die Menschenwelt zurückkehre, dann nur noch in Gestalt eines Adlers. Deshalb führten auch die Könige von Pangir seit Torkil Artan einen Adler in ihrem Wappen, einen Adler, der mit einem Lorbeerzweig im Schnabel auf einem Felsengipfel landet.

So weit heute meine Geschichte von einem Hirten aus Slantan, der auch Yashor hieß, wie unser Yashor hier aus Liss Ivonai.

Als Allaun geendet hatte, klatschte Morin dankbar, die anderen stimmten ein, und mancher Zuhörer blickte gedankenverloren auf Yashor, als könnte man in dem Hirten aus Liss Ivonai etwas von jenem anderen Hirten aus Slantan entdecken.

Yashor selbst war am meisten beeindruckt von der Erwähnung des Adlers in dem Wappen. Hatte das Medaillon, das die Mutter ihm mitgegeben hatte, am Ende etwas mit den Königen von Pangir zu tun?

Als der Barde erzählt hatte, wie der Vogelring zu jenem Yashor aus der Geschichte gekommen war, hatte Ainans Sohn mit der rechten Hand den Regenring am linken kleinen Finger verdeckt, damit die Aufmerksamkeit der anderen nicht auf ihn gelenkt werde.

Und doch fragte Morin in das versonnene Schweigen hinein: »Yashor, wo hast du denn deinen Vogelring? Zeigst du ihn mir?«

Die anderen lachten wieder.

Yashor errötete ein wenig. »Ich haben noch keinen Vogelring bekommen, Morin. Aber wenn ich einen habe, werde ich ihn dir zeigen, und nicht nur das, sondern ich werde ihn dir auch vererben.«

»Wirklich?«, hakte Morin eifrig nach. »Versprichst du's mir?«

»Gewiss«, erwiderte Yashor und schmunzelte.

Morin schaute sich in der Runde um und stellte ernsthaft fest: »Ihr alle hier seid meine Zeugen!«

Als sich das erneute Gelächter gelegt hatte, meldete sich Allad zu Wort. »Auch ich weiß von einem Träger des Namens Yashor zu berichten. Der war vor etwa siebenhundert Jahren Großhirte und Gemahl der Priesterkönigin von Harkin.«

»Was ist ein Großhirte?«, fragte Gishmi. »So etwas wie ein Großschäfer?«

»Nein, Großschäfer bedeutet so viel wie Meister der Schäferei«, erklärte Kolgo. »Aber der Großhirte war früher der Oberste nicht nur aller Hirten in Harkin, sondern auch der Landwächter. Denn damals hüteten die Hirten auch das Land und meldeten dem Großhirten alles, was verdächtig oder gefährlich schien – vor allem, wenn Feinde in der Gegend umherschlichen.«

»Der Großhirte war Aug und Ohr der Priesterkönigin«, warf Morin ein. Alle schauten den Kleinen verwundert an. »Hat meine Mutter mir gesagt«, fügte er an und errötete verlegen.

»Nun, das war damals die Zeit«, fuhr Allad fort, »als Mardin o Mollon ins Land kam, jener geheimnisvolle Bote der Großen Mutter Ipona. Mardin erschien in einer Winternacht aus dem Hirschtal und klopfte an die Tür einer Stallung, in der Yashor mit seinen Hirten während der Rauchnächte beim Vieh wachte. Und dieser Yashor wurde der engste Vertraute und Freund des Mardin o Mollon und verbreitete später dessen Lehre von der Botschaft der Mutter Ipona.«

»Woher weißt du das, ein Mann aus Dun Aran, wo Mardin o Mollon doch nach Stagira gekommen war?«, fragte Yorga mit einem Ton, in dem ein Hauch Eifersucht anklang.

»In Dun Aran hat man Mardin o Mollon in lebhafter Erinnerung«, nahm Allaun den Faden auf, »denn als er Dun Aran besuchte, herrschte dort ein König. Und dessen Tochter, Lavris mit Namen, sollte eigentlich einen Sohn des Königs von Alkimoinis, jener Burgstadt am Daidun oberhalb von Radisbun, heiraten. Doch dieser Mardin o Mollon erzählte ihr so eindringlich und farbig vom Großen Westmeer und den Westinseln, dass Lavris eine schier unstillbare Sehnsucht nach diesen Gestaden überkam und sie es ablehnte, zu heiraten und an der Seite eines Mannes aus Alkimoinis Königin von Dun Aran zu werden. Ja, sie überzeugte sogar die Hälfte der Einwohner von Dun Aran, mit ihr zu den Westinseln auszuwandern. Sie wurde dann die Königin jener Inseln, und ihr zu Ehren nannte man die größte davon *Larissa*. Und so heißt sie übrigens noch heute. Und Dun Aran, das die Hälfte seiner Einwohnerschaft verloren hatte, bekam nie wieder ein Königtum; seitdem gibt es in Dun Aran nur einen Herzog.«

In Allauns Worten klang fast etwas wie Wehmut an. Wollte er, es gäbe auch heute noch Könige auf Dun Aran? Doch seit Ipona Harkin vor der Bedrohung durch die Römer und Daker gerettet hatte, gab es dort nur noch ein einziges Königtum: das der Impalaris, der obersten Priesterin der Ipona zu Bergion auf dem Schwanenberg.

»Aber in einem gewissen Sinne«, fügte Allad hinzu, »gehören auch die Westinseln mit dem großen Eiland Larissa zu Dun Aran. So etwas kann keine andere Landschaft in Harkin von sich behaupten.« Wie um dies zu bekräftigen, schlug er mit der flachen Hand auf den Tisch, und alle brachen in Lachen aus.

Yashor lachte mit, doch die Erwähnung des Westmeeres hatte unvermittelt eine Sehnsucht in ihm geweckt, und er wünschte sich insgeheim, er könnte auch einmal jenen ungeheuren Ozean sehen, in dem jeden Abend die Sonne versank.

Auf dem Weg von Fari nach Radisbun, der Yashor und die Seinen durch jene Gegend führte, die man das Rabenland nannte, ereignete sich trotz der Wildheit und Einsamkeit der Landschaft nichts Ungewöhnliches. Sie hatten sich auf Kolgos Betreiben einem Zug Ochsenkarren aus Dun Aran angeschlossen, den ein gewisser Boukar –

ein Bekannter von Allaun und Allad – anführte und der von etlichen Kriegern des Herzogs von Dun Aran begleitet wurde.

Niemand versuchte Yashor etwas anzutun, und wenn sie nahe einem Ort lagerten, an dem Wald und Wasser sich begegneten, traf er sich nach Sonnenuntergang mit der Luchsin Kilin-rinnag. An manchem Abend lag er noch lange auf seiner Lagerstatt wach und dachte mit einer Mischung aus Freude, Wehmut und Sehnsucht an die Begegnung mit Amya, der Tochter der Raan, zurück. Manchmal fragte er sich, ob dies alles vielleicht nicht doch nur ein Traum gewesen war. Würde er je wieder eine Frau finden, mit der er solche Wonnen erleben konnte?

Noch vor Radisbun stießen sie auf den Fluss Naba. Der bildete die Grenze zwischen Harkin und der Waldmark und mündete in den Daidun, der seinerseits kurz darauf nach Südosten abbog. An dieser Biegung lag die schöne Stadt Radisbun, die schon zur Waldmark gehörte und vom Handel zwischen Harkin, Pangir, der Waldmark und den Ländern der Boro südlich des Daidun lebte.

In Radisbun unterhielt die Priesterkönigin von Harkin nahe der Steinernen Brücke einen großen Hof, der ihrem Gesandten beim Großherzog der Waldmark als Wohnsitz und vielen Reisenden aus Harkin als Herberge diente. Diese Anlage stieß mit den Rückgebäuden an das Ufer des Daidun und dort lagen immer einige Flussfahrzeuge vor Anker, die in Diensten der Impalaris standen.

Zwar führte am Ostufer des großen Flusses eine gut ausgebaute Straße von Radisbun nach Vindubun, doch um die Schafe zu schonen, hatte der Herzog angeordnet, dass die Herde die Reise auf einem Prahm fortsetzen sollte. Der Reisewagen, begleitet von Yorga dem Krieger, schloss sich einem Zug Kaufleute an, die mit ihren Fahrzeugen die gleiche Strecke auf der Straße zurücklegten. Wenn die Kolonne am Abend Halt machte und keine geeignete Herberge zur Verfügung stand, dann stellten sich die Kaufmannskarren, die von bewaffneten Knechten begleitet wurden, in einem Karree auf und nahmen den stagirischen Reisewagen in die Mitte. Morin und seine Pflegegroßeltern waren somit gut und sicher untergebracht.

Den Prahm bugsierten drei Bootsleute; er trug die Herde, die beiden Hirten, den Amtmann und Yashors Gefolgsleute Gishmi, Allaun und Allad. Außerdem kamen noch zwei Flusswächter des Großherzogs an Bord, die für die Sicherheit der Reisenden sorgen sollten. Allerdings war dies mehr eine Geste der Ehrerbietung gegenüber dem Herzog von Stagira und der Impalaris, denn dank der umsichtigen Maßnahmen des Großherzogs gehörten sowohl die Straße als auch der Fluss zu den sichersten Verkehrswegen nördlich der Sternenberge.

Dieser Großherzog der Waldmark war Gegenstand mancher Gespräche, während der Prahm mit der Strömung des Daidun zügig nach Südosten fuhr.

»Die Waldmark gehört eigentlich zum Reich der Könige von Pangir«, erzählte Allaun, der zwischen Yashor und dem Amtmann am Bootsrand stand.

Sie schauten hinaus auf den Streifen Land, der sich zwei bis drei Meilen breit zwischen dem Fluss und den dahinter aufragenden Waldbergen hinzog. Es war Nachmittag. Auf den Wiesen und Feldern lag ein warmes Licht, das auch der dunkel bewaldeten Bergkette etwas von ihrer schroffen, abweisenden Wirkung nahm.

»Die Waldberge und das Land zwischen ihnen und den Flüssen Naba und Daidun waren nach dem Ersten Shakarenkrieg von den Herrschern von Pangir als Schutzwall nach Westen hin gedacht, für den Fall, dass die Shakaren Harkin überrennen und Pangir von dort aus angreifen sollten. Doch dank unserer Großen Mutter Ipona, die ihre schützende Hand über die Impalaris hält, ist es den Nordbarbaren nicht gelungen, unsere Heimat zu erobern. Stattdessen zerfiel nach dem Tod von Shiriv Artan dem Prächtigen das Reich von Pangir in drei Teilfürstentümer, deren innere Zwistigkeiten zurzeit eine größere Gefahr für das Land darstellen als die Bedrohung durch die Shakaren. Und als Folge dieser Streitigkeiten und weil es keinen König von ganz Pangir mehr gibt, ist der Großherzog der Waldmark jetzt eigentlich zu einem unabhängigen Fürsten geworden.«

Yashor betrachtete die dunklen Berge am Horizont, hinter denen irgendwo ein schönes, wohlhabendes, fruchtbares Land lag, dessen Hauptstadt Pangir wegen ihres Reichtums die Goldene Stadt genannt wurde – und doch war dieses Land zerrissen und geschwächt.

»Der jetzige Großherzog der Waldmark heißt Gargan«, fuhr Allaun fort, »und man nennt ihn Gargan den Heiler. Bevor nämlich sein Vorgänger ihn vor vierzehn Jahren zum Nachfolger bestimmte, soll er nicht Krieger oder Ritter, sondern Heiler gewesen sein. Doch Gargan den Heiler haben bisher nicht viele Menschen zu Gesicht bekommen; es heißt, er sei sehr scheu und lenke die Geschicke des ihm anvertrauten Landes mehr aus dem Verborgenen. Darin ähnelt er unserer Priesterkönigin, die ja ebenfalls zurückgezogen auf dem Schwanenberg lebt und von dort aus für Frieden und Wohlergehen von ganz Harkin sorgt. Und wie bei der Impalaris sind auch hier die Herzöge der verschiedenen Länder der Waldmark ihrem Großherzog treu ergeben und schätzen seine Klugheit, seine Gerechtigkeit und seine Voraussicht. Ihr habt ja gesehen, was für eine schöne und wohlhabende Stadt Radisbun ist, und dasselbe gilt für Vindubun, die andere große Stadt am südlichen Ende der Waldmark.«

Gargan der Heiler – ein ungewöhnlicher Name für einen Herzog, dachte Yashor und schaute auf die schimmernden Wellen, die sich neben dem Boot kräuselten. Hat er sein Land geheilt? Oder heilt er sein Land?

»Gargan der Heiler ist ein schöner Name für einen Fürsten«, warf Allad ein und stieß Yashor an. »Wenn du Großherzog wärest, würde man dich vielleicht Yashor den Hirten nennen. Auch das wäre ein schöner Name, wie Takrav Artan der Erneuerer.«

»Bestimmt wird Yashor einmal Herzog oder so«, meldete sich Yeshem zu Wort, »denn mein Orakel …«

Doch weiter kam er nicht, denn Yashor hatte ihm blitzschnell die Hand auf den Mund gelegt und ihn damit zum Schweigen verurteilt.

»Ich mag es nicht, wenn ihr von so etwas redet«, erklärte er mit Nachdruck.

Allad und Yeshem schauten sich verdutzt an und zuckten mit den Achseln. Dann gingen beide zum Bug des Bootes, um nach vorne Ausschau zu halten.

›Yashor der Hirte – eigentlich haben sie Recht, es klingt gut‹, spann Yashor insgeheim Allads Faden weiter. ›Ein Fürst dieses Namens müsste ein Hüter seines Landes sein. Aber wie hütet man ein ganzes Land?‹

Eine Woche nach ihrer Abfahrt aus Radisbun kamen sie an einem Nachmittag in Vindubun an und mussten den Prahm verlassen, da von hier ab nur Schiffe aus Avalanna den Daidun befahren durften. Der Reisewagen war inzwischen auch eingetroffen, die ganze Gesellschaft aus Stagira damit wieder vereint.

Von Vindubun bis zur Morak, dem Fluss, der die Grenze zwischen der Waldmark und dem Reich von Avalanna bildete, war es etwa eine Tagesreise. Kolgo beschloss daher, dass sie in einer Herberge in einem östlichen Vorort von Vindubun übernachten, am nächsten Tag früh aufbrechen und am Abend an der Grenze Halt machen sollten, um dann am übernächsten Morgen die Grenze nach Avalanna zu überschreiten. Da er als Einziger diese Gegend schon bereist hatte, waren alle mit seiner Entscheidung einverstanden.

Obwohl an der Grenze eine schöne Brücke über die Morak führte – der Fluss mündete übrigens nicht weit südlich davon in den Daidun –, nannte man diesen Ort immer noch die Morak-Furt, und so hieß auch der Gasthof, in dem sie übernachten wollten, Zur Morak-Furt. Er war etwa dreihundert Schritte von der Brücke entfernt.

Diese Herberge war allerdings voll belegt, als sie am Abend eintrafen. Für die Reisenden im Wagen und für Kolgo gab es keine freien Kammern mehr. Der Wirt gestattete ihnen jedoch ihren Wagen ein Stück hinter dem Hof auf einer Wiese abzustellen und daneben auch einen Nachtpferch für die Schafe zu errichten.

Es war ein schöner warmer Abend. Der kleine Morin fühlte sich müde und wollte schlafen, und so zogen sich Bjardu und Irigil früh mit ihm in den Reisewagen zurück. Kolgo wünschte in der Herberge wenigstens ein ausführliches Spätmahl einzunehmen. Allaun, Allad und Yorga begleiteten ihn, hatten sie doch gehört, das Bier der Herberge zur Morak-Furt schmecke besonders köstlich. Gishmi wollte kein Kupfer für Bier ausgeben, sondern sein ganzes Geld für Avalanna aufsparen, deshalb ging er nicht mit in die Schänke, sondern leistete Yeshem Gesellschaft, der mit Fjonn die Schafe hütete.

Dorch begleitete Yashor zu einer Stelle nördlich des Gasthofs, an der sich Wald und Wasser an einem Bach trafen, der zusammen mit der Morak in den Daidun floss. Der Hund tollte im Wasser umher und schien die Luchsin gar nicht zu bemerken, die aus einem Busch gekommen war und sich neben seinen Herrn gesetzt hatte.

Yashor erzählte seiner Freundin vom letzten Stück der Reise, vom Großherzog der Waldmark und von seinen Gefühlen am Vorabend des Einzugs in Avalanna. Kilin-rinnag hörte aufmerksam zu, die Luchsaugen unverwandt auf den Hirten gerichtet, und nur die zuckenden Ohren mit den Haarbüscheln verrieten, dass sie mit luchsischer Wachsamkeit alle Laute prüfte, die zu ihr drangen. Das Murmeln des Baches, das Geplätscher des badenden Hundes, das sanfte Säuseln des Abendwinds in den Espen am Bach … Doch plötzlich richtete sich die Luchsin auf den Vorderpfoten auf, kniff die Augen zu Schlitzen zusammen und reckte die Nase witternd in die Luft.

Yashor hielt verwundert inne, dann war ihm, als hörte er aus der Ferne leises Gebell.

»Deine kleine Freundin ist in Gefahr«, flüsterte Kilin-rinnag. »Du musst sofort zu ihr, ihr helfen.«

»Meine kleine Freundin?« Yashor schaute die Luchsin verwirrt an.

»Drunten am Reisewagen, ein Überfall!« Kilin-rinnag klang drängend, ungeduldig. »Jetzt lauf schon los! Es droht euch Gefahr!«

Yashor sprang auf, murmelte abgerissene Worte des Dankes, rief Dorch aus dem Bach herbei und rannte in Richtung Herberge.

Es waren vielleicht zweihundert Schritte bis zum Reisewagen, und als das Gefährt in Yashors Gesichtsfeld auftauchte, war er schon ein wenig außer Atem. Er erblickte zwei dunkle Gestalten, die sich am hinteren Ende des Wagens zu schaffen machten. Fjonn sprang kläffend um sie herum, doch die Hündin war zu harmlos, um die Strauchdiebe abzuschrecken. Neben einem der Finsterlinge sah er Yeshem, der auf dem Boden kniete und mit seinem Hirtenstock auf den Mann einschlug. Der andere Räuber wollte sich gerade mit einem großen Bündel aus dem Staub machen, doch da schrie das Bündel: »Yashor, hilf mir! Yashor, hilf mir!«

Der Hirte zwang alle Kraft in seine Schenkel und stürzte auf den Mann zu, der offensichtlich den kleinen Morin entführen wollte. Als er näher kam, entdeckte er, dass es sich bei dem Entführer um keinen anderen als den falschen »Fährmann des Abends« vom Ufer der Ish handelte.

»Dorch, fass!«, befahl Yashor grimmig dem schwarzen Hund und zeigte auf den Mann.

Dorch sauste los, als gelte es, einen Wolf zu stellen. Er sprang den Entführer von der Seite an und verbiss sich in dessen Schulter. Die Wucht des Aufpralls ließ den Bärtigen taumeln, und als er versuchte das Tier abzuschütteln, verlor er das Bündel und stürzte hin. Morin schüttelte seine Schlafdecke ab, sprang auf und rannte Yashor entgegen.

Inzwischen kam der zweite Mann vom Reisewagen heran, einen Dolch in der Hand, und ging auf den Hund los.

»Lauf zu Yeshem, Morin!«, befahl Yashor und wandte sich seinerseits dem zweiten Übeltäter zu. Er holte mit seinem Hirtenstab aus und schlug dem Fremden mit aller Wucht auf den Oberarm. Der ließ den Dolch fallen und versuchte dann den Stock mit bloßen Händen zu packen, doch Yashor verpasste ihm einen zweiten Hieb, diesmal auf den Kopf. Der Mann taumelte.

Der am Boden Liegende, dem immer noch der Hund im Nacken saß, brüllte üble Schimpfnamen ins Gras, wobei nicht ganz klar war, ob er damit den Hund meinte oder seinen Kumpan, der ihm nicht zu Hilfe kam.

»Yashor, Bjardu ist verletzt«, schrie Yeshem am Wagen.

»Yashor, wir kommen!«, ertönte plötzlich Gishmis Stimme von der anderen Seite her.

Der Hirte blickte sich um. Von der Morak-Furt her kam Gishmi gelaufen, vier, fünf Grenzwächter auf den Fersen.

»Hier sind die Schurken!«, rief Yashor und zeigte auf die beiden Männer. »Ich kümmere mich um die Verletzten!«

Er pfiff Dorch zurück und eilte mit ihm zum Wagen.

»Was ist geschehen?«, fragte er Yeshem, der am Wagen lehnte und auf Bjardu zeigte.

Der alte Mann lag an die Wagenwand hingesunken und blutete aus einer Kopfwunde und einer Verletzung am linken Oberarm. Morin kletterte gerade wieder in das Gefährt und betrachtete mit ängstlich aufgerissenen Augen und bleichem Gesicht den Verletzten.

»Bjardu, wie geht es dir?«, flüsterte der Kleine.

»Ach, es geht schon, ich sterbe noch nicht«, knurrte der Alte.

»Ich weiß nicht genau, wie es kam«, berichtete Yeshem. »Ich saß am Pferch, und plötzlich höre ich Morin schreien. Ich steh auf und seh die zwei Männer, wie sie in den Wagen steigen und ihn herausholen. Ich bin sofort hin und habe auf sie mit dem Hirtenstock eingeschlagen, aber der eine gab mir einen Stoß gegen die Beine, und ich fiel hin. Und dann bist du ja schon gekommen.«

»Wo ist Irigil?«

»Ich glaube, die ist in die Herberge gelaufen, um Hilfe zu holen. Gishmi ist zur Grenzwache gerannt.«

Der Ebengenannte kam gerade keuchend angelaufen.

»Haben sie die Schurken geschnappt?«, fragte Yashor den Atemlosen.

Gishmi schüttelte den Kopf. »Die – hatten – weiter – hinten – Pferde – stehen – und – sind – davon …«

»So ein Mist!«, stieß Yashor hervor.

Morin rief: »Ihr müsst Bjardu verbinden! Er blutet doch!«

»Natürlich«, Yashor schlug sich an den Kopf.

Doch inzwischen war Irigil schon von der Herberge zurück. Ihr folgte eine Schar Männer, Kolgo und Yorga an der Spitze, Allaun und Allad hinterher. Die aus der Herberge Gerufenen schienen dem guten Bier schon eifrig zugesprochen zu haben und schauten etwas verwirrt und überrascht drein.

»Was ist eigentlich los?«, lallte Kolgo.

Während Irigil entschlossen in den Wagen stieg und Yashor resolut beschied, sie werde sich schon selbst um den Verletzten kümmern, kam der Hauptmann der Grenzwache mit zwei seiner Krieger an, um den Vorfall zu untersuchen.

Der ganze Sachverhalt erwies sich als ziemlich einfach: Zwei unbekannte Männer waren in den Reisewagen gedrungen und hatten versucht den kleinen Morin zu entführen. Sie hatten Bjardu niedergeschlagen und ihm einen Stich mit dem Dolch versetzt. Yeshem hatte versucht, die Männer zu vertreiben, Irigil war um Hilfe in die Herberge gelaufen, Gishmi zur Grenzwache. Doch nur durch Yashors plötzliches Auftauchen und unerschrockenes Eingreifen war die Entführung vereitelt worden. Da die Grenzwächter nur zu Fuß gewesen waren, die beiden Fremden jedoch Pferde dabeigehabt hatten, waren die Schurken entkommen. Allerdings hatte der Hauptmann schon eine berittene Abteilung seiner Truppe alarmiert, um die Flüchtigen aufzuspüren – was bei der Dunkelheit und dem dichten Wald, der hinter dem Bach begann, wenig Erfolg versprechend schien.

»Warum wollten die ausgerechnet den Knaben entführen?«, überlegte der Hauptmann laut. »Wenn sie sich an die Schafe herangemacht hätten, so hätte ich das noch verstanden, aber so …«

Kolgo, der von Minute zu Minute nüchterner wurde, stellte sich als Amtmann des Herzogs von Stagira vor, der in höherem Auftrag zur Königin von Avalanna unterwegs sei, und bat den Hauptmann, er solle alle, die nicht zur Reisegesellschaft gehörten, wegschicken. Der Hauptmann wies seine beiden Begleiter an die Neugierigen wieder in die Schänke zurückzuscheuchen, damit er in Ruhe die Hintergründe des versuchten Verbrechens erforschen konnte. Die Herbergsgäste murrten zwar, aber sie hatten ja schon genug gesehen, um den in der Gaststube Verbliebenen davon berichten und die Geschehnisse phantasievoll ausschmücken zu können.

Der Hauptmann, Yashor, Yeshem, ein etwas betreten dreinblickender Yorga und die Brüder Allaun und Allad standen im Halbkreis um Kolgo und warteten auf eine Erklärung.

Der Amtmann räusperte sich, schluckte und fuhr sich mit den

Fingern durchs wirre rote Haar. »Also«, begann er dann, »dieser Junge ist kein Junge und heißt auch nicht Morin.«

Yashor und die anderen schauten ihn verblüfft an, Yorga ausgenommen.

»Es handelt sich bei besagter Person um ein kleines Mädchen, nämlich um die Erbtochter meiner obersten Herrin, der Priesterkönigin von Harkin, und sie heißt Moranna.«

In dem Halbkreis um den Amtmann war es so still, dass man eine Nadel hätte ins Gras fallen hören.

Als hätte die Nennung ihres Namens sie herbeigerufen, erschien nun Morannas Gesicht über dem hinteren Geländer des Reisewagens. Sie machte große verwunderte Augen, verzog dann jedoch die Lippen zu einem spitzbübischen Grinsen, als freute sie sich darüber, dass es ihr gelungen war, von Liss Ivonai bis zur Morak-Furt unter falschem Namen zu reisen.

›Deine kleine Freundin ...‹ Jetzt verstand Yashor Kilin-rinnags Worte. Moranna blickte ihn bewundernd an und zwinkerte ihm zu.

»Zu ihrem eigenen Schutz sollte sie unter einem anderen Namen unterwegs sein«, berichtete Kolgo weiter. »Und Bjardu ist eigentlich ihr Leibwächter, Irigil ihre Kinderfrau. Moranna reist zum Hof der Königin Marjam, denn ihr sollen auf Wunsch ihrer Mutter dort einige Jahre des Lernens und der Bildung zuteil werden, um sie dadurch auf ihre spätere Aufgabe als Impalaris vorzubereiten.«

Der Hauptmann nickte verständnisvoll und erklärte, er heiße die Erbtochter der Priesterkönigin von Harkin im Namen des Großherzogs der Waldmark herzlich willkommen und werde zwei seiner Leute für die Nacht als Wache am Reisewagen abstellen.

Yashor fiel auf, dass der Hauptmann nichts davon sagte, er wolle seinen Kollegen von der Grenzwache der Königin über den Vorfall unterrichten – offensichtlich war es ihm doch peinlich, dass ausgerechnet im letzten Winkel der Waldmark vor Avalanna ein solcher Anschlag um ein Haar gelungen war.

Nach und nach legte sich die Aufregung. Kolgo und der Hauptmann gingen zur Schänke, um die dort Versammelten zu befragen, ob ihnen etwas Ungewöhnliches aufgefallen sei. Allaun hatte die

Gespräche mit funkelnden Augen verfolgt, für ihn als Barden und Geschichtenerzähler war es gewissermaßen ein Gücksfall, fast Augenzeuge eines solchen Geschehens geworden zu sein, das sich zu allerhand Liedern und Balladen verarbeiten ließ. Allad hatte sich zu Irigil begeben, um ihr bei der Verarztung des Leibwächters zu helfen; glücklicherweise waren seine Verletzungen oberflächlicher Natur und hatten nur schlimmer ausgesehen, als sie wirklich waren. Er habe keine großen Schmerzen, sagte Bjardu, bloß einen Brummschädel. Gishmi hatte sich mit Yeshem zum Pferch zurückgezogen, auch Dorch und Fjonn schienen sich wieder mehr um die Schafe als um die Menschen zu kümmern.

Moranna, die sich mit den Armen auf das rückwärtige Geländer des Wagens stützte, winkte Yashor heran. Der Hirte trat an das Gefährt und schaute sie fragend an.

»Ich danke dir von Herzen, dass du mich gerettet hast, Yashor«, sagte das kleine Mädchen leise. »Das werde ich dir in meinem ganzen Leben nicht vergessen.«

Sie beugte sich zu ihm vor – ihrer beider Gesichter befanden sich nun auf gleicher Höhe – und küsste ihn plötzlich auf den Mund.

Yashor duldete den Kuss, doch als eine kleine Zunge sich zwischen seine Lippen schieben wollte, wich er mit heißer Brust erschrocken zurück. Die Erbtochter der Priesterkönigin und er, ein einfacher Hirte … Nein, das ging nicht!

Zart strich er dann Moranna über das Haar und sagte: »Es ist schon gut, aber jetzt musst du schlafen und dich erholen!«

Moranna spitzte die Lippen noch zu einem Luftkuss, dann grinste sie schalkhaft und zog sich ins Innere des Wagens zurück.

Als Yashor sich zum Pferch umwandte, kam Yorga auf ihn zu. Der junge Krieger roch zwar noch nach Bier, schien inzwischen aber ebenfalls völlig ernüchtert zu sein. Er schaute den Hirten zerknirscht an.

»Es ist meine Schuld«, sagte er reumütig.

»Was denn?«, fragte Yashor verwirrt. Seine Gedanken waren ganz woanders gewesen.

»Dass es diesen Überfall gegeben hat«, erwiderte Yorga.

Yashor blickte ihn verständnislos an. »Weshalb?«

»Ich hätte nicht in die Schänke gehen dürfen! Ich hätte nichts trinken dürfen! Ich hätte hier sein und Moranna verteidigen müssen!«, klagte sich Yorga an.

»Aber selbst wenn du hier gewesen wärest, hätten die Unbekannten trotzdem angegriffen!«, versuchte Yashor einzuwenden.

»Ja, aber meine Aufgabe wäre gewesen, sie gleich in die Flucht zu schlagen!«

»Nun, es ist ja nichts Ernstliches passiert. Moranna ist noch da.«

»Ja, aber *ich* hätte die Angreifer vertreiben müssen! Deshalb wurde ich ja auf die Reise mitgeschickt!« Es schien fast, als bereitete es Yorga ein verdrehtes Vergnügen, sich selbst zu beschuldigen.

Yashor zuckte mit den Schultern. »Mach dir keine Gedanken! Es ist nichts geschehen.«

»Doch, es ist etwas geschehen: Ich habe meine Ehre als Krieger verloren!«, versetzte der andere eigensinnig. »Ein Hirt hat getan, was ich als Krieger hätte tun müssen.«

›Ach, daher weht der Wind!‹, dachte Yashor amüsiert und unterdrückte ein Grinsen, das ihm auf die Lippen wollte. »Der Hirt hat getan, was Hirten tun müssen: Raubzeug von der Herde vertrieben. Darin unterscheiden sich vielleicht Krieger und Hirt gar nicht so sehr voneinander«, sagte er und legte Yorga begütigend eine Hand auf die Schulter.

Der schaute ihn verdutzt an. Offenbar war ihm noch nie der Gedanke gekommen, dass Hirten manchmal auch Mut beweisen mussten. Er betrachtete Yashor, als sähe er ihn zum ersten Mal.

»Ich habe da etwas aufgeschnappt ... Stimmt es eigentlich, dass du eine Gefolgschaft hast, der Yeshem, Gishmi und die anderen angehören?«

Yashor nickte.

»Ich möchte auch dazugehören«, erklärte er knapp. »Von diesem Hirten kann dieser Krieger noch etwas lernen.«

Die Worte klangen ungewohnt demütig für einen Rittersohn, der bisher nur am Rande Yashors Anwesenheit überhaupt zur Kenntnis genommen hatte.

Um ein Haar hätte der Hirte geantwortet: »Ach, lass mich in Ruhe!« oder »Scher dich doch zur Wildsau mit deinem Stolz!« Aber da war in ihm eine Stimme, die sagte, wer echte Reue zeige, der verdiene eine neue Chance sich zu bewähren, und es stehe ihm nicht zu, diesen Yorga, der jetzt so zerknirscht vor ihm stand, wegen seines früheren Benehmens zu verurteilen.

»Aber du bist ja ein Mann des Herzogs von Stagira ...«, brachte Yashor als letzten Einwand vor.

»Wenn der Herzog erfährt, wie ich hier versagt habe, wird er nichts mehr von mir wissen wollen«, meinte Yorga voller Überzeugung.

Yashor wiegte den Kopf. Sicher war der Herzog klüger, ja weiser als dieser Jungkrieger und würde anders urteilen. Aber wenn es denn zu Yorgas Beruhigung diente ... Er stieß einen Hirtenpfiff aus. Yeshem und Gishmi kamen angerannt, Allaun wandte sich ihnen zu, Allad schaute aus dem Reisewagen heraus.

»Kommt einmal alle her!« Yashor winkte. Als sie im Kreis um ihn standen, zeigte er auf Yorga und sagte: »Dieser Krieger, Yorga von Burg Sternlein, will sich meiner Gefolgschaft anschließen. Ihr sollt dabei Zeugen sein.«

Und so beobachteten die anderen, der Hirte, der Goldwäscher, der Barde und der Schüler der Tiefwissenden, wie mit Yorga von Burg Sternlein ein echter Jungkrieger vor Yashor niederkniete und ihm den Gefolgschaftseid leistete. Danach umarmten sie der Reihe nach ihren neuen Gefährten und nahmen ihn in ihre Gemeinschaft auf.

Als die Zeremonie beendet war, atmete Yashor tief auf und schickte wieder alle weg, damit sie sich für die Nacht vorbereiteten. Yeshem und Yorga sollten zusammen mit den beiden Grenzwächtern Wache halten.

Bevor noch der Hirte etwas Luft schöpfen konnte, kam Kolgo aus der Schänke zurück. Der Hauptmann führe die Befragungen weiter, sagte er, es gebe Anzeichen dafür, dass die beiden Übeltäter zwei, drei Tage hier in der Gegend auf die Ankunft des Reisewagens gewartet hätten. Mit gerunzelter Stirn meinte der Amtmann, für ihn gebe es keinen Zweifel, dass diese Leute von Anfang an hinter all den Vorkommnissen steckten und schon für den Überfall auf den Zweiten Großschäfer und Armon verantwortlich gewesen seien.

»Worüber ich mir den Kopf zerbreche, ist die Frage, ob sie wussten, dass Morin Moranna war. Und warum sie sie entführen wollten. Und wohin. Und wieso ausgerechnet hier, im letzten Zipfel der Waldmark vor Avalanna«, sagte er und kratzte sich an der Schläfe.

»Das sind aber schon vier Fragen«, erwiderte Yashor und lächelte.

»Nein, letzlich ist es nur eine einzige: Zu welchem Zweck wollten die beiden die Erbtochter der Priesterkönigin entführen? Das Wo und Wohin ließe sich dann aus dem Zweck erklären«, beharrte Kolgo. »Anders gefragt: Waren es einfache Strauchdiebe, die Gold erpressen wollten, oder stecken unbekannte Feinde der Priesterkönigin hinter der versuchten Entführung?«

Yashor überlegte. »Da sie offenbar schon seit Bergion hinter uns her sind, handelt es sich bei ihnen gewiss nicht um gewöhnliche Straßenräuber. Aber welche wirklichen Gegner könnte die Priesterkönigin haben? Mir fallen eigentlich nur die Shakaren ein.«

Kolgo nickte und knurrte etwas Unverständliches.

»Es gibt aber noch eine Möglichkeit«, fügte Yashor hinzu. »Die Männer sind Feinde von jemand anderem, den sie durch ihre Tat gegen die Priesterkönigin aufbringen wollten.«

Kolgo schaute ihn mit großen Augen an. »Das ist weit hergeholt! Aber schließlich ...« Er wiegte brummelnd den Kopf und sagte dann: »Jetzt muss ich erst einmal schlafen. Morgen kann ich besser denken.«

Yashor ging zum Pferch hinüber und setzte sich neben Yeshem mit dem Rücken an einen der Pfähle. Der Freund schaute ihn fragend an, aber der Ältere hatte keine Lust mehr zum Reden. Er saß lange wach, auch als Yeshem schon schnarchte und statt seiner

Gishmi die Wache übernommen hatte. Was den Hirten nicht schlafen ließ, waren nicht so sehr die turbulenten Ereignisse des Tages, sondern er träumte mit offenen Augen einem Kuss nach, den er noch auf den Lippen spürte. Damals ahnte Yashor noch nicht, welche Rolle dieser erste Kuss Morannas in seinem späteren Leben spielen sollte.

Da fast alle aus der Reisegruppe erst spät in der Nacht zur Ruhe gekommen waren, brachen sie dafür am nächsten Tag auch ziemlich spät auf. Der Hauptmann der Grenzwache geleitete sie mit seinen Männern bis zur Brücke an der Morak-Furt. Von den beiden Übeltätern hatte man noch keine Spur gefunden. Der Hauptmann vermutete, die Reiter seien die Morak aufwärts nach Mordan geflohen.

Als Bjardu und Irigil, wieder neben Moranna auf dem Kutschbock sitzend, dies hörten, erinnerten sie sich daran, dass die Angreifer bei ihren knappen Äußerungen in einem leicht mordanischen Akzent gesprochen hätten.

Den Hauptmann schien dieser Hinweis zu erfreuen. »Aha«, sagte er, »es waren also Schurken von jenseits der Grenze. In diesen Tagen weiß man ja gar nicht, was drüben in Mordan und Gordan alles los ist. Ich bin beruhigt, dass solches Pack nicht aus der Waldmark stammt.«

Doch Kolgo erleichterte diese Annahme offenbar keineswegs. Er murmelte etwas vor sich hin und schüttelte den Kopf. Wenn die Angreifer aus Mordan stammten, dann wurde alles nur noch verwickelter und undurchsichtiger.

Sie dankten dem Hauptmann und seinen Leuten, überquerten die Morak auf der schönen breiten Brücke und erklärten auf der anderen Seite der Grenzwache der Königin, dass sie mit einem Geschenk des Herzogs von Stagira zum Hof von Avalanna unterwegs seien. Die Wächter begrüßten sie freundlich und wünschten ihnen einen guten Weg. Zwischen der Furt und der Stadt Avalanna lag nur noch ein lichter Buchenwald. Sie kamen ihrem Ziel immer näher.

Doch als sie noch keine tausend Schritte zurückgelegt hatten, blieben Dorch und Fjonn stehen, äugten witternd in das Gehölz hinein und begannen dann erregt zu bellen. Yashor gab ein Zeichen, alle sollten stehen bleiben, und blickte zum Waldsaum.

Mit einem Mal kamen Reiter auf sie zugesprengt, drei, vier, fünf, sie hielten geradewegs auf die Stelle zu, an der Wagen und Herde warteten.

Der Anführer des Trupps war allerdings kein Bärtiger auf einem dunkelbraunen Ross, sondern eine Frau auf einem Silberschimmelhengst.

Die Reiterin trug über dem überaus schönen, leicht goldbraun getönten Gesicht eine Pelzkappe aus Silberfuchs, dazu die Tracht der Niridun, der Amazonen aus den Ebenen von Banon, und Reitstiefel mit stählernen Fußspitzen sowie golden schimmernden Radspornen. An ihrem breiten Schwertgürtel, der mit Gold- und Silberdraht verziert war, hatte sie in einer mit Amethysten, Saphiren und Rubinen geschmückten Scheide einen großen Jatagan stecken, und die Reiterin wirkte wahrhaft so, als könnte sie – wenn es sein musste – mit diesem Säbel auch wirklich einem Menschen das Leben rauben. Überdies trug sie einen Köcher auf dem Rücken und hatte in einer mit Smaragden, Turmalinen und Almandinen besetzten Satteltasche einen großen abarischen Reflexbogen stecken.

Ihre Begleiter, zwei Frauen und zwei Männer, hielten Wurfspeere und Reiterlanzen in den Händen.

»Seht, ist das nicht eine herrliche Herde stagirischer Zuchtschafe?«, rief die Anführerin wie im Scherz über die Schulter ihrem Gefolge zu. »Die würden sich auf meinen Weiden gut ausmachen.«

Die anderen vier Reiter lachten schallend.

Yashor trat vor, stellte sich zwischen die Herde und die Reiterin und rief laut, klar und vernehmlich: »Diese Schafe stehen nicht zum Verkauf. Sie sind ein Geschenk der Impalaris von Harkin und des Herzogs von Stagira an die hochmächtige Königin Marjam von Avalanna!«

Auf diese Worte hin nickten sich die Begleiter der Reiterin

bedeutsam zu – ob wohlwollend oder spöttisch, konnte Yashor nicht erkennen, da die Schatten des Buchenlaubs auf ihre Gesichter fielen.

»Und wenn ich mir diese Schafe einfach nähme«, versetzte die Reiterin, »wer würde mich daran hindern?«

»Ich, Yashor aus Stagira«, sagte der Hirte, packte seinen Stab am unteren Ende wie eine Keule fest mit beiden Händen und hob ihn drohend über die Schultern. Er bemühte sich seiner Stimme Festigkeit und Entschlossenheit zu geben. »Jeden, der sich am Eigentum der Königin von Avalanna vergreift, haue ich mit meinem Stock schneller aus dem Sattel, als er denkt. Und im Übrigen«, er wies mit einem Ruck seines Kopfes hinter sich, »habe ich noch fünf Männer in meiner Gefolgschaft, die mir bei der Verteidigung des mir Anvertrauten beistehen.«

Die Reiterin schaute ihn einige Herzschläge lang schweigend und wie prüfend an, dann sagte sie in einem Ton, der nicht unfreundlich klang: »Wenn dem so ist, dann werde ich das Risiko nicht eingehen und deine Entschlossenheit, das Gut der Königin zu verteidigen, nicht auf die Probe stellen.«

Sie gab ihren Begleitern ein Zeichen, worauf diese ihre Pferde wendeten und wieder in den Wald zurückritten.

»Ich wünsche dir einen guten Weg, du Hirte Yashor aus Stagira im Lande Harkin«, rief sie ihm zu, »und dass die Königin von Avalanna dir deine Pflichttreue vergelten möge!«

Mit diesen Worten riss sie ihren Silberschimmelhengst am Zügel, das Ross bäumte sich auf, machte auf den Hinterhufen beinahe auf der Stelle kehrt und setzte dann in einem kraftvollen Kanter den anderen nach. Bald war die Reiterin wieder zwischen den Buchen verschwunden.

Als von den fremden Reitern nichts mehr zu sehen war, klatschten alle in die Hände und riefen begeistert: »Yashor! Yashor!« Am lautesten schrie natürlich Moranna.

Doch der Hirt winkte ab. Ihm hatte das Herz bis in den Hals geschlagen, und er merkte erst jetzt, wie ihm Schweißperlen von der

Stirn rannen. Seltsamerweise aber war ihm an der bewussten Stelle seiner Brust ganz heiß geworden.

Beim Weiterziehen holte er dann heimlich den Herzkristall aus seinem Brustbeutel. Nachdem er ihn in der rechten Hand gehalten und seine Verwirrung und Furcht an Talik gesendet hatte, umschloss er ihn fest mit der linken und wartete. Allmählich wurde er innerlich ruhiger, und als sie sich dem Ende des Waldes an der Morak-Furt näherten, war ihm, als hörte er den Tiefwissenden flüstern: »Gut gemacht, Yashor, und die Himmlischen stehen dir bei.«

Auf dem ganzen Weg durch den Wald, vor allem aber nach dem Zwischenfall mit der unbekannten Reiterin, konnte Moranna ihren Blick nicht von Yashor abwenden. Sie saß zwischen den beiden alten Leuten auf dem Kutschbock und verschlang den Hirten fast mit den Augen. Für ihr ganzes Leben lang wollte sie diesen mutigen Mann in ihr Herz schließen!

Es war noch nicht Mittag, als sie den Waldrand erreichten und Avalanna, die schöne, reiche und mächtige Stadt vor sich liegen sahen. Links, von Nordosten her, kamen die Ausläufer der Taurischen Berge und bäumten sich in einer letzten Anhöhe auf, bevor sie den breiten Uferlandschaften des Daidun wichen. Diese Kuppe war der Schlossberg, auf dem sich die große, mächtige Burg erhob, die den Herrschern von Avalanna als Palast diente: ein trutziges Gebäude ohne äußeren Schmuck, fünf Geschosse hoch, die vier langen Trakte zu einem vollkommenen Quadrat zusammengefügt, an dessen vier Ecken sich wehrhafte Türme erhoben.

›Es sieht fast so aus, als hütete die Burg die Stadt‹, dachte Yashor. Auf der Ebene zwischen dem Schlossberg und dem breiten Strom drängten sich so viele und so schöne Bauwerke, wie er sie bisher niemals gesehen hatte.

Eine mächtige Wehrmauer umfriedete die Stadt, aber schon davor reihten sich zahllose Häuser an der Straße und zwischen den Feldern.

Yashors Begleiter stießen freudige Rufe aus. Er stimmte mit ein.

Endlich waren sie am Ziel! Jetzt würden sie die Schafe abliefern, sich ein wenig ausruhen, dann die Heimkehr antreten, und alles wäre glücklich zu Ende.

Hätte Yashor sich in diesem Augenblick an das fünfte Rauna-Steinchen aus seinem Orakel bei Talik erinnert, dann wären ihm vielleicht Zweifel gekommen, ob er wirklich schon alles vollbracht hatte, was das Schicksal auf dieser Reise von ihm erwartete.

Kapitel VIII

Minam schlenderte langsam durch die Gasse der Waffenschmiede und äugte sehnsüchtig in die Auslagen der Schwertfeger. Da lagen stählern glänzende Säbel und Schwerter nebeneinander: Jatagan, Kandschar, Pallasch. Jeder davon wäre einer Kriegerin würdig gewesen, doch das Geld, das sie und ihre Schwester mit sich führten, war knapp bemessen und musste überdies auf die Sicherung ihres Lebensunterhalts verwendet werden – solange sie nicht wussten, wie es weitergehen sollte.

Sie hatten den Rat der Ipona-Priesterin befolgt und waren – anstatt den Lagern der Niridun in der Steppe von Banon zuzustreben – am Südrand der Taurischen Berge bis zum Daidun gelangt und ihm stromaufwärts bis Avalanna gefolgt. Von weitem schon hatten sie den Schlossberg mit der Königsburg gesehen, einem Bauwerk von solcher Macht und Größe, wie es den überwiegend in Zelten lebenden Baratum schier unvorstellbar erscheinen musste.

Der Wache am Südtor der Stadtmauer hatten sie wohlweislich verschwiegen, dass sie die Töchter des Chagans der Pferdesöhne waren; sie hatten sich wieder als Bruder und Schwester vorgestellt, die in Avalanna auf ihren Handel treibenden Vater warten wollten. Dann hatten sie sich zu einer billigen kleinen Herberge in der Karpfengasse durchgefragt, wo vor allem Händler aus den Bergen von Bantan abstiegen, aber keine Baratum. Denn ihren Landsleuten und deren neugierigen Fragen wollten sie aus dem Weg gehen.

Jetzt war es schon ihr dritter Tag in Avalanna und die Zeit drängte. Wie sollten sie sich in den Schutz der Königin stellen? Einfach zum Burgtor gehen und den Palastwachen sagen, sie wollten die Königin sprechen?

Das erschien wenig aussichtsreich, wenn sie dabei verschwiegen, dass sie die Töchter des Herrschers der Unbesiegbaren Heerscharen waren.

Aus der Werkstatt eines Pfeilschmieds, die neben dem Haus eines Schwertfegers lag, trat eine junge Frau in der Kleidung der Kriegerinnen der Niridun auf die Straße. Ihr folgte eine Dienerin, unter dem Arm ein in Barchent gewickeltes Bündel; offensichtlich hatten die beiden neue Pfeile eingekauft.

Die Kriegerin trug einen mit Goldbrokat verzierten Ledermantel und schöne neue Stiefel. Ihr hüftlanges schwarzes Haar wurde im Nacken von einer goldenen Spange zusammengehalten. Ihre Haltung war stolz und selbstbewusst; bestimmt genoss sie hohes Ansehen bei ihrem Volk.

Einer plötzlichen Eingebung folgend trat Minam auf sie zu und hob, Aufmerksamkeit heischend, die Hand.

»Verzeih, Tochter der Steppe«, sagte sie auf Tumdul und benutzte dabei eine Anrede, die bei beiden Völkern als höflich galt, »darf ich dich um einen Rat fragen?«

Die Kriegerin hielt inne und schaute neugierig den Fragenden an – einen Jüngling, der schon eine männliche Haltung aufwies, aber noch keinen Bartflaum auf den Wangen trug. »Was kann ich für dich tun, Pferdesohn?« Minams Herkunft hatte sie sofort erkannt, doch nicht ihr Geschlecht.

»Mein Name ist Nagarki, ich bin zusammen mit meiner Schwester nach einem Streit mit unserem Vater aus dem Weiten Grasland hierher nach Avalanna geflohen, weil hier eine Frau als Königin herrscht, nicht ein Mann wie bei den Unbesiegbaren Heerscharen.«

Bei der Erwähnung der Unbesiegbaren Heerscharen huschte ein leicht amüsiertes Lächeln über das Gesicht der Kriegerin.

»Unterwegs hat uns bei Ushgur eine Seherin geraten, wir sollten uns unter den Schutz von Königin Marjam stellen, aber wir wissen nicht, wie wir das anstellen sollen. Doch du bist eine Niridun, und wie wir wissen, ist die Königin von Avalanna auch eure Herrscherin und von ihrer Mutter Kishban her eine von euch. Vielleicht kannst du mir sagen, was ich tun muss, um bei ihr Gehör zu finden?«

Die Kriegerin lachte leise. »Dich hat wahrhaft das Glück geleitet, Nagarki, denn ich bin die Tuduni Kishik, Tochter von Kishdun, der Tarkani der Pferdeschwestern, und Königin Marjam ist eine Base meiner Mutter und somit meine Tante. Es ist mir also ein Leichtes, ihr euren Fall vorzutragen.«

Mit großen Augen blickte Minam auf die junge Frau, die sich Kishik nannte und bei den Niridun den Rang einer Tuduni, einer Herzogin, bekleidete. Diese schöne und stolze junge Frau war also nicht nur eine Kriegerin der Steppe, wie sie es selbst für sich immer erträumt hatte, sondern überdies noch eine enge Verwandte der Königin von Avalanna! Hatte hier am Ende jene Göttin Ipona, die sie auf ihrem Steinbildnis im Brunnenhaus bei Ushgur so vertraut auf dem Pferd hatte sitzen sehen, doch noch die Wege der verkleideten Tochter des Chagans der Pferdesöhne zum richtigen Zeitpunkt an den richtigen Ort gelenkt? In ihrem Herzen sagte Minam der Großen Mutter heißen Dank.

»Komm, begleite mich, und wenn wir in meinen Gemächern sind, kannst du mir eure Geschichte erzählen!«, lud Kishik sie ein.

Minam nickte befangen; sie fühlte sich von der Kriegerin seltsam angezogen.

Unter belanglosem Geplauder durchquerten sie die Stadt und stiegen schließlich den Schlossberg empor. Die Dienerin folgte ihnen schweigend.

Der Königspalast von Avalanna war ein gewaltiges burgartiges Bauwerk, dessen vier lange Trakte einen quadratischen Innenhof umschlossen. An jeder Ecke ragte ein hoher quadratischer Turm empor. Über dem aus Quadersteinen gefügten Erdgeschoss erhoben sich noch vier weitere gemauerte Stockwerke.

Im zweiten Stock des Ostflügels verfügte Kishik über eine Wohnung, die aus drei Räumen auf der Außenseite bestand: Wohn-, Schlaf- und Esszimmer. Daneben gab es noch eine Kammer für die Dienerin und eine kleine Küche.

Während im Esszimmer nach städtischer Sitte ein Tisch, Stühle und Wandbänke standen, war das Wohnzimmer auf eine Weise eingerichtet, die an das Leben in der Jurte erinnerte: Der Boden war mit weichen Teppichen ausgelegt, große Kissen luden zum Sitzen auf dem Boden ein, Wandbehänge gaukelten den Eindruck von Zeltwänden vor. Minam fühlte sich hier sofort wie zu Hause.

Kishik bat ihren Begleiter, es sich auf den Teppichen bequem zu machen, und ließ von der Dienerin zwei Becher und einen Krug gesüßtes Eiswasser bringen. Ihr Gast stand offensichtlich an der Schwelle von der Jugend zum Mannsein – ein Jüngling mit einer noch etwas knabenhaften Stimme, offenbar aber schon für die Reize des Weiblichen empfänglich, denn er musterte sie verstohlen und ließ seinen Blick über ihre Gestalt schweifen. War dies vielleicht der Mann, der ihr zur Wiederherstellung verhelfen konnte?

»Berichte mir, weshalb ihr von zu Hause geflohen seid«, forderte sie Nagarki-Minam auf und war überrascht, als der vermeintliche Jüngling die Einzelheiten der Flucht erzählte und gestand, er und seine Schwester seien Kinder des Chagans der Baratum. »Das ist ja kaum zu glauben! Und deine Schwester hat es wirklich gewagt, sich dem Willen eures Vaters zu widersetzen?« Sie lachte leise. »Dann ist sie in ihrem Herzen ja eine echte Niridun ... man würde sie ohne weiteres in unseren Zelten aufnehmen.«

Als Nagarki dann von der Warnung der Seherin berichtete, seufzte Kishik und sagte: »Wie Recht sie hatte! Mir sind zwei dieser Spione schon begegnet, einen davon habe ich auf der Stelle umgebracht, der andere hat sich hier in Avalanna versteckt. Ich bin tagtäglich auf der Suche nach ihm.«

»Wenn du dich für uns bei der Königin verwenden könntest, bin ich gern bereit dir bei der Suche zu helfen«, versicherte Nagarki eifrig. »Deine Feinde werden auch meine Feinde sein.«

»So soll es sein«, erwiderte Kishik freudig, »und schon morgen werde ich nach der Morgenaudienz die Königin persönlich auf euren Fall hin ansprechen.«

Miram saß in der Kammer der Herberge und schaute durch das Fenster auf die Karpfengasse hinaus. Äußerlich schien sie so ruhig zu sein wie damals, als sie in der Jurte ihrer Sippe gesessen war und mit auf den Teppich gerichtetem Blick den Zornausbruch ihres Vaters ertragen hatte. Innerlich jedoch brannte sie vor Ungeduld. Sollte sie am Ende einer erfolgreichen und langen Flucht nun hier untätig herumhocken wie ein gelähmter Vogel?

Auf die Straße zu gehen und etwas zu unternehmen wagte sie nicht, da sie befürchtete, ein zufällig in Avalanna weilender Baratum aus dem Lager des Chagans könnte sie erkennen und dies seinen Stammesgenossen melden. So musste sie sämtliche Aufgaben Minam überlassen, die sich bestimmt alle Mühe gab, aber sie war eben doch die Jüngere, Kleinere …

Manchmal überkam Miram tiefe Niedergeschlagenheit. Hätte sie dem Vater gehorcht, so wäre sie jetzt immerhin eine der Frauen des Großhäuptlings der Shunnu. Und als Unterpfand des Bündnisses mit den Pferdesöhnen würde man sie sicher zuvorkommend behandeln. Doch welche Aussichten hatte sie hier? In Avalanna kam sie sich fremd vor, verstand die Sprache fast nicht – in ihrer Kindheit hatte sie von der Großmutter etwas Harkinak gelernt, aber später war es ihr nicht mehr wichtig erschienen. Minam beherrschte diese Sprache besser, das musste sie ihr lassen. Ach, hätte sie doch nach Banon reiten können! Das Tumdul der Niridun war für die Baratum völlig verständlich, wenn auch die Pferdesöhne es für etwas weibisch hielten, was ihr ja gar nichts ausgemacht hätte.

Welche Absichten hatte diese Göttin Ipona, die man in Avalanna die Große Mutter nannte? Sie war es doch, welche die beiden Schwestern in diese Richtung gelenkt hatte. Große Mutter! Mirams eigene Mutter war gestorben, als sie fünf Sommer zählte, und dann hatten die Großmutter und Ummu deren Stelle eingenommen. Eigentlich wusste sie gar nicht recht, was dies war – eine Mutter. Und doch träumte sie davon, selbst Mutter zu werden – vorausgesetzt, sie würde den Mann finden, den sie aus ganzem Herzen annehmen konnte. Wo war er? Hier in Avalanna? In Banon? Wo nur?

Auf der Gasse gab es eine Bewegung. Da kam Minam gelaufen. Schon an ihrer Gangart konnte Miram erkennen, dass sie eine gute

Neuigkeit brachte. Und als die Schwester dann ganz atemlos in die Kammer stürzte, sah Miram an ihrem Gesichtsausdruck, dass die Tage des untätigen Herumsitzens zu Ende waren. Sie breitete die Arme aus, umarmte die Schwester und zog sie an ihr Herz.

Noch vor dem nächsten Mittag erschien Kishik – diesmal beritten – mit ihrer Dienerin vor der Herberge in der Karpfengasse und holte Nagarki und Miram mit ihren Pferden und dem Gepäck ab, hinauf in den Königspalast. Der junge Baratum und seine Schwester erhielten Gemächer ebenfalls auf dem zweiten Stockwerk – das, wie Kishik ihnen erklärte, »Gästen aus der königlichen Verwandtschaft« vorbehalten sei. Ihre Räume lagen allerdings im Westflügel und gewährten bei geöffneten Fenstern einen herrlichen Blick über die große Stadt, die sich zwischen dem Schlossberg und dem Fluss ausbreitete. Ihre Pferde bekamen Plätze in den königlichen Stallungen, wo sie nicht geringes Aufsehen erregten, denn sie waren die ersten Shunnu-Pferde, die den Pferdeknechten der Königin von Avalanna zu Gesicht kamen. Die Schwestern hüteten sich jedoch davor, das Wort »Shunnu« auszusprechen, um niemanden auf die Spur der verschwundenen Braut des Häuptlings der Sturmreiter zu locken.

Während die beiden Neuankömmlinge mit Unterstützung einer Dienerin, die ihnen zugeordnet worden war, ihre Habseligkeiten in der neuen Wohnstatt verstauten, erklärte Kishik ihnen, sie sollten sich möglichst wenig außerhalb des Palastes blicken lassen, solange sie noch nicht der Königin vorgestellt worden seien. Auf die Frage, ob sie noch besondere Wünsche hätten, die über Unterbringung und Verpflegung hinausgingen, sagte Miram, sie würde gern Unterricht in Harkinak nehmen, da sie diese – in Avalanna allgemein übliche – Sprache fast gar nicht verstehe und so schnell wie möglich erlernen wolle. Und Nagarki blickte Kishik mit leuchtenden Augen an und meinte, er würde sich freuen mehr über das Leben der Niridun und die dort übliche Ausbildung zur Kriegerin – hm, er räusperte sich –, das heißt: zum Krieger zu erfahren.

Beiden könne geholfen werden, erwiderte Kishik mit einem

Lächeln. Sie werde nach einem königlichen Schreiber fragen, der bereit sei, allabendlich nach Dienstschluss Miram in Harkinak zu unterrichten, und wenn Nagarki während dieser Zeit zu ihr in den Ostflügel herüberkäme, könnte sie ihm alles über das Leben in der Steppe von Banon erzählen.

Tatsächlich meldete sich nach Sonnenuntergang in den Gemächern der Geschwister ein alter weißhaariger Mann namens Irion, der sich als einer der Geheimschreiber der Königin vorstellte und Tumdul flüssig, wenn auch mit dem weichen Akzent der Niridun sprach. Eine für Baratum ungewohnte Erscheinung, denn die Pferdesöhne nannten die Mundart der Niridun einfach »die Weibersprache«. Er hatte einige Fibeln mitgebracht, mit denen in den Schulen von Avalanna die Kinder das Lesen lernten, dazu Tinte, Rohrfedern und einen Stapel Papyrusblätter – für erste Schreibversuche seiner neuen Schülerin in der goidelischen Schrift.

Als der alte Schreiber auch Nagarki Feder und Papyrus aushändigen wollte, erklärte der vermeintliche Bruder, er werde alles später von der Schwester erlernen und wolle sich jetzt doch lieber zu Kishik begeben, um dort etwas anderes zu erfahren, nämlich die Kunde vom Leben der Niridun. Der Schreiber lächelte nachsichtig und meinte, es sei verständlich, dass ein so hübscher Jüngling sich eher zu einem Mädchen hingezogen fühle als zu einem vertrockneten alten Kauz wie ihm. Nagarki errötete verlegen und machte sich davon.

Kishik hatte in der Mitte ihres Wohnzimmers einen niedrigen Tisch mit einer runden, reich verzierten Kupferplatte aufstellen lassen. Darauf standen ein halbes Dutzend Kerzen, ein Weinkrug und zwei Silberbecher. Sie lud Nagarki ein sich neben sie zu setzen und sagte: »Vom roten Wein beflügelt erzählt es sich leichter.« Darauf goss sie die beiden Becher voll und reichte einen ihrem Gast.

Nagarki-Minam wagte nicht zu sagen, dass dies der erste Wein seines, ihres Lebens war. Bei den Baratum galt es als höchst unschicklich für junge unverheiratete Weibspersonen, berauschende Getränke zu sich zu nehmen, glaubte man doch, diese zerstörten jedwede Sittsamkeit und stifteten zu ausschweifendem Verhalten an. Doch bei den Niridun oder im Königspalast von Avalanna schienen andere Regeln zu gelten, und so tat der Jüngling vorsichtig seinen ersten Schluck. Der Wein war süß und fast ölig, er schmeckte angenehm und wärmte den Leib. Schnell trank Nagarki ein zweites Mal, um diese angenehme Erfahrung zu wiederholen, und bevor Kishik die Frage stellen konnte: »Was möchtest du als Erstes über das Leben der Niridun erfahren?«, hatte der junge Baratum schon zum dritten Mal dem Wein zugesprochen. In seinem Herzen begann eine nie gekannte Leichtigkeit und Heiterkeit aufzusteigen.

»Ab wann werden eure Mädchen zu Kriegerinnen ausgebildet und was lernen sie dabei?«

»Du richtest dein Augenmerk ja in auffälliger Weise auf die Mädchen!«, erwiderte Kishik und lachte. Sie goss Nagarki Wein nach und begann zu erzählen. Die Niridun beobachteten schon ihre Zwei- und Dreijährigen, um aus dem Verhalten der Kinder zu schließen, ob sie sich wohl mehr zur Kriegerin oder zur Zeltfrau entwickeln würden. Spielte ein kleines Mädchen lieber mit Holzpferdchen und verlangte es nach einem Kinderbogen oder einem Holzschwert, dann sehe man darin eine Regung der Anlage zur Kriegerin oder Jägerin und fördere die Kleine dementsprechend. Zöge das Mädchen jedoch Puppen und winzige Kochkessel aus Kupfer vor, dann helfe man ihm zu einer Zeltfrau zu werden.

»Und das Gleiche gilt auch für die Jungen«, fügte sie hinzu. »Auch die Niridun haben Krieger, aber für einen Mann gilt es bei uns nicht als Schande, wenn er es vorzieht, Zeltmann zu werden. Wir haben zum Beispiel gute Köche ...«

Köche? Nagarki musste sich fast schütteln bei dem Gedanken. Kein Pferdesohn hätte auch nur einen Kochkessel angerührt – aus Angst, man könnte ihn weibisch schelten.

»Möchte deine Schwester Kriegerin werden?«, wollte Kishik wissen.

»Nein, ich glaube nicht«, antwortete Nagarki. »Sie ist eine sehr gute Reiterin, hat sich aber mit den Kampfkünsten noch nicht befasst. Ich glaube, sie möchte einfach, dass ihr Wille nicht gebrochen wird – sie hat einen starken Willen.«

»Sonst hätte sie es ja auch nicht gewagt, eurem Vater die Stirn zu bieten«, bemerkte die Kriegerin. »Und wie ist es mit dir?«

»Ich besitze ebenfalls einen starken Willen und ich möchte unbedingt Krieger …« Nagarki brach ab und hustete verlegen, als hätte er sich verschluckt. Um ein Haar hätte er wieder Krieger*in* gesagt, »karpak*lan*« statt nur »karpak«.

»Nun, um Krieger zu werden, hätte ein so schmucker Kerl wie du nicht von den Pferdesöhnen fliehen müssen«, meinte Kishik und lächelte. »Aber es spricht für dich, dass du deine Schwester nicht im Stich lassen wolltest.« Sie tätschelte aufmunternd die Hand des Jünglings, die neben ihr auf dem Kissen ruhte.

Die Berührung ließ Nagarkis Gesicht erröten, doch jetzt griff er seinerseits nach Kishiks Hand und streichelte mit zärtlichen Fingern ihre Innenhand.

Das Entgegenkommen des jungen Pferdesohns ermutigte Kishik, etwas kühner zu werden. Sie streichelte ihm mit der freien Hand die Wange. »Du bist wirklich ein gut aussehender Junge«, sagte sie und dämpfte dabei die Stimme, ohne recht zu wissen warum. »Die Mädchen deines Lagers müssen sich ja schon die Augen nach dir ausgeguckt haben.«

Nagarki spürte, wie er tiefrot anlief, er schwieg und zuckte nur mit den Achseln.

»Sicher sehnen sie sich in ihren Träumen nach deinen Küssen«, flüsterte Kishik.

»Ich habe noch keine einzige geküsst«, hauchte Nagarki schüchtern.

»Dann wäre ich also die Erste … wenn du mich magst?«

Nagarki nickte stumm. Sein Herz pochte bis in den Hals.

Und ehe er sich's versah, umschlang ihn Kishik mit den Armen und drückte ihm einen Kuss auf den Mund. Dann zog sie ihr Gesicht zurück, blickte ihn fröhlich an und wollte etwas sagen, doch noch bevor die Worte ihr über die Lippen kamen, erwiderte Nagarki den Kuss und begegnete dabei ihrer Zunge, die jetzt in einer stummen

Sprache sprach. Dass am Küssen sich nicht nur Lippen, sondern auch Zungen beteiligen können, hatte bislang noch niemand Nagarki verraten. Aber bereits einen Augenblick später war es, als hätte er das schon von Ewigkeit her gewusst.

Als beide nach einer Weile das Spiel der Münder unterbrachen, um Atem zu schöpfen und sich die Haare aus dem Gesicht zu streichen, schlug Kishik vor, sie sollten nach nebenan gehen und sich auf ihrer Schlafstatt niederlassen, das sei viel bequemer, als hier zu sitzen.

Nagarki willigte mit begeistertem Nicken ein, und sobald sie auf dem breiten weichen Bett der Kriegerin lagen, nahmen sie das Lippen-und-Zungen-Spiel wieder auf. Doch jetzt wurden Kishiks Hände unruhig und strichen rastlos über Nagarkis Oberkörper dahin, was dessen Hände ermutigte nicht nur Wange und Hals der Niridun zu streicheln, sondern auch tiefer in die Öffnungen ihres Gewandes zu tauchen, bis sie die Zwillingshügel erreichten und zärtlich betasteten.

»Ja, danach lechzt ihr Männer, das weiß ich«, flüsterte Kishik und lachte leise. »Ihr könnt nicht vergessen, wie eure Mütter euch genährt haben!«

Sie ließ von Nagarkis knabenhaft flacher Brust ab und zog ihr Obergewand auseinander, sodass sich ihre runden vollen Brüste dem Pferdesohn offen und unbeengt darboten. Und als müsste sich Nagarki in die Zeit seiner Unschuld an der Mutterbrust zurückversetzen, begann er selbstvergessen an den Brustspitzen zu saugen, erst an der einen, dann an der anderen. Kishik stieß einen tiefen Seufzer des Behagens aus.

Die Tuduni der Niridun gab sich eine Weile der Liebkosung hin, dann erwachten ihre Hände zu neuem Leben und fingen an die Bekleidung von Nagarkis Unterleib zu erforschen.

Während der Baratum in Wonne versunken verharrte wie ein dem Wohlbehagen frönender Säugling, gelang es Kishik, den Gürtel seines Beinkleids zu lösen und den Schrittlatz zu öffnen. Keck suchten ihre Hände nach etwas, was sich ihnen dort eigentlich freudig aufgerichtet hätte entgegenstellen sollen. Doch sie fanden nichts dergleichen. Kühn geworden drangen sie in den Haarbusch ein und …

Für zwei, drei Herzschläge erstarrte Kishik. Dann stieg in ihrer Kehle ein Laut auf, der zuerst wie ein Knurren oder Stöhnen klang, aber dann als schallendes Lachen ihrem Mund entwich.

»Du bist ja gar kein Mann!« Sie richtete den Oberkörper auf und stützte sich auf den Ellbogen. »Du bist ja ein Weib wie ich!« Sie schüttelte sich vor Lachen. »Und sicher heißt du in Wirklichkeit auch nicht Nagarki!«

Ihr Gast war krebsrot im Gesicht geworden und schüttelte verlegen den Kopf. »Ich heiße Minam und bin Mirams jüngere Schwester«, sagte die Enttarnte leise, »und ich wollte schon immer eine Kriegerin werden, wie ihr Niridun es seid. Um der Sicherheit auf der Reise willen habe ich mich als Mann verkleidet.«

»Deine Verkleidung war wirklich gut, denn bis zuletzt habe ich dich für einen Mann gehalten, für einen vielleicht noch unberührten Jüngling, aber immerhin für einen Mann.« Sie klopfte Minam begütigend auf die Schulter. »Du hast deine Sache gut gemacht.«

»Bist du mir böse?«, fragte das Baratum-Mädchen schüchtern.

»Nein, überhaupt nicht, ich mag dich ja so, wie du bist, und nicht nur wegen dem einen Ding, auf das die Männer so stolz sind und mit dem sie doch so viel Unheil anrichten.«

»Darf ich trotzdem deine Freundin sein?«

»Aber ja, und meine Bettgenossin auch!«, erwiderte Kishik. »Komm, legen wir all die lästigen Kleider ab und schlüpfen wir dann unter meine große weiche Decke.«

Dies ließ sich Minam nicht zweimal sagen. Kishik holte aus dem Wohnraum noch den Weinkrug und die Silberbecher und goss für beide ein. Sie saßen einander nackt gegenüber und tranken, und Minam erzählte von den Wunschträumen ihrer Kindheit, die sich jetzt, nach der Flucht in ein fremdes Land, zu erfüllen schienen.

»Gewiss wirst du eine Kriegerin der Niridun werden und mit mir nach Banon ziehen«, versicherte ihr Kishik schließlich, »doch solange du noch mit deiner Schwester in Avalanna bist, solltest du deine Tarnung beibehalten.«

Minam nickte dankbar.

»Aber dass du mir keinem anderen Mädchen nachstellst!«, sagte Kishik mit einem verschmitzten Lächeln und drohte in gespielter Strenge mit dem Finger.

»Nein, nein, ich mag dich, dich allein!«, brach es aus der anderen hervor. Sie stellte den Becher ab und umarmte Kishik heftig.

Lachend entledigte sich auch die Kriegerin ihres Gefäßes und erwiderte die Umarmung der Bettgenossin. Dann schlüpften beide unter die Wolldecke und liebten sich leidenschaftlich und hingebungsvoll bis in die spätesten Stunden der Nacht.

Kapitel IX

Der Harkin-Hof war ein ausgedehntes Gebäude nahe der Stadtmauer im Westteil von Avalanna, mit einem Garten dahinter, der bis zum Daidun hinabreichte. Hier hatte der Gesandte der Priesterkönigin von Harkin seinen Wohnsitz, und hier stiegen Reisende aus Harkin und dessen Landschaften ab, wenn sie im Auftrag der Impalaris oder ihrer Herzöge und Fürsten unterwegs waren.

Als Yashor und die Seinen am Tor des Harkin-Hofes eintrafen, schickte der Torwächter eilends einen Laufburschen nach Buran, dem Gesandten der Impalaris. Und der kam sofort angerannt, ohne sich noch mit dem Anlegen seines Amtsgewandes aufzuhalten. Dem großen, hageren, schon etwas ergrauten Mann stand die Erleichterung im Gesicht geschrieben, dass endlich das lang erwartete Geschenk für die Königin und vor allem aber auch die kleine Moranna heil und unversehrt am Ziel angelangt waren. Beide Torflügel wurden geöffnet, die Herde zog mit ihren Betreuern in den weiten Garten hinter dem Haus, der Reisewagen fuhr in den Hof, wo schon zwei Pferdeknechte bereitstanden, um auszuspannen und die Tiere in den Stall zu führen.

Kolgo, Yorga und die kleine Moranna mit ihren Beschützern Bjardu und Irigil wurden in Gastgemächern des Harkin-Hofes untergebracht. Yashor und Yeshem wies man ein Gartenhaus zu, damit sie in der Nähe ihrer Schützlinge bleiben konnten. Da Gishmi, Allaun und Allad zwar zu Yashors Gefolgschaft gehörten, aber nicht direkt in Diensten der Impalaris oder des Herzogs von Stagira standen, hielten sie es für angebracht, sich nahe beim Hof in einer kleinen Herberge in der Rotfedergasse einzumieten. Dies kam besonders Gishmi entgegen, da er ohne Verzug mit den hiesigen Kaufleuten Kontakt aufnehmen wollte und befürchtete, sie würden ihn nicht als ihresgleichen ansehen, wenn er in einem Haus logierte, das einem auswärtigen Herrscher gehörte.

Doch dieses Arrangement würde eh nur für wenige Tage gelten, Kolgo hatte nämlich erklärt, man wolle so schnell wie möglich das Geschenk bei den Verwaltern der Königin abgeben, Moranna zum Palast führen und dann so bald wie möglich den Heimweg antreten.

Schon am nächsten Tag gingen Buran – diesmal im blauen Amtsgewand – und Kolgo den Schlossberg hinauf zum Palast der Königin, um eine Audienz bei der Herrscherin zu erbitten, und als sie nach zwei Stunden zurückkamen, eröffneten sie den Zurückgebliebenen, die Königin werde schon am nächsten Tag während ihrer regelmäßigen Morgenaudienz die Gäste aus Harkin empfangen.

Zwei Tage nach ihrem Einzug in die Gastgemächer der Königsburg saßen Miram und Minam beim Morgenmahl, als Kishik wie ein Wirbelwind hereingefegt kam und ankündigte, Königin Marjam wolle die beiden heute kennen lernen und fordere sie deshalb auf zur morgendlichen Audienz im Kleinen Ratssaal des Palastes zu erscheinen. »Und zwar noch vor den anderen Besuchern und Bittstellern – sie will sozusagen unter vier Augen mit euch sprechen.«

Die Schwestern aßen hastig ihre Haferkuchen zu Ende und legten schnell die besten Gewänder an, die sie aus ihrer Heimat mitgebracht hatten, wobei Minam auch diesmal Männerkleidung bevorzugte, was Kishik mit einem verschmitzten Grinsen und einem Augenzwinkern zur Kenntnis nahm. Dann eilten sie mit ihrer Führerin durch die langen Korridore und die Treppe hinab ins erste Stockwerk, wo sich die Amtsräume und Privatgemächer der Königin befanden.

Der Kleine Ratssaal erwies sich als große Kammer, die etwa zehn mal dreißig Schritte maß und vom Boden bis zur Decke mit dunklem Holz getäfelt war. An der Stirnseite stand auf einem Podest ein mit reichen Schnitzereien verzierter Sessel, dessen Füße und Armlehnen die Form von Löwenpranken zeigten. Sonst gab es als Sitzgelegenheiten nur einfache Holzschemel.

Als die drei jungen Frauen den Ratssaal betraten, war nur eine einzige Person schon zugegen: Irion, der alte Geheimschreiber der Königin und Mirams Lehrer des Harkinak. Er begrüßte seine Schülerin und die anderen beiden freundlich und setzte sich mit ihnen auf Schemel in der ersten Reihe.

Über dem Sessel, der zweifellos der Königin vorbehalten war, sah man ein breites Wappenbild auf die Täfelung gemalt. Es zeigte auf gelbem Grund rot umrahmt eine rote, nach links schreitende Löwin, die drohend eine ihrer Vordertatzen hob. Darunter stand etwas in großen Schriftzeichen geschrieben, die Miram unbekannt waren. Gewiss kein Goidelisch, denn dieses Alphabet, mit dem auch Harkinak geschrieben wurde, hatte sie ja schon zum Teil gelernt.

»Was ist das?«, fragte sie ihren Lehrer. »Und was steht dort geschrieben?«

»Die Löwin ist das persönliche Wappen unserer Königin«, erwiderte Irion. »Ihr Vater, unser verstorbener König Konnar, hatte wie seine Vorväter einen männlichen, zum Kampf aufgerichteten Löwen als Wappentier. Doch als Königin Marjam den Thron bestieg, bestimmte sie, in ihrem Wappen solle eine Löwin sein, die schon allein durch den Wink ihrer Pranke ihre Feinde vom Angriff abhält. Und das Wappen mit dem männlichen Löwen hat sie ihrem Gemahl Prinz Shedar übertragen, dem Großherzog von Bantan.«

»Und was steht darunter geschrieben?«, beharrte Miram.

»Das liest sich: NEMO ME IMPUNE LACESSIT, ist nach Schrift und Sprache lateinisch und bedeutet: *Niemand wird mich ungestraft verletzen*. So lautet der Wappenspruch der Könige und Königinnen von Avalanna seit mehr als siebenhundert Jahren. Er stammt aus jener Zeit, als die Römer versuchten die Länder Banon und Bantan zu erobern und sich am Daidun festzusetzen.

Der damalige Stadtfürst von Avalanna einte die Stämme des Berglandes von Bantan und widerstand mit Unterstützung der Fürsten von Boiomion – dem heutigen Reich von Pangir – allen Angriffen der Römer. Zur Abschreckung ließ er bei jeder Schlacht diesen Spruch auf großen Schildern den römischen Soldaten vor Augen halten, damit sie gewarnt waren und wussten, sie würden nicht ungestraft davonkommen, wenn sie versuchten sich unsere Heimat anzueignen. Heute denkt kein Römer mehr daran, Heere gegen Avalanna auszusenden, aber es gibt andere Völker, die man daran erinnern muss, dass dieses Land uns gehört und uns auch nicht durch Raub genommen werden kann.«

»Er denkt dabei an die Shakaren«, warf Kishik mit ernstem Gesicht ein.

Noch bevor Miram etwas erwidern konnte, schwang die Tür auf, ein Palastwächter kam herein und postierte sich neben dem Eingang, dann folgten eine mittelgroße Frau in einem langen gelben Kleid mit breiten scharlachroten Borten und ein Mann im purpurroten Amtsgewand eines Herzogs, der seine Begleiterin um eine knappe Kopfeslänge überragte.

»Die Königin und ihr Gemahl«, flüsterte Kishik den beiden Schwestern zu und zupfte sie am Ärmel, sie sollten Irions Beispiel folgen und sich erheben.

Der Wächter zog sich wieder auf den Korridor zurück und schloss die Tür hinter sich. Königin Marjam ließ sich in dem Armsessel nieder und bedeutete dem Geheimschreiber, er solle zu ihrer Rechten auf einem Schemel Platz nehmen und die wesentlichen Punkte der Audienzgespräche aufzeichnen. Der Prinzgemahl setzte sich zu ihrer Linken.

Die Königin war eine Frau von fünfunddreißig Jahren, wie Miram aus Kishiks und Irions Erzählungen wusste, doch nach dem lebhaften Funkeln ihrer Augen, der faltenlosen Weichheit ihrer Züge und dem frisch-beschwingten Fluidum ihrer Ausstrahlung zu schließen hätte sie durchaus zehn Jahre jünger sein können. Von dem Gewand in den Farben ihres Wappens abgesehen, trug sie als Zeichen der Königswürde nur einen schmalen goldenen Stirnreif, der mit kleinen Diamanten und Rubinen besetzt war. Das Haar – zu zwei hüftlangen Zöpfen geflochten – war schwarz wie Ebenholz, die Augen, deren Mandelform an die Abstammung von den Niridun erinnerte, wirkten mit ihrem tiefen Dunkelbraun fast wie große schwarze Onyxperlen. Die Hände, die auf den Löwentatzen ihres Sessels ruhten, waren lang und schmal, doch keineswegs zart und schlaff wie bei Frauen, die müßig körperlichen Anstrengungen aus dem Weg gehen. Es waren die festen, kraftvollen Hände einer Reiterin, Kriegerin, Jägerin, die mit Zügel, Wurfspeer, Jatagan und Pfeil und Bogen umgehen konnte.

Der Großherzog von Bantan mochte zwei, drei Jahre älter sein als seine Frau; sein dunkles Haar war sehr kurz geschoren, ein dunkler Vollbart umrahmte sein hageres Gesicht. Die Hände, die er auf die Oberschenkel gelegt hatte, waren sonnengebräunt, dunkel behaart und sehnig.

Mit einem Lächeln und einem Nicken begrüßte Marjam die drei Mädchen und gab ihnen mit einer knappen Geste zu verstehen, sie sollten sich setzen.

»Ihr seid also Kinder des Chagans der Baratum?«, begann sie im weichen Tumdul der Niridun.

»Ja«, erwiderte Miram leise. Sie hatte bemerkt, dass die Königin weder von »Töchtern« noch »Tochter und Sohn« gesprochen hatte, ja nicht einmal von »*den* Kindern«. Hatte sie Minam durchschaut? Wie gut wusste sie Bescheid über die Familienverhältnisse des Großfürsten der Unbesiegbaren Heerscharen? Ach ja, fiel es Miram ein, jedes Jahr zum Großen Stutenfest war auch ein Abgesandter der Königin von Avalanna gekommen. Der hatte seine Herrin sicher über alles Wissenswerte aus dem Lager des Chagans ins Bild gesetzt. Doch bis jetzt war sie nie auf den Gedanken gekommen, dass dazu auch gehören könnte, wie viele Töchter in den Frauenjurten des Chagans lebten.

»Und du, Miram, bist aus deiner Heimat geflohen, weil du nicht gegen deinen Willen verheiratet werden wolltest?«, fuhr Marjam fort.

»Ja«, sagte Miram, jetzt etwas lauter und entschlossener.

»Dein Vater wird sehr in Zorn geraten sein ob dieser Flucht.«

»Gewiss«, erwiderte Miram beherzt. Auch von dieser Königin würde sie sich nicht zurückschicken lassen.

»Und wie hast du dir dein weiteres Leben vorgestellt?«, fragte die Herrscherin.

»Eigentlich wollten wir zu den Niridun reiten und sie um Aufnahme in ihre Zelte bitten«, erklärte Miram, »und es hätte mir nichts ausgemacht, das Leben einer gewöhnlichen Zeltfrau zu führen, wenn ich dafür selbst wählen dürfte, an welchen Mann ich mich fürs Leben binde. Und meine …«, sie räusperte sich, als steckte ihr etwas in der Kehle, »und Nagarki hier würde gern das Leben eines Kriegers führen.«

»Ein Mann kann doch auch bei den Baratum Krieger sein, oder?«, fragte Marjam, und dabei umspielte ein amüsiertes Lächeln ihre Mundwinkel. »Aber ja doch, ich verstehe, dein Bruder wollte auf dich achten, damit dir nichts zustößt, nicht wahr?«

»So ist es.« Miram nickte eifrig. Dann versuchte sie das Gespräch wieder von den gefährlichen Dingen zum Unverfänglichen zurückzuführen. »Als wir den Pass von Ushgur überschritten hatten, warnte uns eine Seherin davor, nach Banon weiterzureiten, denn dort trieben sich shakarische Spione herum. Sie riet uns nach Avalanna zu gehen und uns deinem Schutz zu unterstellen.«

»Dieser Rat war klug«, bemerkte die Königin, »auch ich habe schon Meldung von den shakarischen Schnüfflern bekommen. So seid ihr vielleicht schlimmem Unheil entronnen. Und deshalb habe ich euch auf Bitten meiner Nichte Kishik hier im Palast aufgenommen, und das schon aus schlichtem Mitempfinden, denn auch ich hätte es in deinem Alter nicht geduldet, gegen den eigenen Willen verheiratet zu werden. Aber ich hatte ja das Glück den Gemahl meiner Wahl zu finden.« Die Königin warf Prinz Shedar einen warmen Blick zu, den er lächelnd erwiderte. »Doch was die Frau in mir gerne gewährt«, fuhr sie fort, »kann der Königin Unannehmlichkeiten bereiten.« Ihr Gesicht wurde ernst. »Was ist«, fuhr sie fort, »wenn euer Vater erfährt, dass ihr euch hier an meinem Hof aufhaltet? Wird er nicht gleich den Verdacht hegen, ich hätte eure Flucht eingefädelt, um irgendein Ränkespiel gegen den Chagan der Baratum zu spinnen?«

Miram blickte überrascht drein. So hatte sie die ganze Sache noch nicht betrachtet.

»Aber er wird doch denken, die Shunnu hätten uns mitgenommen!«, mischte sich Minam aufgeregt ein.

»Ja, das mag er zunächst meinen. Aber was wird, wenn im Herbst oder spätestens im kommenden Frühjahr der Großhäuptling der Shunnu ihm mitteilt, dass die vermeintliche Braut nie eingetroffen ist? Wird er dann nicht sein suchendes Auge auch in andere Himmelsrichtungen schweifen lassen? Was ist, wenn Händler oder Reisende der Baratum durch Zufall erfahren, dass die verschwundene Tochter des Chagans hier in meinem Palast in Avalanna sitzt? Werden sie es nicht brühwarm eurem Vater melden? Und wenn dann die Unbesiegbaren Heerscharen über den Pass von Ushgur stürmen, um die Tochter ihres Herrschers mit Gewalt zurückzuholen? Und dann die Sharkaren und andere Feinde unser beider Reiche frohlocken über unseren Streit und als Dritte versuchen zu ergattern, was sie können? Ist deine Willensfreiheit den blutigen Krieg dreier Völker wert?«

Miram schaute betroffen die Königin an. Ihre Wangen röteten sich vor Verlegenheit. Hätte sie nicht doch daran denken sollen, dass das Leben der Tochter eines Chagans mehr ihrem Volk als sich selbst gehörte? Hatte sie nicht mit ihrer Flucht offenbart, dass ihr das eigene Wohl viel mehr wert war als das ihrer Sippe, ihres Stammes, ihrer Heimat, des Weiten Graslands?

Die Königin musterte sie eindringlich. Doch dann wandelte sich der kühle Blick und wurde warm und fürsorglich. »Hab keine Angst, Miram, ich werde dich nicht zu deinem Vater zurückschicken, denn ich achte deine Entscheidung. Ich wollte dir nur aufzeigen, woran man außerdem denken muss, wenn man nicht auf einem einfachen Schemel, sondern auf diesem Thron hier sitzt. Wie so oft im Leben, gibt es nicht nur das Entweder und das Oder, sondern auch einen dritten Weg, und man darf nicht zu träge sein ihn zu suchen. Was ich vorerst dir und allen, die hier zugegen sind einschärfen will, ist: Bis jetzt wissen nur die sechs gegenwärtig in diesem Ratssaal Anwesenden, dass die Tochter des Chagans bei mir zu Gast weilt. Wir müssen dafür sorgen, dass es auch nicht mehr erfahren. Der Großherzog von Bantan«, sie wies mit einer leichten Handbewegung auf Prinz Shedar, »und mein Schreiber und Rat Irion sind jene beiden Männer im Reich, denen ich am tiefsten vertraue. Und Kishik, die Tochter meiner Base Kishdun, ist eine verständige und zuverlässige Kriegerin, die eines Tages ihrer Mutter nachfolgen und unter meiner Oberhoheit Tarkani der Niridun werden wird.«

Die Königin schaute Miram und Minam abwechselnd an.

»Euer Geheimnis ist also bei uns gut aufgehoben. Es liegt damit an euch, dass es nicht andere noch erfahren. Deshalb gilt, was euren Aufenthalt hier anbelangt, folgende Regelung: Ihr seid Gäste aus Banon, aus Kishiks und Kishduns Sippe, die von meiner Mutter – Kishduns Tante – her auch meine Sippe ist. Solche Besuche aus der Steppe sind nichts Ungewöhnliches, es wird unter den Dienern und Palastleuten kein ungebührliches Aufsehen geben, niemand wird neugierige Fragen stellen.« Marjam hielt inne, als fiele ihr etwas ein, woran sie bisher noch nicht gedacht hatte. »Wissen die Pferdeknechte in den Ställen, dass die Pferde der beiden von den Shunnu stammen, Kishik?«

Die Kriegerin schüttelte den Kopf. »Die Knechte haben zwar über die unbekannte Rasse gestaunt, aber ich habe ihnen erklärt, es handle sich um Pferde aus den südöstlichen Tarpan-Bergen.«

»Nun, dabei soll es auch bleiben«, bestimmte die Königin. »Überdies darfst du, Miram, in Avalanna nicht unter deinem heimatlichen Namen auftreten, denn jeder, der etwas über die Familie des Chagans weiß, kennt den Namen seiner ältesten Tochter. Ich werde dir einen anderen Namen geben, den du für die Dauer deines Aufenthaltes in Avalanna tragen sollst.«

Die Königin hielt inne und schaute Miram nachdenklich an, dann nickte sie und sagte: »Ja, jetzt weiß ich's, *Lil'atin* sollst du heißen, ja, das passt zu dir, Lil'atin.«

Miram fuhr überrascht zusammen und ihr Herz begann zu pochen. Lil'atin – das bedeutete in der altertümlichen Form des Tumdul »Unbeugsame Blume«. Mit diesem Namen brachte die Königin doch zum Ausdruck, dass sie Mirams Entscheidung guthieß und bereit war sie nach Kräften zu unterstützen. Die Tochter des Chagans legte die Hände zur Geste der Dankbarkeit zusammen und verneigte sich vor der Königin.

Die Herrscherin nahm den Dank entgegen und sprach: »Wann immer ihr mir eine Nachricht oder Bitte zukommen lassen wollt, könnt ihr dies durch Kishik oder Irion tun, denn beide haben direkten Zugang zu mir.« Sie lachte leise, als hätten sie soeben ein kindliches Spiel beendet und ein Geheimnis ausgetauscht.

Schließlich meinte sie: »Und jetzt ihr drei, setzt euch hier rechts neben Irion, denn gleich kommen die nächsten Besucher, keine Bittsteller diesmal, sondern Gabenbringer.« Und während die drei Mädchen ihre Schemel verließen und sich andere neben dem alten Schreiber zurechtrückten, holte die Königin aus einer verborgenen Tasche im Rock ihres Kleides eine Handglocke hervor und läutete damit dreimal vernehmlich.

Die Tür schwang wieder auf und der Palastwächter verkündete: »Abgesandte des Herzogs von Stagira und der Impalaris von Harkin!«

Zuerst trat ein stämmiger Mann mittleren Alters mit zerzaustem roten Haar in die Ratskammer. »Kolgo, Amtmann des Herzogs Michail von Stagira!«, stellte ihn der Wächter vor. Ihm folgte ein junger Mann mit dunkelblondem Haar, der einen breiten Schwertgurt ohne Schwert und Scheide um die Hüften trug. »Yorga, Jungkrieger des Herzogs Michail von Stagira!«, wusste der Wächter zu sagen. Dann kamen zwei Burschen, die fast wie Brüder aussahen, beide sonnengebräunt und mit dunkelbraunem Haar, vielleicht siebzehn Sommer der eine, der andere etwas jünger und nur zwei Fingerbreit kleiner. Sie trugen die Festtagskittel der Hirten von Harkin. »Yashor, Großschäfer des Herzogs von Stagira, und Yeshem, sein Gehilfe!«, ertönte die Stimme des Wächters an der Tür. Als Nächste drängten sich drei junge Männer in den Raum, deren erster fast so klein war wie ein Vierzehnjähriger, dessen Gesicht unter dem roten Haarschopf jedoch wie das eines gewieften Kaufmanns wirkte. Ihm schlossen sich zwei an, die einander wie Brüder ähnelten, der eine trug das Gewand eines wandernden Barden, der andere das Kleid aus ungefärbter Wolle, an dem man einen Schüler der Tiefwissenden erkannte. »Drei aus der Gefolgschaft Yashors des Hirten: Gishmi, Goldwäscher und Händler, Allaun, Barde auf Wanderschaft, und Allad, sein Bruder, wandernder Lehrling der Tiefwissenden.«

Die sieben, die bisher den Kleinen Ratssaal betreten hatten, schoben sich auf der Fensterseite des Raums zusammen. Jetzt kam ein Mädchen von vielleicht elf Sommern durch die Tür, das ein knöchellanges weißes Kleid mit roten Stickereien und im offenen goldblonden Haar einen silbernen Stirnreif trug. Ihm folgte ein älteres Paar, das die Großeltern der Kleinen hätten sein können. »Moranna, Erbtochter der Impalaris von Harkin, Bjardu, ihr Leibwächter, und Irigil, ihre Kinderfrau!«, verkündete der Wächter, dann schloss er wieder die Tür von draußen.

Als Moranna über die Schwelle getreten war, hatte sich die Königin erhoben und war ihr entgegengegangen, nun beugte sich zu der Kleinen hinab und umarmte sie.

»Sei herzlich willkommen, Tochter meiner Schwester im Amt«, sagte sie. »Welche Freude, dass du wohlbehalten in Avalanna angekommen bist. Sei begrüßt in meinem Haus, das in den kommenden Jahren auch das deine sein wird. Komm«, sie fasste Moranna an der Hand, »setz dich zu mir.«

Der Großherzog von Bantan erhob sich von seinem Schemel und deutete einladend auf den freigemachten Platz. Moranna lächelte verlegen und dankte ihm mit einem anmutigen Knicks, dann setzte sie sich statt seiner hin. Prinz Shedar bezog Stellung hinter ihr und verschränkte die Arme wie ein wachsamer Leibwächter.

Die Königin ließ sich wieder auf ihrem Sessel nieder und sprach zu Moranna gewandt: »Du wirst mir später alles erzählen, was du auf dieser Reise erlebt hast, aber jetzt will ich mich erst diesen anderen guten Leuten widmen, die den langen Weg mit dir gekommen sind.«

Moranna strahlte übers ganze Gesicht und nickte stumm.

Kolgo trat vor und sagte: »Hochmächtige Königin von Avalanna, wir sind gekommen, um zu vermelden, dass wir dir als Geschenk unserer Impalaris und unseres Herzogs eine Herde Zuchtschafe der viel gerühmten Schwarzkopfrasse gebracht haben, einen Altwidder, einen Jungwidder, drei Schäfinnen, die schon gelammt, und fünf

Schäfinnen, die noch nicht gelammt haben. Diese Tiere befinden sich jetzt im Harkin-Hof unten in der Stadt und harren der Übergabe an einen Großschäfer deiner Güter.« Der Amtmann verneigte sich und wartete respektvoll auf die Antwort der Beschenkten.

»Ich freue mich, dass euer Herzog mir den Wunsch erfüllt hat, den ich aussprach, als ich im vorigen Jahr in Bergion weilte. Ich hoffe, dass es bald im ganzen Bergland von Bantan Schwarzkopfschafe geben wird, damit auch die Bergbauern, die wenig Großvieh halten können, ein leichteres Auskommen haben. Ich werde morgen den Obersten Verwalter meiner Güter, den Amtmann Moltach, zu euch in den Harkin-Hof schicken, damit er die Schafe abholt und meinen Schäfern übergibt. Noch einmal Dank, Amtmann Kolgo!«

Dann richtete die Königin ihren Blick auf den jungen Mann, den der Palastwächter als »Yashor, Großschäfer des Herzogs von Stagira« angekündigt hatte. »Wie mir zu Ohren gekommen ist, verlief die Reise nach Avalanna nicht gänzlich ungestört.«

Yashor hatte sich noch nicht von der Überraschung erholt, die ihm beim Betreten des Kleinen Ratssaals zuteil geworden war. Die Frau, die da auf dem Thronsessel saß und von allen als Königin geehrt wurde, war niemand anderer als die Reiterin vom Wald hinter der Morak-Furt. Er hatte also nicht eine unbekannte Räuberin, sondern die Herrscherin von Avalanna in die Schranken gewiesen. Würde sie ihm den Vorfall verzeihen?

Sie blickte ihn an und er nickte verlegen.

»Ja, ich habe sogar gehört, dass man an der Grenze zwischen der Waldmark und meinem Reich versucht hat Moranna, die Erbtochter der Impalaris, zu entführen, doch durch das mutige Eingreifen des Hirten Yashor wurde dieser Anschlag vereitelt.«

Kolgo, Bjardu und Irigil nickten bestätigend.

»Es ist nicht nur, dass Moranna vermutlich ein schlimmes Schicksal bevorgestanden hätte«, fuhr die Königin fort, »sondern es wäre bestimmt auch zu einer Verstimmung zwischen der Impalaris und mir gekommen. Und das muss eine der Absichten hinter dieser Schandtat gewesen sein. Doch, wie man mir ebenfalls erzählte, hat vor allem deine Beherztheit den Strauchdieben einen Strich durch die Rechnung gemacht.«

Darauf leitete die Königin zu einer eingehenden Erörterung des Vorfalls über und wollte von allen Beteiligten hören, was sie dazu zu berichten hatten. Irion, der Geheimschreiber, zeichnete alles auf. Marjam wollte unter anderem wissen, ob es sich bei den beiden Angreifern um Shakaren gehandelt habe. Bjardu und Irigil verneinten; die Mundart der beiden Männer habe eher geklungen, als kämen sie aus Mordan, dem südlichsten der drei Teilfürstentümer von Pangir, das an das Bergland von Bantan und die südliche Waldmark angrenzte.

»Es steckt doch nicht etwa der Fürst von Mordan hinter diesem Anschlag?«, überlegte die Königin laut.

Kolgo berichtete von den drei Angriffen, die schon zuvor, noch in Harkin, auf Yashor verübt worden waren, und von seinem Zweifel, ob diese Anschläge dem Hirten persönlich gegolten hatten oder dazu dienen sollten, die Reise zu stören oder gar zum Abbruch zu zwingen. »Nicht zu vergessen, dass schon vor unserer Abreise unser Zweiter Großschäfer und der Krieger Armon bei einem feigen nächtlichen Überfall reiseunfähig geprügelt wurden. Ich bin inzwischen zu der Meinung gelangt, dass da dieselben Leute am Werk waren wie bei Yashor und an der Morak-Furt.«

»Wir werden dem gründlich nachgehen müssen«, erwiderte die Königin und warf ihrem Gemahl, dem Großherzog, einen Blick zu.

Prinz Shedar nickte. In seinem Amt war er für die Sicherheit der Königin, des Hofes und des ganzen Landes Bantan verantwortlich, und nach seinem Gesichtsausdruck zu schließen würde er nicht ruhen, bis alle diese Vorfälle aufgeklärt waren.

Marjam wandte sich wieder Yashor zu. »Dass mehr in dir steckt, Yashor, als nur ein Hirte, das habe ich ja in eigener Person im Morak-Wald erfahren. Für deine Beherztheit möchte ich dich nicht nur loben, sondern auch belohnen, und das in zwiefacher Weise. Zum einen werde ich meinen Schatzmeister anweisen«, sie gab Irion ein Zeichen, damit er dies besonders vermerkte und die nötigen Maßnahmen in die Wege leitete, »dir zehn Dutzend Goldsolidi auszuhändigen, wovon fünf Dutzend für dich und fünf für deine Gefolgschaft bestimmt sind.«

Diese Ankündigung erntete freudige Überraschung aufseiten von Yashors Gefährten, besonders Gishmi grinste breit und blickte drein, als rechnete er im Kopf schon durch, wie viel davon auf ihn entfiel und welchen Handel man damit treiben könnte.

»Doch das soll nicht mein einziger Dank sein, Yashor«, fuhr die Königin fort. »Ich lade dich ein ein Jahr hier an meinem Hof zu bleiben und dich unter der Anleitung eines erfahrenen Ritters«, sie wies kurz auf ihren Gemahl, »in der Kunst der Verteidigung zu vervollkommnen.«

Yashor schwieg verdutzt. Mit einer solchen Belohnung hatte er nicht gerechnet. Er zögerte und spürte dabei, wie Yeshem ihn eindringlich von der Seite her anschaute.

»Hochmächtige Königin«, sagte er dann und räusperte sich verlegen, »ich kann nicht anders, als ein so großherziges Angebot anzunehmen. Obwohl ich nie davon geträumt habe, von einem Ritter die Kampfkunst zu erlernen. Doch ich hoffe, ich erscheine nicht unverschämt, wenn ich hier drei Bitten anfüge, die ich auf dem Herzen habe.« Er stockte.

Marjam nickte ihm ermutigend zu.

»Da ich nun die Kunst der Verteidigung lernen soll, wünsche ich mir, dass auch mein guter Freund Yeshem in ihr unterwiesen wird, denn ohne seine Unterstützung hätte ich nicht vollbringen können, was ich getan habe.«

Die Königin nickte bejahend, ein Lächeln erschien in ihren Mundwinkeln.

»Des Weiteren bitte ich darum, dass der Krieger Yorga ebenfalls an dieser Ausbildung teilnehmen darf, denn ...«

Bevor Yashor noch weitersprechen konnte, war Yorga vorgetreten und sagte: »Ich bin zwar ein Jungkrieger des Herzogs von Stagira und war zum Schutz des Reisewagens mit Moranna abgeordnet, doch ich muss gestehen, ich habe meine Pflicht verletzt, als ich bei der Morak-Furt mich in einer Schänke labte anstatt an unserem Lager Wache zu halten. Ob dieser Schande wollte ich schon meinen

Kriegerdienst aufgeben, aber Yashor hat mich getröstet und mir verziehen. Deshalb habe ich mich auch seiner Gefolgschaft angeschlossen und mir geschworen erst wieder in meine Heimat zurückzukehren, wenn ich ein wirklicher Krieger geworden bin, auf den mein Herzog auch stolz sein kann.« In Yorgas Stimme hatte etwas Unsicherheit mitgeschwungen, doch er hielt seinen Blick fest auf die Königin gerichtet.

Diesmal war es an Prinz Shedar zu lächeln. Die Königin blickte ihren Gemahl fragend an. »Krieger Yorga«, ergriff der Großherzog das Wort, »dein Eingeständnis, einen Fehler begangen zu haben, ehrt dich und ist ein guter Ausgangspunkt für weitere Fortschritte auf dem Weg zur Ritterschaft.«

Yorga errötete in einer Mischung aus Reue und Stolz.

»Darf ich noch meine dritte Bitte äußern?«, meldete sich Yashor wieder. »Ich erbitte die Erlaubnis, dass die drei weiteren Freunde meiner Gefolgschaft, das sind Gishmi, Allaun und Allad, für die Dauer meines Aufenthalts hier in Avalanna bleiben und mich besuchen dürfen. Ich glaube nämlich, jeder der drei kann hier in dieser großen Stadt auf seine Art viel lernen, was sich für uns alle später nützlich erweisen mag. Und wenn ich nach Ablauf dieses Jahres in die Heimat zurückkehre, möchte ich mit allen meinen Freunden zusammen reisen.«

Königin Marjam antwortete, sie wolle diesen Bitten gern entsprechen, denn ihr liege viel an guten Beziehungen zu Stagira und Harkin und sie sei gerne bereit eine so viel versprechende Gefolgschaft zu fördern. Sie beauftrage hiermit ihren Schreiber Irion einen Brief an den Herzog von Stagira aufzusetzen, in dem sie darzulegen beabsichtige, warum Yashor, Yeshem und Yorga auf ein Jahr hier in Avalanna bleiben würden. Der Amtmann Kolgo solle diesen Brief mit nach Hause nehmen und dem Herzog mündlich noch eingehender schildern, weshalb sie eine solche Entscheidung gefällt habe.

Dann erörterte sie noch kurz mit Prinz Shedar, wann und an welchem Ort die drei jungen Männer aus Liss Ivonai sich zum Beginn ihrer Ausbildung einfinden sollten und wo man sie unterbringen werde, und beauftragte den Schreiber, für die anderen drei eine geeignete preiswerte Unterkunft in der Stadt zu finden.

Schließlich entließ sie die sieben Männer aus Harkin und trug ihnen auf den Gesandten Buran von ihr zu grüßen. Bjardu und Irigil sollten gleich mit Moranna im Palast bleiben; ihr Reisewagen stand ja schon unten im Hof.

Yashor und die Seinen verneigten sich vor der Königin, ihrem Gemahl und der kleinen Moranna, dann verließen sie die Ratskammer.

Die Königin winkte den Schreiber zu sich und besprach sich mit ihm. Prinz Shedar trat zu Bjardu und Irigil und erkundigte sich bei ihnen nach den Umständen der Reise.

Während Minam neugierig lauschte, saßen Kishik und Miram in Gedanken versunken da.

Als Yashor die Ratskammer betreten hatte und durch den Palastwächter als »Großschäfer des Herzogs von Stagira« vorgestellt worden war, war Kishik der Gedanke durch den Kopf geschossen, dies müsse der »Hirt aus Harkin« sein, von dem die Zauberfrau in ihrem Orakel gesprochen hatte. Und während der ganzen Audienz musterte sie ihn verstohlen. Der Bericht von seinem beherzten Eingreifen zugunsten der kleinen Moranna hatte gezeigt: Er war mehr als nur ein gewöhnlicher Hirte. Und es konnte kein Zweifel daran bestehen, dass es sich bei ihm um einen Mann handelte – sie lächelte schelmisch und warf einen Seitenblick auf Nagarki-Minam –, und zwar um einen jungen, der wahrscheinlich noch nicht an ein Eheweib gebunden war. Je länger sie ihn beobachtete, desto mehr wuchs in ihr das Verlangen, durch ihn die Wiederherstellung zu erlangen. Und sicher würde er ihr helfen den Shakaren zu finden, der sich noch in Avalanna aufhalten musste – war doch von der Zauberfrau ein Bann über den Übeltäter ausgesprochen worden. Denn dieser Yashor hatte ja auch gefährliche Überfälle erleben müssen und war ihnen erfolgreich entgangen. Ach, er war ein Jüngling so ganz nach dem Herzen einer Kriegerin aus der Steppe von Banon! Mit ihm die Lagerstatt zu teilen würde gewiss mehr sein als nur der Vollzug eines Rituals …

Miram hatte das Gespräch mit den Abgesandten des Herzogs von Stagira wegen ihrer noch geringen Kenntnis des Harkinak nur bruchstückhaft verstanden. Erst als die Königin Yashor angesprochen hatte, war ihr bewusst geworden, dass es sich bei ihm um einen »Hirten aus Harkin« handelte. Hatte die Priesterin vom Ipona-Schrein wirklich diesen jungen Mann gemeint? »Großschäfer« hatte ihn der Palastwächter genannt, was bedeutete, dass er Schaf-, nicht Pferdehirte war. Schafe hielten sich bei den Baratum nur die armen Leute oder die sesshaften Andanen und Veneder. Die Baratum selbst züchteten Rinder und Pferde; die Rinder ließen sie von Dienern und Leibeigenen versorgen, denn für die Pferdesöhne waren nur Pferde standesgemäße Tiere. Der Hirte aus Harkin war also ein schlichter Schäfer und überdies zu Fuß aus seiner Heimat nach Avalanna gekommen, nicht hoch zu Ross.

Bestimmt besaß er gar kein Pferd, wahrscheinlich konnte er nicht einmal reiten … Wie sollte der ihr den Weg in ein freies Leben weisen können? Selbst wenn dieser Yashor wirklich der von der Priesterin verheißene Hirte war, blieb das Rätsel ihres Spruchs ungelöst, das Orakel erschien dann nur auf eine andere Art rätselhaft. Nun, wenn dieser Hirte ein Jahr hier am Hof bliebe, würde es sich ja vielleicht aufklären.

Miram warf Yashor mehrfach einen heimlichen Blick zu – er sollte bloß nicht merken, dass sie sich über ihn Gedanken machte. Beim dritten Mal musste sie sich eingestehen, dass an ihm irgendetwas war, was sie anzog. Und als die sieben Männer aus Harkin die Ratskammer wieder verließen, blickte Miram mit einem gewissen Herzklopfen hinter dem Hirten her und ertappte sich bei dem Gedanken: ›Ach, wenn er doch nur mehr wäre als nur ein einfacher Schäfer!‹

Kapitel X

Am Morgen nach der Audienz gaben sich im Harkin-Hof Besucher die Klinke in die Hand. Zuerst stellte sich Irion ein, der Geheimschreiber der Königin, begleitet von einem älteren Mann, der sich als der Besitzer eines Hauses in der Groppengasse entpuppte und erklärte, er sei bereit, einige Räume an Gishmi, Allaun und Allad zu vermieten. Irion überreichte dem Amtmann Kolgo das versprochene Schreiben der Königin an Herzog Michail von Stagira und übermittelte ihm die besten Wünsche für seine Heimreise.

Kolgo dankte wortreich und eröffnete den Anwesenden, er werde am nächsten Tag aufbrechen, und zwar mit einem Handelszug nach Radisbun. Zufrieden lächelnd bemerkte er, es sei ihm gelungen, einen Platz auf einem Reisewagen zu ergattern, er werde also zumindest bis Radisbun fahren können, statt laufen zu müssen.

Dann wandte sich der Geheimschreiber an Yashor und überreichte ihm ein Pergament, das ihn berechtigte sich beim Schatzmeister der Königin zehn Dutzend Goldsolidi aushändigen zu lassen.

»Es steht ganz in deinem Belieben, wann du dir das Gold holst«, erklärte er. »Du kannst es auf der Stelle tun, aber auch damit warten, bis ihr nach Harkin heimreist. Am sichersten ist das Gold natürlich in der königlichen Schatzkammer; am zweitsichersten in deiner Kammer im ›Haus der Schilde‹.«

»Haus der Schilde?« Yashor schaute ihn fragend an.

»So heißt das Quartier der Palastwache, wo man euch drei Schüler der Kampfkunst unterbringen wird«, klärte ihn Irion auf. »Der Palastwächter wird nachher kommen, um euch abzuholen.«

Gishmi, den das Stichwort Gold hatte aufmerken lassen, drängte sich herbei und sagte: »Yashor, bevor du das Gold abholst, müssen wir uns unbedingt zusammensetzen und besprechen, wie wir es durch klugen Einsatz vermehren können. Wir dürfen nicht alles ausgeben, sondern wir müssen das Gold neues Gold hecken lassen. Ja, denk daran!«

Yashor beschwichtigte den Goldwäscher, indem er sagte: »Gishmi, ich weiß, du bist unter uns der Fachmann für Gold, und ohne dich zu hören, werde ich keine Entscheidungen treffen. Außerdem gehört ein Dutzend Goldstücke sowieso dir, mit ihnen kannst du nach deinem Gutdünken verfahren.«

Beruhigt fand Gishmi endlich Zeit sich mit dem Hausbesitzer zu befassen, der bereits versuchte Allaun und Allad über die Vorzüge seines Hauses aufzuklären. Jetzt lud er Gishmi und die beiden anderen ein sich doch gleich das Haus anzuschauen, und er bot ihnen überdies an, seine Frau könne – gegen einen entsprechenden Aufpreis – auch für sie kochen und waschen. Gishmi ließ sich von dem Mann die gewünschte Miete nennen und blickte dann drein, als würde es ihm schon noch gelingen, mit Feilschen den Preis ein wenig zu drücken.

Irion verabschiedete sich und kehrte in den Palast zurück; der Hausbesitzer zog mit seinen drei voraussichtlich neuen Mietern im Gefolge ab.

Als Nächster kam Moltach, der Oberste Gutsverwalter der Königin von Avalanna. Ihn begleiteten zwei jüngere Schäfer, welche die stagirischen Zuchtschafe in ihre Obhut nehmen sollten. Moltach war ein hochgewachsener Mann mit braunem Haar und einem langen, freundlichen Gesicht, der mit seiner angenehmen Stimme und seinem zuvorkommenden Benehmen Yashor gleich für sich einnahm. Der Hirte führte den Gutsverwalter und seine Begleiter in den Hintergarten des Harkin-Hofes und zeigte ihnen die Schafe. Man zählte die Widder und Schäfinnen ab – einer der Schäfer erklärte dabei, hier in Bantan nenne man eine Schäfin »Zippe«, ein Wort, das Yashor und Yeshem noch nie gehört hatten –, und Moltach überreichte Kolgo eine Bestätigung, dass das Geschenk wie vorgesehen in das Eigentum der Königin übergegangen sei.

Erst als die Schäfer sich anschickten den Pferch zu öffnen, um die Herde herauszulassen, bemerkte Moltach die Ziege Weißstern, die hinter einem Busch gegrast hatte und damit der allgemeinen Aufmerksamkeit entgangen war, jetzt aber sich mit größter Selbstverständlichkeit den Schafen anschloss.

»Was ist denn das?«, wollte der Gutsverwalter wissen.

»Diese Ziege ist sozusagen eine Freundin der Schafe«, erklärte Yashor, »und wenn sie bei ihnen ist, sind sie besonders handsam.«

Während dieser Erklärung schaute ihn die Ziege mit ihren dunkelbraunen glänzenden Augen an, als wollte sie sagen: ›Vergiss nie, Yashor, mir verdankst du deine erste Liebesnacht mit einer Menschenfrau!‹

»Sie heißt übrigens Weißstern«, fügte er hinzu.

Moltach schüttelte verwundert den Kopf und meinte: »In der Bestätigung kommt diese Ziege aber nicht vor.«

»Das macht nichts«, erwiderte Kolgo und schmunzelte. »Betrachtet sie einfach als Dreingabe.«

Als einer der Schäfer das Gatter des Pferchs zur Seite schob, ging Yashor plötzlich auf, dass sie eine Sache nicht bedacht hatten. »Was sollen wir eigentlich mit den Hunden tun?«, fragte er laut.

Kolgo und Yeshem schauten ihn verdutzt an. Wenn die beiden Hirten wie ursprünglich vorgesehen mit dem Amtmann die Heimreise angetreten hätten, wären die Hunde natürlich mit ihnen gegangen. Aber jetzt konnten sie sie doch nicht in die Unterkunft der Palastwache mitnehmen, dort waren Hirtenhunde sicher nicht willkommen.

»Kannst du nicht …« Yashor blickte Kolgo fragend-bittend an.

»Hm.« Auf dem Gesicht des Amtmanns war wenig Begeisterung zu erkennen. »Ich möchte ja im Reisewagen fahren. Wie soll ich da auf die Hunde aufpassen? Und ich glaube nicht, dass sie mir gehorchen würden.«

Wie um Kolgos Ausrede zu bekräftigen, kehrten ihm Dorch und Fjonn den Rücken zu und schauten erwartungsvoll zu Yashor auf.

Inzwischen war Buran, der Hausherr des Harkin-Hofs, zu ihnen getreten und hatte die letzten Überlegungen mitbekommen. »Hier im Haus können eure Hunde leider nicht bleiben, wir haben schon einen Hofhund, und noch zwei Hütehunde dazu – das kann ich meinen Leuten nicht zumuten.«

Da trat der jüngere der beiden Schäfer, die mit Moltach gekommen waren – er mochte etwa so alt sein wie Yeshem –, zu ihnen und mischte sich ein. »Ich habe mitbekommen, dass ihr wegen der Hunde nicht weiterwisst. Ich glaube, Meister Moltach hat wohl nichts dagegen, wenn wir die Tiere für die Zeit zu uns nehmen, die ihr noch in Avalanna seid.« Er blickte Moltach um Zustimmung heischend an.

»Ja, Orbun hat Recht«, erwiderte der Gutsverwalter. »Uns ist kürzlich ein Hütehund an der Staupe gestorben, und einen anderen haben im Winter die Wölfe so übel zugerichtet, dass wir ihn töten mussten. Und bis die neuen Hütehunde ausgebildet sind, dauert es noch einige Zeit. Wenn diese beiden hier schon an die stagirischen Schafe gewöhnt sind – und die Schafe an sie –, ist das vielleicht die beste Lösung.«

Yashor überlegte kurz, dann nickte er und kniete sich zu den beiden Hunden nieder. »Also hört einmal gut zu, Dorch, und auch du, Fjonn. Yeshem und ich werden die nächsten Monde bei der Palastwache der Königin zubringen, da können wir euch nicht mitnehmen. Aber ihr sollt weiter hier auf unsere Schafe und die Ziege Weißstern aufpassen. Und bis wir euch wieder mit nach Hause nehmen, sollt ihr diesem Hirten Orbun hier gehorchen.« Er zeigte auf ihren neuen Herrn.

Orbun trat heran und streichelte sie. »Du bist also Dorch«, sagte er zu dem schwarzen Rüden, »und dich nennt man Fjonn«, redete er die weißgraue Hündin an. »Ich freue mich darauf, mit euch die Schwarzkopfschafe zu hüten.«

Beide Hunde schauten zu ihm auf, als verstünden sie die Worte, dann schleckten sie seine Hände ab und schnüffelten an seinen Hosenbeinen herum.

»Wir werden euch auch immer wieder besuchen«, versprach Yashor.

»Ja«, stimmte ihm Orbun zu, »kommt nur, ihr seid immer herzlich willkommen. Wir sind in der Schäferei am Forellenbach, östlich vom Schlossberg.«

Moltach runzelte kurz die Stirn, als wäre er von der Idee eines Besuches gar nicht so begeistert, sagte aber nichts.

Der ältere Schäfer hatte inzwischen die Schafe und die Ziege aus dem Pferch herausgelassen und strebte mit ihnen dem Tordurchgang des Harkin-Hofes zu.

Orbun schloss sich ihm an und winkte den Hunden. »Los, an die Arbeit!«

Die beiden Tiere standen einen Augenblick unschlüssig da, als müssten sie zwischen ihren bisherigen Herren und der Herde wählen, doch als die Schafe sich blökend vor dem Tor drängten, gewann das Pflichtgefühl der Hütehunde die Oberhand, und sie liefen bellend hinter der Herde her.

Yashor war es wie ein Stich ins Herz, dass er sich jetzt von seinen treuen Helfern trennen sollte, mit denen er schon sieben Jahre zusammengearbeitet hatte. Bestimmt würde er Dorch und Fjonn bei der ersten Gelegenheit besuchen!

Kolgo, Buran und Moltach gingen ins Haus, um nach den offiziellen Geschäften bei einem Frühschoppen Wein miteinander zu plaudern.

Kaum hatten Yashor und Yeshem nach dem Abzug der Herde etwas verschnauft, da kam der Palastwächter, der ihnen am Vortag die Tür zum königlichen Ratssaal geöffnet hatte, und erklärte ihnen, er sei von Prinz Shedar geschickt, um Yashor, Yeshem und Yorga ins Haus der Schilde zu bringen.

Die beiden Hirten holten ihre Reisebündel aus der Hütte, während der Palastwächer ins Haus ging, um Yorga zum Mitkommen aufzufordern. Dem jungen Krieger passte es sichtlich nicht, dass er schon so früh aufbrechen sollte, denn zu gern hätte er sich der Schoppenrunde der drei Amtsleute angeschlossen und sich mit ihnen ebenbürtig gefühlt. Aber schließlich begeisterte ihn doch die Aussicht, unter der Oberaufsicht des Großherzogs von Bantan seine Kampfkünste zu verbessern. Während dann die kleine Truppe die Stadt durchquerte und zum Schlossberg emporstieg, schwärmten

Yorga und Yeshem einander vor, was für ein großartiger Ritter Prinz Shedar sei und welche Ehre es in der Heimat für sie bedeuten würde, dass sie bei einem so berühmten Kämpfer lernen durften.

Yashor blieb während des ganzen Weges stumm. Die Trennung von den Schafen, die ihnen während der letzten Wochen anvertraut gewesen waren, empfand er nun auch als Abschied von seiner bisherigen Lebensweise. Würde er wirklich wieder einmal auf dem Sonnenbühl sitzen und Schafe hüten? Was sollte ihm dann die Ausbildung in der Kampfkunst nützen? Wenn er sich selbst gegenüber ehrlich war, musste er zugeben, dass er das Angebot der Königin nicht aus einem inneren Bedürfnis heraus angenommen hatte, sondern zum einen, weil man einer Königin wie Marjam von Avalanna nichts abschlagen durfte, zum anderen, weil er genau wusste, wie viel dies Yeshem und Yorga bedeutete. »Ja«, seufzte er bei sich, »wenn man eine Gefolgschaft hat, ist man nicht mehr völlig frei in seinen Entscheidungen.«

Dann fiel ihm das Rauna-Orakel ein, das Talik ihm am Tag vor seiner Abreise gestellt hatte. Die »Verborgene Gefahr« und die »Abwehr« hatten sich schon manifestiert. Doch ob die Gefahr wirklich schon vorbei war? Zwar hatten sie es dank seiner Beherztheit geschafft, an der Morak-Furt die Entführung Morannas zu vereiteln, aber die beiden Unbekannten waren weder gefangen noch unschädlich gemacht. Was, wenn sie ebenfalls Avalanna erreicht hatten und hier darauf warteten, erneut zuzuschlagen? Glücklicherweise befand sich Moranna jetzt im Königspalast in Sicherheit, und auch ihm selbst würde man nicht viel anhaben können, solange er sich im Bereich der Palastwache befand. Aber das Wissen, dass irgendwo zwei Schurken lauern konnten, vermittelte ihm dennoch ein unangenehmes Gefühl. Wenn er doch nur wüsste, ob es Zufall oder Absicht war, dass die ersten drei Anschläge ausgerechnet ihm gegolten hatten. Gab es da irgendein Geheimnis, das ihm bisher verborgen geblieben war?

Geheimnis ... Wie stand es mit seinem Geheimnis, dem zweiten Rauna-Zeichen, das er bei Talik gezogen hatte? Nun, es gab ja ein ein Geheimnis, das er in Avalanna ein wenig zu lüften hoffte: Was war aus seinem Vater geworden? Bestimmt würde er im Palast auf Leute treffen, die etwas über den Zweiten Shakarenkrieg wussten und ihm vielleicht etwas über das Schicksal seines Vaters erzählen konnten. Wen kannte er jetzt schon im Palast außer der Königin und ihrem Gemahl? Irion, den Geheimschreiber. Der müsste doch Zugang zu allen Aufzeichnungen des Königreichs haben, und da im Zweiten Shakarenkrieg König Konnar von Avalanna, der Vater von Königin Marjam, an der Seite des damaligen Chagans der Baratum, Bayan-Katun, gekämpft hatte, müsste sich da vielleicht ein Hinweis auf den Heiler Tamtarvach finden lassen.

Und wen kannte er noch im Palast? Bei der Audienz waren drei weitere Leute zugegen gewesen, ein junger Mann und ein Mädchen, das ihm so ähnlich sah, dass man es für seine Schwester halten durfte, sowie eine Kriegerin. Offensichtlich gehörten alle drei zu den Niridun, dem Volk der Mutter der Königin. Würde er die drei näher kennen lernen, wenn er bei der Palastwache lebte? Eigentlich hatte er das Mädchen und die Kriegerin erst gegen Ende der Audienz richtig wahrgenommen, denn zuerst war er zu verblüfft gewesen, dass er in der Königin die Reiterin vom Morak-Wald wieder erkannt hatte.

An der Kriegerin war etwas Beherztes, Entschlossenes, Zupackendes, das ihn beeindruckte, ja durchaus anzog. Und das Mädchen? Hinter einem weichen Äußeren steckten ebenfalls Beherztheit, eine Zielstrebigkeit, ein starker Wille – und auch das beeindruckte ihn und zog ihn an.

Wie kam es, dass er auf einmal über fremde weibliche Wesen nachdachte? Früher hatte er alle Verehrung so ausschließlich auf Kilin-rinnag gerichtet, dass menschliche Mädchen für ihn bedeutungslos gewesen waren. Doch die Nacht mit der Tochter der Raan hatte alles verändert. Jetzt betrachtete er Frauen mit ganz anderen Augen. Doch seine Freunde wussten es noch nicht. Dies war auch eines seiner Geheimnisse. ›Ja‹, dachte Yashor, ›meine Freundschaft mit Kilin-rinnag und meine Nacht mit Amya gehören ganz mir. Keiner weiß davon und ich werde nie jemanden einweihen.‹ Versonnen lächelte er vor sich hin.

»Du freust dich sicher auch, dass wir jetzt bei Prinz Shedar in die Lehre gehen«, hörte er plötzlich Yeshem sagen. Der Freund knuffte ihn kameradschaftlich in die Seite und zwinkerte ihm zu.

»Oh ja«, antwortete Yashor verwirrt. Und als ihm aufging, wie Yeshem seinen Gesichtsausdruck gedeutet hatte, wurde sein Lächeln zu einem breiten Grinsen.

Das »Haus der Schilde« hieß so, weil man in Avalanna die Palastwache und königliche Leibgarde die »Schilde der Königin« nannte. Es bestand aus zwei örtlich von einander getrennten Komplexen. Das eigentliche Haus der Palastwächter, auch als »Haupthaus« bezeichnet, lag als Gruppe verschiedener Gebäude um einen großen Übungsplatz am südlichen Fuß des Schlossberges und lag somit am südöstlichen Rand der Stadt. In ihm hatten alle Palastwächter ihre Wohnungen. Wer dienstfrei oder krank war, sich in Urlaub oder Ausbildung befand, hielt sich ständig dort auf. Der andere Zweig des Hauses der Schilde beanspruchte das gesamte Erdgeschoss des Südflügels des Palastes, in dem sich auch das Eingangstor befand. Hier waren jeweils die diensthabenden Wächter untergebracht.

Der Palastwächer führte Yashor, Yeshem und Yorga zunächst wieder den Schlossberg hinauf und übergab sie dort Nardan, dem Hauptmann der Wache. Nachdem sie sich miteinander bekannt gemacht hatten, geleitete er sie wiederum zu den Gemächern des Großherzogs. Prinz Shedar wollte sich ein Bild von den drei neuen Schülern der Kampfkunst machen, bevor er sie in die Palastwache aufnahm.

Er lud die jungen Männer und den Hauptmann ein, auf bequemen Schemeln in seinem Amtszimmer Platz zu nehmen und erkundigte sich bei jedem der drei nach dessen Herkunft.

»Ich bin ein Sohn des Ritters Erek von Burg Sternlein«, stellte sich Yorga stolz vor, »und ein Krieger des Herzogs von Stagira.«

Prinz Shedar nickte bestätigend.

»Ich bin ein Sohn des Tuchhändlers Yoan aus Liss Ivonai«, schloss sich Yeshem an. »Und diene jetzt als Hirte der herzoglichen

Zehntschäferei, aber ich wäre gern ein Krieger und möchte unbedingt Ritter werden.«

»Warum möchtest du Ritter werden?«, fragte Prinz Shedar nach.

»Ich möchte mich im Kampf auszeichnen. Ich möchte unschuldige Leute befreien, die von Schurken gefangen wurden. Ich möchte das Leben unseres Herzogs oder der Königin Marjam retten.«

Der Großherzog runzelte die Stirn und schaute Yeshem ernst an.

Der junge Hirte blickte unsicher zu den beiden anderen, als wollte er fragen: ›Habe ich etwas Falsches gesagt?‹ Dann räusperte er sich, schaute wieder Prinz Shedar an und sagte leise: »Stimmt etwas an meinen Worten nicht?«

»Gedulde dich einen Augenblick, ich werde gleich darauf eingehen«, erwiderte der Prinz. »Doch zuerst wollen wir noch den Dritten im Bunde hören.«

»Ich bin der einzige Sohn des Heilers Tamtarvach«, erklärte Yashor, »und wie Yeshem ein Hirt des Herzogs von Stagira. Ich hatte eigentlich nie daran gedacht, Krieger zu werden, da ich nicht gerne kämpfe, aber die Erlebnisse auf unserer Reise haben mir gezeigt, dass es vielleicht auch für einen Hirten nützlich sein kann, wenn er über Fertigkeiten in der Verteidigungskunst verfügt. Wie man als Hirte lernen muss, die Schafe gegen Wölfe oder verwilderte Hunde zu schützen, so muss man vielleicht auch in der Lage sein sich und die Schafe gegen Menschen zu verteidigen.«

»Wie schützt man Schafe gegen Wölfe?«, fragte Prinz Shedar in einem Ton, als wüsste er nichts von der Hirtenarbeit und als wäre ihm daran gelegen, mehr darüber zu erfahren.

»Eigentlich besteht die wichtigste Regel darin, die Schafe nicht nach draußen zu lassen, wenn die Wölfe nahe an die Weiden kommen.«

In diesem Augenblick fiel Yashor sein Traum vom Hüten am Sonnenbühl ein. Darin hatte er nicht geahnt, dass Wölfe kommen würden, sonst wäre er ja nicht bis zum Frühlingsstein gegangen. Jene Raubtiere waren also völlig unverhofft aufgetaucht. Und die junge Frau aus dem Traum? War er ihr hier in Avalanna schon begegnet?

Er musste im Nachsinnen verstummt sein, denn plötzlich wurde ihm bewusst, dass aller Augen auf ihn gerichtet waren. »Wölfe kommen eigentlich nur zu den Herden, wenn sie in den Wäldern und im Ödland nichts mehr für sich finden. Deshalb hält man sie am besten von den Schafen ab, indem man für einen reichen Wildbestand in den Wäldern sorgt. Jagen die Menschen die Wälder leer, kommen die Wölfe im Winter zu den Dörfern. Und dann braucht man gute Hunde und helle Wachtfeuer, das schreckt sie ab.«

»Das heißt also, man muss sich rechtzeitig um gute Hunde und um ausreichend Holz für die Wachtfeuer kümmern?«, hakte Shedar nach.

Yashor nickte. »Ja, kluge Hirten sorgen vor.«

Der Prinz lachte leise. »Dann gibt es gar keinen so großen Unterschied zwischen Hirten und Kriegern. Denn kluge Krieger sorgen auch vor.« Nun blickte er Yeshem an. »Was hattest du vorhin gesagt?

»Ich möchte mich im Kampf auszeichnen«, wiederholte der leise und verlegen. »Ich möchte unschuldige Leute befreien, die von Schurken gefangen wurden, und das Leben unseres Herzogs oder der Königin Marjam retten.«

»Damit du dich auszeichnen kannst, muss es also zuerst Kampf geben, Schurken müssen Unschuldige fangen und das Leben des Herzogs oder der Königin muss in Gefahr geraten, damit du als Kämpfer dich beweisen kannst. Doch wenn du einst ein richtiger Krieger sein wirst, dann sorgst du dafür, dass es zu keinem Kampf kommt, dass Unschuldige nicht in Gefangenschaft geraten und dass das Leben des Herzogs oder der Königin, der Impalaris oder deren Tochter nicht in Gefahr gerät, nicht wahr?«

Yeshem nickte.

»Merke dir, Yeshem aus Liss Ivonai: Ein guter Krieger kämpft wenig, weil er den Kampf im Keim erstickt. Am besten wäre es, er müsste überhaupt nicht kämpfen, zum Beispiel, weil er aus seinem Gegner sich einen Freund macht.« Die Zerknirschung, die sich auf Yeshems Gesicht abzeichnete, ließ Prinz Shedar schmunzeln. »Aber sei getröstet: Der gute Krieger, der den Kampf vermeidet, muss zuerst das Kämpfen lernen. Denn nur wenn seine Feinde wissen, dass er kämpfen kann, werden sie es unterlassen, ihn und die Seinen anzugreifen. Deshalb vertraue ich euch jetzt dem Hauptmann Nardan an, der euch zum Unterricht im Haus der Schilde einweisen wird.« Prinz Shedar hielt einen Augenblick inne, als fiele ihm gerade etwas Wichtiges ein. »Hört ihr es aus dem Namen heraus? Wir sagen: das Haus der *Schilde*, und nicht: das Haus der *Schwerter* oder das Haus der *Pfeile* oder das Haus der *Lanzen*. Obwohl die Bewohner dieses Hauses mit Schwert, Pfeil und Lanze umgehen können, sind sie doch in erster Linie die Schilde der Königin, die sie schützen und von ihr Gefahr abhalten. Schwert, Pfeil und Lanze kommen erst dann zum Einsatz, wenn es unvermeidbar ist. Dennoch«, er erhob sich und die anderen folgten seinem Beispiel, »werdet ihr lernen mit dem Schwert zu fechten, Pfeile abzuschießen und mit der Lanze zu kämpfen, auch wenn ich euch wünsche, dass ihr diese Fertigkeiten nie wirklich erproben müsst.«

Nach dem Gespräch mit Prinz Shedar begleitete der Hauptmann sie ins Haupthaus, wo er sie der Obhut eines Wachtmeisters namens Ormon überließ, der die Aufsicht über den Seitenflügel hatte, in dem der Nachwuchs der »Schilde der Königin« untergebracht war. Ormon war ein Bär von einem Mann, doch die drei Neuankömmlinge entdeckten bald, dass sich hinter seiner rauen Schale ein weicher Kern verbarg. Da es sich bei ihnen um keine gewöhnlichen Novizen der Garde handelte, sondern sozusagen um Ehrengäste der Königin, steckte er sie nicht in einen Gemeinschaftsschlafsaal, sondern wies jedem der jungen Männer eine eigene kleine Schlafkammer im dritten und obersten Stockwerk des Baus an. Die drei Räume lagen nebeneinander, Yashor und seine kleine Gefolgschaft wurden also nicht getrennt.

Ormon zeigte ihnen die Waffenkammern und die Latrinen, den Speisesaal im Erdgeschoss und die benachbart liegenden Waschräume und alle anderen nützlichen Einrichtungen. Er erklärte ihnen, dass sie zunächst Unterricht im Reiten und Bogenschießen, im Lanzenkampf und Schwertfechten erhalten würden, später auch im Ringen und Faustkampf, in der Abwehr mit dem bloßen Schild und der waffenlosen Verteidigung, ja, sie würden erfahren, dass man im Notfall jeden Gegenstand zu einer Waffe machen konnte, einen Feuerhaken zum Beispiel oder einen Melkschemel.

»Einen Melkschemel?«, fragte Yeshem ungläubig.

»Ja«, lachte Ormon. »Ich weiß, das klingt unglaublich, aber ich habe es selbst erlebt. Bevor ich der Palastwache beitrat, war ich ein junger Spund mit einer Leidenschaft für den Schwertkampf. Ich wollte unbedingt zu einem der besten Schwertkämpfer von ganz Bantan werden. Damals erzählte man sich, der beste Schwertmeister von Bantan lebe in einem Dorf der Landschaft Ilemoia an der Issava mitten in den Taurischen Bergen. Ich wanderte dorthin und stellte zu meiner Verwunderung fest, dass der berühmte Schwertmeister – er hieß Tarandal – sich auf den Bauernhof seines Vaters zurückgezogen hatte und sich statt der Kampfkunst der Viehzucht widmete. Er war aber trotzdem bereit mich als Schüler anzunehmen. Doch die ersten Tage gab er mir nichts anderes zu tun, als ihm zusammen mit seinem Sohn bei der Feld- und Stallarbeit zu helfen. Nach einer Woche beschwerte ich mich und erinnerte ihn daran, dass ich gekommen sei, mit dem Schwert kämpfen zu lernen, und nicht, um mit der Mistgabel zu arbeiten. Er lachte und sagte: ›Gut, dann du sollst zuerst lernen auf der Hut zu sein.‹ Das bedeutete, dass er von früh bis spät plötzlich und unvermutet mit einem Holzstock nach mir schlug und jedes Mal schallend lachte, wenn ich es nicht rechtzeitig vorhergemerkt hatte und wieder einen Hieb abbekam. Im Laufe der Tage wurde ich zwar vorsichtiger und wich seinen überraschenden Angriffen immer gewandter aus, aber gleichzeitig wuchs in mir die Wut, und ich nahm mir vor es ihm einmal mit gleicher Münze heimzuzahlen. Eines Abends trat ich leise in den Stall, als er gerade auf dem Schemel saß und eine seiner Kühe molk. ›Jetzt kann er sich nicht wehren‹, dachte ich, ›außerdem hat er keine Hand frei‹, und ich hob den Stock, den ich mitgebracht hatte, und wollte ihm einen mächtigen Hieb auf den Rücken versetzen. Doch noch bevor mein Stecken niedersauste, drehte sich der Schwertmeister blitzschnell um, fiel auf die Knie und zog mit einer flinken Bewegung den Melkschemel unter seinem Gesäß hervor und parierte damit wie mit einem Schild meinen Schlag. Er lachte wieder, lobte mich für meinen Versuch und machte mir dann klar, dass es beim Schwertkampf nicht in erster Linie auf die Waffe ankommt, sondern auf das Gespür dafür, was der Gegner vorhat. Und das solltet ihr auch lernen.«

Bei Yeshem und Yorga erntete Ormon ein beifälliges Grinsen, doch Yashor blickte nachdenklich drein. Er würde später einmal unter vier Augen mit Ormon sprechen müssen, denn die Erwähnung des Flusses Issava in der Landschaft Ilemoia hatte ihn an seinen Vater erinnert. Stammte Tamtarvach nicht – wenn er sich recht erinnerte – aus dem Dorf Karash-Issava in Ilemoia?

»Wer ist eigentlich der bessere Schwertkämpfer geworden, Ormon?«, fragte er. »Du oder der Sohn des Schwertmeisters?«

»Eine gute Frage, auf die es jedoch keine eindeutige Antwort gibt. Während der Zeit meiner Ausbildung bei Tarandal war sein Sohn immer besser, denn er hatte ja von Kindesbeinen an alles lernen können, was sein Vater wusste und konnte. Und doch ist er kein Schwertkrieger geworden, sondern Heiler und Feldscher. Er wolle lieber Wunden heilen als Wunden schlagen, erklärte er, was sein Vater durchaus verstand, und so ging er mit dessen Einverständnis auf die Schule der Heiler. Was aus ihm später geworden ist, weiß ich nicht genau, aber als Schwertkämpfer wurde er jedenfalls nicht berühmt. Insofern bin ich der bessere Schwertkämpfer, aber dafür ein lausiger Heiler.« Wieder lachte Ormon sein Bärenlachen.

›Heiler, nicht Schwertkämpfer‹, dachte Yashor. ›Ich muss ihn später einmal unbedingt nach dem Namen von Tarandals Sohn fragen.‹

Doch jetzt ging Ormon zu den Fragen der Gegenwart über: Er erklärte ihnen die Tageseinteilung des Hauses, die Essenszeiten und die sonstigen Regeln. Vormittags würden sie bei verschiedenen Lehrern die einzelnen Kampfkünste lernen, nach einer ausgedehnten Mittagspause zur Erholung am Spätnachmittag Hilfsdienste in der Palastwache leisten, am Abend und an jedem fünften Tag hätten sie frei. Und wenn sie irgendwelche Anliegen hätten, könnten sie zu ihm kommen, in seine Dienstkammer neben dem Eingang im Erdgeschoss.

Für den Rest des Tages gab er ihnen frei; erst mit dem Morgenmahl des folgenden Tages gehörten sie förmlich zum Haus der Schilde. Damit überließ er es ihnen, sich in ihren Schlafkammern einzurichten, und kehrte zu seinen übrigen Obliegenheiten zurück.

Am nächsten Morgen nach dem Frühmahl holte Ormon die drei zu einer Probe, um festzustellen, über welche Fertigkeiten jeder Einzelne zu Beginn der Ausbildung verfügte. Es ergab sich, wie nicht anders zu erwarten, dass Yorga im Schwert- und Lanzenkampf den beiden anderen überlegen war. Als Jungkrieger hatte er sich in diesen Künsten bereits geübt, während die Hirten noch kaum je ein Schwert oder eine Lanze in der Hand gehalten hatten. Beim Reiten erwiesen sich alle drei als etwa gleichrangig. Yashor und Yeshem hatten auf dem herzoglichen Gut schon früh reiten gelernt und ab und an den Pferdehirten beim Einfangen verirrter Pferde geholfen. Im Bogenschießen waren alle gleichermaßen Anfänger, denn in Stagira bildeten die Bogenschützen eine eigene Gilde, und jene Krieger, die Ritter werden wollten, beschränkten sich fast ausschließlich auf den Umgang mit Schwert und Lanze.

Folglich entschied Ormon, dass Yorga im Schwert- und Lanzenkampf mit einer Gruppe Fortgeschrittener aus dem Haus der Schilde üben sollte, während beim Reiten und Bogenschießen die drei aus Stagira zusammenbleiben würden. Ormon erklärte, die Kunst des Bogenschießens vom Pferderücken aus habe man in Avalanna von den Baratum gelernt. Die hätten als Erste diese Fertigkeit in der bekannten Welt eingeführt und verdankten gerade dieser Kampfweise die Eroberung des Weiten Graslandes und ihre wiederholten Siege über die Shakaren. Auch habe man von ihnen die Steigbügel aus Eisen übernommen, die dem Reiter eine größere Festigkeit im Sattel gaben. Durch diese Neuerung erst sei es möglich geworden, vom galoppierenden Pferd aus, in den Steigbügeln stehend, zielsicher Pfeile in alle Richtungen zu schießen. Für beide Künste werde er ihnen eine Lehrerin zuweisen.

Bei dem Wort »Lehrerin« zuckte es überrascht in Yorgas Gesicht, denn obwohl man in Harkin durchaus Frauen als Kriegerinnen akzeptierte, war es doch äußerst ungewöhnlich, dass ein Weib Männern eine Kampfkunst beibringen sollte. Dass Frauen in diesen Dingen von Männern lernten, ging in Ordnung, aber umgekehrt …

»Bei dieser Lehrerin handelt es sich um eine Kriegerin der Niridun, sie genießt bei ihrem Volk als Reiterin und Bogenschützin einen großen Ruf«, fuhr Ormon fort. »Ihr Name lautet Kishik, was ›Schneller Pfeil‹ bedeutet; übrigens ist sie auch eine Nichte unserer Herrscherin. Ihre Mutter, die derzeitige Tarkani der Pferdeschwestern, ist eine Base von Königin Marjam und regiert in deren Namen über die Ebenen von Banon.«

Diese Auskunft beruhigte Yorga, denn wenn er sich schon damit abfinden musste, von einer Frau unterrichtet zu werden, war es zumindest ein Trost, dass sie im Reich von Avalanna einen hohen Rang einnahm.

Die Lehrerin aus dem Volk der Niridun, so stellte sich heraus, war niemand anderer als die Kriegerin von der Morgenaudienz bei Königin Marjam. In ihrer Begleitung befand sich der Jüngling, fast noch ein Junge, den Yashor ebenfalls im Kleinen Ratssaal gesehen hatte. Sein Name lautete Nagarki, und er schien ebenfalls dem Volk der Niridun anzugehören, sprach er doch mit Kishik Tumdul und beherrschte das Harkinak nur mäßig.

Die erste Lektion im Bogenschießen fand im gepflasterten Hof des Königspalastes statt. Kishik hatte am anderen Ende des Platzes Zielscheiben aufstellen lassen und die Entfernung für die allerersten Schießübungen abgemessen. Zuerst galt es jedoch, mit der Funktionsweise der Reflexbogen bekannt zu werden, einer Waffenart, die man in Avalanna ebenfalls von den Baratum abgeschaut hatte.

Kishik hatte eine Anzahl Bogen aus der königlichen Waffenkammer bringen lassen und erklärte ihren vier Schülern die Unterschiede und Besonderheiten. Dann forderte sie sie auf, sich eine

Waffe auszuwählen, die jeder dann während der Zeit seiner Ausbildung behalten sollte. Sie lehrte sie das Aufziehen der Sehne, die Bogenpflege und führte sie in die Pfeilkunde ein. Für den Kampf und die Jagd setze man die Pfeile mit den dreiflügeligen Eisenspitzen ein, erzählte sie. Aber am Anfang sollten sie nur Pfeile mit stumpfer Holzspitze verwenden, um die Verletzungsgefahr bei Fehlschüssen zu verringern.

Für Yashor eröffnete sich mit dieser Kunst eine völlig neue Welt. Er folgte aufmerksam allen Erläuterungen und beteiligte sich konzentriert an den Übungen, obwohl er hoffte, niemals wirklich Pfeile auf Mensch oder Tier abschießen zu müssen. Halt! Auf gewisse Wesen schon, wenn es sein musste. In seinem Traum hatte er nicht daran gedacht, einen Bogen hervorzuzaubern und die anschleichenden Wolfsmenschen mit ein paar wohl gezielten Schüssen zu vertreiben. Wenn er diesen Traum jetzt träumen würde, hätte er dann schon Pfeil und Bogen zur Hand? Wieder begann ihn der Gedanke zu beschäftigen, wer wohl die junge Frau aus dieser Vision war.

Nagarki stupste ihn an. »Kishik sagt, wir zusammenräumen.«

Ach ja, der Unterricht war zu Ende. Yashor ging mit dem Niridun-Jungen zum anderen Ende des Hofes und holte die Zielscheiben, die heute noch keiner von ihnen richtig getroffen hatte. Auf dem Rückweg streifte sein Blick die Mauer des Palastes, und da sah er, dass im ersten Stock ein Fenster geöffnet war und zwei Gesichter neugierig herunterschauten. In dem einen erkannte er die kleine Moranna, die seinen Blick auffing und ihm zuwinkte. Bei ihr stand das Mädchen, das neben Kishik und Nagarki bei der Audienz zugegen gewesen war. Auch sie sah zu ihm herab. Sie lächelte zwar, winkte aber nicht.

»Ist das dort oben deine Schwester, Nagarki?«, fragte er den jungen Niridun.

Nagarki blickte nach oben und lächelte. »Ja, das meine Schwester.«

»Wie heißt sie denn?«, wollte Yashor wissen.

»Ihr Name Mi...«, erwiderte Nagarki und korrigierte sich sofort: »Lil'atin, ihr Name Lil'atin.«

»Und was macht sie hier im Palast?«, forschte der Hirte weiter.

»Sie …«, Nagarki überlegte einen Augenblick und schien nach den richtigen Worten zu suchen, »sie Lehrerin von Reiten und Tumdul-Sprache für kleine Moranna.«

»Aha.« Yashor setzte seine Zielscheibe einen Moment ab und erwiderte Morannas Winken. Die Kleine lachte begeistert, doch Lil'atin zog sich vom Fenster zurück. Sie schien etwas scheu zu sein. Ganz anders als die herzhafte und energische Kishik.

Als Kishik und Nagarki später im Palast zu ihren Gemächern im zweiten Stockwerk hinaufstiegen, sagte die Kriegerin zu dem verkleideten Baratum-Mädchen: »Wer von den dreien hat dir eigentlich am besten gefallen?«

Minam überlegte. »Dieser Yashor kommt mir etwas verträumt vor. Der ist nicht sehr kämpferisch. Yorga kann bestimmt gut kämpfen, doch ich glaube, er bildet sich etwas zu viel darauf ein, bereits in der Heimat ein Krieger zu sein. Aber Yeshem ist eifrig dabei und richtig tatendurstig. Sein Einsatz gefällt mir.«

»Und als Mann?«, bohrte Kishik weiter.

Sie zuckte mit den Schultern. »Ich weiß nicht.« Dann lachte sie schelmisch: »Schließlich bin ich doch selbst einer, warum sollte ich mich da für andere Männer interessieren?« Sie blickte Kishik mit glänzenden Augen an. »Ich habe nur Augen für eine gewisse Kriegerin.«

»Gewiss, gewiss«, erwiderte Kishik und umarmte die Freundin. »Aber ich interessiere mich für zwei junge Männer. Für einen gewissen Nagarki«, sie lachte leise, »und für diesen Yashor, den Hirten aus Harkin.«

Hirte aus Harkin? Irgendwo hatte Minam das schon einmal gehört. Hatte nicht diese alte Frau in dem seltsamen Brunnenhaus bei Ushgur etwas davon erzählt? Sie würde Miram fragen müssen.

»Diesen Yashor möchte ich einmal näher kennen lernen«, sagte Kishik. »Würdest du mir dabei helfen?«

»Ja, gewiss. Für dich tue ich doch alles«, antwortete Minam und errötete.

Als später Miram von ihrem Dienst als Lehrerin der kleinen Moranna zurückkam und sich neben Minam auf den Teppichen und Kissen im gemeinsamen Wohnzimmer niederließ, wollte sie von der Schwester alles über »diesen Yashor« wissen.

»Du meinst, über den Hirten aus Harkin?«, versetzte Minam.

»Ja, genau über den«, und sie rief ihrer Schwester in Erinnerung, was die Ipona-Priesterin über den Hirten berichtet hatte. »Deshalb muss ich alles über ihn erfahren. Was hat er gesagt, als er zu uns heraufschaute?«

Minam erzählte es ihr.

»Die kleine Moranna ist ganz verschossen in ihn, so heldenhaft hat er sich ihr gegenüber verhalten«, sagte Miram. »Ich habe zwar noch nicht alles verstanden, was sie so dahergeplaudert hat, aber anscheinend ist er auf dieser Reise dreimal Anschlägen auf sein Leben entgangen. Da muss es Götter geben, die ihre Hand schützend über ihn halten.«

»Vielleicht diese Mutter Ipona, deren Bild wir in dem Brunnentempel gesehen haben?«, gab Minam zu bedenken.

»Ja, ich möchte alles über diese Göttin erfahren. Vielleicht verstehe ich dann, wieso sie mir hat sagen lassen, ein Hirte aus Harkin werde mir den Weg weisen. Den Weg wohin? Gewiss doch nicht nach Banon?«

Und Miram nahm sich vor, noch schneller und gründlicher die Sprache Harkinak zu erlernen, damit sie alles, was sie wissen wollte, aus erster Hand erfahren konnte. Sie fühlte sich irgendwie zu diesem Yashor hingezogen, denn es konnte kein Zweifel daran bestehen, dass er der Hirte aus Harkin war, den die Priesterin ihr angekündigt hatte. Aber da gab es auch noch jenen Teil ihrer Seele, in dem sie sich stolz als Tochter des großmächtigen Chagans, des Herrschers der Unbesiegbaren Heerscharen, fühlte. War es nicht eigentlich unter ihrer Würde, sich mit einem Hirten zu beschäftigen, der, wie Moranna erzählt hatte, nur der Sohn eines Heilers war und erst jetzt, am Beginn seines Mannesalters, in den Kampfkünsten ausgebildet wurde? Und doch – er schien so ganz anders zu sein als die jungen Männer der Baratum, diese lauten großmäuligen Burschen, die sich wegen ihres Mannestums schon für kleine Götter hielten und in den Frauen minderbegabte Wesen niedrigen Ranges sahen. Die so grob und rücksichtslos mit den Weibern verfuhren und den Willen eines Mädchens nicht achteten. Zugegeben, die Baratum waren mutige, kühne, ja tollkühne Kämpfer – aber sie gingen mit ihren Pferden rücksichtsvoller um als mit ihren Frauen. Und dann erst noch die Shunnu! Sie schüttelte angewidert den Kopf.

Dieser Yashor war ganz anders, sanft und träumerisch – und doch keine Memme. Sie musste unbedingt mehr über ihn erfahren …

Am frühen Abend versammelten sich Yashor und seine Gefolgschaft noch einmal im Harkin-Hof, um von Kolgo Abschied zu nehmen. Der Amtmann erklärte, er werde Herzog Michail von allen Taten berichten und sei sich sicher, der Herzog werde sich freuen zu hören, dass drei ihm dienstbare junge Männer von der Königin von Avalanna so geehrt wurden. Das beruhigte Yorga ein wenig, denn er hatte sich mit der Frage herumgeschlagen, ob der Herzog es wohl als Pflichtverletzung betrachtete, wenn er, Yorga, im Haus der Schilde bliebe, anstatt auf geradem Wege nach Stagira zurückzukehren.

»Nein, mach dir da keine Sorgen«, sprach ihm Kolgo zu, »du bist ja auf Aufforderung von Königin Marjam hier und nicht aus eigenem Antrieb. Unser Herzog freut sich immer, wenn seine Leute anderswo etwas dazulernen.«

Yashor bat den Amtmann, seinen Großeltern und der Mutter besondere Grüße zu überbringen. »Meiner Mutter wird es wahrscheinlich schmerzen, dass ich länger wegbleibe, als ursprünglich geplant, aber versichere ihr doch, dass ich hier gut aufgehoben und in Sicherheit bin. Von den Vorfällen auf der Reise brauchst du eigentlich gar nichts zu erzählen.« Sollte er auch Grüße an Amya, die Tochter der Raan, aufgeben? Yashor entschied sich dagegen sie zu erwähnen, er wollte vermeiden, dass Kolgo vielleicht zufällig hinter das Geheimnis kam, das ihn mit dieser Frau verband.

Gishmi bat den Amtmann auf keinen Fall seinem Bruder etwas

auszurichten, wenn er wieder durch Burn Or kam. Niemand in seinem Heimatort sollte erfahren, wo er sich aufhielt. Eines Tages würde er selbst wieder einmal bei den Seinen vorbeischauen – als großer Handelsherr.

Dann begann der frühere Goldwäscher begeistert davon zu erzählen, dass er jetzt seine Waren aus Fari günstig an Kaufleute in Avalanna veräußern und dann gleich Bestellungen für weitere Lieferungen aufnehmen wolle. Er habe schon in einigen Läden und auf dem Markt vorgefühlt und dabei festgestellt, dass besonders für die Nadeln und Messer große Nachfrage bestünde. Darauf beschwor er Yashor und die anderen, sie sollten das königliche Gold nicht einfach hergeben und »sinnlos verprassen«, wie er sich ausdrückte, sondern einen Teil des Geldes ihm zur Verfügung stellen, damit er mehr Waren erwerben und seinen Handel ausweiten könne. Dafür werde er sie natürlich großzügig an seinen Gewinnen beteiligen. Auf diese Weise könne sich das Handelshaus »Gishmi und Partner« zu einem blühenden Unternehmen mit Niederlassungen in Avalanna, Vindubun, Radisbun, Fari und anderen Städten entwickeln.

Yashor ließ den Rotschopf eine Weile seinen strahlenden Visionen für die Zukunft nachhängen, dann fragte er die beiden Brüder aus Dun Aran, was sie für die Dauer ihres Aufenthaltes in Avalanna vorhätten. Allad erklärte, er wolle sich unter den Tiefwissenden der Stadt einen Meister der Orakelkunst suchen und bei ihm in die Lehre gehen; überdies werde er so oft wie möglich die königliche Bibliothek aufsuchen – die allen Barden und Tiefwissenden und ihren Schülern offen stand –, um sein Wissen zu vermehren und zu vertiefen. Außerdem wolle er, wenn möglich, die Sprache der Niridun lernen, um seinen Horizont zu erweitern.

Auch Allaun zeigte Interesse für die Sprache des Pferdevolks und für die königliche Bibliothek, doch während sein Bruder in den Büchern Aufschluss über das Wesen der Welt suche, gehe es ihm, Allaun, vor allem um Geschichte und Geschichten: Er wolle mehr über die Historie der Reiche von Avalanna und Pangir, der Baratum und Niridun erfahren, darüber hinaus Sagen und Märchen, Schnurren und Schwänke sammeln, die er dann erzählen und vielleicht auch mit Gesang vortragen könne. Außerdem werde er nach und nach alle Schänken von Avalanna aufsuchen, um mit offenen Ohren dort neue Geschichten aufzuschnappen und herauszufinden, in welcher er sich als Barde und Erzähler ein paar Silbermünzen verdienen könne.

Allauns Bemerkung, er wolle in den Gasthäusern nach Neuigkeiten lauschen, brachte Yashor auf einen Gedanken.

»An euch drei, Allad, Allaun und Gishmi, die ihr in der Stadt unterwegs seid, während wir vor allem im Haus der Schilde und im Königspalast weilen, habe ich eine Bitte«, sagte er. »Wie ihr wisst, ist uns immer noch unbekannt, wer die beiden Schurken waren, die dreimal versucht haben mir zu schaden, und die dann Moranna entführen wollten. Dass wir nicht wissen, mit wem wir es da zu tun haben und welche Absichten hinter diesen Anschlägen stecken, bereitet mir Unbehagen. Ich bitte euch, haltet Augen und Ohren in der Stadt offen, und wenn ihr irgendetwas erfahrt oder auf irgendetwas stoßt, was mit dieser Sache zu tun haben könnte, so unterrichtet mich darüber, und zwar so schnell wie möglich. Ich möchte unbedingt herausfinden, was für ein finsteres Spiel da getrieben wird.«

Die Angesprochenen nickten und erklärten, sie würden aufmerksam und achtsam jedem Gerede und Gerücht über die beiden unbekannten Reiter hinterherspüren.

Dann erörterten sie eine Weile die Vorfälle während der Reise und stellten allerhand Mutmaßungen an, doch schließlich war es für die Schüler der Kampfkunst an der Zeit, ins Haus der Schilde zurückzukehren. Alle verabschiedeten sich noch einmal wortreich von Kolgo, dann verließen sie den Harkin-Hof.

Obwohl die Abenddämmerung hereinbrach, war viel Leben auf den Straßen von Avalanna. Haustüren standen offen, davor trafen sich die Bewohner mit ihren Nachbarn zum Abendschwatz. Ladenbesitzer hatten Laternen über ihren Auslagen aufgehängt, um auch jetzt noch kauffreudige Kunden anzulocken. Am Obst- und Gemüsemarkt boten die Händler ihre restlichen Vorräte mit lauter Stimme zu Schleuderpreisen an. Reisende, die gerade rechtzeitig vor

Schließung der Stadttore in Avalanna angelangt waren, trotteten müde ihren Herbergen zu. Aus den Fenstern und Türen der Schänken drang fröhlicher Lärm und Gesang. Die Bewohner von Avalanna waren bekannt für ihre Vorliebe sich zum Wein zu versammeln und dann gemeinsam zu singen.

Der Barde Allaun spitzte immer wieder die Ohren und lauschte. In den kommenden Wochen würde er all diese Schankstuben abklappern und die Gäste dazu verlocken, ihm ihre Balladen oder Trink- und Spottlieder vorzusingen, und dann würde er es ihnen mit Geschichten und stagirischen Liedern entgelten.

»Wie groß ist wohl dieses Avalanna?«, überlegte Yeshem laut, als sie an der Groppengasse angelangt waren und Yashors Gefolgschaft sich trennen musste.

»Ich glaube, es ist zwanzigmal so groß wie Liss Ivonai«, sagte Yorga.

»Mindestens fünfmal so groß wie Fari«, meinte Gishmi.

»Es hat die Größe von Radisbun und Vindubun zusammengenommen«, stellte Allaun fest.

»Vielleicht die größte Stadt auf der Welt?«, gab Allad zu bedenken.

Alle sahen Yashor an, was er zu sagen hätte. Doch Yashors Gedanken waren ganz weit weg gewesen. Er hatte überlegt, ob wohl im Umkreis dieser riesigen Ansammlung von Häusern und Mauern ein Ort zu finden war, wo Wald und Wasser einander begegneten und wo er eine gewisse Luchsin würden treffen können.

»Wie? Was?« Er schreckte aus seinem Nachsinnen hoch.

»Wie groß ist Avalanna, hatte ich gefragt«, wiederholte Yeshem.

»Avalanna ist unter den Städten ebenso mächtig wie der Daidun unter den Flüssen«, entschied Yashor.

»Und wie mächtig ist der Daidun?«, wollte Yeshem wissen.

Die anderen lachten.

»Das ist ganz einfach«, warf Gishmi grinsend ein, »er reicht eben von der Quelle bis zu seiner Mündung in die Dunkelsee.«

»Aber …«, wollte Yeshem fortfahren, doch die Übrigen meinten, für solcherlei hirnbelastende Überlegungen sei es jetzt doch zu spät;

man könne sich ja bei verständigen Einwohnern von Avalanna erkundigen und diese Frage ein andermal weiterverfolgen.

Die Freunde trennten sich. Die neuen Einwohner der Groppengasse waren schnell zu Hause, doch die Schüler der Kampfkunst hatten noch eine hübsche Strecke zu gehen, sodass jeder müde auf seine Schlafstatt niedersank, als sie endlich ihre Kammern im Haus der Schilde erreicht hatten.

Kapitel XI

Im Schwert- und Lanzenkampf wurden Yashor und Yeshem nur zu zweit unterrichtet, ihr Schwertmeister war Ormon, ihr Lanzenmeister ein Palastwächter namens Yocham. Bei den Reitübungen jedoch, die Kishik leitete, nahmen Yorga und Nagarki wieder teil.

Die beiden Angehörigen des Pferdevolks waren natürlich den drei Gästen aus Harkin in jeder Hinsicht überlegen, da sie sozusagen auf dem Pferderücken geboren waren. Außerdem ritten sie auf ihren eigenen Tieren, Kishik auf einer gelbfalben Stute, die sie Aranlan nannte, Nagarki auf einem etwas kleineren und struppigeren Rotfuchswallach namens Kartal. Die anderen drei hatten sich Pferde aus den Ställen der Palastwache aussuchen dürfen, und, wie es der Zufall wollte, ausschließlich Rappenwallache gewählt. Yeshems Tier hieß »Rabenschwinge«, Yorgas »Nachtvogel« und Yashor hatte sich für ein Pferd mit einer Blesse auf der Stirn entschieden, und zwar gerade deshalb, weil es »Weißstern« hieß – wie jene Ziege, der er letztlich die Begegnung mit der Tochter der Raan verdankte.

Nur am ersten Tag hatte Kishik mit ihnen auf dem Reitplatz neben dem Haus der Schilde geübt, bloß – wie sie sagte – um sicherzugehen, dass die drei aus Liss Ivonai die Grundbegriffe des Reitens beherrschten, und damit die drei Rappen der Palastwache sich an ihre neuen Reiter gewöhnen konnten. Die Pferde waren gut eingeritten und gehorchten ihren neuen Herren ohne weiteres. Nur Weißstern schien manchmal etwas launisch zu sein, doch mit einem sanften Klaps auf den Hals brachte Yashor den Wallach immer dazu, das zu tun, was er von ihm verlangte.

Endziel der Übungen, die dann auf einem Brachfeld südöstlich der Stadtmauer stattfanden, sollte das Bogenschießen während des Reitens sein. Die erste Stufe bestand im Lanzenkampf hoch zu

Ross, später würde der Kampf mit dem schweren Säbel folgen. Yorga und Yeshem waren immer mit großer Begeisterung dabei, während Yashor nur am Reiten an sich, nicht am Kampf Gefallen fand.

Am Anfang wurde jeder mit einem Koller, einem ledernen Brustharnisch, ausgestattet und bekam eine lange hölzerne Stange in die Hand gedrückt, die am oberen Ende abgerundet und durch einen mit Rosshaar gefüllten Lederbausch abgepolstert war. Sie sollten versuchen den Übungsgegner mit der Stange aus dem Sattel zu werfen beziehungsweise mit dem runden lederbespannten Reiterschild den Stoß des Kontrahenten abzuwehren. Der eigentliche Zweck der Übung bestand darin zu lernen, wie man sich im Sattel behauptete. Diese Kunst lehrte Kishik so gut, dass keiner vom Pferd fiel.

Doch ausgerechnet bei der letzten Runde gab es einen Unfall. Yorga war wieder einmal an der Reihe mit einem Angriff gegen Yashor. Vielleicht lag es daran, dass der Krieger schon etwas müde war und die Kraft in seinem rechten Arm nachließ, jedenfalls hielt er die Stange zu niedrig und sie rutschte ihm noch etwas weiter herunter, als er auf Yashor lossprengte. Und so traf er nicht den Reiter oder den Schild, sondern Weißsterns Schulter. Das Pferd erschrak, brach seitwärts aus und bäumte sich auf. Yashor, der auf diese Reaktion des Wallachs nicht gefasst gewesen war und zu spät die Kälte in seiner Brust spürte, fiel nach links aus dem Sattel und stürzte mit der linken Schulter voran auf den Boden. Vor Überraschung hatte er auch vergessen, was Kishik sie gelehrt hatte: sich mit der Schulter abzurollen.

Beim Aufprall schoss ein schneidender Schmerz durch seinen Oberkörper; als er sich aufrappelte, war ihm schwindlig und in seinem linken Arm hatte er kein Gefühl mehr.

Yorga kam herangeritten und schaute schuldbewusst-verlegen zu ihm herab. »Verzeih mir, das war keine Absicht«, sagte er lahm.

Kishik kam ebenfalls her. Sie saß ab und fragte ihn, wie er sich fühle.

»Mir ist schrecklich schwindlig im Kopf, die Knie sind mir

weich, meine Schulter schmerzt, und ich spüre meinen linken Arm nicht mehr.«

»Wir brechen die heutige Übung ab. Nagarki, reite voran und melde es Ormon, damit er gleich einen Arzt holen lässt«, befahl sie. »Kannst du laufen?«, fragte sie dann an Yashor gerichtet.

Der kämpfte gegen die Übelkeit im Magen und antwortete: »Ja, es wird gleich besser sein.«

»Kannst du mit der rechten Hand dein Pferd führen?«

»Ja, ich glaube«, presste Yashor hervor.

Auf dem Heimweg war Weißstern lammfromm und trottete brav neben seinem verletzten Reiter her. Unterwegs ging Yashor auf, dass Kishik ihm wohl aufgetragen hatte sein Pferd zu führen, um ihn von den Schmerzen abzulenken. Yeshem und Yorga ritten im Schritt hinterher.

Am Eingang zu ihrem Flügel im Haus der Schilde warteten schon Ormon, Nagarki und ein Mann mittleren Alters im grünen Kittel der Heiler mit einer großen Ledertasche. In sein braunes Haar waren schon einige silbergraue Fäden gemischt. Ormon stellte ihn als den Arzt Madrad vor.

Kishik wies die anderen an, die Pferde – auch Aranlan und Weißstern – in die Stallungen zurückzubringen, und zog sich dann mit Ormon zurück, um den Vorfall zu besprechen. Der Arzt begleitete Yashor hinauf in dessen Schlafkammer und ließ sich dabei kurz berichten, was geschehen war. Dann forderte er ihn auf sich auf seinen Schemel zu setzen, damit er ihn untersuchen könne.

Der Arzt holte eine Schere aus seiner Tasche und schnitt Yashors Reiterhemd vorne vom Halsausschnitt bis zum Saum senkrecht auf und streifte es vorsichtig über die Schultern seines Patienten, erst über die rechte, dann über die linke. Als er das Medaillon erblickte, das Yashor um den Hals trug, stutzte er einen Augenblick und besah sich genau dessen Vorder- und Rückseite, sagte aber nichts dazu und zog Medaillon und Brustbeutel Yashor über den Kopf.

Er betastete vorsichtig Yashors Schulter und Oberarm und registrierte dabei aufmerksam die Reaktionen des Verletzten. Bei einem

Griff stöhnte Yashor leise, bei einem anderen stieß er pfeifend die Luft aus.

»Nun«, sagte Madrad schließlich, als er seine Untersuchung abgeschlossen hatte, »ich fürchte, du hast dir dein Schultergelenk angebrochen, vielleicht auch ein, zwei Rippen, du hast Prellungen am Oberarm, und es ist wohl auch ein Nerv gequetscht worden. Aber dies alles ist nicht so schlimm, das heilt von selbst, wenn du nur die nächsten Wochen Schulter und Arm nicht belastest. Ich werde deinen Arm in eine Schlinge legen, damit du ihn ruhen lässt, und gegen den Schmerz gebe ich dir einen Trank.«

Er holte ein weißes Leinentuch aus seiner Tasche hervor, dazu ein kleines Fläschchen und einen silbernen Löffel. Das Tuch faltete er zu einer Binde, die er an den Enden zusammenknüpfte und Yashor über den Kopf streifte, bevor er den linken Arm darin abgewinkelt unterbrachte. »Merke dir, du darfst den Arm erst wieder einsetzen, wenn ich es dir sage. Brauchst du aber zu irgendetwas beide Hände, dann lass dir von einem deiner Kameraden helfen. Und zum Schlafen legst du dich am besten auf die rechte Seite, keinesfalls auf die linke!«

Dann träufelte er etwas von der grünlichen sirupartigen Flüssigkeit aus dem Fläschchen auf den Löffel und reichte ihn Yashor mit der Anweisung, die Arznei einzunehmen. Sie war süß und ölig, ihr Aroma erinnerte an Latschenkiefern. Der Arzt verstaute Fläschchen und Löffel wieder in der Tasche und sagte, er werde nach dem Frühmahl wieder vorbeischauen, und falls Yashor dann noch Schmerzen hätte, würde er ihm erneut von dem Medikament geben.

Yashor glaubte schon, Madrad schicke sich an zu gehen, doch der zog sich den zweiten Schemel heran und setzte sich seinem Patienten gegenüber.

»Verzeih meine Neugier, Yashor«, sagte er dann, »aber ich habe eine Frage an dich.« Er wies auf das Schmuckstück, das er auf dem kleinen Tisch abgelegt hatte. »Ich habe bereits einmal ein solches Medaillon gesehen, und zwar bei einem Berufsgenossen von mir, mit dem ich zusammen auf der Schule der Heiler war. Sein Name lautete Tamtarvach.«

Yashor schrak hoch. »Das ist mein Vater!«, rief er aus. »Tamtarvach ist mein Vater!« Unwillkürlich traten ihm Tränen in die Augen. »Kennst du ihn denn?«, fragte er den Arzt und schaute ihn eindringlich an.

»Ich habe ihn gekannt, damals, auf der Schule der Heiler. Als wir mit unserer Ausbildung fertig waren, beschloss ich in Avalanna zu bleiben und hier meinen Beruf auszuüben. Tamtarvach aber schien nicht so sesshaft zu sein; er sagte, er wolle einige Jahre umherziehen und die Welt sehen und dann vielleicht in den Dienst des Chagans der Baratum treten. Zwischen seiner Familie und der Sippe des Chagans – zu der Zeit herrschte noch Bayan-Katun, der Vater des derzeitigen Chagans – gebe es verwandtschaftliche Beziehungen, denn eine seiner Tanten habe einen Tarkan der Pferdesöhne geheiratet und deren Tochter sei dem Sohn des Chagans zur Ehe versprochen. Er ist später noch einmal in Avalanna aufgetaucht – wenn ich mich recht erinnere, war dies gleich nach dem Zweiten Shakarenkrieg –, aber seitdem habe ich ihn nicht mehr gesehen. Wie geht es ihm denn heute?«

»Tja, wenn ich das wüsste!« Yashor seufzte. »Seit dem Zweiten Shakarenkrieg ist er verschollen. Meine Mutter und meine Großeltern sind mit mir nach Stagira geflohen, als die Shakaren in Slantan eindrangen und das Land plünderten; da war ich gerade drei Jahre alt. Bei meinem Jahresfest haben wir uns zum letzten Mal gesehen. Die meisten Leute glauben, er sei im Krieg gefallen, Mutter ist jedoch felsenfest davon überzeugt, dass er noch lebt, auch wenn sie bis heute kein Lebenszeichen von ihm bekommen hat. Sie meint, er befinde sich vielleicht irgendwo in Gefangenschaft.«

»Im Krieg gefallen ist er bestimmt nicht«, erwiderte Madrad nachdenklich, »Ich weiß sicher, dass ich ihn noch hier in Avalanna getroffen habe. Warte mal«, er überlegte, »der Zweite Shakarenkrieg ging im Blütenmond zu Ende, damals regierte hier noch König Konnar, und ich habe Tamtarvach im Erntemond gesehen. Er war damals mit einer Gesandtschaft des Chagans nach Avalanna gekommen, hatte wenig Muße für Plaudereien über alte Zeiten und war sehr schweigsam, was seine Pläne für die Zukunft anging. Dass er einen Sohn hat, der mit seiner Mutter in Stagira lebt, davon hat er kein Wörtchen gesagt. Er hat nicht einmal erwähnt, dass er verheiratet ist. Gab es einen Grund, weshalb er ein Geheimnis daraus machte? Oder machen musste?«

Yashor zuckte mit den Schultern. »Ich weiß es nicht.« Er dachte eine Weile nach. »Ich weiß nicht, was hinter all dem steckt. Aber vielleicht bringe ich es heraus, hier in Avalanna.«

»Erzähl mir von deiner Mutter«, bat der Arzt, und Yashor erzählte, was er für berichtenswert hielt und was für einen Fremden ihm angebracht schien. Aber war Madrad wirklich ein Fremder, wenn er zusammen mit dem Vater an der Schule der Heiler gelernt hatte? Und während er sprach, fragte er sich, weshalb sich die Mutter so sicher sein konnte, dass der Vater noch lebte. Hatte sie ein Lebenszeichen von ihm erhalten, von dem sie dem Sohn nichts mitteilen wollte? Und wenn es sich so verhielt, warum sagte sie es nicht? War das ebenfalls ein Geheimnis?

Kurz nachdem der Arzt mit den besten Wünschen für die Genesung gegangen war, kam Ormon in Yashors Kammer, um sich nach dem Befinden des ihm Anvertrauten zu erkundigen. Yashor saß an sein Kissen gelehnt aufrecht im Bett. Als der Wachtmeister auf dem vom Arzt geräumten Schemel Platz genommen hatte, fiel Yashor Ormons Geschichte über den Schwertmeister ein.

»Ich habe eine Frage, Ormon«, begann er verlegen, »du hast doch bei einem Schwertmeister namens Tarandal gelernt, zusammen mit dessen Sohn, nicht wahr?«

Der Wachtmeister nickte.

»Weißt du noch, wie dieser Sohn hieß?«, fragte Yashor weiter.

»Ja, allerdings«, erwiderte Ormon, »sein Name war Tamtarvach.«

Zum zweiten Mal an diesem Nachmittag fuhr Yashor hoch, als wäre er aus tiefstem Schlaf hochgeschreckt. »Das ist mein Vater ... und Tarandal muss dann mein Großvater sein!«

Auf Ormons Gesicht zeichnete sich tiefe Verwunderung ab. »Das gibt es doch nicht! Da bringe ich Tarandals Enkel den Schwertkampf bei, Tamtarvachs Sohn! Ts, ts, nein so was!« Er schüttelte verwundert den Kopf. Dann fragte er: »Und wie geht es deinem Vater?«

Yashor erzählte ihm, wie er es vorhin Madrad gegenüber getan hatte, von der Flucht aus Slantan und dem seit dem Zweiten Shakarenkrieg verschollenen Vater.

»Seit dem Zweiten Shakarenkrieg verschollen? Das ist seltsam, denn ich bin mir sicher, dass ich im Erntemond nach Kriegsende Tarandals Sohn noch einmal hier in Avalanna gesehen habe. Er war mit einer Abordnung von Baratum gekommen, die König Konnar eine Botschaft des Chagans überbrachte, und war damals sehr in Eile. Ich traf ihn oben im Palast – ich war damals schon bei der Palastwache –, und wir hatten nur ein kurzes Gespräch, zwischen Tür und Angel, wie man so sagt. Aber er hat nichts davon erzählt, dass er Weib und Kind hat. Seltsam! Seltsam!«

Als dann Ormon gegangen war, saß Yashor mit ausgestreckten Beinen im Bett und starrte auf die Wand. Seine Schmerzen hatten sich verflüchtigt, entweder von Madrads Arznei vertrieben oder von den Gedanken und Empfindungen verdrängt, die ihm jetzt in Kopf und Herz umgingen.

Da gab es zwei Zeugen, die unabhängig voneinander ausgesagt hatten, sie hätten Tamtarvach drei Monate nach Ende des Zweiten Shakarenkriegs hier in Avalanna lebend gesehen, als Mitglied einer Gesandtschaft der Baratum. Und beide, die Studien- und Jugendfreunde gewesen waren, berichteten, Tamtarvach habe nichts von einer Ehefrau und einem Sohn in Stagira erwähnt. Warum hatte der Vater, der seine Frau so abgöttisch liebte – wenn man den Erzählungen der Großeltern glauben durfte – und auf den Sohn so stolz gewesen war – wenn man die Geschichten der Mutter für bare Münze nahm –, warum also hatte Tamtarvach den Freunden nichts von seiner Familie erzählt? War das nicht das Erste, was ein Mann seinen Kameraden berichtete, wenn er sie nach langer Zeit wieder sah: »Stellt euch einmal vor, ich habe jetzt eine Frau, die ganz nach meinem Herzen ist, und einen Sohn, der mir so kostbar ist wie mein eigenes Augenlicht!«?

Gewöhnliche Menschen hätten wohl den Verdacht geäußert,

Tamtarvach habe vielleicht im Krieg eine andere Frau kennen gelernt und um derentwillen seine Angetraute verlassen, aber so etwas würde dem Wesen des Vaters, wie es die Mutter und die Großeltern geschildert hatten, überhaupt nicht entsprechen. Selbst wenn er sein Herz an eine andere verloren hätte – was bei der Unbedingtheit seiner Liebe zu Ainan schlecht vorstellbar war –, dann wäre er gekommen und hätte es ihr gestanden, sie um Vergebung gebeten und den Sohn noch einmal sehen wollen.

Nein, eine so platte Erklärung für das Verhalten seines Vaters konnte Yashor nicht akzeptieren. Er überlegte. Es war kurz nach dem Krieg gewesen, der Vater wusste von der Flucht nach Stagira – er hatte ja vorher selbst der Mutter einen Brief geschickt und sie vor der Gefahr gewarnt, die von den Shakaren für das Herzogtum Slantan, einen Lehensstaat Pangirs drohte –, und er war im Dienste des Chagans der Pferdesöhne in Avalanna gewesen. Vielleicht hatte ihm die Klugheit geboten die Existenz von Frau und Kind zu verschweigen. Vielleicht hing noch aus dem Krieg eine Drohung über ihm, und er wollte Ainan und Yashor nicht mit in Gefahr ziehen. Ja, das war eine plausible Erklärung.

Doch um was für eine Bedrohung mochte es sich dabei handeln? Bestand sie noch immer und hemmte sie immer noch nach all den Jahren die Heimkehr des Vaters? Und – plötzlich schoss Yashor ein unangenehmer Gedanke durch den Kopf – hatten die drei Anschläge während der Reise, die unzweifelhaft ihm gegolten hatten, etwas mit dieser Gefahr zu tun? Zielten sie am Ende gar nicht auf ihn, den kleinen, unbedeutenden Hirten aus Harkin, sondern galten sie etwa letztlich seinem Vater, von dessen Verbleib niemand etwas wusste – nicht einmal die eigene Gattin und der einzige Sohn?

Ein Gefühl des Unbehagens stieg in ihm auf. Er nahm das Medaillon von dem kleinen Tisch und hängte es sich wieder um, dann tat er dasselbe mit Taliks Beutel. Einer Eingebung folgend öffnete er etwas mühsam mit der rechten Hand den Beutel und berührte die Steine. Sollte er Talik eine Botschaft schicken und um Antwort bitten? Aber wie sollte die lauten? Konnte ihm der Herzkristall Antworten der Fragen bringen, die ihm im Kopf umgingen?

Yashor seufzte. Der Kristall war in diesem Fall wohl nicht das Richtige. Er holte den Amethyst heraus. Dieser Stein fördere Mut, Geistesklarheit und voraussschauende Überlegung, hatte Talik gesagt. Yashor legte den violett gefärbten Quarz in seine linke Hand und umschloss ihn fest. Das würde man wohl noch nicht »den Arm belasten« nennen können. Er bat den Stein um Mut gegenüber der unbekannten Bedrohung, um Geistesklarheit, damit er keinen Hinweis übersah, und um vorausschauende Überlegung, damit er auf kluge Weise der Lösung des Rätsels das Schicksal seines Vaters betreffend näher käme.

Gewiss war in Madrads Arznei auch ein Schlafmittel gewesen, denn bald schon fühlte Yashor eine wohlige Müdigkeit in sich aufsteigen; er legte sich auf die rechte Seite, schmiegte sich – immer noch den Amethyst in der linken Hand – in sein Bett und schlief ein.

In den folgenden Wochen spielte sich Yashors Leben hauptsächlich zwischen Schlafkammer, Latrine, Waschräumen und Speisesaal ab. Wenn sie dienstfrei hatten, leisteten ihm Yeshem und Yorga Gesellschaft, tagsüber ließen sich oft Gishmi, Allaun und Allad sehen.

Gishmi erzählte begeistert von seinen Erkundungsgängen in der Stadt. Nun war er damit beschäftigt herauszufinden, welche Waren aus Avalanna, Bantan und Banon sich zur Ausfuhr nach Harkin eigneten. Es müsse doch zum Beispiel eine Möglichkeit geben, das in den Bergen von Bantan abgebaute Kupfer noch günstiger als bisher nach Fari zu bringen ...

Allaun fand in Yashor einen bereitwilligen Zuhörer, bei dem er sich im Erzählen all der neuen Geschichten üben konnte, die er in den Schänken von Avalanna aufgeschnappt hatte. Und wenn Yashor an einer Stelle etwas unverständlich oder zu verwickelt erschien, nahm er gern einen neuen Anlauf, bis seine Erzählung endlich klar und fesselnd geworden war. Ab und an holte er seine Handharfe hervor und sang lange Passagen aus »Agilauns Fahrten«, jener gereimten Reiseschilderung, die ein Barde aus Harkin vor siebenhundert Jahren gedichtet hatte. Darin kam auch eine Wanderung den Daidun abwärts von Radisbun nach Avalanna vor. Damals war die heutige Königsstadt nur ein kleiner Handelsort gewesen, überstrahlt vom weit mächtigeren Vindubun und von Dun Singil, das an der Mündung der Tiish in den Daidun gelegen hatte. Letztere Stadt war dann von den Dakern überrannt worden, und durch den Sieg des Stadtfürsten von Avalanna über die Römer begann dessen Stern zu steigen.

»Manchmal spiele ich mit dem Gedanken auch ein solches Langgedicht zu verfassen«, bemerkte Allaun einmal versonnen, als er seine Darbietung beendet hatte und seine Harfe wieder wegpackte. »Vielleicht nenne ich es ›Die Abenteuer Yashors des Hirten‹.« Er lachte leise. »Doch dazu muss ich noch etliche Jahre in deiner Nähe bleiben und Zeuge deiner weiteren Erlebnisse werden, damit ich alles wahrheitsgemäß schildern kann.«

Yashor schmunzelte. »Eigentlich möchte ich aber keine Abenteuer erleben. Es ist schon ein Unterschied, ob man zum Beispiel mit voller Wucht eine Stange in die Kniekehlen gestoßen bekommt und in einen Fluss geworfen wird und überdies nicht schwimmen kann oder ob man in einer stillen Kammer sitzt und sich ein Lied ausdenkt über einen, dem solches passiert.« Er grinste den Freund an, der verlegen auf seine im Schoß gefalteten Hände schaute. »Aber nichts für ungut, Allaun, ich halte dich für einen guten Barden, und sollte ich einmal über eine eigene Haus- und Hofhaltung verfügen, so würde ich dich gerne als meinen Hofbarden haben. Denn manchmal kommt mir der Gedanke, ob du nicht vielleicht der wieder geborene Agilaun bist.«

Allaun errötete und blickte Yashor befangen an. »Ich will dir ein Geheimnis verraten, das außer meinem Bruder Allad sonst niemand kennt: Auch ich frage mich manchmal, ob ich in einem früheren Leben nicht Agilaun war. Wenn ich seine Lieder singe, kommt es mir vor, als wären das meine ureigenen Worten. Vor meiner Geburt hat ein Tiefwissender meinen Eltern gesagt, ich würde Barde werden, und deshalb haben sie mich auch in Anlehnung an Agilaun Allaun genannt. Allaun ist nämlich Agilaun in der Mundart von Dun Aran.«

Allad kam oft schon in aller Frühe Yashor besuchen. Das freute den Hirten, denn so hatte er Gelegenheit, bedeutsame Träume, die er gehabt hatte, mit einem Kundigen zu besprechen. Den Traum von den Wolfsmenschen hielt er aber immer noch zurück, denn er wollte zuerst selbst herausfinden, wer die Frau war, die ihn darin zu Hilfe gerufen hatte. Allad berichtete von seinen Fortschritten in der Orakelkunst, und als Yashor einmal von seinem verschollenen Vater erzählte, der noch nach dem Zweiten Shakarenkrieg in Avalanna gesehen worden war, da bot Allad an, er könne ja einmal in der königlichen Bibliothek nach irgendwelchen Aufzeichnungen über jene Zeit suchen. Vielleicht sei in irgendeiner Chronik jener Jahre der Heiler Tamtarvach erwähnt und an derselben Stelle irgendetwas über seinen Verbleib nach dem Besuch in Avallana vermerkt.

Kishik schaute fast täglich einmal kurz vorbei. Auf Yashor wirkte die Kriegerin fast ein wenig gehemmt, so als gäbe sie sich die Schuld an dem Unfall. Immer wieder versicherte Yashor ihr, es gehe ihm von Tag zu Tag besser und sie solle sich keinerlei Vorwürfe machen; schuld an dem Sturz vom Pferd seien ausschließlich seine ungenügenden Reitkünste gewesen. Das schien Kishik zu beruhigen und jedes Mal wünschte sie ihm inbrünstig eine schnelle Genesung. Yashor kam es beinahe vor, als warte sie ungeduldiger auf seine Wiederherstellung als er selbst.

Auch Nagarki kam Yashor besuchen. Als die Genesungszeit ihrem Ende entgegenging, lud der junge Steppenreiter Yashor ein einmal ihn und seine Schwester im Palast zu besuchen. Er sagte, Lil'atin hätte gern einen Krankenbesuch bei ihm gemacht, es aber nicht für schicklich gehalten, als Frau in das Haus der Schilde zu gehen. Diese Begründung verwunderte Yashor, hatte doch Kishik, die ja auch eine Niridun war, solche Skrupel nicht gehabt. Aber er fragte nicht nach, vielleicht galten für Kriegerinnen andere Regeln als für Zeltfrauen.

Er nahm die Einladung an und sagte, er käme gern, sobald der Arzt es ihm gestatte.

Als Madrad endlich seine Schulter für geheilt erklärte, ging Yashor noch am selben Tag zum Übungsplatz auf dem Brachfeld und meldete sich bei Kishik zurück. Seine Kameraden lernten inzwischen bereits im Reiten Pfeile auf feststehende Zielscheiben abzuschießen. Kishik freute sich darüber, dass er wieder gesund war, und erbot sich dem Hirten im Reiten und Bogenschießen Einzelunterricht zu geben, damit er seinen Rückstand aufholen konnte. Nagarki fragte, ob er Lust habe am Abend des nächsten Tages ihn und seine Schwester zu besuchen, und Yashor willigte ein.

Im Wohnzimmer der beiden aus dem Pferdevolk kam sich dann Yashor vor, als sitze er in einem Zelt auf der Steppe. Der Boden war mit dicken Teppichen belegt, auf denen prall gefüllte Kissen zum Sitzen einluden. Die Wände und die Decke waren ganz von Behängen verdeckt, vor dem Fenster hing ein durchsichtiger Schleier. Talglichter, über den ganzen Raum verteilt, spendeten gedämpftes Licht. Auf einem niedrigen Kupfertisch in der Mitte servierte Nagarkis Schwester ein leichtes Abendessen: Linsensuppe, Fladenbrot, Hähnchenschenkel und Reis mit einer Soße, die sie Piri-Piri nannte. Dazu gab es einen Krug mit Bier, dem später Becher mit dunklem, süßem Rotwein folgen sollten.

»Womit habe ich mir das verdient?«, fragte Yashor staunend.

»Feier von deinem Gesundwerden«, sagte Nagarki, der immer noch etwas Schwierigkeiten mit dem korrekten Gebrauch des Harkinak hatte.

Lil'atin lächelte nur.

Nach der Sitte des Pferdevolks aßen sie schweigend und ganz auf das Mahl konzentriert; erst als die Teller leer waren und Lil'atin Wein in die Silberbecher goss, kam ein Gespräch auf.

Lil'atin schaute Yashor an und sagte etwas in der Sprache der Pferdeleute.

Yashor blickte sie fragend an.

»Meine Schwester fragt in Tumdul-Sprache«, erklärte Nagarki, »weil noch nicht gut in Harkinak. Sie fragt, woher kommst du und was ist dein Vater.«

»Ich komme aus Liss Ivonai, dem Hauptort der Landschaft Stagira in Harkin«, erklärte Yashor.

Nagarki übersetzte, aber dem Hirten schien es, als hätte Lil'atin ihn schon verstanden.

»Mein Vater ist Heiler«, fuhr er fort, »und diente im Zweiten Shakarenkrieg als Feldscher dem Chagan der Baratum.«

Bei der Erwähnung des Chagans zog Lil'atin die Augenbrauen hoch.

»Doch seit jener Zeit ist er verschollen, und ich weiß nicht, wo er jetzt lebt.«

Nachdem Nagarki übersetzt hatte, entspann sich zwischen den Geschwistern ein Hin und Her der Worte, als gäbe es an Yashors Aussage etwas zu erörtern.

»Meine Schwester fragt«, wandte sich Nagarki dann wieder an den Hirten, »bei welchem Chagan hat dein Vater gedient?«

»Ich glaube, er hieß Bayan-Katun und war der Vater des derzeitigen Herrschers der Pferdesöhne.«

Lil'atin-Miram blickte ihn mit großen Augen an. Dass der Vater dieses Hirten aus Harkin ihrem Großvater gedient hatte, ließ Yashor in einem völlig neuen Licht erscheinen. So war es vielleicht doch kein Zufall und keine Willkür, dass dieser Hirte ihr einen Weg weisen sollte. Am liebsten hätte sie das Medaillon, das die Mutter ihr geschenkt hatte, unter dem Kleid hervorgezogen und ihn gefragt, ob er mehr über dessen Bedeutung wisse, aber dann hätte sie ja verraten, dass sie keine Niridun war, und sie wusste doch noch nicht, wie weit sie diesem Hirten vertrauen konnte.

Aber jetzt war bei ihr das Eis gebrochen; sie forderte Yashor auf von seiner Reise zu erzählen – und bedurfte auf einmal gar nicht mehr der Übersetzungskünste ihres Bruders.

Angeregt vom süßen Wein berichtete Yashor alles, was seit jenem Morgen geschehen war, als Kolgo und der Großvater so überraschend bei Talik aufgetaucht waren. Nur seinen Traum, den Abschied von Kilin-rinnag und die Nacht mit der Tochter der Raan verschwieg er. Yashor staunte darüber, wie flüssig er erzählen konnte, und er schrieb dies der Wirkung des grünen Steins zu, den

Talik Chrysóprasos genannt hatte. Ihm wurde richtig warm ums Herz, denn Lil'atin war eine aufmerksame Zuhörerin, die ihn unverwandt mit ihren dunklen Augen anblickte und ihn durch kleine Zwischenfragen dazu brachte, auch scheinbar unwichtige Einzelheiten zur Ausschmückung seiner Erzählung einzuflechten.

Nagarki lauschte mit offenem Mund und als Yashor von seiner Gefolgschaft berichtete, fragte er mit seiner hellen Stimme, was man tun müsse, um sich dieser anschließen zu können.

Doch hier griff Lil'atin ein und erklärte, sie beide gehörten zu Kishik und würden gern gute Freunde mit Yashor und seinen Leuten sein, aber dem Gefolge des Hirten beizutreten, nein, das sei nicht möglich.

Gerade an diesem Punkt des Gesprächs kam wie zufällig Kishik herein. Sie wirkte etwas unruhig und enttäuscht.

»Heute einen Erfolg gehabt?«, fragte Nagarki auf Harkinak und Kishik schüttelte den Kopf. Dann sagte sie einige Sätze in Tumdul und die beiden anderen machten ernste Mienen. Schließlich holte Lil'atin einen Becher für die Kriegerin und goss ihr Wein ein.

Kaum hatte Kishik einen Schluck getrunken, war sie wie verwandelt, als sei die ganze Erschöpfung des Tages von ihr abgefallen. Sie wandte sich Yashor zu und sagte ihm, wie froh sie sei ihn wiederhergestellt zu sehen. Sie erneuerte ihr Angebot ihm im Bogenschießen und Reiten Einzelunterricht zu geben und berichtete, was sie mit den anderen in der Zwischenzeit geübt hatte.

Als Yashor und Kishik sich in die Erörterung seines Übungsplanes vertieften, begannen Lil'atin und Nagarki wie auf Befehl zu gähnen.

Die Kriegerin lachte leise. »Die beiden haben schon Bettschwere! Wie wäre es, Yashor, wir redeten bei mir drüben weiter? Ich wohne hier auf dem gleichen Stockwerk, nur im Ostflügel.«

Da Yashor gegenüber seinen Gastgebern nicht unhöflich sein und sie nicht über Gebühr in Anspruch nehmen wollte, stimmte er dem Vorschlag zu, dankte wortreich für den schönen Abend und verließ mit der Kriegerin die Gemächer der Geschwister.

Kishiks Wohnraum ähnelte dem von Lil'atin und Nagarki.

Anscheinend war dies der Geschmack der Niridun: Teppiche, Kissen, Wandbehänge. Yashor folgte ihrer Aufforderung und setzte sich bequem hin. Die Kriegerin entzündete einige im Raum verteilte Kerzen und holte einen Weinkrug und zwei Silberbecher. Dann ließ sie sich so nah neben ihm nieder, dass sich beider Knie berührten.

Die Nähe verwirrte Yashor und zog ihn zugleich an. Erst jetzt wurde ihm bewusst, dass Kishik heute nicht die Lederkleidung der Reiterin trug, sondern ein Frauenhemd und einen langen Rock wie Lil'atin. Eigentlich hatte er in ihr immer nur die Kriegerin gesehen und fast vergessen, dass sie ein Weib war. Und auch sie hatte sich immer so benommen, als gäbe es zwischen zwischen ihr und einem Mann keinen Unterschied. Da hatte ja der junge Nagarki fast noch weiblicher gewirkt als seine Stammesgenossin!

Welche Absicht oder welche Erwartungen verband Kishik mit diesem Beisammensein? Den Übungsplan hatten sie doch schon drüben im Westflügel besprochen.

Yashor folgte ihrem Beispiel und trank von dem Wein. Schließlich setzte er den Becher ab und wurde kühn. Er legte die nun freie Hand auf ihr Knie, schaute ihr ins Gesicht, ob sie Widerspruch dagegen erhöbe, und fuhr dann sanft den Schenkel hinauf bis zum Saum ihres Hemdes.

Kishik seufzte wohlig, schloss die Augen, entspannte sich und legte den Kopf nach hinten auf das Polster, das ihren Rücken stützte.

Seine Berührung schien ihr also zu gefallen. Yashor rief sich in Erinnerung, was Amya ihm über die Empfindungen der Frauen verraten hatte, und ließ beide Hände der Reiterin Wohlbehagen bereiten. Durch das Hemd hindurch spürte er, dass ihre Brüste kleiner und fester waren als die der Tochter der Raan, doch die Liebkosungen, die er von Amya gelernt hatte, schienen bei der Reiterin aus der Steppe ebenso viel Wonne zu erwecken wie bei der Priesterin der Wassergöttin.

Von den Knien bis zur Schulter erkundete er den Leib, der noch unter den Kleidern verborgen war, und er tat dies behutsam, sanft, zärtlich, fast ehrfürchtig. Kishiks Gesicht schien vor Freude zu leuchten.

Nach einer kleinen Ewigkeit setzte sie sich plötzlich auf, öffnete die Augen und schüttelte sich wie ein Fischotter, der aus dem Fluss gestiegen ist und sich des Wassers entledigt. Dann umarmte sie Yashor stürmisch, presste ihre Lippen auf die seinen und drang mit ihrer Zungenspitze in seinen Mund ein.

Sie schmeckte herrlich wild. Yashor schlang seine Arme ebenfalls um sie, und beide drückten sich, dass ihnen fast die Luft wegblieb.

Als sie sich wieder voneinander lösten, murmelte Kishik: »Du bist ein Mann nach meinem Herzen«, und mit einem flinken Griff zwischen seine Schenkelbeugen vergewisserte sie sich, dass es mit dem Gegenstand dieser Aussage seine Richtigkeit hatte.

Dann stand sie auf, nahm Yashor an der Hand und sagte: »Nebenan haben wir es bequemer.«

Vor ihrer Lagerstatt stehend streifte sie das Hemd über den Kopf, sodass Yashor die Brüste, die er bisher nur mit der Hand liebkost hatte, auch mit den Augen streicheln konnte, dann stieg sie aus dem knöchellangen Rock und warf ihn zur Seite. Das buschige schwarze Dreieck zog seinen Blick zauberisch an. Mit einem Griff in den Nacken löste sie die goldene Spange, die ihr dichtes und hüftlanges ebenholzschwarzes Haar zusammengehalten hatte, und es flutete in üppigen Strähnen über ihre Schultern. Im Schein der Kerzen, der durch die offene Tür drang, schimmerte ihre Haut goldbraun.

»Und wie – willst du nicht auch …?«, fragte sie leise, und Yashor wurde bewusst, dass er mit offenem Mund in den Anblick ihrer Schönheit versunken war und ganz vergessen hatte sich ebenfalls seiner Kleidung zu entledigen. Hastig holte er es nach und folgte ihr unter die Decke. Er drängte sich an sie und spürte, wie straff ihr Leib war im Vergleich zu Amyas Weichheit. Ihre Bewegungen erwiesen sich als heftiger, ihr Griff als fester, doch es war der gleiche Abgrund der Wonne, in den sie mit ihm versank.

Viel später, als sie aus den Wogen der Lust wieder aufgetaucht waren, erschöpft nebeneinander lagen und sich in die Augen blickten, murmelte Kishik: »Yashor, ich muss dir etwas gestehen.«

Er schaute sie fragend an.

Und sie erzählte ihm, was ihr auf der Jagd nach dem Taralkan widerfahren war und dass sie nach Avalanna gekommen war, um den flüchtigen Shakaren zu suchen und zugleich einen Mann zu finden, der ihr helfen würde ihre Selbstachtung wiederherzustellen. »Und dafür habe ich dich gewählt.«

Yashor blickte sie an, als verstünde er nicht ganz, was das Gesagte mit einem Geständnis zu tun habe.

»Siehst du, ich habe dich für mich benutzt, damit ich wieder ganz bin«, erklärte sie.

Yashor schien immer noch nicht zu verstehen. »Aber es hat dir doch Freude bereitet?«

»Ja, ganz gewiss. Ich muss dir auch sagen, dass du nicht der erste Mann bist, mit dem ich die Lagerstatt geteilt habe. Wir Frauen der Niridun lernen früh uns von den Männern beglücken zu lassen. Aber eine solche Wonne wie mit dir habe ich noch mit keinem anderen empfunden.« Ihr Gesicht war überglänzt von Verzückung.

Yashor wusste nicht, was er darauf sagen sollte, und so schwieg er lächelnd.

»Verzeihst du mir, dass ich dich benutzt habe?«, flüsterte Kishik.

Er stützte den Kopf auf dem Ellbogen auf und schaut ihr ins Gesicht. »Ich fühle mich nicht benutzt, sondern beschenkt«, sagte er leise. »Ich hätte nie geglaubt, dass mir in Avalanna eine solche Beseligung zuteil würde.«

Kishik schloss die Augen, um ihre Tränen zurückzuhalten, doch zwischen ihren Wimpern erschien Geglitzer. Sie holte tief Atem. Dann sagte sie langsam: »Jetzt bin ich wieder ein ganzes Weib.«

»Hast du schon eine Spur dieses Shakaren entdeckt?«, wollte Yashor schließlich wissen.

»Nein, bis jetzt noch nicht, obwohl ich jeden Tag ein paar Stunden in der Stadt unterwegs bin und nach ihm Ausschau halte.«

»Und woher weißt du, dass er sich noch hier aufhält?«

»Unsere Zauberfrau hat einen Bann über ihn gesprochen, der es ihm unmöglich macht, Avalanna zu verlassen.«

Yashor dachte nach. »Wo verlaufen eigentlich die Grenzen von Avalanna?«, fragte er dann. »Unmittelbar an der Stadtmauer oder gehören auch die Vororte bis hin zum Gebirge noch zu ihm? Man hat mir gesagt, dass das Land Bantan erst am Fuß des Gebirges beginnt. Gehört nicht alles im Reich von Königin Marjam zu Avalanna, was nicht Bantan und nicht Banon ist? Also der ganze Landstrich zwischen dem Daidun, der Morak und dem Gebirge?«

Kishik schlug verwundert die Augen auf. »So habe ich es noch nicht betrachtet«, gab sie zu.

»Und wenn er sich in Avalanna aufhält, muss er dann nicht Freunde oder Beschützer haben, um hier leben und überleben zu können?«, bohrte er weiter.

Die Niridun richtete ihren Oberkörper auf und sah ihn an. »Ja, sicher. Ohne Hilfe kann er hier nicht durchkommen.«

»Vielleicht ist es nicht gut, dass *du* ihn suchst – er kennt dich ja und kann dir aus dem Weg gehen. Vielleicht sollten ihm andere ebenfalls nachspüren – ich und meine Gefolgschaft, zum Beispiel.«

»Würdest du mir dabei helfen?«, fragte sie.

Yashor nickte. »Gewiss, denn ich habe dich ja lieb gewonnen. Du musst ihn mir nur genau beschreiben.«

Kishik schilderte das Aussehen Aars, so gut sie konnte. »Vielleicht gibt er sich wieder als Baratum aus und nennt sich Kartal.«

»Kartal – was heißt das?«

»Adler«, erwiderte sie.

»Ein stolzer Vogel«, bemerkte Yashor. »Hat er dich irrtümlich für einen Feldhasen oder eine Wachtel gehalten?«

Kishik musste kichern. Noch keiner hatte sie mit einem Hasen oder einer Wachtel verglichen. »Der Adler war wohl eher ein schreckhafter Tauberich, denn als der Wolf getötet dalag, ist er davongeflattert.«

Yashor schwieg einige Herzschläge lang und dachte nach. »Auch ich bin auf der Suche nach jemandem ...« Und er erzählte von seinem verschollenen Vater und seiner Hoffnung in Avalanna etwas über ihn zu erfahren.

»Dein Vater war Feldscher im Dienste des Chagans Bayan-Katun?«, fragte Kishik überrascht.

»Ja.« Yashor nickte.

»Kannst du ein Geheimnis bewahren?«

»Ja, natürlich.« Yasgor nickte erneut.

»Dann höre: Lil'atin und Nagarki, die sich hier mit Erlaubnis der Königin als Niridun ausgeben, sind in Wirklichkeit Töchter des Chagans Yugur-Katun der Baratum.«

»Töchter? Ich dachte, Nagarki sei ein …«

»Ist aber in Wirklichkeit ein Mädchen und heißt eigentlich Minam, und der Name der älteren Schwester ist Miram. Sie sind aus dem Weiten Grasland geflohen, weil der Chagan Miram an den Häuptling der Shunnu verheiraten wollte, und sie halten sich jetzt unter Tarnung hier auf.«

Kishik hielt lächelnd inne und weidete sich an Yashors Überraschung.

»Und da sie die Enkelinnen des Bayan-Katun sind, wissen sie vielleicht etwas über deinen Vater. Ich werde sie morgen fragen. Aber gib ihnen gegenüber noch nicht zu erkennen, dass du um ihr Geheimnis weißt. Eines Tages werden sie es dir von selbst sagen, denn beide mögen dich und halten dich für vertrauenswürdig.«

Yashor lächelte versonnen. Die zurückhaltende Lil'atin-Miram hätte ihm gegenüber nie zugegeben, dass sie ihn mochte und des Vertrauens für würdig hielt. Nun, da er es wusste, würde er ihr gegenüber weniger befangen sein als bisher.

»Jetzt sind wir also verbündet«, sagte er schließlich. »Ich helfe dir den Shakaren zu stellen, und du versuchst bei den Baratum etwas über das Schicksal meines Vaters herauszubekommen.«

Kishik nickte heftig. »Ja, wir sind verbündet – und verbunden. Ach, wollen wir nicht noch einmal das *Tier mit den zwei Rücken* spielen?«

Yashor lachte. »Jetzt spiele ich den Luchs, der über die Häsin herfällt.«

Kishik gluckste. »Aber wenn du ein Luchs bist, dann bin ich doch eine Luchsin?«

Yashor durchfuhr es wie ein Blitz, und es war ihm, als hörte er aus der Ferne Kilin-rinnags glockenhelles Lachen. Ach ja, schon lange brannte ihm die Brust!

Und als er mit der Reiterin aus der Steppe ausgelassen den Liebeskampf spielte, da war er ein Mann, der sich mit einer Menschenfrau vereinte, und zugleich ein Luchs, der sich mit seiner Luchsin paarte, und überdies ein kleiner Junge, der sich in die zärtliche Zeitlosigkeit einer Elbin fallen ließ.

Und Yashor und Kishik liebten einander, bis sich im Osten der Himmel morgendlich hellte.

Kapitel XII

Nach den Wochen, die Yashor in seine Kammer im Haus der Schilde gebannt gewesen war, nutzte er den ersten freien Tag, um in der königlichen Schäferei am Forellenbach im Osten des Schlossbergs den Hirten Orbun zu besuchen. Er wollte sich erkundigen, wie sich die Schafe samt der Ziege Weißstern in der neuen Heimat eingelebt hatten, und auch die Hunde Dorch und Fjonn wieder sehen. Im Haupthaus der Schäferei sagte man ihm, Orbun hüte die stagirischen Schafe am Oberlauf des Forellenbachs.

Diesen Bach, der aus östlicher Richtung geflossen kam, säumten zu beiden Seiten breite Wiesenstreifen, die weiter draußen dann an dichten Mischwald grenzten und deren üppiges saftiges Gras mit vielerlei Wiesenblumen gesprenkelt war. Besonders zahlreich schienen hier Glockenblumen, Lichtnelken und Hahnenfuß zu wachsen. Am Bachrand gab es außerdem viele Schafgarben.

Yashor ertappte sich dabei, wie er wieder zum Hirten wurde und darüber nachdachte, wie viele Schafe hier wohl wie lange weiden konnten. Er zog sich bald in den Schatten des Waldrands zurück, denn es war der Hitzemond und die Sonne stieg schon auf den Zenit zu. Ab und zu kam er an einer Schäferhütte oder einem Heustadel vorüber, und die Sehnsucht nach dem alten, ruhigen Hirtenleben wurde immer stärker.

Da und dort standen Weiden, Erlen und Haselnuss-Sträucher dicht gedrängt am Wasser. Sicher trug der Bach seinen Namen nicht zu Unrecht, und es verlockte ihn, wieder wie in alten Tagen einige Stunden dem Forellenfang zu widmen. Doch diese Fische gehörten sicher alle der Königin, und es war besser, sich nicht an ihnen zu vergreifen.

Der Bach mit den begleitenden Wiesen schlängelte sich etwa drei Meilen durch den Wald. Allmählich rückten die Bäume – vor allem Buchen und Ebereschen, dann und wann auch Fichten und Lärchen – zum Wasserlauf hin vor, bis schließlich die ganze Bachlandschaft in einer hufeisenförmig von Wald umgebenen Mulde endete.

Am Hang, der seitlich zur Bachquelle hin sanft abfiel, weideten die stagirischen Schwarzkopfschafe. Oben saß, im Schatten der Bäume an einen Buchenstamm gelehnt, der Hirte Orbun und spielte auf seiner Flöte.

Yashor steckte Zeige- und Mittelfinger beider Hände in den Mund und stieß einen Hirtenpfiff aus.

Sofort erhob sich Orbun und antwortete mit seiner Flöte.

Dorch und Fjonn, die bislang langsam die Herde umkreist hatten, blieben stehen, hoben die Köpfe und witterten in seine Richtung. Dann kamen sie mit fröhlichem Gebell auf ihn zugeschossen.

Noch bevor er an dem jungen Bach angelangt war, hatten sie ihn erreicht, sprangen freudig erregt an ihm hoch und leckten ihm Gesicht und Arme.

»Ihr Racker, ihr dürft doch um meinetwillen nicht eure Arbeit verlassen!«, schalt Yashor sie lachend und scheuchte sie zu den Schafen.

Widerstrebend kehrten die Hunde zu ihrer Arbeit zurück, doch schauten sie mit treuherzigen Blicken immer wieder zu ihm hin, als wollten sie sagen: »Endlich kommst du auch, Yashor, und wir machen die Arbeit wieder gemeinsam wie in alten Tagen.«

Als Yashor über das schmale Gewässer sprang, das nur ein paar Dutzend Schritte weiter oben aus dem steileren Mittelteil des Hangs hervorsprudelte, schoss ihm der Gedanke durch den Kopf: Hier begegneten sich doch Wald und Wasser … Ein Ort, um seine Luchsin zu treffen! Vielleicht konnte er sich einmal Weißstern für einen Abend ausleihen und mit dem Pferd hierher kommen?

Orbun hatte den Schatten des Waldrandes verlassen und kam den Hang herab Yashor entgegen. Als sie sich trafen, umarmten sie sich spontan wie gute Freunde – zwei Hirten von gleichem Schrot und Korn.

»Schön, dass du einmal kommst, um nach dem Rechten zu

sehen, Yashor«, begrüßte ihn Orbun. »Ich habe gehört, du hattest einen Unfall. Wie geht es dir jetzt?«

»Ach, ich fühle mich wie neugeboren, jetzt, wo ich endlich einmal wieder auf einer richtigen Weide bin«, erwiderte Yashor. »Am liebsten würde ich hier bleiben und mit dir die Schafe hüten.«

»Du brauchst nur zum Großschäfer zu gehen und dich zu bewerben«, sagte Orbun lachend. »Aber einen so erfahrenen Hirten wie dich werden sie nicht mehr nach hier draußen schicken, sondern gleich am Haupthaus einsetzen und die Behandlung der kranken Tiere übertragen oder die Aufsicht über die Zucht geben.«

»Weil du gerade von der Zucht sprichst – die Widder …?«

»… haben wir in einem Pferch beim Haupthaus. Wir lassen sie die Zippen erst im Erntemond decken, dann lammen die zu Beginn des Frühjahrs«, erklärte Orbun. »So ist das bei uns üblich.«

»Hm.« Yashor nickte.

Sie stiegen beide zusammen wieder zum Waldrand hoch, setzten sich mit den Rücken an Baumstämme und fachsimpelten eine Weile. Irgendwann erstarb das Gespräch in der Wärme des Nachmittags, Yashor begann zu dösen und Orbun holte eine unfertige Weidenpfeife aus seiner Hirtentasche und schnitzte mit einem kleinen Messer daran herum.

Gerade als Yashor am Einschlafen war, stieß Orbun ihn an und zeigte ihm das Messer. »Das habe ich von eurem Gishmi gekauft«, erzählte er. »Der ist vor einigen Tagen zur Schäferei herausgekommen und hat uns allen diese neuen Messer angeboten. Es schneidet sehr gut und ich hoffe, es stimmt, dass es sehr lange hält.«

Yashor grinste. »Ach ja, Gishmi. Der wird noch ganz Bantan überschwemmen mit seinen Messern. Ein geborener Kaufmann – der macht aus allem Gold.«

Orbun stand auf. »Ich gehe jetzt ein Stück weiter bachabwärts. Mein Nachtpferch ist nicht weit weg von der Schäferei.«

Yashor erhob sich ebenfalls und folgte dem Hirten, der den Hunden ein Zeichen gab, in welche Richtung sie die Schafe treiben sollten.

Als sie dann plaudernd eine Strecke des Weges zurückgelegt hatten, den Yashor gekommen war, blieb Dorch plötzlich stehen und schlug an.

»Was ist los?«, fragte Yashor und begann sofort nach Hirtenart den Waldrand nach einem Störenfried abzusuchen. Doch er konnte nichts entdecken, keinen Menschen, kein Tier.

Orbun lachte. »Dein wachsamer Dorch verbellt den Heustadel dort!« Er zeigte auf einen baufällig wirkenden Holzschuppen am Waldrand.

»Aber weshalb?«, fragte Yashor verwundert.

»Weil sich dort jemand versteckt«, erwiderte Orbun.

Yashor schaute den Hirten mit großen Augen an. »Weiß das der Großschäfer? Ist der damit einverstanden? Und warum hält sich dort jemand versteckt?«

»Mit dem Großschäfer habe ich darüber nicht gesprochen. Ich weiß nämlich, dass der Unbekannte, der dort in dem Stadel haust, von einem noch Höheren unterstützt wird, nämlich von Moltach, dem Obersten Gutsverwalter der Königin … und Vorgesetzten des Großschäfers.«

»Woher weißt du das?«, wollte Yashor wissen.

»Einmal bin ich schon ziemlich früh am Morgen hier heraufgekommen – allerdings auf der anderen Bachseite – und habe zufällig einen Reiter entdeckt, der gerade vor dem Heustadel vom Pferd stieg, einen Packen aus der Satteltasche nahm und hineinging. Neugierig bin ich etwas näher zum Bach hinunter und habe gesehen, dass es sich bei dem Tier, das der Mann vor dem Stadel angebunden hatte, um Moltachs Rotfuchshengst handelte. Den kann man gar nicht verkennen, er hat einen weißen Fleck auf der Brust und weiße Bänder um die Mittelfüße. Außerdem ist sein Zaumzeug mit Gold verziert, fast als wär's ein Ross der Königin.«

»Und was hast du dann gemacht?«

»Ich bin weiter hinaufgezogen und habe die Schafe gehütet, aber am späten Nachmittag auf dem Heimweg habe doch noch einmal an dem Stadel Halt gemacht und durch eine Ritze hineingeblickt. Und da habe ich einen Mann gesehen, der da drinnen hockt.«

»Wie alt ist dieser Mann?«, fragte Yashor mit zunehmender Neugier.

»Noch ziemlich jung, nicht viel älter als du, glaube ich.«

»Den möchte ich mir auch einmal anschauen«, sagte Yashor und grinste Orbun an. »Ich bin schrecklich neugierig.« Ein Verdacht war in ihm aufgekeimt.

»Ich bleibe mit den Schafen und Hunden hier, damit der Unbekannte nicht aufgeschreckt wird«, schlug Orbun vor und gab Dorch ein Zeichen, er solle ruhig sein.

Yashor überquerte den Bach, ging langsam zu dem Heustadel hinüber und umrundete das Gebäude, wobei er versuchte kein Geräusch zu machen. Auf der dem Wald zugewandten Rückseite entdeckte er in einem Brett auf Hüfthöhe ein Astloch. Er kniete sich nieder und spähte hindurch.

Im Stadel herrschte Zwielicht. Es dauerte eine kleine Weile, bis sich sein Auge daran gewöhnt hatte. Links gab es eine hölzerne Trennwand, hinter die er nicht schauen konnte, rechts war unordentlich Heu aufgehäuft. Wahrscheinlich diente der Stadel gar nicht mehr als richtiger Heuspeicher, sondern nur noch als Unterstand für eine in der Nähe grasende Herde im Falle eines plötzlichen Unwetters.

Direkt vor ihm, am Anfang des Heustapels, rührte sich etwas. Dort lag mit den Füßen zu der Wand, hinter der Yashor kauerte, auf einer groben Decke ein junger Man von knapp zwanzig Sommern in der Reitkleidung der Baratum und starrte zu den Deckenbalken der Hütte empor. Sein hageres bleiches Gesicht war um die Nase herum mit Sommersprossen gesprenkelt, sein schulterlanges strohblondes Haar mit Heuhalmen verfilzt. Der Mann kratzte sich gerade ausgiebig am Oberschenkel. Erst diese Bewegung hatte Yashor auf den Liegenden aufmerksam gemacht. Die andere Hand hatte er unter den Nacken gelegt. Sein Gesichtsausdruck verriet, dass Langeweile ihn quälte.

Neben dem Kopf lag ein blau gemustertes Leinentuch auf dem Boden. Darauf befanden sich ein halbes Fladenbrot und zwei abgenagte Hähnchenschenkel. Dahinter stand ein Krug, der wohl Bier enthalten hatte.

Kein Zweifel, der Mann entsprach in seiner ganzen Erscheinung Aar, dem Shakaren, an dem Kishik Rache üben wollte. Yashor freute sich der geliebten Kriegerin so schnell helfen zu können. Was für ein glücklicher Zufall, dass er den Schurken auf Anhieb gefunden hatte!

Der Liegende hörte auf sich zu kratzen und schob auch die andere Hand unter den Nacken. Dann schien ihm diese Haltung unbequem zu werden, und er richtete sich halb auf, indem er sich auf die Ellbogen stützte. Dabei fiel sein Blick genau in die Richtung von Yashors Astloch. Der Shakar schien zu erstarren. Unverwandt schaute er herüber.

Konnte er in dem Dämmerlicht wirklich das durch die Scheunenwand linsende Auge erkennen? Yashor wagte sich nicht zu rühren. Sein Augenlid begann zu zittern, doch er schloss es nicht, da er fürchtete selbst durch die winzigste Bewegung seine Anwesenheit zu verraten. Von fern hörte er Dorch bellen.

Der Shakar richtete sich nun endlich ganz auf, schüttelte den Kopf und barg das Gesicht in den Händen.

Dies nützte Yashor aus. Er ließ sich schnell fallen, kroch um den Stadel herum zur Wiese zurück, sprang über den Bach und lief dann hinter Orbun und der Herde her. Zu spät fiel ihm ein, dass der Shakar, wenn er jetzt erneut auf die Wand blickte und das Astloch unausgefüllt sah, erkennen musste, dass jemand ihn beobachtet hatte.

Am frühen Abend langte Yashor verschwitzt am Schlossberg an, stieg zum Palast empor und fragte die Wache, ob die Tuduni Kishik zu Hause sei. Ja, antwortete der Palastwächter, sie sei vor etwa einer halben Stunde aus der Stadt zurückgekehrt.

Kishik saß in ihrem Esszimmer und knabberte lustlos an einem Stück Fladenbrot herum. Als Yashor dem Raum betrat, hellte sich ihre Miene auf. »Dein Erscheinen gibt diesem Tag noch einen späten Glanz«, sagte sie, stand auf und schlang die Arme um seinen Hals.

»Hast du auch heute wieder vergeblich in der Stadt gesucht?«, wollte Yashor wissen.

»Nicht nur gesucht, sondern auch gefragt und geforscht und gebohrt, aber es gibt keine Spur. Vielleicht hat sich unsere Zauberfrau doch geirrt.«

»Nein, sie hat sich nicht geirrt«, erwiderte Yashor. »Der Shakar hält sich im Stadtbann von Avalanna auf. Ich habe ihn gesehen.«

Überrascht ließ Kishik seinen Hals los und trat ein, zwei Schritte zurück. »Du hast ihn gesehen? Wo? Wie hast du ihn gefunden?«

Sie setzten sich an den Tisch und Yashor erzählte von seinem Besuch bei Orbun.

Als er geendet hatte, schüttelte die Kriegerin den Kopf und sagte: »Ich kann es nicht glauben. Ausgerechnet Moltach! Was für einen Grund sollte der haben, einen Shakaren zu verstecken und zu füttern? Er ist einer der engsten Berater der Königin, er verwaltet alle ihre Gutshöfe in ganz Avalanna und Bantan.« Erneut schüttelte sie das Haupt. »Nun, er weiß sicher nicht, dass ich hinter diesem Aar her bin, denn die ganze Geschichte habe ich nur meiner Tante Marjam erzählt, und selbst Nagarki gegenüber habe ich bloß Andeutungen gemacht. Moltach kann nichts von meiner Feindschaft gegen den Shakaren wissen.« Die Tatsache, dass der hohe Amtmann der Königin dem feindlichen Spion half, schien Kishik mehr zu beschäftigen als die Aussicht bald ihren Feind stellen zu können.

»Jetzt wird es bald dunkel, wir können also heute nichts mehr unternehmen. Aber morgen werden wir in aller Frühe, noch vor Sonnenaufgang, aufbrechen und den Schurken dingfest machen. Am liebsten würde ich ihn auf der Stelle niederhauen, aber vermutlich ist es besser, wir bringen ihn gefangen in den Palast. Dann können Nardan und Prinz Shedar ihn verhören, um herauszubekommen, was er im Schilde führt und warum Moltach ihm hilft.«

Nach diesen Worten stand sie auf, stellte beiläufig ein paar Teller mit Fladenbrot, Bohnenmus und Trockenfleisch auf den Tisch und sagte: »Hier, still erst einmal deinen Hunger, ich gehe inzwischen hinunter zum Hauptmann der Palastwache und sage ihm, dass wir beide morgen schon vor Tagesanbruch losreiten und du nicht im Haus der Schilde erscheinst.«

Yashor nickte und machte sich über das Essen her.

Als Kishik später zurückkam, trug sie zwei weite mantelartige Gewänder über dem Arm.

»Am besten können wir uns für den morgigen Tag vorbereiten, indem wir jetzt den Schmutz des Tages von den Leibern waschen«, erklärte sie und forderte Yashor auf sie in die Palastbäder zu begleiten, die sich in der Nordostecke des Erdgeschosses befanden. Dafür sei es nötig, schon vorher alle Kleidung abzulegen und die Bademäntel überzuziehen. Gesagt, getan. Sie knoteten die Stoffgürtel der flauschigen Mäntel zu und gingen die zwei Treppen hinunter zu den Baderäumen.

Kishik führte Yashor in einen Vorraum mit einem dreieckigen Grundriss. Die Tür, durch die sie gekommen waren, befand sich im rechten Winkel dieses gleichschenkligen Dreiecks. Neben der Tür standen zwei Weidenkörbe. In dem einen lagen schön zusammengefaltet saubere Handtücher, im anderen durcheinander geworfen nasse, gebrauchte.

In der gegenüberliegenden Wand befanden sich drei Türen, zwei waren geschlossen. Geplätscher verriet, dass dahinter jemand ein Bad nahm. Die dritte Tür ganz rechts stand halb offen. Kishik trat ein, Yashor folgte ihr.

In den gekachelten Boden des länglichen Raums war ein rechteckiges Becken eingelassen, das wohl einem halben Dutzend Menschen Platz bieten mochte. Die Wände waren bis zur Decke mit glasierten Fliesen bedeckt, die mit Bildern von Blumen wie Seerosen und Wasserlilien verziert waren. Von der Decke hingen an verzinkten Ketten mehrere Öllampen und erfüllten den Raum mit einem weichen Licht.

Wasser befand sich noch nicht in dem Becken. Kishik kniete sich an dessen Vorderseite hin und drückte einen Hebel aus Messing nieder, der eine Handbreit unterhalb des Beckenrandes neben einem Wasserspeier aus der Beckenwand ragte. Zunächst ertönte nur ein Gegurgel, dann kam heißes Wasser aus dem Rohrende geschossen und begann das Becken zu füllen.

Als das Wasser bis auf ungefähr zwei Drittel der Beckenhöhe gestiegen war, zog Kishik den Hebel wieder hoch und der Zufluss erstarb. Nun bedeutete sie Yashor, er solle den Mantel abstreifen und auf einen der Schemel legen, die an der linken Wand des Baderaums aufgereiht standen. Völlig unbefangen tat sie ihm es vor. Yashor folgte ihrem Beispiel und fühlte sich dabei an das Bad in Amyas Haus erinnert.

Auch Kishik holte nun eine kleine Holzschüssel hervor, schöpfte mit ihr Wasser aus dem Becken und schüttete es sich selbst und Yashor über den ganzen Körper. Dann zauberte sie ein Töpfchen mit einer schmierigen, doch wohlduftenden Seife hervor und bedeutete Yashor, sie sollten sich gegenseitig einseifen. Fast andächtig trug er das Reinigungsmittel dünn auf die goldbraune Haut auf; Kishiks Hände bearbeiteten seinen Körper kraftvoll, fast als striegelte sie ein Pferd. Danach übergossen sie sich gegenseitig so lange, bis die Schmiere wieder abgespült war, und stiegen schließlich ins Wasser hinab, das nicht ganz so heiß war wie damals bei der Tochter der Raan. Kishik setzte sich erst im Schneidersitz hin und sog mit dem Leib die Wärme auf. Yashor tat es ihr gleich.

Nach einer Weile begann die Kriegerin sich im Wasser zu recken und zu strecken, zu rekeln und zu aalen, und vollführte allerhand Verrenkungen und seltsame Bewegungen. Yashor beobachtete sie verwundert.

Am Schluss bespritzte sie ihn mit dem inzwischen lauwarm gewordenen Wasser und sagte lachend: »Nicht wahr, das ist der Unterschied zwischen dem Hirten und der Jägerin. Er sitzt reglos und beobachtet ruhig, sie schlängelt sich durchs Gestrüpp und ahmt die Tiere nach!«

Nachdem sie aus dem Becken gestiegen waren, sich gegenseitig abgetrocknet und die Bademäntel wieder übergezogen hatten, kniete sich Kishik wieder an den Beckenrand und drückte einen anderen Hebel, woraufhin sich ein Abflussloch im Boden des Beckens öffnete und das Wasser davongurgelte.

Im Vorraum warf Kishik ihre Handtücher in den entsprechenden Weidenkorb. Darauf tappten sie durch den spätabendlichen, von Öllampen dämmerig beleuchteten Palast zurück in die Gemächer der Kriegerin.

Alle Müdigkeit und Anstrengung des Tages war von ihnen abgefallen. Mit der größten Selbstverständlichkeit, als sei dies schon seit Jahren der Brauch, folgte Yashor Kishik unter die Decke ihres Bettes, und sie widmeten sich der gegenseitigen Erforschung und Erkundung und Beglückung ihrer Leiber, bis das bleiche Licht der Frühe sie zum Aufbruch mahnte.

Kishik ritt Aranlan, hatte ihren Schwertgurt samt Jatagan dabei und den Bogen griffbereit in einer offenen Satteltasche. Yashor saß auf Weißstern und trug ein Schwert, das Ormon ihm für Übungkämpfe geliehen hatte, dazu eine Lanze – diesmal mit Eisenspitze, keine Übungsstange. Im Lanzenkampf hatte er schnellere Fortschritte gemacht als im Bogenschießen, denn für ihn war die Lanze eine Fortentwicklung des Hirtenstabes, mit dem die Hirten ja auch gelegentlich streunende Hunde oder reißende Wölfe abwehren mussten.

Die Sonne war noch nicht aufgegangen, und doch war das Haupthaus der Schäferei schon zu Leben erwacht. Hinter den Zäunen bellte der eine oder andere Hirtenhund, als sie vorüberritten. Später drang vom Waldrand her das Schnarren von Misteldrosseln und das Rätschen von Eichelhähern, in das sich dann und wann das ärgerliche »Twät-twät-twät« eines Kleibers mischte.

Schließlich erreichten sie Orbuns kleinen Pferch, wo Dorch und Fjonn Yashor mit einem Freudengewinsel begrüßten. Der Schäfer war schon auf und kam aus seiner Hütte heraus.

Er begrüßte sie, war jedoch überrascht, und Yashor klärte ihn kurz auf, dass er und Kishik in dem Versteckten einen Übeltäter vermuteten.

Orbun nickte, fügte aber dann hinzu: »Dann solltet ihr euch aber beeilen, denn Moltach wird sicher bald kommen und diesen Mann versorgen.«

Kishik und Yashor trieben ihre Pferde an und ritten schnell weiter. »Vielleicht ist es besser, wir stellen die Tiere im Wald unter, damit Moltach nichts von unserer Anwesenheit merkt«, gab Yashor zu bedenken. Kishik nickte.

Als sie den Heustadel erreicht hatten, ritten sie noch ein kurzes Stück weiter, umrundeten eine kleine Ausbuchtung des Waldes und banden ihre Pferde ein Stück waldeinwärts an einen Buchenstamm. Dann schlichen sie sich durch den Wald zurück zu dem Stadel und kamen gerade rechtzeitig, um – hinter einem Weißdornbusch verborgen – zu sehen, wie Moltach auf seinem Rotfuchs eintraf, absaß und das Pferd an die Ecke der Scheune band. Dann nahm er ein Bündel aus einer Satteltasche und öffnete die Stadeltür. Yashor und Kishik sahen sich stumm an und warteten.

Wenig später ertönte ein wütender Schrei, kurz darauf wurde die Tür aufgestoßen und Moltach stürzte heraus. Er lief um den Stadel herum, blieb dann wieder vor dem Eingang stehen und schrie: »Aar! Kartal! Wo bist du? Komm her!« Doch er bekam keine Antwort.

Noch zweimal rief er nach seinem Schützling, aber es antwortete ihm nur das verzerrte Echo vom gegenüberliegenden Waldrand und das Keckern einer Elster, die vom Bachufer aufflog.

Der Oberste Gutsverwalter der Königin von Avalanna machte eine Geste, die tiefe Enttäuschung und äußerste Verachtung ausdrückte, stieg wieder auf sein Pferd und ritt davon.

Kishik und Yashor warteten noch eine Weile, bis sie sich sicher sein konnten, dass Moltach wirklich fort war, dann schlichen sie sich zu der offenen Stadeltür und schauten hinein. Und sie verstanden Moltachs Verhalten: Der Shakar war nicht mehr da. Nur die Decke, auf der er geruht hatte, lag noch auf dem Boden, daneben das Leinentuch und der leere Krug. Aar war geflohen, und das offensichtlich ohne Wissen seines Beschützers.

»Wo ist er hin?«, fragte Yashor ratlos.

»Er kann nicht allzu weit gekommen sein, denn er ist wohl erst am Morgen losgegangen. Gestern war es zu spät dafür, und in der Dunkelheit käme er im Wald nicht weit. Nein, er ist bestimmt erst vor ein, zwei Stunden los, und da er zu Fuß ist, kann noch nicht weit sein«, überlegte Kishik laut.

»Nicht weit, ja, aber wohin?«, beharrte Yashor.

Kishik schwieg einen Moment nachdenklich, dann erhellte sich ihr Gesicht. »Ich weiß, was wir machen. Nicht fern vom Haupthaus der Schäferei gibt es auch einen Zwinger mit Jagdhunden der Königin. Von dort werde ich einen Spürhund holen. Diese Decke hier muss ja vom Geruch dieses Kerls regelrecht durchtränkt sein, der Hund wird hier seine Witterung aufnehmen und uns zu dem Flüchtigen führen.«

Sie verließen den Stadel. »Bleib du hier und pass auf! Falls der Shakar überraschenderweise zurückkommt, dann halt ihn fest, bis ich zurück bin.«

Yashor nickte, die Kriegerin gab ihm einen freundschaftlichen Klaps auf die Schulter und lief zu den Pferden.

Yashor zog sich wieder hinter den Weißdornbusch zurück und setzte sich, mit dem Rücken an einen Lärchenstamm gelehnt, auf den Boden. Er spitzte die Ohren, damit ihm nicht entginge, wenn sich jemand der Hütte näherte. Doch außer dem Gesumm geschäftiger Insekten war kaum etwas zu hören. Irgendwo in der Ferne trommelte ein Specht. Nicht ganz so weit weg sang ein Zilpzalp sein eintöniges Lied. Etwas landete mit sanftem Geschwirr im Weißdornbusch. Yashor blickte auf. Ein Zwergschnäpper saß auf einem Zweig und beäugte – die rote Kehle Yashor zugekehrt – das fremde Wesen, das in den Wald eingedrungen war. Dabei zuckte er ständig mit dem Schwanz und ließ immer wieder das Weiß der Federn an der Schwanzwurzel aufleuchten. Die funkelnden schwarzen Augen blickten Yashor so verständig an, dass er um ein Haar versucht hätte dem kleinen Vogel zu erklären, warum er hier auf Wache saß. Doch der Zwergschnäpper schien sich von der Harmlosigkeit des Dasitzenden überzeugt zu haben und schwirrte wieder so sanft davon, wie er gekommen war.

Yashor duselte nun in einen wohligen Halbschlaf, der von Traumfetzen mit Szenen der vergangenen Liebesnacht durchzogen war. Er gab sich diesen Erinnerungen gerne hin und spürte dabei, wie seine Männlichkeit sich lustvoll regte.

Das Getrommel des Spechts schreckte ihn auf. Der Waldzimmerer bearbeitete jetzt den Baum, an dem Yashor lehnte. Das rasende Hämmern ließ den Stamm regelrecht beben. Rindenstückchen purzelten herunter.

Yashor erhob sich. Er war hellwach – und glücklich. Hatte er doch in Kishik eine Gefährtin gefunden, die seinem Leben eine neue Tiefe gab. Zwar wusste er nicht, wie lange diese Freundschaft mit ihrer Vertrautheit und Nähe andauern würde – er konnte sich nicht vorstellen, dass die Niridun bereit sein würde ihn nach Harkin zu begleiten, und dass er eines Tages dorthin zurückkehren musste, stand für ihn unverrückbar fest –, aber solange diese Gemeinsamkeit bestand, wollte er sie genießen.

Er streckte sich und sog die Waldluft tief in seine Lunge. Nicht weit entfernt schnoberte Weißstern.

Yashor spähte über den Weißdornstrauch hinweg und sah, dass Kishik zurückgekehrt war. Sie saß noch im Sattel und hielt an einer langen Leine einen großen, kräftigen Hund mit kurzem rötlich braunem Fell, großer Schnauze und sehr langen, hängenden Lefzen.

Yashor trat aus dem Wald heraus, Kishik saß ab, band ihr Pferd an derselben Stelle fest wie vorher Moltach und zog den Spürhund in den Stadel.

»Hier, Rommar, schnupper!«, sagte sie und zeigte nachdrücklich auf die am Boden liegende Decke. »Nimm Witterung auf!« Der Hund senkte seine große schwarze Nase auf den Stoff herab und schnüffelte daran herum. Als er sich mit dem Geruch des Geflüchteten vertraut gemacht zu haben schien, befahl Kishik: »Rommar, such den Mann!« Das Tier fuhr mit der Nase auf dem Boden entlang zur Stalltür hinaus.

»Nimm die Decke mit«, rief die Kriegerin Yashor über die Schulter hinweg zu, »und reite hinter mir her. Sollte die Witterung schwach werden, kann Rommar sich an der Decke neu einschnüffeln.«

Dann machte sie ihr Pferd los und sprang in den Sattel, ohne die

Leine loszulassen. Der Hund strebte am Waldrand entlang der Quellmulde des Forellenbachs zu.

Yashor raffte die Decke auf, die für ihn unangenehm muffig roch – wie lange hatte der Shakar sich schon darauf herumgesuhlt? –, dann schob er sich durchs Gestrüpp zu seinem Pferd, faltete die Decke zusammen und steckte sie in eine Satteltasche, saß schließlich auf und ritt aus dem Wald heraus hinter Kishik her, die schon etwa fünfzig Schritte weiter voraus war und dem eifrigen Hund im Handgalopp folgte.

Der Spürhund hielt sich, immer die Nase am grasigen Boden, am rechten Waldrand, bis sie die Talmulde erreichten, in der der Forellenbach entsprang. Ziemlich genau oberhalb der Quelle zog er dann die Reiterin hinter sich her in den Wald, und sie entdeckten einen schmalen Pfad, der von hier aus schnurgerade den Hügel hinauf nach Osten verlief. Kishik drosselte das Tempo, denn sie mussten immer wieder Zweigen und Ästen ausweichen, die ihnen sonst ins Gesicht gepeitscht hätten. Schließlich mussten sie absteigen und die Pferde am Halfter führen. Rommar kümmerte sich nicht um die Schwierigkeiten der Menschen und folgte, so schnell die Leine es ihm erlaubte, zielstrebig der Spur.

Nachdem sie sich durch eine Schonung junger Buchen gezwängt hatten, mündete der Pfad in einen breiteren Waldweg. Kishik hielt an, der Hund blickte fragend zu ihr auf, und sie sagte zu Yashor: »Ich glaube, wir sollten uns ab und zu Zeichen machen, damit wir später den Rückweg finden. Übernimmst du das?«

Yashor nickte, holte sein kleines Hirtenmesser hervor und schnitzte in einen dickeren Baumstamm einen Pfeil, der in Richtung des Pfades durch das Dickicht zeigte.

Sie saßen wieder auf und ließen sich von Rommar weiterführen, der von der Verfolgung der Spur schier besessen zu sein schien. Bald gelangten sie in ein lichteres Waldstück, das aus hoch gewachsenen Buchen bestand. Der Weg führte hügelabwärts und kreuzte in einer Talsohle einen schmalen, seichten Bach. Wenn er selbst auf der Flucht wäre, dachte Yashor, dann wäre er ein Stück im Wasser dahingerannt, um Verfolger abzuschütteln. Der Shakar jedoch hatte offenbar nicht damit gerechnet, dass man einen Spürhund auf ihn ansetzen könnte, denn die Spur lief am anderen Ufer des Rinnsals fort, und Rommar schien keine Schwierigkeiten zu haben der Witterung zu folgen.

Sobald ein anderer Weg oder Pfad den ihren kreuzte, hielt Yashor kurz an und schnitzte einen Pfeil in einen Baum.

Bald ging es wieder bergauf, der Wald war zu beiden Seiten mehr und mehr von Schlehen- und Brombeersträuchern durchsetzt. Ab und an hoppelte ein Hase über den Weg, einmal stand vor ihnen ein Reh und beäugte sie verwundert, bevor es seitwärts zwischen den Stämmen verschwand.

Dann wurde der Wald zu beiden Seiten wieder lichter und schließlich führte der Weg aus den Bäumen heraus auf einen langen, breiten Hügelrücken, der mit dichtem, hohem Gras bewachsen war.

Yashor schoss der Gedanke durch den Kopf, es sei wohl an der Zeit, dass diese Wiesen wieder einmal abgeweidet würden. Er musste innerlich über sich selbst lachen. »Einmal Hirt, immer Hirt«, murmelte er und lächelte versonnen.

Der Hügelrücken wellte sich zu einer Folge von Buckeln und Mulden, es ging hinauf und wieder hinab, als hätten Riesen der Vorzeit einen gewaltigen Hahnenkamm in die lang gedehnte Erhebung geschnitten. Zu beiden Seiten fiel das Land sanft ab und ging nach jeweils etwa einer Meile wieder in Wald über.

Von oben ertönte ein kläglich klingendes »Hiäh«. Yashor blickte auf und sah einen Gabelweih, der unermüdlich segelnd über den Wiesen kreiste und nach Beute Ausschau hielt. Plötzlich ließ der Weih sich im Sturzflug zu Boden fallen, flatterte im Gras herum, stieg schließlich mit einem Kaninchen in den Fängen hoch und strich davon.

Wieder ging es in eine Senke und wieder hinauf. Yashor hatte vergessen zu zählen, wie oft sie schon einen Einschnitt im Hügelrücken durchquert hatten. Auf der letzten Anhöhe angekommen sahen sie den Hang nun sanft nach Osten hin abfallen, bis hinunter in eine kleine Ebene, hinter der sich höhere Gipfel erhoben. Das dort hinten mussten die Taurischen Berge sein.

Während sie den sanften Schlangenlinien des Weges hinabfolgten, entdeckten sie am Fuß des Hügels einige kleine Gebäude, die sich dort zu einem auf der Hangseite offenen Karree zusammenduckten und einen bescheidenen Bauernhof zu bilden schienen.

Ohne zu zögern strebte der Spürhund auf dieses Anwesen zu und hielt erst an dem niedrigen Zaun vor dem Kräutergarten des mittleren Häuschens an. Dieses blickte nach Osten und schien das Wohnhaus zu sein, während offenbar die zu beiden Seiten sich an den Hang schmiegenden Holzbauten wohl Stall und Scheune darstellten.

Kishik und Yashor stiegen ab und banden ihre Pferde am Gartenzaun fest. Die Zauntür ließ sich ohne weiteres öffnen, und der Hund schnürte sofort über einen grob gepflasterten Weg auf die blau gestrichene Tür des Hauses zu. Er scharrte winselnd an der Türschwelle, blickte zu Kishik zurück und blaffte leise.

Das Haus war weiß verputzt und besaß zu beiden Seiten der Tür je zwei kleine Fenster mit blau bemalten Läden. Ein Obergeschoss gab es nicht, doch das schindelgedeckte Dach war sehr hoch und wies zwei kleine Gauben auf, was die Vermutung nahe legte, dass sich dort oben noch ein, zwei Kammern befanden.

Kishik klopfte kräftig an die Tür und wartete. Zunächst tat sich nichts. Kein Laut kam aus dem Haus. Der Spürhund legte sich vor der Schwelle nieder und hechelte leise. An der Hinterseite des Gebäudes meckerte eine Ziege, darauf antwortete das Muhen einer Kuh.

Kishik klopfte erneut und legte die rechte Hand an das Heft ihres Säbels. Yashor umfasste seine Lanze und wünschte sich dabei, er würde sie nicht benutzen müssen.

Nach einer kleinen Weile, als Kishik sich gerade anschickte zum dritten Mal zu klopfen, öffnete sich die Tür und heraus trat ein Mann, der so groß war, dass er sich unter dem Türsturz ducken musste, bevor er sich kerzengerade aufrichtete. Er trug ein einfaches knöchellanges Gewand aus ungefärbter Wolle und um die Taille einen blauen Stoffgürtel, der auf der rechten Hüfte zusammengeknotet war. Sein Haar war schulterlang und wie der bis auf die Brust reichende Bart von einem dunklen Braun, in das sich schon viele weiße Strähnen mischten. Seine Augen zeigten ein dunkles Blau und musterten freundlich-forschend die Neuankömmlinge.

Kishik schien ihn zu kennen, denn sie schlug sich überrascht mit der Schwerthand auf den Mund und sagte: »Ach, du bist doch Yoan o Anarion, nicht wahr? Wohnst du denn hier?«

Der Mann lachte leise und sagte: »Ja und ja. Willkommen an meiner Klause!«

Die Kriegerin drehte sich zu Yashor um und sagte: »Dieser Mann ist ein Einsiedler. Ich habe ihn schon einmal am Hof der Königin gesehen. Er verehrt eine neue Gottheit, deren Lehre aus dem Morgenland gekommen ist und die Yeshu Christos heißt.«

Der als Yoan o Anarion Angeredete quittierte diese Vorstellung mit einem wohlwollenden Schmunzeln, dann fragte er: »Vielleicht habe ich dich auch schon am Hof von Königin Marjam gesehen, Tochter der Steppe, aber leider ist mir dein Name nicht im Gedächtnis geblieben.«

»Ich bin Kishik, eine Tuduni der Niridun, Tochter der Tarkani Kishdun und eine Nichte der Königin von Avalanna.« Der Mann nickte, als fiele ihm jetzt wieder ein, dass er der Kriegerin schon einmal begegnet war. Kishik wies auf ihren Begleiter: »Und das hier ist Yashor aus Stagira, der zurzeit im Haus der Schilde lebt.«

Yoan o Anarion betrachtete Yashor mit einem eindringlich-forschenden Blick, als könne er in den Augen des jungen Mannes noch viel mehr lesen, als Kishik über ihn gesagt hatte.

»Eigentlich bin ich Hirt«, fügte Yashor verlegen hinzu.

»Ah, also dann ein Hirt aus Harkin, was?«, bemerkte Yoan mit einem Lächeln, und es klang ganz so, als bedeute es etwas Besonderes, ein Hirt aus Harkin zu sein.

Yashor nickte verwirrt.

Dann schaute der Mann zu dem Hund hinunter, bückte sich und kraulte ihn hinter den Ohren. »Und wer bist du? Und was führt dich zu mir?«, fragte er schmunzelnd.

Der Spürhund hob den Kopf und leckte gutmütig die Hand des Mannes. Er schien völlig vergessen zu haben, dass die Tür zu dem

Haus offen stand und er seine Spur in das Innere des Gebäudes hätte weiterverfolgen können.

»Er heißt Rommar«, antwortete Kishik, doch sie sagte kein Wort von dem flüchtigen Shakaren, der über diese Schwelle gekommen sein musste.

Yoan o Anarion kramte in einer Tasche seines Gewandes und holte etwas heraus, was in ein altes Tuch gewickelt war und sich nach dem Auspacken als kleiner Knochen mit winzigen Fleischresten daran entpuppte. Er bückte sich wieder und legte dem Hund den Knochen vors Maul. »Hier hast du etwas zur Belohnung dafür, dass du einen so langen Weg zurückgelegt hast.«

Der Mann richtete sich wieder auf und schaute auf die Pferde, doch die hatten schon begonnen sich an dem üppig wachsenden Gras vor dem Gartenzaun gütlich zu tun.

»Also, Kishik und Yashor, kommt doch herein und lasst Rommar sich hier draußen ausruhen.«

Die Kriegerin band die Leine ebenfalls am Zaun fest; der Hund blieb mitten auf der breiten Stufe vor der Tür liegen und nagte selbstvergessen an seinem Knochen. Sie mussten über ihn hinwegsteigen, um in das Haus zu gelangen.

Drinnen führte Yoan sie durch die erste Tür linker Hand in eine einfache Kammer. Die Wände waren weiß getüncht und schmucklos, in der Mitte stand ein klobiger Tisch, umgeben von vier einfachen Schemeln. Durch die beiden Fenster konnte man den Garten mit dem Zaun und den beiden Pferden sehen.

»Setzt euch hin und geduldet euch einen Augenblick«, forderte er sie auf. »Ich gehe nur schnell und hole euch eine kleine Stärkung. Die habt ihr euch nach einem so langen Ritt verdient.« Dann ließ er sie allein und schloss die Kammertür hinter sich.

Kishik und Yashor setzten sich an den Tisch.

»Wer ist dieser Mann?«, fragte Yashor.

Die Kriegerin legte den Kopf schief. »Ich weiß nicht viel über ihn, aber so viel doch: Yoan o Anarion war ein Ritter des Königs Konnar, des Vaters von Marjam. Seine Burg Anarion – das heißt ›Sonnenberg‹ – steht im Osten von Bantan. König Konnar schickte ihn einmal mit einer Gesandtschaft nach Byzántion, zum Großkönig der Griechen. Dort lernte er einen neuen Götterglauben kennen, und nach seiner Rückkehr übergab er seine Burg an einen jüngeren Bruder und reiste wieder zu den Griechen, um auf einer Insel namens Patmos diesen Glauben eingehender zu studieren. Um die Zeit, als Marjam den Thron bestieg, kam er wieder zurück, und sie ernannte ihn zu einem ihrer Berater. Er lehnte es allerdings ab, in Avalanna zu leben. Es heißt, er hause irgendwo auf dem Land. Dass er hier wohnt, habe ich nicht gewusst.«

»Hat er etwas mit Moltach zu tun?«, fragte Yashor.

Kishik zuckte mit den Schultern. »Nicht, dass ich wüsste. Ich glaube, Moltach wurde Oberster Gutsverwalter, als Yoan schon lange nicht mehr in Avalanna lebte.«

Vom linken Fenster her kam ein sanfter, dumpfer Laut. Beide schauten hin und sahen, dass eine große Katze mit glänzendem blauschwarzem Fell auf den Außensims gesprungen war. Jetzt saß sie hoch aufgerichtet da und blickte neugierig, aber würdevoll ins Zimmer. Als ihre Neugier gestillt zu sein schien, begann sie sich umständlich die Pfoten zu lecken.

Die Tür ging auf und Yoan kam wieder herein. Er trug einen großen runden Holzteller, auf dem einige Fladenbrote lagen und ein irdener Krug und zwei Tonbecher standen. Er setzte den Teller auf dem Tisch ab, stellte vor jeden seiner unerwarteten Gäste einen Becher und goss Ziegenmilch ein.

»Da ich nicht wusste, dass ihr kommt«, sagte er, als müsste er sich entschuldigen, »habe ich nichts Besonderes vorbereiten können. Also, greift zu und dann erzählt mir, was euch hergeführt hat.«

Yashor blickte etwas unschlüssig auf den Tisch, dann schaute er Kishik fragend an. ›Wenn dieser Yoan o Anarion mit dem Shakaren unter einer Decke steckt‹, dachte er, ›ist der Flüchtling über alle Berge, bis wir hier wieder wegkommen.‹ Kishik schien jedoch seine Bedenken nicht zu teilen, und so sprach auch er dem einfachen Imbiss zu. Die Ziegenmilch schmeckte etwas streng, wie gewohnt, das Fladenbrot war zwar nicht mehr backwarm, aber dennoch frisch: sicher erst vor wenigen Stunden gebacken. Und es schmeckte würziger als das Brot zu Hause in Liss Ivonai oder in Avalanna; in den Teig schienen noch andere Gewürze gemischt zu sein, die einen herzhaften Appetit in Yashor weckten und ihn genussvoll kauen ließen, als äße er edles Wildbret.

Als die Brote verzehrt und Becher und Krug restlos geleert waren, trug Yoan den Teller wieder ab. Bei seiner Rückkehr begleitete ihn die schwarze Katze. Offensichtlich war sie zu dem Schluss gekommen, sie wolle an dem Gespräch der Menschen teilhaben. Und tatsächlich nahm sie, als Yoan sich auf einem Schemel niedergelassen hatte, auf der vierten Sitzgelegenheit Platz, richtete sich auf den Vorderpfoten auf und betrachtete die Menschen, als verstünde sie jedes Wort.

»Also«, begann Yoan o Anarion, »jetzt erzählt mir, was euch zu meiner Klause geführt hat.«

Kishik lächelte etwas gequält. »Geführt hat uns Rommar, der Spürhund, doch die Spur, die er verfolgte, ist die eines Shakaren, der in seiner eigenen Sprache Aar heißt, sich aber auch als Baratum verkleidet Kartal nennt.«

»Und warum lasst ihr diesen Menschen von einem Spürhund verfolgen?«

»Weil ich an ihm Rache üben muss«, versetzte Kishik.

»Rache üben *muss?*« Yoan schien erstaunt zu sein. »Wer zwingt dich dazu und weshalb?«

»Meine Ehre als Niridun zwingt mich Rache zu nehmen für die Erniedrigung, die mir durch ihn und seinen Kumpan zuteil wurde«, erwiderte Kishik.

»Suchst du seinen Kumpan ebenfalls?«, forschte Yoan nach.

»Nein, den habe ich sofort nach seiner Untat getötet«, stieß Kishik hervor.

»Dann hast du also schon Rache geübt?«

»Ja, aber nur zur Hälfte …« Kishik seufzte tief.

Yoan tat einen langen vernehmlichen Atemzug, als wollte er ebenfalls seufzen, doch dann forderte er Kishik auf: »Nun erzähl mir in aller Ruhe, worin diese Untat bestand und wie es dazu kam.«

Kishik holte Luft und begann ausführlich zu berichten, was sich in der Steppe von Banon zugetragen hatte.

Yoan schaute sie aufmerksam an und zog seinen Blick nicht einen einzigen Herzschlag lang von ihr ab.

Als Kishik mit ihrem Bericht fertig war, schlug Yoan die Augen nieder und schwieg eine Weile, schließlich blickte er auf und sagte: »Dir wurde schweres Unrecht zugefügt, und du hast dich dafür schon gerächt. Warum willst du jetzt an einem Menschen Rache nehmen, der dir nichts angetan hat?«

»Aber er ...«, begann Kishik, doch Yoan hob Einhalt gebietend die Hand.

»Wie du selbst gesagt hast, hat dieser Shakar, den du suchst, es abgelehnt, dir Gewalt anzutun, und als du seinen Gefährten tötetest, hat er dich nicht angegriffen, sondern ist geflohen.«

»Ja, weil er ein Feigling ist«, sagte Kishik störrisch.

»Mag sein, dass er Angst hatte, aber betrachte das Ganze einmal unter einem anderen Blickwinkel: Stell dir vor, dass dieser Shakar kein freier Mann war, sondern ein Sklave oder Leibeigener des Gewalttäters und somit gezwungen bei der Schandtat seines Herrn zugegen zu sein, dass er aber dieses Verbrechen ablehnte und deshalb deine Rache an seinem Herrn für angemessen empfand. Und bedenke, dass er einfach floh, weil er deine Sprache nicht genügend spricht und befürchtete, er könne sich dir nicht verständlich machen. Und dass er lieber sein Leben rettete, als es einem Missverständnis zu opfern, kann man ihm ja wohl nicht verargen, oder?«

Kishik schwieg einige Atemzüge lang, als müsste sie diese Version des Ereignisses erst durchdenken, dann schaute sie Yoan an und fragte trotzig: »Und woher weißt du dies alles?«

Yoan o Anarion lachte leise. »Wie dein guter Spürhund dir schon verraten hat, hat dieser Shakar in meiner Klause Unterschlupf gefunden. Gestern am späten Nachmittag verließ er sein Versteck, in dem er sich seit geraumer Zeit aufhielt, übernachtete im Wald, und am heutigen Morgen habe ich ihn am Waldrand aufgelesen, als ich unterwegs war Kräuter zu suchen.«

»Aha«, mischte sich Yashor ein, »dann hat er gestern doch mitbekommen, wie ich durch das Astloch in den Stadel spähte, hat Angst bekommen und ist geflohen.«

Yoan blickte ihn überrascht an. »Nein, davon hat er mir nichts erzählt, sondern nur, dass der Mann, der ihn versteckt hielt, ihm sagte, heute kämen Stammesgenossen und würden ihn mitnehmen, heim ins Shakarenland. Und davor hat er am meisten Angst, denn die Leute seines Volkes würden ihm nie verzeihen, dass er nicht für seinen Herrn gestorben ist. Schlimmstenfalls würden sie glauben, er selbst habe seinen Herrn ermordet, bestenfalls ihm vorwerfen, dass er ihn nicht gerächt hat.« Yoan schwieg einen langen Augenblick, dann sagte er sehr ernst: »Er fürchtet also, dass man ihn bestraft, weil er dich, Kishik, *nicht* getötet hat.«

Kishik blickte so erschrocken drein, als hätte sie ein Gespenst gesehen. »An so etwas habe ich nicht gedacht«, sagte sie dann leise.

»Hat er den Namen des Mannes erwähnt, der ihn versteckte?«, mischte sich nun Yashor ein.

Yoan schüttelte den Kopf. »Nein. Den richtigen Namen kennt er nicht. Er weiß nur, dass sein Helfer ein Shakarenfreund aus Avalanna ist.«

»Der Mann heißt Moltach und ist nicht nur ein Shakarenfreund, sondern auch der Oberste Gutsverwalter der Königin Marjam«, sagte Yashor grimmig.

Jetzt war es an Yoan o Anarion, erschrocken dreinzuschauen. »Moltach? Das kann nicht sein!«

»Doch, wir haben ihn mit eigenen Augen am Stadel gesehen. Er war offensichtlich wütend über die Flucht des Shakaren«, sagte Kishik, die nun ihre Fassung wieder gefunden hatte. »Und wir haben noch einen Zeugen, den Hirten Orbun.«

»Moltach, Moltach«, murmelte Yoan. »Da steckt doch mehr dahinter! Warum sollte Moltach sich mit einem shakarischen Leibeigenen abgeben? Hm, hm«, er kratzte sich am Kopf, »jetzt ist es doch an der Zeit, dass wir Yollar einmal selbst befragen.«

»Yollar?«, kam es Kishik und Yashor wie aus einem Mund.

»Ja, er ist jetzt mein Schüler und heißt Yollar«, erwiderte Yoan. »Sein Name, auf Shakarisch *Aar* und auf Tumdul *Kartal*, bedeutet ja nichts anderes als ›Adler‹, in der Uralten Sprache also *Yollar.*« Er stand auf, öffnete die Tür und rief »Yollar! Komm bitte!« Dann trat er zu der schwarzen Katze, nahm sie auf den Arm und sagte: »Selva, jetzt musst du deinen Schemel einem Menschen überlassen. Aber du darfst weiter zuhören.« Und er setzte sie auf den breiten Innensims des rechten Fensters.

Die Katze richtete sich auf, spähte zur Tür, und als sie sah, wer hereinkam, kreuzte sie die Vorderpfoten auf dem Sims, legte ihren Kopf darauf und schloss die Augen, als genügte es ihr jetzt, nur noch zu hören, was die Menschen beredeten.

In der Tür erschien der junge Mann, den Yashor in dem Heustadel gesehen hatte und den Kishik sofort als den Shakaren Aar erkannte. Sobald dieser wiederum die Kriegerin erblickte, errötete er bis über beide Ohren und schaute verlegen auf Yoan o Anarion.

Aber der machte eine einladende Geste und sagte: »Komm, setz dich her, mein Freund, wir haben eine ernste Angelegenheit zu besprechen.«

Kapitel XIII

Offensichtlich befangen nahm Aar-Yollar auf dem frei gewordenen Schemel Platz. Er trug jetzt nicht mehr die Reitkleidung eines Baratum, sondern einen Kittel, der wie Yoans Gewand aus ungefärbter Wolle gefertigt war.

Kishik musterte ihn unfreundlich. Ihr fiel es sichtlich schwer, mit dem Mann, den sie trotz allem für einen Feind hielt, am selben Tisch zu sitzen. Misstrauisch fragte sie: »Wie können wir sicher sein, dass er wirklich ein Leibeigener ist?«

Yoan schaute zu Yollar und sagte: »Zeig es ihr!«

Der Shakar streifte den linken Ärmel seines Kittels hoch. Auf dem Oberarm war ein rötliches Mal zu sehen, das einem nach unten gerichteten Pfeil glich.

»Glaubst du, ein solches Zeichen ließe man sich freiwillig einbrennen?«, fragte Yoan und blickte Kishik an.

Die Kriegerin brummte etwas Unverständliches und schien sich nur widerstrebend mit der Tatsache abzufinden, dass dieser Mann wohl keine Mitverantwortung für das trug, was sein Herr ihr angetan hatte.

»Nun denn, Yollar, berichte diesen guten Leuten hier, was du erlebt hast.«

Zunächst stockend, dann immer flüssiger erzählte Yollar, der Harkinak ziemlich gut sprach, seine Geschichte. Er sagte, seinen eigentlichen Namen wisse er nicht mehr. Als er vier Jahre alt war, seien seine Eltern an einer Seuche gestorben, und die Leute seines Heimatdorfes an der Küste des Mittleren Nordmeeres hätten ihn an einen mächtigen Herrn namens Bjorn verkauft. Der wiederum habe ihn seinem Sohn Ulf geschenkt, der etwa acht Jahre älter gewesen sei als er selbst. Er sei dazu erzogen worden, seinem Herrn, Ulf Bjornsohn, in allen Dingen zu Willen zu sein und als eine Art Leibdiener alle lästigen Verrichtungen abzunehmen. Später sei er in gewissen Kampfkünsten ausgebildet worden, um Ulf bei Auseinandersetzungen zu Hilfe zu eilen und als sein Leibwächter zu dienen. Bjorn, bei den Shakaren sehr angesehen, sei wiederum ein Vasall des Heeresfürsten Wilinant Hadubrantsohn, und dieser Wilinant habe Ulf in die Schar seiner Späher eingereiht. Dazu habe er Bjorns Sohn Unterricht in Harkinak und Tumdul erteilen lassen – an seinem Hof halte man einige Baratum und Leute aus Pangir gefangen, die diese Dienste leisten müssten –, und so habe er, Aar – oder Yollar, wie er jetzt heißen wolle –, ziemlich viel Harkinak, aber wenig Tumdul gelernt; die letztere Sprache sei für ihn zu schwierig gewesen. Sie seien auch darin unterwiesen worden, sich wie Baratum zu kleiden und zu benehmen, und kurz nach dem Tag des Frühlingsbeginns habe man sie losgeschickt.

Sie überquerten die Dodra nahe deren versumpfter Mündung und schlugen sich dann an der Ostgrenze von Slantan nach Süden durch das Weite Grasland durch, bis sie schließlich den Pass von Ushgur erreichten und nach Banon gelangten. Soweit er es verstanden habe, sei ihre Aufgabe gewesen auszukundschaften, wo sich die großen Lager der Niridun befänden und mit welcher Kampfesstärke man rechnen müsse.

»Kampfesstärke?«, fiel ihm Kishik ins Wort. »Wieso denn Kampfesstärke? Seit wann gibt es denn Kampf zwischen den Shakaren und den Niridun? Die Niridun haben sich doch von den Pferdesöhnen getrennt, noch bevor die Baratum überhaupt mit den Shakaren in Berührung kamen! Und die Niridun haben sich an keinem der Shakarenkriege beteiligt!«

Yollar blickte unglücklich drein, als missfalle ihm selbst, was er da berichten musste. »Ich habe es so verstanden, dass Wilinant und seine Mannen vorhaben Harkin, Banon und den Westen des Weiten Graslandes zu erobern.«

»Harkin?« Yashor fuhr hoch. »Wie soll das gehen? Harkins Nordgrenze ist stark befestigt mit Burgstädten wie Bikurgion, Moinisgada und Dun Aran, und die dortigen Herzöge sind alle gut gerüstet. Wie wollen die Shakaren da durchkommen?«

»Wenn ich es richtig mitbekommen habe, hat Wilinant Verbündete in Mordan und Avalanna gefunden, die seinen Heeren helfen wollen auf Schleichwegen in Harkin einzudringen.«

Auf diese Aussage hin blickte auch Yoan betroffen drein. »Weißt du, wer diese Verbündeten in Avalanna sind?«

Yollar schüttelte den Kopf. »Eigentlich nicht. Nur so viel ist mir bekannt: Wären wir aus irgendeinem Grund nach Avalanna gelangt, dann sollten wir uns zur Herberge zum Schwarzen Stier in der Nähe des Südtores begeben und dem Wirt sagen, der *Bär* schicke uns. Dann würden wir schon weitersehen. Nachdem Ulf getötet worden war«, Yollar blickte unsicher in Kishiks Richtung, »bin ich dieser Anweisung gefolgt. Ich ritt nach Avalanna und meldete mich beim Wirt des Schwarzen Stiers, und der schickte einen Hausknecht los. Einige Zeit später kam ein Mann, den der Wirt nur ›Herr‹ nannte und der sagte, ich solle ihn Konnach heißen und er werde mich in ein sicheres Versteck bringen, wo ich mich einige Zeit aufhalten müsse, bis Gras über die Sache gewachsen sei. Dann brachte er mich zu dieser Hütte am Wald und meinte, dort sei ich in Sicherheit. Doch nahm er mir Pferd und Waffen weg und erklärte, die wolle er sicher verwahren. Und aus den Tagen wurden Wochen. Ich habe mich schrecklich gelangweilt. Im Laufe der Zeit wurde mir immer klarer, Bjorn würde mir nicht verzeihen, dass Ulf umgekommen war. Und als Konnach gestern sagte, heute kämen Leute meines Volkes, um mich zu holen, da beschloss ich zu fliehen und die Unsicherheit in der Fremde dem sicheren Tod vorzuziehen.«

»Hat dich außer diesem Konnach noch jemand in diesem Heustadel aufgesucht?«, wollte Yoan wissen.

Yollar schüttelte den Kopf. »Nein, er war der Einzige.«

»Also kann es keinen Zweifel geben, dass Mol…«, begann Kishik und biss sich auf die Zunge.

»Und hat er gesagt, wer er in Wirklichkeit sei?«, hakte Yoan nach.

»Nein.« Yollar schüttelte erneut den Kopf.

»Verbündete in Mordan?« Yoan wiegte nachdenklich den Kopf.

»Dabei kann es sich nur um Fürst Maimar Artan höchstselbst handeln. Jeder weiß doch, dass ihn der Ehrgeiz treibt, Herr über die Länder seiner Vettern und damit regierender König von Pangir zu werden.«

Yashor schaute Yoan fragend an. »Was hat es eigentlich mit Maimar Artan auf sich?«

»Nun«, begann Yoan, »du weißt doch von König Takrav Artan IV. von Pangir, den man auch den ›Erneuerer‹ oder den ›Wiederhersteller‹ nennt, weil er nach dem Sieg seines Vaters Takrav Artan III. im Ersten Shakarenkrieg das Reich von Pangir wieder aufbaute. Und du hast sicher gehört, dass er im Alter von sechsunddreißig Jahren plötzlich abdankte, den Thron seinem jüngeren Bruder Shiriv Artan überließ und auf geheimnisvolle Weise verschwand. Niemand weiß, was aus ihm geworden ist. In Pangir gibt es immer noch Leute, die glauben, er lebe im Verborgenen weiter und werde einst wiederkommen, um das Reich von Pangir erneut wiederherzustellen. Shiriv Artan bekam den Beinamen ›der Prächtige‹, weil er sehr viel Wert auf Entfaltung von Prunk und Glanz legte. Doch er war ein willensschwacher Mann, und als seine drei Söhne herangewachsen waren und sich schon zu seinen Lebzeiten um die Nachfolge stritten, da verfiel er auf den verhängnisvollen Gedanken, das Reich unter die Söhne aufzuteilen. Auf diese Weise entstanden die Fürstentümer Gordan, Hordan und Mordan. Diese Namen bedeuten übrigens: ›Der Teil an den Goldbergen, ›Der Teil an den Graublauen Bergen‹ und ›Der Teil am Fluss Morak‹. Wie diese Namen schon sagen, ist also jede dieser Landschaften nur ein Teil des ganzen Reiches von Pangir. Die Stadt Pangir selbst, die man ja auch die Goldene Stadt nennt, befindet sich auf dem Gebiet von Gordan, und so sollte nach dem Willen Shiriv Artans der Fürst von Gordan den Vorrang vor den beiden anderen haben und dazu den Ehrentitel eines Königs von Pangir führen. Während Shiriv Artans Söhne mit der Teilung halbwegs zufrieden waren und leidlich miteinander auskamen, hat sich unter seinen Enkeln dieses Einvernehmen verflüchtigt. Jetzt möchte jeder der drei über die anderen beiden herrschen, aber am begierigsten nach der

Oberhoheit über ganz Pangir ist zweifellos Maimar Artan, der Fürst von Mordan. Und da Mordan im Osten an Bantan und Avalanna grenzt, sind die Absichten seines Fürsten von großer Bedeutung für unser Land.«

Yoan schwieg einige Augenblicke, als wollte er seinen Zuhörern Zeit geben, um die Bedeutung seiner Worte ganz zu erfassen.

»Was sollen wir tun?«, fragte Yashor.

»Hm, eigentlich müsstet ihr euren Verdacht dem Großherzog melden.« Yoan blickte nachdenklich auf die Tischplatte und fuhr eine Maser des Holzes mit der Hand nach. »Aber andrerseits habt ihr noch keinen Beweis in Händen. Und wenn wir Yollar als Zeugen benennen, wird er bestenfalls in Avalanna in den Kerker geworfen und schlimmstenfalls den Shakaren ausgeliefert.« Er schaute Yashor und Kishik abwechselnd an. »Oder könntet ihr vielleicht Moltach im Auge behalten und noch mehr Verdachtsmomente sammeln? Der Oberste Gutsverwalter genießt das Vertrauen der Königin, und wenn die Beweise gegen ihn nicht stichhaltig sind, wird er sie leicht als Verleumdungen abschmettern.«

Yashor atmete tief ein, dann erzählte er Yoan von seiner Gefolgschaft, mit der er noch fünf weitere Leute zur Beobachtung Moltachs einsetzen könne.

»Gefolgschaft – was bedeutet das?«, meldete sich Yollar schüchtern. »Sind das deine Leibeigenen?«

»Nein«, Yashor schüttelte den Kopf und lachte leise. »Nein, es sind Freunde, die mich aus freien Stücken begleiten. Eigentlich haben bei uns Galtach nur große Krieger Gefolgschaften, aber ...«

Yollar blickte ihn mit großen Augen an. Offensichtlich hegte auch er den Wunsch, jemandem freiwillig folgen zu dürfen.

»Es gibt auch Krieger, die ohne Waffen kämpfen«, bemerkte Yoan, »und vielleicht gehörst du zu ihnen ...«

»Wie dem auch sei, wir müssen zurück«, gab Kishik zu bedenken. »Wenn wir Moltach überwachen sollen, dann dürfen wir keine Zeit verlieren.« Sie stand auf.

Yoan erhob sich ebenfalls, bedeutete aber der Kriegerin, sie solle sich noch einen Augenblick gedulden. »Habe ich dein festes Wort,

Tochter der Tarkani, dass du jeden Gedanken der Rache gegen diesen Mann hier, heiße er nun Aar oder Yollar, aufgibst und keine feindschaftlichen Absichten mehr gegen ihn hegst?«

Kishiks Gesicht verfinsterte sich, doch dann schien ihr Gerechtigkeitsempfinden zu siegen und sich die Einsicht durchzusetzen, dass der Shakar ihr nichts angetan und überdies nur gezwungenermaßen an Ulfs Taten mitgewirkt hatte. Sie nickte langsam. »Ja, es gibt keinen Grund zur Rache oder Feindschaft zwischen uns«, sagte sie leise.

»Dann reiche ihm die Hand zur Besiegelung dieser Versöhnung.«

Zögernd streckte Kishik ihre Rechte dem Shakaren entgegen, und ebenso zögerlich ergriff Yollar sie. Doch als sie seine Hand fest drückte, erwiderte er den Druck und ein Lächeln der Erleichterung erschien auf seinem Gesicht.

Dann strebte Kishik, gefolgt von Yoan, nach draußen und weckte den Spürhund, der vor der Tür seinen Nachmittagsschlaf hielt.

Als Yashor die Kammer verließ, trat Yollar nahe an ihn heran und sagte: »Ich wünschte mir, ich könnte auch deiner Gefolgschaft angehören.« Yashor schaute ihn verwundert an; er war so überrascht, dass er nur nicken konnte.

»Ich erbitte den Segen des Himmels für euren Heimweg und euer Werk!«, rief ihnen Yoan zum Abschied zu, als sie auf den Pferden saßen.

Erst als sie den Scheitel des Hangs erreicht hatten und Yoans Klause klein und winzig unten im Tal lag, fiel Yashor ein, dass er vergessen hatte zu fragen, was für eine Gottheit Yeshu Christos sei.

Sie ritten den Weg zurück, den sie gekommen waren: zuerst über den gewellten Hügelrücken und dann durch den Wald. Rommar trabte jetzt im Schritt der Pferde neben ihnen her. Er schien jedes Interesse an der Spur verloren zu haben und machte den Eindruck, als liefe er im Schlaf.

Als sie auf den ersten Pfeil stießen, den Yashor in einen Baum geschnitzt hatte, schlug sich Kishik mit der flachen Hand an die

Stirn und sagte: »Ich bin doch dumm! Warum habe ich nicht daran gedacht? Es gibt einen schnelleren Weg zurück nach Avalanna, unten in der Ebene, um den Wald herum.«

Yashor schwieg und zuckte mit den Schultern.

»Aber jetzt kehren wir nicht mehr um«, fuhr Kishik fort, »und überdies ist es hier wenigstens angenehm kühl.«

Draußen auf den Wiesen des Hügelrückens hatte eine flimmernde Hitze gelastet, die gespeicherte Wärme eines ganzen Tages Sommersonnenscheins. Demgegenüber war der Schatten zwischen den Bäumen wohltuend. Die Luft war geschwängert mit würzigen Walddüften. Dann und wann sauste ein Eichhörnchen über den Weg, keines weckte jedoch bei Rommar die Jagdleidenschaft. Dorch hätte, dachte Yashor, sich die Gelegenheit nicht entgehen lassen, hinter dem roten buschigen Schwanz herzuhetzen und schließlich einen Baum hinaufzukläffen.

Die beiden Reiter wechselten kaum ein Wort und waren in ihre eigenen Gedanken versunken. Kishik sann dem seltsamen Ende ihres Rachefeldzuges nach. Da war sie also nach Avalanna geritten und hatte viele Tage in der Stadt nach einem Schurken gesucht, um dann auf einen zaghaften Jüngling zu stoßen, der nie vorgehabt hatte ihr etwas anzutun. Welcher Sinn steckte hinter dem allen? Dass sie dadurch einem Hirten aus Harkin begegnet war, der sich als zärtlicher Bettgenosse und guter Kamerad erwiesen hatte? Sie blickte verstohlen zu Yashor hinüber, der eine halbe Pferdelänge vorausritt und aufmerksam nach seinen Pfeilen in den Baumstämmen auszuschauen schien.

Yashors Augen suchten nach den Zeichen, aber seine Gedanken kreisten um Moltach. Wenn der mit den Shakaren im Bunde stand, war es dann nicht auch wahrscheinlich, dass er mit den Anschlägen während der Reise zu tun hatte? Natürlich, als Oberster Gutsverwalter der Königin hatte er gewusst, dass die Herde samt Reisewagen aus Harkin kommen würde, und man hatte versucht dies zu verhindern, schon mit dem Überfall auf Armon und den Zweiten Großschäfer. Die Schafe jedoch waren nicht das Ziel der Anschläge gewesen, er musste auch gewusst haben, dass Moranna mitreiste. Doch erst an der Morak-Furt, nahe der Grenze zwischen Mordan und der Waldmark, war für die Mordaner offenbar der rechte Ort und Zeitpunkt gekommen, die Tochter der Impalaris zu entführen. Von da aus hätten sie nur einen Katzensprung in ihr eigenes Land gehabt. Doch warum war *er*, Yashor, dreimal angegriffen worden und nicht irgendein anderer, zum Beispiel Kolgo? Lag es nur daran, dass er sich von den Übrigen entfernt hatte, oder hatte er für die Unbekannten eine Bedeutung, von der er selbst noch gar nichts wusste?

Als sie zu dem Dickicht kamen, bei dem der Pfad wieder schmal und unangenehm zu reiten wurde, saßen sie ab und führten die Pferde am Zügel. Auf einmal spürten sie, dass die angenehme Frische des Waldes einer stickigen Schwüle gewichen und das Flimmern des Sonnenlichts auf den Stämmen verschwunden war. Yashor blickte durch das dichte Blätterdach nach oben und sah blauschwarze Wolken am Himmel aufziehen.

»Es kommt ein Gewitter auf«, sagte er, »wir müssen uns beeilen.«

Als sie schließlich an der Quelle des Forellenbachs den Wald verließen, ertönte im Osten schon Donnergrollen. Ein heftiger Wind kam auf, fegte durch die Talmulde und schüttelte die Bäume am Waldrand, dass sie ächzten. Über den Baumkronen zuckten schon ferne Blitze.

Rommar war aus seiner Trägheit erwacht und rannte nun so schnell, dass die Leine, die Kishik zusammen mit den Zügeln hielt, sich straff spannte. Die beiden Reiter trieben ihre Pferde zum Galopp an, beide wussten jedoch, dass sie Avalanna oder auch nur das Haupthaus der Schäferei nicht vor Ausbruch des Unwetters erreichen würden.

»Reiten wir bis zu dem Heustadel und stellen wir uns dort unter«, rief Yashor Kishik zu, während sie über die Wiesen dahinjagten.

Die ersten schweren Regentropfen klatschten schon auf sie herab, als sie endlich den Stadel erreichten. Sie banden Pferde und Hund wieder im Wald an derselben Stelle fest, wo Weißstern am

Vormittag gestanden hatte. Yashor nahm die zusammengefaltete Decke aus der Satteltasche und lief hinter Kishik her. Kaum hatten sie die Stalltür hinter sich geschlossen, begann der Wolkenbruch herabzuprasseln.

Es blitzte und donnerte. Der Regen trommelte wild auf das alte Schindeldach des Stadels, das aber keinen einzigen Tropfen durchließ. Sie standen nebeneinander an die Zwischenwand gelehnt und lauschten dem Unwetter. Kishik, die immer wieder zweifelnd zum Dach hinaufgeschaut hatte, drehte den Kopf zu Yashor und sah, dass er sie versonnen betrachtete. In seinen graublauen Augen lag ein smaragdener Schimmer.

»Warum schaust du mich so an?«, fragte sie leise.

»Weil es Freude bereitet, Schönheit zu betrachten«, erwiderte er ebenso leise.

Sie blickte wieder zum Dach empor, dann auf den Heustapel und lächelte schelmisch. »Weißt du, was es in Bantan bedeutet, wenn man sagt: sich ins Heu legen?«

Er schüttelte kaum merklich den Kopf. »Was denn?«

Sie nahm ihn an der Hand und sagte: »Ich zeig es dir!« Dann wies sie auf die Decke, die Yashor wieder so ausgebreitet hatte, wie sie sie am Morgen vorgefunden hatten. »Aber nicht hier unten! Ich will nicht liegen, wo ein Shakar gelegen hat!«

Auf der anderen Seite der Trennwand gab es eine Leiter, die ins Dachgebälk des Stadels emporführte. Oben war ein hälftiger Zwischenboden eingezogen, auf dem ebenfalls Heu aufgehäuft war. Kishik zog Yashor zur Leiter, stieg beherzt hinauf und winkte ihm, er solle ihr folgen.

Das Heu duftete würzig nach getrockneten Wiesenkräutern, es war noch ziemlich frisch und wahrscheinlich erst im Sonnenmond geerntet worden. Kishik ließ sich auf die weichen Ballen fallen und machte mit beiden Händen eine einladende Geste. Yashor legte sich neben sie, und sie umschlang ihn mit den Armen, bis ihm fast die Luft wegblieb. Dann begannen sie einander zu küssen und zu liebkosen, während der Regen unablässig auf die Schindeln prasselte. Lag es an dem eintönigen Lied des Regens oder an den betäubenden Düften des Heus – schon bald wurden die zärtlichen Berührungen behutsamer und sanfter und langsamer, und auf einmal waren beide eng aneinander geschmiegt eingeschlafen.

Yashor erwachte davon, dass Kishik ihn in die Seite stupste. Gleichzeitig flüsterte sie ihm ein »Pst!« ins Ohr. Der Regen hatte aufgehört, doch da gab es andere Laute. Menschliche Stimmen. Im Heustadel war es nun noch dunkler geworden als während des Wolkenbruchs, nur an den Wänden zitterte gedämpfter Lichtschein.

Sie drehten sich beide sacht auf den Bauch und stützten sich auf die Ellbogen auf. Über den Rand der Heuballen hinweg konnten sie zum Boden der Scheune hinabsehen. Vor zwei Laternen, die unten auf der Decke des Shakaren abgestellt waren, standen drei Männer. Zwei von ihnen trugen die Kleidung der Baratum. Da sie ihre Pelzmützen abgenommen hatten, verriet sie ihr strohblondes Haar als Shakaren. Der dritte war kein anderer als Moltach. Er zeigte gerade auf die Decke und sagte: »Hier hat er all die Wochen gelegen. Aber ausgerechnet heute verliert er die Nerven und geht auf und davon. Ich begreife es nicht.«

»Will er sich allein in die Heimat durchschlagen?«, fragte einer der vorgeblichen Baratum. Seine Aussprache des Harkinak klang fremdartig.

»Er ist ein Feigling«, sagte der Zweite, »sonst hätte er nicht zugelassen, dass sein Herr getötet wird. Oder ihn wenigstens gerächt. Um einen solchen Leibeigenen ist es nicht schade.«

»Hast du ihm etwas vom großen Plan erzählt?«, fragte der Erste und schaute Moltach eindringlich an.

»Nicht ein Wort«, erwiderte der Oberste Gutsverwalter.

»Er hätte es sowieso nicht verstanden«, brummte der Zweite. »Er hatte nicht den Kopf wie Ulf.«

»Bjorn wird nicht erfreut sein zu erfahren, dass sein Sohn nicht zurückkommt«, bemerkte der Erste. »Dieser Verlust wird nur seinen Wunsch vertiefen endlich die Niridun von den Ebenen von Banon hinwegzufegen.«

Kishik biss die Zähne zusammen und gab Yashor einen Stoß mit dem Ellbogen.

»Und ihr wisst sicher, dass Bjorn dem Heeresfürsten Wilinant den Plan vorgelegt hat?«, wechselte Moltach das Thema.

»Gewiss, und wenn Bjorn mit seinen Begleitern kommt, wird er alle Vollmachten des Heeresfürsten bei sich haben«, sagte der erste Shakar. »Und es bleibt dabei: Harkin, Banon und das Weite Grasland für uns, Pangir, Avalanna und Bantan für den Fürsten von Mordan, ja?«

Moltach nickte und sagte etwas, was die Lauscher im Heu nicht verstanden.

»Aber du meinst es hoffentlich ehrlich, Mann«, knurrte der Zweite, »denn Doppelspiel und Täuschung werden wir nicht dulden.«

Moltach machte eine bekräftigende Geste, doch seine Worte blieben erneut unverständlich.

Plötzlich war das Schnauben von Pferden zu hören, dann das Gemurmel zweier Männerstimmen. Schließlich wurde kräftig an die Tür des Stadels gepocht. »Moltach«, erklang eine dunkle Stimme, »hier sind die Diener des Fürsten von Mordan.«

Moltach zog die Tür auf. Zwei bärtige Männer in lederner Reitkleidung kamen herein.

Yashor zuckte zusammen: Das waren doch die Strauchdiebe, die an der Morak-Furt versucht hatten Moranna zu entführen! Kishik schaute ihn fragend an. Stumm formte er mit den Lippen seine Antwort: »Später!«

Darin, dass die beiden sich als Männer des Fürsten von Mordan bezeichnet hatten, lag der endgültige Beweis dafür, dass es sich bei ihnen nicht um einfache Straßenräuber handelte. Und beim Obersten Gutsverwalter von Königin Marjam liefen offensichtlich alle Fäden zusammen.

Moltach begrüßte die Neuankömmlinge und sagte zu ihnen: »Diese Männer hier stehen in Diensten des Heeresfürsten Wilinant Hadubrantsohn. Sie können euch bestätigen, dass ihr Herr Anteil an unserem Plan nimmt.«

Die vier Männer tauschten keine Handschläge aus, aber sie wechselten einige Worte miteinander; sie schienen sich in einer seltsamen Mischung aus Misstrauen und Zweckbündnis zu begegnen.

Der mordanische Reiter, der Yashor in die Ish gestoßen hatte, wandte sich nun an Moltach und fragte: »Wie ist es, hat die Geschichte, die Morannas Begleiter erzählt haben, Staub in Avalanna aufgewirbelt? Hat man nach uns suchen lassen?«

Moltach schüttelte den Kopf. »Nicht, dass ich wüsste. Man ist schlicht froh gewesen, dass alle hier heil angekommen waren. Allerdings lässt die Königin diesen Hirten jetzt in der Kampfkunst ausbilden. Er ist immer noch am Hof, zusammen mit seiner Bande.«

Beim Wort »Bande« knirschte Yashor mit den Zähnen. Und er hatte Moltach für einen freundlichen, angenehmen Menschen gehalten!

»Ha, dieser glitschige Otter! Soll ich ihm jetzt noch den Garaus machen?«

Moltach schüttelte den Kopf. »Nicht jetzt, nicht in Avalanna. Wir dürfen die Hauptsache nicht durch Nebensächlichkeiten gefährden. Wenn unser großer Plan gelingt, kann euer Fürst ihn und seine ganze Sippschaft beseitigen.«

Diese Aussicht schien den Mordanern zu gefallen, sie lachten hämisch und die Shakaren stimmten in ihr Gelächter ein.

Was hat denn meine *Sippe* damit zu tun?, dachte Yashor empört. Doch er presste die Lippen aufeinander.

Moltach klatschte in die Hände. »Nun aber das Wichtigste: Bleibt es dabei, dass die Abgesandten eurer Fürsten, der Jarl Bjorn und Migoch, der Hofamtmann Maimar Artans, am Vollmondstag des Erntemonds kommen, um unseren Pakt zu besiegeln?«

»Gewiss«, antwortete der Mordaner.

»Sicher«, fügte der erste Shakar hinzu.

»Aber bestimmt werden die Verhandlungen nicht in einer solchen Scheune stattfinden, oder?«, bemerkte spöttisch der andere Mordaner. »Diese Bruchbude ist doch des zukünftigen Statthalters von Avalanna unwürdig.«

»Nein, nein«, versicherte Moltach, »hierfür gibt es einen besseren Ort. Ich werde euch den Weg dorthin erklären, wenn wir jetzt nach Avalanna reiten. – Ich werde übrigens schon bei der Schäferei absteigen, und damit niemand Verdacht schöpft, solltet ihr getrennt in die Stadt reiten. Aber in der Herberge zum Schwarzen Stier könnt ihr unterkommen.«

Moltach und der erste Shakar nahmen die Laternen auf, die Männer drängten nach draußen. Ihre Stimmen klangen jetzt gedämpft, man hörte Zaumzeug klirren, vernahm den schmatzenden Laut von Hufen auf nassem Boden. Dann wurde es still. Die fünf Verschwörer waren abgeritten.

Kishik und Yashor sahen einander an. Ihnen wurde mit einem Mal bewusst, dass sie sich an den Händen gefasst hielten wie zwei Kinder, die sich im Wald verlaufen hatten. Die Ungeheuerlichkeit dessen, was sie hier gehörten hatten, verschlug ihnen zunächst die Sprache. Ihre Heimatländer waren verteilt worden wie Wachteln und Rebhühner nach einer Jagd auf den Feldern. Und ausgerechnet sie beide hatten das hören müssen.

»Was sollen wir tun?«, fragte Yashor schließlich mit gedämpfter Stimme, als fürchtete er, die Verschwörer könnten es noch vernehmen. »Müssen wir nicht sofort zurückreiten und dies im Palast melden?«

Kishik überlegte einen Augenblick, dann sagte sie: »Nein, besser nicht. Sind wir zu schnell, dann können wir ihnen begegnen und vielleicht schöpfen sie noch Verdacht. Und wenn wir jetzt losreiten, kommen wir sowieso erst gegen Mitternacht im Palast an. Dann empfiehlt es sich nicht, die Leute aus dem Schlaf zu reißen, als stünde der Palast in Flammen. Nein, wir brechen morgen früh beim ersten Morgenlicht auf, das muss reichen. Und bis dahin haben wir noch Zeit uns zu überlegen, was zu tun ist. Wir müssen klug vorgehen: Moltach darf nicht gewarnt werden. Und er darf nicht die Gelegenheit bekommen einfach alles abzuleugnen.« Sie strich Yashor zärtlich übers Haar. »Komm, lass uns darüber schlafen, vielleicht schenkt uns ein Traum einen Rat.«

Ein Traum – Yashor fiel jetzt klar und deutlich ein, was er vor dem Aufbruch in Liss Ivonai geträumt hatte. Nun glaubte er zu wissen, wie dieser Traum zu deuten war: Die Wolfsmenschen, das waren diese Männer, die das Reich von Avalanna als Lohn gegen die Erbeutung von Harkin und den Ländern des Pferdevolkes verrechnen wollten. Und die Frau, die nach Hilfe gerufen hatte, war wohl keine andere als Königin Marjam selbst. Aber warum hatte sie ausgerechnet nach ihm gerufen? Was konnte er schon tun?

Die beiden hielten sich eng umschlungen, als suchten sie in der Nähe des anderen Geborgenheit vor der entdeckten Gefahr. Richtig tief und entspannt schliefen sie in dieser Nacht nicht; sie schreckten immer wieder aus dem Schlummer hoch. Jede Lust auf Lust war verflogen.

Noch bevor es zu dämmern begann, standen sie auf, stiegen die Leiter hinunter und strichen und klopften sich die Heuhalme aus Haar und Kleidung.

»Wie gut, dass wir gestern in der Eile die Pferde im Wald angebunden haben«, murmelte Yashor, als sie sich durchs Gebüsch zum Rastplatz ihrer Tiere drängten. Kishik nickte.

Die Pferde schienen unter dem Blätterdach vom Regen verschont geblieben zu sein, die Sättel waren trocken. Aranlan und Weißstern kauten einträchtig an Blättern, die sie von den Sträuchern abgerupft hatten. Der Spürhund hatte sich im alten Laub unter einem Haselnussbusch ein Nest gegraben und linste nachsichtig zu den Menschen hinüber, die gerade ihre Pferde losbanden.

»Los, Rommar, steh auf, es geht nach Hause«, rief Kishik.

Der Hund erhob sich würdevoll und schüttelte sich, bis ihm alles Laub und alle Erdkrumen aus dem Fell gefallen waren. Dann setzte er sich in Bewegung und folgte den anderen ins Freie.

Der Himmel war wolkenfrei und nahm über dem Wald im Osten schon ein zartes Rosa an. Die Vögel begrüßten die Wiedergeburt des Lichts mit ihrem Chor. Es würde ein schöner Tag werden.

Doch die beiden Reiter hatten keinen Blick für die Schönheit, die sie umgab. Vor ihrem geistigen Auge sahen sie dunkle Wolken über Avalanna aufziehen.

Kapitel XIV

Im Palast herrschte noch frühmorgendliche Stille, als Kishik und Yashor ihre Pferde in die Stallungen brachten und dann die Treppen zum zweiten Stock hinaufstiegen.

»Bevor wir etwas unternehmen, müssen wir uns beraten, und am besten ziehen wir Miram und Minam, das heißt: Lil'atin und Nagarki, hinzu«, sagte Kishik, als sie ihr Stockwerk erreicht hatten und nun entweder nach rechts zu ihren Gemächern oder nach links zu der Wohnung der Schwestern abbiegen mussten.

Yashor nickte und zeigte nach links.

Kaum ein Dutzend Schritte und schon klopfte Kishik ungestüm an die Tür der Chagan-Töchter. Als sich nicht sofort etwas rührte, trommelte sie ungeduldig mit den Fingern auf den Türbalken.

Die Tür öffnete sich einen kleinen Spalt, durch den Minam noch schlafbefangen schielte. Sie trug ein Nachtgewand aus einem durchscheinenden Stoff, das keinen Zweifel an ihrem Geschlecht zuließ. Als sie Kishik erblickte, leuchtete ihr Gesicht sofort auf, doch als sie neben der Kriegerin den Hirten aus Harkin sah, runzelte sie widerstrebend die Stirn.

»Wir müssen unbedingt mit euch reden«, sagte Kishik drängend, »wir haben den Shakaren gefunden. Aber alles ist noch viel schlimmer, als ich dachte. Und mach dir wegen Yashor hier keine Umstände, er ist unser wichtigster Verbündeter und muss mit dabei sein. Außerdem bin ich mir sicher, er hat schon einmal eine nackte Frau gesehen.«

Diese unverblümte Nichtbeachtung der allgemeinen Schicklichkeit ließ Yashor denn doch erröten, aber er folgte tapfer Kishik in das Wohnzimmer der Schwestern.

Sie ließen sich zu dritt auf den Teppichen nieder, wobei Minam unwissentlich verriet, wie sehr ihr die Rolle des Jünglings Nagarki schon in Fleisch und Blut übergegangen war. Sie setzte sich nämlich im Schneidersitz hin, was Yashor überraschende und unvermutete Einblicke gewährte. Vor zwei Monden noch hätte er vor einer solchen Aussicht schamhaft den Blick abgewandt und wäre errötet, nun aber blieb er kühl und ließ seine Augen beiläufig wandern, als sähe er nicht, was ein gut erzogener junger Mann eigentlich nicht sehen durfte.

Kurz darauf kam Miram aus dem Schlafzimmer. Sie hatte über das Nachtgewand, das von gleicher Beschaffenheit war wie das ihrer Schwester, einen zwar ärmellosen, aber bis zu den Fesseln reichenden Hausmantel aus roter Seide gezogen, der unterhalb der Brust von einer flüchtig geknüpften Schleife zusammengehalten wurde. Sie ließ sich züchtig mit zusammengelegten Beinen zum Fersensitz nieder. Als sie Yashor erblickte, runzelte sie keineswegs die Stirn, sondern es schien sogar, als hätte sich ein geheimes Feuer in ihren dunklen Augen entzündet.

Kishik berichtete in Tumdul von allen Erlebnissen und Erkenntnissen des gestrigen Tages. Da Yashor so gut wie nichts verstand – Namen wie Moltach, Aar, Mordan ausgenommen –, nutzte er die Zeit und ließ seine Augen unauffällig, fast unmerklich über die beiden Schwestern schweifen.

Minams Gesicht hatte viel von einer jünglingshaften Angespanntheit, die Art, wie sie ihr Kinn reckte und den Oberkörper straffte, verriet Entschlossenheit, doch in ihren Augen lag ein Anflug von Unsicherheit und die schmalen Lippen zuckten hin und wieder ganz leicht.

Mirams Züge erschienen rundlicher, weicher, die Lippen voller, die Stirn völlig glatt – es war an ihr nicht das geringste Anzeichen von Anspannung zu entdecken. Während Minams Haare für ein Mädchen sehr kurz geschnitten waren – sie reichten kaum bis in den Nacken –, floss Mirams pechschwarze Haarflut bis hinab zu den Oberschenkeln. Ihre dunkelbraunen Augen besaßen die scheinbar unerschütterliche Ruhe schwarzer Saphire, doch es funkelte in ihnen auch ein Wetterleuchten von Leidenschaftlichkeit und Ungestüm auf.

Als Yashors Blick von Mirams Gesicht zu ihren Händen wandern wollten, verfiel Kishik plötzlich in Harkinak und sagte, sich dem Hirten zuwendend, im heftigen Ton: »Es ist ungeheuerlich. Da werden unsere Heimatländer den Feinden angeboten wie wohlfeiles Kleinvieh auf dem Schlachtermarkt, und überdies soll offenbar die Königin, der wir alle zu Dankbarkeit verpflichtet sind und die wir als weise Herrscherin verehren, gestürzt werden. Aber was können wir tun? Wer würde uns glauben, dass ausgerechnet der hoch angesehene Moltach in ein solches Komplott verstrickt ist? Wem können wir uns anvertrauen, ohne dass Moltach davon erfährt?«

»Meinen Leuten – das heißt: Meinen fünf Freunden – kann ich es sagen«, erwiderte Yashor, »und sie sind sicher zu jeder Hilfe bereit, sie bilden ja meine Gefolgschaft. Aber ich weiß nicht, ob das viel nützt.«

»Also«, begann Minam, »da die Königin Moltach vertraut, werden wir mit einer Anschuldigung ohne Beweise bei ihr nicht durchdringen. Und wenn Moltach dabei dann erfahren sollte, dass wir sein Komplott aufgedeckt haben, wird er sicher nicht zögern uns umzubringen. Was ihr erzählt habt von den Angriffen auf Yashor während seiner Reise, stärkt diese Befürchtung nur noch. Dazu kommt, dass diese mordanischen Gauner auch in dem Stadel am Forellenbach waren. Deshalb sehe ich keine andere Möglichkeit als diese: Wir müssen die Verschwörer in einen Hinterhalt locken und töten, bevor sie die Hand gegen uns erheben können. Und dabei müsste es noch so aussehen, als hätten sie sich gegenseitig umgebracht, damit Misstrauen zwischen den Shakaren und den Mordanern gesät wird.«

Kishik schien dieser Vorschlag zu gefallen. Sie überlegte kurz und sagte dann: »Ich könnte uns echte Shakarenpfeile besorgen. Wenn wir damit Moltach und die Mordaner erschießen, wird man denken, es sei das Werk der Shakaren.«

Yashor runzelte die Stirn. »Um die Verschwörung aus der Welt zu schaffen, müssten wir alle, die am Vollmondstag des Erntemonds zusammenkommen, gleichermaßen umbringen. Und wer bliebe dann noch übrig, der den Shakaren und Mordanern das Geschehene berichten und somit Misstrauen säen könnte?«

»Und im Übrigen wisst ihr doch nur, wann sich die Verschwörer treffen«, warf Miram mit ruhiger Stimme ein, »aber nicht wo. Solange ihr das nicht in Erfahrung bringt, sind alle Pläne, die Verschwörer zu töten, bloße Wunschgedanken, um nicht zu sagen Hirngespinste.«

Die drei anderen schauten Miram verwundert an. Zum einen hatte sie so flüssig Harkinak gesprochen wie noch nie zuvor, zum anderen hatte sie »ihr« gesagt, als zählte sie sich nicht zu dem kleinen Bund der Verschwörungsvereitler, und überdies hatte sie den Finger auf den wunden Punkt in Minams Vorschlag gelegt.

»Warum guckt ihr so?«, fragte sie. »Wenn es ums Töten geht, bin ich nicht dabei. Ich bin eine Frau, aber keine Kriegerin. Wenn es sich aber um das Nachdenken, Planen, Herausfinden handelt, dann bin ich schon mit euch.«

Die anderen atmeten auf. Miram hatte ihnen nicht die Unterstützung versagt, sondern sie hielt sich nur an die uralte Regel der Baratum:

Eine Frau darf nur eigenes Blut vergießen, bei der Geburt und beim Mondfluss. Das Töten von Menschen oder Tieren ist Männersache.

»Vielleicht sollten wir noch einmal zu Yoan o Anarion reiten und ihn zurate ziehen?«, überlegte Yashor laut.

»Nein, dadurch verlieren wir nur Zeit«, widersprach Kishik. Sie seufzte und tat dann einen tiefen Atemzug. Sie suchte nach einer Lösung ihres Problems.

»Ich weiß jemanden, den wir vertrauensvoll um Rat fragen können«, sagte Miram, »meinen Lehrer Irion, den Geheimschreiber der Königin.«

Die drei anderen stießen hörbar die Luft aus. Vielleicht war das ein Weg aus der Sackgasse.

Miram erhob sich anmutig und sagte: »Ich ziehe mich an und gehe ihn holen. Und du, Schwesterherz, solltest auch geziemend angekleidet sein, bevor ein würdiger Gelehrter unsere Wohnung betritt.« Sie lächelte mit sanftem Spott und streifte dabei Yashor mit einem flüchtigen Blick.

Der tat, als habe er die Anspielung nicht gehört und genoss mit gleichmütigem Gesicht den Blick auf zwei gerade erst knospende Brüste, als Minam sich im Aufstehen nach vorne beugte.

Während die beiden Schwestern sich in ihrem Schlafgemach ankleideten, erklärte Yashor – der Worte Yoan o Anarions eingedenk –, Minams Plan zur Tötung der Verschwörer sei überhaupt nur dann gerechtfertigt, wenn sich damit die Gefahr eines neuen Shakarenkriegs abwenden ließe. Doch gewiss gebe es noch andere Möglichkeiten. Er sei eben kein Krieger und kein Jäger, sondern Hirt.

Kishik schnaufte, wiegte den Kopf und klopfte sich nervös mit den Fäusten auf die Knie. »Warten wir ab, was Irion rät«, sagte sie dann.

Yashor hatte plötzlich genug von dem ganzen Gerede über Verschwörung und Töten. Er streckte die Hand aus und streichelte sanft die Innenseite des Oberschenkels der neben ihm Sitzenden. Kishik schloss die Augen, legte den Kopf in den Nacken, ihre Fäuste öffneten sich und die Hände legten sich entspannt auf die Knie. Mit einem Laut, der dem Schnurren einer Katze nicht unähnlich war, genoss sie die Liebkosung. Schließlich wurde Yashor keck und ließ seine Finger in die Schenkelbeuge wandern, was Kishik ein wohliges Stöhnen entlockte. Aus Angst, die Schwestern im Nebenzimmer könnten es hören, rief er jedoch seine Hand zurück und legte sie mit sanftem Druck auf Kishiks Linke.

In diesem Augenblick schwang die Tür des Schlafzimmers auf und Miram trat in einem ihrer besten Gewänder – aus kobaltblauer Seide, gesäumt mit Goldbrokat – herein. Yashors Hand flog auf wie ein erschrockener Sperling, aber Mirams schwarzsaphirene Falkenaugen schienen die Vertraulichkeit doch noch mitbekommen zu haben.

Hinter der Älteren folgte Minam, jetzt wieder ganz und gar Nagarki. Sie setzte sich aufs Neue in der gleichen Haltung wie zuvor Kishik und Yashor gegenüber. Und hätten diese beiden es nicht aus eigener Anschauung besser gewusst, so hätten sie die zweite Tochter des Chagans wirklich für einen etwas knabenhaften Jüngling halten können.

Miram rauschte hinaus. Die Zurückgebliebenen vertrieben sich die Zeit mit oberflächlichem Geplauder über die Übungen im Reiten und Bogenschießen, und schon nach kurzer Zeit kehrte Miram zurück, begleitet von ihrem Lehrer Irion. Der Alte setzte sich zwischen die Schwestern und das Paar Kishik & Yashor und ließ sich noch einmal alles haarklein von der Kriegerin erzählen, doch diesmal auf Harkinak, sodass Yashor alles verstand.

Als Kishik geendet hatte, dachte der Geheimschreiber einen Augenblick nach, dann erhob er sich und sagte: »In diesem Fall gibt es nur einen einzigen gangbaren Weg: Wir begeben uns alle auf der Stelle zum Großherzog. Was ihr wisst, darf ihm nicht eine einzige weitere Stunde unbekannt bleiben.«

Alle standen auf und verließen die Gemächer der Schwestern, Irion voraus, gefolgt von Kishik und Miram. Yashor und Nagarki-Minam bildeten die Nachhut. Als sie sich der Treppe näherten, spürte Yashor plötzlich, wie eine zaghafte Mädchenhand seinen Oberschenkel streifte und dann seine rechte Hand umfasste. Er schaute zur Seite, Minam direkt in die Augen.

Sie errötete, wich seinem Blick aber nicht aus und flüsterte: »Ich wollte nur einmal spüren, wie es ist, die Hand eines Mannes zu berühren. Fass mich bitte auch einmal so an wie Kishik!« Die Art, wie sie ihn dabei ansah, hatte etwas Flehendes.

Sie hatte also ebenfalls die zärtliche Geste von vorhin mitbekommen. Yashor wusste nicht, ob er lächeln oder ernst bleiben sollte. Er sagte nichts, versuchte jedoch Wärme in seinen Gesichtsausdruck zu legen, ließ seine Finger aus Minams Umklammerung schlüpfen, fasste ihre Hand fest und drückte sie mehrmals. Minam seufzte tief, aber verhalten und wischte sich mit der freien Hand eine winzige Träne aus den Augenwinkeln.

Als sie die Treppe in das erste Stockwerk hinabgegangen waren, hörten sie jemanden mit flinkem Schritt vom Erdgeschoss heraufeilen. Kishik und Yashor wandten die Köpfe – und vor Staunen blieb ihnen der Mund offen stehen. Kein anderer als Yoan o Anarion kam heraufgesprungen, als sei ihm ein Rudel Wölfe auf den Fersen. Er trug das nachtblaue Gewand eines Ritters und königlichen Beraters und war offensichtlich ebenso überrascht wie sie über die unverhoffte Begegnung.

»Wohin des Wegs?«, rief er keuchend.

»Zu Prinz Shedar«, antworteten Irion und Kishik gleichzeitig.

»Dann könnt ihr mich gleich mitnehmen«, sagte er, langsam wieder zu Atem kommend, »auch ich will zum Großherzog.«

»Darf man fragen, in welcher Sache?«, erkundigte sich Irion.

»Wenn ich Kishik und Yashor hier sehe«, erwiderte Yoan, »dann dürfte es wohl dieselbe sein wie die eure.« Alle blickten ihn fragend an.

Yoan holte tief Luft. »Nach dem gestrigen Besuch von euch beiden hatte ich eine lange schlaflose Nacht, bei der ich meine Instrumente der Tiefenschau einsetzte und zu dem Schluss kam, dass die Bedrohung viel größer ist, als ich am gestrigen Nachmittag noch dachte. Schon vor dem Morgengrauen sattelte ich daher mein Pferd und ritt auf dem schnellsten Wege hierher, weil die Sache keinen Aufschub duldet und der Großherzog unverzüglich unterrichtet werden muss.«

»Meine Rede«, sagte Irion trocken und setzte sich wieder in Bewegung.

Nun nahmen Yashor und Kishik Yoan in die Mitte und erzählten ihm, was sie am gestrigen Abend in dem alten Heustadel erlauscht hatten. Yoan schüttelte immer wieder den Kopf und stöhnte auf, als schlüge ihm jemand mit der Faust in den Magen.

Miram und Minam bildeten jetzt die Nachhut. Die Schwestern hielten sich an den Händen und schauten sich immer wieder mit einem fast schelmischen Lächeln in die Augen.

Im Amtszimmer des Großherzogs saß Prinz Shedar, Großherzog von Bantan und Oberster der Ritterschaft von Avalanna, hinter seinem Arbeitstisch. Davor bildeten seine sechs Besucher auf ihren Schemeln einen Halbkreis: Irion und Yoan o Anarion in der Mitte, rechts von Yoan hatten sich Kishik und Yashor, links von Irion Miram und Minam niedergelassen.

Kishik, Yashor und Yoan erzählten noch einmal nacheinander alles, was sie zu sagen hatten. Der Großherzog lauschte ihnen aufmerksam, ohne sie auch nur ein einziges Mal zu unterbrechen. Er hatte nur zu Beginn Irion gebeten die Aussagen der drei so vollständig wie möglich auf Papyrus festzuhalten.

Als Yoan als Letzter geendet hatte, räusperte sich Prinz Shedar und sagte: »Mein Dank und der Dank meiner Königin, der Frau meines Herzens, ist euch gewiss. Ihr habt recht getan mir unverzüglich Kunde von diesen Vorgängen zu geben. Vielleicht beruhigt es diejenigen unter euch, die befürchten, Moltachs Ansehen bei der Königin könnte euch unglaubwürdig erscheinen lassen, wenn ich euch offenbare, dass im Rahmen der Ermittlungen über den Überfall an der Morak-Furt auch Moltach schon von einem Verdacht gestreift wurde. Er gehört nämlich zu den wenigen, die von dem Plan wussten, die Erbtochter der Impalaris von Harkin nach Avalanna zu bringen. Wenn die Ereignisse von Bergion bis zur Morak-Furt ihren Grund darin gehabt haben sollten, dass Moranna verkleidet mit Yashor und den Schafen reiste, dann gerieten von selbst all diejenigen in Verdacht, die in Harkin oder Avalanna von dem Plan wussten. In Harkin waren es die Impalaris selbst, natürlich Moranna, Bjardu und Irigil, Herzog Michail, Kolgo, Yorga und dessen Vater. An der Vertrauenswürdigkeit jedes dieser Menschen konnte kein Zweifel bestehen. Hier bei uns wussten es außer der Königin nur ich, Irion, Moltach – wegen der Sache mit den Schafen, wohl mehr aus Zufall – und Nardan, der Hauptmann der Palastwache. Nun, da ich für Irion meine linke und für Nardan meine rechte Hand ins Feuer legen würde, bliebe nur noch Moltach übrig – so widersinnig dies auch erscheinen mag, wenn man bedenkt, was dieser Mann der Wertschätzung seiner Königin alles zu verdanken hat.«

Prinz Shedar hielt einen Herzschlag inne und seufzte.

»Doch nach allem, was wir bis jetzt wissen, scheint Moltach der ursprüngliche Drahtzieher der Verschwörung zu sein. Seine Mitverschwörer haben offenbar versprochen ihm seinen Herzenswunsch zu erfüllen und ihn mit dem Posten eines Statthalters von Avalanna unter der Oberherrschaft des Fürsten Maimar Artan von Mordan zu belohnen.«

Prinz Shedar hieb unvermittelt mit der Faust auf den Tisch.

»Dieser Narr!«, rief er aus. »Kennt er denn die Geschichte von Shiriv Artans Nachkommen nicht, weiß er nicht, dass unter ihnen selbst der Bruder den Bruder verriete, wenn es ihm beim Kampf um die Macht nützlich erschiene? Wie lange würde sich wohl der Herrscher von Mordan, der nach dem Thron von Pangir giert, der Krone von Avalanna enthalten? Wie lange einen Mitverschwörer und Mitwisser am Leben lassen, dem er etwas schuldet? Wie ich ihn einschätze, würde Maimar den Moltach heimlich des Nachts erdrosseln lassen und am nächsten Morgen mit Tränen der Trauer in den Augen zur Verfolgung der Meuchelmörder aufrufen.«

Prinz Shedar fuhr sich mit der Hand über die Stirn.

»Moltach, Moltach«, sagte er dann leise und traurig, »welcher Dämon der Machtgier hat von dir Besitz ergriffen und dich auf den Weg ins sichere Verderben geschickt?« Der Prinz verstummte und schüttelte wie ratlos den Kopf. Dann fuhr er mit den Fingern der Maserung der Tischplatte nach und schien in Gedanken zu versinken.

Seine Besucher schwiegen betroffen und schlugen die Augen nieder.

Nach einer Weile gespannter Stille richtete Shedar sich wieder auf und meinte: »Nun, ich danke euch allen, dass ihr gekommen seid. Jetzt bitte ich Irion und die Tochter der Tarkani, noch zu bleiben und mit mir zu besprechen, welche Maßnahmen wir ergreifen wollen. Ihr anderen seid mit Dank entlassen. Es ist nicht Misstrauen, dass ich euch fortschicke, aber um der Sicherheit der weiteren Maßnahmen willen soll niemand auch nur aus Versehen etwas von dem verraten können, was wir in die Wege leiten.«

Er stand auf und schenkte ihnen eine Abschiedsgeste. An Yoan gewandt sagte er schließlich: »Anarion, dich möchte ich später noch einmal sprechen. Komm bitte in etwa einer Stunde wieder hierher.«

Yoan nickte und verließ mit den anderen das Amtszimmer des Großherzogs.

Als sie zu viert auf dem Gang standen, schienen Miram und Minam, ihrem Mienenspiel nach zu schließen, Yashor bis zur Rückkehr Kishiks wieder in ihre Wohnung einladen zu wollen. Doch als sie sahen, dass er sich Yoan zuwandte und ihn in ein Gespräch verwickeln wollte, zuckten sie beide gelassen die Schultern und gingen Hand in Hand davon.

Yashor wollte die Gelegenheit nutzen, um dem Einsiedler die Frage zu stellen, zu der er am Vortag nicht gekommen war, nämlich, was für eine Gottheit Yeshu Christos denn sei. Doch bevor Yashor noch den Mund auftun konnte, begann Yoan schon zu sprechen und teilte ihm mit, dass er ein Anliegen an ihn habe.

»Ein Anliegen, an mich?«, fragte Yashor verwundert. Was konnte er denn schon für einen Berater der Königin Besonderes tun?

»Du hast doch gestern diesen armen Kerl kennen gelernt, den ich jetzt Yollar nenne, nicht wahr?«

Yashor nickte.

»Nun, wie du dir vorstellen kannst, ist dieser Yollar jetzt völlig allein und heimatlos«, erklärte Yoan. »Ihn nach Hause ins Shakarenland zu senden hieße ihn in den sicheren Tod zu schicken. Und was ihm in Mordan blühen würde, kannst du ja aus den Worten des Großherzogs schließen.«

Yashor nickte wieder.

»Nun, du hast es in der Hand, ihm eine neue Heimat zu geben.«

»*Ich?*« Yashor machte große Augen.

»Wie viele Leute umfasst eigentlich deine Gefolgschaft?«, forschte Yoan nach.

»Yeshem, Gishmi, Allaun, Allad, Yorga – fünf.«

»Mit dir also sechs! Wäre nicht sieben eine bessere Zahl? Ist die Sieben nicht die Zahl des Belen Tarnis, des Wagenlenkers, des Himmelswagens, der Unbesiegbarkeit?«

»Wohl möglich«, murmelte Yashor, »da müsste ich einmal Allad fragen, was die Tiefwissenden …«

Yoan lachte leise. »Ich weiß fast alles, was die Tiefwissenden wissen – und manches Neue mehr. Du kannst mir glauben.« Er blickte den Hirten eindringlich an. »Na, wie ist's? Ein kleiner Sprung ins Ungewisse, und ihr seid schon sieben. YASHORS SIEBEN.«

Urplötzlich musste Yashor losprusten. »Yoan o Anarion, du hast eine Art deinen Willen durchzusetzen – da kommt ein armer einfacher Hirte aus Harkin einfach nicht dagegen an.«

Beide lachten und umarmten sich wie alte Freunde.

Als das Lachen verklungen war, sagte Yashor: »Um ehrlich zu sein, der Bursche hat mich schon gedauert, als ich ihn da in der Scheune sah, wie ein wildes Tier in einem Käfig. Und ich bin froh, dass du Kishik von ihrer Rache abgebracht hast.«

Er hielt inne und zügelte seine Zunge, denn mehr wollte er über seine Gefühle für Kishik nicht verraten, auch nicht diesem gutherzigen Einsiedler gegenüber.

»So sei's denn«, fuhr er schließlich fort, »vielleicht wird es sich für mich und die Meinen noch einmal als vorteilhaft erweisen, wenn wir einen Mann bei uns haben, der die Sprache der Shakaren spricht.«

Er überlegte einen Moment lang und fuhr dann fort. »Wie es bereits von Vorteil ist, einen Goldwäscher unter uns zu wissen, der nicht nur die Sprache der Shawa, sondern auch die des Geldes beherrscht.«

»Ich freue mich, dass du es so sehen kannst«, sagte Yoan und klopfte ihm freundschaftlich auf die Schulter.

Doch jetzt wollte Yashor endlich seine Frage loswerden. »Übrigens, was für eine neue Gottheit ist das, dieser Yeshu Christos, dem du anhängst?«

Yoan blickte ihn an, seine Augen wurden plötzlich ganz ernst und ruhig. Er musterte Yashors Gesicht, als sähe er es zum ersten Mal. Dann schnaufte er tief.

»Wenn ich dir hier und heute auch nur das Wichtigste über

Yeshu Christos erzählte, käme ich nie und nimmermehr zu meinem Gespräch mit Prinz Shedar. Da muss ich dich auf einen anderen Tag vertrösten.«

Aber Yashor ließ nicht locker. »Wie betet man zum Beispiel zu dieser Gottheit?«

Yoan schwieg einen Augenblick, dann sagte er: »Das kürzeste Gebet, das ich kenne, lautet: *Rabbuni Yeshu, Ummi Mirjam.*«

»Rabbuni Yeshu, Ummi Mirjam«, wiederholte Yashor. »Und was heißt das?«

»O mein Lehrer Yeshu, o meine Mutter Mirjam!«, erwiderte Yoan. Doch mehr sagte er über die Bedeutung dieser Anrufung nicht. Was für ein Lehrer? Einer wie Talik? Was für eine Mutter? Wie Ipona?

»Welche Sprache ist das? Tumdul? Griechisch?«, bohrte Yashor nach.

»Nein, Aramaïsch, eine Sprache aus dem Morgenland, die von Yeshu und seiner Mutter Mirjam«, antwortete Yoan, und es klang schon ein Gran Ungeduld in seinen Worten an. »Aber mit bloßem Gerede oder Frage und Antwort kommst du im Verständnis von Yeshu nicht weiter. Du musst in deinem Herzen zu ihm sprechen!«

»Im Herzen zu ihm sprechen?«, echote Yashor verwundert. »Wie denn das?«

Yoan lächelte. »Du lässt aber auch gar nicht locker! Nun denn, gehen wir es auf eine andere Art an.«

Er griff sich mit der rechten Hand in den Halsauschnitt seiner Jacke und zog ein silbernes Kettchen hervor, das er um den Hals trug. Er streifte es über den Kopf und hielt es Yashor hin. Ein kleines quadratisches Medaillon aus massivem Silber und mit abgerundeten Ecken hing daran, und in dieses Schmuckstück waren zwei Schriftzeichen eingeschnitten und mit Gold ausgelegt: XP.

»Ist das Latein? Wie beim Wappen der Königin?«, fragte der Hirte.

»Es könnten lateinische Buchstaben sein, aber hier handelt es sich um griechische, die Zeichen für ›Ch‹ und ›R‹, die Anfangsbuchstaben von ›Christos‹, dem göttlichen Namen des Lehrers Yeshu.«

Yashor betrachete die fremden Zeichen, als wollte er sie seinen Augen einbrennen.

Plötzlich nahm Yoan das Kettchen mit beiden Händen, legte es Yashor um den Hals und schob den Anhänger unter den Ausschnitt seines Kittels, wo er auf dem Medaillon der Mutter und neben dem Beutel Taliks zu ruhen kam.

»So, und jedes Mal, wenn du dies jetzt berührst oder siehst oder auch nur daran denkst, sagst du stumm in deinem Inneren dreimal den Gebetsspruch, den ich dich gerade gelehrt habe.«

Yashor nickte, dann legte er – einer plötzlichen Eingebung folgend – die Hände zusammen und dankte Yoan mit einer Verneigung und verlegen gestammelten Worten.

»Schon gut, schon gut«, sagte der Einsiedler und klopfte Yashor erneut auf die Schulter. »Merk dir: Er ist dein Lehrer, nicht ich!« Dann schlug er sich mit den Fäusten auf die Oberschenkel und meinte: »Und wenn auch der Himmel einstürzt, ich muss gehen, denn bevor ich mich zu Prinz Shedar begebe, muss ich hier noch einer Dame die Aufwartung machen.«

Yashor schaute ihn erstaunt an.

»Ja, mein Lieber, das weißt du doch gewiss schon: Eine Königin lässt man nicht warten!« Sprach's und eilte davon.

Yashor stand da wie angewurzelt und schaute ihm nach. Dann beschloss er zu Kishiks Räumen zu gehen und dort auf sie zu warten.

Während er die Treppe hinaufstieg, spürte er das noch kühle Silber seines neuen Anhängers auf der Brust. Es war ein ganz eigenartiges Gefühl, weder heiß noch kalt – eine wirklich schwer zu beschreibende Empfindung.

»Rabbuni Yeshu, Ummi Mirjam«, murmelte er, während er den Gemächern der Kriegerin zustrebte.

In Kishiks Wohnraum angekommen, legte sich Yashor auf den Boden, zog sich ein Kissen unter den Nacken und döste gleich darauf ein. Er träumte allerhand wirres Zeug und war froh, als die Kriegerin ihn rüttelte und wieder in die Wachwelt holte. Er setzte sich auf und schaute sie fragend an.

»So viel kann ich dir sagen«, begann sie, »Prinz Shedar wird Moltach von heute an lückenlos überwachen lassen, er will herausbekommen, an welchem Ort er sich am Vollmondstag des Erntemonats mit seinen Verschwörern trifft. Dann wird man dieses Treffen belauschen, und wenn sich dabei genügend und unwiderlegbar Belastendes ergibt, werden die Leute des Großherzogs zuschlagen und alle gefangen nehmen. Und nach deren Verurteilung und Einkerkerung werden sich der Häuptling der Shakaren und der Fürst von Mordan die Köpfe zerbrechen, was aus ihren Sendlingen geworden ist. Sie werden einander misstrauen, jeder wird den anderen des Verrats verdächtigen, wir dagegen haben unsere Ruhe vor Shakaren und Mordanern …«

»Hm.« Yashor schnaufte tief. »Ich wünsche mir, dass es so kommt. Aber welche Aufgabe ist in der ganzen Angelegenheit uns zugedacht?«

Trotz des Ernstes der Sache musste Kishik grinsen. »Wir alle helfen mit bei Moltachs Überwachung, besonders dieser Yashor und seine Gefolgschaft, denn gerade dein Gishmi und dein Allaun sind gute Kundschafter, und Moltach kennt sie praktisch nicht.«

»Ach, bin ich getröstet, dass ich nicht bin!«, flötete Yashor in gespielter Erleichterung. Dann fügte er leise hinzu: »Machen wir nun dort weiter, wo wir vorhin unterbrechen mussten?«

Kishik blickte ihn verwundert an. »Unterbrechen? Wobei denn?«

Yashor grinste spitzbübisch, rutschte ein Stück näher an sie heran und ließ seine Finger von ihren Knien aufwärts über die Oberschenkel wandern, bis sie sich wieder dem geheimen Tal zwischen den Schenkelbeugen näherten.

»Du lieber Unersättlicher«, flüsterte sie, »du zärtliches Ungeheuer, du …«

Seine Lippen hatten ihren Mund zum Schweigen gebracht, jetzt sprachen ihre Zungen eine stumme, wilde Sprache. Und bald überflutete die beiden das gemeinsame Verlangen nach dem Einssein so sehr, dass sie sich die Mühe des Weges zum Schlafzimmer sparten und sich wie in einem Zelt der Niridun paarten.

Kapitel XV

Die Frage, wo sich Moltach mit den Abgesandten seiner Mitverschwörer treffen würde, sollte schnell und überraschend einfach ihre Antwort finden.

Als Yashor nach seinem vormittäglichen Schäferstündchen bei Kishik schließlich wieder ins Haus der Schilde zurückkehrte, winkte ihm Ormon, er solle zu ihm in die Dienstkammer kommen.

»Da ist ein Gast eingetroffen, der auf dich wartet«, erklärte der Wachtmeister.

Yashor machte große Augen, als er Yollar auf einem Schemel in Ormons Kammer sitzen sah. Dass Yoan o Anarion so schnell für die Einlösung seines Versprechens sorgen würde ...!

Yollar blickte ihn etwas unsicher an und murmelte: »Yoan o Anarion hat gesagt, ich könnte ... hat gesagt, dass du ...«

»Schon gut.« Yashor lächelte nachsichtig. »Sei willkommen, Yollar! Gehen wir hinauf in meine Kammer.«

Nachdem sie in sein Quartier hinaufgestiegen waren, machte Yashor keine langen Umstände und nahm sofort an Ort und Stelle den Gefolgschaftseid des einstigen Shakaren Aar und neugeborenen Yollar entgegen. Danach saßen sie sich auf den Schemeln gegenüber und Yollar lächelte Yashor vertrauensvoll an wie ein kleines Kind.

»Da du den Namen Aar abgelegt hast und jetzt Yollar heißt, brauchst du auch keinem zu erzählen, dass du aus dem Shakarenland stammst. Du gehörst jetzt schlicht und einfach zum Volk der Priesterkönigin von Harkin wie alle anderen auch.«

Yollar nickte erleichtert.

»Hier im Haus der Schilde kannst du natürlich nicht bleiben«, erklärte ihm Yashor, »aber drei meiner Freunde wohnen in einem Haus in der Groppengasse, und dorthin werde ich dich nachher begleiten. Dort wirst du Allaun den Barden und Allad den angehenden Tiefwissenden treffen – die beiden sind Brüder – und dazu Gishmi aus dem Volk der Shawa, einen ehemaligen Goldwäscher, der sich jetzt zum Kaufmann entwickelt. Ich glaube, du solltest dich besonders an Gishmi halten, er ist sehr unternehmungslustig und sprudelt vor nützlichen Einfällen.«

Bis Yeshem und Yorga von ihrem Unterricht im Ringen und im Faustkampf zurückkamen, erzählte Yashor dem neuen Gefolgsmann seine Geschichte, wobei er natürlich Kilin-rinnag, die Tochter der Raan und die Liebesbeziehung zu Kishik aussparte. Dafür schilderte er jedoch seinen Wunsch, etwas über das Schicksal seines verschollenen Vaters herauszufinden.

Als er erwähnte, sein Vater könnte sich vielleicht noch in der Gewalt der Shakaren befinden, sagte Yollar, unter den Gefangenen des Jarl Bjorn oder des Heeresfürsten Wilinant Hadubrantsohn gebe es, soweit sie Galtach aus Pangir, Harkin oder Bantan seien, keinen Mann namens Tamtarvach und auch keinen Heiler. Das wisse er, weil die beiden Shakarenhäuptlinge diese Gefangenen dazu einsetzten, Spionen wie Ulf und ihm – er verbesserte sich: wie er einer gewesen sei – die Sprache Harkinak und deren verschiedene Mundarten beizubringen. Er, Yollar, habe zum Beispiel Harkinak von einem Mann namens Fingal gelernt, einem Schreiber aus der Stadt Pangir.

Die Aussage, Tamtarvach befände sich nicht unter den Gefangenen der Häuptlinge Bjorn und Wilinant, ließ Yashor einen Stein vom Herzen fallen. Eigentlich hatte er sich das schon gedacht, da doch Tamtarvach noch nach Ende des Zweiten Shakarenkriegs in Avalanna gesehen worden war. Diese Bestätigung seiner Vermutung bedeutete für Yashor aber doch eine gewisse Erleichterung.

Yollar war jetzt aufgetaut, er berichtete von seinen Aufgaben als Ulfs Leibeigener und erzählte darüber hinaus, durch Yashors Fragen angeregt, schließlich seine ganze Lebensgeschichte, vom Tod seiner Eltern bis zu seiner Flucht und der zufälligen Begegnung mit Yoan o Anarion.

»Das war kein Zufall«, widersprach ihm Yashor, »Himmlische

haben dich zu diesem Mann geführt. Ich weiß nicht, welches Schicksal dir sonst in Bantan beschieden gewesen wäre, wenn du auf gewöhnliche Menschen gestoßen wärest und sie in dir den shakarischen Spion erkannt hätten.«

Was Yashor Yollar lieber nicht sagte, war, dass die Himmlischen – ob es nun Ipona oder vielleicht Yeshu Christos oder wer auch immer gewesen sein mochte – den shakarischen Leibeigenen schon geleitet hatten, als sie ihn mit seinem Herrn Ulf ausgerechnet auf Kishik stoßen ließen. Sie hätten ja genauso gut auch auf einen Trupp Kriegerinnen und Krieger der Niridun treffen und dann recht schnell *beide* ihr Leben verlieren können.

Im Gespräch vergingen zwei Stunden wie im Fluge. Schließlich kamen Yeshem und Yorga zurück und lernten überrascht ihren neuen Mitgefolgsmann kennen, dann gingen die vier in den Speisesaal des Hauses der Schilde zum Mittagsmahl. Für den Nachmittag ließen sie sich von Ormon freigeben und machten sich zusammen auf in die Stadt, zum Haus in der Groppengasse.

Dort trafen sie Allaun an, der auf seiner Harfe übte, und Allad, der in ein Buch über die Geschichte von Pangir vertieft war. Auch die beiden wurden ihrem neuen Gefährten Yollar vorgestellt, dann holten sie gleich den Hausherrn, der tatsächlich noch eine Kammer unter dem Dach frei hatte und sich freute noch einen weiteren angenehmen Mieter ins Haus zu bekommen.

Yashors Rat eingedenk, erzählte Yollar nichts von seiner shakarischen Abstammung und verschwieg natürlich, dass *er* es war, hinter dem noch am Vortag Yashor und Kishik hergejagt waren. Da er Harkinak von einem Schreiber aus Pangir gelernt hatte und daher allerhand über die Goldene Stadt wusste, gab Yollar sich als Waisenjunge aus Pangir aus, der durch die Wechselfälle des Lebens schließlich in Avalanna und bei einem gewissen Yoan o Anarion gelandet sei, der wiederum Yashor und Kishik kannte.

Yashor, der stumm dem Gespräch lauschte, lächelte innerlich und dachte: ›Also, ein gewiefter Spion ist er schon, dieser Yollar, aber jetzt ist er ganz auf unserer Seite.‹ Und da keimte in ihm ein Gedanke auf …

Später kam wie ein kleiner Wirbelwind Gishmi hereingefegt und wartete sogleich mit zwei seiner Meinung nach sensationellen Entdeckungen auf. Er war so begeistert von den eigenen Errungenschaften, dass er die Aufnahme eines neuen Mitglieds in die Gefolgschaft eher beiläufig zur Kenntnis nahm.

»Stellt euch einmal vor, was ich herausgefunden habe! Zwei Waren sind neu auf dem Markt von Avalanna, die man in Fari, ja vielleicht auch in Vindubun und Radisbun und anderswo noch gar nicht kennt. Also, es gibt hier Haarscheren von einer Art, die in ganz Harkin noch unbekannt ist! Und etwas ganz Neues für die Damenwelt, ein Mittel namens Henna, eingeführt aus dem Morgenland. Damit kann man Haare herrlich rot färben!«

»Das brauchst du selbst aber nicht mehr, oder?«, bemerkte Allaun, und alle lachten.

Mit einem etwas hintergründigen Lächeln schlug Yashor vor: »Nun gut, Gishmi, dann wollen wir deine Entdeckungen einmal ausprobieren.« Er wandte sich an seinen neuesten Gefolgsmann. »Yollar, willst du dich einem Versuch unterziehen? Darf Gishmi dir die Haare scheren und ihnen die gleiche Farbe verleihen, wie er sie auf dem Kopf trägt?«

Yollar lächelte und nickte. Er war Yashor so dankbar und ergeben, dass er auch aus dem Fenster gesprungen wäre, hätte es sein Anführer von ihm verlangt.

Gesagt, getan. Unter großem Hallo verwandelte Gishmi mit viel Geschick Yollar in einen Rotschopf, bis man den einstigen Shakaren für einen Bruder oder Vetter des Shawa halten konnte.

Als der Goldwäscher sein Werk beendet hatte, schaute Allad Yashor ein wenig argwöhnisch an und sagte: »Und was soll das Ganze? Du hast doch einen Hintergedanken, Yashor. Oder hast du unserem Neuen nur aus lauter Jux eine neue Haarfarbe verpasst?«

Yashor grinste. »Nein, natürlich nicht. Es stimmt, ich habe mir da etwas überlegt. Und das werde ich euch jetzt offenbaren.«

Er erzählte seinen Freunden, dass es ihm und Kishik und anderen – dabei zwinkerte er Yollar viel sagend zu – gelungen sei, eine Verschwörung gegen die Königin von Avalanna aufzudecken, an der unter anderem auch Shakaren beteiligt seien. Und weil er erfahren habe, dass der sprachkundige Yollar nicht nur Tumdul – an dieser Stelle verzog Yollar etwas gequält den Mund –, sondern auch die Sprache der Shakaren verstehe, habe er ihn gerne in die Gefolgschaft aufgenommen. Sie bräuchten nämlich einen des Shakarischen kundigen Gefährten.

Man wisse zwar, dass an einem bestimmten Tag ein Treffen der Verschwörer stattfinden werde, aber leider nicht wo. Andrerseits habe man Kenntnis – Yashor benutzte das etwas unbestimmte »man« hier ganz bewusst, weil er weder Prinz Shedar noch Yollar nennen wollte –, dass sich die auswärtigen Verschwörer in einer bestimmten Herberge in Avalanna einquartieren wollten. Und jetzt sei es Aufgabe von Gishmi und Yollar, als Handelsleute getarnt – »da brauche ich mich nicht zu tarnen!«, platzte Gishmi heraus, und alle lachten –, also als Handelsleute getarnt in jene Herberge zu gehen und aus den Gesprächen shakarischer Herbergsgäste etwas über den Treffpunkt der Verschwörer in Erfahrung zu bringen.

Die Freunde fanden den Vorschlag gut, Gishmi ernannte Yollar umgehend zu seinem Handelsgehilfen – der grinste erst schüchtern, dann erleichtert und schließlich begeistert –, und die beiden setzten sich mit Yashor in Gishmis Kammer zusammen, um die Einzelheiten des Plans zu besprechen.

Schon einen Tag später betraten Gishmi und Yollar die Herberge zum Schwarzen Stier in der Nähe des Südtores und erklärten dem Wirt, sie seien Händler aus Fari in Harkin und wollten sich einige Tage in Avalanna aufhalten. Der Wirt sagte, er habe noch eine Kammer frei, in der zur Not auch zwei Leute unterkommen könnten, aber mit den Pferden stünde es schlecht, sein Stall sei schon voll, die letzten Plätze habe er an Reisende aus dem Weiten Grasland vergeben.

Das mache nichts, sagte Gishmi, sie hätten sowieso keine Pferde dabei, sie seien nämlich mit einem harkinischen Prahm von Radisbun her gekommen.

So wurde man schnell handelseinig. Und der Wirt war bald durchaus mit seinen Gästen zufrieden, schienen die doch mehr in seiner Schänke zu sitzen und Speis und Trank zuzusprechen, als in der Stadt ihren Geschäften nachzugehen.

Schon am Abend des zweiten Tages wurde diese Hingabe an Küche und Keller des Schwarzen Stiers belohnt. Yollar bekam das Gespräch zweier Männer am Nachbartisch mit, die wie Baratum gekleidet waren und sogar in der Schänke ihre zottigen Pelzkappen nicht abnahmen. In der Sprache der Shakaren erörterten sie, wie man wohl von Avalanna oder Ushgur aus am schnellsten zu einem Gestüt der Königin Marjam gelange, das sich in einem ebenen Landstrich südwestlich der Taurischen Berge nahe der Grenze zu Mordan befinde. Dort fließe, von den Bergen her kommend, der Fluss Miyava genau an der Stelle in die Morak, wo von Westen her auch die Taya, der Grenzfluss zwischen der Waldmark und Mordan, in die Morak münde. Außerdem ließen sie sich darüber aus, dass sie und noch andere ihres Volkes, die später nachkämen, sich als Pferdehändler ausgeben müssten, die in dem Gestüt Jährlinge kaufen wollten, wenn sie um den Vollmondstag des Erntemonds …

Yollar hatte genug gehört. Er gab Gishmi ein Zeichen, er solle seinen Bierhumpen austrinken und dann mit ihm in die Kammer hochgehen. Die beiden vorgeblichen Baratum schöpften keinen Verdacht, als die rothaarigen Händler aus Harkin die Schankstube verließen. Auf den Gedanken, dass einer der beiden, die sich beim Bier ständig auf Harkinak über den Handel mit Messern und Scheren ausgetauscht hatten, jedes sharkarische Wort mitbekommen, verstanden und auch in seiner Tragweite begriffen hatte, wären sie im Leben nicht gekommen.

Oben in der Kammer berichtete Yollar über das Gehörte, und Gishmi entschied, sie müssten sofort zu Yashor gehen.

Yashor hinwiederum, den sie im Haus der Schilde antrafen, entschied, sie müssten sofort zu dritt zu Kishik in den Palast gehen.

Kishik, die Miram und Minam – will sagen: Lil'atin und Nagarki – zu Gast hatte, entschied ihrerseits, sie müssten auf der Stelle zu

Prinz Shedar gehen, und Miram beschloss, sofort Irion aufzusuchen und sich mit ihm zusammen dann ebenfalls zum Amtszimmer des Großherzogs zu begeben.

Prinz Shedar saß wieder hinter seinem Arbeitstisch und lauschte Gishmi, der – von Yollar unterstützt – über ihre Kundschaftertätigkeit im Schwarzen Stier berichtete und das Gespräch wiedergab, das Yollar vor nicht einmal anderthalb Stunden aufgeschnappt hatte. Mit grimmiger Genugtuung, in die sich eine gewisse Erheiterung mischte, stellte sich Yashor vor, wie die beiden als Baratum verkleideten Shakaren immer noch in der Schänke bei Bier und Met saßen, ohne zu ahnen, dass sich hier im Palast der Königin schon die Schlinge um ihren Hals zusammenzog.

Mit der Nennung der drei Flüsse war für den Großherzog von Bantan sofort klar, um welches Gut der Krone es sich handelte: *Libissa*, hier wurden die edelsten Reitpferde des ganzen Königreichs gezüchtet. Und der Verwalter von Libissa unterstand natürlich dem Obersten Gutsverwalter, Moltach …

Prinz Shedar dankte Yollar, Gishmi und der ganzen Gefolgschaft, dass sie es geschafft hatten, den entscheidenden Hinweis in Erfahrung zu bringen, und sagte, von nun an bräuchten sie sich nicht mehr um die von der Verschwörung ausgehende Gefahr zu sorgen; er werde mit einem Kommando seines Vertrauens aus Männern der Palastwache – neben Nardan und Ormon nannte er dabei auch Yashor, Yeshem und Yorga – dem Spuk ein Ende bereiten.

Man stand auf, verneigte sich vor dem Gemahl der Königin und ging seiner Wege: Irion in die Kanzlei, Gishmi und Yollar nicht mehr in den Schwarzen Stier, sondern gleich in die Groppengasse, Miram und Minam in ihre Gemächer, Kishik und Yashor ins Schlafzimmer der Kriegerin …

Am Tag nach dem Vollmond des Erntemonds versammelte Yashor sein Gefolge zu einer kleinen Feier in einer Gaststube des Harkin-Hofs, die ihm der Gesandte Buran für diesen Abend überlassen hatte, und erzählte, unterstützt von Yeshem und Yorga, den vier anderen, wie die Verschwörer letztlich dingfest gemacht worden waren.

Schon am Tag nach Gishmis und Yollars Bericht war Prinz Shedar mit Nardan in aller Stille nach Libissa geritten und hatte den Verwalter des Gestüts vernommen. Der gute Mann war aus allen Wolken gefallen, als der Großherzog ihm eröffnet hatte, bei der Besprechung Moltachs mit reichen Pferdehändlern am Vollmondstag handele es sich in Wirklichkeit um ein Treffen von Verschwörern, die Bantan und Avalanna dem Fürsten von Mordan und Banon den Sharkaren ausliefern wollten. Der Verwalter hatte nicht die geringste Ahnung davon gehabt, und hätte es ihm Prinz Shedar nicht persönlich versichert, so hätte er nie im Leben glauben wollen, dass ausgerechnet Moltach der Drahtzieher solcher Machenschaften sei. Umso eifriger war der Mann dann bereit dem Großherzog bei der Ausschaltung der Verschwörer zu helfen.

Er zeigte dem Prinzen den großen Raum im Erdgeschoss des Hauptgebäudes der Gestütsverwaltung, in dem Verhandlungen mit auswärtigen Pferdehändlern stattzufinden pflegten. Da es im Winter in der Morak-Ebene bitterkalt werden konnte, war der Raum mit einem offenen Kamin ausgestattet, der allerdings erst gegen Ende des Nebelmonds beheizt wurde.

»Was befindet sich hier darunter?«, fragte Prinz Shedar und zeigte auf den Fußboden.

»Ein Keller, in dem unter anderem das Holz für diese Feuerstelle gelagert wird.«

Prinz Shedar besichtigte auch den Keller und ordnete dann an, den Boden des Kamins so zu durchbrechen, dass man von unten jedes Wort mithören könnte, das im darüber liegenden Raum gesprochen wurde. Der Keller seinerseits wurde so hergerichtet, dass mehrere Schreiber und Rechtszeugen dort Stellung beziehen konnten. Sie sollten alles schriftlich oder im Gedächtnis festhalten, was bei dem Treffen der Verschwörer verhandelt werden würde.

Natürlich ließ der Verwalter von Libissa gegenüber seinem Vorgesetzten Moltach kein Sterbenswörtlein darüber verlauten, welche Veränderungen in dem Verhandlungsraum vorgenommen worden waren; ebenso wenig verriet er ihm etwas über die schon im Keller wartenden Zeugen und Protokollanten, und er sagte auch nichts davon, dass die meisten der auffällig zahlreichen Pferdeknechte, die am Vollmondstag auf dem Gestüt zu arbeiten schienen, in Wirklichkeit getarnte Krieger der königlichen Palastwache waren.

Es kam, wie es kommen sollte. Jarl Bjorn, der Abgesandte des shakarischen Heeresfürsten Wilinant Hadubrantsohn, und Migoch, ein hoher Palastamtmann des Fürsten Maimar Artan von Mordan, fanden sich mit je zwei Begleitern als Pferdehändler getarnt in Libissa ein und setzten sich in dem bewussten Raum mit dem Obersten Gutsverwalter zu Tisch. Es wurde – auf Moltachs Vermittlung hin – ein Bündnis zwischen den Shakaren und Mordan abgesprochen, dessen Ziel darin bestand, die Herrschaftsbereiche beider Seiten auszuweiten. Die Shakaren sollten Harkin und Banon bekommen und dafür Maimar helfen die Krone von Pangir zu erringen – also Maimars eigenen Vetter, den König von Gordan, umzubringen und den anderen Vetter, den Fürsten von Hordan, mindestens aus seinem Land zu jagen – und dazu noch Avalanna und das Bergland von Bantan der Herrschaft Mordans zu unterstellen. Zum Dank für seine Hilfe werde man Moltach zum Statthalter Maimars in Avalanna ernennen.

Und wenn dies alles vollbracht sei, könne man darangehen, zum dritten Mal gegen die Baratum ins Feld zu ziehen und sie mit vereinter Kraft zu schlagen.

Die Frage, wie das Weite Grasland unter den Verschwörern aufgeteilt werden sollte, konnte allerdings nicht mehr erörtert werden, denn inzwischen hatte Prinz Shedar, der ebenfalls im Keller lauschte, seinen Männern das Zeichen gegeben loszuschlagen.

Überraschung und Bestürzung der versammelten Shakaren und Mordaner waren natürlich gewaltig, als plötzlich mit einem Knall die Tür aufflog und Männer in der Gewandung der Palastwache der Königin Marjam in den Raum stürmten. Widerstand war zwecklos, die sechs Männer ließen sich ohne jede Gegenwehr festnehmen.

Moltach gelang es jedoch, der irdischen Gerechtigkeit zu entgehen. Offensichtlich hatte er sich – umsichtig, wie er war – auch darauf vorbereitet, dass sein listiger Plan scheitern könnte. Noch während die Männer von der Palastwache auf die angeblichen Pferdehändler zustürmten, griff er in aller Ruhe in eine Innentasche seines Gewandes, holte ein silbernes Döschen hervor, klappte dessen Deckel auf, kippte drei dunkelgrüne Pillen in seinen Mund und schluckte sie sofort hinunter. Und als die Palastwächter zu ihm traten und ihn etwas grob aus seinem Sessel hochzerrten, hatten sie einen Toten in den Händen.

Anzumerken ist hier noch, dass sich unter den in den Raum stürmenden Männern auch Yashor, Yeshem und Yorga befanden. Der Hirte verschwieg den Gefährten allerdings, dass er in seinem Herzen doch hatte um den Mann trauern müssen, den er als so freundlich und liebenswürdig kennen gelernt hatte, der sich aber jetzt so feige der Strafe und auch der Stunde der Wahrheit vor dem Angesicht seiner Königin entzogen hatte.

Jarl Bjorn und Amtmann Migoch wanderten mit ihren Begleitern in aller Stille in getrennte Kerker. In den Heimatländern wartete man vergeblich auf ihre Rückkehr; Wilinant Hadubrantsohn und Maimir Artan hegten zunächst den Verdacht, ihre Leute seien von Moltach in eine Falle gelockt worden. Doch als sie später erfuhren, Moltach sei eines plötzlichen und unerwarteten Todes gestorben und der Verwalter des königlichen Gestüts von Libissa, Firgan, zum neuen Obersten Gutsverwalter der Königin von Avalanna ernannt worden, da begannen sie den Gerüchten Glauben zu schenken, die von irgendwoher in Umlauf gekommen waren, nämlich: Es hätten sich irgendwo in Bantan bei einem konspirativen Treffen geheime Unterhändler der Shakaren und des Fürsten von Mordan im Streit gegenseitig umgebracht.

Jedenfalls entstand Misstrauen zwischen Wilinant und Maimar, und an ein Bündnis zwischen Shakaren und Mordan war vorerst nicht mehr zu denken.

Nachdem Yashor, Yeshem und Yorga mit ihrem Bericht geendet hatten, klatschten die Freunde Beifall, und man begann sich dem Bier und dem Wein zuzuwenden. Natürlich hatte Gishmi die Getränke besonders günstig eingekauft!

Während die anderen schon fröhlich zechten, zog Yashor Allad in eine ruhige Ecke und sagte: »Ich habe kürzlich mitbekommen, dass du ein Buch über die Geschichte von Pangir studierst. Dabei ist mir etwas eingefallen, was dein Bruder Allaun damals in Fari in der Herberge zum Weißen Schwan erzählt hat – die Geschichte von dem anderen Yashor und dem Vogelring.«

Allad nickte. Allaun, dessen stets gespitzte Ohren die Nennung seines Namens mitbekommen hatten, trat zu ihnen.

»Ich habe da etwas, was ich dir zeigen will, vielleicht kannst du mir weiterhelfen«, sagte Yashor und fingerte im Halsauschnitt seines Kittels herum. Schließlich holte er ein goldenes Medaillon hervor und zeigte es Allad.

»Ach, das ist ja das Wappen des Hauses der Könige von Pangir, das sie seit Torkil Artan führen«, rief Allad aus, als er den Adler mit dem Lorbeerzweig sah, der vor der aufgehenden Sonne auf der Bergspitze landete. »Oben steht in der Uralten Sprache, geschrieben in fjanorischer Schrift: ›*Wen die Himmlischen lieben, der entbehrt nichts.*‹ Das war der Wahlspruch des Mardin o Mollon, des Boten der Ipona, der uns vor den Römern und den Dakern rettete. Unten steht goidelisch geschrieben – aber das wirst du ja schon längst selbst entziffert haben: ›*Das Licht des Friedens grüße und verkünde ich.*‹ Das war der Wappenspruch von Takrav Artan III., der im Ersten Shakarenkrieg Pangir und die umliegenden Lande von den Nordbarbaren freikämpfte und deshalb auch ›Der Sieger‹ genannt wird.«

Allad drehte das Medaillon neugierig um. »Und hier ist das Wappen seines Sohnes, Takrav Artan IV., den man auch den ›Erneuerer‹ oder ›Wiederhersteller‹ nennt, weil er nach dem frühen Tod seines Vaters das ausgeblutete Land wieder aufbaute. Das fjanorisch Geschriebene lautet: ›*Ein freies Land, ein freier Geist.*‹ Unten kannst du auf Goidelisch lesen: ›*Im Sturme Schutz – in tiefer Nacht ein Licht – ein fester Hort der Hoffnung.*‹ Die feste

Hoffnung von Takrav Artan IV. war, dass es keinen Krieg mehr geben sollte in seinem Reich. Deshalb das Schwert, das sich in einen Blütenzweig verwandelt, und der Pfeil, aus dem Blätter wachsen. Nun ja, das war ein frommer Wunsch, aber dadurch, dass er im Alter von nur sechsunddreißig Jahren abdankte, den Thron seinem Bruder Shiriv Artan übergab und spurlos verschwand, hat Takrav Artan IV. eigentlich den Grund zu den Zwistigkeiten und Feindseligkeiten gelegt, die heute die drei Teilfürstentümer seines Reiches heimsuchen.«

Bevor Yashor noch Allad danken konnte, mischte sich schon Allaun ein. »Es gibt da eine Geschichte, nach der ist Takrav Artan IV. keineswegs verschollen, sondern …«

Er machte eine bedeutungsvolle Pause. Inzwischen waren die anderen vier aufmerksam geworden – was der Barde ja wohl bezweckt hatte – und Yeshem sagte: »Und was ist, willst du uns diese Geschichte nicht erzählen?«

Nun, einer solcher Aufforderung kam Allaun nur allzu gern nach, er nickte zufrieden lächelnd. Alle setzten sich wieder. Und Allaun der Barde erzählte:

Wohin ging König Takrav Artan?

Zu der Zeit, als unsere Urgroßväter in ihren besten Jahren standen, ereignete sich in der Goldenen Stadt Pangir etwas, was es in der fünfhundertjährigen Geschichte dieses Königsreiches noch nie gegeben hatte und was auch heute, mehr als hundert Jahre danach, noch vielen klugen Leuten in den Ländern der Galtach ein Rätsel ist.

Am Tag des Frühlingsvollmonds rief König Takrav Artan IV. in seinem Palast auf dem Schlossberg zu Pangir überraschend den Kronrat zusammen, verkündete den versammelten Großen seines Reiches, dass er hier und heute dem Throne entsage und die Krone von Pangir seinem jüngeren Bruder Shiriv Artan übergebe, und er erklärte all seine Vasallen von dem Lehenseid entbunden, den sie ihm geschworen hatten. Noch bevor die Anwesenden ihre Bestürzung gemeistert hatten, stieg er tatsächlich vom Thronsessel herab, über-

ließ die Insignien der Königswürde seinem Bruder, in dessen Gesichtszügen Betroffenheit und Befriedigung miteinander rangen, und forderte die versammelten Herzöge und Ritter auf, hier und jetzt dem neuen König die Treue zu schwören, was sie auch bis auf wenige Ausnahmen taten.

Dann legte Takrav Artan die Königsgewänder ab, kleidete sich in den Kittel eines einfachen Bauern vom Lande und verließ durch eine geheime Tür den Palast. Es heißt, seit jener Stunde sei er nie wieder in Pangir gesehen worden.

Als das Volk vom Übergang der Krone Takrav Artans auf Shiriv Artan hörte, waren die Bürger von Pangir wie vom Donner gerührt. Dem neuen König konnte man hinsichtlich des Thronwechsels allerdings nichts Böses nachsagen, denn er war vom Entschluss seines Bruders genauso überrascht gewesen wie alle anderen auch. Und da so viele Zeugen bei Takrav Artans Abdankung zugegen gewesen waren, konnte kein Zweifel daran bestehen, dass alles mit rechten Dingen zugegangen war.

Shiriv Artan, der schon drei Söhne gezeugt hatte, während sein Bruder noch ohne Gemahlin geblieben war, bestieg den Thron und begann zu regieren, und weil es ihm wichtig war, Glanz und Macht seines Königtums durch Prunk und Gepränge zum Ausdruck zu bringen, verlieh man ihm im Laufe seiner Herrschaft den Beinamen »Der Prächtige«. Während das Volk Takrav Artan geliebt hatte, hegte es für seinen Bruder keine innigen Gefühle. Dabei kann man durchaus nicht sagen, er sei ein schlechter König gewesen, doch die zwanzig Jahre der Regierung des Älteren blieben leuchtender in der Erinnerung als die doppelt so lange Herrschaft des Jüngeren.

Takrav Artan IV. hatte schon im Jünglingsalter von sechzehn Jahren den Thron bestiegen, da sein Vater Takrav Artan III. vorzeitig verstorben war. Pangir und seine Lande lagen damals von dem langen Ersten Shakarenkrieg schwer verwüstet darnieder, und es war dem jungen König zugefallen, die Wunden zu heilen und das Reich wieder zur Blüte zu bringen. Man sagte damals: »Der Vater hat gesiegt, aber erst der Sohn hat den Sieg in Gedeihen, Wohlergehen und Glück verwandelt.« Die Rastlosigkeit, mit der sich Takrav Artan ganz dem

Wohle seines Landes verschrieben hatte, warf einen Schatten auf Shiriv Artans Neigung zum persönlichen Lebensgenuss. Die Menschen sahen in der Ära des Älteren ein ständiges Wachstum, einen unaufhaltsamen Wiederaufstieg, in der Ära des Jüngeren jedoch Stillstand und Tatenlosigkeit. Dabei ging es ihnen unter der Herrschaft des Jüngeren nicht schlechter als in den letzten Regierungsjahren des Älteren.

Shiriv Artans größter Fehler war jedoch die Willensschwäche, die er gegenüber seinen drei Söhnen an den Tag legte. Als die Prinzen kaum Mannesalter erreicht hatten, begannen sie untereinander einen unaufhörlichen Streit, wer von ihnen würdig sei die Nachfolge des Vaters anzutreten. Nach Jahren des Unfriedens in seinem Hause war Shiriv Artan des Bruderzwists überdrüssig und traf eine verhängnisvolle Entscheidung: Er beschloss, bereits zu seinen Lebzeiten das Reich unter die Söhne aufzuteilen. Er gründete die drei Fürstentümer Gordan, Hordan und Mordan und machte jeden Sohn zum Fürsten eines Landesteils. Den Titel und die Würde eines Königs von Pangir behielt er sich bis zu seinem Tode selbst vor; nach seinem Ableben sollte beides an den ältesten Sohn, den Fürsten von Gordan, und dessen Nachkommen übergehen.

Für den Rest seines Lebens hatte er damit zwar den Streit seiner Söhne notdürftig geschlichtet, doch nach seinem Tode zeigte es sich, dass der Wunsch nach der Oberherrschaft über das gesamte Reich in den drei Fürsten nicht erstorben war, sondern nur geschlummert hatte. Und seit damals herrscht Unfrieden zwischen den drei Teilen des Reiches, obwohl inzwischen schon Shiriv Artans Enkel in Gordan, Hordan und Mordan regieren. Doch jeder von ihnen hegt das Verlangen einziger und allein herrschender König des ganzen Reiches von Pangir zu werden.

So ist es kein Wunder, dass in der Erinnerung die Zeit Takrav Artans IV. von den Bewohnern von Pangir mehr und mehr zum goldenen Zeitalter verklärt wurde. Es gibt nicht wenige – vor allem im einfachen Volk –, die glauben, Takrav Artan sei nicht gestorben, sondern lebe irgendwo immer noch im Verborgenen. Und wenn das Reich eines Tages erneut daniederliege, dann werde der König aus der Ver-

borgenheit hervortreten, wieder den Thron besteigen und ein neues goldenes Zeitalter einleiten.

Doch, wohin ging König Takrav Artan?

Es war eine Bauersfrau aus den Taurischen Bergen, von der ich folgende Sage hörte:

Als Takrav Artan sechsunddreißig Sommer zählte und bereits zwanzig Jahre lang die Bürde des Königtums getragen hatte, da fühlte er sich müde und des Regierens überdrüssig. Ihn überkam eine seltsame Anwandlung: Immer öfter zog er sich die Kleider gewöhnlicher Leute an, verließ durch eine geheime Tür seinen Palast auf dem Schlossberg und mischte sich unters einfache Volk.

Bei einem dieser Streifzüge durch seine Hauptstadt begegnete er auf dem Markt einem Bauernmädchen namens Tirtil, das aus seiner Heimat in den Tälern von Ilemoia im Bergland von Bantan nach Pangir gekommen war, um dort Nüsse aus der Ernte ihres Vaters zu verkaufen – die Nüsse von Ilemoia sind ja in allen Landen der Galtach wegen ihres Wohlgeschmacks und ihrer Nahrhaftigkeit berühmt.

Nun, wie es den Sterblichen so geschieht, überkam den König plötzlich eine Macht, die stärker ist als alle Gewalt der Könige, nämlich die Macht der Liebe, er verlor sein Herz an das Bauernmädchen aus Ilemoia, und das Mädchen Tirtil schloss dieses sein Herz in das ihre, will sagen: Sie erwiderte seine Liebe und war bereit die Seine zu werden. Doch als der einfach gekleidete Mann ihr offenbarte, er sei der König von Pangir und dies der Zweifelnden auch bewies, indem er sie einmal heimlich in den Palast mitnahm und ihr seine Insignien zeigte, da sagte Tirtil, sie wolle aber um nichts in der Welt Königin werden, sondern lieber wieder in die Täler von Ilemoia zurückkehren.

Weil dieses einfache Bauermädchen nun über eine Willensstärke verfügte, die dem Willen des Königs ebenbürtig war, sah sich Takrav Artan auf einmal vor die Wahl gestellt, ob er weiter König bleiben und dafür bis zum Ende seiner Tage auf die Liebe seines Lebens verzichten wolle oder ob er dem Königtum entsagen solle, um dann mit der Frau seines Herzens ein neues Leben in einem Bergdorf in Ilemoia zu beginnen.

Nun, ihr könnt euch schon vorstellen, wie sich nach Meinung der Bauersfrau, die mir diese Sage erzählte, der König entschieden hat: Er dankte ab, verließ den Palast und wanderte Hand in Hand mit seiner geliebten Tirtil den Tälern von Ilemoia in Bantan zu.

Und was danach geschah? Nun, wenn sie sich liebten, dann werden sie wohl Kinder bekommen haben, und ihre Kindeskinder und deren Nachkommen bestellen vielleicht heute ihre Felder an den Ufern der Issava.

So endet denn meine Geschichte, und möge sie euch alle daran erinnern, dass nichts auf der Welt so stark ist wie wahre Liebe, die alle Hindernisse und Standesunterschiede überwindet.

Als Allaun verstummte, klatschten alle und dankten ihm für seine Erzählung. Da noch genug Bier und Wein vorhanden war, wurde weitergezecht und weitergefeiert, doch Yashor war sehr nachdenklich geworden.

Als sich zu später Stunde die Runde auflöste und er mit Yeshem und Yorga ins Haus der Schilde zurückkehrte, gingen ihm immerzu die Namen *Tirtil*, *Issava* und *Ilemoia* im Kopf herum.

Kapitel XVI

Am Tag nach dem Fest mit seiner Gefolgschaft wachte Yashor schon in aller Frühe auf. Trotz des am Vorabend reichlich genossenen Biers war sein Kopf klar, und ihn erfüllte eine eigentümliche Leichtigkeit.

Einer plötzlichen Eingebung folgend, kleidete er sich schnell an, stieg die Treppe im noch morgendlich stillen Haus der Schilde hinab und holte sich Weißstern aus den Stallungen. Noch bevor die ersten Sonnenstrahlen sich über die Rücken der Taurischen Berge getastet hatten, war er unterwegs – zu Yoan o Anarion.

Heute würde der Einsiedler seine Fragen nach der Gottheit Yeshu Christos beantworten müssen, denn weder die Königin noch der Großherzog erwarteten Anarions Besuch. Und überdies würde er auch ein paar Fragen anhängen nach Ilemoia und Issava …

Als er seinerzeit mit Kishik der Spur des flüchtigen Shakaren gefolgt war, waren sie durch einen hochsommerlichen Wald geritten, jetzt hatte jedoch schon sichtlich der Herbst eingesetzt und von seiner Farbpalette reichlich Hellgelb, Flammendrot und Rostbraun in das Laubdach gekleckst.

Die Pfeile, die er damals in die Baumstämme geschnitzt hatte, waren immer noch gut zu sehen, und es kam Yashor überdies vor, als kennte Weißstern den Weg. Der brave Rappwallach brauchte keinerlei Führung und trabte gleichmütig dahin, während Yashor seinen Gedanken nachhing. Der Hirte lächelte versonnen, als er daran dachte, dass er einmal *seinen Yollar* wie einen dingfest zu machenden Schurken verfolgt hatte – es war ihm, als gäbe es eigentlich zwischen jenem eingeschüchterten Aar und Gishmis freudigwilligem Handelsgehilfen keinerlei Verbindung …

Als Yashor an Anarions Haus anlangte, stieg er ab, band Weißstern an den Gartenzaun und klopfte an die blaue Tür. Wie damals,

als er Talik in aller Morgenfrühe wegen seines Wolfstraums aufgesucht hatte, öffnete sich die Tür sofort, als hätte dahinter Yoan o Anarion schon auf den Ankömmling gewartet. Der Einsiedler empfing ihn mit einem warmen Lächeln, und bevor Yashor noch den Grund für seinen überraschenden Besuch nennen konnte, hatte Anarion ihn schon umarmt.

»Komm herein, du Hirt aus Harkin«, sagte er dann mit einem leisen Lachen und wies auf die Tür zu der Kammer, in der sie schon einmal mit Kishik, Yollar und Selva zusammengesessen hatten, »und leiste mir bei meinem Morgenmahl Gesellschaft.«

Yashor folgte ihm in den kleinen Raum und stellte überrascht fest, dass der Tisch für zwei gedeckt war. Hatte der Einsiedler wieder einen Gast? Oder hatte er etwa seinen Besuch erwartet?

Schweigend – fast, als handelte es sich um ein besonderes Ritual – aßen sie dann Haferbrei und Fladenbrot, tranken warme Kuhmilch und zum Abschluss einen kleinen Becher eines öligsüßen Rotweins. Als alles vertilgt war, trug Anarion ab.

Schließlich kam er zurück, setzte sich auf seinen Schemel, rieb sich die Hände und sagte: »Nun denn, Yashor, jetzt verrate mir, warum du mich zu so früher Stunde so überraschend aufgesucht hast.«

Yashor blickte dem Einsiedler ruhig in die Augen. »Ich würde gerne mehr über die Gottheit Yeshu Christos erfahren. Seit ich diese Silberkette mit dem Anhänger trage, in den die Anfangsbuchstaben seines Namens graviert sind, verlangt es mich danach.«

Anarion blickte Yashor still an.

Dem Hirten kam es vor, als schaute ihm der andere mitten in sein Herz und nähme Einblick in seine tiefsten Geheimnisse. Und zur eigenen Verwunderung war ihm diese Empfindung ganz und gar nicht unbehaglich.

»Das Besondere an Yeshu Christos«, begann Anarion, »besteht darin, dass er Gott und Mensch in ein und derselben Person ist. Das kennen wir von keiner unserer Gottheiten. Ipona, Belen Tarnis, Skallu der Alte und wie sie alle heißen mögen, haben eines gemeinsam: Sie stehen über uns Menschen und müssen die Fährnisse des

Menschenlebens nicht am eigenen Leib erleben. Zugegeben, sie erhören und helfen uns – besonders die Große Mutter Ipona tut dies –, aber es besteht doch eine Kluft zwischen ihnen und uns Sterblichen. Bei Yeshu ist das ganz anders. Er hat auf der Erde als Mensch unter Menschen gelebt und an allen Dingen teilgenommen, die zum Menschenleben gehören, auch am Essen und Trinken, Scheißen und Pinkeln, Schlafen und – Sterben ... Ja, er ist sogar gestorben, und das nicht friedlich im Bett, sondern von römischen Soldaten an ein Schandholz genagelt. Wäre er nur ein Mensch gewesen, dann wäre seine Geschichte hier zu Ende. Aber dann brach seine Göttlichkeit durch wie die Sonne durch dunkle Wolken. Er kehrte aus dem Grab ins Leben zurück, und seitdem ist er eine Quelle des Lebenswassers für alle, die sich an ihn wenden.«

»Wie kann das zugehen, dass er Mensch und Gott zugleich ist?«, warf Yashor ein.

»Mit der Erörterung dieser Frage könnten wir leicht einige Stunden zubringen. Schon klügere Köpfe als die unseren haben sich darüber heiß gedacht. Ein Weg wäre, dir die griechische Sprache beizubringen, die ich auf Patmos gelernt habe, damit du die verschiedenen Bücher lesen kannst, die darin über ihn und sein Wirken geschrieben wurden. Da gibt es zuvörderst aufschlussreiche Lebensbeschreibungen, verfasst von fünf Männern namens Mattaios, Markos, Lukas, Tomas und Yoannis. Aber das Lesen ist gar nicht mal unbedingt nötig, wie ich bald erkannte. In einem dieser Bücher fand ich geschildert, wie Yeshu in seinem Heimatort in einer Lehrversammlung aus den alten heiligen Büchern seines Volkes vorlas. Da kam mir der Gedanke: ›Wenn er doch Lesen und Schreiben konnte, warum hat er nicht selbst ein Buch verfasst, in dem alles steht, was er uns mitzuteilen hat?‹ Und mir ging auf, dass all die Bücher nebensächlich sind, wenn man Yeshu anrufen will. Wenn er wirklich Mensch und zugleich Gott ist und in die Herzen aller blicken kann, dann kann auch ein jeder Mensch sich an ihn wenden und unmittelbare und innige Zwiesprache mit ihm halten. Um mit Yeshu Christos in Verbindung zu treten, braucht es daher nach meiner Überzeugung nach weder Tempel noch Priesterschaft wie bei Ipona, Belen Tarnis und den anderen. Du kannst in deinem Herzen unmittelbar zu ihm sprechen, zum Beispiel mit dem Herzensruf ›*Rabbuni Yeshu, Ummi Mirjam*‹. Und er wird dir antworten, das kann ich dir versichern!«

Yoan o Anarion strich sich mit der Hand übers Haar und grinste wie ein Lausbub. »Weißt du, wie ich hieß, bevor ich auf Patmos nach jenem Yoannis den Namen Yoan annahm?«

Yashor schüttelte stumm den Kopf.

»Maru'maktar hieß ich«, Anarions Grinsen wurde noch breiter, »was in der Uralten Sprache ›Wölfetöter‹ bedeutet. Ein Haudegen war ich, ein Draufgänger, fast ein Schlagetot. Als ich zum ersten Mal mit einer Gesandtschaft König Konnars beim Großkönig der Griechen in Byzántion weilte und eine glückselige Nacht hindurch das Lager mit einer leidenschaftlichen Griechin geteilt hatte – Elini hieß sie, nie werde ich sie vergessen«, Anarion schloss einen Herzschlag lang die Augen, »da hörte ich sie am Morgen halblaut zu einem Yeshu Christos als ihren Herrn und Meister sprechen. Sie hatte wohl geglaubt, ich schliefe noch. Ich fuhr also hoch und blickte mich wild nach diesem Yeshu um, der ihren Worte zufolge doch unser Bett zu teilen schien. Aber da war niemand, und als ich Elini eifersüchtig fragte, mit was für einem Mann sie gerade eben geredet habe, da lachte sie nur und sagte, sie habe ihre Gottheit Christos im Morgengebet angerufen. Und dann erzählte sie mir ungefähr das, was ich dir eben gesagt habe. Neugierig geworden, ließ ich mich von ihr anleiten meinerseits Yeshu anzurufen. Ich tat's und er antwortete in meinem Herzen.«

»Was hat er dir erwidert?«, wollte Yashor wissen.

Anarion lachte leise. »Neugierig bist du ja gar nicht, Yashor, was? Nun, es möge dir genügen zu erfahren, dass er mir aufzeigte, was für ein ichbezogener Wichtigtuer und gelegentlicher Rabauke ich war. Er riet mir mein Leben zu ändern. Und das habe ich getan, wie du weißt. Ich übergab die ererbte Burg an meinen jüngeren Bruder, reiste nach Patmos, um bei den dort lebenden Schriftkundigen die über Yeshu geschriebenen Bücher zu studieren und legte den alten Namen ab, um unter mein früheres Leben einen Schlussstrich zu ziehen. Und wurde zu dem glücklichen, zufriedenen Einsiedler, der ich jetzt bin. Und damit es mir in meiner Einsiedelei nicht zu langweilig wird, schickt Yeshu mir immer wieder überraschende Gäste: etwa einen flüchtigen Shakaren, dann einen Spürhund mit einer Niridun-Kriegerin am Bändel und jetzt einen Hirten aus Harkin, der schon längst Yeshu in seinem Herzen hat sprechen hören …«

Yashor blickte Yoan o Anarion überrascht und fragend an.

»Schau nicht so verwundert, Yashor«, sagte Yoan und lachte herzlich. »Was mag wohl der Grund sein, weshalb du extra von Avalanna hergekommen bist, um mich über Yeshu auszufragen? Er selbst hat es dir eingegeben!«

Yoans Blick glich bei diesen Worten dem eines Adlers, der sein Opfer aus höchster Höhe ins Auge gefasst hat und nun wie ein Blitz herabstößt, um es zu schlagen.

Yashor kam es vor, als stieße ihm jemand eine glühende Schwertspitze durchs Herz, und zu seinem grenzenlosen Erstaunen war der Schmerz nicht schrecklich, sondern der Vorbote eines Glücksgefühls, das dann heiß in seiner Brust brannte.

›Was hat denn Kilin-rinnag damit zu tun?‹, schoss es ihm durch den Kopf. Im nächsten Augenblick merkte er, wie seine Hände sich flach aneinander legten und er aufstand und sich vor Anarion verneigte, noch bevor sein Wille den Entschluss dazu hatte fassen können. Heiße Tränen der Freude traten ihm in die Augen.

Anarion erhob sich nun ebenfalls und umarmte seinen Gast stumm.

Yashor spürte, wie ihrer beider Herzen in einem Takt schlugen, und er wünschte sich, alle, die er liebte, könnten die Stimme Yeshus hören.

Als er sich später von Anarion verabschiedete, zog dieser ein kleines Pergamentröllchen aus seiner Kitteltasche, das mit einem Bändchen aus rotem Stoff umwickelt war.

»Hierauf findest du Elinis Morgengebet«, erklärte er. »Sprich es und Yeshu wird dir antworten.«

Yashor dankte mit einer leichten Verneigung und steckte das Pergament in die Brusttasche seines Reiterhemdes, wo es in die Nachbarschaft von Mutters Medaillon, Taliks Quarzsteinbeutel, Anarions XP-Anhänger und – nicht zuletzt – auch des Elbenzeichens geriet.

In der Nacht nach seinem Besuch bei Yoan o Anarion träumte Yashor von seinem Großvater.

Sie standen im Morgengrauen auf einem Feld, und Paval erzählte, das Gut sei von Shakaren verwüstet worden. Yashor bot an es wieder aufzubauen, aber dann bemerkte er, dass sein Großvater viel jünger aussah als bisher, und es wurde ihm klar, dass die Zerstörungen ringsum damals stattgefunden haben mussten, als er im Alter von drei Jahren mit Mutter und Großeltern aus Slantan geflohen war.

Er fragte den Großvater, ob er das Gut in Liss Ivonai meine.

»Nein«, antwortete der Großvater, »natürlich das in Moravánion.« Er lachte, wirkte nun sogar noch jünger und fragte: »Willst du nicht die Leitung des Gutes in Liss Ivonai übernehmen? Oder willst du lieber Krieger werden?«

»Nein, Krieger möchte ich nicht werden«, erwiderte Yashor. »Aber bin ich für die Leitung des Anwesens denn schon alt genug?«

Inzwischen war im Traum der Großvater fast so jung wie Yashor selbst geworden. Er schaute dem Enkel fest in die Augen, bis es dem Hirten ganz schwindlig wurde, und meinte: »Überlege es dir. Bald gehe ich auf eine große Reise, und du könntest statt meiner das Gut leiten …«

Er umarmte seinen Enkel wie zum Abschied und küsste ihn auf Stirn und Wange.

Als der Großvater die Umarmung wieder löste, sich von ihm abwandte und in den Morgen hineinwanderte, erwachte Yashor.

Zwei Tage nach diesem Traum kam ein Bote aus dem Palast herab ins Haus der Schilde und ließ Yashor ausrichten, er solle auf den

Schlossberg kommen, es sei Besuch aus seiner Heimat eingetroffen, der ihn sprechen wolle.

Als Yashor sich am Tor des Palasts meldete, schickte man ihn zu einem Gemach im Westflügel des Erdgeschosses, wo er Irion in ein lebhaftes Gespräch mit Mirdan o Dun Kaprikorn, dem Barden des Herzogs von Stagira, vertieft vorfand. Der Barde, ein zur Fülligkeit neigender Mann Mitte der Fünfzig mit einem buschigen eisgrauen Vollbart, sprang überraschend gewandt auf, als er Yashor hereintreten sah, und begrüßte ihn wie einen Freund mit einer kräftigen Umarmung.

Irion verabschiedete sich, Barde und Hirte setzten sich in eine Fensternische, von der aus man ganz Avalanna bis hin zum Daidun überschauen konnte. Mirdan brachte Yashor mit geschickten Fragen dazu zu erzählen, was sich seit jener Stunde des Abschieds zugetragen hatte – alle Zweisamkeiten mit Amya und Kishik natürlich ausgenommen –, bis hin zu dem Traum der vorletzten Nacht.

Als Mirdan davon hörte, wurde er ernst und sagte: »Dieser Traum hat mit der Botschaft zu tun, die ich dir zu überbringen habe. Paval, dein Großvater, ist schwer erkrankt, und die Heiler bezweifeln, dass er den kommenden Winter überleben wird. Deshalb bitten die Deinen dich, du wollest so bald wie möglich zurückkommen. Ich habe auch ein Schreiben des Herzogs mitgebracht und gerade Irion übergeben, in dem er die Königin bittet dich nach Hause zu schicken. Und wie der Geheimschreiber mir sagte, wird Königin Marjam Herzog Michails Bitte sicher entsprechen.«

Yashor war über diese Nachricht bestürzt und tat einen tiefen Atemzug. Dann nickte er und begann seinerseits den Barden über die Daheimgebliebenen auszufragen.

Als er später wieder in das Haus der Schilde zurückkehrte, wurde ihm bewusst – und er fühlte sich, als hätte er sich bei etwas Unpassendem ertappt –, dass ihn nicht so sehr die Nachricht von der schweren Erkrankung seines Großvaters traurig stimmte, sondern der Gedanke, dass die Rückkehr nach Liss Ivonai auch den Abschied von Kishik und Miram bedeuten würde. Und von Minam.

Während Yashor seine Gefolgsleute einen nach dem anderen von der überraschend bevorstehenden Heimkehr nach Stagira unterrichtete, hielt im Palast Königin Marjam Rat mit Männern ihres Vertrauens, zu denen neben Prinz Shedar, Irion und Nardan auch der stagirische Barde Mirdan o Dun Kaprikorn, ihr Leibarzt Madrad, Yoan o Anarion und der Oberste der Tiefwissenden von Avalanna, ein Greis namens Atamar, gehörten.

»Ihr wisst, meine Vertrauten, dass ich Yashor aus Liss Ivonai – oder Yashor dem Hirten, wie ich ihn lieber nenne – zu tiefem Dank verpflichtet bin, denn die Aufdeckung der Verschwörung des Moltach ist vor allem ihm und seinen Freunden zu verdanken. Ihm für diesen Dienst, den er mir und dem Reich erwiesen hat, lediglich eine Schatulle mit Goldstücken oder dergleichen zu geben wäre einer Königin nicht würdig. Deshalb habe ich beschlossen, Yashor dem Hirten meine Dankbarkeit dadurch zu beweisen, dass ich ihm die Würde eines Ritters verleihe.«

Alle bis auf Prinz Shedar blickten die Königin überrascht an.

»Ich bin mir bewusst«, fuhr Marjam fort, »dass er noch sehr jung ist, gerade erst achtzehn Sommer, und nicht aus dem Holz geschnitzt, aus dem man Krieger macht. Aber hat nicht gerade dieser ›Nichtkrieger‹ erst die zukünftige Impalaris von Harkin und dann die gegenwärtige Königin von Avalanna aus den Schlingen ihrer Feinde gerettet? Wie viele Ritter können sich zwei solche Taten auf ihr Panier schreiben?«

Die Königin machte eine wohl bedachte Pause und schaute jedem ihrer Berater – bis auf Prinz Shedar – in die Augen. Keiner von ihnen hätte noch Einwände oder Bedenken vorbringen können.

»Da ihr aber auch wisst, dass ich mich vor übereilten Entscheidungen hüte, die man nur der Frau in mir und ihrer weiblichen Gefühlsbetontheit zuschreiben würde«, setzte die Königin ihre Darlegung fort, »möchte ich mich trotz allem erst mit euch beraten, bevor ich meine Entscheidung kundtue. Und da trifft es sich sehr gut, dass gestern eine Person eingetroffen ist, die uns etwas über Yashor erzählen kann, und damit meine ich natürlich seinen Landsmann Mirdan, den Barden des Herzogs von Stagira und Ritter von Burg Steinbock am Schwanenberg.«

Mirdan erhob sich von seinem Sitz und verneigte sich kurz.

Als er wieder Platz genommen hatte, fuhr die Königin fort: »Ich bitte dich nun, guter und geschätzter Barde, erzähle uns, was du über Yashor aus Liss Ivonai weißt.«

Der Barde räusperte sich, setzte sich auf seinem Schemel aufrecht hin, legte die Hände auf seine Oberschenkel und begann mit seinem wohltönenden Bass zu erzählen:

Von Yashors Abstammung, Geburt und früher Kindheit

Yashor aus Liss Ivonai wurde in Nissa geboren, der Hauptstadt des Herzogtums Slantan. Von seinem Vater weiß man, dass er Tamtarvach hieß – was in der Alten Sprache von Pangir »Reich an Frieden« bedeutet –, dass er aus dem Dorf Karash an der Issava in den Tälern von Ilemoia in Bantan stammte und von Beruf Heiler und Feldscher war. Er diente als Heilkundiger im Heere des Chagans Bayan-Katun der Baratum und lernte seine Frau Ainan bei einem Urlaub während des Zweiten Shakarenkriegs in Nissa kennen.

Ainan ist die Tochter des herzoglichen Gutsverwalters Paval aus dem Dorf Moravánion in der Nähe von Nissa und einer kräuterkundigen Heilerin namens Tichil vom Ufer des Flusses Omini in Slantan. Paval war damals übrigens auch das Oberhaupt der Schwarzwasserleute in Slantan.

Als Ainan Tamtarvach kennen lernte, war sie gerade zu Besuch bei ihrem Bruder, der die Tochter eines Goldschmieds in Nissa geheiratet und dessen Werkstatt übernommen hatte. Tamtarvach und Ainan begegneten sich im Haus der Heilung in Nissa, wo Tamtarvach sich mit einem dort arbeitenden Studienfreund traf, Ainan aber ihre Schwägerin besuchte, die dortselbst wegen eines schweren Kindbetts in Pflege lag. Der Feldscher aus dem Heere des Chagans und die Gutsverwaltertochter aus den Bergen von Slantan fanden bei der ersten zufälligen Begegnung Gefallen aneinander, sie vereinbarten ein zweites Treffen am folgenden Tag in den Gärten des Herzogs. Zum dritten Mal trafen sie sich im Hause des Goldschmieds. Dort stellte dann Ainan ihren Herzensfreund dem älteren Bruder und dessen Familie vor.

Zwei Tage später rief ein Kurier des Chagans alle in Nissa urlaubenden Krieger des Heeres der Baratum zurück zu den Fahnen. Als Tamtarvach von Ainan Abschied nahm, vereinbarten die beiden, während seines nächsten Urlaubs zu heiraten, und zwar in ihrem Heimatdorf.

Im Sommer des darauffolgenden Jahres fand die Hochzeit statt, und im Dorf Moravánion – das nach der großen und einflussreichen Sippe der Schwarzwasserleute benannt ist – wurde noch lange von dieser ungewöhnlichen Hochzeit erzählt.

Zwar hatte Ainan nach ihrer Rückkehr in die Heimat den Eltern berichtet, dass sie in Nissa den Mann ihres Herzens getroffen habe und ihn bald heiraten wolle, doch ließ der Dienst des Feldschers Tamtarvach im Heer der Baratum, die mit den Shakaren in einem verbissenen Krieg lagen, nicht zu, dass Ainans Herzensfreund die üblichen Sitten der Brautwerbung einhielt, wie sie in den slantanischen Landen, aber auch bei den im Weiten Grasland lebenden Baratum üblich waren.

Seit Ainans Rückkehr aus Nissa kam jeden Neumond und Vollmond ein Kurier in den Farben des Bayan-Katun in das Dorf Moravánion geritten und übergab Ainan eine lederne Briefhülle mit dem Zeichen des Chagans. Aus der Lederrolle holte Ainan einen Brief ihres Liebsten hervor, und während der abarische Reiter in der Schänke der Dorfherberge Hof hielt, trank, schmauste und den gebannt lauschenden Männern des Dorfes die neueste Kunde vom Krieg zwischen Shakaren und Baratum brachte, saß Ainan im Schreibzimmer ihres Vaters, des Gutsverwalters, und schrieb die ganze Nacht hindurch ihren Antwortbrief an den fern im Feld weilenden Verlobten. Und wenn der Kurier des Chagans am nächsten Morgen noch vor Sonnenaufgang sein Pferd wieder zäumte und in den Sattel stieg, kam sie und überreichte dem Boten die Briefhülle, zwei Goldmünzen sowie ein kaltes gebratenes Huhn. Dann besprengte sie ihn mit Segenswasser und wünschte ihm sichere Heimkehr in das Feldlager des Chagans.

Auch in den bitterkalten und schneereichen Wintermonaten war der abarische Kurier – es handelte sich immer um denselben Mann – pünktlich zu Neumond und Vollmond in Moravánion eingetroffen. Im Dorf munkelte man, Ainans Liebster müsse beim Chagan in hohem Ansehen stehen, denn der Herrscher der Baratum habe ja augenscheinlich einen seiner berühmten furchtlosen Kuriere zu nichts anderem abgestellt als zu diesem Briefwechsel zwischen zwei Liebesleuten. Gewisse Leute, die sich für gescheiter und lebensklüger hielten, meinten hingegen, der Austausch der Schreiben zweier Verlobter sei nur ein Vorwand; schließlich sei doch Ainans Vater ein Vertrauter des Herzogs von Slantan. Der Herzog jedoch, dem Titel nach zwar ein Lehensmann des Königs von Pangir, in Wirklichkeit aber ein mehr oder weniger offenkundiger Verbündeter des Königtums von Avalanna, fädele offensichtlich ein Bündnis zwischen dem Lande Bantan und dem Chagan der Baratum ein. Somit handle es sich bei dem Briefverkehr um geheime diplomatische Post zwischen dem Feldlager des Chagans und dem Palast in Avalanna.

Am Frühlingsvollmond des Jahres, das auf die erste Begegnung von Tamtarvach und Ainan folgte, brachte der Kurier auch eine Briefhülle für Paval, das Oberhaupt der Schwarzwasserleute. Doch auch darin war kein Schreiben enthalten, das vielleicht an die königliche Kanzlei in Avalanna weitergeleitet werden sollte, wie die erwähnten klugen und gescheiten Leute angenommen hätten, wäre es ihnen denn zu Ohren gekommen; der Brief war vielmehr an Paval gerichtet, und Tamtarvach bat ihn darin um die Hand seiner Tochter. Ein zweites Schreiben, abgefasst in der Sprache der Baratum, stammte vom Großkanzler des Chagans und bestätigte, dass der Mann Tamtarvach ein Feldscher im Dienste des Chagans Bayan-Katun sei, das Vertrauen des Chagans genieße, und dass der Herrscher der Baratum seinem Feldarzt zur Heirat mit der Tochter des Paval, Oberhaupt der Schwarzwasserleute, ein Geschenk von fünfhundert skythischen Goldmünzen machen werde. Dieses zweite Schreiben war mit dem Siegel,

Namenszeichen und Daumenabdruck des Chagans versehen. Paval, der in seinen jungen Jahren als Rittmeister des vorigen Herzogs gedient und in diesem Dienst viel mit den pferdekundigen Baratum zu tun gehabt und deshalb deren Sprache gelernt hatte, konnte dieses zweite Schreiben ohne Schwierigkeiten lesen.

Hätte er nun nicht Bedenken haben sollen gegen eine Heirat seiner Tochter mit einem im Felde stehenden Heiler und Wundarzt? Oder hatte das Schreiben der Kanzlei des Chagans ihn dazu gebracht, seine Einwilligung zu geben?

Nein, dieses Schreibens hätte es gar nicht bedurft, denn Paval liebte seine Tochter sehr und ließ ihr deshalb ihren Willen, wusste er doch, dass sie sich immer alles reiflich in ihrem Herzen zu überlegen pflegte, bevor sie handelte. Schon als Ainan nach der Rückkehr aus Nissa den Eltern von ihrem Herzensfreund erzählt hatte, war Paval insgeheim entschlossen einer Heirat der beiden nichts in den Weg zu legen. Und als neun Monate lang der Kurier des Chagans Neumond um Neumond und Vollmond um Vollmond Post aus dem Felde brachte und Post aus den Bergen der Schwarzwasserleute zurücktrug, hatte Paval – ohne je mit seiner Tochter darüber zu sprechen – längst erkannt, dass die Liebe dieses nach Meinung der Leute so ungewöhnlichen Paares keine Laune war, sondern eine Fügung des Schicksals und somit Folge tiefer Verbundenheit aus früherem Erdenleben sein musste.

Deshalb zögerte er nach der Lektüre der beiden Schreiben nicht einen einzigen Augenblick, den Ausrufer des Dorfes kommen zu lassen und ihm aufzutragen, er solle überall verkünden, er, Paval, gebe allen Leuten im Dorf und der Umgebung kund und zu wissen, dass in diesem Herbst, zwei Wochen nach dem Erntefest, seine Tochter Ainan Hochzeit mit Tamtarvach, dem Feldarzt des Chagans, halten werde und dass alle, die sich der Sippe der Schwarzwasserleute verbunden, befreundet und zugewandt fühlten, zur Hochzeitsfeier eingeladen seien.

Natürlich gab es in Moravánion und Umgebung so gut wie niemanden, der sich den Schwarzwasserleuten nicht wenigstens zugewandt fühlte, und die meisten waren sowieso irgendwie mit ihnen ver-

wandt oder verschwägert. So wurden überall in der Gegend die Festtagskleider gereinigt und ausgebessert, die Hochzeitsgeschenke hergerichtet, und viele Männer des Dorfes begannen schon zu Beginn des Hitzemonats ein leichtes, aber beständiges Fasten, damit sie sich vom leckeren Hochzeitsmahl umso mehr würden einverleiben können. Die mannbaren Mädchen übten die Hochzeitstänze, die jungen Burschen waren allerdings unsicher und verlegen, da sie nicht wussten, welche Rolle sie bei dieser Hochzeit spielen würden, wo doch der Bräutigam keiner von ihnen war. Doch sie erhielten dann von Paval den Auftrag, die Dorfhalle auszubessern und zu erneuern und einen Grußbogen für den Platz vor der Dorfhalle anzufertigen. Da gab es so viel zu schreinern, zimmern und malern, dass alle jungen Männer beschäftigt waren und keiner mehr murrte über die Braut, die sich ihren Bräutigam aus fremden Landstrichen holte. Das Frauenvolk des Dorfes bekam die Bereitung des Festtagsmahles übertragen; die sangeskundigen Männer wurden gebeten, die altüberlieferten Hochzeitsgesänge würdig und feierlich einzuüben. Auf diese Weise waren den ganzen Hitze- und Erntemond über die Bewohner von Moravánion mit den Vorbereitungen für die Hochzeit befasst, und die Mutmaßungen der Leute, wie der zukünftige Mann von Pavals Tochter wohl aussehen mochte, nahmen kein Ende.

Der drittletzte Tag des Erntemonds, ein Saturnstag, war der festgesetzte Hochzeitstermin. Noch vor Sonnenaufgang befand sich schon ganz Moravánion auf den Beinen und erwartete ungeduldig den Einzug des Bräutigams; immer wieder trat jemand an den Rand des Dorfes und blickte hinab auf die Straße nach Nissa. Denn von dort musste ja die Schar abarischer Reiter heranrücken, die man als Begleiteskorte eines so wichtigen Gefolgsmannes des Chagans für unabdingbar hielt. Doch die Pferdekrieger wollten und wollten nicht kommen.

Umso größer war die Überraschung der Leute von Moravánion, als zwei Stunden nach Sonnenaufgang die Hornbläser alle zum Platz vor der Dorfhalle riefen, um dort das Brautpaar zu begrüßen. Noch größer wurde die Verwunderung, als der Zug von Pavals Haus sich der Halle näherte: Da trat aus dem Gebäude der unscheinbare

Fremde, der am Abend zuvor in Moravánion angekommen war und wortkarg in der Herberge Unterkunft genommen hatte: ein leicht rundlicher Mann durchschnittlicher Größe mit einem einfachen grauen Gewand. Doch auf dem dunkelbraunen Haar trug er den aus Eichenblättern geflochtenen Kranz des Bräutigams, und hinter ihm stand in Festkleidung als Beistand ein junger Mann aus Pavals engerem Sippenverband. Das also sollte der geheimnisvolle Herzensfreund von Pavals Tochter sein? Irgendwie hatten die Leute von Moravánion ihn sich ganz anders vorgestellt: größer, prächtiger, heldenhafter. Aber auf dem Gesicht des Fremden schimmerte eine herzliche Heiterkeit, welche die Gemüter all derer anrührte, die ihn da neugierig beäugten, und auch nicht ein einziger der Hochzeitsgäste gab eine spöttische Bemerkung zum Besten.

Später erfuhr man, dass dringende Verrichtungen im Dienste des Chagans die Abreise des Bräutigams bis zum allerletzten Augenblick verzögert hatten. Er hatte somit nicht mehr die Zeit gefunden, sich ein hochzeitliches Gewand anfertigen zu lassen, wie es in Slantan üblich war, und so heiratete Tamtarvach im grauen Gewand eines Feldschers des Chagans. Und wenn es die Braut und deren Vater nicht scherte, weshalb sollten dann die Leute des Dorfes daran Anstoß nehmen?

Ansonsten verlief das Hochzeitsfest so, wie alle Hochzeitsfeste angesehener und wohlhabender Sippen in Slantan verlaufen: Nachdem die Brautleute vor der Versammlung des Dorfes sich ihr Ehegelöbnis gegeben hatten, sangen die Männer die alten Gesänge, die Mädchen tanzten – von den jungen Burschen angefeuert – die alten Tänze, dann rief das Frauenvolk des Dorfes alle zum Festmahl. Und es wurde getafelt, geschmaust, getrunken, gesungen und getanzt, bis der Mond hoch am Himmel stand und die Hochzeitsfeuer entzündet wurden, und dann wurde wieder gesungen und getanzt, getrunken und geschmaust, bis alle Dorfbewohner übersatt und tief befriedigt, vom Tanz beschwingt, von den Liedern gerührt, sich den Weg zu ihren Betten suchten.

Tamtarvach blieb nach der Hochzeit noch den ganzen Herbstmond im Dorf seiner Angetrauten; die Dorfbewohner lernten ihn als einen umgänglichen, fröhlichen, gesprächsfreudigen Mann kennen, der mit jedem Menschen gut zurechtkam und für jeden ein freundliches, von Herzen kommendes Wort hatte; er verschmähte einen guten Trunk nicht, wurde aber nie betrunken gesehen; er liebte gutes Essen, huldigte aber nicht der Völlerei; er nahm gern am Tanz in der Dorfhalle an den Abenden der Saturnstage teil, tanzte dabei jedoch immer nur mit seiner jungen Frau. Mit den Heilkundigen des Dorfes hielt er manches verständige Gespräch; doch auch an der Arbeit der Bauern, der Schäfer und der Zimmerleute schien er regen Anteil zu nehmen.

Doch am Neumondstag des Nebelmonds erschien der Kurier des Chagans im Dorf und rief den Feldscher Tamtarvach zurück in den Dienst; ein neuer Feldzug der Baratum gegen die Shakaren stand bevor. Tamtarvach nahm Abschied von seiner Frau, seinem Schwiegervater und allen Schwarzwasserleuten und folgte seinem Freund, dem Kurier, nach Norden ins Feld.

Auf den Tag genau neun Monate nach der Hochzeit seiner Eltern wurde Yashor geboren – allerdings einige Tage zu früh, wie die Hebamme behauptete –, am drittletzten Tag des Sonnenmonds, einem Saturnstag. Die Geburt verlief für die eines ersten Kindes ungewöhnlich leicht – sagte die Hebamme –; das Neugeborene stieß seinen ersten Schrei genau in dem Augenblick aus, als die Sonne über dem Horizont heraufstieg. So befanden sich zur Zeit der Geburt sowohl die Sonne wie auch der Aufgangspunkt im Palaste des Löwen, Merkur hielt sich dicht an die Sonne. Der Mond tummelte sich bei den Fischen; Jupiter besuchte den Hof des Zentauren; Venus lustwandelte auf dem Felde des Stiers; Mars betrat gerade den Pferch des Widders. Und Saturn hielt Wache am Berg des Steinbocks.

An dieser Stelle seiner Erzählung musste Mirdan mit einem langen Schnaufer Luft holen. Die Königin nutzte die entstandene Pause, um dem Barden zu danken – Mirdan blickte ein wenig verdutzt drein, als habe man ihn viel zu früh unterbrochen, aber er fing sich ganz schnell wieder, wusste er ja, dass er als Geschichtenerzähler zwar beliebt war, manchmal aber doch der Langatmigkeit und Weitschweifigkeit geziehen wurde – und Marjam erklärte, in seinen Worten habe er schon das Wesentliche dargelegt, was sie zur Beurteilung des zukünftigen Ritters wissen müssten. Dass er im Alter von drei Jahren auf der Flucht mit der Familie nach Stagira gekommen und sein Vater seit dem Zweiten Shakarenkrieg verschollen sei, davon hätten ja die meisten schon Kenntnis.

»Wer von euch hat etwas dazu zu sagen?« Marjam blickte in die Runde.

Irion räusperte sich, schaute Mirdan an und fragte: »Und woher weißt du das alles, was du uns hier so stilvoll vorgetragen hast, o wortseliger Barde?«

Der Barde lächelte versonnen. »Das meiste habe ich von Paval o Morav́nion selbst gehört, einiges von seiner Frau und der Tochter, Yashors Mutter Ainan.«

Dann meldete sich Madrad, der Arzt, zu Wort, und sagte, dass er mit Yashors Vater zusammen die Schule der Heiler besucht habe und Tamtarvach zum letzten Mal im Sommer nach dem Ende des Zweiten Shakarenkriegs in Avalanna begegnet sei. Darauf berichtete er von dem Medaillon Yashors. Er beschrieb das Schmuckstück in allen Einzelheiten, und die versammelte Ratsrunde bekam von Atamar, dem Tiefwissenden des Palasts, die gleichen Erklärungen vorgetragen, die am Abend ihres Festes Allad seinem Freund geliefert hatte.

Während der Ausführungen Madrads und Atamars war Yoan o Anarion immer unruhiger auf seinem Schemel hin und her gerutscht, jetzt ergriff er das Wort und sagte: »Nach allem, was ich über Yashor weiß und heute hier gehört habe, müssen wir die Möglichkeit in Betracht ziehen, dass er ein Nachkomme von Takrav Artan IV. von Pangir ist. Ich möchte nur an die Sagen in Bantan erinnern, denen zufolge der König nach seiner Abdankung ein Bauermädchen aus Ilemoia geheiratet und dann einen Bauernhof an den Ufern der Issava bewirtschaftet haben soll. Und Mirdans Worten nach stammte Tamtarvach ja aus Karash an der Issava. Stimmt meine Annahme, wäre er einer der möglichen Erben der Krone von

Pangir. Takrav Artan IV., der damals noch ohne Weib und Kind war, hat nämlich auf die Krone von Pangir nur für seine Person, nicht aber für seine Nachkommen verzichtet. Vielleicht besteht ja ein Zusammenhang zwischen den Anschlägen auf Yashor während der Reise von Liss Ivonai nach Fari und dieser möglichen Abstammung? So wie ich Maimar Artan von Mordan kenne, würde er jeden beseitigen lassen, der ihm auch nur im Entferntesten die Krone von Pangir streitig machen könnte.«

Nach Yoans Worten legte sich ein Augenblick nachdenklichen Schweigens über die Versammelten, bis Atamar sich mit seiner alterssanften, aber klaren Greisenstimme erneut zu Wort meldete.

»Unter den Tiefwissenden gibt es eine Überlieferung, die besagt, Shiriv Artan der Prächtige sei gegen Ende seines Lebens sehr unglücklich gewesen wegen des Zwistes zwischen seinen Söhnen und der Teilung des Reiches. Und da ihn große Gewissensbisse plagten, ob er nicht in die Geschichtsschreibung als der König eingehen würde, der mit der Teilung des Reiches den Untergang der Länder von Pangir ausgelöst habe, ließ er seinen Tiefwissenden kommen und bat ihn um einen Orakelspruch, wie es um das Reich nach seinem Tod und hundert Jahre später stehen werde. Der Tiefwissende, der die verdüsterte Sicht seines Herrn fürchtete, entwand sich der Aufgabe, indem er dem König sagte, es sei besser, eine Zauberfrau zum Geisterorakel kommen zu lassen. Gesagt, getan. Das Weib geriet in Entrückung und aus ihr sprach Takrav Artan III., der Vater Shiriv Artans und seines Bruders. Auf die besorgten Fragen des Sohnes antwortete der Geist bemerkenswert knapp, und dazu in einem väterlich-freundlichen Ton: ›*Gräme dich nicht, mein Sohn, dein Fehler wird nicht den Untergang unseres Reiches zur Folge haben. Denn siehe, in den Tagen deiner Enkel wird ein Hirte aus Harkin kommen, Pangir heilen und dem Reich wieder Einheit und Frieden schenken.*‹«

Nach diesen Worten verfiel die Ratsversammlung in ein noch tieferes Schweigen.

Jeder hing Gedanken über die möglichen Folgerungen aus dieser überraschenden Eröffnung nach, bis die Königin sanft in die

Hände klatschte und erklärte: »Hiermit verpflichte ich euch alle samt und sonders zur unbedingten Geheimhaltung dieses Gespräches. Denn ihr wisst sehr gut: Würde bekannt, dass es in Yashor vielleicht einen Erben von Takrav Artans Krone gibt, so wäre er seines Lebens nicht mehr sicher, solange die drei Fürstentümer miteinander um die Oberherrschaft ringen. Maimar Artan ließe ihn sicher ermorden. Und wenn Yashor wirklich der vom Orakel vorhergesagte Hirte aus Harkin ist, dann wird er seinen Weg am besten gehen, wenn ihn kein Wissen um seine Vorbestimmung beeinflusst oder belastet.«

Während oben auf dem Schlossberg im Palast die Ratsrunde sich auflöste, nachdem jeder der Männer der Königin in die Hand versprochen hatte zu schweigen, saß Yashor drunten in Ormons Dienstkammer im Haus der Schilde und besprach sich mit dem Wachtmeister über seine in Bälde bevorstehende Rückkehr nach Harkin.

Als alles geklärt war und sich beide erhoben, sagte Yashor wie beiläufig: »Ach, ich habe da noch eine Frage, Ormon. Wie hieß eigentlich der Vater des Schwertmeisters Tarandal, bei dem du gelernt hast?«

»Sein Name lautete Tarkal«, erwiderte der.

»Weißt du zufällig auch, wie seine Mutter hieß?«, forschte Yashor weiter.

Ormon überlegte kurz. »Ich glaube, Tirtil.«

»Ich danke dir«, sagte Yashor und wandte sich zur Tür.

»Sonst noch eine Frage?«

»Nein«, antwortete der Hirte und lächelte geheimnisvoll, »das war schon alles.« Und er ging hinauf, um seine Kammer auszuräumen.

Kapitel XVII

Am Tag nach der Ratssitzung rief Königin Marjam die Schwestern Miram und Minam zu sich, um sich mit ihnen darüber zu besprechen, wie es mit ihnen weitergehen solle. Wenn Miram noch länger in Avalanna bliebe, so erklärte sie, werde dies irgendwann bestimmt den Baratum zu Ohren kommen. Und inzwischen war beim Chagan sicher schon die Botschaft eingetroffen, dass die Braut nie bei den Shunnu angekommen war; der geprellte Vater lenkte seinen Blick gewiss bald in andere Himmelsrichtungen. Man müsse damit rechnen, dass der Chagan dann ihre Auslieferung verlangen und für den Fall einer Weigerung mit Unfrieden drohen werde. Eine ähnliche Lage ergäbe sich, wenn Miram mit Kishik zu den Niridun ginge.

»Deshalb schlage ich vor«, eröffnete die Königin, »dass du für einige Zeit nach Harkin zur Impalaris, meiner Schwester im Amt, ausweichst. Sie wird dich sicher genauso bereit aufnehmen, wie ich es getan habe.«

Miram schien keinen Einwand dagegen zu haben.

»Nun trifft es sich gut, dass Yashor aus Liss Ivonai, den ich binnen kurzem zum Ritter schlagen werde«, fuhr Marjam fort und bemerkte dabei, dass bei dem Wort »Ritter« Mirams Augen sich weiteten, »wegen einer plötzlichen schweren Erkrankung seines Großvaters schon bald, begleitet von seinen Gefolgsleuten, in seine Heimat zurückreisen wird. Wenn du dich seinem Zug anschließen möchtest, stelle ich dir gerne einen deinem Stand gemäßen Reisewagen zur Verfügung und gebe dir auch ein Empfehlungsschreiben an die Priesterkönigin, Morannas Mutter, mit. Außerdem würde ich dir drei Dienerinnen als Begleitung zuweisen und deine Schatulle mit fünfhundert Goldsolidi füllen.«

Mirams erste, spontane Antwort war ein freudiges Lächeln. Auch ihr gefiel diese Lösung, denn aus Rücksicht auf die Wahrung ihres Inkognitos konnte sie in Avalanna nicht viel unternehmen und hatte die bisherige Zeit meist im Palast zugebracht. Moranna zu unterrichten war eine angenehme Beschäftigung gewesen, aber es hatte sie nicht ausgefüllt. Miram hatte ihre Schwester Minam immer um deren Bewegungsfreiheit beneidet. Dass Moranna aber ihre Lehrerin nicht gern hergeben würde, wusste sie, doch ihr würde sie sagen: »Ich warte halt auf dich, bis du nach Harkin zurückkehrst.«

Aber da war noch etwas ganz anderes. Miram hatte sich inzwischen eingestanden, dass sie im Tiefsten ihres Herzens Yashor zu lieben begonnen hatte, überdies hatte sie in ihm endgültig den ihr geweissagten »Hirten aus Harkin« anerkannt. Dass sie ihm gegenüber dennoch große Zurückhaltung an den Tag gelegt hatte, lag nicht nur daran, dass sie sich ihres anfänglich stolzen Verhaltens schämte, sondern auch daran, dass sie glaubte, Yashor habe nur Augen für Kishik. Wie weit die Beziehung des Hirten und der Kriegerin schon gediehen war, wusste sie allerdings nicht, denn Kishik hatte den Freundinnen gegenüber nie auch nur ein Sterbenswörtchen von ihrer leidenschaftlichen Hingabe an Yashor erzählt.

Mirams zweite Antwort war: »Ich danke dir, hochmächtige Königin, denn dein Vorschlag entspricht den Wünschen, die ich in meinem Busen hege.«

Die Königin wandte sich nun an Minam. »Und du, Nagarki?«, fragte sie und lächelte.

Minam blickte ein wenig unsicher zwischen Marjam und Miram hin und her, schließlich schluckte sie und sagte: »Also … es ist nämlich so, dass Kishik jetzt bald nach Banon zurückkehren wird, weil ihre Rache an dem Shakaren erledigt ist. Und ihr wisst ja, dass ich ebenfalls zu den Niridun gehen möchte, um bei ihnen als Kriegerin zu leben. Ehrlich gesagt hängt es mir schon längst kreuzweis zum Hals heraus, einen Mann spielen zu müssen.« Marjam und Miram mussten schmunzeln, wie viel männliche Derbheit Minams Sprache schon angenommen hatte. »Ich will Frau und Kriegerin sein und mich nicht länger verstellen müssen.«

»Und eine Frau, die sich als Mann verkleidet, kriegt auch keinen Mann ab«, warf Miram mit sanftem schwesterlichen Spott ein.

Die drei Frauen sahen sich an und lachten.

»Langer Rede kurzer Sinn«, fuhr Minam fort, nachdem sie sich zwei Lachtränen aus den Augen gewischt hatte, »ich habe Kishik gefragt, und sie nimmt mich gern zu sich nach Hause mit. Ich würde dabei außer Kartal auch gern wieder Kargan einsetzen. Bist du einverstanden, Schwesterherz?«

»Ja und ja«, erwiderte Miram, »ich habe ja auch schon mit Kishik unter vier Augen gesprochen. Und was die Pferde angeht, so kannst du auch Kirdan haben, ich brauche kein Packpferd, wenn ich in einem Wagen reise. Ich will nur Hayat für mich behalten.«

Nachdem somit alles geklärt war, rief die Königin eine Dienerin und ließ Krug und Becher bringen, und während sie von dem süßen Wein tranken, plauderten die drei Frauen über Dinge, die nur Frauen etwas angehen und nicht für männliche Ohren oder Augen bestimmt sind.

Während Miram und Minam bei der Königin saßen, lagen Kishik und Yashor im Bett der Kriegerin und nahmen Abschied voneinander.

»Eigentlich müsste ich dem Shakaren, der über mich herfiel, sogar noch dankbar sein«, sagte Kishik mit einem versonnenen Schmunzeln, »denn ohne ihn hätten sich unsere Pfade vielleicht nie gekreuzt.«

»Ich glaube, Wege, die sich kreuzen sollen, werden das so oder so immer tun«, erwiderte Yashor, »und wenn es sein muss, dann kreuzen sie sich eben auf Umwegen.«

Noch während er dies sagte, ahnte er dunkel, dass dies auch für ihn und Miram gelten könnte. Er schob diese Ahnung jedoch beiseite und ließ stattdessen seine Finger sanft über Kishiks Brüste wandern.

»Sollte dein Geschick dich jemals in die Ebenen von Banon führen«, sprach Kishik weiter und schickte ihre Hände zu Yashors Lenden, »dann weißt du, dass es dort immer ein Zelt gibt, in dem du auf der Lagerstatt eines bestimmten Weibes von Herzen willkommen bist.«

Yashor brummte bejahend, drehte sich Kishik zu und verhinderte mit einem tiefen Kuss, dass noch weitere Worte gewechselt wurden. Jetzt sprachen sie zueinander nur noch in der ältesten Sprache der Menschheit, in der mächtigsten und tiefsten Sprache, die seit Anbeginn der Zeit den Sterblichen eigen ist.

Als der Mann und die Frau, die draußen in der Welt Yashor und Kishik gerufen wurden, einander in dieser Sprache ihr tiefstes Wesen offenbart hatten und zu einem Fleisch geworden waren, wurde – ohne dass sie sich dessen schon bewusst waren – ein Kind gezeugt, eine Tochter, die später einmal *Bigil* heißen sollte, was in der Sprache der Niridun »Hirtin« bedeutet.

Ein Tiefwissender, der den Lauf und die Botschaft der Gestirne zu deuten weiß, hätte vorhersagen können, dass dieses Kind eines fernen Tages als Nachfolgerin seiner Großmutter Kishdun und seiner Mutter Kishik eine mächtige und weise Tarkani der Niridun in den Ebenen von Banon werden würde.

Am nächsten Tag, dem Tag vor der Abreise, wachte Yashor wie so oft in aller Morgenfrühe auf. Er wusch sich, kleidete sich an und holte das Pergamentröllchen mit dem Gebet der Griechin Elini hervor, das Yoan o Anarion ihm zum Abschied geschenkt hatte. Obwohl er die Worte schon so gut wie auswendig kannte, las er sie im morgendlich dämmerigen Licht halblaut vom Pergament ab und legte sein ganzes Selbst in diese Anrufung:

Mein Herr und Meister Yeshu Christos!

Zum Beginn dieses neuen Tages komme ich vertrauensvoll zu dir und bitte dich um deinen Frieden, deine Weisheit, deine Kraft. Gib, dass ich heute die Welt betrachte mit Augen, die voller Liebe sind.

Lass mich meine Nächsten als die Menschen annehmen,
die du durch mich hindurch lieben willst.
Schenke mir die Bereitschaft ihnen mit Hingabe zu dienen
und alles Gute, das du in sie hineingelegt hast, zu entfalten.

Meine Worte sollen Sanftmut ausstrahlen.
Mein ganzes Verhalten soll Frieden stiften.
Möge meine Zunge nur dazu dienen, das Gute hervorzuheben.
Verschließe meine Ohren vor jedem übel wollenden Wort und jeder böswilligen Kritik.
Nur jene Gedanken, die Segen verbreiten, sollen in meinem Geiste haften bleiben.

Vor allem bewirke, o Herr,
dass ich so voller Frohmut und Wohlwollen bin,
damit alle, die mir begegnen, sowohl deine Gegenwart als auch deine Liebe spüren.
Bekleide mich mit dem Glanz deiner Güte und Schönheit,
damit ich dich an diesem Tage offenbare.

Kaum hatte er das Gebet vollendet und zum Abschluss das XR-Medaillon mit der flachen Hand auf die Brust pressend dreimal »*Rabbuni Yeshu – Ummi Mirjam*« gemurmelt, da kam der Geheimschreiber Irion zu seiner Kammer herauf und teilte Yashor mit, was die Königin zusammen mit Miram über deren Reise nach Harkin beschlossen hatte.

Der Hirte nahm die Botschaft mit gleichmütig-freundlicher Miene auf und begann sofort mit dem Geheimschreiber die sich aus diesem Beschluss ergebenden Folgen und Folgerungen zu besprechen.

Insgeheim freute er sich jedoch sehr, denn er hatte schon längst Miram von Herzen lieb gewonnen, ihr dies jedoch nicht gezeigt, da sie ihm immer stolz und unzugänglich erschienen war.

Jetzt empfand er die Aussicht, dass Miram zusammen mit seiner Gefolgschaft nach Harkin reisen würde, als ein Geschenk des Himmels und als einen gewissen Trost, der ihm über die Trennung von Kishik hinweghelfen würde.

Kaum war Irion in den Palast zurückgekehrt, da meldete der Hausknecht Yashor, unten an der Pforte warte ein junger Mann namens Nagarki, der ihn unbedingt zu sprechen wünsche. Der Hirte ging die Treppe hinab und sah Minam in der Tür stehen. Sie hatte sich zum Abschied von Avalanna – am nächsten Tag wollte sie mit Kishik zusammen nach Banon aufbrechen – noch ein letztes Mal ganz in den scheuen Jüngling Nagarki verwandelt.

Yashor begrüßte sie herzlich. Minam war verlegen und brachte stockend und leise die Bitte vor, er möge in Zukunft ihre Schwester Miram genauso beschützen, wie sie, Minam, es bisher getan habe und auch fortgesetzt hätte, wenn sie nicht mit Kishik zu den Niridun ginge.

»Komm doch zu mir herauf und dann unterhalten wir uns in Ruhe weiter«, schlug Yashor vor.

Minam nickte schüchtern und folgte dem Hirten, der durch das stille Haus zu seiner Kammer voranging.

Das Haus der Schilde war so gut wie leer, denn alle befanden sich bei ihren Übungen. Yeshem und Yorga waren schon in den Harkin-Hof umgezogen und bereiteten zusammen mit den Bewohnern des Hauses in der Groppengasse die für den folgenden Tag vorgesehene Abreise vor.

Kaum saßen sie einander auf den Schemeln in Yashors Kammer gegenüber, fragte die angehende Kriegerin unvermittelt: »Wie ist das eigentlich, wenn man sich küsst?«

Yashor war zwei Herzschläge lang verdutzt, dann lachte er leise. »Das kann man nicht mit Worten sagen, man muss es spüren«, erwiderte er und schaute Minam in die dunklen Augen.

Da sprang sie auf, lief die drei, vier Schritte zu ihm hin, murmelte »Zeig es mir!« und drückte ihre trockenen Lippen fest auf die seinen.

Yashor erhob sich sanft, umschlang Minam mit den Armen und erwiderte sacht ihren Kuss. Kurze Zeit später hatte Minam entdeckt, wie eine Zunge sich am Kuss der Lippen beteiligen kann, und Yashor schmeckte einen Mund, der ganz neu für ihn war, anders als der Mund Amyas, anders auch als der Mund Kishiks. Und diese Entdeckung der Einmaligkeit und Unverwechselbarkeit einer jeden Frau durchfuhr ihn wie ein Blitz und weckte ein Verlangen nach Minam in ihm, das so tief zu sein schien wie der Himmelsabgrund seines Wolfstraums.

›Ist sie vielleicht die Frau aus meinem Traum?‹, durchzuckte ihn ein Gedanke.

Minam löste ihre Lippen von Yashors Mund und flüsterte in sein Ohr: »Ich habe gehört, die Männer besitzen da unten etwas, das man bei den Frauen nicht findet.«

»So ist es«, flüsterte Yashor zurück und zwang sich zugleich nicht zu lachen.

»Darf ich Es einmal fühlen?«, wisperte sie fast unhörbar.

»Ganz und gar fühlen, in allem, was es ist und tut?«, wisperte Yashor zurück und musste dabei ein Zittern der Lust unterdrücken.

»Ja«, hauchte Minam.

»Dann soll es sein«, erwiderte er, nahm sie an die Hand und führte sie zu seinem Bett.

»Zuerst muss einmal einiges Störende weg«, murmelte Yashor und knöpfte Minam die Reiterjacke auf.

Verwundert stellte er fest, dass sie kein Hemd darunter trug. Doch das Erstaunen wandelte sich mit dem nächsten Herzschlag in Freude, denn jetzt konnte er sich an den knospenden Brüsten satt sehen. Er streifte Minam die Jacke von den Schultern und begrüßte jeden der beiden kleinen Zwillingshügel mit einem feuchten, warmen Kuss.

»Natürlich stört auch dieses hier«, flüsterte er dann und öffnete Gürtel und Bund ihrer Baratum-Hose.

Flink und geschmeidig schlüpfte Minam aus dem Beinkleid und ließ es achtlos auf den Boden fallen. Yashor strich sanft, fast ehrfürchtig über das schwarze Dreieck aus gelockten Haaren.

»Und bei dir stört auch einiges!«, entgegnete Mirams Schwester glucksend, doch bevor sie noch Hand anlegen konnte, war Yashor aus seinen Kleidern geschlüpft und stand vor Minam, wie er im Bad der Tochter der Raan und im Bad des Palastes der Königin gestanden war.

Der zukünftigen Niridun stand allerdings nicht der Vorwand des Einölens oder Einseifens zu Gebote, um damit ihren Wunsch nach Berührung des männlichen Leibes zu begründen; sie fühlte sich von ihrer Wissbegier und ihrer Sehnsucht nach Zärtlichkeit berechtigt zu ihrem Tun, und Yashor hinderte sie nicht, als sie mit den Handflächen andächtig die Landschaften seiner Haut erkundete und sich dann immer mehr jenem Teil näherte, dessen Abwesenheit zwischen ihren Schenkelbeugen seinerzeit Kishik so überrascht hatte. Sie kniete sich nieder und beobachtete staunend, wie sich unter ihren zarten Liebkosungen Yashors Mannesglied eindrucksvoll aufrichtete.

Doch dann war ein Punkt erreicht, wo die beiden solcherart Erkundungen hinter sich ließen. Yashor legte Minam auf sein Bett, kniete sich zwischen ihre Beine, die er behutsam spreizte, und lehrte seine neugierige Schülerin mit aller Sanftheit und Rücksichtnahme, deren er fähig war, wie mithilfe dieses erstaunlichen Gliedes und der wunderbaren geheimen Pforte des Weibes aus einem Mann und einer Frau für eine gewisse Zeitspanne ein göttergleiches Wesen werden kann, das sich in die Schöpferwonnen der Gottheit versenkt.

Minam wurde bis in die tiefsten Tiefen ihrer Seele aufgewühlt, sie umschlang Yashors Hals mit den Armen und küsste ihn mit leidenschaftlicher Heftigkeit, bis ihr ganzer Leib vom Scheitel bis zu den Fußsohlen vor Lust bebte.

Als Yashor in die Pforte eindrang, durch die noch kein Mann gekommen war, vergaß er in der Welle der Wonne, die ihn jetzt mit sich riss, alles, was sich außerhalb dieses Bettes befand – es gab jetzt auf der ganzen weiten Welt, im unendlichen All nur diese beiden Leiber, die zu einem geworden waren und gemeinsam in die Ströme des Wassers des Lebens hinabtauchten. Noch nie hatte er bisher eine so tiefe Lust, ein so mächtiges Glücksgefühl erlebt wie beim Höhepunkt dieser Begegnung mit Minam. Und da sie beide den Gipfel gleichzeitig erreichten, waren auch Lust, Wonne und

Glück gemeinsam, und es war ihnen, als hätten sie beide nur ein einziges, gemeinsames Herz, das machtvoll und unsterblich in ihnen schlug.

Bis in den späten Nachmittag hinein lagen Minam und Yashor eng umschlungen unter seiner Bettdecke, und in all den Stunden hatte keiner von ihnen gesprochen, denn das gemeinsame Herz, das in ihnen schlug, hatte alle Worte überflüssig gemacht.

Als es draußen zu dämmern begann, kleideten sie sich schweigend, doch selig lächelnd an und gingen Hand in Hand die Treppe hinab und hinaus. Yashor begleitete Minam – immer noch Hand in Hand – bis zum Palasttor, wo er ihr zum Abschied die Innenfläche ihrer Hände küsste. Sie fuhr ihm zärtlich durch die Haare und blickte ihm lächelnd in die Augen. Auch jetzt sprachen sie kein einziges Wort, denn in ihren Herzen sagten sie einander: »Mögen wir auch fern voneinander sein, so werden wir doch nie getrennt sein. Und irgendwann werden wir uns in diesem Leben, in dieser großen weiten Welt wieder begegnen, und es wird sein, als wäre seit dem heutigen Tag kein weiterer Tag vergangen.«

Sie verabschiedeten sich mit einem Händedruck. Minam ging durch das Tor in den Palast. Yashor blickte ihr nach, bis sie verschwunden war, und machte sich dann auf den Weg zum Harkin-Hof.

Schon am Morgen hatten die Schwestern ihre Sachen geordnet und alles für den getrennten Aufbruch vorbereitet. Im Laufe des Tages war Mirams Gepäck schon in dem für sie bestimmten Reisewagen verstaut worden. Minams Habseligkeiten lagen in einer Kammer bei den Stallungen neben Kishiks Reisesäcken bereit, um am nächsten Morgen noch vor Anbruch der Dämmerung ihren Packpferden Kirdan und Kargan aufgeladen zu werden.

Im Laufe des Tages hatte sich Miram von allen verabschiedet, die sie im Palast kennen und schätzen gelernt hatte. Der Abschied von Moranna hatte fast zwei Stunden gedauert. Eingehend hatte sie der Kleinen erklären müssen, warum sie nicht länger in Avalanna bleiben und weder ins Weite Grasland heimkehren noch mit Minam zu Kishiks Sippe reisen könne. Moranna hatte Miram »getröstet«, indem sie ihr erzählte, wie schön Harkin und Stagira seien, vor allem, wenn man sie von der Stadt Bergion hoch oben auf dem Schwanenberg aus betrachte.

»Und Yashor wird gut auf dich aufpassen«, versicherte Moranna der älteren Freundin. »Er ist ein mutiger, tapferer Kerl, und ein ganz lieber Junge.« Dann winkte sie Miram heran. »Ich muss dir etwas verraten.« Sie näherte sich mit ihren Lippen dem Ohr der Chagan-Tochter und flüsterte: »Ich habe es schon einmal geschafft, ihn zu küssen!« Dann grinste sie schelmisch und weidete sich an Mirams Verblüffung. Plötzlich kam ihr der Gedanke, dass die Ältere sich vielleicht zurückgesetzt fühlen könnte, da sie offensichtlich dem »lieben Jungen« noch nicht so nah gekommen war wie sie selbst. Deshalb fügte die zukünftige Impalaris begütigend hinzu: »Aber da hat er dich ja noch gar nicht gekannt. Und dieser Kuss war nur mit den Lippen!«

Jetzt hatte Miram, ihren Gedanken nachhängend, schon zwei, drei Stunden auf die Rückkehr der Schwester aus der Stadt gewartet. Als Minam wie auf Wolken schwebend und versonnen lächelnd den Wohnraum betrat, las Miram der Schwester am Gesicht ab, dass es ihr gelungen war, ihren seit längerem gehegten Wunsch zu verwirklichen: durch eine Begegnung unter vier Augen mit dem Hirten aus Harkin zu erfahren, was ein Mann ist und was es heißt, ein Weib zu sein.

Minam ließ sich neben der Älteren nieder und kuschelte sich an sie. Nach vielen Herzschlägen – nichts war im Raum zu hören, nur das leise Atmen der beiden Baratum – richtete sie sich auf und umarmte Miram stürmisch.

»Ich bin so glücklich, Schwesterherz«, flüsterte sie, »dass ich ein Weib bin, das solche Empfindungen haben kann, und ich bin so froh darüber, dass ich nie wieder in diesem Leben werde einen Mann spielen müssen. Mit einem Manne Liebe spielen ist viel köstlicher, als einen Mann nachzuahmen!«

Sie drückte Miram fest an sich. Dann löste sie sich von der

Schwester, lehnte sich ein paar Zoll zurück und blickte ihr in die Augen.

»Aber das bedeutet nicht, dass ich nicht Kriegerin werden will. Im Gegenteil! Jetzt erst recht! Kishik hat mir gezeigt, dass das geht – Kriegerin sein und doch ganz Weib bleiben.«

Miram lächelte mitfühlend. Ihr fiel ein Stein vom Herzen, dass die Jüngere ihren Weg gefunden hatte und nicht mehr der älteren Schwester als Muttererersatz bedurfte.

Mit behutsamen Fragen entlockte Miram Minam diese oder jene kleine Einzelheit über die Stunden ihres Beisammenseins mit Yashor, und es wuchs in ihr das Verlangen, diesen Hirten aus Harkin ganz für sich zu haben, wenn sie am Ziel der Reise angekommen wären. Dort, in Bergion auf dem Schwanenberg, konnte sie vielleicht Morannas Mutter, die Impalaris, dazu bewegen, Yashor zu ihrem, Mirams, Leibwächter oder Beschützer zu ernennen. Und wenn er dann häufig in ihrer Nähe wäre, würde er sicher spüren, was Mirams Herz für ihn empfand.

Das letzte gemeinsame Spätmahl nahmen die beiden Schwestern zusammen mit Kishik in deren Wohnung ein. Im anschließenden Geplauder beim Wein gingen sie noch einmal alles durch, was sie erlebt hatten, seit die beiden Baratum-Mädchen aus dem weiten Grasland kommend in Avalanna aufgetaucht waren. Und sie versprachen einander, sich so bald wieder zu treffen, wie es nur ginge, sei es in Avalanna, sei es in Harkin oder in den Steppen von Banon.

»Von Irion habe ich einen wichtigen Wahlspruch gelernt, der für uns drei Freundinnen gelten soll«, sagte Miram. »AUN TRINAD ISH LAADIR – in der Dreiheit liegt die Stärke. Wenn wir drei den Rest unseres Lebens zusammenhalten, sind wir unbesiegbar!«

Darauf wurde getrunken, dann riefen sie die Himmelsherrin um Schutz an und umarmten sich zum Abschied, denn Miram wollte sich noch einige Stunden Schlaf vor der Abreise gönnen, während Kishik und Minam mit ihren Begleiterinnen zu einer Zeit losreiten wollten, da es fast noch Nacht war.

Nachdem Miram sich zurückgezogen und das zurückgebliebene Duo alles aufgeräumt hatte, schlug Kishik vor, sie sollten noch ein belebendes und kraftspendendes Bad nehmen, bevor sie die Reisekleidung anlegten.

Als dann beide sich nackt am Rande des Badebeckens gegenüberstanden, nahm Kishik ein Töpfchen aus grünlich glasierter Keramik von der Bank und schraubte dessen Silberdeckel ab. Ein kräftiges Aroma, in dem sich unter anderen die Düfte von Basilikum, Calamus und Latschenkiefer mischten, stieg aus dem Gefäß auf.

»Das habe ich von unserer Zauberfrau«, erklärte Kishik, »es vertreibt die Müdigkeit, gibt Ausdauer und Spannkraft und schafft dem Leib Wärme. Damit reiben wir uns jetzt ein, lassen es einziehen, und danach vertieft das Bad die Wirkung.«

Behutsam begannen die Freundinnen, einander mit zarten Händen die Essenz auf die Haut aufzutragen, vom Hals bis zu den Fesseln wurde keine Körperpartie ausgelassen. Und beiden kam während des Einreibens eine bildhafte Erscheinung des Hirten aus Harkin: Kishik erlebte jene Nacht erneut, als sie vor der Verfolgung des Shakaren zusammen gebadet hatten; für Minam wurde das erst wenige Stunden zurückliegende Erlebnis wieder lebendig.

So waren sie zu zweit zu dritt, und am Ende sagte Kishik: »Du bist kein Mädchen mehr, Minam, du bist zum Weib geworden!«

Minam errötete und nickte. »Ich habe Yashor zum Abschied besucht.« Sie hielt inne, weil sie nicht wusste, ob ein solches Geständnis vielleicht die Freundin eifersüchtig machen würde.

Doch Kishik sah sie nur mit freudig funkelnden Augen und einem mitfühlenden Lächeln an.

»Er hat mich gelehrt, wie herrlich es ist, ein Weib zu sein. Ach, ich kann es gar nicht ausdrücken!« Minam schloss die Augen, legte den Kopf verzückt in den Nacken, streckte die Arme weit aus und wippte auf den Zehen.

Und als sich zwei Arme um ihre Taille schlangen und ein warmer Mund ihre linke Brustspitze küsste, vermeinte sie einen Herzschlag lang, der Hirte aus Harkin sei wieder bei ihr und wolle das

Liebesspiel fortsetzen. Doch sie wusste ja, es war die geliebte und bewunderte Freundin, die ihr nicht minder lieb war als Yashor. So streichelte sie sanft Kishiks Rücken bis hinab zu den straffen Gesäßbacken. Und als ihre Hände nach vorn wanderten, um die Freundin in der Schenkelbeuge zu liebkosen, stieß Kishik einen lustvollen Schrei aus, der einer Löwin alle Ehre gemacht hätte, und stürzte sich mit der Freundin in den Armen ins Badebecken, dass es nur so spritzte.

Durch die Begegnung mit dem Wasser schien die Essenz der Zauberfrau ihre Wirkung erst richtig zu entfalten. Der letzte Rest Müdigkeit war aus ihren Leibern gewichen und hatte einer kraftgeladenen Wachheit Platz gemacht. Alle Gliedmaßen waren plötzlich voller Spannkraft, und in der Leibesmitte quoll eine wohltuende Wärme auf, als sei dort ein zauberisches Feuer entzündet worden.

Und die beiden tummelten sich im Wasser und tollten herum und tobten sich aus, bis Kishiks Dienerin an der Tür des Baderaums klopfte, um damit anzuzeigen, dass es an der Zeit sei, sich abzutrocknen und anzukleiden und für den Aufbruch bereitzumachen.

Kapitel XVIII

Auf Yashors ausdrücklichen Wunsch hin erfolgte sein Ritterschlag ohne Pomp und Gepränge am Morgen der Abreise im Garten des Harkin-Hofs.

Der Wappenschild, den Königin Marjam ihm verliehen hatte, zeigte auf schwarzem Grund einen schräg liegenden goldenen Hirtenstab unter einem goldenen Stern. Der Wappenspruch lautete: AUN TURUL DUBUN DIN, »Schutz auch in tiefster Finsternis«. Beide spielten auf die Abwehr des Überfalls an der Morak-Furt an, sollten aber auch daran erinnern, dass in jener Nacht im Heustadel die Aufdeckung der Verschwörung ihren Anfang genommen hatte. Der Hirtenstab stellte zudem einen verhüllten Hinweis auf den »Hirten aus Harkin« aus dem Geisterorakel des Königs Shiriv Artan dar. Und der goldene Stern zeigte an, dass Yashor durch beide Eltern von jenen Sippen abstammte, die vor mehr als tausend Jahren die Sternenberge verlassen und Harkin, Boiomion und Bantan besiedelt hatten.

Als Königin Marjam Yashor den Lehenseid schwören ließ, nahm sie ihm zugleich die Verpflichtung ab, ebenso treu wie ihr auch den Priesterköniginnen von Harkin – der gegenwärtigen wie der zukünftigen – »zu dienen und nie jemandem zu erlauben zwischen diesen beiden Königinnen, die einander wie Schwestern lieben, Streit zu stiften«.

Moranna, die zukünftige Impalaris, stand dabei und verfolgte mit großen Augen und strahlendem Lächeln die Schwertleite. Als nach dem Ende der schlichten Feier alle zu Yashor traten, um ihm Glück zu wünschen, wartete sie, bis alle vorüber waren und trat dann auf den neuen Ritter zu. Yashor beugte vor ihr das Knie, wie es einem Lehensmann vor seiner zukünftigen Königin geziemt, und Moranna nutzte die Gelegenheit aus, um diesen Ritter, der auch einmal der ihre sein würde, auf den Mund zu küssen. Und mit geheimer, schon nicht mehr bloß kindlicher Befriedigung stellte sie fest, dass diesmal ihrer kecken Zungenspitze eine andere, größere und stärkere ganz kurz geantwortet hatte, bevor Yashor sich wieder erhob und sich mit einem Händedruck von ihr verabschiedete.

Für einen besonderen Höhepunkt des Tages sorgte Gishmi. Als Mirams zweispänniger Reisewagen, mit drei Dienerinnen aus dem Volk der Niridun besetzt, die auch die Aufgaben des Kutschers und der Pferdeknechte übernahmen, gerade durch das Gartentor des Harkin-Hofes auf die Straße hinausfuhr, kam ein zweites Gefährt von der Groppengasse her angeknarrt. Auf dem Kutschbock saßen Gishmi und ein Mann, den Yashor nicht kannte, auf der Bank für die Reisenden drängten sich Yollar, Allaun und Allad.

Gishmi winkte, Yashor trat heran.

»Hast du dir einen Reisewagen gemietet?«, fragte der Yashor lachend.

»Nein.« Gishmi grinste und schüttelte den Kopf.

»Hast du ihn dir etwa gekauft?«, forschte der Hirte und Ritter weiter. Vor drei Tagen hatte er sich das Gold aus der königlichen Schatzkammer geholt und mit seinen Freunden geteilt, wobei er übrigens von seinem eigenen Anteil Yollar ein Dutzend Goldstücke abgegeben hatte, sodass dieser genauso viel bekam wie die anderen Freunde.

»Nein.« Noch mehr Grinsen und Kopfschütteln.

»Ja, was denn nun?«

Gishmi strahlte vor Stolz und Heiterkeit auf dem Kutschbock.

»Dieser gute Mann hier«, er zeigte auf den Unbekannten, der sich mit seinem Aussehen – schwarzes Haar, Mandelaugen, olivfarbene Haut – als Baratum erwies, »heißt Narandik und ist mein Partner. Er bringt seine Pferde, seinen Wagen und sein Wissen in unser Unternehmen ein, und ich mein Geld, meine Verbindungen und mein Geschäft. Dank unserer Zusammenarbeit übernimmt das Haus *Gishmi & Narandik* ab sofort Handelstransporte auf der Strecke Avalanna–Fari und zurück.«

»Warum nicht bis Liss Ivonai oder Bergion?«, forschte Yashor weiter.

»Da müsste man durch Burn Or«, versetzte Gishmi feixend, »und dazu ist es noch zu früh.«

Yashor lachte schallend. »Gishmi, Gishmi, du bist mir einer! Da glaubt man dich zu kennen, und du bereitest einem eine Überraschung nach der anderen!«

Damit winkte er, und der Reisewagen des Hauses Gishmi & Narandik setzte sich in Bewegung. Außer den fünf Männern und deren Habseligkeiten trug der robuste Karren übrigens beträchtliche Mengen an Henna und neuartigen Scheren zur Haarpflege der Damenwelt von Vindubun, Radisbun und Harkin mit sich.

Yashor verabschiedete sich noch einmal von den Umstehenden: von Buran, dem Hausherrn des Harkin-Hofs, von Firgan, dem Nachfolger Moltachs als Oberstem Gutsverwalter der Königin, von Ormon, Nardan, Irion, Yoan o Anarion, Prinz Shedar und Königin Marjam und natürlich von Moranna. Kishik und Minam befanden sich nicht darunter, sie waren schon vor Sonnenaufgang zusammen mit einer Eskorte von zwölf Niridun-Kriegerinnen nach Banon aufgebrochen.

Miram hatte die Verabschiedung schon hinter sich und beobachtete von Hayats Rücken aus, wie ein jeder Yashor die Hand schüttelte und Glück für die Reise wünschte.

Dann stieg er auf sein Pferd Weißstern, das ihm die Königin zusammen mit Ritterschild und Schwert geschenkt hatte. Auch seine beiden Freunde hatten ihre Reittiere aus dem Haus der Schilde übereignet bekommen. Yeshem saß schon ungeduldig auf Rabenschwinge, Yorga hob sich gerade eben in den Sattel von Nachtvogel.

Die Zurückbleibenden klatschten Glück, die vier Reiter verließen den Harkin-Hof und ritten hinter den beiden Reisewagen her, die jener Straße zustrebten, die am Ostufer des Daidun zuerst über die Morak nach Vindubun und dann am Rande der Waldmark entlang nach Radisbun führte.

»Was gibt es von dieser Reise zu berichten?«, fragte später einmal Mirdan o Dun Kaprikorn seinen Zunftbruder im Bardentum, Allaun o Dun Aran, und der kratzte sich an der Schläfe und erwiderte: »Einerseits nichts, denn niemand fiel ins Wasser, niemand wurde gezwungen von einer Brücke zu springen, niemand fand sich in ein brennendes Haus eingeschlossen und kein weibliches Wesen wurde von finsteren Schurken überfallen.«

Und gleich darauf lachte Allaun gutmütig und fuhr fort: »Und doch ist sehr viel geschehen, denn auf der Hinreise nach Avalanna hatten wir nur ein altes Weib und ein kleines Mädel dabei, aber auf der Rückfahrt waren es vier Frauen, die voll in der Blüte ihres Lebens stehen. Und wie jeder Geschichtenerzähler weiß: Es sind immer die Frauen, die Abwechslung, Unvorhergesehenes und Überraschungen in den Alltag der Männer bringen.«

»Wie wahr, wie wahr«, bemerkte darauf Mirdan. »Aber wer war denn außer Miram, der flüchtigen Tochter des Chagans, noch dabei?«

»Gipin, Shunkin und Airan«, zählte Allaun dann auf, »drei Dienerinnen aus dem Volk der Niridun, welche die Königin Marjam der Chagan-Tochter für die Zeit ihres Aufenthaltes in Harkin unterstellt hatte. Ich weiß ja nicht, wer die drei ausgesucht hat – ich habe die Königin selbst in Verdacht, denn sie ist ja auch eine halbe Niridun –, und ich weiß auch nicht, welche Absichten dieser Wahl zugrunde lagen, aber im Laufe unserer Fahrt von Vindubun nach Radisbun verfestigte sich bei mir der Eindruck, dieses weibliche Kleeblatt – *Aun Trinad Ish Laadir*, nicht wahr – sei in den Reisewagen der Miram gesetzt worden, um drei von Yashors Gefolgschaft zur Strecke zu bringen.«

»Wen meinst du damit?«

»Yorga, Yollar und Yeshem, in dieser Reihenfolge.«

»Und wann ging's los?

»In Vindubun natürlich.« An dieser Stelle der bardischen Fachsimpelei begann Allaun halblaut zu singen, denn er arbeitete schon an einem kleinen Liedel für die Fiedel, das folgendermaßen begann: »Zu Vindubun im Weißen Ross, tralalalaa juchheirassa …«

Auf dieser Reise schlief niemand mehr im Freien, sie übernachteten stets in Herbergen und machten als Reisegesellschaft von zwölf Personen, vier Reitpferden und vier Wagengäulen unterwegs viele Wirte froh.

In Vindubun spielten jedoch das Schicksal oder der Zufall oder die Himmlischen oder wer auch immer einen durchtriebenen Streich, der für alle Zeiten einen bleibenden Einfluss auf das ehrwürdige und angesehene Geschlecht der Ritter von Burg Sternlein haben sollte.

Die Reisegefährten nächtigten in einer großen Herberge, die nahe am Daidun lag und Zum Weißen Ross hieß. Das Haus war schon mit vielen anderen Gäste belegt, und es gab nicht mehr für alle richtige Zimmer. Doch als Notbehelf blieben da noch zwei Kammern unterm Dach, und irgendwie kam es in dem allgemeinen Durcheinander bei der Verteilung der Räumlichkeiten dazu, dass eines dieser Gelasse Yorga, das andere aber der Dienerin Airan zugeteilt wurde.

Als Yorga sich nach dem Spätmahl über die steile Stiege in seine Kammer begeben, ausgezogen und gerade ins Bett gelegt hatte, klopfte es, und in der Meinung, es handle sich bei dem Einlassbegehrenden vielleicht um Yeshem oder Yollar, rief der Krieger laut und vernehmlich: »Jaja, komm ruhig herein!«

Als er dann aber aufblickte, wer da durch die Tür käme, sah er eine vermummte Gestalt, die von Kopf bis Fuß in eine große Decke gehüllt war und dieses Tuch so über das Gesicht geschlagen hatte, dass nur die Augen noch frei blieben. Verwundert setzte er sich im Bett auf, die seltsame Erscheinung schloss die Tür hinter sich, schob den Riegel vor, drehte sich wieder um und ließ die Decke fallen. Vor Yorgas überraschten Augen stand da die dralle Airan in all ihrer nackten, üppigen Pracht, umrahmt von ihren dichten schwarzen Haaren, die bis zu den molligen Oberschenkeln fluteten.

»Darf ich zu dir ins Bett kommen?«, fragte sie ohne Scheu. Yorga war so verblüfft, dass er nur stammeln konnte: »Ja gern, aber – aber ich habe noch nie mit einer Frau …« Er schluckte und fuhr sich mit den Fingern durch die Haare.

»Das macht gar nichts«, sagte Airan freundlich, ja warmherzig und setzte sich auf sein Bett. »Ich zeig dir gern, wie's geht.«

Yorga nickte eifrig und ließ sich wieder niedersinken. Airan schlug die Bettdecke auf, fasste mit kundig-erfahrener Hand nach seinem Mannestum und weckte es zu seiner vollen Stärke, was dessen Besitzer mit großen Augen und lustvollen Seufzern beobachtete.

Als sie mit dem Ergebnis ihrer zärtlichen Fürsorge zufrieden war, stieg sie mit einem Bein über Yorga hinweg ins Bett und ließ sich so auf die gespreizten Knie und Unterschenkel nieder, dass sein Glied geschmeidig und fast wie von selbst in die von der Natur dafür vorgesehene geheime Öffnung glitt. Als Ainans Unterleib Yorgas Siegel der Kraft in voller Länge verschlungen hatte, lehrte sie den jungen Krieger, was die amazonischen Niridun meinen, wenn sie sagen: »Ich reite einen Mann.«

Dass eine Frau einem Mann solche Wonnen bereiten kann, hätte sich der kühne Krieger Yorga auch in seinen kühnsten Träumen nicht vorstellen können.

Seit jener Nacht der Lust und Wonne im Weißen Ross zu Vindubun war er der Niridun Airan mit Haut und Haar, ja: mit Leib und Seele verfallen. Der einzige Mensch auf der Welt, der es an Achtung durch Yorga noch halbwegs mit Airan aufnehmen konnte, war sein Herr Yashor. Und gegen diesen Lehensdienst hatte Airan nichts einzuwenden. »Männer brauchen eben solche Sachen«, sagte sie später einmal beiläufig zu ihren Freundinnen Gipin und Shunkin. Aber ansonsten hatte sie ihren Yorga so sehr in der Hand – oder in der Musch, wie Shunkin einmal spöttisch bemerkte –, dass es für ihn außer Airan auf der ganzen Welt keine Frau mehr gab.

Yorgas Hingabe an Airan wurde für alle Welt offenbar, als die beiden in Boiodurion die ganze Gesellschaft einluden mit ihnen in das Heiligtum der Ipona zu gehen, wo sie sich vor den überraschten Versammelten das Ehegelöbnis gaben.

So kam es, dass nach Yorga, Sohn des Ritters Erek o Dun Rinn, alle zukünftigen Ritter von Burg Sternlein bis ans Ende aller Zeiten von einer Niridun aus den Ebenen von Banon abstammen sollten, und durch sie von den Baratum aus den Steppen zwischen der Dunkelsee und dem Varkanischen Meer, und durch die Baratum hinwiederum von …

Lassen wir's. Yoan o Anarion hätte an dieser Stelle vielleicht leise gelacht und gesagt, es gebe Schriften, die erzählten, alle Menschen des Erdkreises stammten von einem einzigen Paar ab, dem Manne Adama und dem Weibe Chavi.

Und Yoan wusste auch, was die Tiefwissenden lehren und die einfältigsten Bauernmägde spüren: Wo immer ein Mann und ein Weib sich liebend vereinen, sind Adama und Chavi am Werk.

In Boiodurion, einer überaus schönen Stadt am Daidun, an den Zuflüssen von Ainu und Ilsisa gelegen – der Ainu kommt aus dem Lande der Boro, die Ilsisa aus der Waldmark –, erwischte es auch Yollar, wie Allaun sich im Gespräch mit seinem Kollegen Mirdan ausdrückte.

Yollar hatte seit jenem Späherdienst im Schwarzen Stier zu Avalanna die Gewohnheit angenommen sich die Haare mit Henna zu färben, und überdies hatte er begonnen in allem und jedem Gishmi nachzuahmen. Man konnte die beiden schon fast für Zwillinge halten. Oder für zwei ineinander Verliebte, wie die spitze züngige Shunkin einmal spöttisch bemerkte. Doch gerade sie selbst sollte herausfinden, dass dieser Verdacht unbegründet war.

Yashor hatte Yollars Verwandlung ebenfalls beobachtet und schrieb sie zweierlei Gründen zu: Zum einen war Yollar kein Galtach, daher fühlte er sich wohl zu dem einzigen anderen Nichtgaltach der Gefolgschaft hingezogen, und da sie somit zu zweit waren, sah er sich in der Minderheit nicht mehr allein. Zum anderen war Yollar nach seinem Erlebnis in der Steppe von Banon allen Kämpfens und Tötens aus tiefstem Herzen überdrüssig geworden, und so zog ihn Gishmi natürlicherweise an, denn der Shawa hatte auch nichts mit Waffengebrauch im Sinn, sondern kämpfte mit Gold, Geld, Waren und gerissenen Einfällen. Die beiden ergänzten sich in jeder Hinsicht gut – bis auf den einen Punkt, der Gishmi noch nicht zu beschäftigen schien, während Yollar dafür schon anfällig war: für die magische Anziehung durch die Weiblichkeit.

In der großen Herberge der Dreiflüssestadt – sie hieß Zum Goldenen Löwen – wimmelte es nur so von Boro, Angehörigen jenes wilden und freiheitsliebenden Bauernvolks, das zwischen dem Daidun und den Sternenbergen lebte und sich selbst die »Bayan-Lait« nannte – was unkundige Baratum und Niridun immer wieder zu der irrigen Annahme veranlasste, die Boro führten ihre Abstammung auf Bayan den Großen zurück, jenen Chagan, der die Baratum von den Ufern des Varkanischen Meeres und der Dunkelsee ins Weite Grasland geführt hatte. Dass die Boro – wie sie von den Galtach genannt wurden – auch eine große Liebe für Pferde an den Tag legten, trug zu dem Irrtum der Baratum verständlicherweise bei.

Sei dem, wie ihm wolle, Gishmi traute den Boro nicht über den Weg, zumal er von ihrer Sprache kein Wort verstand.

Allaun hatte sich übrigens Kostproben der seltsamen Boro-Sprache aufgeschrieben, um sie später in eine seiner Geschichten einzubauen. Hier ein paar Beispiele aus seiner Sammlung:

T'kia keemma.	Die Kühe kommen.
Hoost mi?	Verstehst du mich?
A shiach's waibats!	Eine hässliche Frau.
Kai'n obi!!	Wirf ihn hinab!
Noo'a mass!!!	Bitte, reich mir noch einen Großkrug Bier!

Nun, Gishmi traute also den Boro nicht, und deshalb verurteilte er kurzerhand Yollar dazu, zusammen mit Narandik bei den Reisewagen zu nächtigen, weil er befürchtete, die Boro oder Bayan-Lait trügen ihm sonst Schere um Schere und Hennasäckchen um Hennasäckchen davon.

Narandik hatte es übrigens als echter Sohn des Weiten Graslandes immer schon vorgezogen, im Reisewagen zu übernachten, auch wenn für ihn eine Kammer in der Herberge zur Verfügung gestanden hätte.

Als Gishmi nach dem Spätmahl Yollar diese Anweisung gab, mischte sich Shunkin ein – eine schlanke, für eine Niridun vergleichsweise hoch gewachsene Schönheit mit hüftlangen schwarzen

Haaren, geschmeidigen, langgliedrigen Fingern, einem Kirschenmund, einer makellosen Haut und einem elegant-wiegenden Gang.

Sie meinte, es sei nicht recht, dass sich in Gishmis Wagen zwei Männer auf die Wacht legten, während Mirams Gefährt unbewacht stünde.

»Was ist nun«, maulte sie gespielt schmollend, »wenn die Boro kommen und unsere Kleider, unsere Unterwäsche und unsere Schönheitsmittel stehlen, um sie ihren *shiach'n waiban* heimzubringen?«

Allgemeines Gelächter antwortete ihr, Gishmi lachte mit. Er lief dabei jedoch fast so rot an wie sein Haarschopf. Shunkin zuliebe – für die er eine geheime Zuneigung gefasst hatte, von der er aber nichts verriet – gab er schließlich Yollar die Anweisung, er solle sich in Mirams Wagen verstecken. Da Gishmis Worte für seinen Handelsgehilfen wie Befehle einer Gottheit waren – es gab nur noch eine andere Gottheit, die für ihn höher stand als Gishmi: Yashor nämlich –, schickte er sich freundlich lächelnd in sein Schicksal.

Als die anderen die Schankstube verließen und zu ihren Kammern emporstiegen, kroch Yollar in Mirams Wagen. Und wie er es sich gerade so richtig gemütlich gemacht hatte, um die Nacht angenehm zu verdösen und nur aufzuschrecken, wenn böse Boro nach Kleidern, Unterwäsche oder Schönheitsmitteln griffen, da stellte er zu seinem grenzenlosen Erstaunen fest, dass es bereits jemanden gab, der im Fahrzeug der Chagan-Tochter Wachtposten bezogen hatte, und dieser Jemand war niemand anderer als Shunkin. Und diese Wächterin war unter ihrer Decke splitternackt.

Da Yollar sich nach alter Shakarenvätersitte ebenfalls nackt zum Schlafen niedergelegt hatte, stand Shunkin nun nichts mehr im Wege, um den bislang von Frauen Unberührten in die Geheimnisse der Liebe einzuführen.Und ihre Liebe war so süß und köstlich, dass Yollar bis ans Ende seines Lebens nicht mehr darauf verzichten wollte.

So kam es, dass beim nächsten Halt nach Boiodurion Shunkin und Yollar vor die versammelte Reisegesellschaft traten und einander das Ehegelöbnis gaben. Von da an wachten sie jede Nacht in trauter Zweisamkeit in Mirams Reisewagen.

In Radisbun gelang es übrigens Gishmi wieder einmal, Yashor und die anderen durch einen kühnen Griff zu überraschen. Er machte nämlich dort die Söhne Drassuls des Fischers ausfindig, die Erben des Hauses in Fari, in das Yashor und Yeshem zu dem Brandanschlag gelockt worden waren.

Gishmi kaufte ihnen die Ruine zu einem Spottpreis ab und verkündete beim Spätmahl den in der Herberge zum Roten Hahn Versammelten, er werde sofort nach der Rückkehr nach Fari das Haus abreißen und von dem Gold, das er von Königin Marjam erhalten habe, ein neues Gebäude errichten lassen. Dies solle dann als Stammsitz des Handelshauses *Gishmi und Partner* dienen.

Seinen staunenden Zuhörern blieb nur, ihm durch kräftiges Klopfen auf den Tisch Beifall zu spenden und Glück zu wünschen. Yashor schüttelte den Kopf und grinste breit.

Auch in Radisbun gab es ein Heiligtum der Ipona. Als Yashor und die anderen es besuchten, um der Immerwährend Helfenden für den Schutz zu danken, den sie ihnen bis zu diesem Tage hatte zuteil werden lassen, traten plötzlich und unvermutet Gipin und Yeshem vor das steinerne Bild der Großen, Immerhelfenden Mutter und gaben vor versammelter Gesellschaft einander das Ehegelöbnis.

Wie sie zueinander gefunden hatten, wusste niemand zu sagen. Die spitzzüngige Shunkin hatte zwar einmal unterwegs erwähnt, die mädchenhaft zarte Gipin, die jüngste des Kleeblatts, sei ja noch eine unerfahrene Jungfrau und könne deshalb nicht … und so weiter … Doch schon in Radisbun stimmte dies offensichtlich nicht mehr, denn Gipin eröffnete auf dem Weg nach Fari den Freundinnen, sie sei sich sicher: In knapp neun Monaten werde sie Mutter.

»Das schlägt doch wirklich dem Fass den Boden aus!«, bemerkte Shunkin, und alle lachten.

Yashor und Miram waren zu Beginn der Reise etwas spröde und förmlich zueinander gewesen, aber dann lernten sie sich in langen Gesprächen näher kennen. Sie unterhielten sich oft auf dem Rücken ihrer Pferde, wenn sie weit vor oder hinter den Reisewagen langsam nebeneinander her ritten.

Miram war froh, als sie merkte, dass Yashor offenbar sein Herz nicht an die Kriegerin Kishik verloren hatte. Nichts in seinem Verhalten deutete darauf hin, dass er unter Sehnsucht litt oder von Trennungsschmerz gequält wurde.

Manchmal überkam sie jedoch das Heimweh nach dem Weiten Grasland, aber Yashor versicherte ihr dann immer wieder, sie werde bestimmt eines Tages gefahrlos in die Heimat zurückkehren können. Und während ihrer langen Gespräche berichtete er ihr nicht nur von Harkin, Stagira, Liss Ivonai, seinen Großeltern, der Mutter und dem verschollenen Vater – der seinerzeit in Diensten des alten Chagans auch dessen Sohn, Mirams Vater, gekannt haben musste –, sondern er erzählte auch vom Westlichen Meer und von der Prinzessin Lavris, die aus Sehnsucht nach jenem unermesslichen Ozean das halbe Volk von Dun Aran aus Harkin an den Westrand der Welt geführt habe, weshalb seitdem die größte der Westinseln nach ihr Larissa heiße. Allauns Lieder über Lavris und den Zauber des Meeres hätten in ihm den Wunsch geweckt, wenigstens einmal in diesem seinen Leben jene Eilande zu besuchen.

»Und wenn auch du einmal auf den Spuren der Lavris o Dun Aran wandeln willst, kannst du gerne mitkommen auf die Reise«, fügte er dabei an.

Diese Worte weckten große Freude in Mirams Herz, denn sie entnahm ihnen die Botschaft, Yashor wünsche sich, dass sie auf immer bei ihm bliebe.

Kapitel XIX

Als sie nach Fari kamen, fand dort gerade das Große Herbstfest statt. Alle Straßen der Stadt waren für die Dauer von zwei Wochen in einen einzigen großen Markt des Vergnügens und der Lebenslust verwandelt. Zwischen den Festbuden, die mitten in der Stadt aufgestellt waren, drängten sich Besucher von nah und fern und sorgten für Leben, Trubel und Heiterkeit.

Doch hinter der Fassade der allgemeinen Fröhlichkeit versteckten sich große Sorgen.

Der alte Fürst der Stadt war sterbenskrank, hatte sich jedoch immer noch nicht dazu durchringen können, einen Erben zu benennen. Die Einwohner von Fari befürchteten, die benachbarten Fürsten könnten versuchen sich nach dem baldigen Tod ihres eigenen Herrschers der Stadt zu bemächtigen.

Außerdem waren die inneren Spannungen und Eifersüchteleien zwischen den drei Stadtteilen noch gewachsen. Sie stritten sich jetzt darum, wem von den drei Gottheiten der Primat gebühre. Es war nämlich ein Mann aus Byzántion im Griechenlande namens Paulos aufgetaucht, der behauptete, er sei der Sendbote einer neuen Gottheit namens *Yesus Christós*. Für diese Gottheit interessierte sich in Fari eigentlich niemand, aber Paulos hatte bei seinen Bekehrungsversuchen dem lauschenden Volk immer wieder eingehämmert, es könne nur einen einzigen wahren und obersten Gott geben. Paulos hatte fast zwei Monate für Unruhe gesorgt, bis Uval, der Kanzler des Fürsten, und Krimar, der Hauptmann der Stadtwache, ihn mit einem gewissen Nachdruck gebeten hatten die Stadt zu verlassen. Dann werde er eben in die Waldmark und nach Avalanna gehen und dort seine Botschaft verkünden, hatte Paulos von Byzántion trotzig erwidert.

Infolge seiner auf öffentlichen Plätzen vorgetragenen Reden

hatte sich bei nicht wenigen der Gedanke festgesetzt, dass nur eine der drei in Fari so einträchtig und einträglich verehrten Gottheiten die wahre sein könne. Weil aber jeder Stadtteil die Aufassung vertrat, in diesem Falle müsse dann jeweils die eigene Gottheit die richtige sein, entstand viel Streit unter den Bürgern, der manchmal schon an den Zwist zwischen den drei Fürstentümern von Pangir erinnerte.

Als Yashor nun mit seinem Gefolge in Fari einzog und unter den Einheimischen sich die Kunde verbreitete, jener Hirte, der damals im Blütenmond die Stadt vor der Feuersbrunst gerettet hätte, sei jetzt als Ritter aus der berühmten Königsstadt Avalanna zurückgekehrt und sein Vasall Gishmi habe das abgebrannte Haus Drassuls des Fischers gekauft und wolle auf den Grundstück den Stammsitz seines Unternehmens errichten, das noch mehr Handel, Wandel und Wohlstand in die Stadt brächte, da luden sie den Ritter und Liebling der Himmlischen als Gast zu einer Ratsversammlung in die Halle der Bürger ein. Und als Boron o Fari, der sterbenskranke Fürst, davon hörte, ließ er sich trotz all seiner Gebrechen von Dienern auf einer Trage dorthin bringen, damit er diesen Gast mit eigenen Augen und Ohren erleben könne.

Bei dieser Versammlung kam natürlich der Streit zwischen den drei Stadtteilen zur Sprache, den Gishmi sogar noch unwissentlich geschürt hatte. Denn wie der Zufall – oder die Arglist jener mordanischen Schurken – es wollte, würde sich sein zukünftiger Stammsitz in der Südstadt befinden, was in den beiden anderen Stadtteilen natürlich sofort Neid und Missgunst weckte.

Als man Yashor bat, er möge als weit gereister und weltläufiger Mann seine Meinung dazu äußern, holte er aus einer Innentasche seines Gewandes ein getrocknetes dreiblättriges Kleeblatt hervor, das Miram unterwegs am Ufer des Daidun gepflückt, getrocknet und ihm geschenkt hatte.

Er hielt das Pflänzlein hoch, sodass es alle sehen oder doch zumindest erahnen konnten, und sagte: »Seht dieses Kleeblatt hier. So etwas kennt ihr doch, oder? Es sind drei und doch ist es eins. Drei sind eins. Kennt ihr nicht den uralten Spruch der Tiefwissenden: AUN TRINAD ISH LAADIR? In der Dreiheit liegt die Stärke, oder auch: Dreieinigkeit ist unbesiegbar.«

Zuerst waren die Bürger so verwundert, dass sich eine große Stille über die Halle legte. Dann begann man zu klatschen, irgendjemand rief keck: »Aun Trinad ish Laadir«, andere nahmen den Ruf auf, schrien mit, brüllten mit – die ganze versammelte Bürgerschaft von Fari jauchzte fast eine Viertelstunde lang wie in einem Rausch einander zu, dass in der Dreiheit ihre Macht liege.

Als man sich endlich erschöpft hatte und wieder Ruhe in der Halle einkehrte, gab der greise Fürst ein Zeichen, er wolle das Wort ergreifen. Es wurde mucksmäuschenstill, denn es war schon viele Jahre her, dass Boron in der Öffentlichkeit zu seinen Bürgern gesprochen hatte.

Der Greis verkündete mit überraschend klarer und fester Stimme, er habe sich endlich entschlossen einen Erben seines Amtes zu benennen.

Alle blickten gebannt auf seine Lippen.

Sein Erbe, erklärte der Fürst, komme aus keinem der drei Stadtviertel. Somit könne er unparteiisch und unvoreingenommen gegenüber dem einen oder anderen Ortsteil regieren.

Es wurden Seufzer der Erleichterung laut.

Überdies habe der Nachfolger, den er jetzt gleich zu ernennen gedenke, die besten Beziehungen zu den beiden Königinnen von Harkin und Avalanna, was ja nur zum Nutzen und zur Sicherheit der Stadt beitragen könne.

Es erhob sich Gemurmel der Zustimmung.

Die vorletzte Amtshandlung, die er selbst noch vornehme, fuhr der Fürst fort, sei diese: Er erkläre hiermit das Kleeblatt zum Wappen von Fari und »AUN TRINAD ISH LAADIR« zum Wappenspruch der Stadt.

Beifallklatschen brandete auf.

»Nun denn«, sagte der Fürst und kam zum Ende seiner kleinen Rede, »hiermit ernenne ich den Ritter Yashor aus Stagira zu meinem Nachfolger als Fürsten dieser Stadt.«

Einen Herzschlag lang herrschte Stille, dann brach ein ähnlicher

Beifallssturm aus wie zuvor, nur dass diesmal die Bürger fast eine halbe Stunde lang »*Yashor, Yashor, Yashoor!*« riefen und dabei hüpften und herumtanzten, als befänden sie sich auf dem Tanzboden.

Diese halbe Stunde reichte für Yashor gerade aus, um sich zu fassen. Er stand reglos da wie eine steinerne Statue und überlegte, ob die Himmlischen ihm hier ein Geschenk gemacht oder doch eher eine Strafe auferlegt hätten.

Als die Menge sich wieder beruhigte und vom Ältesten des Bürgerrats nach Hause geschickt wurde, trat Yashor zu der Trage des Fürsten, um mit ihm zu sprechen, doch der Greis war eingeschlafen. Über seinem blassen, mageren Gesicht lag ein kindliches Lächeln. Die Diener wollten ihren Herrn nicht wecken, sondern trugen ihn behutsam zurück in sein Haus.

Yashor kehrte mit den anderen, die ihn begleitet hatten, in die Herberge zum Weißen Schwan zurück. Die Gefolgschaft versammelte sich in der Großen Stube, und hier vollzog Yashor ohne Wissen des Fürsten oder der Bürger von Fari seine erste Amtshandlung als Borons Erbe: Er ernannte Yorga zu seinem Stadtvogt in Fari und trug ihm auf vorerst in dem neuen Haus zu wohnen, das Gishmi bauen wollte.

Der Krieger war einverstanden, denn so musste er nicht sofort nach Stagira zurück, und über sein Versagen an der Morak-Furt konnte in Ruhe Gras wachsen, und Gishmi strahlte, denn in seinem Kopf rechnete er sich schon aus, dass unter diesen Umständen Yorga oder Yashor oder die Stadt Fari gerechterweise zu den Baukosten und zum Unterhalt des neuen Hauses beitragen müsse oder würde. Und so war mehreren Seiten gedient, auch dem Paar Shunkin und Yollar, denn Yashor bestimmte nämlich, Yollar solle in der Stadt bleiben und je nach Bedarf Yorga oder Gishmi unterstützen.

Damit hatte das neue Haus, das noch gar nicht gebaut war, schon fünf Bewohner: Gishmi, Yorga und Airan, Shunkin und Yollar. Ach ja, Narandik gehörte auch noch dazu, aber der würde entweder im Dienste des Handelshauses unterwegs sein oder sowieso in seinem Reisewagen schlafen.

Ein kleiner Zufall war schließlich schuld daran, dass die bereits in Vindubun begonnene Serie überraschender Eheschließungen in Fari ihren krönenden Abschluss fand.

Als fast alle die Gaststube verlassen hatten, baten Allaun und Allad Yashor noch einmal ihnen sein Medaillon zu zeigen. Es gebe da noch etwas, über das sie nachforschen wollten. In diesem Augenblick trat Miram in die Stube, weil sie eine Frage bezüglich der Weiterfahrt hatte. Da fiel ihr Blick zufällig auf das Medaillon, das Allaun sich gerade vors Auge hielt. Sie erkannte sofort, dass dieses Schmuckstück der Zwilling dessen war, das ihre Großmutter Tirdal ihr zum Abschied geschenkt hatte. Die Erkenntnis traf sie wie ein Blitz und wie zu einer marmornen Statue erstarrt blieb sie stehen, bis Allaun und Allad ihre Wissbegier gestillt und und die Stube verlassen hatten.

Yashor schaute sie fragend an, aber sie nestelte nur stumm am Halsausschnitt ihres Kleides herum und holte dann wortlos das eigene Medaillon hervor.

Jetzt schlug der Blitz in Yashor ein.

Als beide sich aus ihrer Erstarrung gelöst hatten, gingen sie wie Schlafwandler in wortlosem Einverständnis in Mirams Kammer hinauf.

Dort saßen sie sich dann die ganze Nacht gegenüber und redeten leise über alles, was sie über die verschlungenen Pfade ihres Schicksals erfahren und sich zurechtüberlegt hatten.

Es ergab sich, dass Tirdal, Mirams Großmutter, natürlich niemand anderer war als die Schwester des Schwertmeisters Tarandal. Da Tarandal und Tirdal die Kinder des Paares Tarkal – früher in Pangir: Takrav Artan IV. – und Tirtil waren, hatten Miram und Yashor in jenem abgedankten König von Pangir und dem Bauernmädchen aus den Tälern von Ilemoia gemeinsame Urgroßeltern. Das bedeutete, ihrer beider Schicksale waren schon miteinander verflochten gewesen, bevor sie auch nur im Traum voneinander gewusst hatten.

Im Traum? Yashor erzählte Miram jetzt seinen Wolfstraum, und während er noch sprach, gelangte er zu der Überzeugung, die unbekannte Frau könne niemand anderer sein als Miram, seine zukünftige Gemahlin.

Miram ihrerseits berichtete über das Orakel der Ipona-Priesterin am Pass von Ushgur, und sie lächelte ihn glücklich an und sagte, niemand anderer als er sei jener »Hirte aus Harkin«, der ihr den Weg weisen werde. Und den Weg gewiesen habe er ihr ja schon reichlich, von Avalanna bis Fari. Und werde es bald auch weiterhin tun, nach Liss Ivonai und Bergion.

Kaum dämmerte der Morgen, da gingen sie zu zweit zum Heiligtum der Ipona und gaben sich in Gegenwart der drei Priesterinnen vor dem steinernen Bild der Großen Mutter das Ehegelöbnis.

Danach schritten sie Hand in Hand durch das erwachende Fari zu dem kleinen See mit dem Inselheiligtum Skallus des Alten. Der geschäftstüchtige Priester befand sich schon auf Posten. Yashor und Miram waren das erste Paar, das sich an diesem Tag zur Insel rudern ließ. Der Priester zeigte mit keiner Miene, ob er Yashor von dessen früherem Besuch her noch kannte; er verkaufte fröhlich den Frischvermählten ein silbernes Täfelchen mit dem Abbild des Gottes Skallu und seiner Frauen Airakur und Nantosvelta.

Während der Diener des Gottes schweigend das Boot ruderte, überlegte Yashor, welche von den Schwestern Miram und Minam wohl die Airakur sei und welche die Nantosvelta.

Auf der Insel angekommen, verließen sie schweigend den Kahn und suchten sich eine Hütte aus, die im Inselinneren zwischen Erlen, Weiden und Holunderbüschen verborgen lag.

Die Hütte war mit einer großen, weichen, sauberen Decke ausgelegt, die offensichtlich erst zum Beginn dieses Morgens ausgebreitet war und einen kräftigen Nardenduft verströmte. Immer noch schweigend, als vollzögen sie ein vorher verabredetes Ritual, entledigten sich beide ihrer Kleider und legten sie ordentlich in je eine Ecke der Hütte.

Dann ließ sich Yashor im Fersensitz auf der Decke nieder. Miram trat zu ihm und kraulte ihm die Haare. Er zog sie näher an sich heran und küsste sie fast ehrfürchtig auf das Dreieck aus schwarzen Locken.

Nach einem Dutzend Herzschlägen spreizte Miram langsam die Beine und ließ sich, das Gesicht Yashor zugewandt, sachte auf seinem Schoß nieder, bis seine Mannheit ganz zart und geschmeidig in ihre Weibheit glitt. Als sie ganz auf seinen Oberschenkeln saß, umklammerte sie mit ihren Beinen seinen Rücken und schlang ihre Arme um seinen Hals. Dann vereinigten sich ihre Münder zu einem tiefen Kusse, wie sich schon beider Geschlecht vereint hatte.

In dieser Haltung verharrten sie in seliger Gemeinsamkeit, bis nach einer Zeitspanne, die nur jenseits der irdischen Zeit gilt, eine solche Flut an Wonne und Lust und Glück in ihnen aufbrodelte, dass sie alles um sich herum und auch Miram und Yashor vergaßen und zu Adama und Chavi wurden – den von Ewigkeit her ersten Menschen der Welt.

Als die Verzückung und Entrückung abgeklungen war, hörten die nunmehr Vermählten, dass in anderen Hütten andere Paare wesentlich lauter zu Gange waren. Lächelnd lösten sie sich voneinander, kleideten sich in glücklich-zweisamem Schweigen an und begaben sich in das Boot, das sie wieder in die Welt der Sterblichkeit zurückbrachte.

Zum Schluss stiegen sie noch den Turm des Belen Tarnis empor. Oben tat wieder jener junge Priester Dienst. Er erkannte Yashor sofort und begrüßte ihn herzlich. Als der Hirte ihm dann seine frisch angetraute Frau vorstellte, kannte die Begeisterung des Mannes fast keine Grenzen mehr, denn er wusste ja schon längst, dass er hier mit dem zukünftigen Fürsten von Fari und dessen Gemahlin sprach.

Wenn der Erbe des Fürstenamtes am Vormittag seiner Eheschließung zusammen mit seiner jungen Angetrauten den Turm des Himmelsgottes bestieg, dann konnte sich die Priesterschaft des Belen Tarnis von seiner zukünftigen Regierung doch wohl mit Fug und Recht Wohlwollen und Förderung erwarten.

Als dann neue Pilger die Aufmerksamkeit des Priesters auf sich zogen, trat Yashor mit Miram an die Brüstung des Söllers. Es war ein ausnehmend klarer Tag. Er zeigte ihr den im Westen in der Ferne sichtbaren Schwanenberg und sagte, dort oben liege Bergion und am Fuß des Berges der Ort Liss Ivonai, was in der stagirischen Mundart so viel bedeute wie »der Hof der Ipona«.

Als sie in den Weißen Schwan zurückkehrten, herrschte dort eine gewisse Aufregung, da niemand wusste, weshalb und wohin die beiden verschwunden waren. Nachdem sie den Freunden dann erklärt hatten, sie seien dem Beispiel der früheren drei Paare gefolgt, gab es erst Verblüffung, dann Staunen und zum Schluss Heiterkeit. »Also hat am Ende doch jede von uns vieren den richtigen Mann abbekommen«, bemerkte Shunkin und gluckste fröhlich.

Yashor beauftragte Gishmi, zusammen mit dem Wirt des Weißen Schwans auf seine – Yashors – Kosten für ein festliches Mittagsmahl und ein fröhliches Abendessen zu sorgen. Und es wurde dann bis tief in die Nacht hinein vergnügt und zuletzt ausgelassen gefeiert und getafelt, geschmaust und getrunken, gesungen und getanzt; schließlich feierte man ja nicht nur die Hochzeit von Yashor und Miram und den anderen drei Paaren, sondern auch einen kleinen Abschied, da »Gishmis Gruppe«, wie die fünf bis sechs Bewohner des zukünftigen Hauses jetzt hießen, in Fari bleiben würde.

In der Stadt zurück blieb übrigens auch der Reisewagen, den Königin Marjam Miram geschenkt hatte. Yashors Frau gab ihn an das treue Wächterpaar Shunkin und Yollar weiter, welche wiederum sofort von Gishmi zu Geschäftspartnern erklärt wurden, wodurch sich der Wagenbestand von Gishmi & Partner im Handumdrehen verdoppelt hatte.

Am nächsten Morgen ging Yashor zusammen mit Yorga – während die anderen packten und den Abschied von Fari vorbereiteten – zum Haus Borons, des Stadtfürsten von Fari. Die beiden Wachen am Tor des kleinen Palastes gleich neben der Halle der Bürger schienen ebenso erstaunt zu sein Yashor wieder zu sehen wie Krimar, ihr Hauptmann, den sie herbeiriefen.

Der Hauptmann seinerseits rief Uval, den Kanzler des Fürsten, der zwei Herzschläge lang Yashor anstarrte, als hätte er eine Erscheinung. Dann zog der Kanzler die Augenbrauen hoch und fragte: »Was ist dein Begehr, o Yashor aus Liss Ivonai?«

»Ritter Yashor aus Stagira«, korrigierte ihn Yorga. Uval blickte ihn fragend an. »Und ich bin der Krieger Yorga, Sohn des Ritters Erek o Dun Rinn, des Erbmundschenks der Herzöge von Stagira.«

Yorgas Einwurf schien den Kanzler mehr zu beeindrucken als Yashors Person, denn noch bevor der Hirte äußern konnte, er wolle den Fürsten sprechen, winkte der Kanzler, sie sollten ihm folgen. Und ihrerseits gefolgt vom Hauptmann der Stadtwache betraten sie das Haus des Fürsten, gingen einen langen Gang hinab, eine Treppe hinauf und standen dann vor einer prächtigen Tür, die sich auf Uvals Klopfen hin von innen öffnete.

Sie kamen in eine schmucklose große Kammer, in deren Mitte der greise Boron in Decken gehüllt auf einem großen Lehnsessel mehr lag als saß. Daneben stand ein breiter Tisch, der mit Dokumenten aus Papyrus und Pergament überhäuft war. Bei dem Fürsten, der jetzt hellwach wirkte, befand sich ein mittelgroßer Mann, dessen ausgedehnte Scheitelglatze von einem dunkelbraunen Haarkranz umgeben war und dessen struppiger dunkler Schnauzbart ihm das Aussehen eines neugierigen Fischotters verlieh.

»Sei willkommen, Yashor, mein Erbe!«, begrüßte ihn der Fürst mit klarer, fester Stimme. »Und gestatte mir, dass ich dir bei dieser Gelegenheit meine wichtigsten und treuesten Mitarbeiter vorstelle. Uval«, er wies auf den älteren Mann mit dem dunkelblonden schütteren Haar und dem eckigen bartlosen Gesicht, »meinen Kanzler und Schatzmeister hast du ja schon gesehen, und ebenso Krimar«, er zeigte auf den jüngeren, ebenfalls bartlosen Mann mit dem zerzausten Haar, »den Hauptmann meiner Stadtwache. Und das hier«, der Finger des Fürsten deutete auf den Fischotter mit der Scheitelglatze, »ist Krimars älterer Bruder Kriman, mein Oberster Richter und Schlichter. Und wen darf ich in deinem Begleiter begrüßen?«, fragte er und wies mit dem Kinn in Yorgas Richtung.

»Das ist Yorga o Dun Rinn, ein Krieger des Herzogs Michail von Stagira, der auch in der Palastwache der Königin Marjam von Avalanna gedient hat. Sein Vater ist Ritter Erek, der Erbmundschenk der Herzöge von Stagira. Ihn habe ich gestern nach meiner

Benennung zu deinem Erben, o Fürst, meinerseits zu meinem Stadtvogt in Fari ernannt. Er wird fürderhin in Fari wohnen und die Verbindung zwischen mir und dir und der Stadt aufrechterhalten.«

»Ein guter Gedanke, eine gute Wahl!« Der Fürst nickte anerkennend. Dann reckte er sich ein wenig auf seinem Lager und sagte zu seinen engsten Mitarbeitern: »Und nun, meine lieben Freunde, lasst mich bitte eine Weile allein. Ich möchte mit diesem meinem Erben ein wenig unter vier Augen reden. Das heißt, unter sechs Augen, denn sein Stadtvogt soll durchaus dabei sein.«

Es war offensichtlich, dass der Kanzler und Schatzmeister, der Hauptmann der Stadtwache und der Oberste Richter und Schlichter keineswegs von der Idee angetan waren, dass ihr Herr ohne ihre Gegenwart mit diesem so unvermutet aufgetauchten Erben sprechen wollte, aber sie machten notgedrungen gute Miene zum unangenehmen Spiel und begaben sich nach draußen.

Als sie gegangen waren, lud Boron Yashor und Yorga mit einer Geste ein, sie sollten sich jeder einen der Schemel nehmen, die an der Wand der Kammer standen, und neben ihn setzen.

Bevor dann noch Yashor den Mund auftun konnte, begann der Fürst: »Ich weiß, Yashor, welche Frage dir auf der Zunge liegt und im Herzen brennt: ›Warum hast du ausgerechnet mich als Erben erwählt?‹«

Yashor nickte heftig.

»Ich werde es dir gleich erklären, doch lass mich dir zunächst ein wenig über mich und meine Familie erzählen, und dann kommen wir zu dem Punkt, der dich so bewegt.

Wenn du dich schon ein wenig mit der Geschichte unserer Stadt Fari beschäftigt hast, weißt du, dass sie bereits viele Generationen vor der Ankunft der Galtach in Harkin erbaut worden ist. Die Sagen berichten, vor mehr als eintausendfünfhundert Jahren habe eine Sippe der Shawa unter der Führung meiner Vorfahren die drei Dörfer, die damals hier an den Furten lagen, zur Stadt Fari gemacht. Und diese Gründerfamilie hat all die Jahrhunderte hindurch den Stadtfürsten gestellt. Ursprünglich waren sie Shawa, aber im Laufe der Jahre und Jahrhunderte haben so viele Galtach in unser Haus eingeheiratet, dass es nun schon wieder seit Menschengedenken als den Fürstenfamilien der Galtach ebenbürtig gilt.

Und was mich angeht: Ich war der jüngste von vier Brüdern und wollte eigentlich Tiefwissender werden, nicht Fürst, doch im Laufe der Zeit starben alle meine älteren Brüder kinderlos – was wir als ein seltsames Werk der Götter betrachteten, die diese Stadt beschützen, besonders des Belen Tarnis, dem mein Haus vor allem zugetan ist … Und so fiel mir – eigentlich gegen meinen Willen – das Fürstenamt zu, als ich noch keine zwanzig Sommer zählte. Ich entschied mich dafür, es anzunehmen. Jetzt bin ich schon nahezu fünfundfünzig Jahre Fürst dieser Stadt, und ich weiß, dass der Tod mir dieses Amt bald nehmen wird.

Kurz nachdem ich es übernommen hatte, wurde ich durch einen Reitunfall zeugungsunfähig. Damals ging ich in das Heiligtum der Ipona und fragte das Orakel, wie ich zu gegebener Zeit einen Erben für mein Amt finden könnte. Du musst wissen, seit der Gründung von Fari hatte immer der jeweilige Fürst seinen Erben gezeugt – seit mehr als eintausend und fünfhundert Jahren war das Amt im Mannesstamm vom Vater an den Sohn weitergegeben worden.

Ipona antwortete mir, ich solle mir dessenthalben keine Sorgen machen, sie werde zur rechten Zeit einen Hirten aus Harkin schicken, dem ich ruhig mein Amt übertragen könne. Und sie sagte auch, ich bräuchte nach diesem Hirten nicht besondere Ausschau zu halten: Wenn er käme, würde ich es rechtzeitig erfahren.

Als du mit deinen Leuten zum ersten Mal in Fari warst und man in der ganzen Stadt von der wundersamen Errettung aus dem Feuer sprach, da erfuhr ich, dass es sich bei dir und deinem Gefährten um Hirten aus Liss Ivonai in Stagira – und somit auch aus Harkin – handle. In Fari selbst gibt es übrigens nur sehr wenige Hirten, möchte ich hier einflechten; mein Fürstentum besitzt keine Zehntschäferei. Die Bewohner von Fari beziehen ihr Vieh vor allem aus Rangawa, von Geißbergen und von Dun Aran.

Als ich also von den beiden Hirten aus Harkin hörte, da wusste ich – und ein Traum bestätigte es mir sogar noch –, dass du der von Ipona mir vorhergesagte Erbe bist. Durch meine Leute zog ich daraufhin Erkundigungen über dich ein, und auch mein Vertreter am Hof von Avalanna unterrichtete mich über alles, was man dort über dich in Erfahrung bringen konnte. Überdies nahm ich Fühlung mit deinem Herzog Michail von Stagira und der Impalaris auf Bergion auf. Du siehst, ich war bestens unterrichtet über dich, bevor du gestern in der Versammlung der Bürger zu den Bewohnern meiner Stadt sprachst.«

Yashor schwieg beeindruckt. Es war also doch nicht nur ein Zufall oder der launische Einfall eines schon geistesschwachen Greises gewesen. Er seufzte leise. »Aber«, begann er, »ich war bislang nicht mehr als ein Hirte, und meinen Rang als Ritter verdanke ich nur der Verwicklung in Ereignisse, die nicht von mir ausgingen, sondern von den bösen Plänen anderer herrührten. Ich weiß nicht, wie ich mich als Fürst verhalten soll. Wie kann ich lernen ein Fürst zu sein und wie ein Fürst zu handeln?«

Boron lachte leise. »Ich glaube, das ist ganz einfach. Setze in deine Fragen statt des Wortes ›Fürst‹ einfach das Wort ›Hirt‹ – und schon hast du die Antwort. Der Herrscher von Fari ist letztlich so etwas wie ein Hirt dieser Stadt. Der Fürst muss Gefahren abwehren, die von außen kommen, so wie etwa der Hirt Wölfe, verwilderte Hunde oder Schafräuber vertreibt. Und du musst die dir Anvertrauten tun lassen, was sie am liebsten tun und wodurch sie dann am handsamsten und friedlichsten sind. Die Schafe fressen, ruhen, schlafen und pflanzen sich fort. Ähnlich verhalten sich auch die Einwohner von Fari, nur nennt man es bei ihnen Speis und Trank zusprechen oder der leiblichen Liebe frönen. Zudem treiben sie gern Handel und üben allerlei Handwerkskünste aus. Wenn man sie dies alles tun lässt, sind sie zahm und leicht regierbar. Und so wie dem Hirten die Hütehunde helfen, stehen dem Fürsten seine Amtsleute und die Stadtwache zur Seite. Ich glaube, es ist mit den Schafen wie mit den Städtern: Je weniger gewaltsam man bei der Durchsetzung des eigenen Willens ihnen gegenüber vorgeht, desto williger folgen sie den Anweisungen des Hirten, nicht wahr?«

Mit einem leisen Lachen musste Yashor dem Fürsten Recht

geben. So gesehen bestand zwischen Schafen und Stadtbewohnern und damit auch zwischen einem Hirten und einem Fürsten nicht viel Unterschied.

»Allerdings muss ich noch eine Warnung aussprechen, und die betrifft die drei Männer, die ich vorhin hinausgeschickt habe. Uval, Kriman und Krimar waren mir, dem Hirten von Fari, viele Jahre hindurch gute Hunde, und deshalb glaubten sie, einer von ihnen würde mein Nachfolger. Doch dazu eignet sich keiner; sie denken zu viel an sich selbst. Sie bilden sich auch ein, ihre Vorfahren stammten von einem Herrscher von Fari ab und deshalb hätten sie ein Anrecht auf das Fürstenamt, aber das stimmt nicht. Sie huldigen nur einem Wunschtraum. Ich fürchte, ihr Ehrgeiz und ihre Eifersucht werden dir noch zu schaffen machen. Aber du wirst damit fertig werden, so wie ein Hirte auch seine Hunde zur Ordnung ruft und nötigenfalls kirre macht.«

Beide Zuhörer nickten, Yashor bedächtig, Yorga dagegen heftig. Der Jungkrieger freute sich, hier als Yashors Stadtvogt endlich eine ihm gemäße Aufgabe gefunden zu haben. Wie sollte er sich nun seine Rolle als Stadtvogt des Fürsten von Fari vorstellen? Sollte er den Oberhütehund abgeben, gewissermaßen als Yashors Dorch in Fari? Oder den Mithirten, also Yashors Yeshem in dieser Stadt sein? In seinem Herzen schwor sich der Sohn des Erbmundschenks der Herzöge von Stagira, dass er an diese Aufgabe von Anfang an mit ganzem Einsatz herangehen werde. Diesmal würde er sich keine Nachlässigkeit mehr gestatten wie seinerzeit an der Morak-Furt, und er wusste auch, mit seinem Weibe Airan an der Seite war er schier unbesiegbar.

Zum Schluss holte der Fürst unter einer der Decken auf seinem Sessel ein in kräftigen Stoff gewickeltes und versiegeltes Päckchen hervor und reichte es Yashor mit den Worten: »Solltest du dich dafür entscheiden, mein Nachfolger zu werden – was ich mir sehnlichst wünsche –, dann öffne dies, sobald du von meinem Tod erfährst. Solltest du wider mein Erwarten das Amt an einen anderen weiterreichen wollen, dann übergib ihm ungeöffnet dieses Päckchen. Darin ist etwas, was dem künftigen Fürsten von Fari alles Wissen schenkt, dessen er bedarf, um diese Stadt klug und erfolgreich zu regieren.«

Yashor dankte mit einer Verneigung und schob das Päckchen in eine Innentasche seiner Reiterjacke.

Dann zog der Fürst den Ring ab, den er am linken Zeigefinger getragen hatte, und reichte ihn Yashor. »Damit du siehst, wie ernst es mir mit dir als Erben ist, schenke ich dir diesen Ring. Trage ihn erst nach meinem Tod, wenn du dich entschieden hast das Amt anzunehmen. Anonsten gib ihn an den weiter, den du statt deiner zum Erben erwählst.«

Yashor nickte und betrachtete den Ring, der – noch warm von der Lebenskraft seines biesherigen Trägers – in seiner hohlen rechten Hand lag. Das Kleinod war aus massivem Gold gefertigt und trug einen funkelnden, rund geschliffenen goldgelben Stein, einen Goldquarz oder Citrin, wie ihn die Edelsteinkundigen nennen, oder ein »Phönixauge«, wie die Barden ihn in ihren Gedichten bezeichnen. Rings um den Stein liefen Worte in goidelischer Schrift: *»Minith Kaldian Tallar«*, was im Harkinak von Fari so viel bedeutete wie »Ich erhebe mich hoch über die bewaldeten Berge«. Unterhalb der Fassung des Steins zeigte der Zwickel des Ringstegs auf der einen Seite einen kämpferisch aufgerichteten Bären – offensichtlich eine Anspielung auf *Boron*, den Namen des Fürsten, der auf Shawa »Bär« bedeutete –, auf der anderen ein Wappen, vermutlich das des Fürstenhauses von Fari.

Als Yashor den Ring ein wenig drehte, entdeckte er, dass in die Innenseite etwas in stagirischer Schrift graviert war. Er hob das Kleinod nahe an seine Augen, um die kleinen Zeichen besser erkennen zu können, und las:

»Oun Lassairach Bart'om – Yashor.«

Das war stagirische Dichtersprache und hieß: »Aus den Flammen werde ich wieder geboren – Yashor.« Tränen schossen ihm in die Augen, und er blickte den greisen Fürsten fragend an.

»Ja, du siehst, vielleicht bin ich ein wenig voreilig, aber schon an jenem Tag, als ihr, du und dein Gefährte, aus dem Feuer gerettet wurdet, da war ich mir sicher, dass du einst mein Nachfolger werden würdest. Denn Iponas Botschaften waren bis jetzt immer zutreffend.«

Einer spontanen Eingebung folgend küsste Yashor den goldgelben Stein im Ring des Fürsten, nestelte dann am Halsausschnitt seines Gewandes herum und zog Taliks Beutel hervor. Er ließ den Ring zu den drei Steinen des Tiefwissenden gleiten und barg das wieder verschlossene Säckchen an seiner Brust. Stumm legte er die Handflächen der erhobenen Hände aneinander und verneigte sich vor Boron dem Alten.

Dann rief der Fürst seine drei »Hütehunde« wieder herein, und man verbrachte einige Zeit mit belanglosem Geplauder über dies und das des Stadtgeschehens, bevor Yashor und sein Vogt Yorga Abschied nahmen und zum Weißen Schwan zurückkehrten.

Hier warteten schon Miram, Yeshem und Gipin sowie Allaun und Allad reisefertig auf sie, während die anderen es sich nicht nehmen lassen wollten, sich mit Umarmungen zu verabschieden und mit lautem Geklatsche den Schutz der Himmlischen für den letzten Abschnitt der Heimreise herbeizurufen.

Yashor und Miram sowie Yeshem und Gipin – Letztere zu zweit auf *einem* Pferd, denn Gipin war schlank und leicht – brachen hoch zu Ross in Richtung Liss Ivonai auf. Allaun und Allad wollten zu Fuß nachkommen und die Tage, die sie bis zum Herzogsort brauchen würden, einmal als wohlverdienten Urlaub von der Gefolgschaft nutzen und genießen.

In Burn Or machten die vier Berittenen im Goldenen Hirsch Halt, in Breitfurt an der Ish wieder in der Herberge zum Weißen Schwan. Das Hochwasser der Ish war schon lange abgeklungen und die Fähre derzeit nicht in Dienst, denn der breite Steg konnte wieder genutzt werden. Die Priesterin der Raan saß dennoch auf ihrem Podest. Während Yeshem mit Gipin vorausritt, stiegen Yashor und Miram von den Pferden. Sie traten zu der Tochter der Raan. Der Hirte grüßte und stellte Amya seine junge Frau vor.

Die Priesterin erhob sich und blickte Miram in die Augen. »Ich freue mich mit dir, Miram«, sagte sie zu der jungen Baratum-Frau, die vor der erzwungenen Verheiratung geflohen und nun in dem Hirken aus Harkin den Mann ihres Lebens gefunden hatte, »dass du einen so guten Liebhaber wie Yashor zum Gemahl bekommen hast.« Dann blickte sie ihn an und beglückwünschte ihn: »Mein Yashor, ich freue mich mit dir, dass dir die Himmlischen eine so selbstbewusste Gemahlin, ein so leidenschaftliches und hingebungsvolles Weib geschenkt haben.« Wie segnend legte sie den beiden ihre Hände auf den Scheitel.

Einige Herzschläge lang schwiegen die drei, dann verneigten sie sich mit gefalteten Händen voreinander.

Danach nahm die Tochter der Raan wieder ihren angestammten Platz als Priesterin der Wassergöttin ein. Yashor stieg auf Weißstern, Miram auf Schwan.

Sie überquerten die Ish auf dem hölzernen Steg und ließen am anderen Ufer ihre Pferde eine schnellere Gangart einschlagen, damit sie Yeshem und Gipin noch vor Biberbach einholen konnten.

Kapitel XX

Als sie in Liss Ivonai eintrafen, lag goldener Herbstsonnenschein auf Schwanenberg und Kalbsberg. Yeshem und Gipin ritten auf Rabenschwinge geradewegs zum Haus des Tuchhändlers Yoan. Dort fiel man aus allen Wolken, als der »kleine Yeshem« hoch zu Ross heimkehrte und dann auch noch von diesem Pferd seine junge Frau herunterhob. Da hob ein Feiern an im Haus des Tuchhändlers …!

Yashor und Miram stiegen vor dem Haus der Großeltern ab und banden die Pferde an. Ainan hatte die Reiter gehört und kam aus der Tür.

Yashor ging zu ihr, küsste seine Mutter auf die Stirn und sagte: »Da bin ich wieder, liebe Mutter, zurück aus Avalanna.« Dann nahm er Miram an der Hand und bedeutete ihr, sie solle näher zu Ainan herantreten. »Und das ist Miram, meine Frau«, fügte er hinzu.

Ainan stiegen Tränen der Freude in die Augen und sie umarmte ihre Schwiegertochter.

Darauf begaben sie sich zu dritt ins Hinterzimmer, wo die Großmutter am Bett des Großvaters saß. Paval hatte auf seinem weißen Kissen eine merkwürdige Ähnlichkeit mit dem greisen Fürsten von Fari angenommen, schlief jedoch nicht, sondern schaute Yashor munter an und fragte mit einem Lächeln: »Na, mein Junge, hast du die Schafe bei Königin Marjam abgeliefert?«

Yashor grinste wie ein kleiner Hirtenknabe. »Natürlich, Herr Gutsverwalter, heil und ohne Harm abgeliefert, wie das bei uns stagirischen Hirten so üblich ist.«

»Und bei der Gelegenheit hast du dir auch gleich noch ein Mädel mitgebracht?«, fragte er und beäugte Miram neugierig.

»Das ist Miram, die Tochter des Chagans Yugur-Katun, Großvater. Meine Ehefrau seit Fari.«

»Die Tochter des Yugur-Katun?« Paval stützte sich etwas auf den Ellbogen auf und lächelte Miram spitzbübisch an. »Na, wie geht es denn der alten Tirdal?«, fragte er, als handle es sich bei ihr um jemanden aus der Nachbarschaft.

»Meiner Großmutter ging es gut, als ich das Weite Grasland verließ«, antwortete Miram verwundert.

Paval ließ sich wieder auf das Kissen sinken. »Ja, ja, immer schon zäh und unternehmungslustig, diese Tirdal. Tarandal hat den Hof übernommen und sie hat sich in einen Tarkan der Baratum verguckt und ist ins Weite Grasland ausgewandert. Aber ihr Vater hat es ihr ja vorgemacht. Aus Pangir weggehen, um in Ilemoia unter dem Namen Tarkal Bauer zu werden – das bringt nur ein Takrav Artan fertig.«

Alle blickten ihn sprachlos an.

Er jedoch drehte den Kopf zur Großmutter. »So, und nun habe ich Durst. Kannst du mir einen Becher Wein bringen, Tichil?« Die Angesprochene nickte. »Und dann möchte ich ein wenig schlafen.« Er blickte Ainan und ihre beiden Kinder an. »Wir können doch am Abend weiterlabern.«

Die Großmutter ging in die Küche, die anderen drei in die Große Stube.

Als sie sich gesetzt hatten, tat Yashor einen Schnaufer und sagte: »Also, wenn ich Großvater so reden höre, da bleibt mir glatt die Spucke weg.« Miram gluckste verlegen. Die Mutter lachte leise. »So ist er halt, unser Oberster der Schwarzwasserleute«, sagte sie und wischte sich eine Träne aus den Augen.

»Hat Großvater das schon immer gewusst? Das mit Vaters Abstammung von Tarkal und Tirtil?«

Die Mutter nickte.

»Und warum habt ihr es mir nicht gesagt?«, fragte Yashor, obwohl er die Antwort schon kannte.

Das Gesicht der Mutter wurde ernst. »Damals, in dem Brief, mit dem dein Vater uns beschwor vor dem Ansturm der Shakaren aus Slantan zu fliehen, da schrieb er auch, es gebe eine noch größere Gefahr als die Nordbarbaren. Für die Shakaren seien wir nur eine beliebige Familie aus Slantan, doch für den schlimmeren Feind seien er und du ein vermeintliches Hindernis auf dem Weg zum Thron von Pangir. Damit spielte er auf den Fürsten von Mordan an, der alle beseitigen will, die ihm seinen Anspruch auf die Krone von Gordan streitig machen könnten. Noch während des Zweiten Shakarenkriegs muss man versucht haben deinen Vater umzubringen, und deshalb beschwor er uns auch, wir sollten über seine und deine Abstammung schweigen und nicht einmal dir etwas davon erzählen, damit du dich nicht verplauderst und so vielleicht in Gefahr bringst. Das verstehst du doch, mein Großer, nicht wahr?«

Die Mutter blickte ihn bittend an. Sicher wünschte sie sich, dass er ihr nicht grollte wegen ihrer Verschwiegenheit.

Yashor nickte. »So war es bestimmt besser. Und schließlich habe ich es ja selbst herausgefunden, indem ich Vaters frühere Kameraden ausfindig machte und befragte. Da ich nun auch erfahren habe, wie gefährlich Maimar Artan von Mordan ist, werde ich dieses Geheimnis wahren, bis die Bedrohung beseitigt ist.« Er fuhr sich mit der Hand über Stirn und Scheitel und schaute Miram beruhigend an. »Ich habe herausgefunden, dass Vater noch lebt, aber ich weiß nicht wo. Hast du eine Ahnung, Mutter? Oder vielleicht sogar Gewissheit?«

»Ich habe Gewissheit. Er schickt mir regelmäßig ein Lebenszeichen. Doch um Maimar Artans Aufmerksamkeit nicht auf uns zu lenken, hat er es bisher unterlassen, nach Stagira zu kommen und uns zu besuchen. Nur in meinen Träumen kann ich mit ihm zusammen sein und nur mit unseren Herzkristallen können wir uns austauschen.«

»Herzkristalle? Vom wem habt ihr die? Von Talik?«, forschte Yashor.

»Nein«, die Mutter schüttelte den Kopf. »Die bekamen wir schon am zweiten Tag unserer Bekanntschaft geschenkt, damals in Nissa, von einem Freund von ihm, der im Haus der Heilung des Herzogs von Slantan als Arzt arbeitete, aber eigentlich ein Tiefwissender war. Er lehrte uns den Gebrauch der Kristalle und seit damals übermitteln die Steine die Empfindungen unserer Herzen.«

Ainan nestelte am Halsausschnitt ihres Kleides herum und zog an einer Lederschnur einen Beutel heraus, öffnete ihn und holte einen fast hühnereigroßen Bergkristall hervor, der über einer ebenen Basis zu einer Dreiviertelkugel geschliffen war.

»Das ist mein Bote zum Mann meines Herzens«, sagte sie leise.

Yashor war stumm vor Staunen. All die Jahre hatte er mit dieser Frau unter einem Dach gelebt, ohne zu wissen, dass sie über einen Herzkristall stille Zwiesprache mit ihrem Geliebten hielt. Dann lächelte er nachsichtig-versonnen und sagte: »Ich hätte es mir doch denken können, dass ich nicht der Einzige in diesem Haus bin, der ein Geheimnis hat.« Dabei dachte er an Kilin-rinnag, von der er der Mutter bis zu diesem Tage nichts erzählt hatte.

Miram, die bisher geschwiegen und stumm dem Austausch zwischen Mutter und Sohn gefolgt war, räusperte sich nun leise und sagte: »Weißt du auch, wo der Mann deines Herzens lebt und unter welchem Namen er sich vor seinen Feinden verbirgt, o Mutter des Mannes meines Herzens?«

Ainan musterte ihre Schwiegertochter mit einem stummen Falkenblick. Dann lächelte sie freundlich, schaute kurz auf den Kristall, als erbäte sie von ihrem Gatten Tamtarvach die Erlaubnis dieses Geheimnis an die Kinder weiterzugeben, und wandte sich schließlich Yashor zu.

»Auf deinem Weg nach Avalanna und zurück bist du nahe an ihm vorbeigekommen, mein Sohn«, meinte sie und in ihrer Stimme schwang ein wenig Stolz und Befriedigung mit. »Dein Vater lebt seit Jahren in der Waldmark und sein Name ist …« Sie zögerte einen Herzschlag lang.

Da durchfuhr Yashor ein Blitz der Erkenntnis. »Seine Name ist – Gargan der Heiler«, sagte er leise, und das Elbenmal auf seiner Brust wurde so heiß, dass er glaubte, ihm müsste das Herz zerspringen.

Tränen schossen ihm in die Augen, sein Blick verschwamm, er konnte Mutter und Frau nicht mehr sehen. Er schloss die Augen und atmete tief, und es war ihm, als umarmte ihn jemand und drückte ihn fest an ein Herz, das im gleichen Rhythmus schlug wie das seine – an ein Herz, das seit achtzehn Jahren aus der Ferne über ihm gewacht und an ihn gedacht hatte.

Ainan gab Miram ein Zeichen und die junge Frau geleitete ihren vor Freude schluchzenden Mann hinauf in die Kammer, wo Mutter und Großmutter die gemeinsame Schlafstatt des jungen Paares vorbereitet hatten.

Als die beiden die Treppe hinaufstiegen, nahm Ainan den Herzkristall in die Hände, drückte ihn an Stirn und Brust und küsste ihn. Dann ließ sie ihn wieder in den Beutel gleiten, den sie am Hals trug, und steckte diesen wieder unter das Gewand zwischen ihre Brüste. Und sie genoss die Schwingungen von Frieden und Einklang, die der Kristall in ihr Herz schickte. Dann stand sie auf, strich sich das Gewand glatt und begab sich in die Küche, um ihrer Mutter zu helfen.

Am späten Nachmittag rief Paval o Moravánion seinen Enkel zu sich, um mit ihm unter vier Augen zu sprechen. Yashor setzte sich neben das Bett des Alten.

»Junge, ich weiß nicht, wie lange ich noch hier bin. Jede Nacht kann meine Reise in die Andere Welt beginnen. Deshalb will ich meine Dinge ordnen. Eines ist schon geregelt: Kolgo wird mein Nachfolger als Verwalter des herzoglichen Guts. Jetzt brauche ich noch einen Erben für mein Amt als Oberhaupt der Schwarzwasserleute. Da Tamtarvach sich gezwungenermaßen in der großen weiten Welt herumtreibt, habe ich keinen anderen Erben zur Hand als dich. Und deshalb bestimme ich dich heute und hiermit zum neuen Oberhaupt der Großen Sippe der Schwarzwasserleute.«

Dann zeigte er auf eine kleine Truhe am Fußende seines Bettes.

»Das ist die Archivtruhe des Schwarzwasser-Clans und enthält alles über den Weg der Sippe, seit unsere Vorfahren vor mehr als tausend Jahren aus den Sternbergen auswanderten, um Harkin, Boiomion und Bantan zu besiedeln.«

Er wies auf die Tür: »Vergewissere dich, dass keines der Weiber lauscht.«

Yashor tat wie befohlen und meldete dem Großvater, die drei Weiber befänden sich alle in der Küche.

»Gut, gut, da gehören sie auch hin«, knurrte der Alte. »Und jetzt komm her, mein Junge, damit ich dich in die Geheimnisse der Schwarzwasserleute einweihen kann.«

Am nächsten Tag ging Yashor nach dem Mittagsmahl mit Miram zu Talik. Vor der Einsiedelei des Tiefwissenden lief ihnen Lubgort, die Kräuterfrau und Heilerin, über den Weg. Sie war hocherfreut über Yashors Rückkehr, von der sie natürlich schon am Vortag erfahren hatte, und nahm sofort Miram in Beschlag und unter ihre Fittiche.

»Du willst gewiss in aller Ruhe mit Talik reden, Yashor«, sagte die Alte mit einem verschmitzten Lächeln. »Da lass mir Miram zu einem Gespräch unter Frauen!« Sprach's, nahm Miram am Arm und war mit Yashors junger Frau auch schon auf und davon zu ihrer eigenen Klause.

Als Talik und Yashor sich wie an jenem Frühlingsmorgen nach dem Wolfstraum in der Gartenwerkstatt gegenübersaßen und der Hirte und Ritter dem aufmerksam lauschenden Tiefwissenden einen ausführlichen Bericht von der Reise gegeben hatte, zog er den Beutel mit den drei Steinen heraus und wollte sie dem Tiefwissenden zurückgeben.

Talik lachte leise. »Nein, nein, Yashor, diese Steine fühlen sich bei dir wohl und wollen bei dir bleiben. Und im Übrigen wirst du sie von jetzt an noch viel dringender brauchen als je zuvor, besonders den Herzkristall!« Dann nahm er Yashor mit einem listigen Amselblick in Augenschein. »Und was ist eigentlich mit dem zweiten Rauna-Zeichen, deinem Geheimnis? Hast du es gelöst, gelüftet?«

Yashor grinste schelmisch. »Mein lieber Talik, wenn ich eines auf meiner Reise gelernt habe, so dies: Ein Geheimnis bleibt nur dann geheim, wenn man es in den Schrein seines Herzens einschließt und keiner einzigen Menschenseele offenbart.«

Talik nickte schmunzelnd.

»Und deshalb«, fuhr Yashor fort, »wird auch der Tiefwissende Talik das Geheimnis dieses Hirten aus Harkin«, er wies auf seine

Brust, »nie aus meinem Munde hören.« Er legte sich die Hand auf den Mund.

Jetzt lachte der Ältere schallend. »Gut, mein Junge«, sagte er schließlich, »ich sehe, es hat sich gelohnt, Paval anzustiften und dich auf die Reise nach Avalanna zu schicken. Du hast tatsächlich etwas sehr Wichtiges gelernt. Wie du vielleicht weißt, bedeutet *Galtach*, der Name unseres Volkes, in der Uralten Sprache ›die Leute des Geheimnisses‹. Warum wir diesen Namen tragen, darüber sind sich die Kundigen uneins. Die einen meinen, wir hätten ihn von den Shawa und anderen Völkern bekommen, die noch mit Bronze arbeiteten, als wir kamen und das Eisen mitbrachten; wir seien somit das Volk des Geheimnisses der Eisenherstellung. Andere glauben, dieser Name stehe uns zu, weil wir, die Tiefwissenden der Galtach, die Geheimnisse der Großen der Vorzeit geerbt haben, jenes Volkes der Großen Steine, die als erste unter den Menschen den Lauf der Gestirne untersuchten und berechneten und sich die geheimen Kräfte der Erde und des Himmels nutzbar machten. Sei dem, wie ihm wolle: Es gebührt einem Angehörigen dieses Volkes des Geheimnisses, seine eigenen, persönlichen Geheimnisse durchs Leben zu tragen und von ihnen Kraft für sein Tun und Wirken und Sein zu beziehen.«

›Ja‹, dachte Yashor, ›mein Geheimnis wird mir mein Lebtag lang Kraft spenden‹. Laut sagte er: »Wie ist es, Talik, wärest du bereit, mir das Orakel zu stellen für die nächste große Aufgabe, die mir ins Haus steht – Fürst von Fari zu werden, wenn Boron stirbt?«

Talik schmunzelte. »Da bist du aber spät dran! Du trägst doch schon Borons Ring in deinem Beutel mit dir herum. Das heißt, du hast dich schon entschieden, oder?«

Yashor errötete leicht, als habe Talik ihn bei einer kleinen Schwindelei ertappt. »Woher weißt du, dass ich diesen Ring bei mir trage?«

»Tja, das ist ganz einfach, Yashor. Das Phönixauge ist ein Stein aus der großen Familie der Quarze, ein Bruder des Amethysts gewissermaßen. Wenn man nämlich einen Amethyst großer Hitze aussetzt, verwandelt er sich in einen Goldquarz, einen Citrin. Diesen Namen haben sich übrigens die Römer ausgedacht, er bedeutet so viel wie ›Zitronenstein‹. Und sie gaben ihm auch das Motto des Phönix, des Feuervogels: *Ex Flammis Orior – aus den Flammen werde ich geboren.*«

Yashor nickte. »Der Spruch ist innen in den Ring graviert, auf Harkinak, und Boron sieht darin eine Verbindung zu unserer Rettung aus den Flammen in Drassuls Haus. Bin ich dann vielleicht so etwas wie ein Phönix?«

»Jeder, der aus seiner Asche zu einem neuen Leben wieder geboren wird, ist ein Phönix. Alle Menschen sind potenzielle Phönixvögel«, erklärte Talik. »Doch zurück zu dem Goldquarz. Er hat in deinem Beutel schon allerhand mit dem Amethyst und dem Chrysopras geplaudert; der Bergkristall hat still gelauscht und mir dann alles erzählt.«

Yashor bekam große Augen, und Talik gluckste vergnügt.

»Also, was das Amt des Fürsten von Fari anbelangt, da hast du dich entschieden. Und als Fürst wirst du ja wohl deinen eigenen Tiefwissenden haben, vielleicht diesen Allad, von dem ich gehört habe, dass er in Avalanna ganz eifrig die Orakelkunst studiert hat. – Nein, nein, frag mich nicht, woher ich das alles weiß. Begnüge dich damit zu erfahren, dass ich während deiner Abwesenheit jede Woche einmal mithilfe meines Plantirs Kontakt zu Atamar aufgenommen habe, dem Obersten der Tiefwissenden von Avalanna. Und der alte Herr war sehr beeindruckt von dem Lehrling aus Dun Aran. Eine alte Seele, dieser Allad! Mich würde es nicht wundern, wenn er derselbe wäre, der damals schon bei Mardin o Mollon … Ach, lassen wir das, kehren wir zurück zur Gegenwart und zu deinem Anliegen!«

Talik kramte in einer Innentasche seines blauen Gewandes und holte eine große Goldmünze hervor. Er hielt sie zwischen Zeigefinger und Daumen Yashor vors Gesicht.

»Das ist eine ›Goldmutter‹, eine Münze mit dem Bildnis der Ipona, die vor mehr als siebenhundert Jahren auf Bergion geschlagen wurde. Siehst du die Große Mutter auf ihrem Thron mit dem Früchtekorb im Schoß?«

Yashor nickte. Das kleine Bildnis auf der Goldscheibe ähnelte überraschend dem Steinbild der Ipona in ihrem Heiligtum zu Fari.

Talik drehte mit Zeigefinger und Daumen der anderen Hand die Münze um ihre Achse. Jetzt war eine stilisierte Silberdistel zu sehen.

»So wie die Heckenrose das Zeichen der gegenwärtig regierenden Impalaris ist, war damals die Silberdistel das Symbol jener Priesterkönigin, die in Mardin o Mollon den Boten der Mutter Ipona erkannte. Diese Münze schenke ich dir, dem zukünftigen Fürsten von Fari, damit du nicht bei jeder einfachen Frage gleich deinen Tiefwissenden mit dem Wunsch nach einem Orakel behelligen musst.« Er reichte Yashor das Goldstück.

Der Hirt und Ritter wog es in der gewölbten rechten Hand. »Und wie befrage ich dieses Orakel?« Er schaute Talik erwartungsvoll an.

»Wenn dich eine Frage beschäftigt, die man mit Ja oder Nein beantworten kann, dann nimm die Münze in beide hohlen Hände, schüttle sie, während du an die Frage denkst, und wirf sie auf ein Tuch auf dem Tisch, an dem du sitzt. Liegt das Bild der Ipona oben, bedeutet das: ›Die Große Mutter sagt Ja.‹«

»Und wenn die Silberdistel oben ist, dann heißt das: nein?«

»Keineswegs! Ein Nein gibt es bei diesem Orakel nicht«, erklärte der Tiefwissende mit Nachdruck. »Es bedeutet: ›Die Distel warnt.‹ Das kannst du als ein Nein auffassen, aber auch als Aufforderung, noch einmal über die ganze Sache nachzudenken und sie besser zu untersuchen. Oder als ein Ja, das aber mit Vorsicht zu verstehen ist. Da musst dich dann eben mit der Silberdistel auseinander setzen, was sie dir sagen will.«

Langsam und bedächtig holte Yashor seinen Beutel aus dem Halsausschnitt seines Gewandes und ließ die Münze zu den Steinen und Borons Ring gleiten. Seltsamerweise wurde der Beutel nicht schwerer durch das zusätzliche Gewicht; es kam Yashor eher vor, als sei Taliks Säckchen jetzt von einer geballten Kraft erfüllt, die das lederne Behältnis in der Luft schweben ließ, sodass es seinen Hals gar nicht mehr belastete. Dankbar legte er die Hände zusammen und verneigte sich vor Talik.

»Schon gut, schon gut«, wehrte der Tiefwissende ab. »Das ist mein Quäntlein Hilfe für dein zukünftiges Amt. Doch nun genug der ernsten Worte, jetzt wollen wir mit unseren Frauen feiern, dass ihr da seid.« Und er stand auf und rief in den Garten hinaus, hinüber zu den Beeten der Kräuterfrau:

»Holla, ihr holden Weiber,
kommt doch zu uns heraiber
und bringt uns alten Knaben
Wein zum süßen Laben …«

Nach dem Besuch bei Talik und Lubgort ging Miram nach Hause, denn sie wollte Ainan und Tichil in der Pflege des Großvaters unterstützen. Yashor dagegen wanderte allein zum Frühlingsstein auf dem Sonnenbühl hinauf und von da zum geheimen Waldteich hinunter.

Zum ersten Mal, seit er sie kennen gelernt hatte, zeigte sich ihm die Elbin Kilin-rinnag nicht sogleich. Lag es daran, dass er jetzt vom Menschenweib gekostet und seine Frau erkannt hatte? Yashor setzte sich still auf seinen Stein. Nach einer Weile empfing er ein starkes, lebendiges Gefühl von Heiterkeit und Freude. Und als er später, nach vielen hundert Herzschlägen aufstand, um nach Hause zu gehen, entdeckte er am Teichufer um Kilin-rinnags Stein Luchsspuren im Lehm. Er hielt inne.

»Tróvadan bóhil domíshe innóssai, Kilin-rinnag«, murmelte er dreimal.

Unvermittelt saß die Luchsin auf dem Stein und schleckte sich bedächtig das Fell der Pfoten. Dann blickte sie auf und richtete einen forschenden Blick auf Yashor.

»Ich bin wieder heimgekehrt«, sagte Yashor leise.

»Ich auch«, erwiderte die Elbin mit einem glockenhellen Lachen.

Und im selben Herzschlag saß statt der Luchsin auf dem Stein – nein, nicht die Siebzehnjährige, die Yashor bei seinem Abschied verlassen hatte, sondern eine junge, doch reife Frau, die jetzt zehn

Jahre älter sein mochte als das Mädchen von damals. Immer noch war ihr Haar rotgolden, rotgolden auch das lockig gekräuselte Dreieck unter dem grünlich glitzernden, halb durchsichtigen Tuch, das ihren Unterleib umhüllte. Immer noch funkelten die neugierigen Augen smaragdgrün. Doch ihre Gliedmaßen waren von einer wohlgenährten Molligkeit, die üppigen Brüste erinnerten an schwere, reife Früchte, und die Lippen waren voll und kirschrot.

»Du hast dich verändert«, stellte Yashor überrascht fest.

»Du doch auch«, erwiderte die Elbin und lächelte schalkhaft. »Ein unberührter träumerischer Jüngling hat mich einst verlassen, und jetzt ist ein Mann zu mir zurückgekommen, der drei Menschenfrauen tief beglückt und mit einer vierten – ebenso Beglückten – den Lebensbund geschlossen hat. Da kann ich doch nicht so tun, als wäre nichts geschehen, oder?« Die Elbin stieß einen Laut aus, in dem sich das Keckern einer Elster, das Schnarren einer Misteldrossel und das betörende Geflöte einer Amsel mischten.

»Ich danke dir von Herzen für alles, was du für mich getan hast«, begann Yashor, doch Kilin-rinnag fiel ihm ins Wort.

»Nicht der Rede wert, nicht der Rede wert«, rief sie, »ich danke dir für alles, was du mich hast miterleben lassen.« Sie machte eine wohl überlegte, spannungsfördernde Pause, während Yashor sie fragend anblickte. »Ich verrate dir nun ein Geheimnis, das Geheimnis der List einer Elbin … Ich habe dir dein Elbenzeichen nicht nur gegeben, um dir zu helfen und dich zu schützen. Es war auch eine gute Portion Eigennutz mit im Spiel. Du weißt ja, wie neugierig und wissbegierig die hier ist.« Sie zeigte auf die eigene Stirn. »Dein Elbenzeichen hat mir ermöglicht, auf Elbenart an deinen Abenteuern teilzuhaben. Und ich muss dir gestehen, seit fünfhundert Erdenwanderungen um die Sonne – seit ich diesen Teich mir schuf – habe ich keine so erlebnisreichen Jahreszeiten wie diesen Frühling, Sommer und Herbst mehr gehabt. Es ist an mir, dir zu danken. Du hast mich reich beschenkt, du kleiner Elbenfreund.« Und wieder lachte sie glockenhell.

Yashor ließ sich auf seinen Stein plumpsen und stimmte leise in ihr Gelächter ein.

Wäre in diesem Augenblick ein Fremder vorbeigekommen, hätte er nichts anderes gesehen als zwei Luchse, die sich auf großen Steinbrocken gegenübersaßen, einander unverwandt anstarrten und im Duett miteinander knurrten und schnurrten.

Kapitel XXI

Für den Neumondstag des Nebelmonds lud die Impalaris Yashor und Yeshem zu einer Audienz in ihren Palast zu Bergion auf dem Schwanenberg. Sie wolle aus dem Munde der beiden Hirten einen Bericht über die Reise nach Avalanna hören und Yashors Ritterrang, den ihm die Königin von Avalanna verliehen hatte, bestätigen. Außerdem, so deutete Talik an, der Yashor hinauf nach Bergion begleitete – Yeshem hatte seinen Vater, den Tuchhändler Yoan, dabei –, wolle die Impalaris ihm eine neue Aufgabe übertragen, denn es gehe ja wohl nicht an, dass ein Ritter nichts anderes täte, als Schafe zu hüten.

»Warum denn nicht?«, fragte Yashor mit einer gewissen Wehmut.

»Nun gut, zumindest muss er dann andere Schafe auf einer größeren Weide hüten«, erwiderte Talik mit einem nachsichtig-verständnisvollen Schmunzeln.

Miram war nicht dabei; sie half der Schwiegermutter und Schwiegergroßmutter in dem Haus, das sie jetzt als ihre Heimstatt betrachtete. Als ihre Mittelsfrau zur Impalaris diente Lubgort, die Heilerin von Liss Ivonai, die schon die Priesterkönigin unter vier Augen über Mirams Flucht aus dem Lager des Chagans nach Avalanna unterrichtet und ihr das Schreiben von Königin Marjam überreicht hatte. Die Impalaris hatte Miram ausrichten lassen, sie werde sie einige Tage nach Yashor zu einer vertraulichen Audienz einladen, damit möglichst wenige Leute vom Aufenthalt der Chagan-Tochter in Liss Ivonai erführen.

Der Audienzsaal der Impalaris besaß etwa die gleiche Größe wie der Kleine Ratssaal der Königin von Avalanna; er war ebenfalls getäfelt, doch das mit einem sehr hellen Holz. Durch die großen Fenster schweifte der Blick nach Südwesten über die bewaldeten

Ausläufer des Hügellandes von Stagira bis hin zum Flusse Moinis; trat man in eine der Fensternischen und blickte hinab, dann sah man drunten Liss Ivonai an der Herzogsstraße liegen. Aus den Wäldern stieg da und dort noch verspäteter Morgennebel auf.

Auf die Stirnwand des Saals war über der Stelle, an welcher der schlichte Thronsessel der Impalaris stand, ein Dornbusch mit blühenden Heckenrosen gemalt – die Wappenpflanze der derzeit regierenden Priesterkönigin.

Erst auf dem Weg nach Bergion hatte Yashor von Talik erfahren, dass die Impalaris mit ihrem eigentlichen Namen *Morini* hieß, aber im Gegensatz zu Königin Marjam von Avalanna nannte niemand die Herrscherin über Harkin so. Wenn man von ihr sprach, dann war sie immer nur »die Impalaris«, »die Priesterkönigin« – wie alle ihre Vorgängerinnen seit mehr als siebenhundert Jahren. Nicht die Persönlichkeit der Impalaris war das Entscheidende, sondern deren Eigenschaft als Botin der Großen Mutter Ipona. Die Priesterkönigin, zugleich die Oberste aller Ipona-Priesterinnen in ganz Harkin und darüber hinaus, herrschte nicht aus eigener Machtvollkommenheit, sondern war die unter den Menschen weilende Stellvertreterin der Immerhelfenden Mutter, ihre eindringlichste Stimme, sozusagen ihre lebendige Verkörperung inmitten des Landes, das sich unter den Schutz der mächtigen Göttin gestellt hatte.

Die Tür des Audienzsaals ging auf. Yashor, Yeshem, Talik – diesmal im weißen Festgewand der Tiefwissenden – und Yoan erhoben sich von den Schemeln, auf denen sie die Ankunft der Impalaris erwartet hatten.

Zunächst betrat ein stämmiger Mann mit dunkelbraun-grauem Haar und einem buschigen grauen Vollbart den Raum. Er war ebenfalls weiß gewandet wie Talik, und somit musste es sich bei ihm um Morgan, den Tiefwissenden der Impalaris, handeln.

»Es naht die Botin der Mutter Ipona, merkt auf!«, verkündete er mit seinem sonoren Bass.

Die Impalaris war eine Frau von vielleicht knapp vierzig Sommern; ihrem Gesicht nach wirkte sie wie eine ältere Schwester von Moranna. Ein Zeichen ihres Rangs stellte der abwechselnd mit Diamanten und Rubinen besetzte goldene Stirnreif dar; er umschloss das Goldblond ihrer Haare, die – mit kupfern schimmernden Strähnen untermischt – offen bis zu den Hüften herabfluteten. Die Priesterkönigin trug ein knöchellanges Gewand aus ungefärbter Wolle – das Kleid der Ipona-Priesterinnen –, darüber eine bis zwei Handbreit unter das Knie reichende Tunika im Blau der Amtsgewänder der Tiefwissenden – ein Zeichen dafür, dass sie in alle Geheimnisse dieses Ordens eingeweiht war – und darauf wiederum eine bis zur Mitte der Oberschenkel reichende Dalmatik aus schwerem Goldbrokat, die mit unzähligen gestickten Heckenrosen aus Seidenfäden in verschiedensten Rottönen verziert war und die weltliche Herrschaft der Impalaris als Königin von Harkin versinnbildlichte.

Die Impalaris trat zu dem Thronsessel und setzte sich, hinter ihr folgten noch eine Reihe von Angehörigen ihres Hofstaats, von denen Yashor nur Herzog Michail von Stagira, dessen Mundschenk, Ritter Erek o Dun Rinn, den Barden Mirdan o Dun Kaprikorn und Kolgo, den Amtmann und neuen Gutsverwalter des Herzogs, erkannte. Unter den Übrigen fielen ihm zwei Männer im grauen Habit der Schreiber auf, dann drei Ipona-Priesterinnen in Gewändern aus ungefärbter Wolle und einige Leute von der Palastwache.

Morgan nahm zur Linken der Königin Aufstellung, Herzog Michail zu ihrer Rechten, die anderen verteilten sich in einem Halbkreis um die vier Gäste aus Liss Ivonai.

Mit einer leichten Geste der rechten Hand bedeutete die Impalaris den Anwesenden, sie sollten sich auf die im Raum verteilten Schemel setzen, nur Morgan der Tiefwissende und Herzog Michail blieben stehen, als bildeten sie die Leibwache der Priesterkönigin.

»Yashor aus Liss Ivonai«, begann Morini mit einer halblauten Altstimme, die sanft und zugleich fest, überaus weiblich und warm klang, »der Amtmann Kolgo unseres guten Herzogs von Stagira hat mir schon einen ausführlichen Bericht über alle Geschehnisse während der Reise meiner Tochter nach Avalanna erstattet. Und Buran, mein Gesandter am Hof von Königin Marjam, hat mich per Boten und Botenvogel über alles unterrichtet, was du mit deiner Gefolgschaft in Avalanna vollbracht hast. Trotzdem würde ich gerne noch einen Bericht aus deinem Mund und dem Mund deines Gefährten Yeshem hören. Ich bitte euch beide, erzählt uns von dieser denkwürdigen Reise und euren Erlebnissen und Taten.«

Die beiden Hirten erhoben sich, Yashor etwas verlegen und mit leicht geröteten Wangen, Yeshem beherzt mit begeistert funkelnden Augen. Sie berichteten von den Anschlägen auf die Reisegesellschaft und der Aufdeckung von Moltachs Verschwörung, wobei Yashor dazu neigte, sein Mitwirken an dem Ganzen zu mindern und alle Erfolge seinen Gefährten zuzuschreiben, während Yeshem im Gegenteil Yashors Rolle und Bedeutung hervorhob und damit schloss, Königin Marjam habe völlig zu Recht Yashor zum Ritter geschlagen.

Im Laufe der Erzählung der beiden Freunde erschien ein leises, leicht amüsiertes Lächeln auf den Lippen der Impalaris; um die Augen des Tiefwissenden Morgan sammelten sich Lachfältchen und Herzog Michail wirkte am Ende, als müsste er im nächsten Augenblick losprusten.

Als Yashor und Yeshem geendet hatten, gab die Impalaris Yeshem ein Zeichen, er solle sich wieder setzen, den älteren Hirten jedoch winkte sie zu sich heran und bedeutete ihm mit der Rechten, er solle vor ihr niederknien.

Dabei bemerkte Yashor, dass die Priesterkönigin an ihrem gebieterisch weisenden Finger einen massiven Goldring mit einem großen, rund geschliffenen und tiefrot funkelnden Rubin trug, während den Ringfinger derselben Hand ein schmaler Goldreif mit einem kleinen achteckig geschnittenen Diamanten in einer ebenfalls achteckigen Fassung schmückte. Nun warf er noch einen Falkenblick auf ihre Linke und entdeckte dort am Ringfinger einen breiten Silberring. Der Steg war zu einem Drachen geformt, der in seinem Maul einen großen tiefblau schimmernden See-Opal hielt. Und am kleinen Finger trug sie einen Goldring mit einem facettiert geschliffenen Amethyst von unglaublicher Reinheit und einem fast unirdischen, kühlen Feuer.

»Meine Schwester im Amt, Marjam, Königin von Avalanna, Großfürstin von Bantan und Chagani der Niridun, hat dich, Yashor,

Sohn des Tamtarvach und der Ainan, zum Ritter geschlagen und mir somit die Möglichkeit genommen dir meinen Dank für die Rettung meiner Tochter auf diese Weise auszudrücken. Nun bleibt mir zunächst nur deinen Ritterrang auch für meinen Herrschaftsbereich zu bestätigen, das heißt: in ganz Harkin, und darüber hinaus überall, wo die Große Mutter Ipona verehrt und angerufen wird. Deshalb nehme ich dich in Einverständnis mit deinem bisherigen Herrn, dem guten Herzog Michail von Stagira, zu meinem unmittelbaren Lehensmann.«

Einem Wink des Fingers mit dem Rubin folgend, legte Yashor seine Hände zusammen und hob sie der Impalaris entgegen. Morini umfasste sie mit den eigenen.

»Yashor aus Liss Ivonai, Ritter der Königin Marjam von Avalanna, zukünftiger Stadtfürst von Fari, ich nehme dich hiermit für meine Lande als meinen Lehensmann an«, sprach daraufhin die Impalaris langsam. »Gelobst du mir Gefolgschaft und Treue?«

Yashor nickte. Die Worte »Ich gelobe« brachte er vor Rührung kaum über die Lippen. Als er dann aufblickte, sah er in den Zügen der Impalaris das Gesicht ihrer Tochter Moranna und erwartete fast, sie würde ihn ebenso keck küssen wie die Kleine beim Abschied in Avalanna.

Doch Morini hob die Hände und legte sie Yashor auf den Scheitel und übertrug auf ihn den Segen der Immerhelfenden Mutter Ipona. »Möge sie dich immer heil und ohne Harm bewahren, sicher wie in ihrem Schoß, behütet wie unter ihrem schützenden Mantel.«

Dann gab sie Yashor ein Zeichen, er solle sich erheben, und winkte Yeshem neben seinen Freund und Lehensherrn zu treten.

»Yashor und Yeshem, nach all diesen Geschehnissen können wir«, sie wies dabei auf Herzog Michail und auf Kolgo, »euch beide natürlich nicht mehr als gewöhnliche Schafhirten beschäftigen. Wir haben beratschlagt, welche Aufgabe euch fürderhin anzuvertrauen sei, und mein Berater Morgan, der Oberste der Tiefwissenden von Harkin, hat vorgeschlagen ein altes Amt wieder einzurichten, das früher sehr wichtig war, als die Shakaren von Norden und die Römer von Süden versuchten Harkin zu unterwerfen. Ein Amt, das aber vor etwa zweihundert Jahren in den Zeiten des damaligen Friedens sozusagen eingeschlafen ist. Yashor, in Einvernehmen mit Herzog Michail ernenne ich dich zum Ersten Landhirten von Stagira. Yeshem, dich ernenne ich zum Zweiten Landhirten von Stagira und bestätige, dass du Gefolgsmann und Gefährte dieses meines Lehensmanns Yashor bist.«

Sie winkte einem der Schreiber, der daraufhin zwei Pergamentrollen aus seinem Gewand zog, vortrat und die beiden Urkunden mit der soeben ausgesprochenen Doppelernennung verlas. Dann bedeutete die Impalaris ihnen, sie sollten sich wieder setzen, und forderte Morgan auf die Bedeutung des Amtes des Landhirten zu erklären.

Der Tiefwissende legte dar, dass in den alten Zeiten nicht nur das Hüten des Viehs Aufgabe der Hirten gewesen sei, sondern auch das Hüten des Landes. Das heißt: die Hirten hätten alle auffälligen Vorgänge den Amtleuten der Impalaris gemeldet, die Priesterkönigin war somit über alle Ereignisse in ihrem Reich unterrichtet. Und wenn die Hirten in andere Länder zogen, um auf Märkten Vieh zu kaufen oder zu verkaufen, so hielten sie auch dort Augen und Ohren offen, um alles zu erfahren, was für Frieden und Sicherheit von Harkin von Belang sein konnte.

Das unbemerkte Eindringen der mordanischen Wegelagerer und Buschklepper, die es gewagt hätten, bis vor die Tore des Palastes der Impalaris zu kommen und am Fuß des Schwanenbergs treue Gefolgsleute des Herzogs von Stagira niederzuknüppeln, diese Vorfälle hätten gezeigt, wie notwendig es sei, das alte Amt des Landhirten wieder einzurichten. Die Priesterkönigin werde allen Herzögen, Fürsten und Burgherren von Harkin nahe legen, Landhirten auszuwählen; hier in Stagira habe sie diese Ernennung in Einverständnis mit Herzog Michail selbst vorgenommen; der gute Herzog werde den beiden Landhirten alles zur Verfügung stellen, was sie zur Ausübung ihres Amtes bräuchten, die Tiefwissenden Morgan und Talik würden sie in allen Dingen beraten und auf Wunsch ihre Fertigkeiten in der Plantir-Schau und ihre Kenntnisse in der Orakelkunst dienstbar machen, und überdies stehe es Yashor frei, die eigenen Gefolgsleute nach Belieben für sein neues Amt zu verwenden.

Als Morgan geendet hatte, forderte der Herzog alle Anwesenden auf den neuen Landhirten von Stagira, die er von Herzen als seine Mitarbeiter begrüße, durch heftiges Klatschen Glück zu wünschen und damit gleichzeitig Widriges zu vertreiben und den Beistand der Himmlischen herabzurufen.

Da brandete ein Klatschen auf, das die Holztäfelung des Audienzsaals vibrieren ließ und alle – von der Impalaris, dem Herzog und den Tiefwissenden bis hin zu den Schreibern, Priesterinnen und dem Tuchhändler Yoan – mit Fröhlichkeit erfüllte und ihnen die beruhigende Überzeugung eingab, durch die Einsetzung der neuen Landhirten werde es in Zukunft keine solchen hässlichen Vorfälle in Harkin mehr geben, wie sie die Helfershelfer des Fürsten von Mordan in Bergion, Breitfurt, Burn Or und Fari angezettelt hatten.

Als sich die Impalaris schließlich erhob und mit ihrem Gefolge den Audienzsaal verließ, winkte Morgan Yashor zu sich und trat mit ihm in eine der Fensternischen.

»Die Herrin wünscht dich noch einmal zu sprechen, Yashor, unter vier Augen, und zwar nicht als Priesterkönigin, sondern als Mutter der in der Ferne weilenden Tochter«, eröffnete er dem neu eingesetzten Landhirten. Dann sagte er zu Talik, Yeshem und Yoan, sie sollten in der Vorhalle des Palastes noch ein Viertelstündchen auf Yashor warten. Sobald die Impalaris mit ihrem neuen Lehensmann ein ruhiges Wort getauscht habe, könnten sie mit ihm wieder nach Liss Ivonai hinabgehen.

Yashor war von der Einladung der Priesterkönigin zu einem Vieraugengespräch so beeindruckt und benommen, dass er den Weg gar nicht richtig wahrnahm, den ihn Morgan nun führte: diesen und jenen Gang entlang, eine Treppe hinauf, durch die eine oder andere Tür, ein paar Stufen hinab, durch eine Vorhang hindurch … Und auf einmal fand er sich in einem Raum wieder, der auf eigentümliche Weise Taliks Gartenwerkstatt ähnelte. Auch hier fehlte die vierte

Wand und der Blick fiel ungehindert auf einen spätherbstlichen Garten, dessen Luft allerdings viel milder zu sein schien, als es dem gerade begonnen Nebelmond entsprach. Vielleicht gab es irgendwo eine warme Quelle, die die Kälte vertrieb, dachte Yashor.

Im Raum befanden sich zwei hölzerne Lehnsessel. Auf dem einen saß die Impalaris, die Dalmatik und Tunika abgelegt hatte und nur noch das Gewand der Ipona-Priesterinnen trug. Sie lud Yashor ein auf dem anderen Sessel Platz zu nehmen.

»Yashor«, begann sie, »vorgestern traf ein Botenvogel hier ein, der einen Gruß meiner Tochter mit sich trug. Ihr geht es gut an Marjams Hof; sie bittet mich dich von ihr zu grüßen und dir etwas zu berichten, was sie dir während der ganzen Reise hat erzählen wollen, aus kindlicher Schüchternheit aber dann doch unterlassen hat.«

Kindliche Schüchternheit – Yashor musste unwillkürlich lächeln. Schüchternheit wäre das Letzte gewesen, was er Moranna zugeschrieben hätte. Und *kindlich?* Der Kuss, mit der sich die Erbtochter der Impalaris von ihm im Harkin-Hof in Avalanna verabschiedet hatte, war schon nicht mehr so kindlich gewesen wie der an der Morak-Furt. Nein, er war als das Signal eines erwachenden jungen Weibes anzusehen, das seinen Anspruch auf Begegnung mit dem Männlichen anmeldete. Und da Moranna die Tochter seiner Herrscherin war, wusste sie wohl, dass man ihre Wünsche nicht leicht ignorieren konnte. Als er in sein Herz schaute, ertappte sich Yashor dabei, wie in ihm zwei gegensätzliche Empfindungen stritten: das Bedauern darüber, in den nächsten Jahren fern von Moranna, der Heranwachsenden, zu sein, und die Erleichterung darüber, während dieser Zeit keiner der Avancen der beherzten und entschlossenen Erbtochter der Impalaris begegnen zu müssen.

»Du musst wissen«, riss ihn Morinis Stimme aus seinen Überlegungen, »zwei Nächte vor der Abreise nach Avalanna hatte Moranna einen Klartraum, den sie mir damals gleich am Morgen erzählt und der – neben dem Vorfall mit Armon und dem Zweiten Großschäfer des Herzogs von Stagira – einen dunklen Schatten auf das Reisevorhaben warf.«

Ein Traum? In derselben Nacht wie sein Wolfstraum? Yashor war hellwach und blickte die Impalaris unverwandt an. Jetzt bemerkte er, dass sie auch ihren Stirnreif abgelegt hatte. Und ihre rechte Hand war ebenfalls bar jeden Schmuckes, nur an der Linken funkelten Opal und Amethyst.

»Moranna träumte«, fuhr die Priesterkönigin fort, »sie befände sich schon in fernen Landen und stünde dort an einem Waldrand auf einer Brachwiese, um frische Luft zu schöpfen nach der Fahrt im Reisewagen. Da kamen aus dem Wald Männer hervor, die sich mit Wolfsköpfen und Wolfsfellen ein schreckliches Aussehen gegeben hatten. Sie spürte, dass diese Männer ihr Böses wollten, und schaute sich Hilfe suchend um. Doch es war niemand da, der sie vor Unheil hätte bewahren können. Plötzlich hatte sie im Traum eine Vision: Sie sah den Sonnenbühl von Liss Ivonai mit dem Frühlingsstein, den sie von mancher Wanderung mit ihrer Kinderfrau Irigil her kennt, und dort saß ein Hirte, von dem sie dann mit einem Mal wusste, dass er in Diensten des Herzogs von Stagira stand und Yashor hieß.« Die Impalaris hielt einen Augenblick inne und fügte dann wie erklärend hinzu: »Vielleicht hat sie dich bei einem ihrer Spaziergänge in der Umgebung von Liss Ivonai einmal gesehen und zufällig deinen Namen erfahren, aber vielleicht hat sie dich auch gar nicht gemeint, sondern jenen Yashor, der damals hier lebte, als Mardin o Mollon kam und uns die Botschaft der Mutter Ipona verkündete.« Wieder schwieg die Impalaris einige Herzschläge lang und sagte dann leise: »Moranna hat während ihres Dreijahresfestes beim Pflanzenorakel die Silberdistel als ihre Schutzpflanze erwählt. Daraus ersehen wir, dass sie die Wiedergeburt jener Impalaris ist, die Mardin o Mollon als Boten der Ipona erkannte und anerkannte.«

Die Silberdistel! Yashor musste an die »Goldmutter« denken, die Orakelmünze, die Talik ihm geschenkt hatte und die nun in dem Lederbeutel nahe seinem Herzen ruhte. Und an jenen Yashor, von dem Moranna in Fari in der Herberge zum Weißen Schwan so vorlaut erklärt hatte, er sei als Großhirt »Aug und Ohr der Priesterkönigin« gewesen ... Dem Hirten, Ritter und Ersten Landhirten von Stagira begann zu schwindeln.

»Nun, sei dem, wie ihm wolle«, sprach Morini weiter. »Moranna hat ja schon viel von Morgan über das richtige Verhalten in Träumen gelernt, und so schrie sie laut deinen Namen, als sie dich dort am Frühlingsstein sitzen sah. Ja, sie schrie so laut: ›Yashor, hilf mir!‹, dass Irigil, die bei ihr schlief, diesen Satz hörte und ihn mir am Morgen berichtete. Und wie Moranna erzählte, bist du sofort in ihrem Traum aufgesprungen und zusammen mit deinem schwarzen Hund flugs den Abhang des Sonnenbühls herab zu dem dunklen Bach gerannt, an dem sie stand, und dann mit deinem Hirtenstock über den Bach gesprungen und hast im Nu die Wolfsmänner vertrieben. Und Moranna ist dann so fröhlich aufgewacht, wie wir es uns immer am Abend vor dem Schlafengehen wünschen.«

Tränen der Rührung waren Yashor in die Augen geschossen. Er wusste nicht, was er seiner Impalaris auf diese Offenbarung hin erwidern sollte. In seinem Kopf drehte sich alles und er war noch gar nicht in der Lage abzusehen oder auch nur zu erahnen, welche Bedeutung dieser Traum Morannas als Spiegelung seines eigenen Wolfstraums für ihn hatte.

Während er sich vorsichtig und behutsam das Wasser aus den Augenwinkeln wischte, sprach die Impalaris weiter. »Noch vor Sonnenaufgang erzählte Moranna uns, das heißt: mir, Irigil und Morgan, ihren Traum, und der Tiefwissende nahm sofort mit dem Plantir Kontakt zu Talik, seinem Kollegen in Liss Ivonai, auf, und fragte dort an, was es mit diesem Yashor auf sich habe und ob man es nicht so einrichten könne, dass er als weitere Begleitung an der Reise meiner Tochter nach Avalanna teilnehme. Talik versicherte Morgan, er werde tun, was er tun könne, und schon am Vormittag kam ein Bote des Herzogs und berichtete, statt des Zweiten Großschäfers, der verletzt im Spital lag, werde ein gewisser Yashor als neu ernannter Großschäfer Schafe und Erbtochter nach Avalanna geleiten. Moranna war überglücklich, als sie dies hörte, und von diesem Augenblick an hatte sie keinerlei Angst oder Furcht mehr vor der Reise.«

In Yashors Brust wallte Hitze auf. Er tat einen tiefen Atemzug, und um seine Fassung wiederzugewinnen, blickte er weg von der Impalaris, hinaus in den Garten.

Und da sah er, was ihm zuvor entgangen war: Zwischen den Beeten herbstlicher Blumen, Kräuter und Sträucher stand eine kleine steinerne Statue der Mutter Ipona, ähnlich dem Bildnis, das er in ihrem Heiligtum in Fari gesehen hatte. Der Korb auf ihrem Schoß war allerdings mit echten Früchten gefüllt: mit Äpfeln, Birnen, Quitten, Schlehen und Hagebutten. Und die Göttin hielt den Blick nicht auf den Korb der Gaben gesenkt, sondern schaute den Betrachter an, sah ihm geradewegs in die Augen. Ihr Gesichtsausdruck war nicht ernst und würdevoll wie bei der Statue im Heiligtum, sondern von einer stillen Heiterkeit bestimmt.

Ja, jetzt kam es Yashor sogar vor, als verzöge Ipona ihre steinernen Lippen zu einem Lächeln, in dem sich mütterliches Verstehen und mädchenhafte Fröhlichkeit mischten. Und wäre ihm das Verhalten nicht als völlig unpassend für eine Göttin erschienen, so hätte Yashor schwören können, dass im nächsten Herzschlag das kleine Standbild der Immerwährend Helfenden ihm, dem Hirten aus Liss Ivonai, zugezwinkert habe – als wäre die Große Göttin in diesem Augenblick nichts anderes als ein kleines Mädchen von elf Sommern.

Coda

Auf den Tag genau ein Jahr später traten Yashor und Miram – sie mit dem drei Monate alten Sohn Ardan Ish'urtu auf dem Arm – vor das Haus. Sie hatten es geerbt, da der Großvater in einer kalten und stürmischen Nacht des Eismonds mit klarem Bewusstsein, funkelnden Augen und einem zärtlich-wehmütigen Lächeln seiner Frau einen letzten Händedruck geschenkt und dann seine Tochter, den Enkel und die Schwiegerenkelin gesegnet hatte, bevor er in die Andere Welt hinübergegangen war. Um die Mittagsstunde des ersten Frühlingstages war Tichil ihrem Paval still und gefasst gefolgt. Und somit war Ainan jetzt »die Großmutter« geworden.

Die jungen Eltern sahen drei Reiter auf das Haus der Schwarzwasserleute zukommen.

Zuerst sprang Minam schwungvoll von Kartal herab – jeder Zoll eine Kriegerin der Niridun, mit einem hüftlangen rabenschwarzen Haarschweif nach Kishiks Vorbild. Stürmisch umarmte sie den Schwager, zärtlich die Schwester und den Neffen.

Und dann konnte sie nach dem langen Ritt von den Ebenen von Banon ins Waldgebirge von Stagira ihre Zunge nicht mehr zügeln: »Also, ich habe euch etwas zu vermelden, da werdet ihr staunen, ach was, ihr werdet es mir gar nicht glauben! Stellt euch nur einmal vor: Auf den Tag genau neun Monate nach unserer Heimkehr aus Avalanna hat Kishik eine Tochter geboren!«

»Wie schön für sie«, sagte Miram.

»Wie heißt das Kind denn?«, fragte Yashor mit einem versonnenen Lächeln.

»Bigil.«

»Und was bedeutet das?«

»Im Tumdul der Niridun heißt das ›Hirtin‹.«

»Ein passender Name«, bemerkte Yashor – und freute sich.

Doch schon kam der zweite Reiter heran: ein Kurier des Chagans Yugur-Katun der Baratum. Kaum war er abgestiegen, da erkannte er in den beiden Schwestern die Töchter seines Gebieters und verneigte sich tief vor ihnen. Miram und Minam gingen mit ihm in die Große Stube, wo sie ihm Speis und Trank auftrugen

Als der Bote sich gesättigt hatte, holte er eine Lederrolle aus seiner Rückentasche, nahm die Verschlusskappe ab und ließ einen gerollten Brief des Chagans an seine Tochter Miram herausfallen, den er dann der Adressatin ehrerbietig überreichte.

Miram überflog das Schreiben und gab es an Minam weiter.

»Typisch Vater« war alles, was sie dazu auf Tumdul zur Schwester sagte, bevor sie ging, um Ardan zu stillen. Und Minam las zuerst ergriffen, dann mit zunehmender Erheiterung:

Geliebte ältere Tochter,

zuallererst muss ich dir die traurige Mitteilung machen, dass dein Bruder Tishak im letzten Winter von einem heftigen Fieber in die Welt der Geister und der Ahnen geholt wurde. Möge er dort bei seiner lieben Mutter sein und eines Tages wieder als Baratum geboren werden!

Meine Anerkennung – es war wirklich ein kluger Schritt von dir, den Urenkel Takrav Artans des Vierten zu heiraten. – Wie geht es übrigens dem alten Paval und meinem Jugendfreund Tamtarvach?

Man hat mir gemeldet, dass du kürzlich einen Sohn namens Ardan Ish'urtu geboren hast. Die Freude darüber ist groß in der Goldenen Jurte, vor allem Tirdal ist ganz aus dem Häuschen. Ish'urtu scheint mir ein guter Baratum-Name zu sein, aber was zum Teufel bedeutet ARDAN*???*

Sicher wirst du, sobald der Junge reiten kann, mit ihm einmal zu unserem Lager kommen, damit ich meinen Erben, den zukünftigen Gebieter der Unbesiegbaren Heerscharen, kennen lernen kann. Wir befinden uns derzeit am Oberlauf des Tiras-Negir – nahe dem Ushgur-Pass, deshalb sind wir für euch leichter zu erreichen. Du würdest mit einem Besuch deinen alten Vater wirklich sehr froh stimmen!

Übrigens haben wir letztes Jahr im Frühherbst den Shunnu in der Nähe der Drachenrückenberge ganz tüchtig was auf ihre stinkenden Mützen gegeben! Ihr Oberhäuptling wird sicher nicht mehr so schnell auf die Idee verfallen sich ausgerechnet bei den Baratum ein Kebsweib für sein flohverseuchtes Bett holen zu wollen!

Wie ich höre, macht sich Minam bei den Niridun recht gut. Aber ob sie mir bei ihrem Kriegerinnenleben Enkel schenken wird? Verflixte Niridun-Weiber! Na, wir werden sehen …

Dein Vater,
der Chagan Yugur-Katun der Baratum

Nachschrift: Wenn du etwas brauchen solltest, sag's dem Kurier und der sagt's mir!
Nachschrift 2: Grüße meinen Enkel von mir und sorge dafür, dass er ein gutes Tumdul lernt!!

Draußen vor dem Haus sprach währenddessen Yashor mit dem dritten Reiter. Der hatte die kürzeste Strecke zurückgelegt und teilte dem Ritter und Ersten Landhirten von Stagira mit, vor zwei Tagen sei der Fürst von Fari verstorben und die Bürger der Stadt bäten seinen Erben, Yashor, er möge so schnell wie möglich die Amtsgeschäfte übernehmen.

»Und ich dachte, ich könnte mich auf einen ruhigen und beschaulichen Winter freuen«, erwiderte Yashor mit gespielter Enttäuschung.

Der Bote war übrigens kein anderer als Yorga von Burg Sternlein, der Stadtvogt von Fari, der im verflossenen Jahr in der Weststadt am Ostufer der Tanna südlich der Straße der Wächterin mit tatkräftiger Unterstützung durch Gishmi und dessen Gruppe eine kleine Burg gebaut und nach seinem geliebten Eheweib *Dun Airan* genannt hatte. Seit sie in die Feste eingezogen waren, nannte er sich lieber »Yorga o Dun Airan« anstatt »Yorga o Dun Rinn«, wie es ihm als Sohn des Erek von Burg Sternlein eigentlich zugekommen wäre. Und damit ihn bei dem Besuch in seinem Heimatort niemand erkannte, hatte er sich wie ein Kurier der Baratum gekleidet.

Yashor und Yorga lachten, dann gingen sie ins Haus, um sich bei Bier und Wein, frisch gebackenem Fladenbrot und mit Piri-Piri gewürztem Hühnerfleisch wieder einmal an jenen Morgen zu erinnern, da sie – ohne miteinander zu reden und doch einer gemeinsamen Aufgabe verpflichtet – mit Kolgo und Yeshem, Bjardu und Irigil und vor allem der pfiffigen kleinen Moranna nach der schönen und reichen Stadt Avalanna am Daidun aufgebrochen waren.

Während nun der Vater mit seinem Stadtvogt und dem Baratum-Kurier trank und schmauste und das weibliche Kleeblatt Ainan, Miram und Minam in der großen Küche in fröhliches Geplauder vertieft war, träumte der kleine Ardan in seinem warmen Bettchen vom Weiten Grasland, über das er als Erbe seines Großvaters gebieten sollte, vom Lande Mordan, gegen dessen bösen Fürsten Maimar Artan sein Vater eines Tages zu einem vernichtenden Schlag ausholen würde, und schließlich vom Thron des Königs von Gordan in der Goldenen Stadt Pangir.

»Wenn ich diesen Thron besteige«, dachte Ardan Ish'urtu in seinem kindlichen Traum, »dann soll mein Thronname *Takrav Artan V.* sein, und ich hoffe, die Spätergeborenen werden mich einmal *Takrav Artan den Weisen* nennen …«

Die Deutsche Bibliothek – CIP-Einheitsaufnahme

Ein Titeldatensatz für diese Publikation
ist bei Der Deutschen Bibliothek erhältlich

Michael Morgental:
Yashor – Der Hirte aus Harkin
ISBN 3 522 71880 1

Umschlaggestaltung: Peter Gric, Wien
Umschlagtypografie: Michael Kimmerle, Stuttgart
Satz: KCS GmbH, Buchholz/Hamburg
Schrift: Bodoni book, Nachtwächter
Druck und Bindung: Friedrich Pustet, Regensburg

5 4 3 2 1*   00 01 02 03

Leseprobe aus:

Gabriele Beyerlein, Die Göttin im Stein

Sie sprachen kein Wort. Nur die Schritte der beiden hörte Haibe hinter sich, schwer und bedächtig: Männerschritte. Haibe blieb stehen. Sofort stockten auch die Schritte.

Über der Lichtung lagen noch Schatten, doch hinter dem Wald färbte sich der Himmel. Und dann tauchte die aufgehende Sonne den flachen Höhenzug in Licht und ließ den Umriss des alten Grabes hervortreten.

Mitte des Mysteriums – errichtet für die Ewigkeit.

Plötzliches Schaudern ließ Haibe erzittern.

Eine schwielige Hand legte sich auf ihre Schulter. Haibe erkannte diese Hand, ohne sie anzusehen. Ritgo, ihr Bruder.

Haibe ging weiter und stieg eine Bodenwelle hinauf. Wieder knirschte der Sand. Bei jedem Schritt sank sie ein, rutschte ein Stück zurück: als halte die Erde selbst sie von ihrem Vorhaben ab. Der Pfad führte auf die lange Front der Großsteine zu und endete in ihrer Mitte am Eingang zum Grab.

Dann standen sie vor dem kurzen Tunnel: zwei Findlinge rechts, zwei Findlinge links, der Zwischenraum fugenlos vermauert. Im Dunkel die schwere Steinplatte, die das Grab verschloss.

Haibe kniete nieder, stellte die brennende Öllampe und den Korb ab. Mit den Händen fuhr sie über das Pflaster, neigte sich vor, bis die Stirn den Boden berührte, und verharrte so, spürte die Kälte des Steines in ihren Kopf dringen: magische Kraft.

Große Göttin, gewähre mir Zutritt zu deinem geheiligten Leib.

Mit gebeugtem Rücken zwängte sich Taku an Haibe vorbei in den Gang, eine Eibenholzstange in der Hand. Ritgo blieb hinter Haibe im Freien. Sie spürte seine Gegenwart wie die der Steine.

Taku murmelte den Segensspruch und setzte die Stange an. Die Steinplatte bewegte sich nicht.

Haibe erhob sich auf die Knie und nahm getrocknete Misteln und Eibennadeln aus dem Korb. Dann hielt sie die geschwungene Flasche mit dem zierlichen Kragen und dem weit ausladenden Bauch in der Hand und fuhr die Gestalt des Gefäßes nach in Erinnerung an den gesegneten Leib der Göttin, ehe sie den Verschluss herauszog und das geweihte Öl über Blättern und Nadeln versprengte. Sie hielt die Lampe daran. Hoch schoss die Flamme auf, brannte nieder, verglomm.

Mit der heißen Asche malte Haibe Zeichen auf den Steinboden, rief mit ihnen die Göttin an in jeder ihrer Gestalten.

Ich bete dich an, die du Eins bist in Drei und Drei in Eins. Du allmächtige Lebensspenderin, lass mich zu dir kommen. Mutter Erde, nimm mich auf in deinem feuchten, schwarzen Schoß. Göttin des Todes, behalte mich nicht.

Mit unwilligem Knirschen rührte sich die Steinplatte und ließ sich langsam verschieben. Taku keuchte. Trotz der Grabeskälte glänzte Schweiß auf seinem braun gebrannten Rücken.

Der Stein war zur Seite gerückt. Ein schwarzer Spalt gähnte: der Eingang in die andere Welt.

Haibe stand auf, trat vor das Grab. Sie bebte.

»Noch kannst du zurück«, meinte Ritgo.

Sie schüttelte den Kopf. Ein letzter Blick zurück auf die wenigen Häuser und Speicher des Dorfes und auf die dürre Insel im endlosen Wald: Emmer, Gerste und Einkorn standen schütter und niedrig, die Blätter mit den vertrockneten Spitzen zum unerbittlichen Himmel gestreckt. Der Ackerboden war hart und gerissen.

Haibe straffte die Schultern. »Bring am vierten Tag das Opfer! Du und ich – wir tun, was getan werden muss.«

Ritgo nahm ihren Kopf zwischen seine großen Hände, beugte sich zu ihr herab und berührte mit den Lippen ihre Stirn. »Mögest du gütige Aufnahme bei der Göttin finden, Rat und Hilfe bei den Müttern und Ahnen – und Schutz und Kraft für deinen gefahrvollen Weg!«

Sie nickte kaum merklich.

Taku, ihr Mann, kam gebückt ins Freie und streckte sich. »Am vierten Tag bei Sonnenuntergang?«, fragte er.

»Am vierten Tag bei Sonnenuntergang«, bestätigte Haibe.

Sie nahm die Lampe auf, holte die Trommel aus dem Korb, beugte den Kopf, tat einen Schritt in den niedrigen Tunnel, dann den nächsten. Am Schwellenstein verharrte sie. Finsternis vor ihr. Das kleine Licht in ihrer Hand zitterte. Tief schöpfte sie Atem. Kalte, modrige Luft – Grabesluft. Sie zog sich in sich zusammen, stieg über den Stein, zwängte sich durch die Öffnung und kroch auf den Knien ins Grab.

Große Mutter, dies ist der Schoß deines Leibes, aus dem alles geboren ist, in den alles zurückkehrt, aus dem alles wieder geboren wird zu neuem Leben.

Noch fiel Tageslicht in den höhlenartigen Raum. Langsam traten die Umrisse hervor: die glatten Flächen der gewaltig lastenden Deckensteine, die dicht an dicht stehenden Trägersteine und die Muster des kleinen Gerölls, das die Zwischenräume füllte. Die Enden des lang gezogenen Grabraums verloren sich im tiefen Dunkel.

Zaudernd nur tastete sich der Blick die geschliffene Steinwand hinab zum Boden, zuckte schreckhaft zurück, floh – und kehrte doch wieder. Totenschädel starrten, schwarze Augenhöhlen in bleichem Gehäuse, grässliches Grinsen gebleckter Zähne, Knochen in wirrem Durcheinander, getürmt zu schauerlichen Gebilden, Schulterblatt über Becken, Arm über Bein, zierliche Knöchelchen einer Kinderhand wie hingeworfene Stäbchen eines Spieles. Zwischen den fahlen Knochen weiß verziertes Geschirr, trichterförmige Becher, kunstvolle Flaschen, Schalen und Tassen und dort …

Zwanghaft rutschte Haibe ein Stück vorwärts. Sie stieß an eine Elle, sofort zerrieselte diese zu Splittern und Staub, Haibe beachtete es nicht, hielt die Lampe tiefer. Ihr Atem ging schneller, als der Bernstein das Licht in honigfarbenem Schimmern einfing. Die Perlen waren noch aufgereiht auf der Schnur, hinten die kleinen Perlen, vorne die größeren, in der Mitte der lange Anhänger, in den eine Fliege gebannt war.

»Mutter«, flüsterte Haibe.

Plötzlich war das Bild da, ungerufen drängte es sich auf:

Die Mutter im Festgewand, fein gewebter Stoff aus gebleichter Wolle, an Ausschnitt und Saum in den Farben von Kupfer und Erde gemustert, glänzende kleine Kupferringe in den aufgesteckten Zöpfen, die Bernsteinkette um den Hals.

Die Mutter bewirtete die Sippe der Koa, den Korb mit den kleinen Honigkuchen in die Hüfte gestützt, die Bernsteinkette glühte im Sonnenlicht, Kinder umringten die Mutter, jedem gab sie einen Kuchen, Songo drängte sich schon wieder vor, versteckte ihren angebissenen Kuchen hinter dem Rücken, die Mutter strich Songo über die Wange und gab ihr lachend einen zweiten.

Sie selbst – wie alt war sie damals, ein kleines Mädchen noch – hielt es nicht länger, sie zwängte sich durch die Kinder, den jüngeren Aktoll an der Hand: »Mutter, Mutter, uns auch!«

Das Lachen verschwand aus dem Gesicht der Mutter, ein Heben der Augenbraue, ein zurechtweisender Blick: »Du weißt, dass ihr zu warten habt, bis die Gäste bewirtet sind!«

Ihr war, als würden alle sie ansehn.

Ein Geräusch brachte Haibe in die Gegenwart zurück. Sie blickte zum Eingang und sah den Umriss ihres Mannes. »Bist du bereit?«, fragte Taku.

»Ja, ich bin bereit!« Schon während sie sprach, zweifelte sie an ihren Worten.

Ein kurzes Zögern, dann griff sie nach der Bernsteinkette, bemühte sich, keinen der Knochen zu berühren, zog den Schmuck unter dem Gerippe hervor und legte ihn sich um den Hals: Mutter, leih mir deine Kette, mit ihr wird es leichter sein, Verbindung zu finden zu dir und den anderen.

Sie stellte die kleine Lampe ab, die Tontrommel daneben. Sie hörte Ächzen, schweres Schleifen. Der massige Stein wurde vor den Ausgang geschoben und fiel mit dumpfem Poltern in sein Bett.

Haibe war allein im Grab eingeschlossen. Nun musste sie bei den Toten bleiben, hungern und dürsten, und niemand würde ihr beistehen, bis Taku am Abend des vierten Tages das Grab wieder öffnete.

Dunkelheit, nur im kleinen Kreis erhellt von der dürftigen Flamme. Noch.

Im flackernden Schein begannen die Knochen zu leben. Höhnisch lachten die Totenschädel, knöcherne Finger ballten sich zur Faust …

Die Töchter der Göttin

Gabriele Beyerlein

Die Göttin im Stein

Roman, 462 Seiten, ISBN 3 522 71785 6

Seit die Dörfer des Alten Volkes von den Wolfskriegern überfallen wurden, regieren Angst und Schrecken im Land. Doch auch in einer von Männern beherrschten Gesellschaft beweisen die Frauen ihre Stärke. Der Kampf von Haibe, Naki und ihren Gefährtinnen gegen die Wolfskrieger ist zugleich ein Kampf gegen die beginnende Unterdrückung der Frau und das verzweifelte Aufbegehren gegen die Zerstörung ihrer weiblich geprägten Gesellschaft.
Die historischen Romane von Gabriele Beyerlein sind fesselnd, bewegend – und glänzend recherchiert. Wieder Einmal wird sie ihrem Ruf als Autorin „mit dem Gespür für das Aktuelle im Alten“ gerecht.

Weitbrecht